АНГЛО-РУССКИЙ И РУССКО-АНГЛИЙСКИЙ ИЛЛЮСТРИРОВАННЫЙ СЛОВАРЬ

Около 40 000 слов и словосочетаний

Москва
АСТ • Астрель

УДК 811.111'374
ББК 81.2 Англ-4
А64

Компьютерный дизайн обложки
дизайн-студия «Дикобраз»

Подписано в печать 27.11.2009. Формат 84×108/32.
Усл. печ. л. 25,2.
Доп. тираж 5000 экз. Заказ № 3128

Санитарно-эпидемиологическое заключение
№ 77.99.60.953.Д.012280.10.09 от 20.10.2009 г.

Общероссийский классификатор продукции
ОК-005-93, том 2; 953005 − литература учебная

А64 **Англо-русский** и русско-английский иллюстрированный словарь : ок. 40 000 слов и словосочетаний. — М.: АСТ : Астрель, 2010. — 480 с.

Англо-русский и русско-английский иллюстрированный словарь содержит около 40 000 слов и словосочетаний, включая наиболее употребительные слова литературного и обиходного языка. Словарь дополнен иллюстрациями, в приложении дается грамматика английского языка.

Предлагаемый словарь поможет при переводе текстов и выполнении заданий, способствующих овладению устной и письменной английской речью.

УДК 811.111'374
ББК 81.2 Англ-4

Справочное издание

АНГЛО-РУССКИЙ И РУССКО-АНГЛИЙСКИЙ ИЛЛЮСТРИРОВАННЫЙ СЛОВАРЬ

Редактор *Лысенкова Ю.А.*
Технический редактор *Соболевская Э.С.*
Компьютерная верстка *Коротковой Т.В.*

ООО «Издательство АСТ» 141100, РФ, Московская обл., г. Щелково, ул. Заречная, д. 96
ООО «Издательство Астрель» 129085, г. Москва, проезд Ольминского, д. 3а
Наши электронные адреса: www.ast.ru
E-mail: astpub@aha.ru

Отпечатано с готовых диапозитивов в ОАО «ИПП «Правда Севера».
163002, г. Архангельск, пр. Новгородский, 32.
Тел./факс (8182) 64-14-54, тел.: (8182) 65-37-65, 65-38-78, 20-50-52
www.ippps.ru, e-mail: zakaz@ippps.ru

ISBN 978-5-17-044049-8 (ООО «Издательство АСТ»)
ISBN 978-5-271-16896-3 (ООО «Издательство Астрель»)

ОТ ИЗДАТЕЛЬСТВА

Предлагаемый словарь предназначен для тех, кто изучает английский язык в школах, на курсах или самостоятельно.

Словарь будет незаменимым помощником на уроках при чтении, переводе, составлении текстов средней сложности и при устном общении, а также будет полезен для подготовки домашних заданий.

Словарь дополнен иллюстрациями и приложением, содержащим основные правила грамматики английского языка.

О ПОЛЬЗОВАНИИ СЛОВАРЕМ

Словарь построен по гнездовой системе; слова расположены в строго алфавитном порядке.

Часть заглавного слова, повторяющаяся в производных словах, отделяется от окончания двумя параллельными вертикальными линиями (‖).

Внутри словарного гнезда заглавное слово заменяется знаком тильда (~). В случае изменения окончания слова тильда заменяет часть слова, отделенную двумя параллельными линиями.

Омонимы даны в отдельных гнездах и обозначены римскими цифрами (I, II и т.д.). Разные значения слова отделяются друг от друга арабской цифрой с точкой. Все пояснения отдельных значений слова даны курсивом в скобках.

Синонимы в переводе даны через запятую; точка с запятой разделяет более далекие значения.

За знаком ромб (◊) даются фразеологические сочетания, имеющие идиоматический характер или же не имеющие прямой связи с приведенными значениями. Фразеология и идиоматика включены в настоящий словарь в самом ограниченном объеме.

В англо-русской части при каждом слове указана его фонетическая транскрипция в знаках международной фонетической системы.

На всех русских словах, кроме односложных, указано ударение. В русско-английской части ударение дано также и на всех английских словах, кроме односложных.

Слово, часть слова или выражения, взятые в круглые скобки, не являются обязательными. В скобках также приведены варианты выражения и его перевода.

В конце словаря дан краткий грамматический справочник, содержащий основные правила грамматики английского языка.

ФОНЕТИЧЕСКИЕ ЗНАКИ

Гласные

iː — долгое **и**
ɪ — краткое, очень открытое **и**
e — **е** в словах “шесть”, “эти”
æ — более открытое, чем э
ɑː — долгое, заднее **а**, похожее на **а** в слове “палка”
ɔ — краткое, очень открытое **о**
ɔː — долгое, глубокое **о**
u — краткое **у** со слабым округлением губ
uː — долгое **у** без сильного выдвижения губ
ʌ — краткое **а**, но менее глубокое; всегда под ударением
ə — неясный безударный звук, близкий к “ʌ”
ɜː — долгий гласный, напоминающий **ё**

Дифтонги

eɪ ... **эй** ɔɪ ... **ой**
əu ... **оу** ɪə ... **и**[а]
aɪ ... **ай** eə ... **э**[а]
au ... **ау** uə ... **у**[а]

Ударение в дифтонгах падает на первый элемент.

Согласные

p — **п**
b — **б**
m — **м**
w — звук, близкий к **у**, но не образующий слога
f — **ф**
v — **в**

θ (без голоса), ð (с голосом). Для того чтобы получить эти два щелевых звука — один без голоса, а другой с голосом, — следует образовать щель между передним краем языка и верхними зубами

s — **с**

z — **з**

t — **т**, произнесённое не у зубов, а у дёсен (альвеол)

d — **д** ,, ,, ,, ,, ,, ,,

n — **н** ,, ,, ,, ,, ,, ,,

l — **л** ,, ,, ,, ,, ,, ,,

r — нераскатистое, невибрирующее, очень краткое слабое **р** (кончик языка, немного завёрнутый назад, находится против той части твёрдого нёба, где производится звук ж)

ʃ — мягкое **ш**

ʒ — мягкое **ж**

tʃ — **ч**

dʒ — очень слитное мягкое **дж** (иными словами — **ч**, произнесённое звонко, с голосом)

k — **к**

g — **г**

ŋ — задненёбное **н** (т.е. **н**, произнесённое не кончиком языка, а задней частью его спинки)

h — простой выдох

j — слабое **й**

УСЛОВНЫЕ СОКРАЩЕНИЯ

Русские

ав. — авиация
амер. — американизм
анат. — анатомия
архит. — архитектура
безл. — безличная форма
биол. — биология
бот. — ботаника
бухг. — бухгалтерия
вводн. сл. — вводное слово
вин. п. — винительный падеж
воен. — военное дело
где-л. — где-либо
геогр. — география
геол. — геология
гл. — глагол
грам. — грамматика
дат. п. — дательный падеж
дип. — дипломатия
ед. ч. — единственное число
ж.-д. — железнодорожное дело
зоол. — зоология
им. п. — именительный падеж
карт. — термин карточной игры
кино — кинематография
комп. — компьютер
кто-л. — кто-либо
куда-л. — куда-либо
кул. — кулинария
мат. — математика
мед. — медицина
мест. — местоимение
мн. ч. — множественное число
мор. — морское дело
муз. — музыка
нареч. — наречие
п. — падеж
перен. — переносное значение
полигр. — полиграфия
поэт. — поэтическое выражение
превосх. ст. — превосходная степень
предл. п. — предложный падеж
прил. — имя прилагательное
радио — радиотехника
разг. — разговорное слово, выражение
род. п. — родительный падеж
см. — смотри
собир. — собирательно
спорт. — физкультура и спорт
сравнит. ст. — сравнительная степень
сущ. — имя существительное
с.-х. — сельское хозяйство

тв. п. — творительный падеж
театр. — театральное выражение
текст. — текстильное дело
тех. — техника
тж. — также
физ. — физика
физиол. — физиология
филос. — философия
фото — фотография
хим. — химия
числит. — числительное
что-л. — что-либо
шахм. — термин шахматной игры
эк. — экономика
эл. — электротехника
юр. — юридическое выражение

Английские

a — adjective имя прилагательное
adv — adverb наречие
conj — conjunction союз
inf — infinitive неопределённая форма глагола
int — interjection междометие
n — noun имя существительное
num — numeral числительное
pl — plural множественное число
poss — possessive притяжательное местоимение
p. p. — past participle причастие прошедшего времени
pres — present настоящее время
pron — pronoun местоимение
prep — preposition предлог
sing — singular единственное число
sl. — slang сленг, жаргон
smb. — somebody кто-либо
smth. — something что-либо
v — verb глагол

АНГЛИЙСКИЙ АЛФАВИТ

A a	B b	C c	D d
E e	F f	G g	H h
I i	J j	K k	L l
M m	N n	O o	P p
Q q	R r	S s	T t
U u	V v	W w	X x
	Y y	Z z	

Англо-русский словарь

A

a [eɪ] *грам. неопределённый артикль*

abandon [ə'bændən] покида́ть

abbreviation [əbri:vɪ'eɪʃn] сокраще́ние, аббревиату́ра

ABC ['eɪ'bi:'si:] 1) алфави́т; а́збука; буква́рь 2) нача́тки, осно́вы

ability [ə'bɪlɪtɪ] спосо́бность, уме́ние

able ['eɪbl] спосо́бный; be ~ to мочь, быть в состоя́нии

abnormal [əb'nɔ:məl] ненорма́льный, анорма́льный

aboard [ə'bɔ:d] на борту́; на корабле́

abolish [ə'bɔlɪʃ] отменя́ть; упраздня́ть

abolition [æbə'lɪʃn] отме́на, упраздне́ние

abominable [ə'bɔmɪnəbl] отврати́тельный, проти́вный

abound [ə'baund] (in) изоби́ловать

about [ə'baut] **1.** *adv* 1) круго́м 2) о́коло, приблизи́тельно **2.** *prep* 1) о, относи́тельно 2) вокру́г 3) be ~ to + *inf* собира́ться (*что-л. сделать*)

above [ə'bʌv] 1) над 2) вы́ше; свы́ше

abridge [ə'brɪdʒ] сокраща́ть

abroad [ə'brɔ:d] за грани́цей; за грани́цу

abrupt [ə'brʌpt] 1) ре́зкий, внеза́пный 2) круто́й, обры́вистый

abscess ['æbsɪs] нары́в

absence ['æbsəns] отсу́тствие

absent ['æbsənt] отсу́тствующий; be ~ отсу́тствовать

absent-minded ['æbsənt'maɪndɪd] рассе́янный

absolute ['æbsəlu:t] 1) абсолю́тный; безусло́вный 2)неограни́ченный

absolutely ['æbsəlu:tlɪ] совсе́м; соверше́нно

absorb [əb'sɔ:b] поглоща́ть; вса́сывать, впи́тывать

abstain [əb'steɪn] возде́рживаться

abstract ['æbstrækt] отвлечённый, абстра́ктный

absurd [əb'sɜ:d] неле́пый; абсу́рдный; **~ity** [-ɪtɪ] неле́пость; абсу́рд

abundant [ə'bʌndənt] оби́льный

abuse 1. *v* [ə'bju:z] 1) злоупотребля́ть 2) руга́ть **2.** *n* [ə'bju:s] 1) злоупотребле́ние 2) ру́гань

abyss [ə'bɪs] бе́здна, про́пасть

Academy [ə'kædəmɪ] акаде́мия

accelerate [æk'selereɪt] ускоря́ть

accent ['æksənt] 1) ударе́ние 2) произноше́ние, акце́нт

accept [æk'sept] принима́ть

access ['ækses] до́ступ; **~ible** [æk'sesɪbl] досту́пный

accident ['æksɪdənt] (несча́стный) слу́чай; by ~ нечаянно; **~al** [æksɪ'dentl] случа́йный; неча́янный

accommodation [əkɔmə'deɪʃn] 1) помеще́ние, ме́сто 2) *физиол.* аккомода́ция

accompany [ə'kʌmpənɪ] 1) сопровожда́ть 2) *муз.* аккомпани́ровать

accomplice [ə'kɔmplɪs] соо́бщник

accord [ə'kɔ:d] **1.** *n* согла́сие; соотве́тствие **2.** *v* согласова́ть(ся); соотве́тствовать; **~ance** [-əns]: in ~ance with согла́сно, в соотве́тствии с; **~ing** [-ɪŋ]: **~ing to** согла́сно; **~ingly** [-ɪŋlɪ] соотве́тственно

account [ə'kaunt] **1.** *n* 1) счёт 2) отчёт ◊ on ~ of из-за; on no ~ ни в ко́ем слу́чае **2.** *v:* ~ for дава́ть отчёт; объясня́ть

accountant [ə'kauntənt] бухга́лтер

Accra [ə'krɑ:] А́ккра

accumulate [ə'kju:mjuleɪt] нака́пливать(ся)

accurate ['ækjurɪt] то́чный

accusation [ækju:'zeɪʃn] обвине́ние

accusative [ə'kju:zətɪv] *грам.* вини́тельный паде́ж

accuse [ə'kju:z] обвиня́ть

accustom [ə'kʌstəm] приуча́ть; be ~ed to привыка́ть

ache [eɪk] **1.** *n* боль **2.** *v* боле́ть

achieve [ə'tʃi:v] достига́ть; **~ment** [-ment] достиже́ние

acid ['æsɪd] **1.** *a* ки́слый **2.** *n* кислота́

acknowledge [ək'nɔlɪdʒ] 1) признава́ть 2) подтвержда́ть (*получение*); **~ment** [-mənt] 1) призна́ние 2) подтвержде́ние (*получения*) 3) *pl* выраже́ние благода́рности (*в книге*)

acorn ['eɪkɔ:n] жёлудь

acquaintance [ə'kweıntəns] знакóмый

acquire [ə'kwaıə] приобретáть

acquit [ə'kwıt] оправдывать

acre ['eıkə] акр

across [ə'krɔs] **1.** *prep* чéрез; сквозь **2.** *adv* поперёк

act [ækt] **1.** *n* 1) дéйствие, постýпок 2) *театр.* акт 3) закóн (*принятый парламентом*) **2.** *v* 1) дéйствовать; вести́ себя́ 2) игрáть (*роль*)

acting ['æktıŋ] **1.** *a* врéменно исполня́ющий обя́занности **2.** *n* игрá

action ['ækʃn] 1) дéйствие, постýпок 2) *юр.* иск 3) воéнные дéйствия

active ['æktıv] дéятельный, акти́вный; ~ voice *грам.* действи́тельный залóг; on ~ service на фрóнте

activity [æk'tıvıtı] дéятельность, акти́вность

actor ['æktə] актёр

actress ['æktrıs] актри́са

actual ['æktjuəl] действи́тельный

acute [ə'kju:t] óстрый ◊ ~ satisfaction огрóмное удовлетворéние

adaptation [ædæp'teıʃn] 1) приспособлéние 2) передéлка; обрабóтка (*литературного произведения*)

add [æd] 1) прибавля́ть 2) *мат.* склáдывать

Addis Ababa ['ædıs'æbəbə] Адди́с-Абéба

addition [ə'dıʃn] 1) добавлéние 2) *мат.* сложéние; **~al** [-əl] добáвочный

address [ə'dres] **1.** *v* 1) адресовáть, направля́ть 2) обращáться **2.** *n* 1) áдрес 2) обращéние, речь

adequate ['ædıkwıt] 1) соотвéтствующий 2) достáточный

adherent [əd'hıərənt] привéрженец, сторóнник

adjacent [ə'dʒeısənt] смéжный

adjective ['ædʒıktıv] *грам.* и́мя прилагáтельное

adjourn [ə'dʒɜ:n] 1) отсрóчивать, отклáдывать 2) дéлать переры́в (*в заседаниях*)

adjust [ə'dʒʌst] 1) оправля́ть (*платье и т.п.*) 2) улáживать 3) приспособля́ть, прилáживать

administration [ədmınıs'treıʃn] 1) администрáция 2) прави́тельство

admiral ['ædmərəl] адмирáл

admiralty ['ædmərəltı] морскóе министéрство

admiration [ædmə'reıʃn] восхищéние

admire [əd'maıə] восхищáться

admission [əd'mıʃn] 1) вход; no ~ вход воспрещён 2) признáние

admit [əd'mıt] впускáть; *перен.* допускáть, признавáться; ~ting that this is the case допýстим, что э́то так; **~tance** [-əns] *см.* admission

adolescent [ədə'lesnt] **1.** *a* ю́ношеский **2.** *n* ю́ноша, подрóсток

adopt [ə'dɔpt] усыновля́ть 2) принимáть; **~ion** [ə'dɔpʃn] 1) усыновлéние 2) приня́тие

adore [ə'dɔ:] обожáть

adorn [ə'dɔ:n] украша́ть

adult ['ædʌlt] взро́слый

advance [əd'vɑ:ns] **1.** *v* 1) продвига́ть(ся) 2) повыша́ть(ся) 3) выдвига́ть **2.** *n* 1) продвиже́ние 2) ава́нс

advantage [əd'vɑ:ntɪdʒ] преиму́щество

adventure [ad'ventʃə] приключе́ние

adventurer [əd'ventʃərə] иска́тель приключе́ний, авантюри́ст

adventurous [əd'ventʃərəs] отва́жный, предприи́мчивый; ~ journey путеше́ствие, по́лное приключе́ний

adverb ['ædvɜ:b] *грам.* наре́чие

adversary ['ædvəsərɪ] проти́вник

adversity [əd'vɜ:sɪtɪ] бе́дствие, несча́стье

advertisement [əd'vɜ:tɪsmənt] объявле́ние; рекла́ма

advice [əd'vaɪs] сове́т (*наставление*)

advise [əd'vaɪz] 1) сове́товать 2) извеща́ть, уведомля́ть

advocate 1. *v* ['ædvəkeɪt] выступа́ть за; защища́ть **2.** *n* ['ædvəkɪt] сторо́нник, защи́тник

aerial ['eərɪəl] **1.** *a* возду́шный **2.** *n* анте́нна

aerodrome ['eərədrəum] аэродро́м

aeroplane ['eərəpleɪn] самолёт

affair [ə'feə] де́ло

affect [ə'fekt] 1) (воз)де́йствовать 2) затра́гивать 3) поража́ть

affectation [æfək'teɪʃn] притво́рство

affection [ə'fekʃn] привя́занность; **~ate** [-ɪt] лю́бящий, не́жный

affirm [ə'fɜ:m] утвержда́ть

affirmative [ə'fɜ:mətɪv] утверди́тельный

afford [ə'fɔ:d] 1) доставля́ть 2) позволя́ть себе́; I can't ~ a car я не в состоя́нии купи́ть маши́ну

affront [ə'frʌnt] оскорбле́ние

Afghan ['æfgæn] **1.** *a* афга́нский **2.** *n* афга́нец

Afghanistan [æf'gænɪstæn] Афганиста́н

afraid [ə'freɪd]: be ~ (of) боя́ться

afresh [ə'freʃ] за́ново

Africa ['æfrɪkə] А́фрика

African ['æfrɪkən] **1.** *a* африка́нский **2.** *n* африка́нец

after ['ɑ:ftə] **1.** *conj.* по́сле того́ как **2.** *prep.* по́сле; за; day ~ day день за днём; ~ all в конце́ концо́в

afternoon ['ɑ:ftə'nu:n] послеполу́денное вре́мя; втора́я полови́на дня; good ~! до́брый день!

afterwards ['ɑ:ftəwədz] потóм, впослéдствии

again [ə'gen] опя́ть, снóва

against [ə'genst] прóтив

age [eɪdʒ] **1.** *n* 1) вóзраст 2) век ◊ for ~s давнó **2.** *v* 1) старéть 2) стáрить

aged ['eɪdʒɪd] престарéлый

agency ['eɪdʒənsɪ] 1) агéнтство 2) срéдство; by (through) the ~ of посрéдством, с пóмощью

agenda [ə'dʒendə] повéстка дня

agent ['eɪdʒənt] агéнт; представи́тель

aggravate ['ægrəveɪt] усугубля́ть, отягощáть

aggression [ə'greʃn] агрéссия

agitate I ['ædʒɪteɪt] волновáть, возбуждáть

agitate II ['ædʒɪteɪt] агити́ровать

agitator ['ædʒɪteɪtə] агитáтор

ago [ə'gəu] томý назáд; long ~ давнó

agony ['ægənɪ] страдáние, мучи́тельная боль

agree [ə'gri:] 1) соглашáться; договáриваться 2) уживáться 3) соотвéтствовать; **~able** [ə'gri:əbl] прия́тный; **~ment** [ə'gri:mənt] 1) соглáсие 2) соглашéние; договóр 3) *грам.* согласовáние

agriculture ['ægrɪkʌltʃə] сéльское хозя́йство

ahead [ə'hed] вперёд; впереди́

aid [eɪd] **1.** *n* пóмощь **2.** *v* помогáть

aim [eɪm] **1.** *n* цель **2.** *v* 1) цéлиться 2) стреми́ться

air I [eə] **1.** *n* вóздух **2.** *a* 1) возду́шный 2) авиациóнный **3.** *v* провéтривать

air II [eə] вид; an ~ of importance вáжный вид

aircraft ['eəkrɑ:ft] 1) самолёт 2) авиáция

air mail ['eəmeɪl] авиапóчта

Alabama [ælə'bæmə] Алабáма

Aland Islands ['ɑ:lənd 'aɪləndz] Алáндские островá

alarm [ə'lɑ:m] **1.** *n* тревóга **2.** *v* (вс)тревóжить; **~-clock** [-klɔk] буди́льник

alas! [ə'lɑ:s] увы́!

Albania [æl'beɪnɪə] Албáния

Albanian [æl'beɪnɪən] **1.** *a* албáнский **2.** *n* албáнец

alcohol ['ælkəhɔl] алкогóль

alert [ə'lɜ:t] **1.** *a* 1) бди́тельный 2) провóрный **2.** *n*: on the ~ насторожé

algebra ['ældʒɪbrə] áлгебра

Algeria [æl'dʒɪərɪə] Алжи́р (*страна*)

Algiers [æl'dʒɪəz] Алжи́р (*город*)

alien ['eɪljən] **1.** *a* 1) инострáнный 2) чу́ждый **2.** *n* инострáнец

alight [ə'laɪt] 1) сходи́ть (*с трамвая и т.п.*) 2) спускáться (*о самолёте*); сесть (*о птице*)

alike [ə'laɪk] **1.** *a* 1): they are very much ~ они́ о́чень похо́жи друг на дру́га 2): all children are ~ все де́ти одина́ковы **2.** *adv* одина́ково; they dress ~ они́ одина́ково одева́ются

alive [ə'laɪv] 1) живо́й 2): ~ with киша́щий ◊ be ~ to понима́ть, осознава́ть

all [ɔ:l] **1.** *a* весь, вся, всё; все ◊ once for ~ раз навсегда́ **2.** *n* всё, все ◊ at ~ совсе́м, вообще́; not at ~! во́все нет!; пожа́луйста! (*в ответ на благодарность*); ~ right! ла́дно!; хорошо́!

allege [ə'ledʒ] 1) утвержда́ть 2) ссыла́ться; приводи́ть в подтвержде́ние

allegiance [ə'li:dʒəns] пре́данность, ве́рность

alley ['ælɪ] 1) алле́я 2) переу́лок

alliance [ə'laɪəns] сою́з

allied [ə'laɪd] 1) сою́зный 2) ро́дственный

allot [ə'lɔt] назнача́ть; **~ment** [-mənt] уча́сток

allow [ə'lau] 1) позволя́ть 2) допуска́ть, признава́ть; ~ for принима́ть во внима́ние

allowance [ə'lauəns] 1) посо́бие, регуля́рная де́нежная по́мощь 2) *воен.* паёк ◊ make ~s for учи́тывать

alloy ['ælɔɪ] 1) при́месь 2) сплав

allude [ə'lu:d] (to) 1) упомина́ть 2) ссыла́ться

allusion [ə'lu:ʒn] 1) намёк 2) ссы́лка

ally ['ælaɪ] **1.** *n* сою́зник **2.** *v* [ə'laɪ] соединя́ть

almond ['ɑ:mənd] минда́ль

almost ['ɔ:lməust] почти́

alone [ə'ləun] оди́н; I'm (all) ~ я (совсе́м) оди́н; let *smb.* ~ оставля́ть в поко́е

along [ə'lɔŋ] вдоль, по

alongside [ə'lɔŋ'saɪd] вдоль

aloof [ə'lu:f]: hold (keep) ~ from держа́ться в стороне́

aloud [ə'laud] гро́мко, вслух

alphabet ['ælfəbɪt] алфави́т, а́збука

alpine ['ælpaɪn] альпи́йский

Alps, the ['ælps] А́льпы

already [ɔ:l'redɪ] уже́

also ['ɔ:lsəu] та́кже, то́же

alter ['ɔ:ltə] (видо)изменя́ть(ся); **~ation** [ɔ:ltə'reɪʃn] измене́ние; переме́на

alternate **1.** *a* [ɔ:l'tɜ:nɪt] переме́нный **2.** *v* ['ɔ:ltɜ:neɪt] чередова́ть(ся)

alternative [ɔ:l'tɜ:nətɪv] вы́бор; there was no ~ не́ было друго́го вы́хода

although [ɔ:l'ðəu] хотя́

altitude ['æltɪtju:d] высота́

altogether [ɔ:ltə'geðə] совсе́м

aluminium [ælju'mɪnɪəm] алюми́ний

always ['ɔ:lwəz] всегда́

am [æm] *1 л. ед. ч. наст. вр. гл.* be

a.m. ['eɪ'em] (ante meridiem) до полу́дня; 5 a.m. 5 часо́в утра́

amalgamated [ə'mælgəmeɪtɪd] объединённый, соединённый

amateur ['æmətə] **1.** *n* люби́тель **2.** *a* люби́тельский

amaze [ə'meɪz] удивля́ть, изумля́ть; **~ment** [-mənt] удивле́ние, изумле́ние

Amazon ['æməzən] *р.* Амазо́нка

ambassador [æm'bæsədə] посо́л

amber ['æmbə] **1.** *n* янта́рь **2.** *a* янта́рный

ambiguous [æm'bɪgjuəs] двусмы́сленный

ambition [æm'bɪʃn] 1) честолю́бие 2) стремле́ние

ambitious [æm'bɪʃəs] честолюби́вый

ambulance ['æmbjuləns] 1) полево́й го́спиталь 2) маши́на ско́рой по́мощи

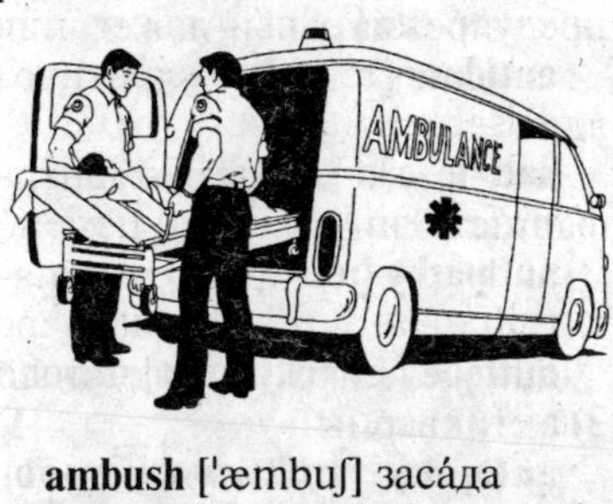

ambush ['æmbuʃ] заса́да

amends [ə'mendz] *pl* возмеще́ние; make ~ (for) искупа́ть вину́

America [ə'merɪkə] Аме́рика

American [ə'merɪkən] **1.** *a* америка́нский **2.** *n* америка́нец

amiable ['eɪmɪəbl] любе́зный, ми́лый

amicable ['æmɪkəbl] дру́жеский; дру́жественный

amid(st) [ə'mɪd(st)] среди́

Amman [ə'mɑ:n] Амма́н

ammonia [ə'məunjə] аммиа́к; liquid ~ нашаты́рный спирт

ammunition [æmju'nɪʃn] боеприпа́сы

amnesty ['æmnɪstɪ] амни́стия

among(st) [ə'mʌŋ(st)] ме́жду, среди́

amount [ə'maunt] **1.** *n* 1) су́мма; ито́г 2) коли́чество **2.** *v* доходи́ть до; равня́ться

amputate ['æmpjuteɪt] ампути́ровать

Amsterdam ['æmstə'dæm] Амстерда́м

amuse [ə'mju:z] забавля́ть, развлека́ть; **~ment** [-mənt] заба́ва; развлече́ние

amusing [ə'mju:zɪŋ] заба́вный, интере́сный

an [æn] *грам. неопределённый артикль перед гласными*

anaesthetic [ænɪs'θetɪk] нарко́з; обезбо́ливающее сре́дство

analyse ['ænəlaɪz] анализи́ровать, разбира́ть

analysis [ə'næləsɪs] ана́лиз

anarchy ['ænəkɪ] ана́рхия

anatomy [ə'nætəmɪ] анато́мия

ancestor ['ænsɪstə] пре́док

anchor ['æŋkə] я́корь

ancient ['eɪnʃənt] дре́вний, стари́нный

and [ænd] 1) и 2) а, но

angel ['eɪndʒəl] а́нгел

anger ['æŋgə] гнев

angle [æŋgl] *мат.* у́гол

angry ['æŋgrɪ] серди́тый; be ~ серди́ться

anguish ['æŋgwɪʃ] страда́ние

animal ['ænɪməl] **1.** *n* живо́тное **2.** *a* живо́тный

animated ['ænɪmeɪtɪd] оживлённый

animosity [ænɪ'mɔsɪtɪ] вражде́бность

Ankara ['ænkərə] Анкара́

ankle [æŋkl] щи́колотка

annex 1. *v* [ə'neks] присоединя́ть **2.** *n* ['æneks] 1) приложе́ние 2) пристро́йка; **~ation** [ænek'seɪʃn] присоедине́ние; анне́ксия

annihilate [ə'naɪəleɪt] уничтожа́ть

annihilation [ənaɪə'leɪʃn] уничтоже́ние

anniversary [ænɪ'vɜ:sərɪ] годовщи́на; юбиле́й

announce [ə'nauns] объявля́ть; **~ment** [-mənt] объявле́ние; **~r** [-ə] ди́ктор

annoy [ə'nɔɪ] досажда́ть, надоеда́ть

annual ['ænjuəl] **1.** *a* годово́й, ежего́дный **2.** *n* ежего́дник

annul [ə'nʌl] аннули́ровать, отменя́ть, уничтожа́ть

another [ə'nʌðə] друго́й

answer ['ɑ:nsə] **1.** *n* отве́т **2.** *v* отвеча́ть

ant [ænt] мураве́й

Antarctic, the [ænt'ɑ:ktɪk] Анта́рктика

antarctic [ænt'ɑ:ktɪk] антаркти́ческий

anthem ['ænθəm] гимн; national ~ госуда́рственный гимн

anti-aircraft ['æntɪeəkrɑ:ft] противовозду́шный

anticipate [æn'tɪsɪpeɪt] ожида́ть, предви́деть; ~ smb.'s wishes предупрежда́ть чьи-л. жела́ния

antidote ['æntɪdəut] противоя́дие

anti-fascist ['æntɪ'fæʃɪst] антифаши́стский

antipathy [æn'tɪpəθɪ] антипа́тия

antique [æn'ti:k] 1) анти́чный 2) антиква́рный

antiquity [æn'tɪkwɪtɪ] дре́вность; анти́чность

anvil ['ænvɪl] накова́льня

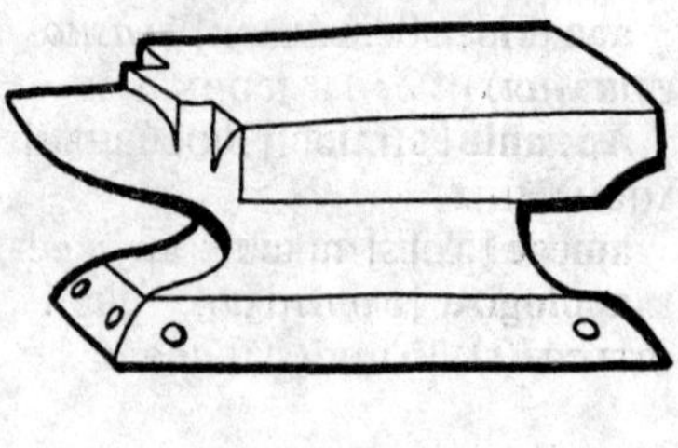

anxiety [æŋ'zaıətı] беспоко́йство, забо́та; трево́га

anxious ['æŋkʃəs] 1) озабо́ченный; встрево́женный; I am ~ about children я беспоко́юсь о де́тях 2) стра́стно жела́ющий; he is ~ to see you он о́чень хоте́л бы повида́ть вас

any ['enı] како́й-нибу́дь; любо́й; **~body** кто-нибу́дь [-bɔdı]; **~how** [-hau] во вся́ком слу́чае; **~one** [-wʌn] любо́й, вся́кий; **~thing** [-θıŋ] что́-нибудь; что уго́дно; **~way** [-weı] во вся́ком слу́чае; **~where** [-weə] где́-нибудь, куда́-нибудь; где уго́дно, куда уго́дно

apart [ə'pɑ:t] в стороне́, отде́льно; врозь; take ~ разобра́ть (*на части*); ~ from не счита́я, кро́ме; joking ~ шу́тки в сто́рону

apartment [ə'pɑ:tmənt] ко́мната; кварти́ра

ape [eıp] обезья́на (*человекообразная*)

Apennines, the ['æpınaınz] Апенни́ны

apiece [ə'pi:s] за шту́ку

apologize [ə'pɔləd3aız] извиня́ться

apology [ə'pɔləd3ı] извине́ние

appal [ə'pɔl] ужаса́ть, пуга́ть

apparatus [æpə'reıtəs] аппара́т, прибо́р

apparently [ə'pærəntlı] очеви́дно; по-ви́димому

appeal [ə'pi:l] **1.** *n* 1) призы́в; обраще́ние; воззва́ние 2) *юр.* апелля́ция **2.** *v* 1) обраща́ться; взыва́ть 2) *юр.* апелли́ровать

appear [ə'pıə] 1) появля́ться 2) каза́ться 3) я́вствовать

appearance [ə'pıərəns] 1) появле́ние 2) нару́жность, вид

appease [ə'pi:z] умиротворя́ть; успока́ивать

appendix [ə'pendıks] 1) приложе́ние 2) *анат.* аппе́ндикс

appetite ['æpıtaıt] 1) аппети́т 2) охо́та, жела́ние

applaud [ə'plɔ:d] 1) аплоди́ровать 2) хвали́ть

applause [ə'plɔ:z] 1) аплодисме́нты 2) похвала́

apple [æpl] я́блоко; ~ **tree** ['æpltri:] я́блоня

appliance [ə'plaıəns] прибо́р, приспособле́ние

applicant ['æplıkənt] 1) проси́тель 2) претенде́нт (*на место, должность*)

application [æplı'keıʃn] 1) про́сьба, заявле́ние 2) примене́ние 3) прилежа́ние, стара́ние

applied [ə'plaıd] прикладно́й

apply [ə'plaı] 1) (to, for) обраща́ться к, за 2) прилага́ть; применя́ть; употребля́ть (*в дело*)

appoint [ə'pɔınt] назнача́ть; **~ment** [-mənt] 1) назначе́ние 2) до́лжность 3) свида́ние

appraise [ə'preız] оце́нивать

appreciable [ə'pri:ʃəbl] замéтный, ощути́мый

appreciate [ə'pri:ʃɪeɪt] 1) цени́ть; отдавáть дóлжное 2) оцéнивать

apprentice [ə'prentɪs] учени́к, подмастéрье; **~ship** [ə'prentɪsʃɪp] учени́чество

approach [ə'prəutʃ] **1.** *v* приближáться; подходи́ть **2.** *n* приближéние; подхóд

approbation [æprə'beɪʃn] одобрéние

appropriate 1. *a* [ə'prəuprɪɪt] подходя́щий, соотвéтствующий **2.** *v* [ə'prəuprɪeɪt] присвáивать

approval [ə'pru:vəl] одобрéние

approve [ə'pru:v] одобря́ть

approximate [ə'prɔksɪmɪt] приблизи́тельный

apricot ['eɪprɪkɔt] абрикóс

April ['eɪprəl] апрéль

apron ['eɪprən] фáртук

apt [æpt] 1) подходя́щий; умéстный 2) склóнный

aquatics [ə'kwætɪks] *pl* вóдный спорт

Arab ['ærəb] **1.** *a* арáбский **2.** *n* арáб

arable ['ærəbl] пáхотный

arbitrary ['ɑ:bɪtrərɪ] произвóльный

arbour ['ɑ:bə] бесéдка

arc [ɑ:k] *мат.* дугá

arch [ɑ:tʃ] áрка

archaic [ɑ:'keɪɪk] устарéлый; архаи́ческий

archbishop ['ɑ:tʃ'bɪʃəp] архиепи́скоп

architect ['ɑ:kɪtekt] архитéктор; **~ure** ['ɑ:kɪtektʃə] архитекту́ра

Arctic, the ['ɑ:ktɪk] Áрктика

arctic ['ɑ:ktɪk] поля́рный, аркти́ческий

Arctic Ocean, the ['ɑ:ktɪk 'əuʃn] Сéверный Ледови́тый океáн

ardent ['ɑ:dənt] пы́лкий

ardour ['ɑ:də] жар; пыл, рвéние

arduous ['ɑ:djuəs] тяжёлый

are [ɑ:] *мн. ч. наст. вр. гл.* be

area ['eərɪə] 1) прострáнство, плóщадь 2) райóн, óбласть; зóна

arena [ə'ri:nə] арéна

aren't [ɑ:nt] *разг.* = are not

Argentina ['ɑ:dʒənti:nə] Аргенти́на

argue ['ɑ:gju:] 1) спóрить 2) доκáзывать

argument ['ɑ:gjumənt] 1) дóвод 2) спор

arid ['ærɪd] сухóй, засýшливый

arise [ə'raɪz] (arose; arisen) возникáть, появля́ться

arisen [ə'rɪzn] *p.p. от* arise

arithmetic [ə'rɪθmətɪk] арифмéтика

Arizona [ærɪ'zəunə] Аризóна

Arkansas ['ɑːkənsɔː] Арканзáс (*штат и город*)

arm I [ɑːm] рукá (*от кисти до плеча*)

arm II [ɑːm] **1.** *n* (*обыкн. pl*) орýжие **2.** *v* вооружáть(ся)

armaments ['ɑːməments] *pl* вооружéние

armchair ['ɑːmtʃeə] крéсло

armistice ['ɑːmɪstɪs] перемúрие

armour ['ɑːmə] броня́; **~-clad** [-klæd] бронирóванный

armoury ['ɑːmərɪ] 1) арсенáл 2) *амер.* оружéйный завóд

army ['ɑːmɪ] áрмия

arose [ə'rəuz] *past от* arise

around [ə'raund] вокрýг, кругóм

arouse [ə'rauz] будúть, пробуждáть

arrange [ə'reɪndʒ] расставля́ть, располагáть по вкýсу (*мебель, цветы и т.п.*); устрáивать; ~ the children according to height постáвить детéй по рóсту; **~ment** [-mənt] 1) устрóйство, расположéние 2) *pl* приготовлéния

arrest [ə'rest] **1.** *v* 1) арестовáть 2) прикóвывать (*внимание*) **2.** *n* арéст

arrival [ə'raɪvəl] прибы́тие

arrive [ə'raɪv] прибывáть

arrogance ['ærəgəns] высокомéрие, надмéнность

arrow ['ærəu] стрелá

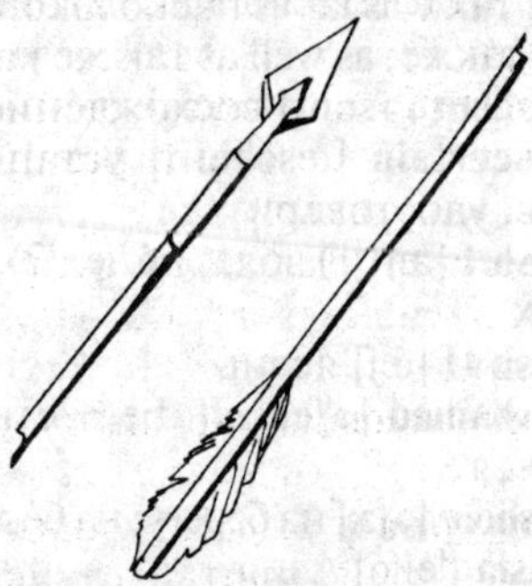

arsenic ['ɑːsnɪk] мышья́к

art [ɑːt] искýсство

article ['ɑːtɪkl] 1) статья́; leading ~ передовáя статья́, передовúца 2) предмéт 3) *грам.* артúкль, член

artificial [ɑːtɪ'fɪʃəl] искýсственный; притвóрный; ~ teeth вставны́е зýбы; ~ limb протéз

artillery [ɑː'tɪlərɪ] артиллéрия

artist ['ɑːtɪst] худóжник; **~ic** [ɑː'tɪstɪk] худóжественный

as [æz] **1.** *conj* 1) так как 2) в то врéмя как, когда ◊ as if как бýдто; as to что касается **2.** *adv* как; так ◊ as far as наскóлько; as well тáкже; as well as так же как

ascent [ə'sent] восхождéние

ascertain [æsə'teɪn] установи́ть, удостовéриться

ash I [æʃ] 1) золá; пéпел 2) *pl* прах

ash II [æʃ] я́сень

ashamed [ə'ʃeɪmd]: be ~ стыди́ться

ashore [ə'ʃɔ:] на берегý; на бéрег

Asia ['eɪʃə] Áзия

Asiatic [eɪʃɪ'ætɪk] азиáтский

aside [ə'saɪd] в стóрону

ask [ɑ:sk] 1) спрáшивать; ~ after справля́ться о 2) проси́ть

asleep [ə'sli:p]: be ~ спать; fall ~ заснýть

asp [æsp] оси́на

aspect ['æspekt] 1) вид 2) аспéкт, сторонá

aspiration [æspə'reɪʃn] стремлéние

aspire [əs'paɪə] стреми́ться

ass [æs] осёл

assassin [ə'sæsɪn] уби́йца; **~ation** [əsæsɪ'neɪʃn] уби́йство

assault [ə'sɔ:lt] **1.** *n* нападéние; штурм **2.** *v* нападáть; штурмовáть

assemble [ə'sembl] 1) собирáть(ся) 2) *тех.* монти́ровать

assembly [ə'semblɪ] собрáние; ассамблéя

assent [ə'sent] **1.** *n* соглáсие **2.** *v* соглашáться

assert [ə'sз:t] утверждáть; ~ oneself отстáивать свои́ правá

assign [ə'saɪn] 1) назначáть 2) ассигновáть; **~ment** [-mənt] 1) назначéние 2) передáча (*имущества, прав*)

assimilate [ə'sɪmɪleɪt] 1) усвáивать(ся) 2) ассимили́ровать(ся)

assist [ə'sɪst] помогáть; содéйствовать; **~ance** [-əns] пóмощь; содéйствие; **~ant** [-ənt] помóщник, ассистéнт

associate 1. *v* [ə'səuʃɪeɪt] 1) соединя́ть(ся) 2) общáться **2.** *n* [ə'səuʃɪɪt] коллéга; учáстник

association [əsəusɪ'eɪʃn] óбщество; ассоциáция

assortment [ə'sɔ:tmənt] вы́бор, ассортимéнт

assume [ə'sju:m] 1) принимáть на себя́ 2) предполагáть, допускáть

assure [ə'ʃuə] уверя́ть; заверя́ть (*кого-л.*)

astonish [əs'tɔnɪʃ] удивля́ть, изумля́ть; **~ment** [-mənt] удивлéние, изумлéние

astronomy [əs'trɔnəmɪ] астронóмия

asylum [ə'saɪləm] 1) прию́т; убéжище 2) психиатри́ческая лечéбница

at [æt] в, на; при, у, óколо; по ◊ at all вообщé

ate [et] *past от* eat

atheist ['eɪθɪɪst] атеи́ст

Athens ['æθɪnz] Афи́ны

athlete ['æθli:t] спортсмéн; атлéт

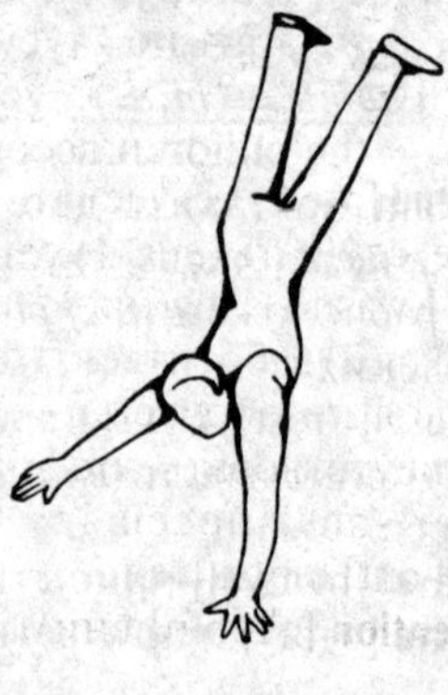

athletics [æθ'letɪks] лёгкая атлéтика

Atlantic Ocean, the [ət'læntɪk 'əuʃn] Атланти́ческий океáн

atlas ['ætləs] áтлас

atmosphere ['ætməsfiə] атмосфéра

atom ['ætəm] áтом; ~ bomb áтомная бóмба

atomic [ə'tɔmɪk] áтомный

atrocious [ə'trəuʃəs] звéрский, жестóкий

attach [ə'tætʃ] прикрепля́ть, присоединя́ть; *перен.* привя́зывать 2) придавáть (*значение*); **~ment** [-mənt] 1) привя́занность 2) прикреплéние

attack [ə'tæk] **1.** *v* атаковáть; нападáть **2.** *n* 1) атáка; нападéние 2) припáдок, при́ступ (*болезни*)

attain [ə'teɪn] дости́гнуть; доби́ться

attempt [ə'tempt] **1.** *n* 1) попы́т-ка 2) покушéние **2.** *v* 1) пытáться 2) покушáться

attentive [ə'tentɪv] внимáтельный

attic ['ætɪk] чердáк

attitude ['ætɪtju:d] 1) отношéние 2) пóза

attorney [ə'tɜ:nɪ] повéренный; адвокáт; power of ~ полномóчие

attract [ə'trækt] притя́гивать, привлекáть; **~ion** [ə'trækʃn] 1) притяжéние, тяготéние 2) привлекáтельность; **~ive** [ə'træktɪv] привлекáтельный; замáнчивый

attribute **1.** *n* ['ætrɪbju:t] 1) свóйство; при́знак 2) *грам.* определéние **2.** *v* [ə'trɪbju:t] припи́сывать; относи́ть (к)

auction ['ɔ:kʃn] аукциóн

audacious [ɔ:'deɪʃəs] отвáжный; дéрзкий

audacity [ɔ:'dæsɪtɪ] 1) отвáга 2) нахáльство

audible ['ɔ:dəbl] слы́шный, слы́шимый

audience ['ɔ:djəns] 1) аудитóрия, пýблика, слýшатели 2) аудиéнция

attend [ə'tend] 1) уделя́ть внимáние; слýшать (*внимательно*); sorry, I wasn't ~ing прости́те, я отвлёкся 2) забóтиться; I'll ~ to luggage я позабóчусь о багажé 3) присýтствовать, посещáть; **~ance** [-əns] посещáемость; **~ant** [-ənt] служи́тель

attention [ə'tenʃn] внимáние

August ['ɔ:gəst] áвгуст

aunt [ɑ:nt] тётка, тётя

austere [ɔs'tɪə] сурóвый, стрóгий

Australia [ɔs'treɪlɪə] Австрáлия

Australian [ɔs'treɪlɪən] **1.** *a* австрали́йский **2.** *n* австрали́ец

authentic [ɔ:'θentɪk] пóдлинный

author [ˈɔ:θə] áвтор

authoritative [ɔ:ˈθɔrɪtətɪv] авторитéтный

authority [ɔ:ˈθɔrɪtɪ] 1) власть, полномóчие 2) *pl* влáсти 3) авторитéт

authorize [ˈɔ:θəraɪz] уполномóчивать

autobiography [ɔ:təbaɪˈɔgrəfɪ] автобиогрáфия

automatic [ɔ:təˈmætɪk] автоматúческий

automobile [ˈɔ:təməbi:l] автомобúль

autonomous [ɔ:ˈtɔnəməs] автонóмный

autumn [ˈɔ:təm] óсень

auxiliary [ɔ:gˈzɪljərɪ] вспомогáтельный; дополнúтельный

available [əˈveɪləbl] налúчный, имéющийся в распоряжéнии; are any tickets ~ ? нет ли билéтов в продáже?

avalanche [ˈævəlɑ:nʃ] снéжный обвáл, лавúна

avarice [ˈævərɪs] áлчность, скýпость

avenge [əˈvendʒ] (ото)мстúть

avenue [ˈævɪnju:] проспéкт; ýлица; аллéя

average [ˈævərɪdʒ] **1.** *n*: on an ~ в срéднем **2.** *a* срéдний

averse [əˈvɜ:s]: be ~ to быть прóтив

aversion [əˈvɜ:ʃn] отвращéние

avert [əˈvɜ:t] 1) отвернýться 2) отвращáть; отводúть 3) предотвращáть

aviation [eɪvɪˈeɪʃn] авиáция

avoid [əˈvɔɪd] избегáть; уклонúться

awake [əˈweɪk] **1.** *v* (awoke; awaked) проснýться **2.** *a* : be ~ бóдрствовать, не спать

award [əˈwɔ:d] присуждáть; награждáть

aware [əˈweə]: be ~ of знать; I am ~ мне извéстно

away [əˈweɪ] 1) прочь 2) в отсýтствие; he is ~ егó нет (*в городе и т.п.*)

awe [ɔ:] (благоговéйный) страх

awful [ˈɔ:ful] ужáсный; **~ly** 1) [ˈɔ:fulɪ] ужáсно 2) [ˈɔ:flɪ] *разг.* óчень; крáйне

awkward [ˈɔ:kwəd] 1) неуклюжий, нелóвкий 2) неудóбный, затруднúтельный

awoke [əˈwəuk] *past и p. p. от* awake

axe [æks] топóр

axis [ˈæksɪs] ось

azure [ˈeɪʒə] **1.** *n* небéсная лазýрь **2.** *a* голубóй, лазýрный

B

baby [ˈbeɪbɪ] ребёнок, младéнец; **~ish** [-ɪʃ] ребя́ческий

bachelor I [ˈbætʃələ] холостя́к

bachelor II [ˈbætʃələ] бакалáвр

back [bæk] **1.** *n* 1) спинá 2) спúнка (*стула*) 3) тыльная сторонá **2.** *a* зáдний **3.** *adv* назáд

4. *v* 1) поддéрживать 2) пя́титься назáд; осáживать

backbone [ˈbækbəun] позвонóчник; *перен.* твёрдость харáктера

background [ˈbækgraund] фон; зáдний план; keep in the ~ *перен.* оставáться в тени́, на зáднем плáне

backward [ˈbækwəd] **1.** *adv* назáд **2.** *a* 1) обрáтный 2) отстáлый

bacon [ˈbeɪkən] бекóн

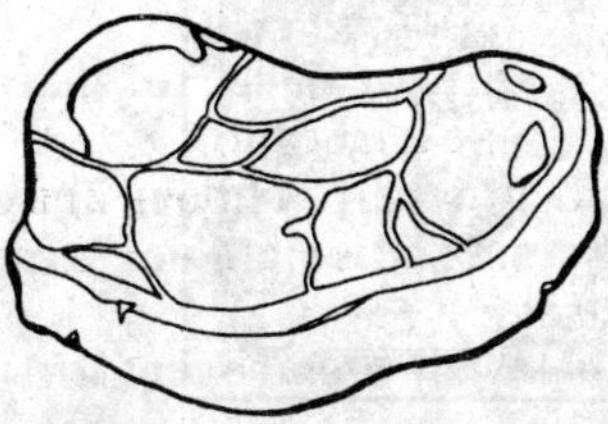

bad [bæd] 1) плохóй, нехорóший; too ~! оби́дно 2) испóрченный (*о пище*); go ~ испóртиться

badge [bædʒ] знак, значóк

bag [bæg] мешóк; сýмка

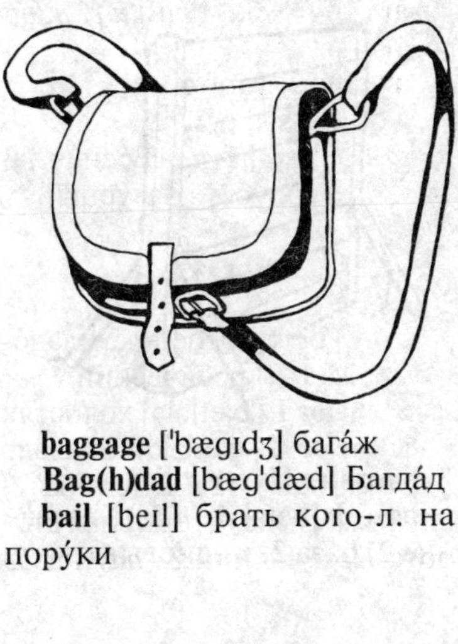

baggage [ˈbægɪdʒ] багáж

Bag(h)dad [bægˈdæd] Багдáд

bail [beɪl] брать кого-л. на порýки

bait [beɪt] примáнка

bake [beɪk] печь (*что-л.*)

bakery [ˈbeɪkərɪ] бýлочная; пекáрня

balance [ˈbæləns] **1.** *n* 1) весы́ 2) равновéсие 3) остáток; балáнс **2.** *v* баланси́ровать

bald [bɔːld] лы́сый

bale [beɪl] ки́па, тюк

Balkans, the [ˈbɔːlkənz] Балкáны

ball I [bɔːl] шар; мяч

ball II [bɔːl] бал

ballet [ˈbæleɪ] балéт

balloon [bəˈluːn] воздýшный шар; barrage ~ аэростáт заграждéния

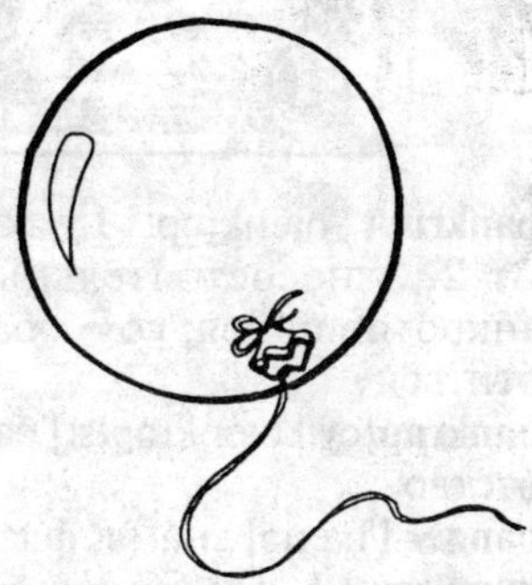

ballot [ˈbælət] баллотирóвка

Baltic Sea [ˈbɔːltɪkˈsiː] Балти́йское мóре

Bamako [bɑːmɑːˈkəu] Бамакó

bamboo [bæmˈbuː] бамбýк

ban [bæn] **1.** *n* запрéт, запрещéние **2.** *v* запрещáть, налагáть запрéт

banana [bəˈnɑːnə] банáн

band I [bænd] 1) лéнта, завя́зка; тесьмá 2) óбод, ободóк

band II [bænd] шáйка, бáнда

band III [bænd] духовóй оркéстр

bandage [ˈbændɪdʒ] **1.** *n* бинт; повя́зка **2.** *v* перевя́зывать, бинтова́ть

bang [bæŋ] ударя́ть; хло́пать (*дверью и т.п.*)

banisters [ˈbænɪstəz] *pl* пери́ла (*лестницы*)

bank I [bæŋk] 1) вал, на́сыпь 2) бе́рег (*реки*)

bank II [bæŋk] банк

banknote [ˈbæŋknəut] банкно́та

bare-headed [ˈbeəˈhedɪd] с обнажённой голово́й

bargain [ˈbɑːgɪn] **1.** *n* 1) сде́лка 2) уда́чная поку́пка **2.** *v* торгова́ться

barge [bɑːdʒ] ба́ржа

bark I [bɑːk] кора́

bark II [bɑːk] **1.** *n* лай **2.** *v* ла́ять

barley [ˈbɑːlɪ] ячме́нь

barn [bɑːn] амба́р

barrack [ˈbærək] 1) бара́к 2) *pl* каза́рмы

bankrupt [ˈbæŋkrəpt] **1.** *n* банкро́т **2.** *a* несостоя́тельный, обанкро́тившийся; go ~ обанкро́титься

bankruptcy [ˈbæŋkrəptsɪ] банкро́тство

banner [ˈbænə] зна́мя, флаг

bar I [bɑː] **1.** *n* 1) бруcо́к; ~ of chocolate пли́тка шокола́да 2) засо́в 3) препя́тствие **2.** *v* 1) запира́ть на засо́в 2) прегражда́ть

bar II [bɑː] бар, буфе́т

bar III [bɑː]: the Bar адвокату́ра; prisoner at the ~ подсуди́мый

barbed [ˈbɑːbd] колю́чий; ~ wire колю́чая про́волока

barber [ˈbɑːbə] парикма́хер (*мужской*)

bare [beə] го́лый, обнажённый

bare-footed [ˈbeəˈfutɪd] босо́й

barrage [ˈbærɑːʒ] загражде́ние

barrel [ˈbærəl] бо́чка

barren [ˈbærən] беспло́дный; неплодоро́дный

barrier [ˈbærɪə] 1) барье́р 2) прегра́да

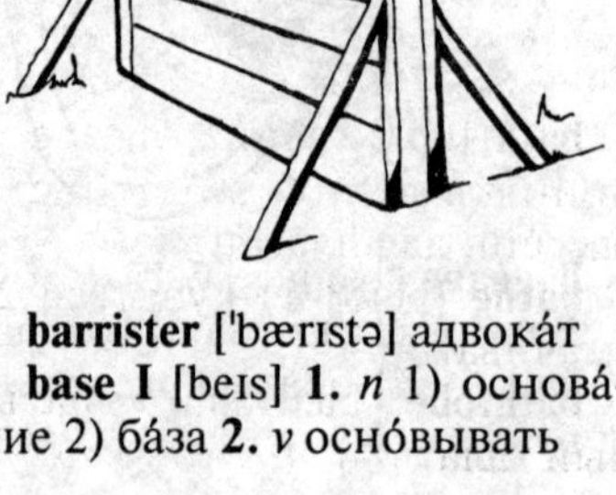

barrister [ˈbærɪstə] адвока́т

base I [beɪs] **1.** *n* 1) основа́ние 2) ба́за **2.** *v* осно́вывать

base II [beɪs] по́длый, ни́зкий

baseball ['beɪsbɔ:l] бейсбо́л

basement ['beɪsmənt] подва́л

basic ['beɪsɪk] основно́й

basin ['beɪsn] 1) таз, ча́шка, ми́ска 2) *геогр.* бассе́йн

basis ['beɪsɪs] 1) основа́ние, ба́зис 2) ба́за

basket ['bɑ:skɪt] корзи́н(к)а

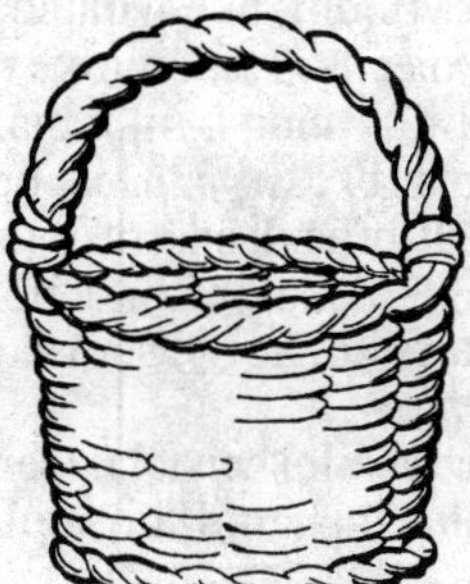

basketball ['bɑ:skɪtbɔ:l] баскет-бо́л

bass [beɪs] **1.** *n* бас **2.** *a* басо́вый

bat I [bæt] *спорт.* бита́

bat II [bæt] лету́чая мышь

bath [bɑ:θ] ва́нна; have a ~ приня́ть ва́нну; swimming ~ бассе́йн для пла́вания

bathe [beɪð] 1) купа́ться 2) сма́чивать

bathrobe ['bɑ:θrəub] купа́ль-ный хала́т

bathroom ['bɑ:θrum] ва́нная (ко́мната)

battery ['bætərɪ] батаре́я

battle [bætl] би́тва, бой; **~ship** ['bætlʃɪp] лине́йный кора́бль

bay [beɪ] бу́хта; зали́в

bayonet ['beɪənɪt] штык

be [bi:] (was; been) быть, су-ществова́ть

beach [bi:tʃ] пляж; взмо́рье

beacon ['bi:kən] сигна́льный ого́нь; мая́к

bead [bi:d] 1) бу́сина 2) *pl* бу́-сы; чётки

beak [bi:k] клюв

beam [bi:m] **1.** *n* 1) ба́лка, стропи́ло 2) луч **2.** *v* (про)си-я́ть

bean [bi:n] боб

bear I [beə] (bore; borne) 1) носи́ть, нести́ 2) рожда́ть; ~ fruit приноси́ть плоды́ 3) вы-носи́ть, терпе́ть

bear II [beə] медве́дь

beard [bɪəd] борода́

bearer ['beərə] 1) носи́тель 2) пода́тель, предъяви́тель

beast [bi:st] зверь; don't be such a ~ *шутл.* не будь таки́м проти́вным; **~ly** ['bi:stlɪ] *разг.* проти́вный

beat [bi:t] (beat; beaten) 1) бить; ~ time отбива́ть такт 2) победи́ть (*в игре, в споре*) 3) би́ться (*о сердце*); **~en** [-n] *p. p. от* beat

beautiful ['bju:tɪful] краси́вый, прекра́сный

beauty ['bju:tɪ] 1) красота́ 2) краса́вица

became [bɪ'keɪm] *past от* become

because [bɪ'kɔz] потому́ что; так как; ~ of из-за, вслéдствие

beckon ['bekən] мани́ть, кива́ть

become [bɪ'kʌm] (became; become) 1) станови́ться, дéлаться; what has ~ of him? что с ним случи́лось 2) идти́, быть к лицу́

becoming [bɪ'kʌmɪŋ] (иду́щий) к лицу́; it's a very ~ hat вам эта шля́па о́чень идёт

bed [bed] 1) постéль, крова́ть; go to ~ ложи́ться спать 2) клу́мба; гря́дка 3) дно (*моря, реки*); **~clothes** ['bedkləuðz] *pl* постéльное бельё

bedroom ['bedrum] спа́льня

bee [bi:] пчела́

beech [bi:tʃ] бук

beef [bi:f] говя́дина; horse ~ кони́на

beehive ['bi:haɪv] у́лей

been [bi:n] *p. p.* от be

beer [bɪə] пи́во

beet [bi:t] са́харная свёкла

beetle [bi:tl] жук

beetroot ['bi:tru:t] кра́сная свёкла

before [bɪ'fɔ:] **1.** *prep* пéред; до **2.** *adv* 1) впереди́ 2) ра́ньше; ~ long вско́ре; long ~ задо́лго до **3.** *conj* прéжде чем

beforehand [bɪ'fɔ:hænd] зара́нее

beg [beg] проси́ть

began [bɪ'gæn] *past от* begin

beggar ['begə] ни́щий

begin [bɪ'gɪn] (began; begun) начина́ть(ся); to ~ with во-пéрвых; **~ner** [-ə] новичо́к, начина́ющий; **~ning** [-ɪŋ] нача́ло

begun [bɪ'gʌn] *p. p. от* begin

behalf [bɪ'hɑ:f]: on ~ of от и́мени; in (on) ~ of для, ра́ди, в по́льзу

behave [bɪ'heɪv] вести́ себя́, поступа́ть

behaviour [bɪ'heɪvɪə] поведéние

behind [bɪ'haɪnd] позади́, сза́ди, за

being ['bi:ɪŋ] 1) существо́ 2) бытиé, существова́ние

Belgian ['beldʒən] **1.** *a* бельги́йский **2.** *n* бельги́ец

Belgium ['beldʒəm] Бéльгия

Belgrade [bel'greɪd] Белгра́д

belief [bɪ'li:f] вéра

believe [bɪ'li:v] 1) вéрить 2) ду́мать, полага́ть

bell [bel] 1) ко́локол 2) звоно́к

belligerent [bɪ'lɪdʒərənt] вою́ющий

bellow ['beləu] мыча́ть

belong [bɪ'lɔŋ] принадлежáть; **~ings** [-ɪŋz] *pl* вéщи, пожи́тки

below [bɪ'ləu] **1.** *adv* внизý **2.** *prep* ни́же, под; ~ zero ни́же нуля́

belt [belt] 1) пóяс; ремéнь 2) зóна

bench [bentʃ] 1) скамéйка 2) верстáк, станóк

bend [bend] **1.** *v* (bent; bent) сгибáть(ся), гнýть(ся); изгибáть(ся) **2.** *n* сгиб; изги́б; излýчина

beneath [bɪ'ni:θ] **1.** *prep* под, ни́же; ~ criticism ни́же вся́кой кри́тики **2.** *adv* внизý

beneficial [benɪ'fɪʃəl] благотвóрный, полéзный

benefit ['benɪfɪt] 1) ми́лость 2) вы́года

benevolence [bɪ'nevələns] 1) благосклóнность 2) благотвори́тельность

bent [bent] *past u p. p. от* bend 1.

Berlin [bɜ:'lɪn] Берли́н

Bern(e) [bɜ:n] Берн

berry ['berɪ] я́года

berth [bɜ:θ] 1) пóлка (*в поезде*); кóйка (*на пароходе*) 2) причáл

beside [bɪ'saɪd] ря́дом, óколо ◊ ~ oneself вне себя́

besides [bɪ'saɪdz] крóме тогó

besiege [bɪ'si:dʒ] осаждáть

best [best] **1.** *a* (наи)лýчший **2.** *adv* лýчше всегó

bestseller [best'selə] бестсéллер

bet [bet] **1.** *v* (bet, betted; bet, betted) держáть пари́ **2.** *n* 1) пари́ 2) стáвка

betray [bɪ'treɪ] предавáть; **~al** [-əl] предáтельство

better ['betə] **1.** *a* лýчший; be ~, get ~ поправля́ться (*о больном*) **2.** *adv* лýчше

between [bɪ'twi:n] мéжду

beware [bɪ'weə] (of) остерегáться

bewildered [bɪ'wɪldəd] поражённый, изумлённый

beyond [bɪ'jɔnd] 1) по ту стóрону, за 2) вне, сверх

bias(s)ed ['baɪəst] предубеждённый, тенденциóзный

bicycle ['baɪsɪkl] велосипéд; **~list** [-lɪst] велосипеди́ст

big [bɪg] большóй

bill I [bɪl] 1) законопроéкт, билль 2) счёт 3) *юр.* иск 4) афи́ша, плакáт 5): ~ of fare меню́

bill II [bɪl] клюв

billiards ['bɪljədz] бильярд

billion ['bɪljən] биллиóн; *амер.* миллиáрд

bind [baɪnd] (bound; bound) 1) свя́зывать; завя́зывать; привя́зывать 2) переплетáть (*книгу*); **~ing** ['baɪndɪŋ] переплёт

biology [baɪ'ɔlədʒɪ] биолóгия

birch [bɜ:tʃ] 1) берёза 2) рóзга

bird [bɜ:d] пти́ца

Birmingham ['bɜ:mɪŋəm] Бирмингéм

birth [bɜ:θ] 1) рождéние 2) рóды 3) происхождéние; **~-rate** ['bɜ:θreɪt] рождáемость, процéнт рождáемости

biscuit ['bɪskɪt] печéнье

bishop [ˈbɪʃəp] 1) епи́скоп 2) *шахм.* слон

bit I [bɪt] *past и p. p. от* bite.

bit II [bɪt] кусо́чек

bit III [bɪt] удила́

bite [baɪt] **1.** *v* (bit; bit, bitten) куса́ть **2.** *n* 1) уку́с 2) кусо́к

bitten [bɪtn] *p. p. от* bite 1.

bitter [ˈbɪtə] го́рький; **~ly** [-lɪ]: it's ~ly cold ужа́сно хо́лодно; he said ~ly он сказа́л с го́речью

black [blæk] **1.** *a* чёрный **2.** *n* чернота́

blackbird [ˈblækbɜːd] чёрный дрозд

blackboard [ˈblækbɔːd] кла́ссная доска́

blacken [ˈblækən] 1) черни́ть 2) черне́ть

blackout [ˈblækaut] затемне́ние; прерыва́ние радио- *или* телепереда́ч

blacksmith [ˈblæksmɪθ] кузне́ц

blade [bleɪd] 1) ле́звие 2) ло́пасть 3) трави́нка

blame [bleɪm] **1.** *v* осужда́ть, вини́ть **2.** *n* порица́ние, упрёк

blank [blæŋk] **1.** *a* пусто́й, незапо́лненный **2.** *n* пробе́л

blanket [ˈblæŋkɪt] (шерстяно́е) одея́ло

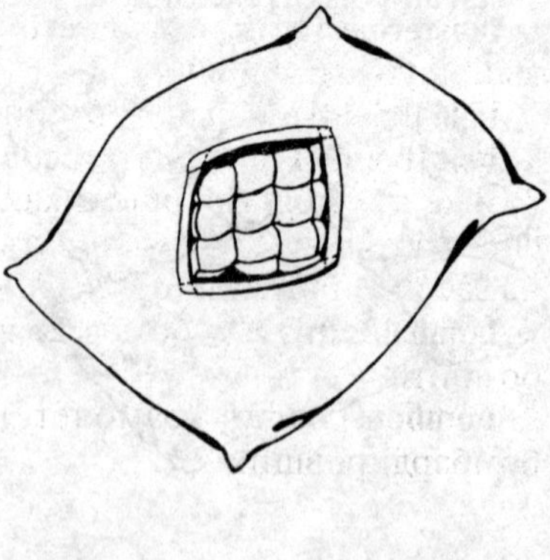

blast [blɑːst] **1.** *n* 1) поры́в ве́тра 2) взрыв **2.** *v* взрыва́ть

blast furnace [ˈblɑːstˈfɜːnɪs] до́менная печь

blaze [bleɪz] **1.** *n* пла́мя **2.** *v* пыла́ть, горе́ть

bleach [bliːtʃ] бели́ть (*ткань*)

bleak [bliːk] холо́дный; пусты́нный, го́лый

bled [bled] *past и p. p. от* bleed

bleed [bliːd] (bled; bled) истека́ть кро́вью; кровоточи́ть

blend [blend] **1.** *v* сме́шивать **2.** *n* смесь

bless [bles] благословля́ть; **~ing** [ˈblesɪŋ] благослове́ние

blew [bluː] *past от* blow II.

blind [blaɪnd] **1.** *a* слепо́й **2.** *n* што́ра **3.** *v* ослепля́ть

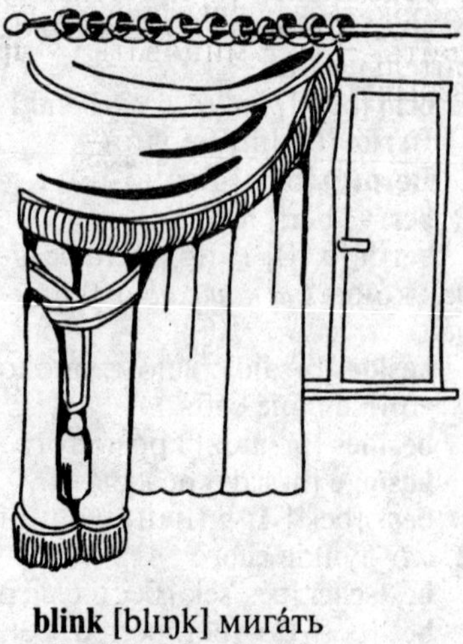

blink [blɪŋk] мига́ть

bliss [blɪs] блаже́нство, сча́стье

blister [ˈblɪstə] волды́рь

blizzard [ˈblɪzəd] мете́ль, пурга́

bloc [blɔk] *полит.* блок

block I [blɔk] **1.** *n* 1) чурба́н 2) про́бка, зато́р (*движения*) **2.** *v* прегражда́ть

block II [blɔk] кварта́л

blockade [blɔˈkeɪd] блока́да

blockbuster [ˈblɔkbʌstə] *кино* ка́ссовый фильм, блокба́стер

blocks [blɔks] *pl* ку́бики

blond [blɔnd] белоку́рый

blood [blʌd] кровь ◊ in cold ~ преднаме́ренно; **~shed** [ˈblʌdʃed] кровопроли́тие

blossom [ˈblɔsəm] **1.** *n* цвето́к (*на деревьях, кустах*); in ~ в цвету́ **2.** *v* расцвета́ть

blot [blɔt] **1.** *n* 1) кля́кса 2) пятно́ (*тж. перен.*) **2.** *v* промока́ть

blouse [blauz] ко́фточка, блу́зка

blow I [bləu] уда́р

blow II [bləu] (blew; blown) дуть; раздува́ть; ~ one's nose смorка́ться; ~ **out** задува́ть; туши́ть; ~ **over** минова́ть; ~ **up** взрыва́ть

blown [bləun] *p. p. от* blow II.

blue [blu:] голубо́й, си́ний

blunder [ˈblʌndə] (гру́бая) оши́бка

blunt [blʌnt] 1) тупо́й 2) ре́зкий; прямой

blush [blʌʃ] **1.** *v* (по)красне́ть **2.** *n* кра́ска стыда́, смуще́ния

board [bɔ:d] **1.** *n* 1) доска́ 2) стол, пита́ние; ~ and lodging кварти́ра и стол 3) правле́ние; комите́т 4) борт (*судна*) **2.** *v* столова́ться

boarding house [ˈbɔ:dɪŋhaus] пансио́н

boarding school [ˈbɔ:dɪŋsku:l] шко́ла-интерна́т

boast [bəust] хва́стать(ся)

boat [bəut] ло́дка; су́дно

body [ˈbɔdɪ] те́ло ◊ in a ~ в по́лном соста́ве

bog [bɔg] тряси́на, боло́то

boil [bɔɪl] кипе́ть; кипяти́ть(ся); вари́ть(ся); **~er** [ˈbɔɪlə] котёл

boisterous [ˈbɔɪstərəs] неи́стовый; шу́мный

bold [bəuld] сме́лый; де́рзкий

bolt [bəult] **1.** *n* 1) болт; засо́в 2): like a ~ from the blue ≅ как снег на́ голову **2.** *v* 1) запира́ть на засо́в 2) понести́ (*о лошади*)

bomb [bɔm] **1.** *n* бо́мба **2.** *v* бомби́ть

bomber [ˈbɔmə] (самолёт-) бомбардиро́вщик

bond [bɔnd] 1) ýзы; связь 2) *pl* облигáции

bondage [ˈbɔndɪdʒ] рáбство; завúсимость

bone [bəun] кость

bonfire [ˈbɔnfaɪə] костёр

bonus [ˈbəunəs] прéмия

book [buk] **1.** *n* кнúга **2.** *v* закáзывать билéт, стóлик *и т.п.*

bookcase [ˈbukkeɪs] кнúжный шкаф

booking office [ˈbukɪŋɔfɪs] билéтная кáсса

boom [bu:m] **1.** *v* 1) гудéть; гремéть 2) производúть сенсáцию **2.** *n* 1) гул 2) бум, большóй спрос

boot [bu:t] ботúнок, сапóг

booth [bu:ð] бýдка; палáтка

booty [ˈbu:tɪ] нагрáбленное добрó, добы́ча

border [ˈbɔ:də] **1.** *n* 1) гранúца; край 2) каймá **2.** *v* 1) гранúчить 2) окаймля́ть

bore I [bɔ:] **1.** *v* бурáвить **2.** *n* вы́сверленное отвéрстие

bore II [bɔ:] **1.** *v* надоедáть **2.** *n* нýдный человéк

bore III [bɔ:] *past от* bear I.

born [bɔ:n] (при)рождённый

borne [bɔ:n] *p. p. от* bear I.

borrow [ˈbɔrəu] 1) занимáть 2) заи́мствовать

Bosnia [ˈbɔznɪə] Бóсния

bosom [ˈbuzəm] грудь; **~-friend** [-frend] закады́чный друг

boss [bɔs] хозя́ин; *разг.* босс

Boston [ˈbɔstən] Бóстон

botany [ˈbɔtənɪ] ботáника

both [bəuθ] óба

bother [ˈbɔðə] **1.** *v* беспокóить(ся); надоедáть; don't ~! не беспокóйтесь! **2.** *n* беспокóйство; хлóпоты; what a ~! какáя досáда!

bottle [bɔtl] буты́лка

bottom [ˈbɔtəm] дно

bough [bau] ветвь, сук

bought [bɔ:t] *past и p. p. от* buy.

bound I [baund] *past и p. p. от* bind

bound II [baund]: be ~ for направля́ться

boundary [ˈbaundərɪ] гранúца

boundless [ˈbaundlɪs] безгранúчный

bourgeoisie [buəʒwɑ:ˈzi:] буржуазúя

bow I [bau] **1.** *n* поклóн **2.** *v* клáняться

bow II [bəu] 1) лук (*оружие*) 2) смычóк 3) бант 4) изгúб

bow III [bau] нос (*корабля*)

bowels [ˈbauəlz] *pl* кишéчник

bowl [bəul] чáша; мúска; кýбок

box I [bɔks] 1) я́щик; корóбка 2) лóжа (*театральная*)

box II [bɔks] **1.** *v* боксúровать **2.** *n* удáр; ~ on the ear пощёчина; **~er** [ˈbɔksə] боксёр; **~ing** [-ɪŋ] бокс

box-office [ˈbɔksɔfɪs] театрáльная кáсса

boy [bɔɪ] ма́льчик

braces ['breɪsɪz] *pl* подтя́жки

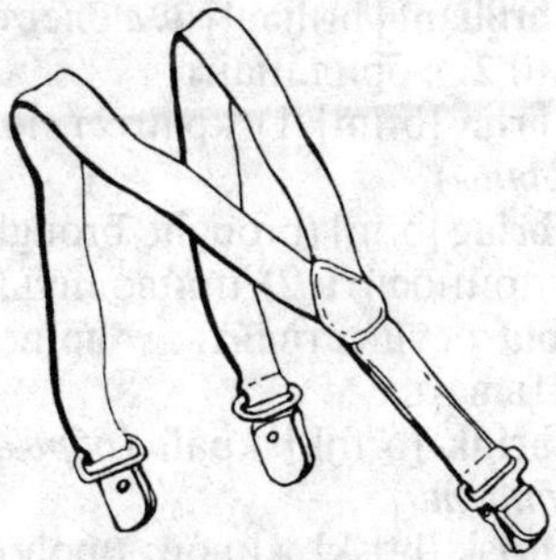

bracket ['brækɪt] **1.** *n* 1) ско́бка 2) подпо́рка 3): higher ~s вы́сшие слои́ о́бщества **2.** *v* плести́, заплета́ть

brag [bræg] **1.** *v* хва́статься **2.** *n* хвастовство́

braid [breɪd] **1.** *n* 1) коса́ (*волос*) 2) тесьма́ **2.** *v* плести́, заплета́ть

brain [breɪn] мозг; *перен.* ум; he hasn't got the ~s for it на э́то у него́ ума́ не хва́тит; he's got ~s он па́рень с голово́й

brake [breɪk] **1.** *n* то́рмоз **2.** *v* тормози́ть

branch [brɑ:ntʃ] 1) ветвь, ве́тка 2) о́трасль 3) филиа́л 4) рука́в (*реки*)

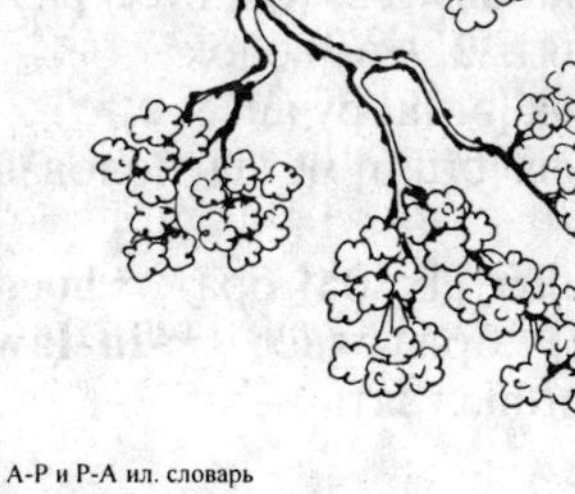

brand [brænd] **1.** *n* 1) фи́рменная ма́рка, брэнд 2) сорт **2.** *v* клейми́ть

brandy ['brændɪ] конья́к, бре́нди

brass [brɑ:s] жёлтая медь

brave [breɪv] **1.** *a* хра́брый **2.** *v* презира́ть (*опасность и т.п.*)

brawl [brɔ:l] шу́мная ссо́ра

Brasil [brə'zɪl] Брази́лия

Brazilia [brə'zɪlɪə] Брази́лия (*город*)

Brazzaville ['bræzəvɪl] Брazzави́ль

breach [bri:tʃ] 1) брешь, отве́рстие 2) наруше́ние (*закона*) 3) разры́в (*отношений*)

bread [bred] хлеб

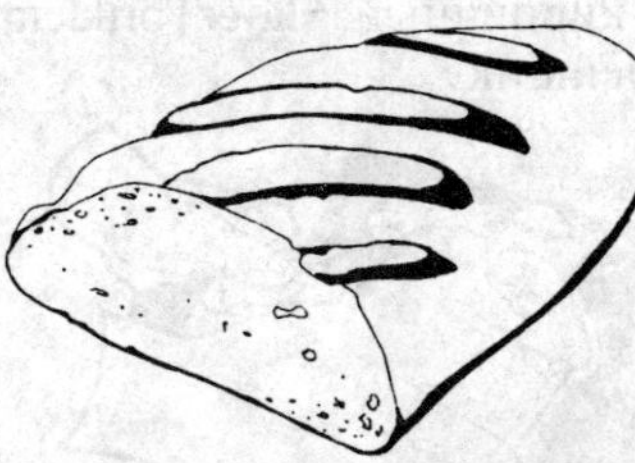

breadth [bredθ] ширина́

break [breɪk] **1.** *v* (broke; broken) 1) лома́ть(ся); разруша́ть(ся) 2) наруша́ть (*закон*); ~ **out** разрази́ться; вспы́хнуть; ~ **up** расходи́ться (*о собрании*) **2.** *n* 1) проры́в 2) переры́в

breakdown ['breɪkdaun] 1) упа́док сил 2) поло́мка; ава́рия

breakfast ['brekfəst] **1.** *n* за́втрак **2.** *v* за́втракать

breast [brest] грудь ◊ make a clean ~ of it чистосерде́чно призна́ться в чём-л.

breath [breθ] дыха́ние; вздох; be out of ~ запыха́ться

breathe [bri:ð] 1) дышáть 2) тíхо говорíть

breathing ['bri:ðɪŋ] дыхáние

breathless ['breθlɪs] запыхáвшийся

bred [bred] *past и p. p. от* breed 1.

breed [bri:d] **1.** *v* (bred; bred) 1) разводíть; выводíть; вскáрмливать 2) размножáться **2.** *n* порóда; **~ing** ['bri:dɪŋ] (благо)воспíтанность, воспитáние

breeze [bri:z] ветерóк, бриз

brevity ['brevɪtɪ] крáткость

bribe [braɪb] **1.** *v* подкупáть, давáть взя́тку **2.** *n* взя́тка; **~ry** ['braɪbərɪ] взя́точничество

brick [brɪk] **1.** *n* 1) кирпíч 2) *разг.* молодéц, слáвный пáрень **2.** *a* кирпíчный; **~layer** ['brɪkleɪə] кáменщик

bricks [brɪks] *pl* кýбики (*детские*)

bride [braɪd] невéста; **~groom** ['braɪdgrum] женíх

bridge [brɪdʒ] мост; ~ of one's nose перенóсица

bridle [braɪdl] **1.** *n* уздá, пóвод **2.** *v* взнýздывать

brief [bri:f] крáткий; **~case** портфéль

brigade [brɪ'geɪd] бригáда; отря́д

bright [braɪt] 1) я́ркий; свéтлый 2) смышлёный

brilliant ['brɪljənt] **1.** *a* блестя́щий **2.** *n* бриллиáнт

brim [brɪm] 1) край 2) поля́ (*шляпы*)

bring [brɪŋ] (brought; brought) 1) приносíть 2) приводíть; **~ about** осуществля́ть; **~ up** воспíтывать

brink [brɪŋk] край (*обрыва, пропасти*)

brisk [brɪsk] живóй; провóрный

bristle [brɪsl] **1.** *n* щетíна **2.** *v* (о)щетíниться; **~ up** вспылíть

British ['brɪtɪʃ] **1.** *a* британский **2.** *n*: the ~ англичáне

brittle [brɪtl] хрýпкий, лóмкий

broad [brɔ:d] ширóкий

broadcast ['brɔ:dkɑ:st] **1.** *v* (broadcast; broadcast) передавáть по рáдио *или* телевíдению **2.** *n* радиопередáча; телепередáча

broke [brəuk] *past от* break 1.

broken ['brəukən] **1.** *p. p. от* break 1; **2.** *a* 1) разбíтый; слóманный 2) нарýшенный 3) лóманый (*о языке*)

broker ['brəukə] мáклер, брóкер

brooch [brəutʃ] брошь

brood [bru:d] **1.** *v* 1) высíживать (*цыплят*) 2) (on, over) размышля́ть **2.** *n* вы́водок

brook [bruk] ручéй

broom [brum] метлá; половáя щётка

brother ['brʌðə] брат; **~hood** [-hud] брáтство; **~-in-law** ['brʌðərɪnlɔ:] зять

brought [brɔ:t] *past и p. p. от* bring

brow [brau] бровь

brown [braun] кори́чневый; бу́рый

bruise [bru:z] **1.** *v* ушиба́ть **2.** *n* синя́к; уши́б

brush [brʌʃ] **1.** *n* 1) щётка 2) кисть **2.** *v* 1) чи́стить щёткой 2) причёсывать (*волосы*)

Brussels ['brʌslz] Брюссе́ль

brutal [bru:tl] жесто́кий, гру́бый

brute [bru:t] зверь, скоти́на

bubble [bʌbl] **1.** *v* кипе́ть; пузы́риться **2.** *n* пузы́рь

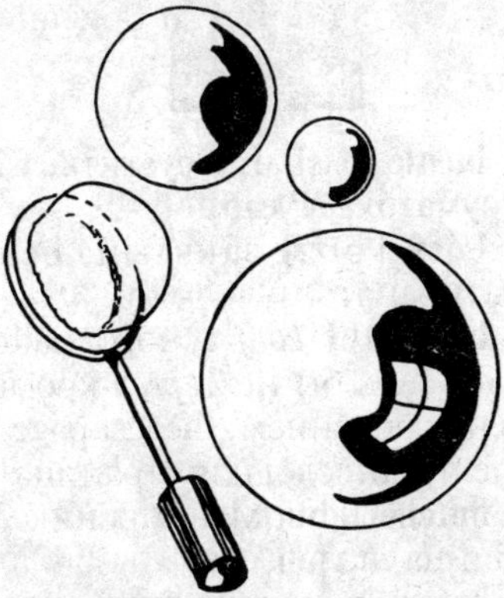

Bucharest ['bju:kərest] Бухаре́ст

bucket ['bʌkɪt] ведро́

buckle [bʌkl] пря́жка

buckwheat ['bʌkwi:t] гречи́ха; гре́чка (*крупа*)

bud [bʌd] **1.** *n* по́чка; буто́н **2.** *v* дава́ть по́чки; пуска́ть ростки́

Budapest ['bju:dəpest] Будапе́шт

budget ['bʌdʒɪt] бюдже́т

Buenos Aires ['bwenəs'aɪrɪz] Буэ́нос-А́йрес

buffalo ['bʌfələu] бу́йвол

bug [bʌg] 1) клоп; насеко́мое 2) ви́рус (*тж. комп.*) 3) подслу́шивающее устро́йство

bugle [bju:gl] горн, рог

build [bɪld] (built; built) стро́ить; **~er** ['bɪldə] строи́тель; **~ing** ['bɪldɪŋ] строе́ние, зда́ние

built [bɪlt] *past и p. p. от* build.

bulb [bʌlb] 1) лу́ковица 2) электри́ческая ла́мпочка

Bulgaria [bʌl'geərɪə] Болга́рия

Bulgarian [bʌl'geərɪən] **1.** *a* болга́рский **2.** *n* болга́рин

bulk [bʌlk] (основна́я) ма́сса

bulky ['bʌlkɪ] громо́здкий

bull [bul] бык

bullet ['bulɪt] пу́ля

bulletin ['bulɪtɪn] бюллете́нь

bully [ˈbulɪ] **1.** *n* задúра; забия́ка **2.** *v* запу́гивать; дразни́ть

bump [bʌmp] **1.** *n* 1) уда́р, толчо́к 2) ши́шка **2.** *v* ударя́ть(ся); сту́каться

bunch [bʌntʃ] свя́зка, пучо́к

bundle [bʌndl] у́зел, свя́зка

bungalow [ˈbʌŋɡələu] бу́нгало

buoy [bɔɪ] буй, ба́кен

burden [bɜ:dn] **1.** *n* но́ша; бре́мя **2.** *v* нагружа́ть; обременя́ть; **~some** [ˈbɜ:dnsəm] обремени́тельный

bureau [bjuəˈrəu] 1) бюро́; конто́рка 2) конто́ра, отде́л

burglar [ˈbɜ:ɡlə] вор-взло́мщик; **~y** [-rɪ] кра́жа со взло́мом

burial [ˈberɪəl] погребе́ние

burn [bɜ:n] **1.** *v* (burnt; burnt) 1) сжига́ть 2) горе́ть **2.** *n* ожо́г

burnt [bɜ:nt] *past и p. p. от* burn 1.

burst [bɜ:st] **1.** *v* (burst; burst) 1) ло́паться 2) взрыва́ть(ся) 3) (into) разража́ться (*смехом, слезами*) **2.** *n* взрыв; вспы́шка

bury [ˈberɪ] 1) хорони́ть 2) зарыва́ть

bus [bʌs] авто́бус

bush [buʃ] куст, куста́рник

business [ˈbɪznɪs] де́ло, заня́тие; би́знес; **~man** [-mən] бизнесме́н; **~like** [ˈbɪznɪslaɪk] делово́й

bust [bʌst] бюст

bustle [bʌsl] **1.** *v* суети́ться **2.** *n* сумато́ха, суета́

busy [ˈbɪzɪ] за́нятый; be ~ быть заня́тым

but [bʌt] **1.** *conj.* а, но, одна́ко; ~ for е́сли бы не **2.** *prep* кро́ме, за исключе́нием; the last page ~ one предпосле́дняя страни́ца

butcher [ˈbutʃə] 1) мясни́к 2) уби́йца, пала́ч

butter [ˈbʌtə] сли́вочное ма́сло

butterfly [ˈbʌtəflaɪ] ба́бочка

button [bʌtn] **1.** *n* 1) пу́говица 2) кно́пка **2.** *v* застёгивать(ся); **~hole** ['bʌtnhəul] пе́тля

buy [baɪ] (bought; bought) покупа́ть

buzz [bʌz] **1.** *v* жужжа́ть; гуде́ть **2.** *n* жужжа́ние; гул

by [baɪ] **1.** *prep* 1) у, при, о́коло; к (*о сроке*); by two к двум (*часам*); by July к ию́лю 2) посре́дством; by air (train, sea) самолётом (по́ездом, теплохо́дом); by kindness доброто́й; it runs by electricity ра́ботает на электри́честве; by hand от руки́ ◊ by heart наизу́сть **2.** *adv* 1) ря́дом, побли́зости 2) ми́мо ◊ by and by вско́ре; by the by, by the way кста́ти, ме́жду про́чим

by-election ['baɪɪlekʃn] дополни́тельные вы́боры

byte *комп.* байт

C

cab [kæb] такси́; *уст.* кэб, экипа́ж

cabbage ['kæbɪdʒ] (коча́нная) капу́ста

cabin ['kæbɪn] 1) каби́на 2) каю́та

cabinet ['kæbɪnɪt] 1) шкаф 2) кабине́т (мини́стров)

cable [keɪbl] **1.** *n* 1) кана́т 2) ка́бель 3) телегра́мма **2.** *v* телеграфи́ровать

cage [keɪdʒ] **1.** *n* кле́тка **2.** *v* сажа́ть в кле́тку

Cairo ['kaɪərəu] Каи́р

cake [keɪk] 1) торт, пиро́жное 2) кусо́к, бру́сок; пли́тка; ~ of soap кусо́к мы́ла

calamity [kə'læmɪtɪ] (стихи́йное) бе́дствие

calculate ['kælkjuleɪt] 1) вычисля́ть, подсчи́тывать 2) рассчи́тывать

calculator ['kælkjuleɪtə] кальккуля́тор

Calcutta [kæl'kʌtə] Кальку́тта

calendar ['kæləndə] календа́рь

calf I [kɑ:f] телёнок

calf II [kɑ:f] икра́ (*ноги*)

California [kælɪ'fɔ:njə] Калифо́рния

call [kɔ:l] **1.** *n* 1) зов, о́клик 2) (телефо́нный) вы́зов 3) визи́т, посеще́ние **2.** *v* 1) звать; оклика́ть 2) называ́ть 3) буди́ть; **~ for** а) тре́бовать б) заходи́ть за кем-л., чем-л.; **~ on** посеща́ть; навеща́ть; **~ up** а) звони́ть (*по телефону*) б) *воен.* призыва́ть (в а́рмию)

callous ['kæləs] безду́шный, чёрствый

calm [kɑ:m] **1.** *a* споко́йный **2.** *n* 1) тишина́ 2) безве́трие, штиль **3.** *v* успока́ивать

Cambridge ['keɪmbrɪdʒ] Ке́мбридж

came [keɪm] *past от* come

camel ['kæməl] верблю́д

camera ['kæmərə] фотоаппара́т; кинока́мера; **~man** кинооперáтор

camouflage ['kæmuflɑ:ʒ] маскиро́вка, камуфля́ж

camp [kæmp] **1.** *n* ла́герь, прива́л **2.** *v* располага́ться ла́герем

campaign [kæm'peɪn] кампа́ния

can I [kæn] (could) мочь

can II [kæn] **1.** *n* консе́рвная ба́нка **2.** *v* консерви́ровать

Canada ['kænədə] Кана́да

canal [kə'næl] кана́л

Canberra ['kænbərə] Канбе́рра

cancel ['kænsəl] аннули́ровать

cancer ['kænsə] *мед.* рак

candid ['kændɪd] че́стный, и́скренний; открове́нный

candle [kændl] свеча́; **~stick** ['kændlstɪk] подсве́чник

cane [keɪn] 1) тростни́к 2) трость

canned [kænd] консерви́рованный

cannibal ['kænɪbəl] людое́д, каннибáл

cannon ['kænən] пу́шка, ору́дие

cannot ['kænɔt]: I ~ я не могу́

canoe [kə'nu:] чёлн; кано́э

can't [kɑ:nt] *разг.* = cannot

Canterbury ['kæntəbərɪ] Ке́нтербери

canvas ['kænvəs] паруси́на; брезе́нт; холст; полотно́ (*картина*)

canvass ['kænvəs] агити́ровать (*перед выборами*)

cap [kæp] ша́пка; фура́жка; ке́пка

capable ['keɪpəbl] спосо́бный

capacious [kə'peɪʃəs] просто́рный, вмести́тельный, объёмистый

capacity [kə'pæsɪtɪ] 1) ёмкость 2) спосо́бность ◊ in my ~ as a doctor я как врач

cape I [keɪp] капюшо́н

cape II [keɪp] мыс

Cape Town, Capetown ['keɪptaun] Кейпта́ун

capital I ['kæpɪtl] **1.** *n* столи́ца **2.** *a* 1) превосхо́дный 2): ~ letter загла́вная бу́ква ◊ ~ punishment сме́ртная казнь

capital II ['kæpɪtl] капита́л; **~ism** ['kæpɪtəlɪzm] капитали́зм; **~ist** ['kæpɪtəlɪst] **1.** *n* капитали́ст **2.** *a* капиталисти́ческий

capitulate [kə'pɪtjuleɪt] капитули́ровать

captain ['kæptɪn] капита́н

captive ['kæptɪv] пле́нный

capture ['kæptʃə] **1.** *v* захва́тывать **2.** *n* захва́т

car [kɑ:] 1) ваго́н 2) автомоби́ль

carbon ['kɑ:bən] углеро́д; ~ **paper** ['kɑ:bən'peɪpə] копирова́льная бума́га

card [kɑ:d] 1) ка́рта (*игральная*) 2) ка́рточка 3) биле́т (*членский, пригласительный*)

cardboard ['kɑ:dbɔ:d] карто́н

cardinal ['kɑ:dɪnəl] **1.** *a* основно́й, гла́вный; ~ numbers коли́чественные числи́тельные; ~ points стра́ны све́та **2.** *n* кардина́л

care [keə] **1.** *n* забо́та; ~ of (c/o) для переда́чи... (*на письмах*); Wilson c/o Smith Сми́ту для переда́чи Уи́лсону; take ~ (of) забо́титься; take ~! береги́тесь! **2.** *v* (for) люби́ть; ◊ I don't ~ мне всё равно́

career [kə'rɪə] карье́ра

careful ['keəful] 1) осторо́жный; be ~! осторо́жно! 2) забо́тливый 3) аккура́тный

careless ['keəlɪs] небре́жный

caress [kə'res] **1.** *n* ла́ска **2.** *v* ласка́ть

cargo ['kɑ:gəu] (корабе́льный) груз

caricature [kærɪkə'tjuə] карикату́ра

carnation [kɑ:'neɪʃn] (кру́пная) гвозди́ка

Carpathians, the [kɑ:'peɪθɪənz] Карпа́ты

carpenter ['kɑ:pɪntə] столя́р

carpet ['kɑ:pɪt] ковёр

carriage ['kærɪdʒ] 1) экипа́ж 2) ваго́н (*ж.-д.*) 3) перево́зка 4) сто́имость доста́вки 5) оса́нка

carriage-free ['kærɪdʒ'fri:] доста́вка беспла́тно

carrier ['kærɪə] носи́льщик; (пере)во́зчик

carrier-rocket ['kærɪə'rɔkɪt] раке́та-носи́тель

carrot ['kærət] морко́вь

carry ['kærɪ] носи́ть; ~ **on** продолжа́ть; ~ **out** выполня́ть, осуществля́ть

cart [kɑ:t] теле́га; пово́зка

cartoon [kɑ:'tu:n] 1) карикату́ра 2) ко́микс 3) мультфи́льм

cartridge ['kɑ:trɪdʒ] патро́н

carve [kɑ:v] 1) вы́резать (*по дереву и т.п.*); высека́ть (*из камня*) 2) ре́зать мя́со (*за столом*)

case I [keɪs] 1) я́щик 2) футля́р

case II [keɪs] 1) слу́чай; in any ~ во вся́ком слу́чае 2) де́ло (*судебное*) 3) *грам.* паде́ж

cash [kæʃ] **1.** *n* (нали́чные) де́ньги; ~ register ка́сса **2.** *v*: ~ a cheque получа́ть де́ньги по че́ку

cashier [kæ'ʃɪə] касси́р

cast [kɑ:st] **1.** *v* (cast; cast) 1) броса́ть; сбра́сывать 2) лить (мета́лл) **2.** *n* слепо́к

cast iron ['kɑ:st'aɪən] чугу́н

castle [kɑ:sl] 1) за́мок 2) *шахм.* ладья́

casual ['kæʒjuəl] случа́йный; ~**ty** [-tɪ] 1) несча́стный слу́чай 2) *pl* поте́ри (*на войне*)

cat [kæt] кот; ко́шка

catch [kætʃ] **1.** *v* (caught; caught) лови́ть, пойма́ть; схва́тывать; ~ cold простуди́ться; ~ fire загоре́ться **2.** *n* 1) поймка, захва́т 2) улов, добы́ча

caterpillar ['kætəpɪlə] гу́сеница (*тж. тех.*)

cathedral [kə'θi:drəl] собо́р

cattle [kætl] (рога́тый) скот

caught [kɔ:t] *past и p. p. от* catch.

cauliflower ['kɔlɪflauə] цветна́я капу́ста

cause [kɔ:z] **1.** *n* 1) причи́на 2) по́вод 3) де́ло **2.** *v* 1) причиня́ть 2) заставля́ть

cautious ['kɔ:ʃəs] осторо́жный

cavalry ['kævəlrɪ] кавале́рия, ко́нница

cave [keɪv] пеще́ра

caviare ['kævɪɑ:] икра́

cavity ['kævɪtɪ] впа́дина; по́лость

cease [si:s] прекраща́ть(ся); ~**less** ['si:slɪs] беспреста́нный

cedar ['si:də] кедр

ceiling ['si:lɪŋ] потоло́к

celebrate ['selɪbreɪt] 1) пра́здновать 2) прославля́ть

celebrated ['selɪbreɪtɪd] знамени́тый

celebrity [sɪ'lebrɪtɪ] изве́стность; знамени́тость

cell [sel] 1) тюре́мная ка́мера 2) яче́йка 3) *биол.* кле́т(оч)ка

cellar ['selə] 1) по́двал 2) ви́нный по́греб

cellphone ['selfəun] *амер.* моби́льный телефо́н

cemetery ['semɪtrɪ] кла́дбище

censorship ['sensəʃip] цензу́ра

censure ['senʃə] **1.** *v* порица́ть, осужда́ть **2.** *n* порица́ние, осужде́ние

census ['sensəs] пе́репись

cent [sent] цент

central ['sentrəl] центра́льный

centre ['sentə] **1.** *n* центр **2.** *v* сосредото́чивать(ся)

century ['sentʃurɪ] век, столе́тие

cereals ['sɪərɪəlz] *pl* хле́бные зла́ки, зерновы́е

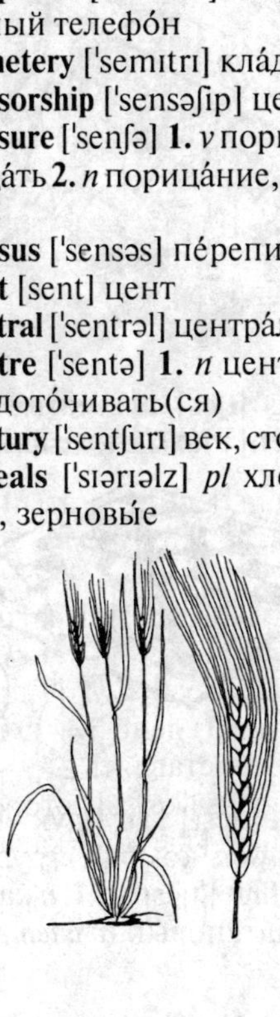

ceremony ['serɪmənɪ] обря́д; церемо́ния

certain [sз:tn] определённый, изве́стный; be ~ быть уве́ренным; for ~ наверняка́; a ~ не́который, не́кий; ~**ly** ['sз:tnlɪ] коне́чно, непреме́нно; ~**ty** ['sз:tntɪ] уве́ренность

certificate [sə'tɪfɪkɪt] свиде́тельство, удостовере́ние

certitude ['sз:tɪtju:d] уве́ренность; несомне́нность

cessation [se'seɪʃn] прекраще́ние

Ceylon [sɪ'lɔn] Цейло́н

chain [tʃeɪn] **1.** *n* цепь; цепо́чка **2.** *v* ско́вывать

chair [tʃeə] 1) стул 2) ка́федра 3) председа́тельское ме́сто; ~**man** ['tʃeəmən] председа́тель

chalk [tʃɔ:k] мел

challenge ['tʃælɪndʒ] **1.** *n* вы́зов **2.** *v* вызыва́ть

chamber ['tʃeɪmbə] пала́та

champion ['tʃæmpɪən] 1) боре́ц; побо́рник 2) чемпио́н; ~**ship** [-ʃɪp] 1) чемпиона́т 2) зва́ние чемпио́на

chance [tʃɑ:ns] **1.** *n* возмо́жность; слу́чай **2.** *a* случа́йный

chancellor ['tʃænsələ] ка́нцлер

change [tʃeɪndʒ] **1.** *v* меня́ть(ся); ~ one's mind переду́мать 2) переса́живаться, де́лать переса́дку **2.** *n* 1) измене́ние; переме́на 2) сда́ча, ме́лочь 3) переса́дка

channel [tʃænl] 1) ру́сло 2) кана́л; проли́в

chap [tʃæp] *разг.* па́рень, ма́лый; old ~ старина́, прия́тель

chapter ['tʃæptə] глава́ (*книги*)

character ['kærıktə] хара́ктер; **~istic** [kærıktə'rıstık] характе́рный

charge [tʃɑ:dʒ] **1.** *n* 1) попече́ние; be in ~ of заве́довать; отвеча́ть за (*кого-л., что-л.*) 2) *юр.* обвине́ние 3) цена́; free of ~ беспла́тно **2.** *v* 1) поруча́ть; возлага́ть на (*кого-л.*) 2) *юр.* обвиня́ть 3) заряжа́ть 4) назнача́ть це́ну

charitable ['tʃærıtəbl] 1) благотвори́тельный 2) милосе́рдный 3) терпи́мый

charity ['tʃærıtı] 1) благотвори́тельность 2) милосе́рдие

charm [tʃɑ:m] **1.** *n* обая́ние, очарова́ние **2.** *v* очаро́вывать **~ing** ['tʃɑ:mıŋ] очарова́тельный, преле́стный

chart [tʃɑ:t] 1) (морска́я) ка́рта 2) диагра́мма

charter ['tʃɑ:tə] *полит.* пакт

charwoman ['tʃɑ:wumən] убо́рщица

chase [tʃeıs] **1.** *n* пого́ня **2.** *v* 1) охо́титься 2) гна́ться, пресле́довать 3) прогоня́ть

chatter ['tʃætə] **1.** *v* болта́ть **2.** *n* болтовня́

cheap [tʃi:p] **1.** *a* дешёвый **2.** *adv* дёшево

cheat [tʃi:t] **1.** *v* обма́нывать, надува́ть **2.** *n* обма́нщик, плут

check [tʃek] **1.** *n* 1) прове́рка 2) *амер.* чек 3) *амер.* счёт 4) *шахм.* шах 5) кле́тка (*на материи*) **2.** *v* 1) сде́рживать 2) проверя́ть, контроли́ровать

cheek [tʃi:k] 1) щека́ 2) *разг.* наха́льство **~y** ['tʃi:kı] развя́зный

cheer [tʃıə] **1.** *n* приве́тственное восклица́ние, ура́; give a ~ крича́ть ура́, приве́тствовать кри́ками; three ~s for..! да здра́вствует..! **2.** *v* 1) приве́тствовать 2) ободря́ть; ~ **up** приободря́ть(ся); **~ful** ['tʃıəful] бо́дрый, весёлый, жизнера́достный

cheese [tʃi:z] сыр

chemical ['kemıkəl] хими́ческий

chemist ['kemıst] 1) хи́мик 2) апте́карь; **~ry** ['kemıstrı] хи́мия

cheque [tʃek] чек; to pay by ~ плати́ть че́ком

cherry ['tʃerı] ви́шня; чере́шня

chess [tʃes] ша́хматы; **~men** ['tʃesmen] ша́хматные фигу́ры

chest [tʃest] 1) сунду́к; я́щик; ~ of drawers комо́д 2) грудь

chestnut ['tʃesnʌt] **1.** *n* кашта́н **2.** *a* кашта́новый (*о цвете*)

chew [tʃu:] жева́ть

Chicago [ʃi'kɑ:gəu] Чика́го

chicken ['tʃıkın] 1) цыплёнок 2) ку́рица (*как кушанье*)

chief [tʃi:f] **1.** *n* глава́, руководи́тель, нача́льник **2.** *a* гла́вный; **~ly** ['tʃi:flı] гла́вным о́бразом

child [tʃaıld] дитя́, ребёнок; **~hood** ['tʃaıldhud] де́тство; **~ish** ['tʃaıldıʃ] де́тский, ребя́ческий; **~ren** ['tʃıldrən] *pl от* child

Chile ['tʃılı] Чи́ли

chill [tʃıl] просту́да; you'll get a ~ вы просту́дитесь

chilly ['tʃılı] холо́дный; *тж. перен.*

chimney ['tʃımnı] труба́ дымова́я

chin [tʃın] подборо́док

china ['tʃaınə] **1.** *n* фарфо́р **2.** *a* фарфо́ровый

China ['tʃaınə] Кита́й

Chinese ['tʃaıni:z] **1.** *a* кита́йский **2.** *n* кита́ец

chip [tʃıp] **1.** *n* ще́пка; стру́жка **2.** *v* отка́лывать; отбива́ть

chirp [tʃɜ:p] **1.** *n* чири́канье **2.** *v* чири́кать

chivalrous ['ʃıvəlrəs] ры́царский

choice [tʃɔıs] вы́бор

choir [kwaıə] хор

choke [tʃəuk] 1) души́ть 2) задыха́ться

choose [tʃu:z] (chose; chosen) выбира́ть

chop [tʃɔp] **1.** *v* руби́ть **2.** *n* (отбивна́я) котле́та

chord I [kɔ:d] 1) струна́ 2) *анат.* свя́зка; spinal ~ спинно́й мозг; vocal ~s голосовы́е свя́зки

chord II [kɔ:d] акко́рд

chorus ['kɔ:rəs] хор

chose [tʃəuz] *past от* choose; **~n** [-n] *p. p. от* choose

christen [krısn] крести́ть; дава́ть и́мя

Christian ['krıstjən] **1.** *a* христиа́нский; ~ name и́мя (*в отличие от фамилии*) **2.** *n* христиани́н

Christmas ['krısməs] Рождество́

chronic ['krɔnık] хрони́ческий

chronicle ['krɔnıkl] **1.** *n* ле́топись, хро́ника **2.** *v* отмеча́ть

church [tʃɜ:tʃ] це́рковь; **~yard** ['tʃɜ:tʃjɑ:d] кла́дбище

cigarette [sıgə'ret] сигаре́та

cinder ['sındə] 1) шлак 2) *pl* зола́

cinema ['sınımə] кино́

cipher ['saıfə] **1.** *n* 1) шифр 2) ци́фра 3) нуль; *перен.* ничто́жество **2.** *v* зашифро́вывать

circle [sɜ:kl] круг; окру́жность

circuit ['sɜ:kıt] 1) объе́зд 2) о́круг 3) *эл.* цепь; short ~ коро́ткое замыка́ние

circular ['sɜ:kjulə] **1.** *a* 1) кру́глый 2) кругово́й **2.** *n* циркуля́р

circulate ['sɜ:kjuleɪt] 1) циркули́ровать 2) обраща́ться (*о деньгах*) 3) распространя́ться

circulation [sɜ:kju'leɪʃn] 1) кровообраще́ние 2) тира́ж

circumference [sə'kʌmferəns] окру́жность

circumstance ['sɜ:kəmstəns] обстоя́тельство

circus ['sɜ:kəs] цирк

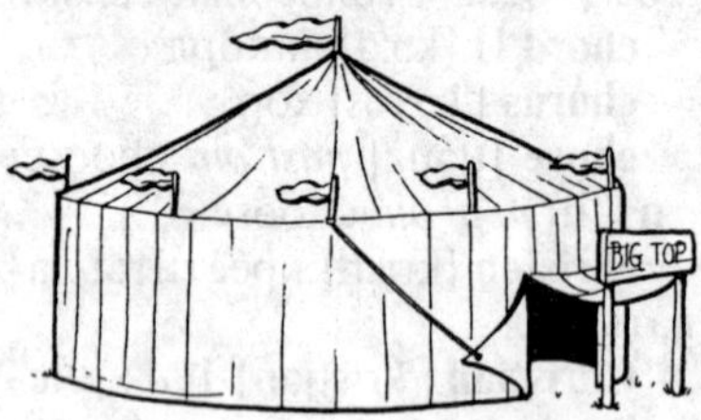

cistern ['sɪstən] цисте́рна; бак

citizen ['sɪtɪzn] 1) граждани́н 2) горожа́нин

city ['sɪtɪ] (большо́й) го́род

civil [sɪvl] 1) гражда́нский, шта́тский 2) ве́жливый

civilian [sɪ'viljən] шта́тский

civility [sɪ'vɪlɪtɪ] любе́зность, ве́жливость

civilization [sɪvɪlaɪ'zeiʃn] цивилиза́ция

claim [kleɪm] **1.** *v* 1) тре́бовать 2) претендова́ть 3) утвержда́ть **2.** *n* 1) тре́бование 2) прете́нзия

clamour ['klæmə] шум, кри́ки

clap [klæp] **1.** *v* хло́пать; аплоди́ровать **2.** *n* уда́р; хлопо́к

clash [klæʃ] **1.** *n* 1) столкнове́ние 2) лязг **2.** *v* ста́лкивать

clasp [klɑ:sp] **1.** *v* прижима́ть (*к груди*); обнима́ть; сжима́ть (*в руке*) **2.** *n* 1) рукопожа́тие; объя́тия 2) застёжка, пря́жка

class [klɑ:s] 1) (обще́ственный) класс; working ~ рабо́чий класс 2) класс, разря́д 3) класс (*в школе*)

class-consciousness ['klɑ:s'kɔnʃəsnɪs] кла́ссовое созна́ние

classified ['klæsɪfaɪd] засекре́ченный

classify ['klæsɪfaɪ] классифици́ровать

classmate ['klɑ:smeɪt] одноcла́ссник

classroom ['klɑ:srum] класс

clatter ['klætə] **1.** *n* стук; звон **2.** *v* стуча́ть, греме́ть

clause [klɔ:z] 1) статья́, пункт 2) *грам.* предложе́ние

claw [klɔ:] 1) ко́готь 2) клешня́

clay [kleɪ] гли́на

clean [kli:n] **1.** *a* 1) чи́стый 2) чистопло́тный **2.** *v* чи́стить; ~ **up** убира́ть; **~liness** ['klenlɪnɪs] чистопло́тность

clear [klɪə] **1.** *a* 1) я́сный 2) све́тлый; чи́стый; ~ conscience чи́стая со́весть; ~ sky чи́стое не́бо **2.** *v* очища́ть; ~ up а) проясни́ться б) выясня́ть в) убира́ть

clench [klentʃ] сжима́ть (*кулаки, зубы*)

clergy ['klɜ:dʒɪ] духове́нство; **~man** [-mən] свяще́нник

clerk [klɑːk] чино́вник; слу́жащий

clever ['klevə] 1) у́мный; спосо́бный 2) иску́сный

client ['klaɪənt] клие́нт; покупа́тель

cliff [klɪf] утёс, скала́

climate ['klaɪmɪt] кли́мат

climax ['klaɪmæks] кульминацио́нный пункт

climb [klaɪm] поднима́ться; кара́бкаться; ла́зить

cling [klɪŋ] (clung; clung) 1) цепля́ться 2) (при)льну́ть

clip I [klɪp] стричь; отреза́ть; отсека́ть

clip II [klɪp] зажи́м; скре́пка

cloak [kləuk] плащ; **~room** ['kləukrum] 1) раздева́лка, гардеро́б 2) ка́мера хране́ния (*багажа*)

clock [klɔk] часы́ (*стенные, настольные, башенные*)

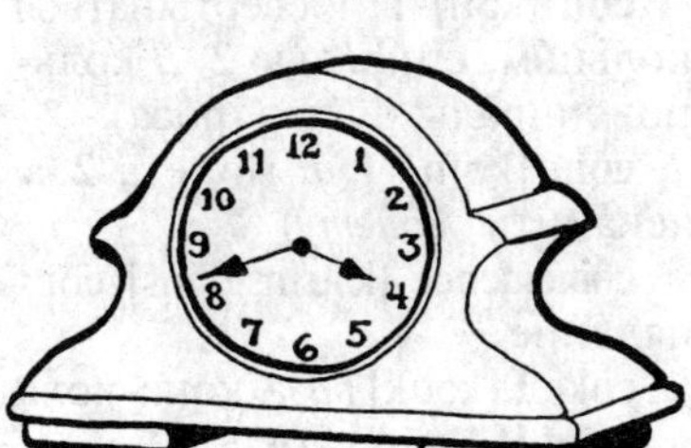

close I [kləuz] **1.** *v* закрыва́ть(ся) **2.** *n* коне́ц

close II [kləus] 1) бли́зкий 2) ду́шный

closet ['klɔzɪt] чула́н

cloth [klɔθ] 1) ткань 2) сукно́ 3) ска́терть

clothe [kləuð] (clothed; clothed) одева́ть

clothes [kləuðz] *pl* оде́жда

cloud [klaud] **1.** *n* о́блако, ту́ча **2.** *v* омрача́ть(ся); затемня́ть

clover ['kləuvə] кле́вер; ◊ be (live) in ~ жить припева́ючи

club I [klʌb] клуб

club II [klʌb] дуби́нка; клю́шка

clue [kluː] ключ (*к разгадке*); ули́ка

clumsy ['klʌmzɪ] неуклю́жий

clung [klʌŋ] *past и p. p. от* cling

cluster ['klʌstə] **1.** *n* гроздь **2.** *v* скопля́ться; тесни́ться

coach I [kəutʃ] 1) экипа́ж 2) *ж.-д.* ваго́н

coach II [kəutʃ] **1.** *n* тре́нер; инстру́ктор; репети́тор **2.** *v* тренирова́ть, подготовля́ть

coal [kəul] (ка́менный) уголь

coarse [kɔ:s] гру́бый

coast [kəust] морско́й бе́рег, побере́жье

coat [kəut] **1.** *n* 1) пальто́ 2) пиджа́к; жакет 3) шерсть (*животных*) 4) слой (*краски и т.п.*) **2.** *v* покрыва́ть (*краской и т.п.*)

cobbler ['kɔblə] сапо́жник

cobblestone ['kɔblstəun] булы́жник

cobweb ['kɔbweb] паути́на

cock I [kɔk] пету́х

cock II [kɔk] 1) кран 2) куро́к

cockroach ['kɔkrəutʃ]育тарака́н

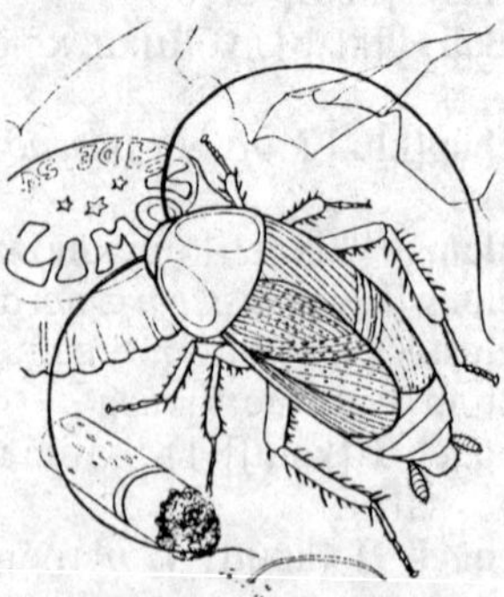

cocktail ['kɔkteɪl] кокте́йль

cocoa ['kəukəu] кака́о

coconut ['kəukənʌt] коко́с

cocoon [kə'ku:n] ко́кон

c.o.d. ['si:'əu'di:] (cash on delivery) нало́женным платежо́м

cod [kɔd] треска́

code [kəud] **1.** *n* 1) ко́декс 2) шифр; код 3) систе́ма сигна́лов **2.** *v* шифрова́ть по ко́ду

co-education ['kəuedju:keɪʃn] совме́стное обуче́ние

coexistence ['kəuɪg'zɪstəns] сосуществова́ние

coffee ['kɔfɪ] ко́фе; ~ **beans** ['bi:nz] *pl* ко́фе в зёрнах; **~pot** [-pɔt] кофе́йник

coffin ['kɔfɪn] гроб

coil [kɔɪl] **1.** *v* свёртываться кольцо́м, спира́лью **2.** *n* кольцо́; спира́ль; бу́хта (тро́са)

coin [kɔɪn] **1.** *n* моне́та **2.** *v* чека́нить (*монету*)

coincidence [kəu'ɪnsɪdəns] совпаде́ние

coke I [kəuk] *разг.* кока-кола

coke II [kəuk] кокс

cold [kəuld] **1.** *a* холо́дный; it's ~ хо́лодно **2.** *n* 1) хо́лод 2) просту́да, на́сморк

collaboration [kəlæbə'reıʃn] сотру́дничество

collapse [kə'læps] **1.** *n* 1) обва́л 2) прова́л 3) упа́док сил **2.** *v* 1) ру́шиться, обвали́ться 2) спуска́ть (*о мяче, камере*)

collapsible [kə'læpsəbl] складно́й (*о стуле, столе и т.п.*)

collar ['kɔlə] 1) воротни́к; воротничо́к 2) оше́йник 3) хому́т

collect [kə'lekt] собира́ть(ся); **~ion** [kə'lekʃn] 1) собира́ние 2) колле́кция 3) сбор

collective [kə'lektıv] коллекти́вный

college ['kɔlıdʒ] колле́дж

collier ['kɔlıə] углеко́п, шахтёр

collision [kə'lıʒn] столкнове́ние

colloquial [kə'ləukwıəl] разгово́рный

collusion [kə'lu:ʒn] та́йный сго́вор

Colombo [kə'lʌmbəu] Коло́мбо

colon ['kəulən] 1) двоето́чие 2) *анат.* пряма́я кишка́

colonel ['kз:nəl] полко́вник

colonial [kə'ləunjəl] колониа́льный

colonize ['kɔlənaız] заселя́ть, колонизи́ровать

colony ['kɔlənı] коло́ния

Colorado [kɔlə'rɑ:dəu] Колора́до

colour ['kʌlə] **1.** *n* цвет **2.** *v* окра́шивать

Columbia [kə'lʌmbıə] Колу́мбия

column ['kɔləm] 1) коло́нка 2) сто́лб(ик) 3) столбе́ц

comb [kəum] **1.** *n* гре́бень, гребёнка **2.** *v* чеса́ть; расчёсывать

combat ['kɔmbət] сраже́ние

combination [kɔmbı'neıʃn] сочета́ние

combine **1.** *v* [kəm'baın] 1) объединя́ть(ся) 2) комбини́ровать **2.** *n* ['kɔmbaın] 1) *с.-х.* комба́йн 2) объедине́ние

combustion [kəm'bʌstʃn] горе́ние, сгора́ние

come [kʌm] (came; come) приходи́ть; приезжа́ть ◊ it didn't ~ off! не вы́шло

comedy ['kɔmıdı] коме́дия

comfort ['kʌmfət] **1.** *n* 1) утеше́ние 2) *pl* удо́бства **2.** *v* утеша́ть; **~able** ['kʌmfətəbl] удо́бный; ую́тный

comic ['kɔmık] смешно́й, коми́ческий

coming ['kʌmıŋ] бу́дущий, наступа́ющий

comma ['kɔmə] запята́я

command [kə'mɑ:nd] **1.** *v* 1) прика́зывать 2) кома́ндовать 3) госпо́дствовать **2.** *n* 1) прика́з 2) кома́ндование; **~er** [kə'mɑ:ndə] командир, военачальник; командующий

commend [kə'mend] хвалить

comment ['kɔment] **1.** *n* примечание; толкование; any ~s? есть замечания? **2.** *v* комментировать; **~ator** [-eɪtə] комментатор

commerce ['kɔmз:s] торговля

commercial [kə'mз:ʃəl] торговый, коммерческий

commission [kə'mɪʃn] 1) комиссия 2) поручение

commit [kə'mɪt] совершать (*преступление*)

committee [kə'mɪtɪ] комитет; комиссия

commodity [kə'mɔdɪtɪ] товар, предмет потребления

common ['kɔmən] 1) общий 2) обычный, обыкновенный

commonplace ['kɔmənpleɪs] **1.** *n* банальность, общее место **2.** *a* обыденный; банальный

commotion [kə'məuʃn] 1) смятение 2) волнение

commune ['kɔmju:n] коммуна

communicate [kə'mju:nɪkeɪt] 1) сообщать 2) передавать

communication [kəmju:nɪ'keɪʃn] сообщение; связь; коммуникация

communism ['kɔmjunɪzm] коммунизм

communist ['kɔmjunɪst] **1.** *n* коммунист **2.** *a* коммунистический

community [kə'mju:nɪtɪ] 1) община 2) общность

compact 1. *a* [kəm'pækt] компактный; плотный; сжатый **2.** *n* ['kɔmpækt] пудреница

companion [kəm'pænjən] товарищ; спутник, попутчик

company ['kʌmpənɪ] общество; компания; товарищество

comparative [kəm'pærətɪv] **1.** *a* сравнительный; относительный **2.** *n грам.* сравнительная степень

compare [kəm'peə] сравнивать

comparison [kəm'pærɪsn] сравнение; in ~ with по сравнению с

compartment [kəm'pɑ:tmənt] отделение; купе

compass ['kʌmpəs] 1) диапазон 2) компас 3) *pl* циркуль

compassion [kəm'pæʃn] жалость, сострадание

compatriot [kəm'pætrɪət] соотечественник

compel [kəm'pel] заставлять, вынуждать

compensate ['kɔmpenseɪt] возмещать; вознаграждать; компенсировать

compete [kəm'pi:t] состязаться; конкурировать

competence ['kɔmpɪtəns] 1) умение, квалификация 2) компетентность

competent ['kɔmpɪtənt] 1) умелый 2) компетентный

competition [kɔmpɪ'tɪʃn] 1) соревнование; конкурс 2) конкуренция

competitive [kəm'petɪtɪv] основанный на конкуренции; конкурентоспособный

competitor [kəm'petɪtə] конкурент; участник соревнования

compile [kəm'paɪl] составлять

complacent [kəm'pleɪsnt] самодовольный

complain [kəm'pleɪn] жаловаться

complaint [kəm'pleɪnt] 1) жалоба; недовольство 2) болезнь

complement ['kɔmplɪmənt] дополнение (*тж. грам.*)

complete [kəm'pli:t] **1.** *a* пóлный **2.** *v* 1) закáнчивать, завершáть 2) пополнять; **~ly** [-lɪ] совершéнно, пóлностью

complex ['kɔmpleks] слóжный

complexion [kɔm'plekʃn] цвет лицá

compliance [kəm'plaɪəns]: in ~ with в соотвéтствии с, соглáсно

complicate ['kɔmplɪkeɪt] усложнять

complicated [kɔmplɪ'keɪtɪd] слóжный, запýтанный

compliment 1. *n* ['kɔmplɪmənt] 1) комплимéнт 2) *pl* привéт **2.** *v* ['kɔmplɪment] дéлать комплимéнт(ы)

complimentary [kɔmplɪ'mentərɪ] 1) лéстный 2) дáрственный; даровóй; ~ ticket бесплáтный билéт; ~ copy бесплáтный экземпляр

comply [kəm'plaɪ] 1) соглашáться 2) исполнять (*просьбу, желание*)

compose [[kəm'pəuz] 1) составлять 2) сочинять 3) набирáть 4): ~ oneself успокáиваться; **~d** [-d] спокóйный

composer [kəm'pəuzə] компози́тор

composition [kɔmpə'zɪʃn] 1) компози́ция 2) состáв, смесь 3) музыкáльное произведéние 4) шкóльное сочинéние

compositor [kəm'pɔzɪtə] набóрщик

composure [kəm'pəuʒə] спокóйствие, самообладáние

compound ['kɔmpaund] **1.** *n* смесь **2.** *a* составнóй

comprehensive [kɔmprɪ'hensɪv] всесторóнний; исчéрпывающий

compress ['kɔmpres] компрéсс

comprise [kəm'praɪz] охвáтывать; заключáть (*в себе*)

compromise ['kɔmprəmaɪz] **1.** *n* компроми́сс **2.** *v* 1) пойти́ на компроми́сс 2) компромети́ровать

compulsory [kəm'pʌsərɪ] принуди́тельный; обязáтельный

computer [kəm'pju:tə] компьютер

comrade ['kɔmrɪd] товáрищ

Conakry ['kɔnəkrɪ] Кóнакри

concave ['kɔn'keɪv] вóгнутый

conceal [kən'si:l] скрывáть

concede [kən'si:d] 1) уступáть 2) допускáть (*возможность и т.п.*)

conceit [kən'si:t] самомнéние; **~ed** [kən'si:tɪd] самодовóльный, тщеслáвный

concentrate [kɔnsən'treɪt] сосредотóчиться

concentration [kɔnsən'treɪʃn] сосредотóчение; концентрáция; ~ camp концентрациóнный лáгерь

conception [kən'sepʃn] 1) поня́тие; представлéние 2) зачáтие

concern [kən'sɜ:n] **1.** *n* 1) де́ло, отноше́ние; it's no ~ of mine э́то меня́ не каса́ется 2) предприя́тие 3) огорче́ние **2.** *v* каса́ться; интересова́ться; as far as I am ~ed что каса́ется меня; **~ed** [-d] 1) заинтересо́ванный 2) озабо́ченный; огорчённый; **~ing** [-ɪŋ] относи́тельно

concert ['kɔnsət] конце́рт ◊ in ~ with вме́сте с

concession [kən'seʃn] 1) усту́пка 2) *эк.* конце́ссия

conciliate [kən'sɪlɪeɪt] примиря́ть

conclude [kən'klu:d] 1) зака́нчивать; заключа́ть 2) де́лать вы́вод

conclusion [kən'klu:ʒn] 1) оконча́ние; заключе́ние 2) вы́вод

conclusive [kən'klu:sɪv] оконча́тельный, реша́ющий

concrete ['kɔnkri:t] **1.** *a* 1) конкре́тный 2) бето́нный **2.** *n* бето́н

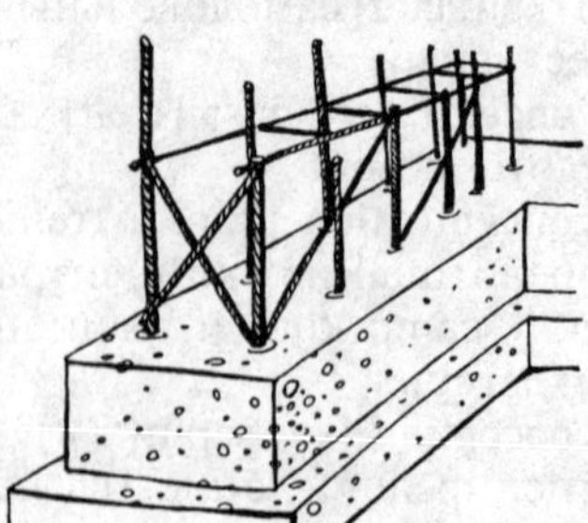

concur [kən'kɜ:] 1) совпада́ть 2) соглаша́ться

concussion [kən'kʌʃn] сотрясе́ние (*мозга*)

condemn [kən'dem] осужда́ть; пригова́ривать

condensed [kən'denst] сгущённый

condescend [kɔndɪ'send] снисходи́ть; **~ing** [kɔndɪ'sendɪŋ] снисходи́тельный

condition [kən'dɪʃn] 1) усло́вие 2) состоя́ние 3) *pl* обстоя́тельства

conduct 1. *v* [kən'dʌkt] 1) вести́ 2) дирижи́ровать **2.** *n* ['kɔndəkt] поведе́ние

conductor [kən'dʌktə] 1) конду́ктор (*трамвая и т.п.*) 2) дирижёр 3) проводни́к (*тж. физ.*)

cone [kəun] 1) ко́нус 2) ши́шка (*еловая и т.п.*)

conference ['kɔnfərəns] конфере́нция

confess [kən'fes] 1) признава́ться 2) испове́доваться; **~ion** [kən'feʃn] 1) призна́ние 2) и́споведь

confide [kən'faɪd] 1) доверя́ть 2) полага́ться

confidence ['kɔnfɪdəns] 1) дове́рие 2) уве́ренность

confident ['kɔnfɪdənt] уве́ренный; **~ial** [kɔnfɪ'denʃəl] конфиденциа́льный, секре́тный

confine [kən'faɪn] 1) ограни́чивать 2) заключа́ть в тюрьму́; **~ment** [-mənt] тюре́мное заключе́ние

confirm [kən'fɜ:m] подтвержда́ть; **~ation** [kɔnfə'meɪʃn] подтвержде́ние

conflict 1. *n* ['kɔnflɪkt] конфли́кт **2.** *v* [kən'flɪkt] (with) противоре́чить

conform [kən'fɔ:m] 1) соотве́тствовать 2) подчиня́ться; **~ity** [-ɪtɪ]: in ~ity with в соотве́тствии с

confront [kən'frʌnt] 1) стоя́ть лицо́м к лицу́ 2) дать кому́-л. о́чную ста́вку

confuse [kən'fju:z] 1) сме́шивать; спу́тывать 2) смуща́ться

confusion [kən'fju:ʒn] 1) пу́таница, беспоря́док 2) смуще́ние

congenial [kən'dʒi:njəl] 1) подходя́щий, благоприя́тный 2) бли́зкий по ду́ху

Congo ['kɔŋgəu] Ко́нго

congratulate [kən'grætjuleɪt] поздравля́ть

congress ['kɔŋgres] съезд; конгре́сс

conjecture [kən'dʒektʃə] **1.** *n* дога́дка, предположе́ние **2.** *v* предполага́ть

conjugation [kɔndʒu'geɪʃn] *грам.* спряже́ние

conjunction [kən'dʒʌkʃn] 1) соедине́ние 2) *грам.* сою́з

connect [kə'nekt] соединя́ть(ся); свя́зывать(ся)

Connecticut [kə'netɪkət] Конне́ктикут

connection [kə'nekʃn] связь

conquer ['kɔŋkə] завоёвывать; побежда́ть; **~or** ['kɔŋkərə] завоева́тель; победи́тель

conquest ['kɔŋkwest] завоева́ние

conscience ['kɔnʃəns] со́весть

conscientious [kɔnʃɪ'enʃəs] добросо́вестный

conscious ['kɔnʃəs] 1) сознаю́щий; ощуща́ющий; be ~ of знать, сознава́ть 2) созна́тельный; **~ness** [-nɪs] 1) созна́ние 2) созна́тельность

consecutive [kən'sekjutɪv] после́довательный

consent [kən'sent] **1.** *n* согла́сие **2.** *v* соглаша́ться

consequence ['kɔnsɪkwəns] 1) после́дствие 2) значе́ние; it's of no ~ э́то не име́ет значе́ния, нева́жно

consequently ['kɔnsɪkwəntlɪ] сле́довательно, по́этому

conservation [kɔnsɜ:'veɪʃn] сохране́ние

conservative [kɔn'sɜ:vətɪv] **1.** *a* консервати́вный ◊ at a ~ estimate без преувеличе́ния **2.** *n* консерва́тор

consider [kən'sɪdə] 1) счита́ть, полага́ть 2) рассма́тривать, обсужда́ть

considerable [kən'sɪdərəbl] значи́тельный

considerate [kən'sɪdərɪt] внимáтельный (к другúм), чýткий

consideration [kənsɪdə'reɪʃn] 1) размышлéние; рассмотрéние 2) соображéние; take into ~ принять во внимáние; have ~ for others считáться с другúми

consignment [kən'saɪnmənt] 1) отпрáвка товáров 2) пáртия товáра

consist [kən'sɪst] (of) состоять (из)

consistent [kən'sɪstənt] послéдовательный

consolation [kɔnsə'leɪʃn] утешéние

console [kən'səul] утешáть

consolidate [kən'sɔlɪdeɪt] укреплять(ся)

consonant ['kɔnsənənt] соглáсный (звук)

conspicuous [kən'spɪkjuəs] замéтный; выдаю́щийся

conspiracy [kən'spɪrəsɪ] зáговор

conspire [kən'spaɪə] тáйно договáриваться

constancy ['kɔnstənsɪ] постоянство

constant ['kɔnstənt] постоянный

constellation [kɔnstə'leɪʃn] созвéздие

constituency [kən'stɪtjuənsɪ] избирáтельный óкруг

constituent [kən'stɪtjuənt] **1.** *a* составнóй **2.** *n* 1) составнáя часть 2) избирáтель

constitute ['kɔnstɪtju:t] составлять, образóвывать

constitution [kɔnstɪ'tju:ʃn] конститýция; **~al** [kɔnstɪ'tju:ʃənəl] конституциóнный

construct [kən'strʌkt] стрóить; **~ion** [kən'strʌkʃn] 1) строительство 2) здáние

consult [kən'sʌlt] 1) совéтоваться 2) справляться (*по книгам*)

consume [kən'sju:m] потреблять; **~r** [-ə] потребúтель; ~r goods товáры нарóдного потреблéния

consumption I [kən'sʌmpʃn] потреблéние

consumption II [kən'sʌmpʃn] туберкулёз лёгких, чахóтка

contact ['kɔntækt] (со)прикосновéние; контáкт

contagious [kən'teɪdʒəs] зарáзный

contain [kən'teɪn] содержáть; вмещáть

contaminate [kən'tæmɪneɪt] 1) загрязнять 2) заражáть

contamination [kəntæmɪ'neɪʃn] загрязнéние (окружáющей среды́)

contemplate ['kɔntempleɪt] 1) созерцáть 2) предполагáть, намеревáться

contemporary [kən'tempərərɪ] **1.** *a* совремéнный **2.** *n* совремéнник

contempt [kən'tempt] презрéние; **~ible** [kən'temptəbl] презрéнный, ничтóжный

contend [kən'tend] 1) борóться 2) (that) утверждáть 3) спóрить

content [kən'tent] **1.** *a* довóльный **2.** *v* удовлетворять

contents ['kɔntents] *pl* 1) содержáние 2) содержúмое 3) оглавлéние

contest 1. *n* ['kɔntest] спор; состяза́ние **2.** *v* [kən'test] оспа́ривать

contribution [kɔntrɪ'bju:ʃn] 1) вклад; ~ to science вклад в нау́ку 2) соде́йствие 3) сотру́дничество

continent ['kɔntɪnənt] матери́к, контине́нт

contingency [kən'tɪndʒənsɪ] слу́чай; случа́йность

continual [kən'tɪnjuəl] беспреста́нный; **~ly** [kən'tɪnjuəlɪ] постоя́нно

continuation [kəntɪnju'eɪʃn] продолже́ние

continue [kən'tɪnju:] продолжа́ться

continuous [kən'tɪnjuəs] непреры́вный

contract ['kɔntrækt] контра́кт; догово́р

contraction [kən'trækʃn] сжа́тие, сокраще́ние

contradict [kɔntrə'dɪkt] 1) опроверга́ть 2) противоре́чить; **~ion** [kɔntrə'dɪkʃn] 1) опроверже́ние 2) противоре́чие

contrary ['kɔntrərɪ] **1.** *a* 1) противополо́жный 2) встре́чный (*о ветре*) **2.** *n*: on the ~ наоборо́т

contrast 1. *n* ['kɔntræst] контра́ст **2.** *v* [kən'træst] 1) сопоставля́ть 2) составля́ть контра́ст

contribute [kən'trɪbju:t] 1) де́лать вклад 2) же́ртвовать (*деньги*) 3) (to) спосо́бствовать; that will not ~ much to my happiness э́то не о́чень спосо́бствует моему́ сча́стью 4) сотру́дничать (*в газете, журнале*)

contrivance [kən'traɪvəns] изобрете́ние; приспособле́ние

control [kən'trəul] **1.** *n* 1) управле́ние; have ~ over one's feelings владе́ть собо́й 2) контро́ль **2.** *v* 1) управля́ть 2) контроли́ровать

controversy ['kɔntrəvз:sɪ] спор; поле́мика

convalescence [kɔnvə'lesns] выздоровле́ние

convene [kən'vi:n] созыва́ть

convenience [kən'vi:njəns] удо́бство

convenient [kən'vi:njənt] удо́бный

conventional [kən'venʃənl] 1) обы́чный, при́нятый 2) чо́порный, благовоспи́танный

conversation [kɔnvə'seɪʃn] разгово́р, бесе́да

conversion [kən'vз:ʃn] превраще́ние

convert [kən'vз:t] 1) превраща́ть 2) обраща́ть (*в другую веру*)

convex [kɔn'veks] вы́пуклый

convey [kən'veɪ] 1) перевози́ть 2) передава́ть (*мысль, звук*)

convict 1. *v* [kən'vɪkt] признава́ть вино́вным; осужда́ть **2.** *n* ['kɔnvɪkt] осуждённый, заключённый; ка́торжник

conviction [kən'vɪkʃn] 1) убежде́ние 2) *юр.* осужде́ние

convince [kən'vɪns] убеждáть

convincing [kən'vɪnsɪŋ] убеди́тельный

cook [kuk] **1.** *v* готóвить пи́щу **2.** *n* кухáрка; пóвар

cool [ku:l] **1.** *a* 1) прохлáдный, свéжий 2) хладнокрóвный **2.** *v* 1) охлаждáть 2) остывáть

cooperate [kəu'ɔpəreɪt] сотрýдничать

coordinate 1. *v* [kəu'ɔ:dɪneɪt] координи́ровать **2.** *n* [kəu'ɔ:dənɪt] координáта

coordinated [kəu'ɔ:dɪneɪtɪd] согласóванный

cope [kəup] справля́ться (*с делом, задачей*)

Copenhagen [kəupn'heɪgən] Копенгáген

copper ['kɔpə] медь

copy ['kɔpɪ] **1.** *n* 1) кóпия 2) экземпля́р 3) репродýкция **2.** *v* 1) снимáть кóпию 2) копи́ровать 3) подражáть кому-л.

copyright ['kɔpɪraɪt] áвторское прáво

cord [kɔ:d] 1) верёвка; шнур 2) *анат.* свя́зка

cordial ['kɔ:djəl] сердéчный, тёплый

Cordilleras, the [kɔ:dɪ'ljeərəz] Кордильéры

core [kɔ:] 1) сердцеви́на 2) сýщность, суть

cork [kɔ:k] **1.** *n* прóбка **2.** *v* затыкáть прóбкой; **~screw** ['kɔ:kskru:] штóпор

corn I [kɔ:n] 1) зернó 2) хлебá 3) *амер.* кукурýза, маис

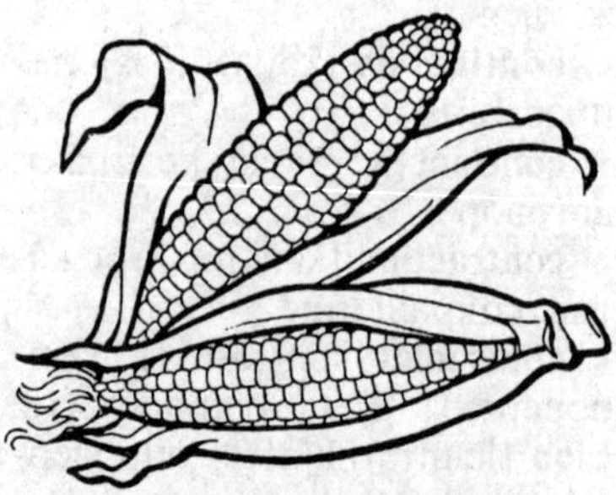

corn II [kɔ:n] мозóль

corner ['kɔ:nə] ýгол

corn-flower ['kɔ:nflauə] василёк

Cornwall ['kɔ:nwəl] Кóрнуолл

corps [kɔ:] *воен.* кóрпус

corpse [kɔ:ps] труп

correct [kə'rekt] **1.** *a* прáвильный **2.** *v* корректи́ровать; исправля́ть; **~ion** [kə'rekʃn] исправлéние

correspond [kɔrɪs'pɔnd] 1) соотвéтствовать 2) перепи́сываться

corroborate [kə'rɔbəreɪt] подтверждáть

corrupt [kə'rʌpt] **1.** *v* 1) пóртить; развращáть 2) подкупáть **2.** *a* 1) испóрченный; развращённый 2) продáжный; **~ion** [kə'rʌpʃn] 1) коррýпция, продáжность 2) искажéние

cosmodrome ['kɔzmədrəum] космодрóм

cosmonaut ['kɔzmənɔ:t] космонáвт

cosmos ['kɔzmɔs] кóсмос, вселéнная

cost [kɔst] **1.** *a* 1) ценá; стóимость 2) *pl* судéбные издéржки **2.** *v* (cost; cost) стóить, обходúться

cosy ['kəuzɪ] уютный

cottage ['kɔtɪdʒ] 1) избá; хúжина 2) коттéдж

cotton [kɔtn] **1.** *n* 1) хлóпок 2) (хлопчáто)бумáжная ткань **2.** *a* (хлопчáто)бумáжный; ~ wool вáта

couch [kautʃ] кушéтка

cough [kɔf] **1.** *n* кáшель **2.** *v* кáшлять

could [kud] *past om* can I.

council ['kaunsl] 1) совéт (*организация*) 2) совещáние

counsel ['kaunsəl] **1.** *n* 1) совéт (*указание*) 2) адвокáт **2.** *v* совéтовать; **~lor** [-ə] совéтник

count [kaunt] **1.** *v* считáть; ~ **on** рассчúтывать (*на кого-л., что-л.*) **2.** *n* счёт

counter ['kauntə] прилáвок; стóйка

counteract [kauntə'rækt] противодéйствовать

countermand [kauntə'mɑ:nd] отменять (*приказание, заказ*)

country ['kʌntrɪ] 1) странá 2) дерéвня; **~man** [-mən] соотéчественник

county ['kauntɪ] грáфство

couple [kʌpl] пáра; четá

courage ['kʌrɪdʒ] мýжество; хрáбрость; **~ous** [kə'reɪdʒəs] хрáбрый

course [kɔ:s] 1) курс 2) ход, течéние; let things take their ~ пусть всё идёт своúм чередóм 3) блюдо (*за обедом и т.п.*) ◊ of ~конéчно

court [kɔ:t] **1.** *n* 1) двор 2) суд **2.** *v* ухáживать

courteous ['kɜ:tɪəs] вéжливый, учтúвый

courtesy ['kɜ:tɪsɪ] вéжливость, учтúвость

courtyard ['kɔ:tjɑ:d] внýтренний двор

cousin [kʌzn] двоюродный брат, двоюродная сестрá

Coventry ['kɔvəntrɪ] Кóвентри

cover ['kʌvə] **1.** *v* 1) закрыва́ть; покрыва́ть 2) охва́тывать **2.** *n* 1) (по)кры́шка; покрыва́ло; чехо́л; take ~ пря́таться 2) прибо́р (*обеденный*)

covet ['kʌvɪt] жа́ждать; домога́ться; **~ous** ['kʌvɪtəs] а́лчный, скупо́й

cow [kau] коро́ва

coward [kauəd] трус; **~ice** [-ɪs] тру́сость; **~ly** [-lɪ] трусли́вый; малоду́шный

crab [kræb] краб

crack [kræk] **1.** *v* 1) раска́лывать(ся), тре́скаться 2) щёлкать **2.** *n* тре́щина

cracker ['krækə] 1) пече́нье 2) хлопу́шка

crackle [krækl] хрусте́ть; потре́скивать

cradle [kreɪdl] колыбе́ль

craft [krɑ:ft] 1) ремесло́ 2) су́дно; *собир.* суда́

craftsman ['krɑ:ftsmən] реме́сленник

cram [kræm] 1) запи́хивать 2) пи́чкать 3) учи́ть на́спех; зубри́ть

crane [kreɪn] 1) жура́вль 2) подъёмный кран

crank I [kræŋk] рукоя́тка, ру́чка

crank II [kræŋk] чуда́к

crash [kræʃ] **1.** *n* 1) треск, гро́хот 2) ава́рия 3) крах, банкро́тство **2.** *v* 1) разби́ть(ся) (*о самолёте, машине*) 2) потерпе́ть крах

crawl [krɔ:l] по́лзать

craze [kreɪz] ма́ния; увлече́ние

crazy ['kreɪzɪ] поме́шанный

creak [kri:k] **1.** *n* скрип **2.** *v* скрипе́ть

cream [kri:m] **1.** *n* 1) сли́вки 2) крем **2.** *a* кре́мовый

create [kri:'eɪt] твори́ть; создава́ть

creation [kri:'eɪʃn] созда́ние; (со)творе́ние

creative [kri:'eɪtɪv] тво́рческий

creator [kri:'eɪtə] творе́ц, созда́тель

creature ['kri:tʃə] созда́ние

credentials [krɪ'denʃəlz] *pl* 1) вери́тельные гра́моты 2) рекоменда́ция

credit ['kredɪt] 1) дове́рие 2) честь 3) креди́т

credulity [krɪ'dju:lɪtɪ] легкове́рие

credulous ['kredjuləs] легкове́рный

creed [kri:d] 1) вероуче́ние 2) кре́до

creep [kri:p] (crept; crept) 1) по́лзать 2) кра́сться; **~er** ['kri:pə] вью́щееся расте́ние

cremate [krɪ'meɪt] сжига́ть, креми́ровать

crept [krept] *past и p. p. от* creep

crescent [kresnt] полуме́сяц

crest [krest] 1) гребешо́к, хохоло́к 2) гре́бень (*волны, горы*)

Crete [kri:t] Крит

crevice ['krevɪs] тре́щина, расще́лина

crew I [kru:] экипа́ж, кома́нда (*судна*)

crew II [kru:] *past от* crow I.

cricket I ['krɪkɪt] сверчо́к

cricket II ['krɪkɪt] *спорт.* крике́т

crime [kraɪm] преступле́ние

criminal ['krɪmɪnəl] **1.** *a* престу́пный; уголо́вный **2.** *n* престу́пник

crimson [krɪmzn] а́лый; мали́новый

cringe [krɪndʒ] раболе́пствовать

cripple [krɪpl] **1.** *n* кале́ка **2.** *v* кале́чить

crisis ['kraɪsɪs] 1) кри́зис 2) перело́м (*в ходе болезни*)

crisp [krɪsp] рассы́пчатый, хрустя́щий

critical ['krɪtɪkəl] крити́ческий

criticism ['krɪtɪsɪzm] кри́тика

criticize ['krɪtɪsaɪz] критикова́ть; порица́ть

Croatia [krəu'eɪʃə] Хорва́тия

crocodile ['krɔkədaɪl] крокоди́л

crook [kruk] 1) изги́б 2) *разг.* жу́лик, моше́нник; **~ed** ['krukɪd] 1) криво́й 2) нече́стный

crop [krɔp] **1.** *n* 1) урожа́й; посе́в 2) зоб **2.** *v* 1) подстрига́ть (*волосы*) 2) щипа́ть траву́ (*о животных*)

cross I [krɔs] **1.** *n* крест **2.** *v* 1) пересека́ть 2) переезжа́ть, переходи́ть (*реку, дорогу*) 3) скре́щивать (*породы*); **~ out** вычёркивать

cross II [krɔs] серди́тый

crossing ['krɔsɪŋ] перепра́ва

crossroads ['krɔsrəudz] перекрёсток

crouch [krautʃ] притаи́ться

crow I [krəu] (crowed, crew; crowed) петь, крича́ть (*о петухе*)

crow II [krəu] воро́на

crowd [kraud] **1.** *n* толпа́ **2.** *v* толпи́ться; тесни́ться

crown [kraun] **1.** *n* 1) коро́на 2) вено́к 3) маку́шка **2.** *v* 1) короова́ть 2) уве́нчивать; to ~ all в доверше́ние всего́

crucial ['kru:ʃəl] реша́ющий, крити́ческий

crude [kru:d] 1) сыро́й, незре́лый; *перен.* примити́вный 2) необрабо́танный

cruel [kruəl] жесто́кий; **~ty** ['kruəltɪ] жесто́кость

cruise [kru:z] **1.** *v* крейси́ровать **2.** *n* круи́з

cruiser ['kru:zə] кре́йсер

crumb [krʌm] кро́шка

crumble [krʌmbl] кроши́ть(ся)

crumple [krʌmpl] мя́ть(ся)

crush [krʌʃ] **1.** *v* 1) (раз)дави́ть 2) (с)мять **2.** *n* да́вка

crust [krʌst] ко́рка

crutch [krʌtʃ] косты́ль

cry [kraɪ] **1.** *v* 1) крича́ть, восклица́ть 2) пла́кать **2.** *n* крик

cub [kʌb] детёныш (*зверя*)

Cuba ['kju:bə] Ку́ба

cube [kju:b] куб

cubic ['kju:bɪk] куби́ческий

cuckoo ['kuku:] куку́шка

cucumber ['kju:kəmbə] огуре́ц

cuff [kʌf] 1) манже́та; обшла́г 2) шлепо́к

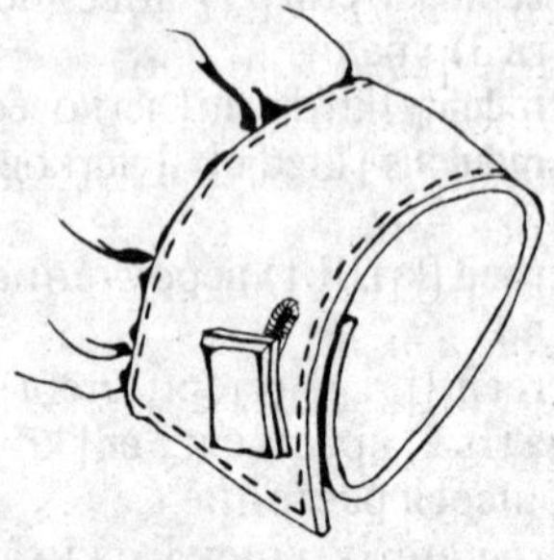

culprit ['kʌlprɪt] 1) обвиня́емый 2) престу́пник

cultivate ['kʌltɪveɪt] 1) возде́лывать (*землю*) 2) развива́ть (*таланты*)

culture ['kʌltʃə] культу́ра; **~d** [-d] культу́рный

cunning ['kʌnɪŋ] **1.** *n* хи́трость **2.** *a* хи́трый, кова́рный

cup [kʌp] 1) ча́шка 2) ку́бок; **~board** ['kʌbəd] шкаф, буфе́т

curb [kɜ:b] **1.** *n* 1) узда́ 2) край тротуа́ра **2.** *v* обу́здывать

curdle [kɜ:dl] свёртываться (*о молоке*)

curds [kɜ:dz] *pl* творо́г

cure [kjuə] **1.** *v* лечи́ть **2.** *n* сре́дство; лека́рство

curiosity [kjuərɪ'ɔsɪtɪ] любопы́тство

curious ['kjuərɪəs] 1) любопы́тный 2) любозна́тельный 3) курьёзный, стра́нный

curl [kɜ:l] **1.** *v* ви́ться; завива́ть(ся) **2.** *n* ло́кон, завито́к

currant ['kʌrənt] 1) изю́минка 2) сморо́дина

currency ['kʌrənsɪ] 1) (де́нежное) обраще́ние 2) валю́та

current ['kʌrənt] **1.** *a* 1) теку́щий 2) ходя́чий (*о выражении и т. п.*) **2.** *n* 1) пото́к; тече́ние 2) струя́ 3) *эл.* ток

curse [kɜːs] **1.** *v* проклина́ть **2.** *n* прокля́тие

cursory ['kɜːsərɪ]: ~ reading бе́глое чте́ние

curt [kɜːt] сухо́й, ре́зкий (*об ответе и т. п.*)

curtail [kɜː'teɪl] сокраща́ть, уре́зывать

curtain ['kɜːtn] **1.** *n* за́навес, занаве́ска **2.** *v* за(на)ве́шивать

curve [kɜːv] **1.** *n* крива́я (ли́ния) **2.** *v* изгиба́ть(ся)

cushion ['kuʃən] (дива́нная) поду́шка

custody ['kʌstədɪ] 1) опе́ка 2): in ~ под аре́стом

custom ['kʌstəm] 1) обы́чай 2) привы́чка

customary ['kʌstəmərɪ] обы́чный

customer ['kʌstəmə] покупа́тель; зака́зчик

customs ['kʌstəmz] тамо́жня

cut [kʌt] **1.** *n* поре́з; разре́з **2.** *v* (cut; cut) 1) ре́зать 2) руби́ть 3) стричь; ~ **out** выреза́ть; крои́ть ◊ he is ~ting his teeth у него́ проре́зываются зу́бы; ~ smb. dead де́лать вид, что не замеча́ешь кого́-л.

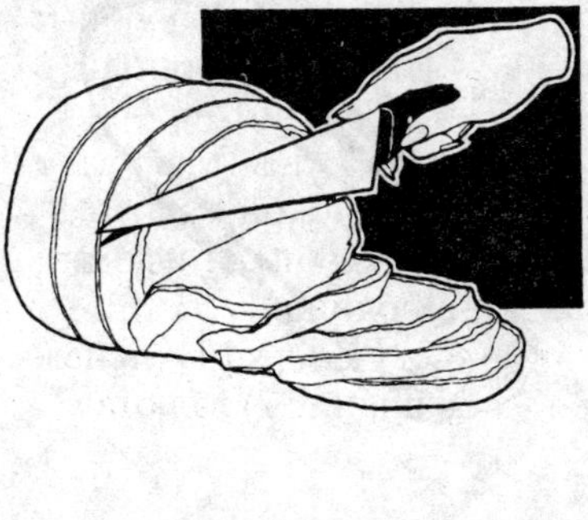

cutlet ['kʌtlɪt] котле́та

cutting ['kʌtɪŋ] **1.** *n* газе́тная вы́резка **2.** *a* о́стрый, ре́зкий; ~ remark язви́тельное замеча́ние

cybernetics [saɪbə'netɪks] киберне́тика

cycle [saɪkl] цикл

cyclist ['saɪklɪst] велосипеди́ст

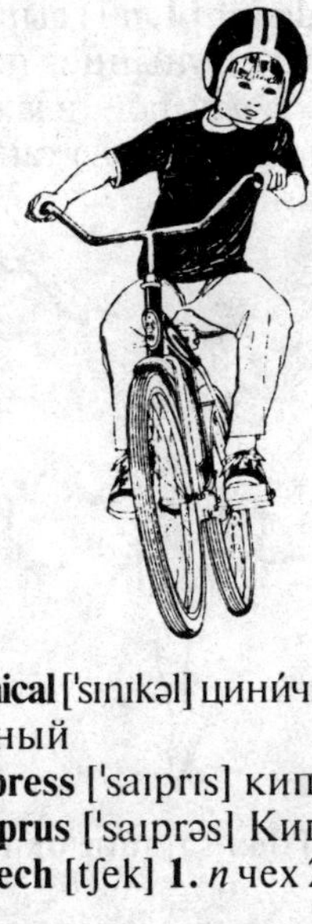

cynical ['sɪnɪkəl] цини́чный; бессты́дный

cypress ['saɪprɪs] кипари́с

Cyprus ['saɪprəs] Кипр

Czech [tʃek] **1.** *n* чех **2.** *a* че́шский

Czechia ['tʃekɪə] Че́хия

D

dad, daddy [dæd, 'dædɪ] *разг.* па́па, па́почка

dagger ['dægə] кинжа́л

daily ['deɪlɪ] **1.** *a* ежедне́вный **2.** *adv* ежедне́вно

dainty ['deɪntɪ] изя́щный

dairy ['deərɪ] моло́чный магази́н; ~ **farm** [-fɑːm] моло́чная фе́рма

daisy ['deɪzɪ] маргари́тка

dam [dæm] **1.** *n* да́мба, плоти́на **2.** *v* запру́живать

damage ['dæmɪdʒ] **1.** *n* 1) вред 2) уще́рб 3) *pl юр.* убы́тки; вознагражде́ние за убы́тки **2.** *v* 1) поврежда́ть 2) наноси́ть уще́рб

Damascus [də'mɑːskəs] Дама́ск

damp [dæmp] **1.** *n* 1) сы́рость, вла́жность 2) уны́ние, пода́вленность **2.** *a* сыро́й, вла́жный

dance [dɑːns] **1.** *n* 1) та́нец 2) бал **2.** *v* танцева́ть

dancer ['dɑːnsə] танцо́вщи́ца; танцо́р

dandelion ['dændɪlaɪən] одува́нчик

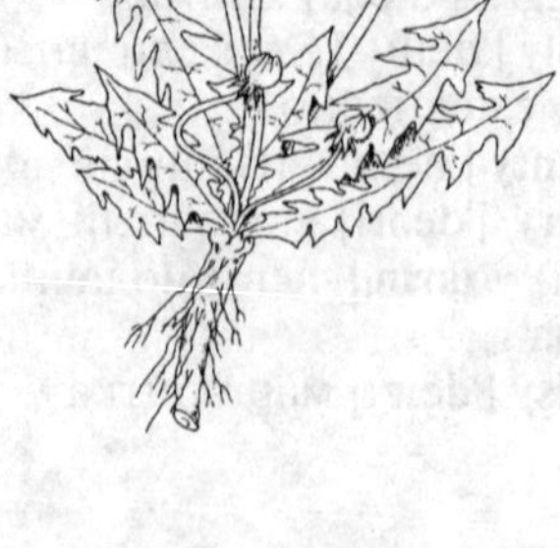

Dane [deɪn] датча́нин

danger ['deɪndʒə] опа́сность; **~ous** ['deɪndʒərəs] опа́сный

dangle [dæŋgl] 1) кача́ться 2) подве́шивать

Danish ['deɪnɪʃ] да́тский

Dardanelles [dɑːdə'nelz] Дарданéллы

dare [deə] 1) сметь, отва́живаться 2) (*smb.* to) вызыва́ть на ◊ I ~ say вероя́тно

Dar es Salaam ['dɑːressə'lɑːm] Дар-эс-Сала́м

daring ['deərɪŋ] **1.** *n* сме́лость, отва́га **2.** *a* сме́лый, отва́жный

dark [dɑːk] **1.** *a* 1) тёмный 2) сму́глый **2.** *n* темнота́; **~ness** ['dɑːknɪs] темнота́

darling ['dɑːlɪŋ] **1.** *a* люби́мый; ми́лый, дорого́й **2.** *n* люби́мец

darn [dɑːn] што́пать

dash [dæʃ] **1.** *v* промча́ться **2.** *n* тире́

data ['deɪtə] *pl* 1) да́нные 2) фа́кты; **~ base** *комп.* ба́за да́нных

date I [deɪt] **1.** *n* 1) да́та, число́; вре́мя; out of ~ устаре́лый; up to ~ совреме́нный 2) *амер. разг.* свида́ние; make a ~ назнача́ть свида́ние **2.** *v* дати́ровать; **~ from** относи́ться (*к какому-л. времени*)

date II [deɪt] фи́ник

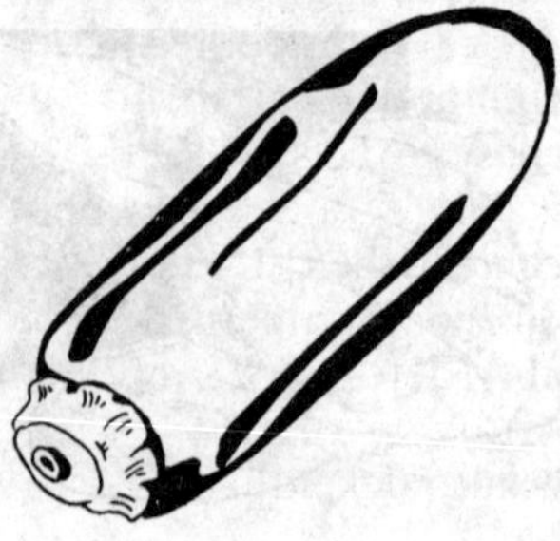

daughter [ˈdɔːtə] дочь; **~-in-law** [ˈdɔːtərɪnlɔː] невéстка, снохá

daw [dɔː] гáлка

dawn [dɔːn] **1.** *v* рассветáть **2.** *n* рассвéт, (ýтренняя) зарЯ́

day [deɪ] день; ~ off выходнóй день; the ~ before yesterday позавчерá; the ~ after tomorrow послезáвтра; **~break** [ˈdeɪbreɪk] рассвéт

dazed [deɪzd] ошеломлённый

dazzle [dæzl] ослеплЯ́ть; прельщáть

dead [ded] мёртвый; he is ~ он ýмер ◊ ~ shot мéткий стрелóк

deaf [def] глухóй; **~-mute** глухонемóй; **~en** [-n] 1) оглушáть 2) заглушáть

deal [diːl] **1.** *v* (dealt; dealt) сдавáть (*карты*); **~ in** торговáть; **~ out** распределЯ́ть; **~ with** имéть дéло (*с кем-л.*) **2.** *n* 1) колúчество; a great ~ of мнóго 2) сдéлка, дéло; **~ing(s)** [ˈdiːlɪŋz] делá, деловы́е отношéния

dealt [delt] *past и p. p. от* deal 1.

dean [diːn] 1) декáн 2) настоЯ́тель собóра

dear [dɪə] **1.** *a* дорогóй; my ~ мой мúлый; ~ Sir уважáемый господúн (*в письмах*) **2.** *adv* дóрого

death [deθ] смерть; put to ~ казнúть; **~ rate** [ˈdeθreɪt] смéртность, процéнт смéртности

debase [dɪˈbeɪs] 1) снижáть 2) унижáть

debate [dɪˈbeɪt] **1.** *v* обсуждáть **2.** *n* 1) дебáты, прéния 2) спор

debt [det] долг; **~or** [ˈdetə] должнúк

decade [ˈdekeɪd] десятилéтие

decathlon [dɪˈkæθlɔn] десятибóрье

decay [dɪˈkeɪ] **1.** *v* 1) гнить, разлагáться 2) приходúть в упáдок **2.** *n* 1) гниéние, разложéние; распáд 2) упáдок

deceased [dɪˈsiːst] (the) покóйник, ýмерший

deceive [dɪˈsiːv] обмáнывать

December [dɪˈsembə] декáбрь

decency [ˈdiːsnsɪ] прилúчие, благопристóйность

decent [ˈdiːsnt] 1) прилúчный; порЯ́дочный 2) скрóмный

deception [dɪˈsepʃn] обмáн

deceptive [dɪˈseptɪv] обмáнчивый

decide [dɪˈsaɪd] решáть

decimal [ˈdesɪməl] **1.** *a* десятúчный **2.** *n* десятúчная дробь

decipher [dɪˈsaɪfə] расшифрóвывать

decision [dɪˈsɪʒn] 1) решéние 2) решúмость

decisive [dɪˈsaɪsɪv] 1) решáющий 2) решúтельный

deck [dek] пáлуба

declaration [dekləˈreɪʃn] 1) заявлéние; декларáция 2) объявлéние

declare [dɪˈkleə] 1) объявлЯ́ть; провозглашáть 2) заявлЯ́ть

declension [dɪˈklenʃn] *грам.* склонéние

decline [dɪˈklaɪn] **1.** *v* 1) отклонЯ́ть; откáзывать(ся) 2) *грам.* склонЯ́ть **2.** *n* упáдок, падéние

decorate [ˈdekəreɪt] 1) украшáть 2) награждáть 3) дéлать ремóнт (квартúры)

decoration [dekəˈreɪʃn] 1) украшéние 2) нагрáда 3) ремóнт, отдéлка (квартúры)

decoy [dɪ'kɔɪ] **1.** *n* 1) западня́ 2) прима́нка **2.** *v* зама́нивать в лову́шку

decrease 1. *v* [dɪ'kri:s] уменьша́ться **2.** *n* ['di:kri:s] уменьше́ние; у́быль

decree [dɪ'kri:] **1.** *n* декре́т, ука́з **2.** *v* издава́ть декре́т; постановля́ть

decrepit [dɪ'krepɪt] 1) ве́тхий 2) дря́хлый

dedicate ['dedɪkeɪt] посвяща́ть

deduct [dɪ'dʌkt] вычита́ть, отнима́ть; **~ion** [dɪ'dʌkʃn] 1) вычита́ние; вы́чет; удержа́ние 2) вы́вод, заключе́ние

deed [di:d] 1) де́ло, посту́пок 2) *юр.* докуме́нт, акт

deep [di:p] **1.** *a* глубо́кий **2.** *adv* глубоко́; **~ly** ['di:plɪ] глубоко́

deer [dɪə] оле́нь; лань

defeat [dɪ'fi:t] **1.** *v* побежда́ть, наноси́ть пораже́ние **2.** *n* пораже́ние

defect [dɪ'fekt] недоста́ток; недочёт; **~ive** [-ɪv] неиспра́вный; недоста́точный, неполноце́нный; дефекти́вный

defence, *амер.* **defense** [dɪ'fens] защи́та; оборо́на; **~less**[-lɪs] беззащи́тный

defend [dɪ'fend] защища́ть

defensive [dɪ'fensɪv] **1.** *a* оборони́тельный **2.** *n* оборо́на

deference ['defərəns] почти́тельность

defiant [dɪ'faɪənt] вызыва́ющий, де́рзкий

deficiency [dɪ'fɪʃənsɪ] недоста́ток; дефици́т

define [dɪ'faɪn] определя́ть, устана́вливать

definite ['defɪnɪt] определённый

definition [defɪ'nɪʃn] определе́ние

deformed [dɪ'fɔ:md] обезобра́женный

defy [dɪ'faɪ] 1) де́йствовать наперекор́; ~ *smb.* to вызыва́ть на спор; I ~ you to find руча́юсь, что не найдёте 2) пренебрега́ть (*опасностью и т. п.*)

degenerate 1. *v* [dɪ'dʒenəreɪt] вырожда́ться **2.** *a* [dɪ'dʒenərɪt] вырожда́ющийся **3.** *n* [dɪ'dʒenərɪt] дегенера́т

degrade [dɪ'greɪd] понижа́ть; разжа́ловать; **~d** [-ɪd] 1) разжа́лованный 2) опусти́вшийся

degree [dɪ'gri:] 1) ступе́нь; сте́пень; by ~s постепе́нно 2) гра́дус 3) учёная сте́пень

deity ['di:ɪtɪ] божество́

dejected [dɪ'dʒektɪd] удручённый, угнетённый

Delaware ['deləweə] Делавэ́р

delay [dɪ'leɪ] **1.** *v* заде́рживать; откла́дывать; ме́длить **2.** *n* заде́ржка; промедле́ние

delegate 1. *v* ['delɪgeɪt] посыла́ть делега́том **2.** *n* ['delɪgɪt] делега́т

Delhi ['delɪ] Де́ли

deliberate [dɪ'lɪbərɪt] обду́манный, наме́ренный

delicacy ['delɪkəsɪ] 1) делика́тность; то́нкость 2) не́жность (*красок*) 3) хру́пкость, боле́зненность 4) ла́комство

delicate ['delɪkɪt] 1) то́нкий 2) боле́зненный, сла́бый 3) щекотли́вый (*вопрос, дело*) 4) такти́чный

delicious [dɪ'lɪʃəs] 1) восхити́тельный, преле́стный 2) вку́сный

delight [dɪ'laɪt] **1.** *n* наслажде́ние; восто́рг **2.** *v* приводи́ть в восто́рг; **~ful** [dɪ'laɪtful] преле́стный, восхити́тельный

delirium [di'lɪrɪəm] бред

deliver [dɪ'lɪvə] 1) доставля́ть 2) освобожда́ть; избавля́ть 3) сде́лать (*доклад*); произноси́ть (*речь*); **~ance** [dɪ'lɪvərəns] освобожде́ние, избавле́ние

delivery [dɪ'lɪvərɪ] 1) доста́вка 2) ро́ды

delusion [dɪ'lu:ʒn] заблужде́ние

demand [dɪ'mɑ:nd] **1.** *v* 1) тре́бовать 2) спра́шивать **2.** *n* 1) тре́бование 2) *эк.* спрос; in ~ име́ющий спрос

demobilize [di:'məubɪlaɪz] демобилизова́ть

democracy [dɪ'mɔkrəsɪ] демокра́тия

democratic [demə'krætɪk] демократи́ческий

demolish [dɪ'mɔlɪʃ] разруша́ть

demonstrate ['demənstreɪt] 1) пока́зывать; демонстри́ровать 2) дока́зывать

demonstration [demən'streɪʃn] 1) пока́з; демонстра́ция 2) доказа́тельство

demoralized [dɪ'mɔrəlaɪzd] 1) обескура́женный; деморализо́ванный 2) опусти́вшийся

den [den] 1) берло́га 2) прито́н

denial [dɪ'naɪəl] отрица́ние

Denmark ['denmɑ:k] Да́ния

denomination [dɪnɔmɪ'neɪʃn] 1) назва́ние; наименова́ние 2) вероиспове́дание, конфе́ссия

denote [dɪ'nəut] означа́ть; обознача́ть

denounce [dɪ'nauns] обвиня́ть, облича́ть

dense [dens] густо́й, пло́тный

density ['densɪtɪ] пло́тность

dentist ['dentɪst] зубно́й врач

deny [dɪ'naɪ] 1) отрица́ть 2) отка́зывать(ся)

depart [dɪ'pɑ:t] отбыва́ть, уезжа́ть

department [dɪ'pɑ:tmənt] 1) отде́л; ~ store универма́г 2) ве́домство; департа́мент 3) *амер.* министе́рство

departure [dɪ'pɑ:tʃə] 1) отбы́тие, отъе́зд 2) отклоне́ние

depend [dɪ'pend] (on) 1) зави́сеть (от) 2) полага́ться (на); **~ant** [-ənt] иждиве́нец; **~ence** [-əns] зави́симость; **~ent** [-ənt] зави́симый

depict [dɪ'pɪkt] опи́сывать

deplorable [dɪ'plɔ:rəbl] плаче́вный

deposit [dɪ'pɔzɪt] **1.** *v* 1) класть 2) положи́ть (*в банк*) 3) отлага́ть, дава́ть оса́док **2.** *n* 1) вклад 2) зада́ток 3) оса́док

depot ['depəu] 1) депо́ 2) склад 3) *амер.* железнодоро́жная ста́нция

depraved [dɪ'preɪvd] испо́рченный; развращённый

depreciate [dɪ'pri:ʃieɪt] обесце́нивать(ся)

depress [dɪ'pres] удруча́ть, угнета́ть; **~ion** [dɪ'preʃn] 1) уны́ние 2) *эк.* депре́ссия

deprive [dɪ'praɪv] лиша́ть

depth [depθ] глубина́

deputy ['depjutɪ] 1) депута́т; делега́т 2) замести́тель; ~ director замести́тель дире́ктора

derisive [dɪ'raɪsɪv] насме́шливый, ирони́ческий

derivation [derɪ'veɪʃn] исто́чник, происхожде́ние, нача́ло

descend [dɪ'send] спуска́ться; be ~ed from происходи́ть от; **~ant** [-ənt] пото́мок

descent [dɪ'sent] 1) спуск 2) склон 3) деса́нт 4) происхожде́ние

describe [dɪs'kraɪb] опи́сывать

description [dɪs'krɪpʃn] описа́ние

desert **1.** *v* [dɪ'zɜ:t] 1) покида́ть, броса́ть 2) дезерти́ровать **2.** *n* ['dezət] пусты́ня **3.** *a* ['dezət] необита́емый; **~ed** [dɪ'zɜ:tɪd] бро́шенный, пусты́нный; **~er** [dɪ'zɜ:tə] дезерти́р

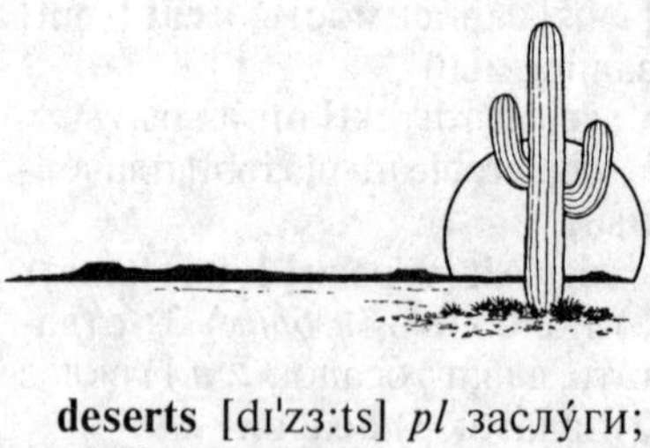

deserts [dɪ'zɜ:ts] *pl* заслу́ги; according to one's ~ по заслу́гам

deserve [dɪ'zɜ:v] заслу́живать

design [dɪ'zaɪn] **1.** *n* 1) за́мысел 2) прое́кт 3) узо́р **2.** *v* 1) замышля́ть; намерева́ться 2) проекти́ровать

designate ['dezɪgneɪt] (пред)назнача́ть

desirable [dɪ'zaɪərəbl] жела́тельный

desire [dɪ'zaɪə] **1.** *n* жела́ние **2.** *v* жела́ть

desirous [dɪ'zaɪərəs]: be ~ of жела́ть

desk [desk] 1) пи́сьменный стол 2) конто́рка 3) па́рта

desolate ['desəlɪt] поки́нутый, забро́шенный

despair [dɪs'peə] **1.** *n* отча́яние **2.** *v* (of) отча́иваться

despatch [dɪs'pætʃ] *см.* dispatch

desperate ['despərɪt] отча́янный, безнадёжный

despise [dɪs'paɪz] презира́ть

despite [dɪs'paɪt] несмотря́ на, вопреки́

despotic [des'pɔtɪk] деспоти́ческий

destination [destɪ'neɪʃn] 1) (пред)назначе́ние 2) ме́сто назначе́ния

destiny ['destɪnɪ] судьба́

destitute ['destɪtju:t] обездо́ленный, нужда́ющийся; ~ of лишённый чего́-л.

destroy [dɪs'trɔɪ] разруша́ть; уничтожа́ть

destroyer [dɪs'trɔɪə] эскáдренный минонóсец

destruction [dɪs'trʌkʃn] разрушéние, уничтожéние

detach [dɪ'tætʃ] 1) отделя́ть 2) *воен.* посылáть; **~ment**[-mənt] 1) отделéние 2) отря́д

detail ['di:teɪl] подрóбность, детáль

detain [dɪ'teɪn] 1) задéрживать 2) удéрживать (*зарплату*)

detect [dɪ'tekt] обнарýживать

detective [dɪ'tektɪv] сы́щик

deteriorate [dɪ'tɪərɪəreɪt] ухудшáться, пóртиться

determination [dɪtз:mɪ'neɪʃn] 1) определéние 2) реши́мость

determine [dɪ'tз:mɪn] 1) определя́ть 2) решáть(ся)

detest [dɪ'test] ненави́деть

Detroit [də'trɔɪt] Детрóйт

devastate ['devəsteɪt] опустошáть, разоря́ть

develop [dɪ'veləp] 1) развивáть(ся) 2) *фото* проявля́ть; **~ment** [-mənt] 1) разви́тие 2) *фото* проявлéние

deviation [di:vɪ'eɪʃn] 1) отклонéние 2) *полит.* уклóн

device [dɪ'vaɪs] 1) план, схéма, проéкт 2) деви́з 3) приспособлéние; механи́зм

devil ['devl] дья́вол, чёрт

devise [dɪ'vaɪz] придýмывать; изобретáть

devoid [dɪ'vɔɪd] (of) лишённый чегó-л.

devote [dɪ'vəut] посвящáть (себя́); **~d** [-ɪd] прéданный

devotion [dɪ'vəuʃn] прéданность

devour [dɪ'vauə] пожирáть

dew [dju:] росá

dexterity [deks'terɪtɪ] провóрство, лóвкость

diagram ['daɪəgræm] диагрáмма; схéма

dial ['daɪəl] **1.** *n* цифербла́т **2.** *v* набирáть нóмер

diameter [daɪ'æmɪtə] диáметр

diamond ['daɪəmənd] алмáз; бриллиáнт

diaper ['daɪəpə] пелёнка

diary ['daɪərɪ] дневни́к

dictate [dik'teɪt] диктовáть

dictation [dɪk'teɪʃn] диктáнт

dictatorship [dɪk'teɪtəʃɪp] диктатýра

dictionary ['dɪkʃənərɪ] словáрь

did [dɪd] *past от* do

die [daɪ] умирáть; **~ away** замирáть (*о звуке*)

diet ['daɪət] 1) пи́ща 2) диéта

differ ['dɪfə] 1) отличáться 2) расходи́ться во мнéниях; **~ence** ['dɪfrəns] 1) рáзница, разли́чие 2) разноглáсие; **~ent** ['dɪfrənt] 1) другóй 2) рáзный

difficult ['dɪfɪkəlt] трýдный; **~y** [-ɪ] трýдность; затруднéние

diffidence ['dɪfɪdəns] неувéренность в себé

diffident ['dɪfɪdənt] неувéренный; застéнчивый

dig [dɪg] (dug; dug) рыть, копáть, закáпывать

digest 1. *v* [dɪ'dʒest] 1) перева́ривать 2) усва́ивать **2.** *n* ['daɪdʒest] кра́ткое изложе́ние; **~ion** [dɪ'dʒestʃn] пищеваре́ние

dignified ['dɪgnɪfaɪd] досто́йный

dignity ['dɪgnɪtɪ] 1) досто́инство 2) зва́ние, сан

diligence ['dɪlɪdʒəns] прилежа́ние

diligent ['dɪlɪdʒənt] приле́жный

dill [dɪl] укро́п

dilute [daɪ'lju:t] разбавля́ть

dim [dɪm] 1) ту́склый, нея́сный 2) сла́бый (*о зрении*) 3) тума́нный, сму́тный

dime [daɪm] *амер.* моне́та в 10 це́нтов

dimension [dɪ'menʃn] 1) измере́ние 2) *pl* разме́ры, величина́

diminish [dɪ'mɪnɪʃ] уменьша́ть(ся)

diminutive [dɪ'mɪnjutɪv] 1) миниатю́рный 2) *грам.* уменьши́тельный

dimple [dɪmpl] я́мочка (*на щеке*)

dine [daɪn] обеда́ть

dining car ['daɪnɪŋkɑ:] ваго́н-рестора́н

dining room ['daɪnɪŋrum] столо́вая

dinner ['dɪnə] 1) обе́д 2) у́жин

dip [dɪp] **1.** *v* окуна́ть; ~ the flag спусти́ть флаг **2.** *n*: have a ~ искупа́ться

diplom||acy [dɪ'pləuməsɪ] диплома́тия; **~at** ['dɪpləmæt] дипloма́т

diplomatic [dɪplə'mætɪk] дипломати́ческий

direct [dɪ'rekt] **1.** *a* прямо́й **2.** *v* 1) направля́ть 2) руководи́ть 3) прика́зывать; **~ion** [dɪ'rekʃn] 1) направле́ние 2) указа́ние 3) руково́дство; **~ly** [-lɪ] пря́мо 2) то́тчас

directory [dɪ'rektərɪ] а́дресная кни́га, спра́вочник

dirt [dɜ:t] грязь; **~y** ['dɜ:tɪ] гря́зный

disabled [dɪs'eɪbld] искале́ченный; вы́веденный из стро́я

disadvantage [dɪsəd'vɑ:ntɪdʒ] неудо́бство, ми́нус; невы́года; catch smb. at a ~ заста́ть кого́-л. враспло́х

disagree [dɪsə'gri:] 1) не соглаша́ться 2) расходи́ться, противоре́чить

disagreeable [dɪsə'gri:əbl] неприя́тный

disappear [dɪsə'pɪə] исчеза́ть

disappoint [dɪsə'pɔɪnt] 1) разочаро́вывать 2) обману́ть (*надежды*)

disapproval [dɪsə'pru:vəl] неодобре́ние

disarm [dɪs'ɑ:m] 1) обезору́живать; ~ing smile обезору́живающая улы́бка 2) разоружа́ть(ся)

disaster [dɪ'zɑ:stə] катастро́фа; бе́дствие

disastrous [dɪ'zɑ:strəs] ги́бельный; катастрофи́ческий

disband [dɪs'bænd] распуска́ть (*войска*)

discern [dɪ'sɜ:n] различа́ть, ви́деть

discharge [dɪs'tʃɑ:dʒ] **1.** *v* 1) разгружа́ть 2) *эл.* разряжа́ть 3) вы́стрелить 4) увольня́ть 5) выпи́сывать (*из больницы*) **2.** *n* 1) *эл.* разря́д 2) вы́стрел 3) увольне́ние

disciple [dɪ'saɪpl] учени́к, после́дователь

discipline ['dɪsɪplɪn] дисципли́на

disclose [dɪs'kləuz] раскрыва́ть, обнару́живать

discontent ['dɪskən'tent] недово́льство; **~ed** [-ɪd] недово́льный

discord ['dɪskɔ:d] 1) раздо́ры 2) *муз.* диссона́нс

discount 1. *v* [dɪs'kaunt] де́лать ски́дку **2.** *n* ['dɪskaunt] ски́дка

discourage [dɪs'kʌrɪdʒ] отбива́ть жела́ние

discover [dɪs'kʌvə] открыва́ть; обнару́живать

discovery [dɪs'kʌvərɪ] откры́тие

discreet [dɪs'kri:t] 1) осторо́жный 2) сде́ржанный

discrepancy [dɪs'krepənsɪ] разногла́сие; противоре́чие

discretion [dɪs'kreʃn] 1) такт; сде́ржанность 2): at your ~ на ва́ше усмотре́ние

discriminat||e [dɪs'krɪmɪneɪt] различа́ть; **~ion** [dɪskrɪmɪ'neɪʃn] предпочте́ние 2) дискримина́ция

discuss [dɪs'kʌs] обсужда́ть; **~ion** [dɪs'kʌʃn] обсужде́ние; диску́ссия

disdain [dɪs'deɪn] **1.** *v* презира́ть; пренебрега́ть **2.** *n* презре́ние; пренебреже́ние

diseas||e [dɪ'zi:z] боле́знь; **~ed** [-d] больно́й; ~ed liver больна́я пе́чень

disfigure [dɪs'fɪgə] обезобра́живать; по́ртить

disgrace [dɪs'greɪs] **1.** *n* 1) позо́р, бесче́стье 2): be in ~ быть в неми́лости **2.** *v* позо́рить; **~ful** [-ful] позо́рный

disguise [dɪs'gaɪz] **1.** *v* 1) переодева́ться; маскирова́ться 2) скрыва́ть **2.** *n* маскиро́вка; *перен.* ма́ска; in ~ переоде́тый

disgust [dɪs'gʌst] **1.** *n* отвраще́ние **2.** *v* вызыва́ть отвраще́ние; be ~ ed чу́вствовать отвраще́ние

dish [dɪʃ] блю́до

dishevelled [dɪ'ʃevəld] растрёпанный; взъеро́шенный

dishonest [dɪs'ɔnɪst] нече́стный

dishonour [dɪs'ɔnə] позо́р; **~able** [dɪs'ɔnərəbl] бесче́стный, позо́рный

disillusion [dɪsɪ'luʒn] **1.** *v* разочаро́вывать **2.** *n* разочарова́ние

disinterested [dɪs'ɪntrɪstɪd] бескоры́стный; беспристра́стный

diskette [dɪs'ket] диске́та

dislike [dɪs'laɪk] **1.** *n* нелюбо́вь, неприя́знь **2.** *v* не люби́ть

dismal ['dɪzməl] мра́чный, уны́лый

dismay [dɪs'meɪ] у́жас

dismiss [dɪs'mɪs] 1) распуска́ть (*учеников*) 2) выгоня́ть, увольня́ть 3): ~ an idea выброси́ть из головы́

dismount [dɪs'maunt] спе́шиваться; слеза́ть

disobey ['dɪsə'beɪ] не повинова́ться; не слу́шаться

disorder [dɪs'ɔ:də] беспоря́док

dispatch [dɪs'pætʃ] **1.** *v* отправля́ть; посыла́ть **2.** *n* 1) отпра́вка 2) донесе́ние

dispense [dɪs'pens] раздава́ть; ~ **with** обходи́ться без чего́-л.

disperse [dɪs'pз:s] 1) рассе́ивать(ся) 2) разгоня́ть

displace [dɪs'pleɪs] перемеща́ть

display [dɪs'pleɪ] **1.** *n* пока́з, вы́ставка **2.** *v* 1) выставля́ть; пока́зывать 2) проявля́ть, обнару́живать

displease [dɪs'pli:z] серди́ть, раздража́ть; **~d** [-d] недово́льный

displeasure [dɪs'pleʒə] неудово́льствие, недово́льство; доса́да

disposal [dɪs'pəuzəl]: at my ~ в моём распоряже́нии

dispose [dɪs'pəuz] располага́ть ◊ ~ of избавля́ться от

disposition [dɪspə'zɪʃn] хара́ктер

dispute [dɪs'pju:t] **1.** *v* спо́рить; оспа́ривать **2.** *n* спор

disregard ['dɪsrɪ'gɑ:d] **1.** *v* пренебрега́ть **2.** *n* пренебреже́ние

dissension [dɪ'senʃn] 1) разногла́сие 2) разла́д

dissolution [dɪsə'lu:ʃn] 1) распа́д 2) ро́спуск 3) расторже́ние

dissolve [dɪ'zɔlv] 1) раствори́ть(ся) 2) распуска́ть 3) расторга́ть

dissuade [dɪ'sweɪd] отгова́ривать

distance ['dɪstəns] расстоя́ние

distant ['dɪstənt] отдалённый, далёкий

distinct [dɪs'tɪŋkt] отчётливый, я́сный; **~ion** [dɪs'tɪŋkʃn] 1) разли́чие, отли́чие 2) знак отли́чия

distinguish [dɪs'tɪŋgwɪʃ] 1) различа́ть 2) отлича́ть; **~ed** [-t] выдаю́щийся; почётный

distract [dɪs'trækt] отвлека́ть

distress [dɪs'tres] **1.** *n* 1) го́ре 2) нужда́ **2.** *v* огорча́ть, расстра́ивать

distribute [dɪs'trɪbju:t] распределя́ть

distribution [dɪstrɪ'bju:ʃn] распределе́ние

district ['dɪstrɪkt] райо́н; о́круг

distrust [dɪs'trʌst] **1.** *n* недове́рие **2.** *v* не доверя́ть

disturb [dɪs'tз:b] 1) беспоко́ить, меша́ть 2) трево́жить

ditch [dɪtʃ] кана́ва

dive [daɪv] **1.** *v* 1) ныря́ть 2) *ав.* пики́ровать **2.** *n* ныря́ние

diver ['daɪvə] водола́з, дайвер

diverse [daɪ'vз:s] ра́зный, разли́чный

diversity [daɪ'vз:sɪtɪ] разнообра́зие, разли́чие

divert [daɪ'vз:t] 1) отводи́ть 2) отвлека́ть

divide [dɪ'vaɪd] дели́ть(ся); разделя́ть(ся)

divine [dɪ'vaɪn] боже́ственный

division [dɪ'vɪʒn] 1) (раз)деле́ние 2) часть, разде́л; отде́л 3) *воен.* диви́зия

divorce [dɪ'vɔ:s] **1.** *n* разво́д **2.** *v* 1) разводи́ть(ся) 2) разъединя́ть

Djakarta [dʒə'kɑ:tə] Джака́рта

do [du:] (did; done) 1) де́лать; do one's bed стели́ть посте́ль; do a room убира́ть ко́мнату; do one's hair причёсываться 2) *как вспомогат. глагол в вопросит. и отрицат. формах;* didn't you see me? ра́зве вы меня́ не ви́дели?; I do not (don't) speak French я не говорю́ по-францу́зски 3) *для усиления:* do come! пожа́луйста, приходи́те!; do **up** застёгивать; do **without** обходи́ться без ◊ that will do! а) хва́тит!; дово́льно!; б) э́то подхо́дит; how do you do! здра́вствуйте!; this will never do это никуда́ не годи́тся.

dock I [dɔk] скамья́ подсуди́мых

dock II [dɔk] 1) док 2) при́стань; ~**er** ['dɔkə] до́кер, порто́вый рабо́чий

doctor ['dɔktə] врач, до́ктор

document ['dɔkjumənt] докуме́нт

doesn't [dʌznt] *разг.* = does not

dog [dɔg] соба́ка

dogged ['dɔgɪd] упо́рный

doll [dɔl] ку́кла

dollar ['dɔlə] до́ллар

dome [dəum] ку́пол

domestic [də'mestɪk] 1) дома́шний 2) вну́тренний

dominant ['dɔmɪnənt] госпо́дствующий

dominate ['dɔmɪneɪt] 1) преоблада́ть 2) госпо́дствовать

dominion [də'mɪnjən] 1) влады́чество 2) владе́ние 3) доминио́н

done [dʌn] *p. p. от* do

donkey ['dɔŋkɪ] осёл

don't [dəunt] *разг.* = do not; не на́до; нельзя́

doom [du:m] **1.** *n* 1) рок, судьба́ 2) (по)ги́бель **2.** *v* осужда́ть, обрека́ть

door [dɔ:] дверь

dot [dɔt] то́чка

double [dʌbl] **1.** *a* двойно́й **2.** *adv* вдвойне́ **3.** *v* удва́ивать **4.** *n* двойни́к

doubly ['dʌblı] вдво́е

doubt [daut] **1.** *n* сомне́ние; no ~ несомне́нно **2.** *v* сомнева́ться; **~ful** ['dautful] сомни́тельный; be ~ful сомнева́ться; **~less** ['dautlıs] несомне́нно

dough [dəu] те́сто

dove [dʌv] го́лубь

Dover ['dəuvə] Дувр

Dover, Strait of ['streıt əv 'dəuvə] Па-де-Кале́

down I [daun] **1.** *adv* 1) вниз 2) внизу́ **2.** *prep* вниз; по

down II [daun] пух

downstairs ['daun'steəz] 1) вниз (*по лестнице*) 2) внизу́, на ни́жнем этаже́

doze [dəuz] дрема́ть

dozen [dʌzn] дю́жина

draft [drɑ:ft] 1) *см.* draught 2) *воен.* набо́р в а́рмию

drag [dræg] тащи́ть(ся)

drain [dreın] **1.** *v* 1) осуша́ть 2) истоща́ть (*силы, средства*) **2.** *n pl* канализа́ция; ~ pipe водоотво́д

dramatic [drə'mætık] драмати́ческий

drank [dræŋk] *past от* drink 1.

drapery ['dreıpərı] 1) тка́ни 2) драпиро́вка

drastic ['dræstık]: ~ measures реши́тельные ме́ры; ~ remedy си́льное сре́дство

draught [drɑ:ft] 1) сквозня́к 2) набро́сок; чернови́к

draw [drɔ:] **1.** *v* (drew; drawn) 1) тяну́ть, тащи́ть; ~ near приближа́ться 2) привлека́ть 3) черти́ть; рисова́ть 4) че́рпать **2.** *n* ничья́ (*в игре*); the match ended in a ~ игра́ око́нчилась вничью́

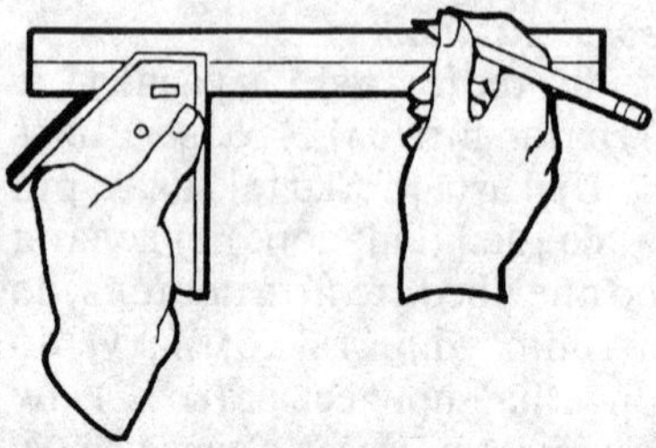

drawer [drɔ:] я́щик (*выдвижной*)

drawing ['drɔ:ıŋ] рису́нок

drawn [drɔ:n] *p. p. от* draw 1.

dread [dred] **1.** *v* страши́ться **2.** *n* страх; **~ful** ['dredful] ужа́сный, стра́шный

dream [dri:m] **1.** *n* 1) сон 2) мечта́ **2.** *v* (dreamt; dreamt) 1) ви́деть во сне 2) мечта́ть

dreamt [dremt] *past и p. p. от* dream 2.

dreary ['drıərı] мра́чный, уны́лый

dress [dres] **1.** *n* пла́тье, оде́жда **2.** *v* 1) одева́ть(ся) 2) перевя́зывать (*рану*)

dressing gown ['dresıŋgaun] хала́т

dressing table ['dresıŋteıbl] туале́тный сто́лик

dressmaker ['dresmeıkə] портни́ха

drew [dru:] *past от* draw 1.

dried [draıd] сушёный

drift [drıft] **1.** *n* 1) тече́ние 2) стремле́ние 3) сугро́б **2.** *v* относи́ть тече́нием; плыть по тече́нию

drill I [drıl] *воен.* строево́е уче́ние

drill II [drɪl] **1.** *n* сверло́ **2.** *v* сверли́ть

drink [drɪŋk] **1.** *v* (drank; drunk) пить **2.** *n* питьё; напи́ток; to have a ~ попи́ть, напи́ться

drip [drɪp] ка́пать

drive [draɪv] **1.** *v* (drove; driven) 1) гнать 2) везти́, е́хать (*в машине, экипаже*); управля́ть (*машиной*) 3) вбива́ть (*гвоздь*) **2.** *n* пое́здка, прогу́лка (*на машине*); **~n** [drɪvn] *p. p. от* drive 1; **~r** ['draɪvə] води́тель

droop [dru:p] поника́ть

drop [drɔp] **1.** *n* 1) ка́пля 2) пониже́ние; паде́ние **2.** *v* 1) ка́пать 2) роня́ть 3) опуска́ть, броса́ть 4) понижа́ть(ся); ~ in зайти́ (*мимоходом*)

drought [draut] за́суха

drove [drəuv] *past от* drive 1.

drown [draun] 1) тону́ть 2) топи́ть(ся) 3) заглуша́ть

drug [drʌg] 1) медикаме́нт 2) нарко́тик; **~gist** ['drʌgɪst] *амер.* апте́карь; **~store** ['drʌgstɔ:] *амер.* апте́ка

drum [drʌm] **1.** *n* бараба́н **2.** *v* бараба́нить; стуча́ть

drunk [drʌŋk] **1.** *p. p. от* drink 1 **2.** *a* пья́ный

drunkard ['drʌŋkəd] пья́ница

dry [draɪ] **1.** *a* сухо́й **2.** *v* 1) суши́ть 2) со́хнуть

dry-cleaning ['draɪ'kli:nɪŋ] хими́ческая чи́стка

dubious ['dju:bɪəs] сомни́тельный

Dublin ['dʌblɪn] Ду́блин

duchess ['dʌtʃɪs] герцоги́ня

duck [dʌk] у́тка

due [dju:] 1) до́лжный 2) причита́ющийся 3) обусло́вленный, вы́званный; ~ to благодаря́, вследствие

dues [dju:z] *pl* 1) сбо́ры 2) взно́сы

dug [dʌg] *past и p. p. от* dig

duke [dju:k] ге́рцог

dull [dʌl] 1) тупо́й, глу́пый 2) ску́чный 3) ту́склый, па́смурный 4) приту́пленный; ~ edge тупо́е ле́звие

dumb [dʌm] 1) немо́й 2) бесслове́сный 3) *амер.* бестолко́вый

dummy ['dʌmɪ] 1) манеке́н 2) маке́т

dupe [dju:p] **1.** *n* же́ртва обма́на; проста́к **2.** *v* обма́нывать, води́ть за́ нос

duplicate ['dju:plɪkɪt] дублика́т, ко́пия

durable ['djuərəbl] про́чный

duration [djuə'reɪʃn] продолжи́тельность

during ['djuərɪŋ] в тече́ние, в продолже́ние

dusk [dʌsk] су́мерки

dust [dʌst] **1.** *n* пыль **2.** *v* стира́ть пыль; **~er** ['dʌstə] тря́пка для пы́ли; **~y** ['dʌstɪ] пы́льный

Dutch [dʌtʃ] **1.** *a* голла́ндский **2.** *n*: the ~ голла́ндцы; **~man** ['dʌtʃmən] голла́ндец; ~ **woman** ['dʌtʃwumən] голла́ндка

duty ['dju:tɪ] 1) долг, обя́занность 2) по́шлина ◊ on ~ дежу́рный

dwarf [dwɔ:f] ка́рлик

dwell [dwel] (dwelt; dwelt) жить; ~ on распространя́ться (*о чём-л.*); **~ing** ['dwelɪŋ] жильё

dwelt [dwelt] *past и p. p. от* dwell

dye [daɪ] **1.** *n* кра́ска **2.** *v* кра́сить; **~d** [-d] кра́шеный; ~d hair кра́шеные во́лосы

dying ['daɪɪŋ] 1) умира́ющий 2) предсме́ртный

dysentery ['dɪsntrɪ] дизентери́я

E

each [i:tʃ] ка́ждый; ~ other друг дру́га

eager ['i:gə] пы́лкий; be ~ to горе́ть жела́нием; **~ness** ['i:gənɪs] пыл, рве́ние, жела́ние

eagle [i:gl] орёл

ear I [ɪə] у́хо

ear II [ɪə] **1.** *n* ко́лос **2.** *v* колоси́ться

early ['з:lı] **1.** *a* ра́нний **2.** *adv* ра́но

earn [з:n] 1) зараба́тывать 2) заслу́живать

earnest ['з:nıst] **1.** *a* 1) серьёзный 2) убеди́тельный **2.** *n*: in ~ всерьёз

earnings ['з:nıŋz] *pl* за́работок

earring ['ıərıŋ] серьга́

earth [з:θ] земля́ ◊ what on ~ is the matter? в чём же де́ло?; **~ly** ['з:θlı] земно́й ◊ it's no ~ly use asking him бесполе́зно его́ спра́шивать

earthquake ['з:θkweık] землетрясе́ние

ease [i:z] **1.** *n* лёгкость; at ~ непринуждённо; ill at ~ нело́вко **2.** *v* облегча́ть (*боль и т.п.*)

easel [i:zl] мольбе́рт

easily ['i:zılı] легко́

east [i:st] **1.** *n* восто́к **2.** *a* восто́чный **3.** *adv* на восто́к(е), к восто́ку

Easter ['i:stə] Па́сха

eastern ['i:stən] восто́чный

easy ['i:zı] 1) лёгкий; it's ~ это легко́ 2) непринуждённый (*о манерах*)

eat [i:t] (ate; eaten) есть; **~en** [-n] *p. p. от* eat

ebb [eb] **1.** *n* отли́в **2.** *v* убыва́ть

echo ['ekəu] **1.** *n* 1) э́хо 2) подража́ние **2.** *v* вто́рить, подража́ть

eclipse [ı'klıps] **1.** *n* затме́ние **2.** *v* затмева́ть

economic [i:kə'nɔmık] экономи́ческий; **~al** [ıkə'nɔmıkəl] бережли́вый, эконо́мный

economics [i:kə'nɔmıks] эконо́мика; наро́дное хозя́йство

economy [i:'kɔnəmı] 1) эконо́мия; бережли́вость 2) (наро́дное) хозя́йство ◊ political ~ полити́ческая эконо́мия

edge [edʒ] край; остриё; кро́мка

edible ['edıbl] съедо́бный

Edinburgh ['edınbərə] Эдинбу́рг

edit ['edıt] редакти́ровать; **~ion** [ı'dıʃn] изда́ние; **~or** ['edıtə] реда́ктор; **~orial** [edı'tɔ:rıəl] **1.** *a* редакцио́нный **2.** *n амер.* передова́я статья́

educate ['edju:keıt] дава́ть образова́ние; воспи́тывать; **~d** [-ıd] образо́ванный

education [edju:'keıʃn] образова́ние

effect [ı'fekt] 1) результа́т 2) де́йствие; **~ive** [-ıv] эффекти́вный, де́йственный

efficient [ı'fıʃənt] 1) де́льный, толко́вый, уме́лый 2) эффекти́вный

effort ['efət] уси́лие

e.g. ['i:dʒi:] напр., наприме́р

egg [eg] яйцо́

Egypt ['i:dʒıpt] Еги́пет

Egyptian [ı'dʒıpʃn] **1.** *a* еги́петский **2.** *n* египтя́нин

eight [eıt] во́семь

eighteen ['eı'ti:n] восемна́дцать; **~th** [-θ] восемна́дцатый

eighth [eıtθ] восьмо́й

eightieth ['eɪtɪɪθ] восьмидеся́тый

eighty ['eɪtɪ] во́семьдесят

either ['aɪðə] **1.** *a, pron* ка́ждый, любо́й (*из двух*) **2.** *adv, conj*: ~... or и́ли... и́ли

elaborate [ɪ'læbərɪt] тща́тельно разрабо́танный; подро́бный; ~ lie иску́сная ложь; ~ explanation простра́нное объясне́ние

elapse [ɪ'læps] проходи́ть (*о времени*)

elastic [ɪ'læstɪk] **1.** *a* эласти́чный, упру́гий **2.** *n* рези́нка

elated [ɪ'leɪtɪd] окрылённый

elbow ['elbəu] ло́коть

elder ['eldə] ста́рший; **~ly** [-lɪ] пожило́й

eldest ['eldɪst] (са́мый) ста́рший

elect [ɪ'lekt] выбира́ть, избира́ть; **~ion** [ɪ'lekʃn] вы́боры; general ~ion всео́бщие вы́боры 2) избра́ние; **~ive** [ɪ'lektɪv] вы́борный; избира́тельный; **~or** [ɪ'lektə] избира́тель

electric(al) [ɪ'lektrɪkəl] электри́ческий

electricity [ɪlek'trɪsɪtɪ] электри́чество

electrocution [ɪlektrə'kjuːʃn] казнь на электри́ческом сту́ле

electronics [ɪlek'trɔnɪks] электро́ника

elegant ['elɪgənt] изя́щный

element ['elɪmənt] 1) элеме́нт 2) стихи́я 3) *pl* осно́вы (*науки и т.п.*)

elementary [elɪ'mentərɪ] элемента́рный; (перво)нача́льный

elephant ['elɪfənt] слон

elevate ['elɪveɪt] поднима́ть, возвыша́ть

eleven [ɪ'levn] оди́ннадцать; **~th** [-θ] оди́ннадцатый

eliminate [ɪ'lɪmɪneɪt] исключа́ть; устраня́ть

elk [elk] лось

elm [elm] вяз

eloquent ['eləkwənt] красноречи́вый

else [els] 1) ещё; кро́ме; what ~? что ещё?; who ~ ? кто ещё?; somebody ~ кто-нибудь друго́й; no one ~ бо́льше никого́ 2): or ~ ина́че

elsewhere ['els'weə] где́-нибудь в друго́м ме́сте

E-mail ['i:'meɪl] электро́нная по́чта

emancipation [ɪmænsɪ'peɪʃn] освобожде́ние, эмансипа́ция

embankment [ɪm'bæŋkmənt] на́бережная

embargo [em'bɑ:gəu] эмба́рго

embark [ɪm'bɑ:k] сади́ться на кора́бль; ~ for отплыва́ть; ~ upon приступи́ть к чему-л.

embarrass [ɪm'bærəs] смуща́ть

embassy ['embəsɪ] посо́льство

emblem ['embləm] эмбле́ма; си́мвол

embody [ɪm'bɔdɪ] воплоща́ть

embrace [ɪm'breɪs] **1.** *v* 1) обнима́ть(ся) 2) охва́тывать **2.** *n* объя́тия

embroider [ɪm'brɔɪdə] 1) выша́ть 2) приукра́шивать; **~y** [-rɪ] вы́шивка

embryo ['embrɪəu] эмбрио́н, заро́дыш

emerald ['emərəld] изумру́д

emerge [ɪ'mɜ:dʒ] появля́ться

emergency [ɪ'mɜ:dʒənsɪ] крити́ческое положе́ние; кра́йность; in case of ~ при кра́йней необходи́мости; ~ exit запа́сный вы́ход

eminent ['emɪnənt] выдаю́щийся

emotion [ɪ'məuʃn] волне́ние; чу́вство

emperor ['empərə] импера́тор

emphasis ['emfəsɪs] ударе́ние

emphasize ['emfəsaɪz] подчёркивать

emphatic [ɪm'fætɪk] 1) вырази́тельный; многозначи́тельный 2) реши́тельный; ~ refusal реши́тельный отка́з

empire ['empaɪə] импе́рия

employ [ɪm'plɔɪ] 1) употребля́ть 2) держа́ть на слу́жбе 3) употребля́ть, применя́ть

employee [emplɔɪ'i:] слу́жащий

employer [ɪm'plɔɪə] предпринима́тель, хозя́ин

employment [ɪm'plɔɪmənt] рабо́та; слу́жба; заня́тие

empower [ɪm'pauə] уполномо́чивать

empty ['emptɪ] **1.** *a* пусто́й **2.** *v* опорожня́ть

emulation [emju'leɪʃn] соревнова́ние

enable [ɪ'neɪbl] дава́ть возмо́жность (*сделать что-л.*)

enamel [ɪ'næməl] эма́ль

encircle [ɪn'sɜ:kl] окружа́ть

enclose [ɪn'kləuz] 1) огора́живать; заключа́ть 2) вкла́дывать (*в конверт*)

encounter [ɪn'kauntə] **1.** *n* 1) встре́ча 2) столкнове́ние **2.** *v* 1) встреча́ть(ся) 2) ста́лкиваться (*с кем-л., с чём-л.*)

encourage [ɪn'kʌrɪdʒ] 1) ободря́ть 2) поощря́ть

end [end] **1.** *n* коне́ц **2.** *v* конча́ть(ся)

endeavour [ɪn'devə] **1.** *v* пыта́ться, стара́ться **2.** *n* попы́тка, стара́ние

endless ['endlɪs] бесконе́чный

endurance [ɪn'djuərens] выно́сливость; терпе́ние

enemy ['enɪmɪ] враг, неприя́тель

energetic [enə'dʒetɪk] энерги́чный

energy ['enədʒɪ] эне́ргия, си́ла

enforce [ɪn'fɔ:s] 1) принужда́ть; наста́ивать 2) проводи́ть в жизнь

engage [ɪn'geɪdʒ] 1) нанима́ть 2) (in) вступа́ть (*в сражение, в разговор*) ◊ be ~d a) быть за́нятым б) быть помо́лвленным; **~d** [-d] 1) за́нятый 2) приглашённый 3) помо́лвленный; **~ment** [-mənt] 1) де́ло, заня́тие 2) приглаше́ние; свида́ние 3) помо́лвка

engine ['endʒɪn] 1) мото́р, дви́гатель 2) локомоти́в; ~ driver машини́ст

engineer [endʒɪ'nɪə] 1) инжене́р; меха́ник 2) *амер.* машини́ст; **~ing** [endʒɪ'nɪərɪŋ] те́хника; произво́дство

England ['ɪŋglənd] А́нглия

English ['ɪŋglɪʃ] **1.** *a* англи́йский **2.** *n* 1): the ~ англича́не 2) англи́йский язы́к

English Channel['ɪŋglɪʃ 'tʃænl] Ла-Ма́нш

Englishman ['ɪŋglɪʃmən] англича́нин

Englishwoman ['ɪŋglɪʃwumən] англича́нка

engrave [ɪn'greɪv] гравирова́ть

enjoy [ɪn'dʒɔɪ] наслажда́ться; получа́ть удово́льствие; **~ment** [-mənt] удово́льствие, наслажде́ние

enlarge [ɪn'lɑ:dʒ] 1) расширя́ть(ся) 2) увели́чивать(ся)

enlighten [ɪn'laɪtn] просвеща́ть

enlist [ɪn'lɪst] поступа́ть на вое́нную слу́жбу

enmity ['enmɪtɪ] вражда́

enormous [ɪ'nɔ:məs] грома́дный

enough [ɪ'nʌf] дово́льно; доста́точно; not ~ мало, недоста́точно; have you ~ money? у вас хва́тит де́нег?; that's ~! дово́льно!; is that ~? хва́тит?

enquire [ɪn'kwaɪə] *см.* inquire

enrich [ɪn'rɪtʃ] обогаща́ть

enrol(l) [ɪn'rəul] регистри́ровать

enslave [ɪn'sleɪv] поробоща́ть

entangled [ɪn'tæŋgld] запу́танный

enter ['entə] 1) входи́ть 2) вноси́ть (*в книгу, в список*); ~ **into** вступа́ть (*в переговоры и т.п.*)

enterprise ['entəpraız] 1) предприя́тие 2) предприи́мчивость

enterprising ['entəpraızıŋ] предприи́мчивый

entertain [entə'teın] 1) развлека́ть; принима́ть (*гостей*) 2) пита́ть (*надежду*)

enthusiasm [ın'θju:zıæzm] энтузиа́зм; восто́рг; увлечённость

enthusiastic [ınθju:zı'æstık] восто́рженный

entire [ın'taıə] по́лный; це́лый; весь; **~ly** [-lı] всеце́ло, вполне́, соверше́нно

entice [ın'taıs] соблазня́ть

entitle [ın'taıtl] дава́ть пра́во; be ~d (to) име́ть пра́во

entrance ['entrəns] вход

entreat [ın'tri:t] умоля́ть; **~y** [-ı] мольба́

entry ['entrı] 1) вход 2) вступле́ние 3) за́пись

enumerate [ı'nju:məreıt] перечисля́ть

envelop [ın'veləp] завора́чивать; заку́тывать

envelope ['envıləup] конве́рт

envious ['envıəs] зави́стливый

environment [ın'vaıərənmənt] среда́, окруже́ние

envy ['envı] **1.** *n* за́висть **2.** *v* зави́довать

epidemic [epı'demık] **1.** *a* эпиде́мический **2.** *n* эпиде́мия

epoch ['i:pək] эпо́ха

equal ['i:kwəl] **1.** *a* ра́вный **2.** *v* равня́ться; **~ity** [i:'kwɔlıtı] ра́венство

equator [ı'kweıtə] эква́тор

equip [ı'kwıp] снаряжа́ть; **~ment** [-mənt] 1) обору́дование; снаряже́ние 2) обмундирова́ние

equivalent [ı'kwıvələnt]: be ~ to равня́ться

era ['ıərə] э́ра

eradicate [ı'rædıkeıt] искореня́ть

erase [ı'reız] стира́ть (*резинкой*); *перен.* изгла́живать

erect [ı'rekt] **1.** *v* воздвига́ть, сооружа́ть **2.** *a* прямо́й

Erie, Lake ['leık'ıərı] о́зеро Э́ри

errand ['erənd] поруче́ние

erroneous [ı'rəunıəs] оши́бочный

error ['erə] оши́бка, заблужде́ние

eruption [ı'rʌpʃn] изверже́ние

escape [ıs'keıp] **1.** *v* 1) убежа́ть 2) избежа́ть 3) ускольза́ть **2.** *n* бе́гство; избавле́ние; he had a narrow ~ он едва́ спа́сся.

escort 1. *n* ['eskɔ:t] охра́на, конво́й **2.** *v* [ıs'kɔ:t] сопровожда́ть, конвои́ровать

especially [ıs'peʃəlı] осо́бенно

essay ['eseı] о́черк, эссе́

essence ['esəns] 1) су́щность, существо́ 2) эссе́нция

essential [ı'senʃl] суще́ственный

establish [ıs'tæblıʃ] устана́вливать; осно́вывать; **~ment** [-mənt] учрежде́ние

estate [ɪs'teɪt] 1) имéние 2): real ~ недви́жимое иму́щество

esteem [ɪs'ti:m] **1.** *v* уважáть, почитáть **2.** *n* уважéние

estimate **1.** *v* ['estɪmeɪt] оцéнивать **2.** *n* ['estɪmɪt] 1) оцéнка 2) смéта

etc. [ɪt'setrə] (et cetera) и т.д., и т.п. (и так дáлее, и тому́ подóбное)

eternal [ɪ'tɜ:nəl] вéчный

eternity [i:'tɜ:nɪtɪ] вéчность

ether ['i:θə] эфи́р

Ethiopia [i:θɪ'əupɪə] Эфиóпия

Europe ['juərəp] Еврóпа

European [juərə'pi:ən] **1.** *a* европéйский **2.** *n* европéец

evacuate [ɪ'vækjueɪt] эвакуи́ровать

evade [ɪ'veɪd] 1) избегáть 2) уклоня́ться; обходи́ть (*закон*)

evaporate [ɪ'væpəreɪt] 1) испаря́ться 2) выпáривать

eve [i:v] канýн; on the ~ накану́не

even I ['i:vən] рóвный

even II ['i:vən] дáже

evening ['i:vnɪŋ] вéчер; ~ party вечери́нка

event [ɪ'vent] собы́тие, происшéствие; at all ~s во вся́ком слу́чае; **~ful** [-ful] пóлный собы́тий, знаменáтельный

eventually [ɪ'ventʃuəlɪ] в концé концóв

ever ['evə] когдá-либо; for ~ навсегдá

every ['evrɪ] кáждый; ~ other day чéрез день; **~body** [-bɔdɪ] кáждый; все; **~day** ['evrɪdeɪ] ежеднéвный, повседнéвный; **~one** [-wʌn] кáждый; **~thing** [-θɪŋ] всё; **~where** [-weə] всю́ду

evidence ['evɪdəns] 1) доказáтельство 2) *юр.* ули́ка; свидéтельское показáние

evidently ['evɪdəntlɪ] очеви́дно

evil [i:vl] **1.** *a* дурнóй **2.** *n* зло

evince [ɪ'vɪns] проявля́ть, выкáзывать.

evoke [ɪ'vəuk] вызывáть (*симпатию и т.п.*)

exact [ɪg'zækt] тóчный; **~ly** [-lɪ] тóчно

exaggerate [ɪg'zædʒəreɪt] преувели́чивать

exalt [ɪg'zɔ:lt] 1) возвышáть 2) превознoси́ть

examination [ɪgzæmɪ'neɪʃn] 1) экзáмен 2) осмóтр; исслéдование

examine [ɪg'zæmɪn] 1) экзаменовáть 2) осмáтривать; исслéдовать

example [ɪg'zɑ:mpl] примéр, образéц; for ~ напримéр

exasperation [ɪgzɑ:spə'reɪʃn] раздражéние; ожесточéние

excavate ['ekskəveɪt] выкáпывать; раскáпывать

excavator ['ekskəveɪtə] экскавáтор; walking ~ шагáющий экскавáтор

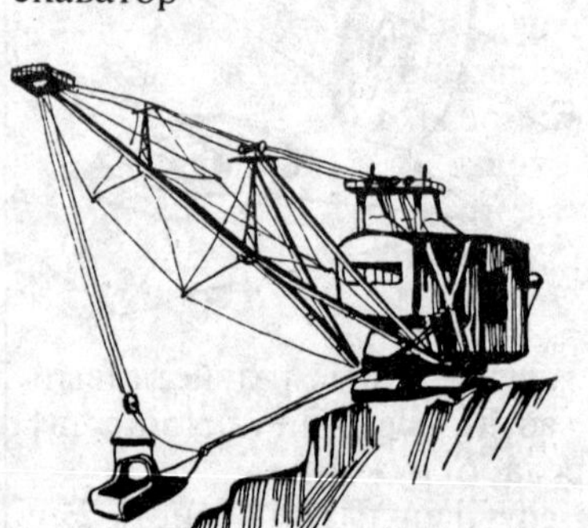

exceed [ɪk'si:d] 1) превыша́ть 2) превосходи́ть 3) преувели́чивать

exceedingly [ɪk'si:dɪŋlɪ] чрезвыча́йно

excel [ɪk'sel] 1) превосходи́ть 2) (in, at) отлича́ться

excellent ['eksələnt] превосхо́дный, отли́чный

except [ɪk'sept] исключа́я, кро́ме; **~ing** [-ɪŋ] за исключе́нием; **~ion** [ɪk'sepʃn] исключе́ние; **~ional** [ɪk'sepʃənəl] исключи́тельный

excess [ɪk'ses] изли́шек; to ~ до кра́йности; **~ive** [-ɪv] чрезме́рный

exchange [ɪks'tʃeɪndʒ] **1.** *n* 1) обме́н; currency ~ обме́н валю́ты 2) би́ржа **2.** *v* обме́нивать

excite [ɪk'saɪt] возбужда́ть; **~ment** [-mənt] возбужде́ние, волне́ние

exclaim [ɪks'kleɪm] восклица́ть

exclamation [ekskləˈmeɪʃn] восклица́ние

exclude [ɪks'klu:d] исключа́ть

exclusive [ɪks'klu:sɪv] эксклюзи́вный; for the ~ use of исключи́тельно (то́лько) для

excursion [ɪks'kɜ:ʃn] экску́рсия; пое́здка

excuse **1.** *v* [ɪks'kju:z] извиня́ть; проща́ть **2.** *n* [ɪks'kju:s] оправда́ние; a good ~ предло́г

execute ['eksɪkju:t] 1) исполня́ть 2) казни́ть

execution [eksɪ'kju:ʃn] 1) выполне́ние 2) казнь

executive [ɪg'zekjutɪv] 1) исполни́тельный 2) *амер.* администрати́вный

exercise ['eksəsaɪz] **1.** *n* упражне́ние; take ~ дви́гаться; занима́ться спо́ртом **2.** *v* упражня́ть(ся)

exert [ɪg'zɜ:t] 1) напряга́ть (*силы*); ~ oneself стара́ться 2) ока́зывать (*действие, влияние и т.п.*); **~ion** [ɪg'zɜ:ʃn] напряже́ние, уси́лие

exhaust [ɪg'zɔ:st] **1.** *v* исче́рпывать; истоща́ть **2.** *n тех.* вы́хлоп; **~ed** [-ɪd] истощённый; изму́ченный; **~ion** [ɪg'zɔ:stʃn] истоще́ние; изнеможе́ние

exhaust pipe [ɪg'zɔ:stpaɪp] выхлопна́я труба́

exhibit [ɪg'zɪbɪt] **1.** *v* 1) пока́зывать 2) выставля́ть **2.** *n* экспона́т; **~ion** [eksɪ'bɪʃn] вы́ставка

exile ['eksaɪl] **1.** *n* 1) ссы́лка 2) изгна́нник **2.** *v* ссыла́ть

exist [ɪg'zɪst] существова́ть; **~ence** [-əns] существова́ние

exit ['eksɪt] вы́ход

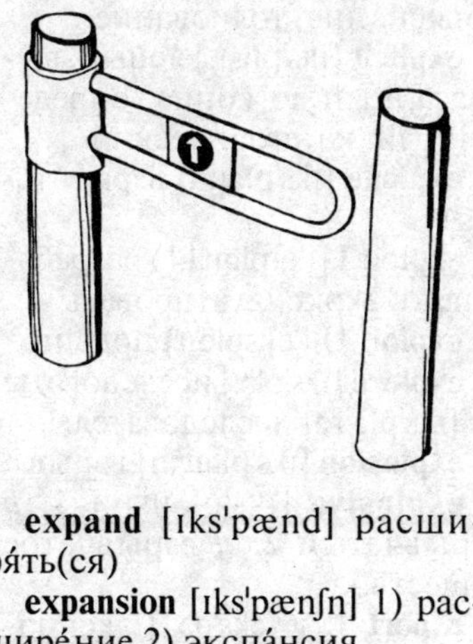

expand [ɪks'pænd] расширя́ть(ся)

expansion [ɪks'pænʃn] 1) расшире́ние 2) экспа́нсия

expatriate [eks'pætrɪeɪt] изгоня́ть из оте́чества

expect [ɪks'pekt] ожида́ть; наде́яться; **~ation** [ekspek'teɪʃn] ожида́ние

expedition [ekspɪ'dɪʃn] экспеди́ция

expel [ɪks'pel] выгоня́ть, исключа́ть

expenditure [ɪks'pendɪtʃə] тра́та, расхо́д

expense [ɪks'pens] расхо́д; at smb's ~ за счёт кого́-л.

expensive [ɪks'pensɪv] дорого́й (*о цене*)

experience [ɪks'pɪərɪəns] **1.** *n* 1) о́пыт 2) пережива́ние **2.** *v* испы́тывать; **~d** [-t] о́пытный

experiment **1.** *n* [ɪks'perɪmənt] о́пыт, экспериме́нт **2.** *v* [ɪks'perɪment] эксперименти́ровать

expert ['ekspɜ:t] **1.** *a* о́пытный, иску́сный **2.** *n* знато́к, экспе́рт

expire [ɪks'paɪə] истека́ть (*о сроке*)

explain [ɪks'pleɪn] объясня́ть

explanation [eksplə'neɪʃn] объясне́ние, толкова́ние

explicit [ɪks'plɪsɪt] я́сный, вы́сказанный до конца́, определённый; категори́ческий

explode [ɪks'pləud] взрыва́ть(ся)

exploit I [ɪks'plɔɪt] 1) разраба́тывать 2) эксплуати́ровать

exploit II ['eksplɔɪt] по́двиг

explore [ɪks'plɔ:] иссле́довать; **~r** [ɪks'plɔ:rə] иссле́дователь

explosion [ɪks'pləuʒn] взрыв

explosive [ɪks'pləusɪv] **1.** *a* взры́вчатый **2.** *n* взры́вчатое вещество́

export **1.** *v* [eks'pɔ:t] экспорти́ровать, вывози́ть **2.** *n* ['ekspɔ:t] э́кспорт, вы́воз

expose [ɪks'pəuz] 1) выставля́ть 2) подверга́ть 3) разоблача́ть

express I [ɪks'pres] **1.** *v* выража́ть **2.** *a* определённый, я́сно вы́раженный

express II [ɪks'pres] сро́чный; ~ train экспре́сс

expression [ɪks'preʃn] выраже́ние

expressive [ɪks'presɪv] вырази́тельный

expressly I [ɪks'preslɪ] наро́чно, специа́льно

expressly II [ɪks'preslɪ] то́чно, я́сно; категори́чески

extend [ɪks'tend] 1) простира́ться 2) вы́казывать (*сочувствие*)

extension [ɪks'tenʃn] 1) протяже́ние 2) расшире́ние, распростране́ние

extensive [ɪks'tensɪv] обши́рный

extent [ɪks'tent] протяже́ние; to what ~? до како́й сте́пени?

extenuating [eks'tenjueɪtɪŋ]: ~ circumstances смягча́ющие (вину́) обстоя́тельства

exterior [eks'tɪərɪə] **1.** *a* вне́шний **2.** *n* вне́шность, вне́шний вид

external [eks'tɜ:nəl] вне́шний

extinct [ɪks'tɪŋkt] 1) поту́хший (*о вулкане*) 2) вы́мерший

extinguish [ɪks'tɪŋgwɪʃ] гаси́ть

extort [ɪks'tɔ:t] 1) вымога́ть 2) выпы́тывать

extra ['ekstrə] доба́вочный; сверх

extract **1.** *v* [ɪks'trækt] удаля́ть, извлека́ть **2.** *n* ['ekstrækt] 1) экстра́кт 2) вы́держка (*из книги*)

extraordinary [ɪks'trɔ:dɪnrɪ] 1) необыча́йный 2) чрезвыча́йный

extravagant [ɪks'trævɪgənt] 1) экстрава́гантный; сумасбро́дный; ~ speeches сумасбро́дные ре́чи 2) расточи́тельный 3) преувели́ченный

extreme [ɪks'tri:m] **1.** *a* кра́йний **2.** *n* кра́йность

extremity [ɪks'tremɪtɪ] 1) коне́ц, край 2) кра́йность 3) коне́чность

exult [ɪg'zʌlt] ликова́ть, ра́доваться

eye [aɪ] **1.** *n* глаз **2.** *v* рассма́тривать, смотре́ть; ~**brow** ['aɪ'brau] бровь; ~**lash** ['aɪlæʃ] ресни́ца; ~**lid** ['aɪlɪd] ве́ко

F

fable [feɪbl] ба́сня

fabric ['fæbrɪk] ткань

face [feɪs] **1.** *n* лицо́; make ~s грима́сничать; ~ of the clock цифербла́т (*у часов*) **2.** *v* 1) быть обращённым к 2) встреча́ть (*трудности и т.п.*); we must ~ facts на́до пря́мо смотре́ть фа́ктам в лицо́; the problem that ~s us стоя́щая перед на́ми пробле́ма

facetious [fə'si:ʃəs] игри́вый

facility [fə'sɪlɪtɪ] 1) лёгкость 2) *pl* сре́дства; удо́бства

fact [fækt] факт; in ~ действи́тельно

faction [fækʃn] фра́кция

factory ['fæktərɪ] фа́брика, заво́д

faculty ['fækəltɪ] 1) дар, спосо́бность 2) факульте́т

fade [feɪd] увяда́ть

fail [feɪl] 1) недостава́ть, не хвата́ть 2) обману́ть ожида́ния 3) провали́ться (*на экзамене*) 4) не удава́ться

failure ['feɪljə] 1) неуда́ча; прова́л 2) банкро́тство

faint [feɪnt] **1.** *a* сла́бый **2.** *v* па́дать в о́бморок

fair I [feə] я́рмарка; book ~ кни́жная я́рмарка

fair II [feə] 1) че́стный; справедли́вый 2) белоку́рый; ~**ly** ['feəlɪ] 1) че́стно, справедли́во 2) дово́льно, доста́точно; ~ly well непло́хо

fairy tale ['feərɪteɪl] (волше́бная) ска́зка

faith [feɪθ] вера; ~**ful** ['feɪθful] ве́рный, пре́данный

falcon ['fɔ:lkən] со́кол

fall [fɔ:l] **1.** *v* (fell; fallen) 1) па́дать; понижа́ться 2) впада́ть в 3) пасть (*в бою*) 4) наступа́ть (*о ночи*); ~ asleep засыпа́ть; ~ in love влюбля́ться **2.** *n* 1) паде́ние 2) *амер.* о́сень

fallacy ['fæləsɪ] ло́жное заключе́ние; оши́бка

fallen ['fɔ:lən] *p. p. от* fall 1.

false [fɔ:ls] 1) ло́жный 2) лжи́вый; фальши́вый 3) иску́сственный; ~**hood** ['fɔ:lshud] ложь

fame [feɪm] сла́ва; изве́стность

familiar [fə'mɪljə] 1) знако́мый, общеизве́стный 2) дру́жеский

family ['fæmɪlɪ] 1) семья́ 2) род

famine ['fæmɪn] го́лод

famous ['feɪməs] знамени́тый, изве́стный

fan I [fæn] **1.** *n* 1) ве́ер 2) вентиля́тор 3) ве́ялка **2.** *v* обма́хивать(ся) ве́ером

fan II [fæn] *разг.* 1) покло́нник; фэн; Madonna ~s покло́нники Мадо́нны; ~ mail пи́сьма почита́телей (*актёру и т.п.*) 2) *спорт.* боле́льщик

fancy ['fænsɪ] **1.** *n* 1) воображе́ние, фанта́зия 2) пристра́стие; take a ~ to облюбова́ть 3) капри́з **2.** *a* 1) причу́дливый 2): ~ dress маскара́дный костю́м **3.** *v* представля́ть себе́, вообража́ть

fantastic [fæn'tæstɪk] 1) фантасти́ческий 2) причу́дливый

far [fɑ:] **1.** *adv* далеко́ ◊ as ~ as поско́льку; so ~ до сих по́р, пока́ **2.** *a* да́льний, далёкий.

fare [feə] пла́та за прое́зд

farewell ['feə'wel] **1.** *n* проща́ние **2.** *int* проща́йте!, до свида́ния!

farm [fɑ:m] **1.** *n* 1) (крестья́нское) хозя́йство 2) фе́рма **2.** *v* обраба́тывать зе́млю; **~er** ['fɑ:mə] фе́рмер

Faroe Isls, Faroes ['feərəu-'aɪləndz, 'feərəuz] Фаре́рские о-ва

farther ['fɑ:ðə] да́льше

fascinate ['fæsɪneɪt] очаро́вывать

fashion [fæʃn] мо́да; **~able** ['fæʃnəbl] 1) мо́дный 2) све́тский

fast [fɑ:st] **1.** *a* 1) ско́рый, бы́стрый; be ~ спеши́ть (*о часах*) 2) про́чный (*о краске*) **2.** *adv* 1) бы́стро 2) кре́пко

fasten [fɑ:sn] прикрепля́ть, скрепля́ть; привя́зывать

fat [fæt] **1.** *a* то́лстый **2.** *n* жир, са́ло

fatal [feɪtl] 1) рокова́й 2) смерте́льный; па́губный

fate [feɪt] судьба́, рок

father ['fɑ:ðə] оте́ц; **~-in-law** ['fɑ:ðərɪnlɔ:] тесть; свёкор

fatigue [fə'ti:g] **1.** *n* уста́лость **2.** *v* утомля́ть(ся)

fault [fɔ:lt] 1) недоста́ток 2) оши́бка, вина́; it's my ~ я винова́т

favour ['feɪvə] 1) благоскло́нность 2) одолже́ние ◊ in ~ of в по́льзу; **~able** ['feɪvərəbl] 1) благоприя́тный 2) благоскло́нный

favourite ['feɪvərɪt] **1.** *a* люби́мый **2.** *n* люби́мец

fear [fɪə] **1.** *n* страх **2.** *v* боя́ться; ~**less** ['fɪəlɪs] бесстра́шный

feast [fi:st] пир

feat [fi:t] по́двиг

feather ['feðə] перо́ (*птичье*)

feature ['fi:tʃə] 1) осо́бенность; при́знак 2) *pl* черты́ лица́

featuring ['fi:tʃərıŋ] (*о фильме*) с уча́стием

February ['februərı] февра́ль

fed [fed] *past и p. p. от* feed

federal ['fedərəl] федера́льный, сою́зный

federative ['fedərətıv] федерати́вный

fee [fi:] гонора́р

feeble [fi:bl] сла́бый

feed [fi:d] (fed; fed) корми́ть

feel [fi:l] (felt; felt) 1) чу́вствовать 2) щу́пать; прощу́пывать; **~ing** ['fi:lıŋ] чу́вство

feet [fi:t] *pl от* foot

fell I [fel] руби́ть, вали́ть (*деревья*)

fell II [fel] *past от* fall 1.

fellow ['feləu] 1) па́рень; old ~ дружи́ще, старина́; poor ~ бедня́га 2) това́рищ, собра́т 3) член учёного о́бщества

felt I [felt] во́йлок; фетр

felt II [felt] *past и p. p. от* feel

female ['fi:meıl] **1.** *a* же́нского по́ла; же́нский **2.** *n* са́мка

feminine ['femının] 1) же́нский 2) *грам.* же́нского ро́да

fence I [fens] **1.** *n* и́згородь, забо́р **2.** *v* огора́живать

fence II [fens] фехтова́ть

ferment 1. *n* ['fɜ:ment] заква́ска; ферме́нт **2.** *v* [fə'ment] броди́ть (*о вине, варенье*)

fern [fɜ:n] *бот.* па́поротник

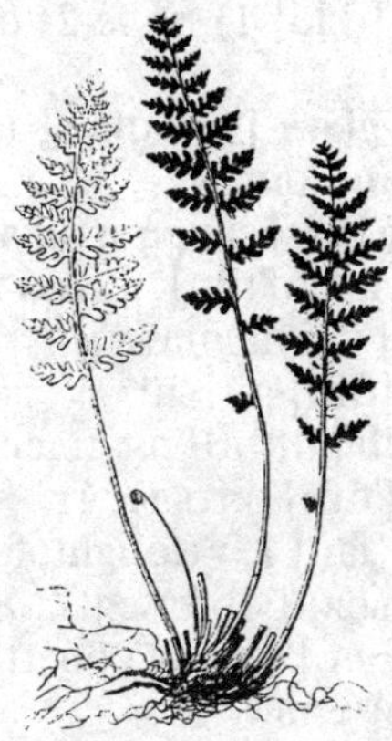

ferocious [fə'rəuʃəs] свире́пый

ferocity [fə'rɔsıtı] свире́пость

ferry ['ferı] **1.** *n* паро́м **2.** *v* перевози́ть, переезжа́ть (*на лодке, пароме*)

fertile ['fɜ:taıl] плодоро́дный

fertilizer ['fɜ:tılaızə] удобре́ние

fervent ['fɜ:vənt] горя́чий, пы́лкий

fervour ['fɜ:və] жар, пыл, страсть

festival ['festıvəl] 1) пра́зднество 2) фестива́ль

fetch [fetʃ] 1) принести́ 2) сходи́ть за кем-л., чем-л

feudalism ['fju:dəlızm] феодали́зм

fever ['fi:və] жар, лихора́дка; **~ish** ['fi:vərıʃ] лихора́дочный

few [fju:] 1) немно́гие; немно́го, ма́ло 2): a ~ не́сколько

fiance [fı'ɑ:nseı] жени́х

fiancee [fı'ɑ:nseı] неве́ста

fiction [fɪkʃn] 1) вы́мысел 2) беллетри́стика

fidget ['fɪdʒɪt] ёрзать, верте́ться

field [fi:ld] 1) по́ле 2) сфе́ра, по́прище

field-glass ['fi:ldglɑ:s] (полево́й) бино́кль

fierce [fɪəs] свире́пый, лю́тый

fifteen ['fɪf'ti:n] пятна́дцать; **~th** [-θ] пятна́дцатый

fifth [fɪfθ] пя́тый

fiftieth ['fɪftɪɪθ] пятидеся́тый

fifty ['fɪftɪ] пятьдеся́т

fight [faɪt] **1.** *v* (fought; fought) сража́ться; боро́ться **2.** *n* бой; дра́ка; **~er** ['faɪtə] 1) бое́ц 2) *ав.* истреби́тель

figure ['fɪgə] 1) фигу́ра 2) ци́фра

file I [faɪl] **1.** *n* напи́льник **2.** *v* подпи́ливать; шлифова́ть

file II [faɪl] **1.** *n* шере́нга; строй; ряд **2.** *v* идти́ шере́нгой

file III [faɪl] **1.** *n* 1) файл 2) па́пка, де́ло 3) картоте́ка **2.** *v* регистри́ровать (*документы*)

fill [fɪl] 1) наполня́ть(ся) 2) пломбирова́ть (*зуб*)

film [fɪlm] **1.** *n* фильм; плёнка **2.** *v* производи́ть киносъёмку

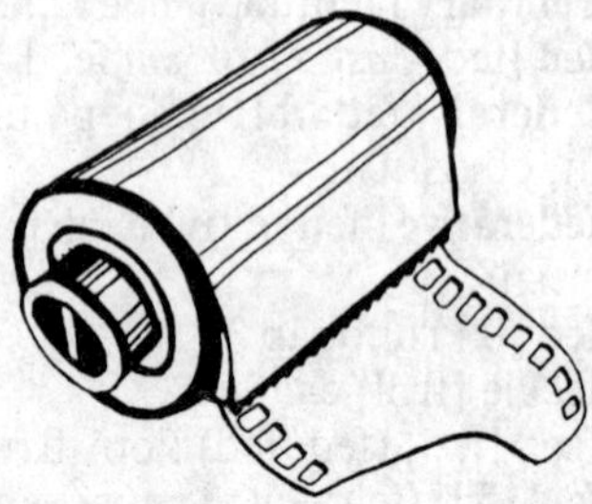

filter ['fɪltə] **1.** *n* фильтр **2.** *v* 1) фильтрова́ть 2) проса́чиваться

fin [fɪn] плавни́к; swim ~s *спорт.* ла́сты

final ['faɪnəl] коне́чный, заключи́тельный; после́дний; **~ly** [-ɪ] наконе́ц

finance [faɪ'næns] **1.** *n* фина́нсы **2.** *v* финанси́ровать

find [faɪnd] (found; found) находи́ть; **~out** узнава́ть; обнару́живать

fine I [faɪn] **1.** *n* штраф **2.** *v* штрафова́ть

fine II [faɪn] 1) превосхо́дный 2) изя́щный, то́нкий 3) ме́лкий

finger ['fɪŋgə] па́лец

finish ['fɪnɪʃ] конча́ть

Finland ['fɪnlənd] Финля́ндия

Finn [fɪn] финн; **~ish** ['fɪnɪʃ] фи́нский

fir [fɜ:] ель

fire ['faɪə] **1.** *n* 1) ого́нь; set on ~, set ~ to поджига́ть; be on ~ горе́ть 2) пожа́р **2.** *v* стреля́ть; **~arm** ['faɪərɑ:m] огнестре́льное ору́жие; **~man** [-mən] пожа́рный; **~place** [-pleɪs] оча́г, ками́н; **~ proof** [-pru:f] огнеупо́рный; **~ wood** [-wud] дрова́

firm I [fɜ:m] фи́рма

firm II [fɜ:m] 1) твёрдый 2) сто́йкий

first [fɜ:st] **1.** *a, num* пе́рвый **2.** *adv* снача́ла; at ~ снача́ла; ~**-rate** ['fɜ:st'reɪt] первокла́ссный

fish [fɪʃ] **1.** *n* ры́ба **2.** *v* лови́ть, уди́ть ры́бу

fisherman ['fɪʃəmən] рыба́к

fishy ['fɪʃɪ] *разг.* подозри́тельный, сомни́тельный

fist [fɪst] кула́к

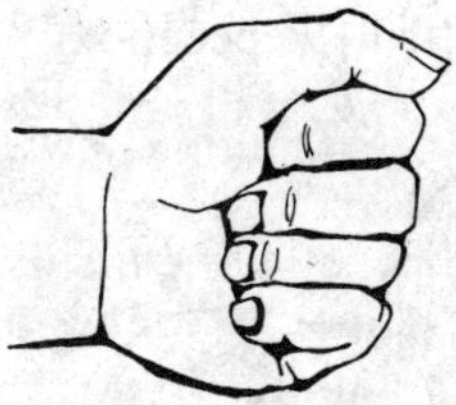

fit I [fɪt] 1) припа́док 2) поры́в; by ~s and starts уры́вками

fit II [fɪt] **1.** *a* го́дный **2.** *v* быть впо́ру

fitter ['fɪtə] сле́сарь-монта́жник

five [faɪv] пять

fix [fɪks] 1) укрепля́ть; устана́вливать 2) фикси́ровать; **~ed** [fɪkst] 1) неподви́жный 2) устано́вленный

flag [flæg] флаг, зна́мя

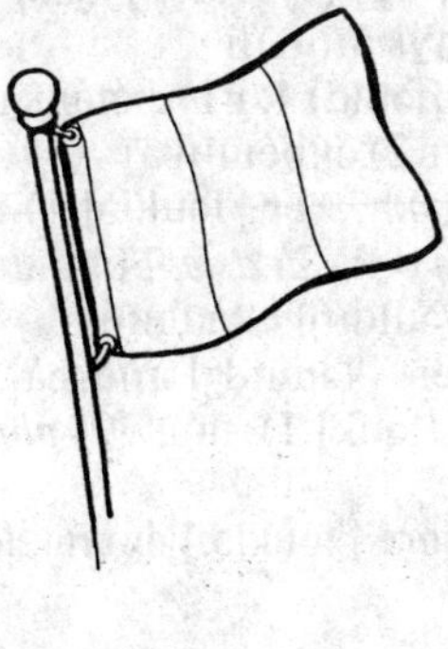

flakes [fleɪks] *pl* хло́пья

flame [fleɪm] **1.** *n* пла́мя **2.** *v* пыла́ть

flank [flæŋk] фланг

flannel ['flænəl] флане́ль

flap [flæp] **1.** *v* 1) развева́ться 2) взма́хивать (*крыльями*) **2.** *n* 1) взмах (*крыльев*) 2) кла́пан

flare [fleə] **1.** *v* вспы́хивать **2.** *n* 1) вспы́шка 2) освети́тельная раке́та

flash [flæʃ] **1.** *v* 1) сверка́ть 2) мелька́ть; промелькну́ть **2.** *n* вспы́шка; про́блеск; ~**-light** ['flæʃlaɪt] 1) сигна́льный ого́нь 2) вспы́шка ма́гния 3) ручно́й электри́ческий фона́рь

flask [flɑ:sk] фля́жка

flat I [flæt] пло́ский

flat II [flæt] кварти́ра

flatter ['flætə] льстить; **~ing** ['flætərɪŋ] 1) льсти́вый 2) ле́стный; **~y** ['flætərɪ] лесть

flavour ['fleɪvə] **1.** *n* прия́тный вкус **2.** *v* приправля́ть

flaw [flɔ:] изъя́н, недоста́ток; **~less** ['flɔ:lɪs] безукори́зненный

flax [flæks] лён

flea [fli:] блоха́

fled [fled] *past и p. p. от* flee

flee [fli:] (fled; fled) бежа́ть, спаса́ться бе́гством

fleet [fli:t] флот(и́лия)

flesh [fleʃ] 1) плоть; те́ло 2) мя́коть (*плодов*)

flew [flu:] *past от* fly I, 1

flexible ['fleksəbl] ги́бкий

flier ['flaɪə] лётчик

flight I [flaɪt] 1) полёт 2): ~ of stairs пролёт (ле́стницы)

flight II [flaɪt] бе́гство, побе́г

fling [flɪŋ] (flung; flung) броса́ть(ся); швыря́ть(ся)

float [fləut] **1.** *v* пла́вать (*на поверхности воды*) **2.** *n* поплаво́к

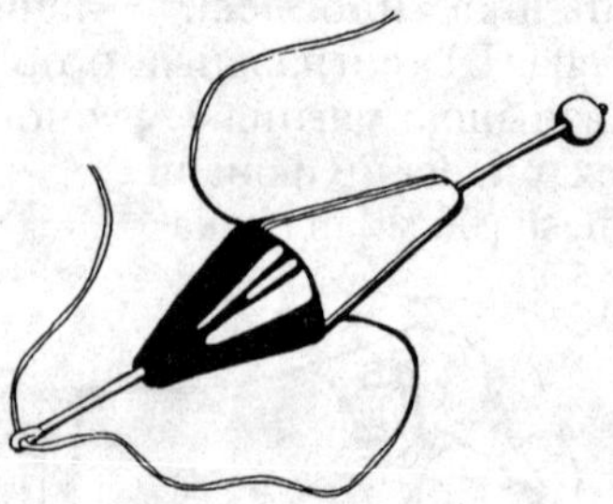

flock [flɔk] **1.** *n* ста́до; ста́я **2.** *v* собира́ться толпо́й, толпи́ться

flood [flʌd] **1.** *n* наводне́ние; пото́п **2.** *v* затопля́ть, залива́ть

floor [flɔ:] 1) пол 2) этаж ◊ take the ~ выступа́ть, брать сло́во

Florida ['flɔrɪdə] Фло́ри́да

flour ['flauə] му́ка

flourish ['flʌrɪʃ] **1.** *v* 1) процвета́ть 2) разма́хивать **2.** *n* ро́счерк

flow [fləu] **1.** *v* течь **2.** *n* тече́ние

flower ['flauə] **1.** *n* цвето́к **2.** *v* цвести́; **~bed** [-bed] клу́мба; **~y** [-rɪ] цвети́стый

flown [fləun] *p. p. от* fly I, 1

fluent ['flu:ənt] бе́глый; гла́дкий; **~ly** [-lɪ] бе́гло; гла́дко

fluid ['flu:ɪd] **1.** *a* жи́дкий **2.** *n* жи́дкость

flung [flʌŋ] *past и p. p. от* fling

flute [flu:t] фле́йта

flutter ['flʌtə] 1) маха́ть, бить кры́льями; перепа́рхивать 2) развева́ться; колыха́ться

fly I [flaɪ] **1.** *v* (flew; flown) лета́ть **2.** *n* полёт

fly II [flaɪ] му́ха

flyer ['flaɪə] *см.* flier

foal [fəul] жеребёнок

foam [fəum] пе́на

f.o.b. ['ef'əu'bi:] (free on board) с беспла́тной погру́зкой, фра́нко-бо́рт

fodder ['fɔdə] фура́ж; корм

foe [fəu] враг, не́друг

fog [fɔg] (густо́й) тума́н; **~gy** ['fɔgɪ] тума́нный

fold [fəuld) **1.** *v* 1) скла́дывать; сгиба́ть 2) скре́щивать (*руки*) **2.** *n* скла́дка; **~er** ['fəuldə] 1) па́пка (*для дел*) 2) *амер.* брошю́ра; **~ing** ['fəuldɪŋ] складно́й

foliage ['fəulɪɪdʒ] листва́

folk [fəuk] 1) лю́ди 2) *pl разг.* родня́

folklore ['fəuklɔ:] фолькло́р

folk song ['fəuksɔŋ] наро́дная пе́сня

follow ['fɔləu] 1) сле́довать 2) следи́ть; **~er** [-ə] после́дователь; **~ing** [-ıŋ] сле́дующий

folly ['fɔlı] глу́пость; безу́мие; безрассу́дство

fond [fɔnd]: be ~ of быть привя́занным, люби́ть кого́-л., что-л.

food [fu:d] пи́ща; **~stuffs** ['fu:dstʌfs] *pl* проду́кты, продово́льствие

fool [fu:l] **1.** *n* дура́к; make a ~ of oneself поста́вить себя́ в глу́пое положе́ние; play the ~ валя́ть дурака́ **2.** *v* 1) дура́читься, шути́ть 2) одура́чивать; обма́нывать

foolish ['fu:lıʃ] глу́пый

foot [fut] 1) нога́; on ~ пешко́м 2) фут 3) подно́жие; **~ball** ['futbɔ:l] 1) футбо́л 2) футбо́льный мяч; **~-note** ['futnəut] подстро́чное примеча́ние, сно́ска; **~step** ['futstep] след; по́ступь, похо́дка

for [fɔ:] **1.** *prep* 1) для; it's good ~ you вам э́то поле́зно 2) из-за 3) на (*определённое время*); ~ a few minutes на не́сколько мину́т 4) в тече́ние, в продолже́ние; ~ the past six weeks за после́дние 6 неде́ль 5) за, вме́сто; pay ~ me! заплати́ за меня́! **2.** *conj* и́бо, потому́ что

forbade [fə'beıd] *past от* forbid

forbid [fə'bıd] (forbade; forbidden) запреща́ть

forbidden [fə'bıdn] *p. p. от* forbid

force [fɔ:s] **1.** *n* си́ла; armed ~s вооружённые си́лы **2.** *v* 1) заставля́ть; принужда́ть 2) взла́мывать

forced [fɔ:st] 1) вы́нужденный 2) натя́нутый (*об улыбке и т.п.*)

forcible ['fɔ:sıbl] 1) наси́льственный 2) убеди́тельный

ford [fɔ:d] **1.** *n* брод **2.** *v* переходи́ть вброд

foreground ['fɔ:graund] пере́дний план

forehead ['fɔrıd] лоб

foreign ['fɔrın] иностра́нный; Foreign Office министе́рство иностра́нных дел (*Англии*); **~er** [-ə] иностра́нец

foreman ['fɔ:mən] мастер, ста́рший рабо́чий; те́хник, прора́б

foremost ['fɔ:məst] пере́дний, передово́й

foresaw [fɔ:'sɔ:] *past от* foresee

foresee [fɔ:'si:] (foresaw; foreseen) предви́деть; **~n** [-n] *p. p. от* foresee

foresight ['fɔ:saıt] 1) предви́дение 2) предусмотри́тельность

forest ['fɔrıst] лес

foretell [fɔ:'tel] (foretold, foretold) предска́зывать

foretold [fɔ:'təuld] *past и p. p. от* foretell

foreword ['fɔ:wɜ:rd] предисло́вие

forgave [fə'geıv] *past от* forgive

forge [fɔ:dʒ] **1.** *n* ку́зница **2.** *v* 1) кова́ть 2) подде́лывать; **~ry** ['fɔ:dʒərı] подде́лка, подло́г

forget [fə'get] (forgot; forgotten) забыва́ть; **~ful** [-ful] забы́вчивый

forget-me-not [fə'getmınɔt] незабу́дка

forgive [fə'gɪv] (forgave, forgiven) проща́ть; ~**n** [-n] *p. p. от* forgive

forgot [fə'gɔt] *past от* forget; ~**ten** [-n] *p. p. от* forget

fork [fɔ:k] **1.** *n* 1) ви́лка 2) ви́лы 3) разветвле́ние **2.** *v* разветвля́ться

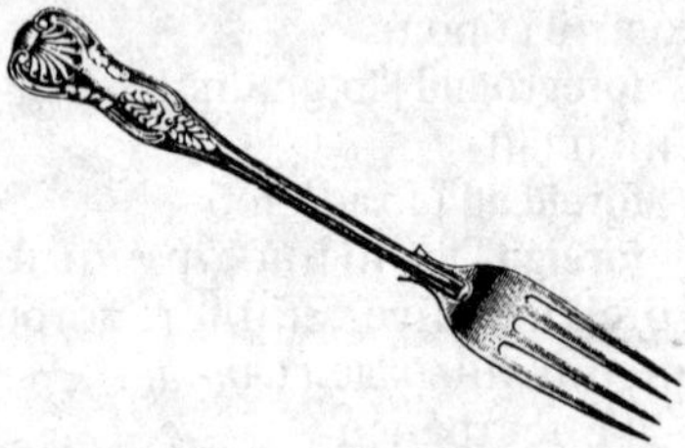

form [fɔ:m] **1.** *n* 1) фо́рма 2) форма́льность 3) бланк, анке́та 4) класс (*в школе*) **2.** *v* 1) придава́ть фо́рму 2) образо́вывать; составля́ть

formal ['fɔ:məl] 1) форма́льный; официа́льный 2) вне́шний

formation [fɔ:'meɪʃn] образова́ние; составле́ние

former ['fɔ:mə] 1) пре́жний 2) предше́ствующий 3): the ~ пе́рвый (*из упомянутых*); ~**ly** [-lɪ] пре́жде; когда́-то

formula ['fɔ:mjulə] 1) фо́рмула 2) реце́пт

forth [fɔ:θ] вперёд; ~**coming** [fɔ:θ'kʌmɪŋ] предстоя́щий, гряду́щий

fortieth ['fɔ:tɪɪθ] сороково́й

fortifications [fɔ:tɪfɪ'keɪʃnz] *pl* укрепле́ния

fortify ['fɔ:tɪfaɪ] 1) укрепля́ть 2) подкрепля́ть

fortitude ['fɔ:tɪtju:d] сто́йкость, му́жество

fortnight ['fɔ:tnaɪt] две неде́ли

fortress ['fɔ:trɪs] кре́пость

fortunate ['fɔ:tʃnɪt] счастли́вый; ~**ly** [-lɪ] к сча́стью

fortune ['fɔ:tʃən] 1) сча́стье, уда́ча 2) судьба́ 3) состоя́ние, бога́тство

forty ['fɔ:tɪ] со́рок

forward ['fɔ:wəd] **1.** *adv* 1) вперёд 2) впредь **2.** *v* отправля́ть, пересыла́ть; ~**s** [-z] *см.* forward 1

fossil [fɔsl] ископа́емое

fought [fɔ:t] *past и p p. от* fight 1

foul [faul] 1) загрязнённый; гря́зный 2) бесче́стный; ~ play моше́нничество

found I [faund] *past и p. p. от* find

found II [faund] осно́вывать; ~**ation** [faun'deɪʃn] основа́ние, фунда́мент

founder I ['faundə] основа́тель

founder II ['faundə] лите́йщик

fountain ['fauntɪn] фонта́н

four [fɔ:] четы́ре; ~**teen** ['fɔ:'ti:n] четы́рнадцать; ~ **teenth** ['fɔ:'ti:nθ] четы́рнадцатый; ~**th** [fɔ:θ] четвёртый

fowl [faul] (дома́шняя) пти́ца

fox [fɔks] лиси́ца

fraction [frækʃn] 1) дробь 2) части́ца

fracture ['fræktʃə] **1.** *n* 1) перело́м 2) изло́м **2.** *v* лома́ть

fragile ['frædʒaıl] хру́пкий

fragment ['frægmənt] 1) обло́мок 2) отры́вок

fragrance ['freıgrəns] арома́т

frail [freıl] хру́пкий; хи́лый

frame [freım] **1.** *v* обрамля́ть **2.** *n* 1) ра́ма 2) о́стов; **~-up** ['freımʌp] *амер.* суде́бная инсцениро́вка; ~ **work** ['freımwɜ:k] карка́с; о́стов

France [frɑ:ns] Фра́нция

frank [fræŋk] и́скренний, открове́нный

fraternal [frə'tɜ:nəl] бра́тский

fraud [frɔ:d] 1) обма́н 2) обма́нщик

fraught [frɔ:t] (with) чрева́тый

free [fri:] **1.** *a* 1) свобо́дный 2) беспла́тный 3) откры́тый (*о конкурсе и т.п.*) **2.** *v* освобожда́ть

freedom ['fri:dəm] свобо́да

freeze [fri:z] (froze; frozen) 1) замора́живать 2) замерза́ть, мёрзнуть

freight [freıt] груз; ~ train *амер.* това́рный по́езд

French [frentʃl **1.** *a* францу́зский **2.** *n:* the ~ францу́зы; **~man** ['frentʃmən] францу́з; ~ **woman** ['frentʃwumən] францу́женка

frequency ['fri:kwənsı] частота́

frequent **1.** *a* ['fri:kwənt] ча́стый **2.** *v* [frı'kwent] ча́сто посеща́ть; **~ly** ['frıkwəntlı] ча́сто

fresh [freʃ] 1) све́жий 2) пре́сный (*о воде*)

friction [frıkʃn] тре́ние

Friday ['fraıdı] пя́тница

friend [frend] друг; това́рищ; **~less** ['frendlıs] одино́кий; **~ly** ['frendlı] дру́жеский; дружелю́бный; **~ship** ['frendʃıp] дру́жба

fright [fraıt] испу́г; **~en** [-n] пуга́ть; **~ful** ['fraıtful] стра́шный; ужа́сный

fringe [frındʒ] **1.** *n* 1) бахрома́ 2) кайма́ 3) чёлка **2.** *v* окаймля́ть; украша́ть бахромо́й

fro [frəu]: to and ~ взад и вперёд

frock [frɔk] пла́тье

frog [frɔg] лягу́шка

from [frɔm] от, из, с; по

front [frʌnt] **1.** *n* 1) пере́дняя сторона́; фаса́д; in ~ of впереди́; пе́ред 2) фронт **2.** *a* пере́дний; ~ door пара́дная дверь

frontier ['frʌntjə] грани́ца; ~ **-guard** [-gɑ:d] погрании́чник

frost [frɔst] моро́з; **~-bitten** ['frɔstbıtn] обморо́женный; **~y** ['frɔstı] моро́зный

froth [frɔθ] **1.** *n* пе́на **2.** *v* пе́ниться

frown [fraun] **1.** *v* нахму́риться **2.** *n* недово́льное выраже́ние лица́

froze [frəuz] *past от* freeze; **~n** [-n] *p. p. от* freeze

fruit [fru:t] плод; фрукт; bear ~ приноси́ть плоды́; **~less** ['fru:tlıs] беспло́дный

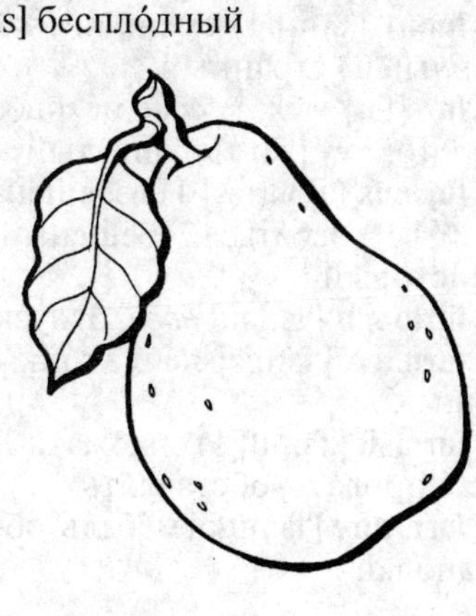

frustrate [frʌs'treɪt] расстрáивать, срывáть (*планы*)

fry [fraɪ] жáрить(ся)

frying-pan ['fraɪɪŋpæn] сковородá

fuel ['fjuəl] тóпливо

fugitive ['fju:dʒɪtɪv] **1.** *a* 1) бéглый 2) мимолётный **2.** *n* беглéц

fulfil [ful'fɪl] 1) выполня́ть; осуществля́ть 2) завершáть

full [ful] пóлный (*чего-л.*) ◊ ~ **dress** парáдная фóрма

fully ['fulɪ] вполнé; совершéнно

fun [fʌn] шýтка; забáва; весéлье; have ~ весели́ться; for ~ в шýтку; make ~ of высмéивать

function ['fʌnkʃn] **1.** *n* 1) фýнкция 2) обя́занности **2.** *v* функциони́ровать; дéйствовать

fund [fʌnd] 1) запáс 2) фонд

fundamental [fʌndə'mentl] основнóй; кореннóй

funeral ['fju:nərəl] **1.** *n* пóхороны **2.** *a* похорóнный

funnel ['fʌnəl] 1) ворóнка 2) трубá (*паровоза, парохода*)

funny ['fʌnɪ] 1) смешнóй, забáвный 2) стрáнный

fur [fɜ:] мех; ~ coat меховóе пальтó; ~**ry** ['fɜ:rɪ] пуши́стый

furious ['fjuərɪəs] 1) взбешённый; be ~ беси́ться 2) бéшеный, неи́стовый

furlough ['fɜ:ləu] *воен.* óтпуск

furnace ['fɜ:nɪs] печь, тóпка; горн

furnish ['fɜ:nɪʃ] 1) снабжáть 2) меблировáть, обставля́ть

furniture ['fɜ:nɪtʃə] мéбель, обстанóвка

furrow ['fʌrəu] бороздá; ~**ed** [-d]: ~ed cheeks морщи́нистые щёки

further ['fɜ:ðə] **1.** *adv* дáльше **2.** *a* 1) бóлее отдалённый 2) дальнéйший **3.** *v* спосóбствовать

furtive ['fɜ:tɪv] скры́тый, незамéтный, тáйный; ~ glance взгляд укрáдкой

fury ['fjuərɪ] неи́стовство, бéшенство, я́рость

fuse I [fju:z] 1) плáвить(ся), сплавля́ть(ся) 2) перегорáть; the bulb is ~d лáмпа перегорéла

fuse II [fju:z] 1) взрывáтель 2) *эл.* (плáвкий) предохрани́тель

fuss [fʌs] **1.** *n* суетá; make a ~ about сует́иться, поднимáть шум (*вокруг чего-л.*) **2.** *v* суети́ться; беспокóиться; хлопотáть

futile ['fju:taɪl] 1) бесполéзный, тщéтный 2) пустóй (*о человеке*)

future ['fju:tʃə] **1.** *a* бýдущий; ~ tense *грам.* бýдущее врéмя **2.** *n* бýдущее

G

gadfly ['gædflaɪ] óвод, слепéнь

gaily ['geɪlɪ] вéсело

gain [geɪn] **1.** *v* 1) получáть, зарабáтывать 2) достигáть 3) вы́игрывать 4) прибавля́ть (*в весе*) **2.** *n* преимýщество

gait [geɪt] похóдка

gallant ['gælənt] хрáбрый, дóблестный

gallery ['gælərɪ] галерéя

gallows ['gæləuz] *pl* ви́селица

galoshes [gə'lɔʃız] *pl* гало́ши

gamble [gæmbl] игра́ть (*в азартные игры*); **~r** ['gæmblə] игро́к

game I [geım] игра́

game II [geım] дичь

gang I [gæŋ] брига́да, па́ртия; арте́ль

gang II [gæŋ] ша́йка, ба́нда; **~ster** ['gæŋstə] банди́т, га́нгстер

gap [gæp] 1) проло́м 2) пробе́л 3) промежу́ток

gape [geıp] зева́ть, глазе́ть

garbage ['gɑ:bıdʒ] му́сор

garden [gɑ:dn] сад; ~ flowers садо́вые цветы́; **~er** ['gɑ:dnə] садо́вник

garland ['gɑ:lənd] гирля́нда

garlic ['gɑ:lık] чесно́к

garment ['gɑ:mənt] оде́жда, одея́ние

garret ['gærət] манса́рда; черда́к

garrison ['gærısn] **1.** *n* гарнизо́н **2.** *v* ста́вить гарнизо́н

garter ['gɑ:tə] (кру́глая) подвя́зка

gas [gæs] 1) газ 2) *амер.* горю́чее; **~-ring** ['gæs'rıŋ] конфо́рка

gasolene ['gæsəli:n] *амер.* бензи́н

gasp [gɑ:sp] задыха́ться

gate [geıt] 1) кали́тка; воро́та 2) вы́ход на поса́дку (*в аэропорту*)

gather ['gæðə] собира́ть(ся)

gave [geıv] *past от* give

gay [geı] 1) весёлый 2) беспу́тный

gaze [geız] **1.** *v* при́стально гляде́ть **2.** *n* при́стальный взгляд

gear [gıə] 1) приспособле́ния; принадле́жности 2) *тех.* шестерня́; переда́ча; при́во́д; in ~ включённый; out ~ вы́ключенный

geese [gi:s] *pl от* goose

gender ['dʒendə] *грам.* род

general ['dʒenərəl] **1.** *a* 1) о́бщий; in ~ вообще́ 2) обы́чный **2.** *n* генера́л

generally ['dʒənərəlı] 1) вообще́ 2) обы́чно

generation [dʒene'reıʃn] поколе́ние

generosity [dʒenə'rɔsıtı] 1) великоду́шие 2) ще́дрость

generous ['dʒenərəs] 1) великоду́шный; благоро́дный 2) ще́дрый

Geneva [dʒı'ni:və] Жене́ва

genial ['dʒi:nıəl] приве́тливый

genitive ['dʒenıtıv] *грам.* роди́тельный паде́ж

genius ['dʒi:njəs] ге́ний

gentle [dʒentl] ла́сковый, не́жный; мя́гкий

gentleman ['dʒentlmən] господи́н, джентльме́н

gently ['dʒentlı] 1) мя́гко, не́жно 2) осторо́жно; споко́йно

genuine ['dʒenjuın] 1) по́длинный, настоя́щий 2) и́скренний

geography [dʒɪ'ɔgrəfɪ] геогра́фия

geology [dʒɪ'ɔlədʒɪ] геоло́гия

geometry [dʒɪ'ɔmɪtrɪ] геоме́трия

Georgia I ['dʒɔ:dʒjə] Джо́рджия (*штат США*)

Georgia II ['dʒɔ:dʒjə] Гру́зия

germ [gə:m] 1) *биол.* заро́дыш 2) микро́б

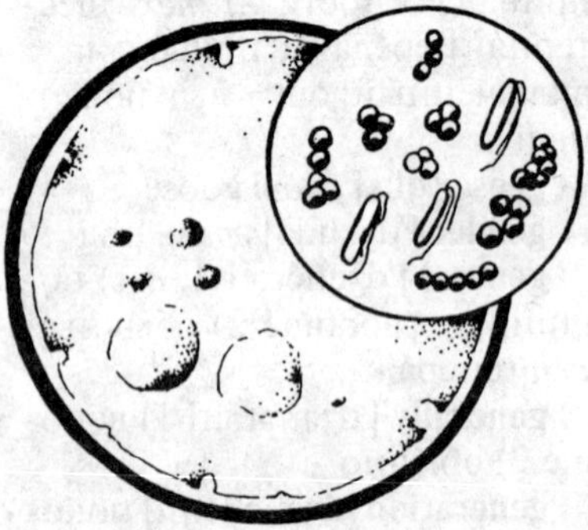

German ['dʒɜ:mən] **1.** *a* герма́нский, неме́цкий **2.** *n* не́мец

Germany ['dʒɜ:mənɪ] Герма́ния

gesture ['dʒestʃə] жест

get [get] (got; got) 1) получа́ть; достава́ть 2) станови́ться; ~ warm согре́ться; ~ better поправля́ться; ~ wet промо́кнуть 3) *в конструкциях с* have *не переводится:* have you got a pencil? есть у вас каранда́ш?; I've got one у меня́ есть; ~ **in** входи́ть; ~ **on** а) ужива́ться; б) де́лать успе́хи; how are you ~ting on? как дела́?; ~ **out** (of) выходи́ть; ~ **up** встава́ть

Ghana ['ga:nə] Га́на

ghost [gəust] привиде́ние, дух

giant ['dʒaɪənt] велика́н, гига́нт

Gibraltar [dʒɪ'brɔ:ltə] Гибралта́р

giddy ['gɪdɪ]: I am ~ у меня́ кру́жится голова́

gift [gɪft] пода́рок; дар; **~ed** ['gɪftɪd] одарённый

gigantic [dʒaɪ'gæntɪk] гига́нтский

gild [gɪld] золоти́ть

gilt [gɪlt] **1.** *n* позоло́та **2.** *a* золочёный

Gipsy ['dʒɪpsɪ] **1.** *a* цыга́нский **2.** *n* цыга́н(ка)

girl [gɜ:l] 1) де́вочка 2) де́вушка

give [gɪv] (gave; given) 1) дава́ть 2) доставля́ть (*удовольствие и т.п.*); причиня́ть (*боль и т.п.*); ~ **in** уступа́ть; ~ **up** бро́сить (*привычку*)

given [gɪvn] *p. p. от* give

glacier ['glæsjə] ледни́к, гле́тчер

glad [glæd]: be ~ ра́доваться; I am ~ я рад, дово́лен

glance [glɑ:ns] **1.** *n* бы́стрый взгляд **2.** *v* ме́льком взгляну́ть

gland [glænd] *анат.* железа́

Glasgow ['glɑ:sgəu] Гла́зго

glass [glɑ:s] 1) стекло́ 2) стака́н; бока́л 3) зе́ркало 4) *pl* очки́

gleam [gli:m] **1.** *n* про́блеск **2.** *v* свети́ться

glide [glaɪd] 1) скользи́ть 2) *ав.* плани́ровать

glider ['glaɪdə] планёр

glimpse [glɪmps]: have a ~, get a ~ уви́деть ме́льком

glitter ['glɪtə] **1.** *v* блесте́ть, сверка́ть **2.** *n* блеск

global ['gləubəl] глоба́льный

globe [gləub] 1) (земно́й) шар 2) гло́бус

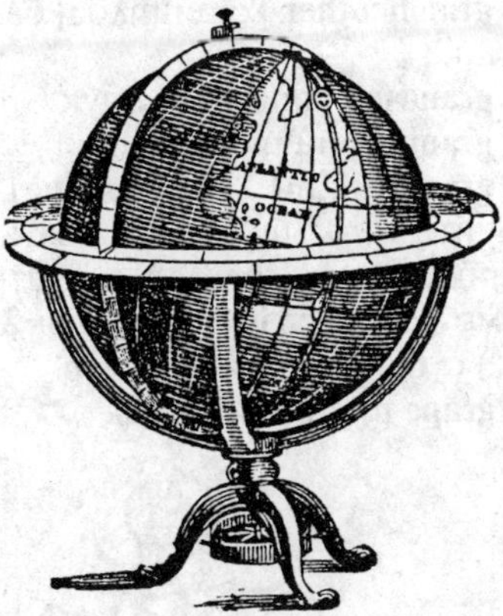

gloom [glu:m] 1) мрак 2) уны́ние; **~y** [glu:mɪ] 1) мра́чный 2) угрю́мый

glorify ['glɔ:rɪfaɪ] прославля́ть

glorious ['glɔ:rɪəs] 1) сла́вный 2) великоле́пный

glory ['glɔ:rɪ] 1) сла́ва 2) великоле́пие

glossy ['glɔsɪ] глянцеви́тый; блестя́щий (*о волосах*)

glove [glʌv] перча́тка

glow [gləu] **1.** *v* пыла́ть **2.** *n* 1) пыл, жар 2) румя́нец ◊ evening ~ вече́рняя заря́

glue [glu:] **1.** *n* клей **2.** *v* кле́ить; прикле́ивать

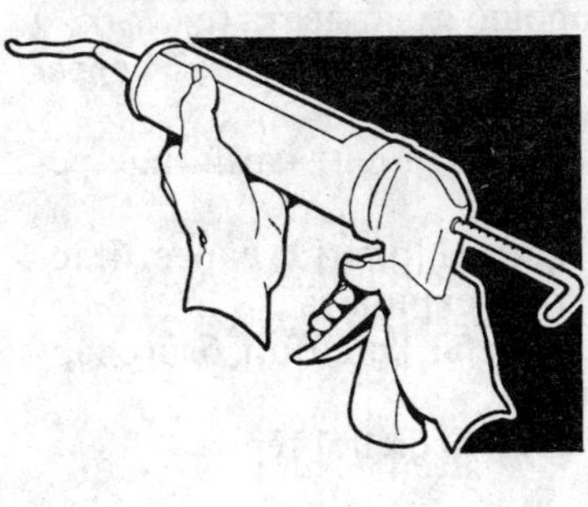

gnat [næt] мо́шка

gnaw [nɔ:] грызть, глода́ть

go [gəu] (went; gone) 1) идти́, ходи́ть 2) уходи́ть; уезжа́ть; ~ **in** войти́; ~ **on** продолжа́ть; ~ **out** вы́йти

goal [gəul] 1) цель 2) *спорт.* гол

goat [gəut] козёл; коза́

god [gɔd] Бог

goggles [gɔ:glz] защи́тные очки́, очки́-консе́рвы

gold [gəuld] **1.** *n* зо́лото **2.** *a* золото́й; **~en** ['gəuldən] золото́й; золоти́стый

gone [gɔn] *p. p. от* go

good [gud] **1.** *a* 1) хоро́ший 2) до́брый **2.** *n* по́льза, добро́ ◊ for ~ навсегда́

good-bye [gud'baɪ] до свида́ния!, проща́йте!

good-looking ['gud'lukıŋ] краси́вый

good-natured ['gud'neıtʃəd] доброду́шный

goodness ['gudnıs] доброта́

goods [gudz] *pl* това́ры

goose [gu:s] гусь

gooseberry ['guzbərı] крыжо́вник

gossip ['gɔsıp] **1.** *n* 1) сплéтня 2) болтовня́ 3) сплéтник **2.** *v* 1) сплéтничать 2) болта́ть

got [gɔt] *past u p. p. om* get

govern ['gʌvən] управля́ть; пра́вить; ~**ment** [-mənt] прави́тельство; ~**or** [-ə] губерна́тор

gown [gaun] пла́тье

grace [greıs] гра́ция; ~**ful** ['greısful] грацио́зный

grade [greıd] **1.** *n* 1) класс (*в школе*) 2) стéпень; ранг 3) ка́чество, сорт **2.** *v* сортирова́ть

gradual ['grædjuəl] постепéнный

graduate 1. *v* ['grædjueıt] конча́ть (вы́сшую) шко́лу **2.** *n* ['grædjuıt] око́нчивший вы́сшую школу

grain [greın] 1) зерно́ 2) крупи́нка 3) гран 4) волокно́

grammar ['græmə] грамма́тика

gramme [græm] грамм

granary ['grænərı] амба́р; жи́тница

grand [grænd] 1) вели́чественный 2) *разг.* замеча́тельный

grandchild ['græntʃaıld] внук; вну́чка

granddaughter ['grændɔ:tə] вну́чка

grandeur ['grændjə] 1) вели́чие 2) великолéпие, грандио́зность

grandfather ['grænfɑ:ðə] дéд(ушка)

grandmother ['grænmʌðə] ба́бушка

grandson ['grænsʌn] внук

granite ['grænıt] грани́т

grant [grɑ:nt] **1.** *v* 1) удовлетвори́ть (*просьбу*) 2) жа́ловать, дари́ть ◊ take for ~ed счита́ть само́ собо́й разумéющимся **2.** *n* 1) субси́дия; грант 2) дар

grape [greıp] виногра́д

graphic ['græfık] 1) графи́ческий 2) нагля́дный, о́бразный

grasp [grɑ:sp] **1.** *v* 1) зажима́ть в рукé; схва́тывать 2) ула́вливать смысл **2.** *n:* hold in one's ~ держа́ть в рука́х; be in his ~ быть в его́ вла́сти; have a good ~ (of) хорошо́ схва́тывать (*смысл*)

grass [grɑ:s] трава́; ~**hopper** ['grɑ:shɔpə] кузнéчик

grate I [greıt] ками́нная решётка

grate II [greıt] 1) скрести́; терéть 2) скрипéть

grateful ['greıtful] благода́рный

grater ['greıtə] тёрка

gratitude ['grætɪtju:d] благодáрность

grave I [greɪv] моги́ла

grave II [greɪv] серьёзный; вáжный

gravel ['grævəl] грáвий

gravity ['grævɪtɪ] 1) серьёзность; вáжность 2) *физ.* си́ла тя́жести

gray [greɪ] *см.* grey

graze I [greɪz] пасти́(сь)

graze II [greɪz] 1) задевáть 2) оцарáпать; содрáть (*кожу*)

grease 1. *n* [gri:s] 1) жир, сáло 2) мазь, смáзка **2.** *v* [gri:z] смáзывать (*жиром и т.п.*)

greasy ['gri:zɪ] 1) жи́рный, сáльный

great [greɪt] 1) вели́кий 2) большóй; a ~ deal мнóго

Great Britain ['greɪt'brɪtən] Великобритáния

Greece [gri:s] Грéция

greedy ['gri:dɪ] жáдный

Creek [gri:k] **1.** *a* грéческий **2.** *n* грек

green [gri:n] зелёный

Greenland ['gri:nlənd] Гренлáндия

Greenwich ['grɪnɪdʒ] Гри́н(в)ич

greet [gri:t] привéтствовать; клáняться; **~ing** ['gri:tɪŋ] привéтствие, поклóн

grenade [grɪ'neɪd] гранáта

grew [gru:] *past от* grow

grey [greɪ] 1) сéрый 2) седóй

grief [gri:f] гóре

grievance ['gri:vəns] 1) оби́да 2) жáлоба

grieve [gri:v] 1) горевáть 2) огорчáть

grim [grɪm] 1) мрáчный 2) неумоли́мый

grin [grɪn] **1.** *v* 1) ухмыля́ться 2) скáлить зу́бы **2.** *n* усмéшка

grind [graɪnd] (ground; ground) 1) молóть; толóчь 2) точи́ть ◊ ~ one's teeth скрежетáть зубáми; **~stone** ['graɪndstəun] точи́льный кáмень

grip [grɪp] **1.** *n* пожáтие; хвáтка **2.** *v* 1) схвáтывать 2) зажимáть

groan [grəun] **1.** *n* стон **2.** *v* стонáть

grocer ['grəusə] бакалéйщик; **~y** ['grəusərɪ] 1) продуктóвый магази́н 2) *pl* бакалéя

groove [gru:v] жёлоб

gross [grəus] 1) гру́бый 2) валовóй; оптóвый

ground I [graund] *past и p. p. от* grind

ground II [graund] 1) земля́, пóчва; ~ floor ни́жний этáж 2) основáние, моти́в 3) *жив.* грунт, фон 4) *pl* гу́ща 5) *pl* чáстный парк

group [gru:p] **1.** *n* гру́ппа **2.** *v* группировáть(ся)

grow [grəu] (grew; grown) 1) расти́ 2) вырáщивать; разводи́ть 3) станови́ться

growl [graul] **1.** *v* 1) рычáть 2) ворчáть **2.** *n* 1) рычáние 2) ворчáние

grown [grəun] *p.p. от* grow; **~-up** ['grəunʌp] взрóслый

growth [grəuθ) 1) рост 2) увеличéние 3) óпухоль

grudge [grʌdʒ] **1.** *n:* bear (have) a ~ against smb. затаи́ть злóбу, имéть зуб на когó-л. **2.** *v* 1) зави́довать 2) жалéть (*время, деньги*)

grumble [grʌmbl] ворчáть, жáловаться

grunt [grʌnt] **1.** *v* хрю́кать **2.** *n* хрю́канье

guarantee [gærən'ti:] **1.** *n* гара́нтия; зало́г **2.** *v* гаранти́ровать

guard [gɑ:d] **1.** *n* 1) стра́жа; охра́на 2) *pl* гва́рдия 3) сто́рож 4) проводни́к (*в поезде*) 5) бди́тельность; be on (one's) ~ быть настороже́ **2.** *v* охраня́ть; сторожи́ть

guardian ['gɑ:djən] опеку́н, попечи́тель

Guatemala [gwætɪ'mɑ:lə] Гватема́ла

guerilla [gə'rɪlə] партиза́н; ~ war партиза́нская война́

guess [ges] **1.** *v* 1) уга́дывать 2) дога́дываться 3) *амер.* счита́ть, полага́ть **2.** *n* предположе́ние, дога́дка

guest [gest] гость

guide [gaɪd] **1.** *n* 1) проводни́к, гид 2) руководи́тель 3) путеводи́тель **2.** *v* 1) руководи́ть 2) вести́

guilt [gɪlt] вина́; вино́вность

guilty ['gɪltɪ] вино́вный

Guinea ['gɪnɪ] Гвине́я

guinea ['gɪnɪ] *ист.* гине́я

gulf [gʌlf] 1) зали́в 2) про́пасть, бе́здна 3) водоворо́т

Gulf Stream, the ['gʌlfstri:m] Гольфстри́м

gull [gʌl] ча́йка

gum [gʌm] **1.** *n* смола́; клей **2.** *v* скле́ивать(ся)

gums [gʌmz] *pl* дёсны

gun [gʌn] 1) огнестре́льное ору́жие; ружьё 2) пу́шка 3) *амер.* пистоле́т; **~ner** ['gʌnə] артиллери́ст; пулемётчик; **~powder** ['gʌnpaudə] по́рох

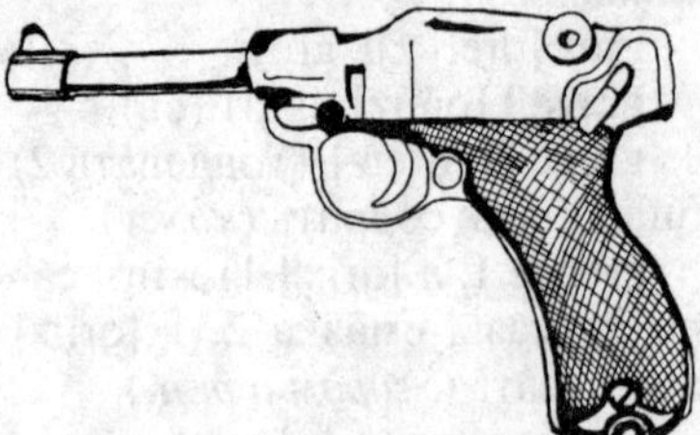

gust [gʌst] поры́в (*ветра*)

guts [gʌts] *pl* кишки́

gutter ['gʌtə] 1) водосто́чный жёлоб 2) кана́ва

Gypsy ['dʒɪpsɪ] *см.* Gipsy

H

haberdashery ['hæbədæʃərɪ] галантере́я

habit ['hæbɪt] 1) привы́чка 2) обы́чай

habitual [hə'bɪtjuəl] привы́чный, обы́чный

had [hæd] *past и p.p. от* have

hadn't [hædnt] *разг.* = had not

Hague, the [heɪg] Гаа́га

hail I [heɪl] **1.** *n* град **2.** *v* сы́паться гра́дом; it ~s, it is ~ing идёт град

hail II [heɪl] 1) приве́тствовать 2) оклика́ть, звать

hair [heə] во́лос; во́лосы; **~dresser** ['heədresə] парикма́хер; **~pin** ['heəpɪn] шпи́лька

hairy [ˈheərɪ] волоса́тый

half [hɑ:f] **1.** *n* полови́на **2.** *adv* наполови́ну

half-heartedly [ˈhɑ:fˈhɑ:tɪdlɪ] нереши́тельно

halfpenny [ˈheɪpnɪ] полпе́нса

half-time [ˈhɑ:fˈtaɪm] *спорт.* переры́в ме́жду та́ймами

hall [hɔ:l] 1) зал 2) пере́дняя, вестибю́ль, холл

hallo [həˈləu] алло́!

halt [hɔ:lt] **1.** *n* остано́вка; прива́л **2.** *v* остана́вливать(ся) **3.** *int* стой!

ham [hæm] ветчина́; о́корок

hammer [ˈhæmə] **1.** *n* мо́лот(о́к) **2.** *v* 1) вбива́ть 2) коло-ти́ть

hammock [ˈhæmək] гама́к

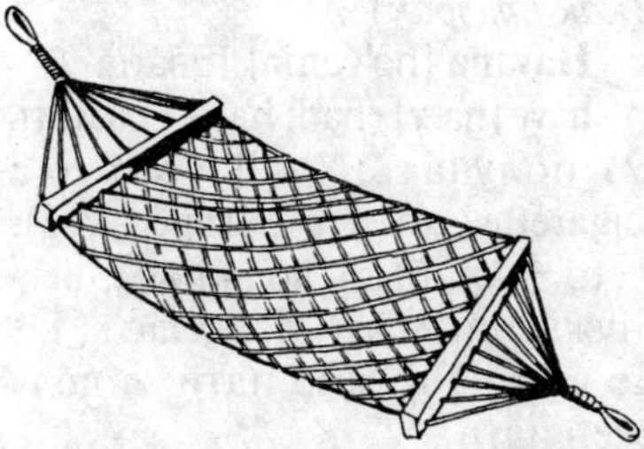

hand [hænd] **1.** *n* 1) рука́ 2) стре́лка (*часов*) **2.** *v* вруча́ть; передава́ть

handbag [ˈhændbæg] да́мская су́мочка

handbook [ˈhændbuk] спра́вочник, руково́дство

handful [ˈhændful] при́горшня

handicraft [ˈhændɪkrɑ:ft] рукоде́лие; ручна́я рабо́та

handkerchief [ˈhæŋkətʃɪf] носово́й плато́к

handle [hændl] **1.** *n* ру́чка; рукоя́ть **2.** *v* тро́гать, хвата́ть

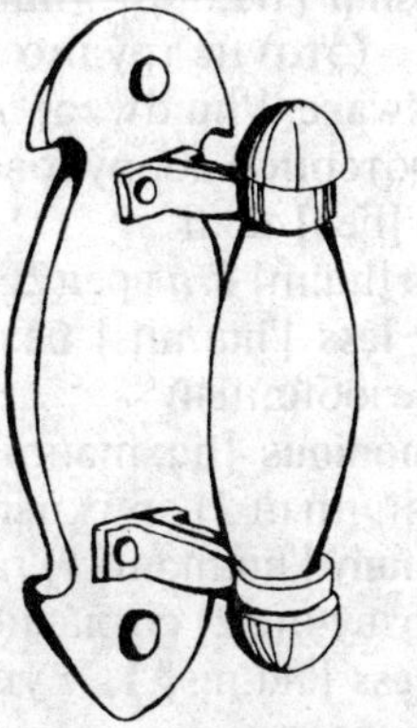

handsome [ˈhænsəm] краси́вый, интере́сный

handy [ˈhændɪ] 1) удо́бный 2) ло́вкий, иску́сный

hang [hæŋ] (hung; hung) 1) висе́ть 2) ве́шать; подве́шивать

hangar [ˈhæŋə] анга́р

hangover [ˈhæŋəuvə] 1) *амер.* пережи́ток 2) *разг.* похме́лье

Hanoi [hæˈnɔɪ] Хано́й

happen [ˈhæpən] 1) случа́ться 2) случа́йно оказа́ться

happiness [ˈhæpɪnɪs] сча́стье

happy [ˈhæpɪ] счастли́вый

harass [ˈhærəs] трево́жить, беспоко́ить

harbour [ˈhɑ:bə] **1.** *n* га́вань **2.** *v* таи́ть (*мысли, злобу и т.п.*)

hard [hɑ:d] **1.** *a* 1) твёрдый; жёсткий; ~ disk *комп.* жёсткий диск 2) суро́вый 3) тру́дный, тяжёлый **2.** *adv* 1) си́льно 2) усе́рдно

harden [hɑ:dn] 1) тверде́ть; грубе́ть 2) черстве́ть 3) зака́ливать

hardly ['hɑ:dlɪ] 1) едва́ (ли) 2) с трудо́м

hardship ['hɑ:dʃɪp] лише́ние; it is no ~ (э́то) не тру́дно

hardware ['hɑ:dweə] *комп.* компью́терное обору́дование

hare [heə] за́яц

harm [hɑ:m] **1.** *n* вред **2.** *v* вреди́ть; **~less** ['hɑ:mlɪs] безвре́дный, безоби́дный

harmonious [hɑ:'məunɪəs] 1) гармони́чный 2) дру́жный

harmony ['hɑ:mənɪ] 1) гармо́ния; созву́чие 2) согла́сие

harness ['hɑ:nɪs] **1.** *n* у́пряжь **2.** *v* запряга́ть

harrow ['hærəu] борона́

harsh [hɑ:ʃ] 1) жёсткий; гру́бый 2) суро́вый; жесто́кий

harvest ['hɑ:vɪst] 1) жа́твa 2) урожа́й; **~er** ['hɑ:vɪstə] 1) жнец 2) жа́твенная маши́на

hasn't [hæznt] *разг.* = has not

haste [heɪst] поспе́шность; make ~ торопи́ться; **~n** [heɪsn] торопи́ть(ся)

hastily ['heɪstɪlɪ] 1) поспе́шно 2) опроме́тчиво 3) запа́льчиво

hasty ['heɪstɪ] 1) поспе́шный 2) опроме́тчивый 3) запа́льчивый

hat [hæt] шля́па

hatch [hætʃ] высиживать (*цыплят*); be ~ed вылу́пливаться

hatchet ['hætʃɪt] топо́р(ик)

hate [heɪt] **1.** *v* ненави́деть **2.** *n* не́нависть; **~ful** ['heɪtful] ненави́стный

hatred ['heɪtrɪd] не́нависть

hat-stand ['hætstænd] ве́шалка для шляп

haughtily ['hɔ:tɪlɪ] *a* надме́нно, высокоме́рно; зано́счиво

haughty ['hɔ:tɪ] высокоме́рный, надме́нный

haul [hɔ:l] **1.** *v* тяну́ть, букси́ровать **2.** *n* 1) тя́га, волоче́ние 2) уло́в

haunt [hɔ:nt] 1) пресле́довать (*о мыслях и т.п.*) 2) появля́ться (*как призрак*)

Havana [hə'vænə] Гава́на

have [hæv] (had; had) 1) име́ть 2) получа́ть; (will you) ~ a cigarette? хоти́те сигаре́ту? 3): ~ to + *inf.* быть до́лжным, вы́нужденным что-л. сде́лать; I ~ to go мне ну́жно идти́, я до́лжен идти́

haven [heɪvn] 1) га́вань 2) убе́жище

Hawaii [hɑ:'waɪi:] Гава́йи (*острова и штат*)

hawk [hɔ:k] я́стреб

hay [heɪ] се́но; **~stack** ['heɪstæk] стог се́на

hazard ['hæzəd] опа́сность, риск

hazel [heɪzl] **1.** *n* оре́шник **2.** *a* светло-кори́чневый; ка́рий

he [hi:] он

head [hed] **1.** *n* 1) голова́ 2) глава́; руководи́тель **2.** *v* 1) возглавля́ть 2) озагла́вливать

headache ['hedeɪk] головна́я боль

heading ['hedɪŋ] заголо́вок

headlight ['hedlaɪt] фа́ра (*автомобиля*)

headlong ['hedlɔŋ] очертя́ го́лову

headmaster ['hedmɑ:stə] дире́ктор шко́лы

headquarters ['hed'kwɔ:təz] 1) штаб 2) гла́вное управле́ние; центр

heal [hi:l] 1) излéчивать 2) зажива́ть

health [helθ] здоро́вье; ~ resort куро́рт

healthy ['helθɪ] здоро́вый

heap [hi:p] **1.** *n* ку́ча; гру́да **2.** *v* нагроможда́ть

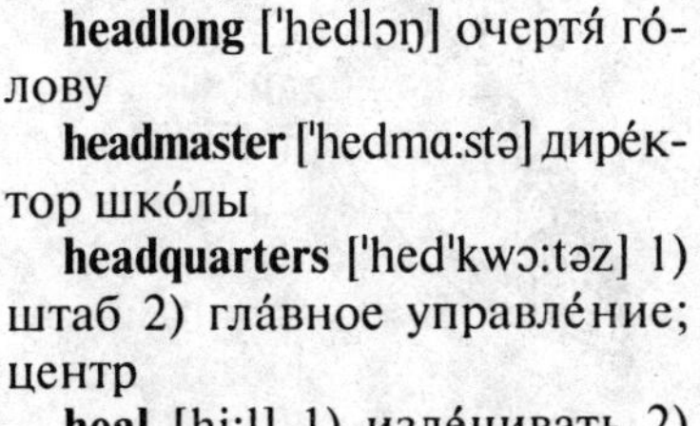

hear [hɪə] (heard; heard) 1) слы́шать 2) слу́шать

heard [hз:d] *past и p.p. om* hear

hearer ['hɪərə] слу́шатель

hearing ['hɪərɪŋ] 1) слух 2) *юр.* слу́шание де́ла

heart [hɑ:t] 1) се́рдце; at ~ в глубине́ души́ 2) сердцеви́на ◊ by ~ наизу́сть

hearth [hɑ:θ] оча́г

hearty ['hɑ:tɪ] и́скренний; (чисто)серде́чный; раду́шный

heat [hi:t] **1.** *n* 1) тепло́, жара́ 2) пыл **2.** *v* 1) нагрева́ть(ся) 2) топи́ть

heather ['heðə] ве́реск

heating ['hi:tɪŋ] 1) нагрева́ние 2) отопле́ние

heaven [hevn] небеса́, не́бо

heavy ['hevɪ] тяжёлый

Hebrew ['hi:bru:] иври́т

hectare ['hektɑ:] гекта́р

hedge [hedʒ] жива́я и́згородь

hedgehog ['hedʒhɔg] ёж

heedless ['hi:dlɪs] невнима́тельный, небре́жный

heel [hi:l] 1) пя́тка 2) каблу́к

height [haɪt] 1) высота́; вышина́, рост 2) возвы́шенность 3) *перен.*: the ~ of верх (*глупости и т.п.*)

heir [eə] насле́дник

held [held] *past и p.p. от* hold I
hell [hel] ад
he'll [hi:l] *разг.* = he will
helm [helm] руль
helmet ['helmıt] шлем, ка́ска

help [help] **1.** *v* помога́ть **2.** *n* 1) по́мощь 2) *амер.* прислу́га; **~ful** ['helpful] поле́зный; **~less** ['helplıs] беспо́мощный

Helsinki ['helsınkı] Хе́льсинки

hem [hem] **1.** *n* 1) рубе́ц 2) кро́мка; кайма́ **2.** *v* подшива́ть, подруба́ть

hemisphere ['hemısfıə] полуша́рие

hemp [hemp] конопля́; пенька́

hen [hen] ку́рица

hence [hens] сле́довательно; **~forward** ['hens'fɔ:wəd] впредь, отны́не

her [hз:] 1) ей; её 2) своя́

herald ['herəld] **1.** *n* ве́стник **2.** *v* возвеща́ть

herb [hз:b] (лека́рственная) трава́

herd [hз:d] ста́до

here [hıə] 1) здесь, тут 2) сюда́ ◊ ~ you are! вот, пожа́луйста!; **~by** ['hıə'baı] э́тим; при сём

hereditary [hı'redıtərı] насле́дственный

herein ['hıər'ın] в э́том; при сём

heresy ['herəsı] е́ресь

herewith ['hıə'wıð] при сём; настоя́щим

heritage ['herıtıdʒ] насле́дство

hermit ['hз:mıt] отше́льник

hero ['hıərəu] геро́й; **~ic** [hı'rəuık] геро́ический; геро́йский; **~ine** ['herəuın] герои́ня; **~ism** ['herəuızm] герои́зм

heron ['herən] ца́пля

herring ['herıŋ] сельдь

hers [hз:z] её

herself [hз:'self] 1) себя́; -ся 2) сама́

he's [hi:z] *разг.* = he is

hesitate ['hezıteıt] колеба́ться

hid [hıd] *past и p.p. от* hide I

hidden [hıdn] *p.p. от* hide I

hide I [haıd] (hid; hid, hidden) пря́тать(ся); скрыва́ть(ся)

hide II [haıd] шку́ра; **~bound** ['haıdbaund] ограни́ченный

hideous ['hıdıəs] безобра́зный, уро́дливый, стра́шный

high [haı] высо́кий ◊ ~ school сре́дняя шко́ла

highly ['haılı] весьма́

highway ['haıweı] больша́я доро́га; шоссе́

hill [hıl] холм

him [hım] ему́; его́

Himalaya(s), the [hımə'leıə(z)] Гимала́и

himself [hım'self] 1) себя́; -ся 2) сам

hinder ['hındə] меша́ть; препя́тствовать

hindrance ['hındrəns] поме́ха, препя́тствие

Hindu ['hın'du:] **1.** *a* инду́сский **2.** *n* инду́с

hinge [hındʒ] **1.** *n* петля́; шарни́р **2.** *v* 1) висе́ть, враща́ться на пе́тлях 2) *перен.* (on) зави́сеть (от)

hint [hınt] **1.** *n* намёк **2.** *v* намека́ть

hip [hıp] бедро́

hire ['haıə] нанима́ть; for ~ выдаётся напрока́т

his [hız] его́; свой

hiss [hıs] **1.** *n* шипе́ние; свист **2.** *v* 1) шипе́ть; свисте́ть 2) освиста́ть

historic(al) [hıs'tɔrık(əl)] истори́ческий

history ['hıstərı] исто́рия

hit [hıt] **1.** *v* (hit; hit) 1) ударя́ть 2) попада́ть **2.** *n* уда́ча; гвоздь (*сезона*); хит

hitherto ['hıðə'tu:] пре́жде, до сих пор

hive [haıv] у́лей

hoard [hɔ:d] **1.** *n* запа́с **2.** *v* запаса́ть; копи́ть

hoarfrost ['hɔ:'frɔst] и́ней

hoarse [hɔ:s] хри́плый

hoax [həuks] зла́я шу́тка, обма́н

hobby ['hɔbı] хо́бби

hockey ['hɔkı] хокке́й

hoe [həu] моты́га

hog [hɔg] свинья́; бо́ров

hoist [hɔıst] поднима́ть (*флаг, парус*)

hold I [həuld] (held; held) 1) держа́ть 2) вмеща́ть; содержа́ть (*в себе*); ~ **out** а) выде́рживать; б) протя́гивать; ~ **up** заде́рживать

hold II [həuld] трюм

hold-up ['həuldʌp] *разг.* налёт, ограбле́ние

hole [həul] 1) дыра́ 2) нора́

holiday ['hɔlədı] 1) пра́здник 2) о́тпуск 3) *pl* кани́кулы

Holland ['hɔlənd] Голла́ндия

hollow ['hɔləu] **1.** *a* 1) по́лый, пусто́й 2) впа́лый 3) глухо́й (*о звуке*) **2.** *n* 1) пустота́ 2) дупло́ 3) вы́боина **3.** *v* выда́лбливать

holy ['həulı] свяще́нный, свято́й

homage ['hɔmıdʒ]: do (pay) ~ воздава́ть по́чести, свиде́тельствовать почте́ние

home [həum] **1.** *n* жили́ще; дом; at ~ до́ма **2.** *a* 1) дома́шний 2) вну́тренний; Home Office министе́рство вну́тренних дел **3.** *adv* домо́й; **~less** ['həumlɪs] бездо́мный, бесприю́тный; **~sick** ['həumsɪk] тоску́ющий по ро́дине, по до́му

honest ['ɔnɪst] че́стный

honesty ['ɔnɪstɪ] че́стность

honey ['hʌnɪ] мёд; **~comb** [-kəum] со́ты; **~moon** [-mu:n] медо́вый ме́сяц

honour ['ɔnə] **1.** *n* 1) честь 2) почёт 3) *pl* по́чести **2.** *v* почита́ть; **~able** ['ɔnərəbl] 1) почётный 2) почте́нный 3) че́стный

hood [hud] 1) капюшо́н; ка́пор 2) *тех.* кры́шка, колпа́к

hoof [hu:f] копы́то

hook [huk] **1.** *n* крюк **2.** *v* 1) зацепля́ть 2) застёгивать (*на крючок*)

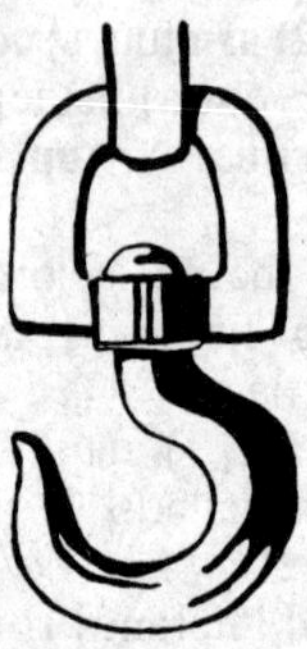

hoop [hu:p] о́бруч

hop I [hɔp] *бот.* хмель

hop II [hɔp] **1.** *v* скака́ть **2.** *n* прыжо́к

hope [həup] **1.** *n* наде́жда **2.** *v* наде́яться; **~ful** ['həupful] 1) наде́ющийся; оптимисти́чески настро́енный 2) подаю́щий наде́жды, мно́гообеща́ющий; **~less** ['həuplɪs] безнадёжный

horizon [hə'raɪzn] 1) горизо́нт 2) (у́мственный) кругозо́р

horizontal [hɔrɪ'zɔntəl] горизонта́льный

horn [hɔ:n] рог

horrible ['hɔrəbl] ужа́сный; отврати́тельный

horror ['hɔrə] у́жас

horse [hɔ:s] ло́шадь; **~back** ['hɔ:sbæk]: on ~back верхо́м; **~man** ['hɔ:smən] вса́дник; **~shoe** ['hɔ:sʃu:] подко́ва

hose [həuz] рука́в, шланг

hosiery ['həuʒərɪ] чуло́чные изде́лия; трикота́ж

hospitable ['hɔspɪtəbl] гостепри́имный

hospital ['hɔspɪtl] больни́ца; го́спиталь

host I [həust] хозя́ин

host II [həust] мно́жество; толпа́

hostage ['hɔstɪdʒ] зало́жник

hostess ['həustɪs] хозя́йка

hostile ['hɔstaɪl] вражде́бный

hostility [hɔs'tɪlɪtɪ] 1) вражде́бность 2) *pl* вое́нные де́йствия

hot [hɔt] 1) горя́чий, жа́ркий 2) пы́лкий

hotel [həu'tel] гости́ница, оте́ль

hothouse ['hɔthaus] оранжере́я; тепли́ца

hour ['auə] час

house 1. *n* [haus] 1) дом; ~ painter маля́р 2) пала́та; the House of Commons пала́та о́бщин; the House of Lords пала́та лордов **2.** *v* [hauz] 1) посели́ть 2) приюти́ть(ся)

household ['haushəuld] 1) семья́ 2) хозя́йство; **~er** [-ə] съёмщик (*дома, квартиры*)

housekeeper ['hauski:pə] эконо́мка

housemaid ['hausmeɪd] го́рничная

housewife ['hauswaɪf] дома́шняя хозя́йка

hover ['hɔvə] 1) пари́ть 2) верте́ться

how [hau] как?, каки́м о́бразом?; **~ever** [hau'evə] одна́ко; всё-таки, тем не ме́нее

howl [haul] **1.** *v* выть **2.** *n* вой

huge [hju:dʒ] огро́мный, грома́дный

hum [hʌm] жужжа́ть, гуде́ть

human ['hju:mən] челове́ческий

humane [hju:'meɪn] челове́чный, гума́нный

humanity [hju:'mænɪtɪ] 1) челове́чество 2) гума́нность

humble [hʌmbl] **1.** *a* 1) скро́мный 2) поко́рный, смире́нный **2.** *v* унижа́ть

humbug ['hʌmbʌg] обма́нщик, моше́нник

humiliate [hju:'mɪlɪeɪt] унижа́ть

humorous ['hju:mərəs] юмористи́ческий; заба́вный, смешно́й

humour ['hju:mə] 1) ю́мор 2) настрое́ние; out of ~ не в ду́хе

hump [hʌmp] горб

hunchback ['hʌntʃbæk] горбу́н

hundred ['hʌndrəd] сто; со́тня; **~th** [-θ] со́тый

hundredweight ['hʌndrədweɪt] це́нтнер

hung [hʌŋ] *past и p.p. от* hang

Hungarian [hʌŋ'geərɪən] **1.** *a* венге́рский **2.** *n* венгр

Hungary ['hʌŋgərɪ] Ве́нгрия

hunger ['hʌŋgə] го́лод

hungry ['hʌŋgrɪ] голо́дный

hunt [hʌnt] **1.** *n* охо́та **2.** *v* 1) охо́титься 2) гна́ться; **~ for** иска́ть

hunter ['hʌntə] охо́тник

hurl [hɜ:l] швыря́ть

Huron, Lake ['leɪk 'hju:ərən] о́зеро Гуро́н

hurrah [hu'rɑ:] ура́!

hurricane ['hʌrɪkən] урага́н

hurry ['hʌrɪ] **1.** *v* торопи́ть(ся); ~ up! скоре́е! **2.** *n* спе́шка; in a ~ второпя́х; I'm in a great ~ я о́чень спешу́

hurt [hɜ:t] (hurt; hurt) причиня́ть боль; *перен.* задева́ть

husband ['hʌzbənd] муж

husk [hʌsk] **1.** *n* шелуха́, скорлупа́; нару́жная оболо́чка **2.** *v* очища́ть от шелухи́

hush [hʌʃ] водворя́ть тишину́; ~! ти́ше!

hut [hʌt] хи́жина

hydrogen ['haɪdrɪdʒən] водоро́д

hydrophobia [haɪdrə'fəubjə] водобоя́знь, бе́шенство

hygienic [haɪ'dʒi:nɪk] гигиени́ческий

hyphen ['haɪfən] дефи́с

hypocrisy [hɪ'pɔkrəsɪ] лицеме́рие

hypocrite ['hɪpəkrɪt] лицеме́р

hysterical [hɪs'terɪkəl] истери́ческий

I

I [aɪ] я

ice [aɪs] 1) лёд 2) моро́женое; ~**berg** ['aɪsbɜ:g] а́йсберг; ~-**cream** ['aɪs'kri:m] моро́женое

Iceland ['aɪslənd] Исла́ндия

Icelander ['aɪsləndə] исла́ндец

Icelandic [aɪs'lændɪk] исла́ндский

icicle ['aɪsɪkl] сосу́лька

icy ['aɪsɪ] ледяно́й

I'd [aɪd] *разг.* = I should, I would, I had

Idaho ['aɪdəhəu] Айда́хо

idea [aɪ'dɪə] иде́я; представле́ние; мысль

ideal [aɪ'dɪəl] **1.** *a* идеа́льный **2.** *n* идеа́л

identical [aɪ'dentɪkəl] тожде́ственный

identify [aɪ'dentɪfaɪ] 1) отождествля́ть(ся) 2) опознава́ть

ideology [aɪdɪ'ɔlədʒɪ] идеоло́гия

idiot ['ɪdɪət] идио́т

idle [aɪdl] 1) пра́здный, лени́вый 2) тще́тный; бесполе́зный

idol [aɪdl] 1) и́дол 2) куми́р

i.e. ['aɪ'i:] (id est) то́ есть, а и́менно

if [ɪf] е́сли; if only е́сли бы; хотя́ бы; I don't know if he is here я не зна́ю, здесь ли он

ignorance ['ɪgnərəns] 1) неве́жество 2) незна́ние

ignorant ['ɪgnərənt] 1) неве́жественный 2) неосведомлённый; несве́дущий

ignore [ɪg'nɔ:] игнори́ровать; пренебрега́ть

ill [ɪl] больно́й; be ~ быть больны́м; fall ~ заболе́ть

ill-bred ['ıl'bred] невоспи́танный

illegal [ı'li:gəl] незако́нный, нелега́льный

Illinois [ılı'nɔı] Иллино́йс

illiterate [ı'lıtərıt] негра́мотный

illness ['ılnıs] боле́знь

illuminate [ı'lju:mıneıt] освеща́ть

illustrate ['ılustreıt] иллюстри́ровать

I'm [aım] *разг.* = I am

image ['ımıdʒ] о́браз; изображе́ние

imagination [ımædʒı'neıʃn] воображе́ние

imagine [ı'mædʒın] вообража́ть, представля́ть себе́

imitate ['ımıteıt] подража́ть

imitation [ımı'teıʃn] 1) подража́ние 2) имита́ция

immediately [ı'mi:djətlı] неме́дленно

immence [ı'mens] огро́мный, необъя́тный

immigrant ['ımıgrənt] иммигра́нт

imminent ['ımınənt] немину́емый; грозя́щий

immoral [ı'mɔrəl] безнра́вственный

immortal [ı'mɔ:tl] бессме́ртный

immunity [ı'mju:nıtı] неприкоснове́нность

impartial [ım'pɑ:ʃəl] беспристра́стный

impatience [ım'peıʃəns] нетерпе́ние

impatient [ım'peıʃənt] нетерпели́вый; be ~ to + *inf.* горе́ть жела́нием

impediment [ım'pedımənt] препя́тствие

impel [ım'pel] побужда́ть

impenetrable [ım'penıtrəbl] непроница́емый

imperative [ım'perətıv] **1.** *a* 1) повели́тельный 2) насу́щный (*о потребностях*) **2.** *n грам.* повели́тельное наклоне́ние

imperfect [ım'pə:fıkt] несоверше́нный

imperialism [ım'pıərıəlızm] империали́зм

imperialistic [ımpıərıə'lıstık] империалисти́ческий

impersonal [ım'pз:snəl] безли́чный (*тж. грам.*)

impertinence [ım'pз:tınəns] де́рзость

imperturbable [ımpз:'tз:bəbl] невозмути́мый, споко́йный

implement ['ımplımənt] ору́дие, инструме́нт

implore [ım'plɔ:] умоля́ть

imply [ım'plaı] подразумева́ть; намека́ть

import **1.** *v* [ım'pɔ:t] ввози́ть **2.** *n* ['ımpɔ:t] и́мпорт; ввоз

importance [ım'pɔ:təns] ва́жность, значи́тельность

important [ım'pɔ:tənt] ва́жный, значи́тельный

importunity [ımpɔ:'tju:nıtı] назо́йливость

impose [ım'pəuz] 1) налага́ть; облага́ть (*налогом, штрафом*) 2) навя́зывать; ~ **up(on)** злоупотребля́ть (*гостеприимством, доверием*)

impossible [ım'pɔsəbl] невозмо́жный; it is ~ невозмо́жно

impostor [ım'pɔstə] самозва́нец

impoverish [ɪm'pɔvərɪʃ] 1) доводи́ть до нищеты́ 2) истоща́ть

impress [ɪm'pres] 1) производи́ть впечатле́ние 2) внуша́ть

impression [ɪm'preʃn] 1) впечатле́ние 2) отпеча́ток

imprison [ɪm'prɪzn] заключа́ть в тюрьму́

improbable [ɪm'prɔbəbl] неправдоподо́бный; it is ~ маловероя́тно, вряд ли

improve [ɪm'pru:v] улучша́ть(ся), соверше́нствовать(ся); **~ment** [-mənt] улучше́ние, усоверше́нствование

impulse ['ɪmpʌls] побужде́ние; поры́в

impunity [ɪm'pju:nɪtɪ]: with ~ безнака́занно

in [ɪn] **1.** *prep* в, во **2.** *adv* внутри́; внутрь; is he in? он до́ма?

inability [ɪnə'bɪlɪtɪ] неспосо́бность

inaccessible [ɪnæk'sesəbl] недосту́пный

inadequate [ɪn'ædɪkwɪt] не отвеча́ющий тре́бованиям; недоста́точный

inasmuch [ɪnəz'mʌtʃ]: ~ as поско́льку; принима́я во внима́ние, что

inattentive [ɪnə'tentɪv] невнима́тельный

inaudible [ɪn'ɔ:dəbl] неслы́шный

inauguration [ɪnɔ:gju'reɪʃn] 1) торже́ственное откры́тие 2) инаугура́ция, торже́ственное вступле́ние в до́лжность

incapable [ɪn'keɪpəbl] (of) неспосо́бный (к)

incendiary [ɪn'sendɪərɪ] **1.** *a* зажига́тельный; ~ bomb зажига́тельная бо́мба **2.** *n* поджига́тель

incentive [ɪn'sentɪv] сти́мул, побужде́ние

incessant [ɪn'sesnt] непреры́вный, ве́чный

inch [ɪntʃ] дюйм

incident ['ɪnsɪdənt] слу́чай, происше́ствие; **~ally** [ɪnsɪ'dentəlɪ] ме́жду про́чим

incite [ɪn'saɪt] возбужда́ть; подстрека́ть

inclination [ɪnklɪ'neɪʃn] скло́нность

inclined [ɪn'klaɪnd] накло́нный; ~ to скло́нный

include [ɪn'klu:d] заключа́ть, содержа́ть, включа́ть

including [ɪn'klu:dɪŋ] включа́я, в том числе́

inclusive [ɪn'klu:sɪv] включа́ющий в себя́, содержа́щий

income ['ɪnkəm] дохо́д; **~-tax** [-tæks] подохо́дный нало́г

incomprehensible [ɪnkɔmprɪ'hensəbl] непоня́тный, непостижи́мый

inconsiderate [ɪnkən'sɪdərɪt] невнима́тельный (к други́м), нечу́ткий

inconsistent [ɪnkən'sɪstənt] непосле́довательный

inconvenient [ɪnkən'vi:njənt] неудо́бный

incorrect [ɪnkə'rekt] неве́рный, непра́вильный

increase **1.** *v* [ɪn'kri:s] увели́чивать(ся); уси́ливать(ся) **2.** *n* ['ɪnkri:s] возраста́ние; увеличе́ние; приро́ст

incredible [ɪn'kredəbl] невероя́тный

incumbent [ɪn'kʌmbənt]: it is ~ upon me мне прихо́дится, я обя́зан

incur [ɪn'kɜ:] подверга́ться чему́-л., навле́чь на себя́

incurable [ɪn'kjuərəbl] неизлечи́мый

indebted [ɪn'detɪd]: be ~ быть обя́занным, быть в долгу́

indecent [ɪn'di:snt] неприли́чный

indeed [ɪn'di:d] в са́мом де́ле, действи́тельно

indefinite [ɪn'defɪnɪt] 1) неопределённый 2) неограни́ченный

independence [ɪndɪ'pendəns] незави́симость

independent [ɪndɪ'pendənt] незави́симый

index ['ɪndeks] 1) указа́тель; и́ндекс 2) показа́тель

India ['ɪndɪə] И́ндия

Indian ['ɪndɪən] **1.** *a* 1) инди́йский 2) инде́йский ◊ ~ summer "ба́бье ле́то" **2.** *n* 1) инди́ец 2) инде́ец

Indiana [ɪndɪ'ænə] Индиа́на

Indian Ocean ['ɪndɪən'əuʃn] Инди́йский океа́н

indicate ['ɪndɪkeɪt] 1) ука́зывать; пока́зывать 2) тре́бовать (*лечения*)

indicative [ɪn'dɪkətɪv] *грам.* изъяви́тельное наклоне́ние

indict [ɪn'daɪt] предъявля́ть обвине́ние

indifference [ɪn'dɪfrəns] равноду́шие, безразли́чие

indifferent [ɪn'dɪfrənt] равноду́шный, безразли́чный

indignant [ɪn'dɪgnənt] негоду́ющий, возмущённый

indignation [ɪndɪg'neɪʃn] негодова́ние, возмуще́ние

indirect [ɪndɪ'rekt] ко́свенный

indiscreet [ɪndɪs'kri:t] 1) неосторо́жный 2) нескро́мный; ~ question нескро́мный вопро́с

indispensable [ɪndɪs'pensəbl] необходи́мый; обяза́тельный; nobody is ~! незамени́мых люде́й нет!

individual [ɪndɪ'vɪdjuəl] **1.** *a* 1) ли́чный; индивидуа́льный 2) отде́льный **2.** *n* 1) индиви́дуум 2) челове́к

indivisible [ɪndɪ'vɪzəbl] недели́мый

Indonesia [ɪndəu'ni:zjə] Индоне́зия

indoors ['ɪn'dɔ:z] до́ма, в помеще́нии

induce [ɪn'dju:s] 1) убежда́ть 2) побужда́ть

indulge [ɪn'dʌldʒ] 1) потво́рствовать, балова́ть 2) (in) предава́ться (удово́льствиям)

industrial [ɪn'dʌstrɪəl] промы́шленный; произво́дственный

industrious [ɪn'dʌstrɪəs] трудолюби́вый, приле́жный

industry ['ɪndəstrɪ] 1) промы́шленность 2) прилежа́ние

inefficient [ɪnɪ'fɪʃənt] 1) неспосо́бный; неуме́лый 2) неэффекти́вный

inertia [ɪ'nɜːʃɪə] 1) ине́рция 2) ине́ртность

inevitable [ɪn'evɪtəbl] неизбе́жный

inexorable [ɪn'eksərəbl] неумоли́мый

inexplicable [ɪn'eksplɪkəbl] необъясни́мый

infant ['ɪnfənt] младе́нец

infantry ['ɪnfəntrɪ] пехо́та

infect [ɪn'fekt] заража́ть; **~ious** [ɪn'fekʃəs] зара́зный

infer [ɪn'fɜː] заключа́ть, де́лать вы́вод

inferior [ɪn'fɪərɪə] 1) ни́зший (*по чину, положению*) 2) плохо́й; ху́дший (*по качеству*)

infinite ['ɪnfɪnɪt] безграни́чный, бесконе́чный

infinitive [ɪn'fɪnɪtɪv] *грам.* неопределённая фо́рма глаго́ла

inflammation [ɪnflə'meɪʃn] воспале́ние

inflict [ɪn'flɪkt] 1) наноси́ть (*удар*) 2) налага́ть (*взыскание*) 3) причиня́ть (*боль, горе и т. п.*)

influence ['ɪnfluəns] **1.** *n* влия́ние **2.** *v* влия́ть

inform [ɪn'fɔːm] 1) сообща́ть; уведомля́ть 2) доноси́ть (*на кого-л.*)

informal [ɪn'fɔːməl] неофициа́льный

information [ɪnfə'meɪʃn] сообще́ние; све́дения

ingenious [ɪn'dʒiːnjəs] 1) изобрета́тельный; остроу́мный 2) нахо́дчивый

ingenuous [ɪn'dʒenjuəs] 1) бесхи́тростный, простоду́шный 2) и́скренний

ingratitude [ɪn'grætɪtjuːd] неблагода́рность

ingredient [ɪn'griːdjənt] составна́я часть, ингредие́нт

inhabit [ɪn'hæbɪt] жить, обита́ть; **~ant** [-ənt] жи́тель

inhale [ɪn'heɪl] вдыха́ть

inherit [ɪn'herɪt] (у)насле́довать; **~ance** [-əns] насле́дство

inhuman [ɪn'hjuːmən] бесчелове́чный

initial [ɪ'nɪʃəl] **1.** *a* (перво)нача́льный **2.** *n pl* инициа́лы

initiative [ɪ'nɪʃɪətɪv] почи́н, инициати́ва

injure ['ɪndʒə] 1) повреди́ть; ра́нить 2) оскорби́ть

injury ['ɪndʒərɪ] 1) поврежде́ние; вред 2) оскорбле́ние; оби́да

injustice [ɪn'dʒʌstɪs] несправедли́вость

ink [ɪŋk] черни́ла; **~-pot** ['ɪŋkpɔt], **~stand** ['ɪŋkstænd] черни́льница

inland **1.** *a* ['ɪnlənd] вну́тренний **2.** *adv* [ɪn'lænd] внутрь; внутри́ страны́

inn [ɪn] гости́ница, постоя́лый двор

inner ['ɪnə] 1) вну́тренний 2) скры́тый; ~ meaning скры́тый смысл

innocence ['ɪnəsns] 1) неви́нность 2) *юр.* невино́вность

innocent ['ɪnəsnt] 1) неви́нный 2) *юр.* невино́вный

innovation [ɪnəu'veɪʃn] но́вшество

innumerable [ɪ'njuːmərəbl] бесчи́сленный

inoculation [ɪnɔkju'leɪʃn] приви́вка

inquest ['ɪnkwest] *юр.* сле́дствие

inquire [ɪn'kwaɪə] 1) спра́шивать; справля́ться, осведомля́ться 2) (into) иссле́довать, разузнава́ть

inquiry [ɪn'kwaɪərɪ] 1) запро́с 2) рассле́дование; ~ **office** [-'ɔfɪs] спра́вочное бюро́

inquisitive [ɪn'kwɪzɪtɪv] любопы́тный

insane [ɪn'seɪn] душевнобольно́й, ненорма́льный

inscription [ɪn'skrɪpʃn] на́дпись

insect ['ɪnsekt] насеко́мое

insecure [ɪnsɪ'kjuə] ненадёжный, небезопа́сный

inseparable [ɪn'sepərəbl] неотдели́мый; неразлу́чный

insert [ɪn'sɜ:t] 1) вставля́ть 2) помеща́ть (*в газете*)

inside ['ɪn'saɪd] **1.** *n* вну́тренняя сторона́; вну́тренность; изна́нка; ~ out наизна́нку **2.** *a* вну́тренний ◊ ~ information секре́тные све́дения **3.** *adv* внутри́, внутрь

insignificant [ɪnsɪg'nɪfɪkənt] незначи́тельный; ничто́жный

insincere [ɪnsɪn'sɪə] нейскренний

insipid [ɪn'sɪpɪd] безвку́сный; бесцве́тный

insist [ɪn'sɪst] наста́ивать

insolent ['ɪnsələnt] на́глый, де́рзкий; оскорби́тельный

inspect [ɪn'spekt] 1) осма́тривать 2) инспекти́ровать; ~**ion** [ɪn'spekʃn] 1) осмо́тр 2) инспе́кция; ~ **or** [-ə] контролёр; инспе́ктор

inspiration [ɪnspə'reɪʃn] вдохнове́ние

inspire [ɪn'spaɪə] 1) вдохновля́ть 2) внуша́ть 3) инспири́ровать

install [ɪn'stɔ:l] 1) водворя́ть; устра́ивать 2) устана́вливать

instalment [ɪn'stɔ:lmənt] 1) очередно́й взнос; by ~s в рассро́чку 2) вы́пуск, се́рия (*об издании*)

instance ['ɪnstəns] приме́р; for ~ наприме́р

instant ['ɪnstənt] мгнове́ние; this ~ сейча́с же; ~**ly** [-lɪ] неме́дленно, сейча́с же

instead [ɪn'sted] вме́сто; взаме́н; ~ of вме́сто того́ что́бы

instinct ['ɪnstɪŋkt] инсти́нкт

institute ['ɪnstɪtju:t] институ́т, учрежде́ние

institution [ɪnstɪ'tju:ʃn] 1) учрежде́ние 2) установле́ние

instruct [ɪn'strʌkt] учи́ть, инструкти́ровать; ~**ion** [ɪn'strʌkʃn] инстру́кция; ~**or** [-ə] инстру́ктор

instrument ['ınstrumənt] инструме́нт; ору́дие; прибо́р

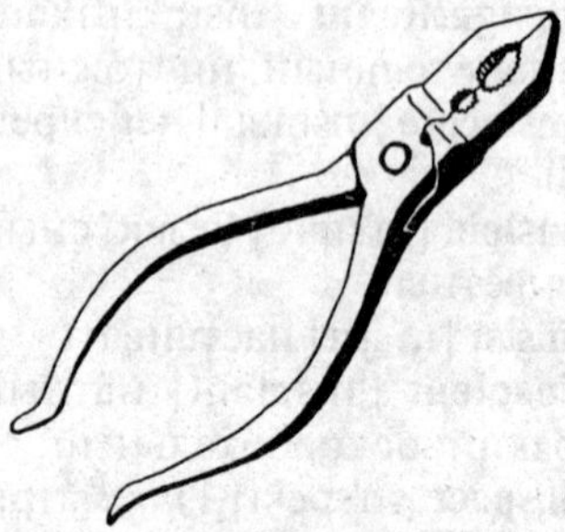

insult 1. *n* ['ınsʌlt] оскорбле́ние **2.** *v* [ın'sʌlt] оскорбля́ть

insurance [ın'ʃuərəns] страхова́ние

insure [ın'ʃuə] страхова́ть

insurrection [ınsə'rekʃn] восста́ние

intellect ['ıntılekt] ум, интелле́кт; **~ual** [ıntı'lektjuəl] интеллектуа́льный; у́мственный

intelligence [ın'telıdʒəns] 1) ум; поня́тливость 2) све́дения ◊ ~ service разве́дывательная слу́жба, разве́дка

intelligent [ın'telıdʒənt] 1) развито́й, у́мный 2) толко́вый, смышлёный

intend [ın'tend] намерева́ться; **~ed** [-ıd] предназна́ченный, предполага́емый

intense [ın'tens] 1) си́льный 2) крайне напряжённый; интенси́вный

intensify [ın'tensıfaı] уси́ливать(ся)

intention [ın'tenʃn] наме́рение; у́мысел; **~al** [-əl] умы́шленный

intercept [ıntə'sept] перехва́тывать

interchange 1. *v* [ıntə'tʃeındʒ] 1) обме́нивать(ся) 2) чередова́ться **2.** *n* ['ıntə'tʃeındʒ] 1) обме́н 2) сме́на, чередова́ние

interest ['ıntrıst] **1.** *n* 1) интере́с 2) *эк.* проце́нт **2.** *v* интересова́ть; заинтересо́вывать; **~ing** [-ıŋ] интере́сный

interfere [ıntə'fıə] 1) вме́шиваться 2) помеша́ть; **~nce** [ıntə'fıərəns] 1) вмеша́тельство 2) поме́ха

interior [ın'tıərıə] **1.** *a* вну́тренний **2.** *n* 1) вну́тренность 2) вну́тренние о́бласти страны́

interjection [ıntə'dʒekʃn] 1) восклица́ние 2) *грам.* междоме́тие

intermediary [ıntə'mi:djərı] **1.** *n* посре́дник **2.** *a* промежу́точный

internal [ın'tз:nəl] вну́тренний

international [ıntə'næʃnəl] междунаро́дный; интернациона́льный; **~ism** [ıntə'næʃnəlızm] интернационали́зм

Internet ['ıntənet] Интерне́т

interpret [ın'tз:prıt] 1) переводи́ть (*устно*) 2) объясня́ть, толкова́ть; **~ation** [ıntз:prı'teıʃn] толкова́ние; интерпрета́ция; **~er** [-ə] перево́дчик (*устный*)

interrogate [ın'terəgeıt] 1) спра́шивать 2) допра́шивать

interrupt [ıntə'rʌpt] прерыва́ть

interval ['ıntəvəl] 1) промежу́ток; интерва́л 2) па́уза; переры́в; переме́на; антра́кт

intervene [ıntə'vi:n] вме́шиваться

intervention [ıntə'venʃn] 1) интерве́нция 2) вмеша́тельство

interview ['ıntəvju:] **1.** *n* 1) свида́ние; бесе́да 2) интервью́ **2.** *v* име́ть бесе́ду, интервью́

intimacy ['ıntıməsı] инти́мность; бли́зость

intimate ['ıntımıt] инти́мный; бли́зкий; ~ knowledge бли́зкое знако́мство

into ['ıntu] в, во

intolerable [ın'tɔlərəbl] невыноси́мый, нестерпи́мый

intolerant [ın'tɔlərənt] нетерпи́мый

intoxicate [ın'tɔksıkeıt] опьяня́ть; возбужда́ть

intransitive [ın'trænsıtıv] *грам.* неперехо́дный (*о глаголе*)

intrepid [ın'trepıd] бесстра́шный

intricate ['ıntrıkıt] запу́танный

intrigue [ın'tri:g] интри́га

introduce [ıntrə'dju:s] 1) вноси́ть на обсужде́ние (*вопрос и т. п.*) 2) вводи́ть 3) представля́ть, знако́мить

introduction [ıntrə'dʌkʃn] 1) предисло́вие 2) введе́ние чего́-л.

intrude [ın'tru:d] 1) вторга́ться; вме́шиваться 2) навя́зываться

invade [ın'veıd] 1) вторга́ться 2) нахлы́нуть

invader [ın'veıdə] захва́тчик; оккупа́нт

invalid I ['ınvəli:d] больно́й, инвали́д

invalid II [ın'vælıd] *юр.* недействи́тельный

invaluable [ın'væljuəbl] неоцени́мый

invasion [ın'veıʒn] вторже́ние, наше́ствие

invent [ın'vent] 1) изобрета́ть 2) выду́мывать; **~ion** [ın'venʃn] 1) изобрете́ние 2) вы́думка; **~or** [-ə] изобрета́тель

inventory ['ınvəntrı] о́пись

invest [ın'vest] вкла́дывать, инвести́ровать (*капитал*)

investigate [ın'vestıgeıt] 1) иссле́довать 2) рассле́довать

investment [ın'vestmənt] (капитало)вложе́ние

inveterate [ın'vetərıt] закорене́лый; an ~ smoker working зая́длый кури́льщик; an ~ foe закля́тый враг

invisible [ın'vızəbl] неви́димый

invitation [ınvı'teıʃn] приглаше́ние

invite [ın'vaıt] приглаша́ть

involuntary [ın'vɔləntərı] нево́льный

involve [ın'vɔlv] вовлека́ть; запу́тывать

Iowa ['aıəuə] Айо́ва

Iran [ı'rɑ:n] Ира́н

Iraq [ı'rɑ:k] Ира́к

Ireland ['aıələnd] Ирла́ндия

iris ['aıərıs] 1) ра́дужная оболо́чка (*гла́за*) 2) *бот.* и́рис

Irish ['aıərıʃ] **1.** *a* ирла́ндский **2.** *n:* the ~ ирла́ндцы; **~man** [-mən] ирла́ндец

iron ['aıən] **1.** *n* 1) желе́зо 2) утю́г **2.** *a* желе́зный **3.** *v* гла́дить, утю́жить; **~clad** [klæd] брони́рованный

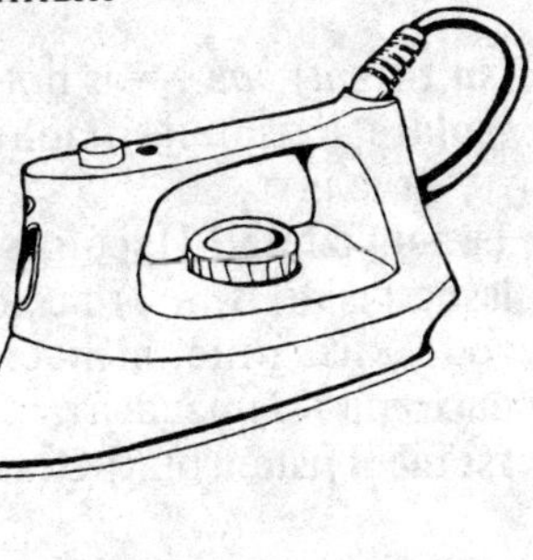

ironical [aɪ'rɔnɪkəl] ирони́ческий

irregular [ɪ'regjulə] 1) непра́вильный 2) беспоря́дочный 3) неро́вный 4) несимметри́чный

irrelevant [ɪ'relɪvənt] неуме́стный, нену́жный; that's ~ э́то к де́лу не отно́сится

irresistible [ɪrɪ'zɪstəbl] неотрази́мый, непреодоли́мый

irresolute [ɪ'rezəlu:t] нереши́тельный

irresponsible [ɪrɪs'pɔnsəbl] безотве́тственный

irrigation [ɪrɪ'geɪʃn] ороше́ние

irritate ['ɪrɪteɪt] раздража́ть

is [ɪz] *3 л. ед. ч. наст. вр. гл.* be

island ['aɪlənd] о́стров

isle [aɪl] остров(о́к)

isn't [ɪznt] *разг.* = is not

isolate ['aɪsəleɪt] изоли́ровать, отделя́ть

Israel ['ɪzreɪəl] Изра́иль

issue ['ɪsju:] **1.** *n* 1) вы́ход 2) исхо́д 3) изда́ние, вы́пуск **2.** *v* 1) выходи́ть 2) издава́ть

Istanbul [ɪstæn'bu:l] Стамбу́л

isthmus ['ɪsməs] переше́ек

it [ɪt] 1) он, она́, оно́ 2) э́то

Italian [ɪ'tæljən] **1.** *a* италья́нский **2.** *n* италья́нец

italics [ɪ'tælɪks] *pl* курси́в

Italy ['ɪtəlɪ] Ита́лия

itch [ɪtʃ] зуд

item ['aɪtəm] 1) пункт, пара́граф; статья́; предме́т (*в списке*) 2) но́мер програ́ммы

its [ɪts] его́, её; свой

it's [ɪts] *разг.* = it is

itself [ɪt'self] 1) себя́; -ся 2) само́, сам, сама́

I've [aɪv] *разг.* = I have

ivory ['aɪvərɪ] слоно́вая кость

ivy ['aɪvɪ] плющ

J

jack [dʒæk] домкра́т

jackal ['dʒækɔ:l] шака́л

jackdaw ['dʒækdɔ:] га́лка

jacket ['dʒækɪt] 1) жаке́т, ку́ртка 2) суперобло́жка

jail [dʒeɪl] тюрьма́; **~er** ['dʒeɪlə] тюре́мщик

jam I [dʒəm] **1.** *n* про́бка, зато́р (*уличного движения*) **2.** *v* 1) зажима́ть, сжима́ть 2) *радио* заглуша́ть

jam II [dʒæm] пови́дло, джем, варе́нье

Jamaica [dʒə'meɪkə] Яма́йка

janitor ['dʒænɪtə] 1) швейца́р 2) сто́рож; дво́рник

January ['dʒænjuərɪ] янва́рь

Japan [dʒə'pæn] Япо́ния

Japanese [dʒæpə'ni:z] **1.** *a* япо́нский **2.** *n* япо́нец

jar [dʒɑ:] ба́нка

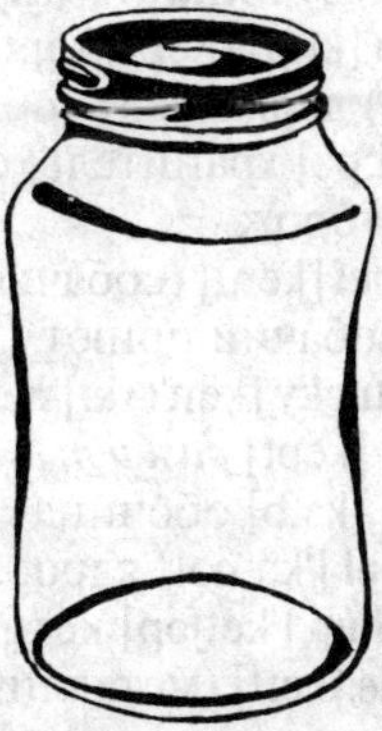

jaw [dʒɔ:] че́люсть

jealous ['dʒeləs] ревни́вый; **~y** [-ɪ] ре́вность

jeer [dʒɪə] высме́ивать; насмеха́ться

jelly ['dʒelɪ] 1) желе́ 2) сту́день

jeopardize ['dʒepədaɪz] подверга́ть опа́сности, рискова́ть

jerk [dʒɜ:k] **1.** *n* 1) ре́зкий толчо́к 2) подёргивание **2.** *v* ре́зко толка́ть, дёргать

Jerusalem [dʒə'ru:sələm] Иерусали́м

jest [dʒest] **1.** *n* шу́тка; half in ~ полушутли́во **2.** *v* шути́ть; высме́ивать

jet [dʒet] струя́ (*воды, пара, газа*)

Jew [dʒu:] евре́й

jewel ['dʒu:əl] драгоце́нный ка́мень; **~ler** [-ə] ювели́р; **~lery** [-rɪ] драгоце́нности

Jewish ['dʒu:ɪʃ] евре́йский

job [dʒɔb] рабо́та, слу́жба

join [dʒɔɪn] 1) свя́зывать(ся); соединя́ть(ся) 2) присоединя́ть(ся) 3) вступа́ть, поступа́ть

joiner ['dʒɔɪnə] пло́тник; столя́р

joint [dʒɔɪnt] **1.** *a* соединённый; совме́стный **2.** *n* суста́в

joke [dʒəuk] **1.** *n* шу́тка **2.** *v* шути́ть

jolly ['dʒɔlɪ] 1) весёлый 2) *разг.* сла́вный

Jordan ['dʒɔ:dn] Иорда́ния

journal ['dʒɜ:nəl] журна́л; **~ist** [-ɪst] журнали́ст

journey ['dʒɜ:nɪ] путеше́ствие; пое́здка

joy [dʒɔɪ] ра́дость; **~ful** ['dʒɔɪful], **~ous** ['dʒɔɪəs] ра́достный, весёлый

jubilee ['dʒu:bɪli:] юбиле́й

judge [dʒʌdʒ] **1.** *n* 1) судья́ 2) знато́к **2.** *v* суди́ть; **~ment** ['dʒʌdʒmənt] 1) пригово́р 2) сужде́ние

jug [dʒʌg] кувши́н

juice [dʒu:s] сок

juicy ['dʒu:sɪ] со́чный

July [dʒu:'laɪ] ию́ль

jump [dʒʌmp] **1.** *v* пры́гать **2.** *n* прыжо́к

jumper ['dʒʌmpə] дже́мпер

junction [dʒʌŋkʃn] 1) соедине́ние 2) *ж.-д.* у́зел

June [dʒu:n] ию́нь

jungle [dʒʌŋgl] джу́нгли

junior ['dʒu:njə] мла́дший

jury ['dʒuərɪ] 1) прися́жные 2) жюри́

just I [dʒʌst] справедли́вый

just II [dʒʌst] 1) то́чно, как раз 2) то́лько что; ~ now сейча́с; то́лько что

justice ['dʒʌstɪs] 1) справедли́вость; do ~ воздава́ть до́лжное (*человеку*) 2) правосу́дие

justify ['dʒʌstɪfaɪ] опра́вдывать

jute [dʒu:t] джут

juvenile ['dʒu:vɪnaɪl] ю́ный, ю́ношеский

K

Kabul [kə'bu:l] Ка́бул

Kansas ['kænzəs] Канза́с

keel [ki:l] киль

keen [ki:n] 1) о́стрый 2) прони́зывающий 3) си́льный, ре́зкий 4) проница́тельный (*об уме, взгляде*) 5) то́нкий (*о слухе*)

keep [ki:p] (kept; kept) 1) храни́ть 2) держа́ть 3) соблюда́ть; **~er** ['ki:pə] храни́тель; смотри́тель; сто́рож

kennel [kenl] (соба́чья) конура́; *pl* соба́чий прию́т

Kentucky [ken'tʌkɪ] Кенту́кки

kept [kept] *past и p. p. от* keep

kerb [kз:b] обо́чина

kernel ['kз:nəl] ядро́, зерно́

ketchup ['ketʃəp] ке́тчуп

kettle [ketl] (металли́ческий) ча́йник

key [ki:] 1) ключ 2) кла́виша; **~hole** ['ki:həul] замо́чная сква́жина

Khart(o)um [kɑ:'tu:m] Харту́м

kick [kɪk] **1.** *v* ляга́ть, толка́ть (*ногой*); брыка́ться **2.** *n* пино́к

kid [kɪd] 1) козлёнок 2) *разг.* малы́ш; **~-gloves** ['kɪdglʌvz] *pl* ла́йковые перча́тки

kidnap ['kɪdnæp] похища́ть (*человека*)

kidnapping ['kɪdnæpɪŋ] похище́ние (*людей*)

kidney ['kɪdnɪ] *анат.* по́чка

Kiev ['ki:ev] Ки́ев

kill [kɪl] убива́ть

Kinchasa [kɪn'ʃɑ:sɑ:] Кинша́са

kind I [kaɪnd] до́брый; любе́зный; you are very ~ о́чень любе́зно с ва́шей стороны́

kind II [kaɪnd] 1) род 2) сорт

kindly ['kaɪndlɪ] **1.** *a* до́брый; доброду́шный **2.** *adv* ла́сково; любе́зно

kindness ['kaɪndnɪs] доброта́

king [kɪŋ] коро́ль; **~dom** ['kɪŋdəm] короле́вство, ца́рство

kiss [kɪs] **1.** *n* поцелу́й **2.** *v* целова́ть

kitchen ['kɪtʃɪn] ку́хня; ~ garden огоро́д

kite [kaɪt] бума́жный змей

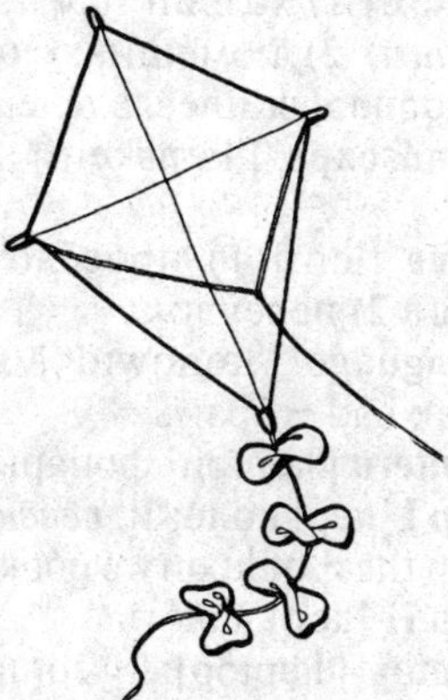

kitten [kɪtn] котёнок

Klondike ['klɔndaɪk] Кло́нда́йк

knave [neɪv] 1) плут 2) *карт.* вале́т

knee [ni:] коле́но

kneel [ni:l] (knelt; knelt) 1) станови́ться на коле́ни 2) (to) стоя́ть на коле́нях (*перед кем-л.*)

knelt [nelt] *past и p.p. от* kneel

knew [nju:] *past от* know

knife [naɪf] нож

knight [naɪt] 1) ры́царь 2) *шахм.* конь

knit [nɪt] 1) вяза́ть 2): ~ one's brows хму́рить бро́ви

knock [nɔk] **1.** *n* стук **2.** *v* стуча́ть; ~ **down** сбива́ть с ног

knot [nɔt] **1.** *n* у́зел **2.** *v* завя́зывать у́зел

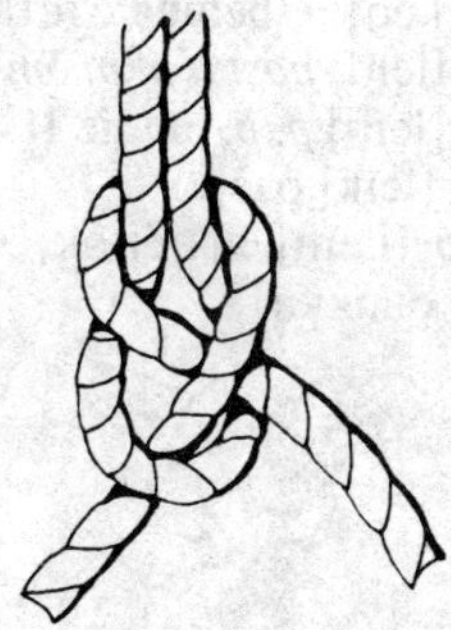

know [nəu] (knew; known) 1) знать; быть знако́мым 2) узнава́ть

knowledge ['nɔlɪdʒ] зна́ние

known [nəun] **1.** *p. p. от* know **2.** *a* изве́стный

Konakri ['kɔnəkrɪ] Ко́накри

Korea [kə'rɪə] Коре́я

Korean [kə'rɪən] **1.** *a* коре́йский **2.** *n* коре́ец

L

label [leɪbl] **1.** *n* ярлы́к; этике́тка **2.** *v* накле́ивать ярлы́к

laboratory [lə'bɔrətərɪ] лаборато́рия

labour ['leɪbə] **1.** *n* 1) труд; рабо́та 2) рабо́чий класс ◊ Labour Party лейбори́стская па́ртия **2.** *v* труди́ться, рабо́тать

lace [leɪs] 1) кру́жево 2) шнуро́к

lack [læk] **1.** *n* отсу́тствие, недоста́ток **2.** *v* недостава́ть

lad [læd] па́рень

ladder ['lædə] ле́стница (*приставная*)

lady ['leɪdɪ] да́ма, ле́ди

ladybird [leɪdɪbɜ:d] бо́жья коро́вка

lag [læg]: ~ **behind** отстава́ть

laid [leɪd] *past и p. p. от* lay II

lain [leɪn] *p. p. от* lie II

lake [leɪk] о́зеро

lamb [læm] ягнёнок; *перен.* а́гнец, ове́чка

lame [leɪm] 1) хромо́й 2) неубеди́тельный; ~ excuse сла́бое оправда́ние

lamp [læmp] ла́мпа; **~shade** ['læmpʃeɪd] абажу́р

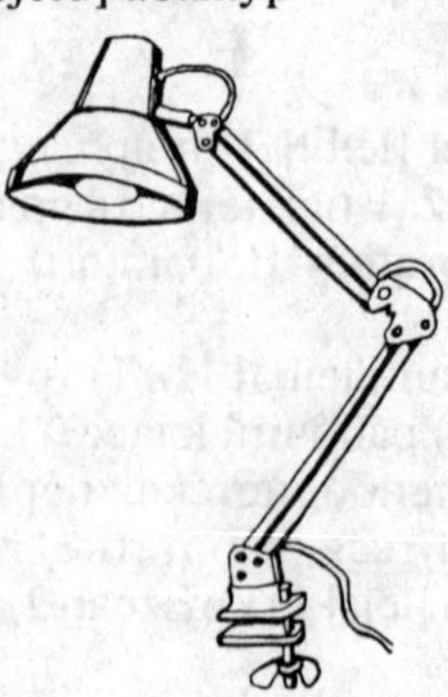

land [lænd] **1.** *n* 1) земля́, су́ша 2) страна́ **2.** *v* 1) выса́живаться на бе́рег 2) приземля́ться; **~lady** ['lænleɪdɪ] хозя́йка (*дома, гостиницы*); **~lord** ['lænlɔ:d] 1) хозя́ин (*дома, гостиницы*) 2) поме́щик; **~owner** ['lændəunə] землевладе́лец

landscape ['lænskeɪp] пейза́ж

lane [leɪn] 1) просёлочная доро́га 2) переу́лок

language ['læŋgwɪdʒ] язык (*речь*); bad ~ брань

lantern ['læntən] фона́рь

lap I [læp] коле́ни; *перен.* ло́но; in the ~ of luxury в ро́скоши

lap II [læp] лака́ть

laptop ['læptɔp]: ~ computer портати́вный компью́тер

lard [lɑ:d] топлёное свино́е са́ло

large [lɑ:dʒ] **1.** *a* большо́й; кру́пный **2.** *n:* at ~ на свобо́де

lark [lɑ:k] жа́воронок

laser ['leɪzə] ла́зер

lash [læʃ] **1.** *v* хлеста́ть; удари́ть **2.** *n* плеть

lass [læs] де́вушка

last I [lɑ:st] **1.** *a* 1) после́дний 2) про́шлый **2.** *n:* at ~ наконе́ц; to the ~ до конца́

last II [lɑ:st] 1) дли́ться 2) сохраня́ться; хвата́ть; that'll ~ me for a week мне хва́тит э́того на неде́лю

latch [lætʃ] задви́жка, щеко́лда; **~key** ['lætʃki:] ключ от кварти́ры

late [leɪt] **1.** *a* 1) по́здний; запозда́вший; be ~ опозда́ть 2) неда́вний, после́дний **2.** *n:* the ~ поко́йный, у́мерший ◊ of ~

недáвно; за послéднее врéмя **3.** *adv* пóздно; **~ly** ['leɪtlɪ] за послéднее врéмя

later ['leɪtə] **1.** *a* бóлее пóздний **2.** *adv* пóзже, потóм

latitude ['lætɪtju:d] *геогр.* широтá

latter ['lætə] 1) послéдний 2) недáвний

laugh [lɑ:f] **1.** *v* смея́ться **2.** *n* смех; **~ter** ['lɑ:ftə] смех

laundry ['lɔ:ndrɪ] прáчечная

laurel ['lɔrəl] 1) лавр 2) *pl* лáвры

lavatory ['lævətərɪ] туалéт, убóрная

law [lɔ:] закóн; прáво

lawn I [lɔ:n] газóн

lawn II [lɔ:n] батúст

lawyer [lɔ:jə] адвокáт; юрúст

lay I [leɪ] *past от* lie II

lay II [leɪ] (laid; laid) класть; положúть

laziness ['leɪzɪnɪs] лень

lazy ['leɪzɪ] ленúвый

lead I [li:d] (led; led) 1) вестú 2) руководúть

lead II [led] 1) свинéц 2) грúфель

leader ['li:də] 1) вождь; руководúтель 2) передовáя статья́; **~ship** [-ʃɪp] руковóдство

leaf [li:f] 1) лист 2) странúца

league [li:g] лúга, сою́з

leak [li:k] **1.** *n* течь **2.** *v* протекáть, просáчиваться

lean I [li:n] (leaned, leant; leaned, leant) 1) наклоня́ть(ся) 2) прислоня́ть(ся)

lean II [li:n] худощáвый, тóщий

leant [lent] *past и p. p. от* lean I

leap [li:p] **1.** *v* (leapt, leaped; leapt, leaped) пры́гать **2.** *n* прыжóк

leapt [lept] *past и p. p. от* leap 1

leap-year ['li:pjз:] високóсный год

learn [lз:n] (learnt, learned; learnt, learned) 1) учúть; учúться 2) узнавáть

learnt [lз:nt] *past и p. p. от* learn

lease [li:s] **1.** *n* арéнда **2.** *v* сдавáть; брать в арéнду

least [li:st] **1.** *a* наимéньший **2.** *adv* наимéнее **3.** *n* (the) сáмое мéньшее ◊ at ~ по крáйней мéре; not in the ~ ничýть

leather ['leðə] **1.** *n* кóжа **2.** *a* кóжаный

leave I [li:v] (left; left) 1) покидáть 2) оставля́ть 3) уезжáть; ~ out пропускáть

leave II [li:v] 1) разрешéние 2) óтпуск 3): take ~ (of) прощáться (*с кем-л., чем-л.*)

leaves [li:vz] *pl от* leaf

lecture [lektʃə] **1.** *n* лéкция **2.** *v* читáть лéкции

led [led] *past и p. p. от* lead I

leech [li:tʃ] пия́вка

Leeds [li:dz] Лидс

left I [left] *past и p. p. от* leave I

left II [left] **1.** *a* лéвый **2.** *adv* налéво; слéва

leg [leg] 1) ногá 2) нóжка (*стола и т.п.*)

legacy ['legəsɪ] наслéдство

legal ['li:gəl] 1) юридúческий 2) закóнный

legend ['ledʒənd] 1) легéнда 2) нáдпись

legible ['ledʒəbl] разбóрчивый, чёткий

legislation [ledʒɪs'leɪʃn] законода́тельство

legislature ['ledʒɪsleɪtʃə] законода́тельная власть

legitimate [lɪ'dʒɪtɪmɪt] зако́нный

leisure ['leʒə] досу́г; **~ly** [-lɪ] неторопли́вый

lemon ['lemən] лимо́н; **~ade** [lemə'neɪd] лимона́д

lend [lend] (lent; lent) дава́ть взаймы́

length [leŋθ] длина́ ◊ at ~ наконе́ц; at great ~ подро́бно; **~en** [-n] удлиня́ть(ся)

lens [lenz] ли́нза

lent [lent] *past и p. p. от* lend

leopard ['lepəd] леопа́рд

less [les] **1.** *a* ме́ньший **2.** *adv* ме́ньше, ме́нее; ~ **en** [-n] уменьша́ть(ся)

lesson [lesn] уро́к

let [let] (let; let) 1) дава́ть; позволя́ть; пуска́ть 2) *в повелительном наклонении как вспомогат. глагол:* ~'s go пойдёмте 3) сдава́ть внаём; ~ **in** впуска́ть; ~ **out** выпуска́ть ◊ ~ *smb.* know сообща́ть; ~ alone оставля́ть в поко́е

letter ['letə] 1) бу́ква 2) письмо́ 3) *pl* литерату́ра

lettuce ['letɪs] сала́т (*растение*)

level [levl] **1.** *n* у́ровень **2.** *a* ро́вный

levy ['levɪ] сбор (нало́гов)

liable ['laɪəbl] (to) 1) подве́рженный 2) обя́занный

liar ['laɪə] лгун

libel ['laɪbəl] **1.** *n* клевета́ **2.** *v* клевета́ть

liberal ['lɪbərəl] **1.** *a* 1) либера́льный 2) ще́дрый **2.** *n* либера́л

liberate ['lɪbəreɪt] освобожда́ть

liberty ['lɪbətɪ] свобо́да

library ['laɪbrərɪ] библиоте́ка

lice [laɪs] *pl от* louse

licence ['laɪsəns] разреше́ние; лице́нзия

lick [lɪk] лиза́ть

lid [lɪd] кры́шка

lie I [laɪ] **1.** *n* ложь **2.** *v* лгать

lie II [laɪ] (lay; lain) лежа́ть; ~ **down** ложи́ться

lieutenant [lef'tenənt] лейтена́нт

life [laɪf] жизнь

lift [lɪft] **1.** *v* поднима́ть **2.** *n* 1) лифт 2): give a ~ подвезти́ (*кого-л.*)

light I [laɪt] **1.** *n* свет; *pl* огни́ **2.** *a* све́тлый **3.** *v* (lit, lighted; lit, lighted) зажига́ть(ся); освеща́ть(ся)

light II [laɪt] лёгкий (*о весе*)

lighthouse ['laɪthaus] мая́к

lightning ['laɪtnɪŋ] мо́лния

like I [laɪk] **1.** *a* похо́жий, подо́бный **2.** *adv* похо́же; подо́бно; как

like II [laɪk] люби́ть; I ~ мне нра́вится; я люблю́; I should ~ я хоте́л бы

likely ['laɪklɪ] вероя́тно; скоре́е всего́

likeness ['laɪknɪs] схо́дство

lilac ['laɪlək] **1.** *n* сире́нь **2.** *a* сире́невый

lily ['lɪlɪ] ли́лия; ~ of the valley ла́ндыш

limb [lɪm] *анат.* коне́чность, член

lime [laɪm] и́звесть

lime(-tree) ['laɪm(tri:)] ли́па

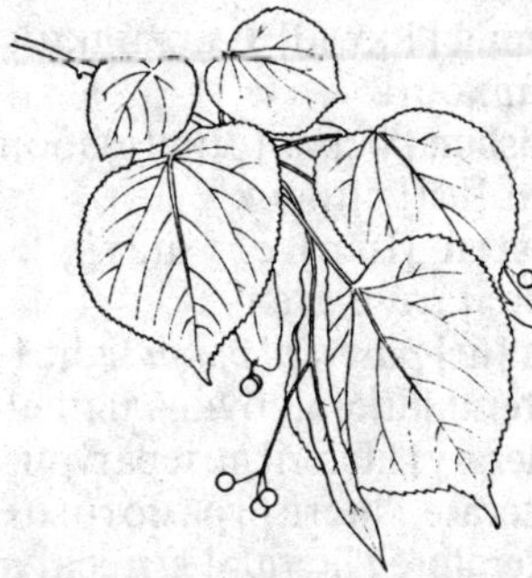

limit ['lɪmɪt] **1.** *n* грани́ца, преде́л **2.** *v* ограни́чивать; **~ation** [lɪmɪ'teɪʃn] ограни́чение

limp [lɪmp] хрома́ть

line I [laɪn] **1.** *n* 1) ли́ния 2) ряд 3) строка́ 4) о́бласть (*деятельности*) **2.** *v:* ~ **up** выстра́ивать в ряд

line II [laɪn] класть на подкла́дку

linen ['lɪnɪn] **1.** *a* полотня́ный **2.** *n* 1) полотно́ 2) бельё

liner ['laɪnə] ла́йнер

linger ['lɪŋgə] ме́длить, заде́рживаться

lining ['laɪnɪŋ] подкла́дка

link [lɪŋk] **1.** *n* 1) звено́; связь 2) *тех.* шарни́р **2.** *v* соединя́ть, свя́зывать

lion ['laɪən] лев

lip [lɪp] губа; **~stick** ['lɪpstɪk] пома́да

liquid ['lɪkwɪd] **1.** *a* жи́дкий **2.** *n* жи́дкость

Lisbon ['lɪzbən] Лис(с)або́н

list [lɪst] спи́сок

listen [lɪsn] слу́шать; **~er** ['lɪsənə] слу́шатель

lit [lɪt] *past и p. p. от* light I 3

literal ['lɪtərəl] буква́льный

literary ['lɪtərərɪ] литерату́рный

literate ['lɪtərɪt] гра́мотный

literature ['lɪtərɪtʃə] литерату́ра

litre ['li:tə] литр

litter ['lɪtə] 1) носи́лки 2) подсти́лка 3) помёт (*поросят, щенят*) 4) сор

little [lɪtl] **1.** *a* ма́ленький **2.** *adv* ма́ло; a ~ немно́го

live [lɪv] жить

liver ['lɪvə] пе́чень

Liverpool ['lɪvəpu:l] Ливерпу́ль

living ['lɪvɪŋ] **1.** *n* сре́дства к существова́нию **2.** *a* живо́й; живу́щий; ~ **room** [-rum] гости́ная

lizard ['lɪzəd] я́щерица

load [ləud] **1.** *n* 1) груз 2) бре́мя **2.** *v* 1) грузи́ть 2) обременя́ть 3) заряжа́ть

loaf I [ləuf] бу́лка, карава́й, хлеб

loaf II [ləuf] безде́льничать, слоня́ться

loan [ləun] заём

lobby ['lɔbɪ] вестибю́ль

lobster ['lɔbstə] ома́р

local ['ləukəl] ме́стный; **~ity** [ləu'kælɪtɪ] ме́стность

lock I [lɔk] **1.** *n* 1) замо́к 2) шлюз **2.** *v* запира́ть(ся)

lock II [lɔk] ло́кон

locksmith ['lɔksmɪθ] сле́сарь

locust ['ləukəst] саранча́

lodger ['lɔdʒə] жиле́ц

lodgings ['lɔdʒɪŋz] *pl* кварти́ра

loft [lɔft] 1) сенова́л 2) черда́к

lofty ['lɔftɪ] 1) высо́кий 2) возвы́шенный

log [lɔg] коло́да; бревно́; чурба́н

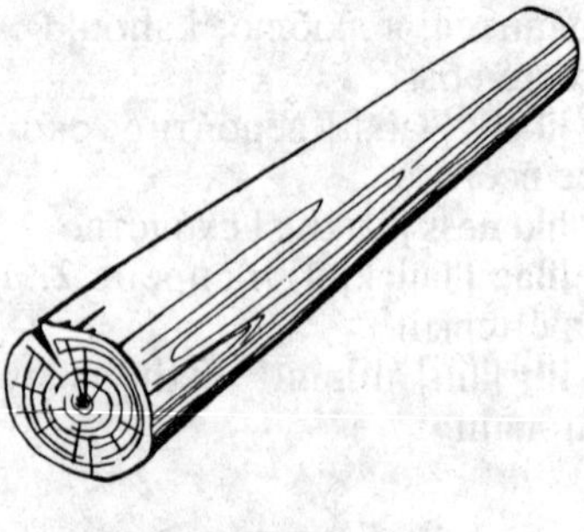

logic ['lɔdʒɪk] ло́гика

London ['lʌndən] Ло́ндон

lonely ['ləunlɪ] одино́кий; be ~ чу́вствовать себя́ одино́ким

long I [lɔŋ] **1.** *a* 1) дли́нный 2) до́лгий **2.** *adv* до́лго; ~ ago давно́

long II [lɔŋ] 1) стреми́ться 2) (for) жа́ждать 3) (to) тоскова́ть, томи́ться (по)

longitude ['lɔndʒɪtju:d] *геогр.* долгота́

look [luk] **1.** *v* 1) смотре́ть 2) вы́глядеть 3) выходи́ть на (*о комнате, окнах*); ~ **after** забо́титься; ~ **for** иска́ть; ~ **on** наблюда́ть; ~ **out** остерега́ться; ~ **over** просма́тривать; ~ **up** справля́ться (*по книге*) **2.** *n* 1) взгляд 2) вид

looking-glass ['lukɪŋglɑ:s] зе́ркало

loom [lu:m] тка́цкий стано́к

loop [lu:p] петля́; *ав.* мёртвая петля́

loop-hole ['lu:phəul] 1) бойни́ца; амбразу́ра 2) лазе́йка, увёртка

loose [lu:s] 1) свобо́дный 2) неприкреплённый; **~n** [-n] 1) развя́зывать, распуска́ть 2) ослабля́ть

lord [lɔ:d] лорд

lorry ['lɔrɪ] грузови́к

Los Angeles [lɔs'ændʒɪli:z] Лос-А́нджелес

lose [lu:z] (lost; lost) 1) теря́ть 2) прои́грывать ◊ be lost заблуди́ться

loss [lɔs] 1) поте́ря 2) убы́ток; про́игрыш ◊ be at a ~ быть в затрудне́нии

lost [lɔst] **1.** *past и p. p. от* lose **2.** *a* 1) поги́бший; поте́рянный 2) прои́гранный

lot [lɔt] 1) жре́бий 2) у́часть; доля 3) уча́сток земли́ 4) *разг.:* a ~ of мно́жество, ма́сса

loud [laud] **1.** *a* 1) гро́мкий; ~ speaker громкоговори́тель 2) шу́мный 3) крича́щий (*о цвете*) **2.** *adv* гро́мко

louse [laus] вошь

Louisiana [lui:zɪ'ænə] Луизиа́на

love [lʌv] **1.** *n* любо́вь; in ~ with влюблённый в; make ~ to уха́живать **2.** *v* люби́ть; **~ly** ['lʌvlɪ] преле́стный, краси́вый; **~r** ['lʌvə] 1) любо́вник; возлю́бленный 2) люби́тель

low [ləu] **1.** *a* 1) ни́зкий 2) ти́хий (*о голосе*) 3): ~ spirits уны́ние **2.** *adv* ни́зко

lower ['ləuə] **1.** *a* ни́зший, ни́жний **2.** *adv* ни́же **3.** *v* понижа́ть(ся)

loyal ['lɔɪəl] ве́рный, пре́данный; **~ty** [-tɪ] ве́рность, пре́данность

luck [lʌk] сча́стье, уда́ча; I'm in ~ мне везёт; **~ily** ['lʌkɪlɪ] к сча́стью; **~y** ['lʌkɪ] счастли́вый; уда́чный; this is a ~y day for me мне сего́дня везёт

luggage ['lʌgɪdʒ] бага́ж

lull [lʌl] **1.** *v* 1) убаю́кивать 2) стиха́ть **2.** *n* зати́шье

lumber ['lʌmbə] лесоматериа́лы

lump [lʌmp] кусо́к, комо́к

lunatic ['lu:nətɪk] сумасше́дший

lunch [lʌntʃ] обе́д

lunch break ['lʌntʃ breɪk] обе́денный переры́в

lung [lʌŋ] *анат.* лёгкое

lure [ljuə] **1.** *n* прима́нка **2.** *v* завлека́ть; зама́нивать

lustre ['lʌstə] 1) блеск; лоск; гля́нец 2) лю́стра

Luxemburg ['lʌksəmbɜ:g] Люксембу́рг

luxurious [lʌg'zjuərɪəs] роско́шный

luxury ['lʌkʃərɪ] ро́скошь

lying ['laɪɪŋ] *pres. p. от* lie I 2 *и* II

lynch [lɪntʃ] линчева́ть
lynx [lɪŋks] рысь

lyric ['lɪrɪk] **1.** *n* лири́ческое стихотворе́ние **2.** *a* лири́ческий; **~al** [-əl] лири́ческий

M

machine [mə'ʃi:n] маши́на
machine-gun [mə'ʃi:ngʌn] пулемёт
machinery [mə'ʃi:nərɪ] 1) маши́ны 2) механи́змы
mad [mæd] 1) сумасше́дший, безу́мный; be ~ about быть поме́шанным на (*чём-л.*) 2) бе́шеный (*о собаке*)
made [meɪd] *past и p. p. от* make
Madrid [mə'drɪd] Мадри́д
magazine [mægə'zi:n] журна́л
magic ['mædʒɪk] волше́бный; **~ian** [mə'dʒɪʃn] волше́бник
magnet ['mægnɪt] магни́т; **~ic** [mæg'netɪk] магни́тный
magnificent [mæg'nɪfɪsnt] великоле́пный, пы́шный
magpie ['mægpaɪ] соро́ка
maid [meɪd] го́рничная, служа́нка
mail [meɪl] **1.** *n* по́чта **2.** *v* посыла́ть по́чтой
main [meɪn] гла́вный; in the ~ в основно́м
Maine [meɪn] Мэн
mainland ['meɪnlənd] матери́к
mainly ['meɪnlɪ] гла́вным о́бразом
maintain [meɪn'teɪn] 1) подде́рживать 2) содержа́ть 3) утвержда́ть 4) продолжа́ть
majesty ['mædʒɪstɪ] 1) вели́чественность 2) вели́чество (*титул*)
major ['meɪdʒə] **1.** *a* 1) гла́вный 2) *муз.* мажо́рный **2.** *n* майо́р; **~ity** [mə'dʒɔrɪtɪ] 1) большинство́ 2) совершеннолетие
make [meɪk] (made; made) 1) де́лать; производи́ть; соверша́ть 2) заставля́ть; ~ **up** а) вы́думывать; б) гримирова́ть ◊ ~ up one's mind реши́ться
make-up ['meɪkʌp] макия́ж

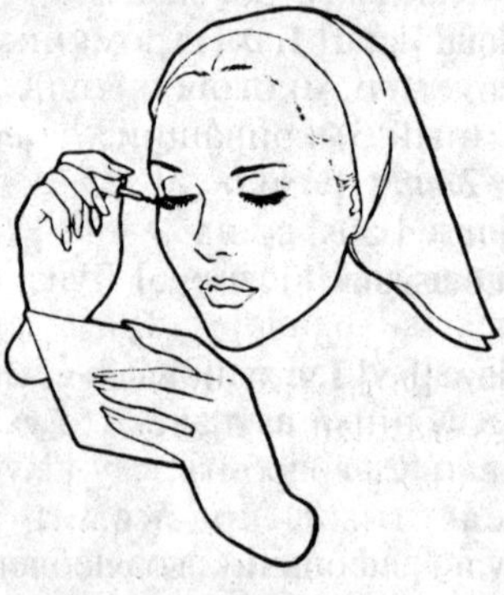

male [meɪl] **1.** *a* мужско́й **2.** *n* саме́ц
Mali ['mɑ:li:] Мали́
malicious [mə'lɪʃəs] зло́бный

malignant [mə'lɪgnənt] 1) зло́бный, зло́стный 2) злока́чественный

mall [mɔ:l] большо́й торго́вый центр (*с развлечениями*), молл

mammal [mæml] млекопита́ющее

man [mæn] 1) челове́к 2) мужчи́на

manage ['mænɪdʒ] 1) руководи́ть; управля́ть; заве́довать 2) справля́ться, суме́ть; **~ment** [-mənt] управле́ние; **~r** [-ə] заве́дующий; управля́ющий, ме́неджер

Manchester ['mæntʃɪstə] Манче́стер

mane [meɪn] гри́ва

mania ['meɪnjə] ма́ния

manifest ['mænɪfest] **1.** *a* я́вный **2.** *v* проявля́ть(ся)

manifesto [mænɪ'festəu] манифе́ст

mankind [mæn'kaɪnd] челове́чество; род челове́ческий

manner ['mænə] 1) спо́соб; стиль; мане́ра; in this ~ таки́м о́бразом 2) *pl* мане́ры; поведе́ние

manual ['mænjuəl] **1.** *n* руково́дство, спра́вочник **2.** *a* ручно́й; ~ labour физи́ческий труд

manufacture [mænju'fæktʃə] произво́дство, изготовле́ние

manure [mə'njuə] удобре́ние

manuscript ['mænjuskrɪpt] ру́копись

many ['menɪ] **1.** *a* мно́гие; мно́го; how ~ ?; ско́лько?; as ~ as сто́лько же ско́лько **2.** *n:* a great ~ мно́жество

map [mæp] 1) ка́рта (*географическая*) 2) план

maple [meɪpl] клён

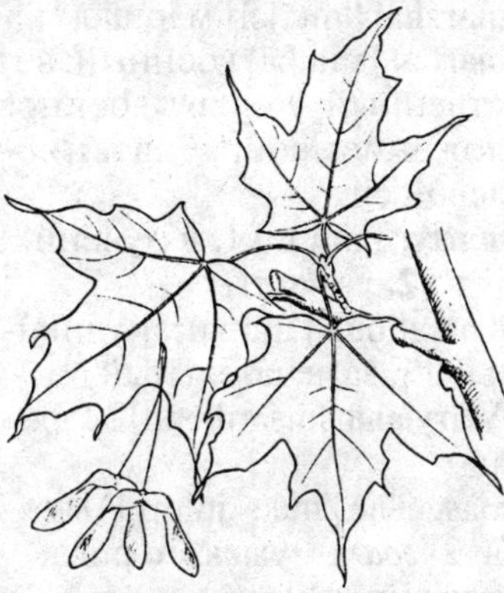

marble [mɑ:bl] мра́мор

March [mɑ:tʃ] март

march [ma:tʃ] **1.** *v* маршировать; идти́ **2.** *n* марш, дневно́й перехо́д ◊ ~ of events ход, разви́тие собы́тий

mare [meə] кобы́ла

margin ['mɑ:dʒɪn] 1) край 2) по́ле (*страницы*) 3) запа́с (*времени, денег и т.п.*)

marine [mə'ri:n] **1.** *a* морско́й **2.** *n* 1) флот; mercantile ~ торго́вый флот 2) *pl* морска́я пехо́та; **~r** ['mærɪnə] моря́к

mark [mɑ:k] **1.** *n* 1) знак 2) при́знак 3) мише́нь 4) отпеча́ток; след 5) отме́тка ◊ up to the ~ на до́лжной высоте́ **2.** *v* отмеча́ть; замеча́ть

market ['mɑ:kɪt] ры́нок (*тж. эк.*)

marriage ['mærɪdʒ] брак; жени́тьба, заму́жество

married ['mærɪd] жена́тый, заму́жняя

marry ['mærɪ] 1) жени́ть(ся), выходи́ть за́муж; выдава́ть за́муж 2) венча́ться

marsh [mɑ:ʃ] боло́то

marshal ['mɑ:ʃəl] ма́ршал

martial ['mɑ:ʃəl] вое́нный; во́инственный ◊ ~ law вое́нное положе́ние; court ~ вое́нно-полево́й суд

martyr ['mɑ:tə] **1.** *n* му́ченик, же́ртва **2.** *v* му́чить

marvellous ['mɑ:vɪləs] удиви́тельный, замеча́тельный

Maryland ['mεərɪlænd] Мэрилe´нд

masculine ['mɑ:skjulɪn] 1) мужско́й 2) *грам.* мужско́го ро́да

mask [mɑ:sk] ма́ска

mason [meɪsn] ка́менщик

masquerade [mæskə'reɪd] **1.** *n* маскара́д **2.** *v* маскирова́ться

mass [mæs] 1) ма́сса; мно́жество 2) *pl* наро́дные ма́ссы

Massachusetts [mæsə'tʃu:sets] Массачу́сетс

massacre ['mæsəkə] резня́, избие́ние

massive ['mæsɪv] масси́вный; соли́дный

mast [mɑ:st] ма́чта

master ['mɑ:stə] **1.** *n* 1) хозя́ин 2) учи́тель 3) ма́стер **2.** *v* овладе́ть; ~**piece** [-pi:s] шеде́вр

match I [mætʃ] спи́чка

match II [mætʃ] **1.** *n* 1) ро́вня, па́ра 2) брак 3) состяза́ние, матч **2.** *v* подходи́ть друг дру́гу; сочета́ться

mate [meɪt] 1) това́рищ 2) саме́ц, са́мка 3) помо́щник капита́на на торго́вом су́дне

material [mə'tɪərɪəl] **1.** *a* 1) материа́льный 2) суще́ственный **2.** *n* 1) материа́л 2) мате́рия, ткань

materialistic [mətɪərɪə'lɪstɪk] материалисти́ческий

maternal [mə'tɜ:nəl] матери́нский

mathematics [mæθɪ'mætɪks] матема́тика

matter ['mætə] **1.** *n* 1) веществo´ 2) мате́рия 3) де́ло, вопро́с; what's the ~? в чём де́ло?; as a ~ of fact на са́мом де́ле **2.** *v* име́ть значе́ние; it doesn't ~ нева́жно, ничего́

mattress ['mætrɪs] матра́ц

mature [mə'tjuə] **1.** *a* зре́лый; созре́вший **2.** *v* созрева́ть

May [meɪ] май; ~ Day Пе́рвое ма́я

may [meɪ] (*past* might) мочь; ~**be** ['meɪbi:] мо́жет быть

mayor [mɛə] мэр

me [mi:] мне; меня́

meadow ['medəu] луг

meal [mi:l] еда́, тра́пеза

mean I [mi:n] (meant; meant) 1) намерева́ться; хоте́ть; what d'you ~? что вы хоти́те э́тим сказа́ть? 2) име́ть в виду́; подразумева́ть 3) зна́чить; it ~s зна́чит

mean II [mi:n] 1) по́длый 2) скупо́й

mean III [mi:n] **1.** *a* сре́дний **2.** *n* середи́на

meaning ['mi:nɪŋ] значе́ние; смысл; what's the ~ of this? э́то что зна́чит?

means [mi:nz] *pl* сре́дства; by ~ of посре́дством; by all ~ во что бы то ни ста́ло; by no ~ отню́дь не; ни в ко́ем слу́чае

meant [ment] *past и p. p. от* mean I

meantime ['mi:n'taɪm]: in the ~ ме́жду тем, тем вре́менем

meanwhile ['mi:n'waɪl] тем вре́менем

measles [mi:zlz] корь

measure ['meʒə] **1.** *n* 1) ме́ра 2) ме́рка 3) *муз.* такт 4) разме́р (*стиха*) **2.** *v* 1) измеря́ть; отмеря́ть 2) име́ть (определённый) разме́р; **~ment** [-mənt] 1) измере́ние 2) *pl* разме́ры

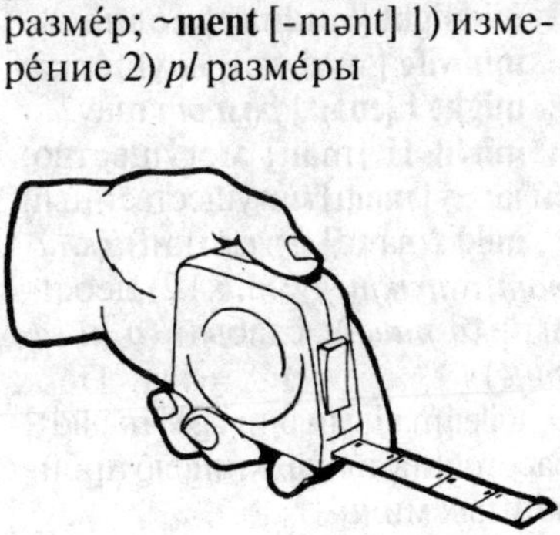

meat [mi:t] мя́со

mechanic [mɪ'kænɪk] меха́ник; **~al** [-əl] механи́ческий; **~s** [-s] меха́ника

mechanism ['mekanɪzm] механи́зм

meddle [medl] вме́шиваться

medical ['medɪkəl] медици́нский

medicine ['medsɪn] 1) медици́на 2) лека́рство

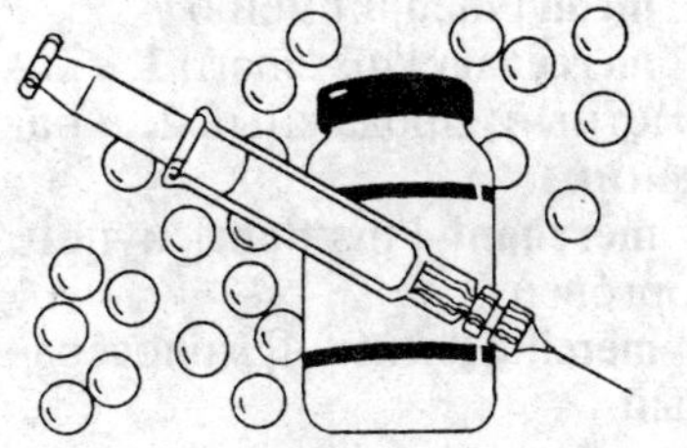

meditate ['medɪteɪt] размышля́ть; обду́мывать

Mediterranean Sea [medɪtə'reɪnɪən'si:] Средизе́мное мо́ре

medium ['mi:djəm] **1.** *n* 1) сре́дство 2) *физ.* среда́ **2.** *a* сре́дний

meek [mi:k] кро́ткий

meet [mi:t] (met; met) 1) встреча́ть(ся) 2) собира́ться; **~ing** ['mi:tɪŋ] 1) встре́ча 2) собра́ние, ми́тинг

melody ['melədɪ] мело́дия

melon ['melən] ды́ня

melt [melt] 1) та́ять; *перен.* смягча́ть 2) пла́вить(ся)

member ['membə] член; **~ship** [-ʃɪp] чле́нство

memorable ['memərəbl] па́мятный

memorial [mɪ'mɔ:rɪəl] 1) па́мятник 2) *pl* истори́ческая хро́ника

memory ['memərɪ] 1) па́мять 2) *pl* воспомина́ния

men [men] *pl от* man

menace ['menəs] **1.** *n* угро́за **2.** *v* угрожа́ть

mend [mend] исправля́ть, чини́ть; што́пать

mental [mentl] 1) у́мственный 2) мы́сленный

mention [menʃn] **1.** *v* упомина́ть; don't ~ it не сто́ит благода́рности; not to ~ не говоря́ уже́ о **2.** упомина́ние

menu ['menju:] меню́

mercenary ['mɜ:sɪnərɪ] **1.** *a* коры́стный; прода́жный **2.** *n* наёмник

merchant ['mɜ:tʃənt] купе́ц, торго́вец

merciful ['mɜ:sɪful] милосе́рдный

mercury ['mɜ:kjurɪ] ртуть

mercy ['mɜ:sɪ] 1) милосе́рдие 2) ми́лость; поми́лование

mere [mɪə] просто́й; a ~ child ещё ребёнок; it was a ~ chance э́то бы́ло случа́йно

merely ['mɪəlɪ] то́лько, про́сто

meridian [mə'rɪdɪən] меридиа́н

merit ['merɪt] **1.** *n* 1) заслу́га 2) досто́инство **2.** *v* заслу́живать

merry ['merɪ] весёлый, ра́достный

mess [mes] 1) беспоря́док, пу́таница 2) столо́вая (*в а́рмии*)

message ['mesɪdʒ] 1) сообще́ние 2) посла́ние 3) поруче́ние

messenger ['mesɪndʒə] 1) курье́р 2) ве́стник 3) рассы́льный

met [met] *past и p. p. от* meet

metal [metl] мета́лл

meteor ['mi:tjə] метео́р

meter ['mi:tə] счётчик

method ['meθəd] 1) ме́тод; спо́соб 2) систе́ма

metre ['mi:tə] 1) метр 2) разме́р (*стиха*)

Mexico ['meksɪkəu] Ме́ксика

Michigan ['mɪʃɪgən] Мичига́н

mice [maɪs] *pl от* mouse

microscope ['maɪkrəskəup] микроско́п

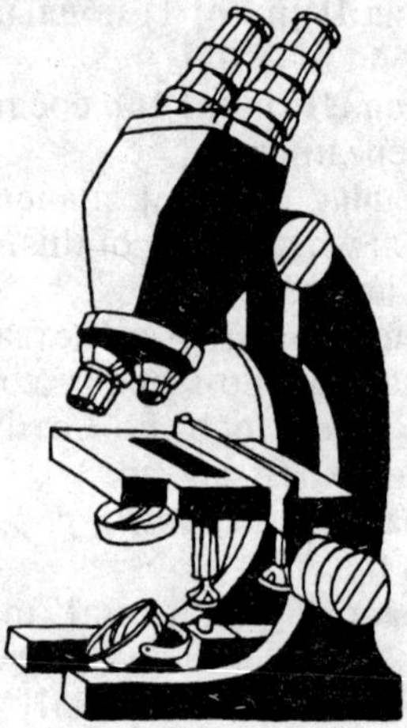

midday ['mɪddeɪ] по́лдень

middle [mɪdl] **1.** *n* середи́на **2.** *a* сре́дний; ~ classes сре́дние кла́ссы о́бщества; **~-aged** ['mɪdl'eɪdʒd] пожило́й

midnight ['mɪdnaɪt] по́лночь

midwife ['mɪdwaɪf] акуше́рка

might I [maɪt] *past от* may

might II [maɪt] могу́щество; си́ла; **~y** ['maɪtɪ] могу́щественный

mild [maɪld] 1) мя́гкий (*климат, характер и т.п.*) 2) нео́стрый (*о пище*); сла́бый (*о пиве, вине*)

mile [maɪl] ми́ля; **~age** ['maɪlɪdʒ] расстоя́ние в ми́лях; число́ про́йденных миль

military ['mɪlɪtərɪ] вое́нный, во́инский

milk [mɪlk] **1.** *n* молоко́ **2.** *v* дои́ть

mill [mɪl] 1) фа́брика 2) ме́льница; **~er** ['mɪlə] ме́льник

millet ['mɪlɪt] про́со; пшено́

million ['mɪljən] миллио́н

millionaire [mɪljə'neə] миллионе́р

mince [mɪns] **1.** *v* кроши́ть, руби́ть ◊ not to ~ words (matters) говори́ть без обиняко́в **2.** *n* фарш

mind [maɪnd] **1.** *n* 1) ра́зум; ум 2): bear in ~ по́мнить, име́ть в виду́ **2.** *v* возража́ть, име́ть что-л. про́тив; do you ~ my smoking? вы не возража́ете, е́сли я закурю́?; I don't ~ мне все равно́ ◊ never ~! ничего́!, не беспоко́йтесь!

mine I [maɪn] мой

mine II [maɪn] **1.** *n* 1) ша́хта, рудни́к 2) *воен.* ми́на **2.** *v* 1) разраба́тывать рудни́к; добыва́ть руду́ 2) мини́ровать 3) подка́пываться

miner ['maɪnə] горня́к, шахтёр

mineral ['mɪnərəl] **1.** *n* минера́л **2.** *a* минера́льный

minimum ['mənɪməm] ми́нимум

minister ['mɪnɪstə] 1) мини́стр 2) посла́нник 3) свяще́нник

ministry ['mɪnɪstrɪ] министе́рство

Minnesota [mɪnɪ'səutə] Миннесо́та

minor ['maɪnə] **1.** *a* 1) второстепе́нный 2) мла́дший 3) *муз.* мино́рный **2.** *n* несовершенноле́тний, подро́сток; **~ity** [maɪ'nɔrɪtɪ] меньшинство́

mint I [mɪnt] мя́та

mint II [mɪnt] моне́тный двор

minus ['maɪnəs] ми́нус

minute I ['mɪnɪt] 1) мину́та 2) *pl* протоко́л(ы)

minute II [maɪ'nju:t] 1) кро́шечный 2) подро́бный, дета́льный

miracle ['mɪrəkl] чу́до

mirror ['mɪrə] зе́ркало

mirth [mɜ:θ] весéлье, рáдость

misadventure ['mɪsəd'ventʃə] несчáстье; несчáстный слýчай

miscellaneous [mɪsɪ'leɪnjəs] смéшанный, разнообрáзный

mischief ['mɪstʃɪf] 1) зло; бедá; make ~ сéять раздóры 2) шáлость, озорствó

mischievous ['mɪstʃɪvəs] 1) злонамéренный, злóбный 2) шаловлúвый, озорнóй

miser ['maɪzə] скрягa

miserable ['mɪzərəbl] несчáстный; жáлкий

misery ['mɪzərɪ] 1) несчáстье 2) нищетá

misfortune [mɪs'fɔ:tʃn] несчáстье

mislay [mɪs'leɪ] засýнуть кудá-л., потерять

mislead [mɪs'li:d] (misled; misled) вводúть в заблуждéние

misled [mɪs'led] *past и p. p. от* mislead

miss I [mɪs] **1.** *v* 1) промахнýться, не попáсть 2) упустúть; пропустúть 3) скучáть по **2.** *n* прóмах

miss II [mɪs] мисс (*незамужняя женщина*)

missing ['mɪsɪŋ] 1) недостающий, отсýтствующий 2) пропáвший (бéз вести)

mission [mɪʃn] 1) мúссия 2) поручéние; командирóвка 3) призвáние

Mississippi [mɪsɪ'sɪpɪ] Миссисúпи

Missouri [mɪ'suərɪ] Миссýри

mist [mɪst] тумáн, мгла

mistake [mɪs'teɪk] **1.** *v* (mistook; mistaken) ошибáться; be ~n ошибáться **2.** *n* ошúбка; make a ~ ошибáться; **~n** [-n] *p. p. от* mistake

mistook [mɪs'tuk] *past от* mistake

mistress ['mɪstrɪs] 1) хозяйка 2) учúтельница 3) любóвница

mistrust ['mɪs'trʌst] **1.** *n* недовéрие **2.** *v* не доверять

misty ['mɪstɪ] тумáнный

misunderstand ['mɪsʌndə'stænd] (misunderstood; misunderstood) непрáвильно понять; **~ing** [-ɪŋ] недоразумéние

misunderstood ['mɪsʌndə'stud] *past и p. p. от* misunderstand

mitten [mɪtn] вáрежка

mix [mɪks] смешивать(ся); **~ up** спýтать, перепýтать; **~ture** ['mɪkstʃə] смесь

moan [məun] **1.** *n* стон **2.** *v* стонáть

mob [mɔb] толпá, сбóрище

mobile ['məubaɪl] подвижнóй; ~ phone мобúльный телефóн

mobilization [məubɪlaɪ'zeɪʃn] мобилизáция

mock [mɔk] высмéивать; издевáться; **~ery** ['mɔkərɪ] издевáтельство

mode [məud] спóсоб

model [mɔdl] 1) образéц 2) модéль 3) натýрщик, натýрщица

modem ['məudem] *комп.* модéм

moderate ['mɔdərɪt] умéренный

modern ['mɔdən] совремéнный; сегóдняшний; ~ times нóвые временá

modest ['mɔdɪst] скрóмный

moist [mɔɪst] влáжный; **~en** [mɔɪsn] смáчивать; увлажнять(ся); **~ure** ['mɔɪstʃə] влáжность

mole I [məul] ро́динка

mole II [məul] крот

moment ['məumənt] миг, моме́нт

monarch ['mɔnək] мона́рх; **~y** [-ı] мона́рхия

Monday ['mʌndı] понеде́льник

monetary ['mʌnıtərı] де́нежный

money ['mʌnı] де́ньги; ~ order де́нежный перево́д

Mongol ['mɔŋgɔl] **1.** *a* монго́льский **2.** *n* монго́л

Mongolia [mɔŋ'gəuljə] Монго́лия

monitor ['mɔnıtə] *комп.* монито́р

monk [mʌŋk] мона́х

monkey ['mʌŋkı] обезья́на

monopoly [mə'nɔpəlı] моно́полия

monotonous [mə'nɔtənəs] однообра́зный, моното́нный

monster ['mɔnstə] чудо́вище

monstrous ['mɔnstrəs] чудо́вищный

Montana [mɔn'tænə] Монта́на

month [mʌnθ] ме́сяц; **~ly** ['mʌnθlı] **1.** *a* (еже)ме́сячный **2.** *adv* ежеме́сячно

monument ['mɔnjumənt] па́мятник

mood I [mu:d] настрое́ние

mood II [mu:d] *грам.* наклоне́ние

moon [mu:n] луна́

moral ['mɔrəl] **1.** *a* мора́льный; нра́вственный **2.** *n* 1) мора́ль 2) *pl* нра́вы; нра́вственность

more [mɔ:] **1.** *a* бо́льший **2.** *adv* бо́льше, бо́лее; **~over** [mɔ:'rəuvə] бо́лее того́, кро́ме того́

morning ['mɔ:nıŋ] у́тро

morose [mə'rəus] угрю́мый

Morse [mɔ:s] а́збука Мо́рзе

morsel ['mɔ:səl] кусо́чек

mortal [mɔ:tl] 1) сме́ртный 2) смерте́льный; **~ity** [mɔ:'tælıtı] 1) сме́ртность 2) смерте́льность

mortgage ['mɔ:gıdʒ] **1.** *n* 1) закла́д 2) закладна́я **2.** *v* закла́дывать

Moscow ['mɔskəu] Москва́

mosquito [məs'ki:təu] кома́р

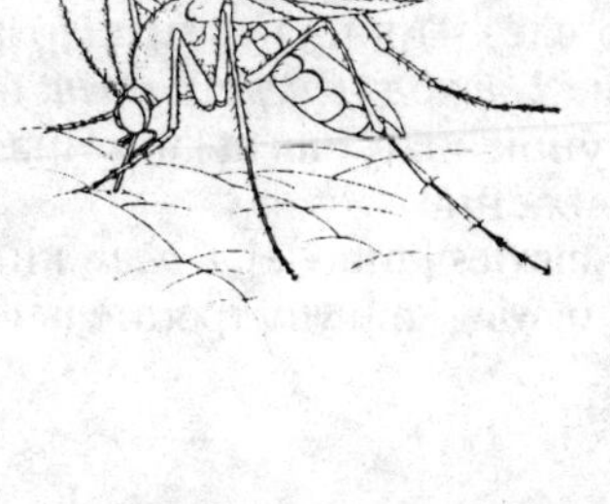

moss [mɔs] мох

most [məust] **1.** *a* наибо́льший **2.** *adv* наибо́лее, бо́льше всего́ **3.** *n* большинство́, бо́льшая часть; **~ly** ['məustlı] гла́вным о́бразом; ча́ще всего́

moth [mɔθ] 1) моль 2) мотылёк

mother ['mʌðə] мать; ~ of pearl перламу́тр; **~-in-law** ['mʌðərınlɔ:] тёща; свекро́вь

motion [məuʃn] 1) движе́ние, ход; ~ picture кинофи́льм 2) предложе́ние (*на собрании*); **~less** ['məuʃnlıs] неподви́жный

motive ['məutıv] **1.** *n* моти́в; побужде́ние **2.** *a* дви́жущий; ~ power дви́жущая си́ла

motor ['məutə] дви́гатель, мото́р; **~-car** [-kɑ:] автомоби́ль

mound [maund] на́сыпь; хо́лмик

mount [maunt] 1) поднима́ться 2) вскочи́ть (*на коня*) 3) монти́ровать; вставля́ть

mountain ['mauntın] гора́

mourn [mɔ:n] горева́ть, опла́кивать; ~ **ful** ['mɔ:nful] гру́стный; ~ **ing** ['mɔ:nıŋ] тра́ур

mouse [maus] мышь (*тж. комп.*)

moustache [məs'tɑ:ʃ] усы́

mouth [mauθ] 1) рот 2) отве́рстие 3) у́стье

move [mu:v] **1.** *v* 1) дви́гать(ся) 2) переезжа́ть 3) тро́гать; ~ smb. to tears растро́гать кого́-л. до слёз 4) вноси́ть предложе́ние **2.** *n* ход (*в игре*); *перен.* посту́пок, шаг; **~ment** ['mu:vmənt] движе́ние

movies ['mu:vız] *pl разг.* кино́

moving ['mu:vıŋ] тро́гательный

mow [məu] (mowed; mown) коси́ть; **~n** [-n] *p. p. от* mow

Mr. ['mıstə] (mister) господи́н

Mrs. ['mısız] (mistress) госпожа́

much [mʌtʃ] мно́го; гора́здо; how ~? ско́лько?; as ~ as сто́лько же

mud [mʌd] грязь; **~dy** ['mʌdı] 1) гря́зный 2) му́тный

multiplication [mʌltıplı'keıʃn] умноже́ние

multiply ['mʌltıplaı] 1) увели́чивать(ся) 2) умножа́ть

multistage ['mʌltısteıdʒ] многоступе́нчатый

multitude ['mʌltıtju:d] 1) мно́жество 2) толпа́

munitions [mju:'nıʃnz] *pl* вое́нные запа́сы; снаряже́ние

murder ['mɜ:də] **1.** *n* уби́йство **2.** *v* убива́ть; **~er** [-rə] уби́йца

murmur ['mɜ:mə] **1.** *n* 1) журча́ние 2) бормота́ние 3) ро́пот **2.** *v* 1) журча́ть 2) (про)бормота́ть 3) ворча́ть, ропта́ть

muscle [mʌsl] му́скул, мы́шца

museum [mju:'zıəm] музе́й

mushroom ['mʌʃrum] гриб

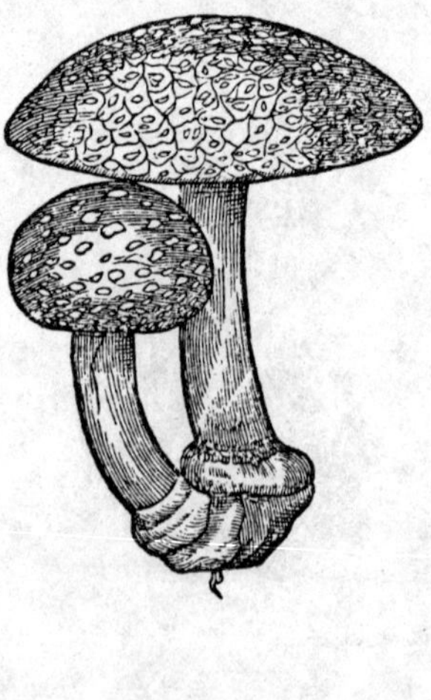

music ['mju:zɪk] 1) му́зыка 2) но́ты; ~**ian** [mju:'zɪʃn] музыка́нт

must [mʌst] быть обя́занным; I ~ go я до́лжен идти́

mustard ['mʌstəd] горчи́ца

mute [mju:t] 1) молчали́вый 2) немо́й

mutilate ['mju:tɪleɪt] 1) уве́чить 2) уро́довать, по́ртить

mutiny ['mju:tɪnɪ] **1.** *n* мяте́ж **2.** *v* подня́ть мяте́ж

mutter ['mʌtə] бормота́ть

mutton [mʌtn] бара́нина

mutual ['mju:tjuəl] взаи́мный, обою́дный

muzzle [mʌzl] 1) мо́рда 2) намо́рдник 3) ду́ло

my [maɪ] мой, моя́, моё; мои́

myself [maɪ'self] 1) себя́; -ся 2) сам, сама́, само́

mysterious [mɪs'tɪərɪəs] таи́нственный

mystery ['mɪstərɪ] та́йна

myth [mɪθ] миф

N

nail [neɪl] **1.** *n* 1) но́готь 2) гвоздь **2.** *v* прибива́ть; пригвожда́ть

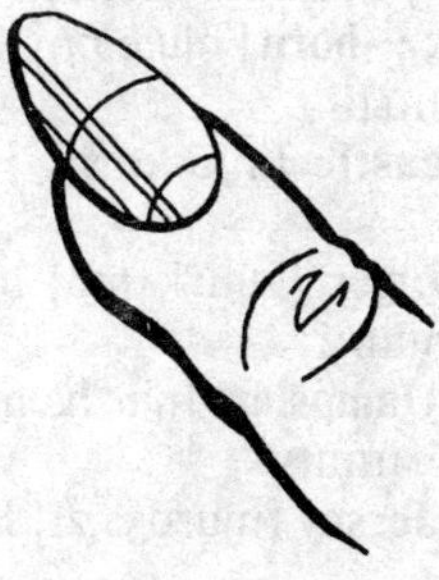

naked ['heɪkɪd] го́лый ◊ with ~ eye невооружённым гла́зом

name [neɪm] **1.** *n* и́мя; фами́лия **2.** *v* называ́ть; ~**ly** ['neɪmlɪ] и́менно, то́ есть

nape [neɪp]: ~ of the neck заты́лок

napkin ['næpkɪn] 1) салфе́тка 2) пелёнка

narrative ['nærətɪv] повествова́ние, расска́з

narrow ['nærəu] у́зкий ◊ I had a ~ escape я с трудо́м избежа́л опа́сности; ~**-minded** ['nærəu-'maɪndɪd] ограни́ченный, у́зкий

nasty ['nɑ:stɪ] 1) га́дкий, скве́рный 2) непристо́йный, гря́зный

nation [neɪʃn] на́ция, наро́д; ~**al** ['næʃnəl] национа́льный, наро́дный; ~**ality** [næʃə'nælɪtɪ] национа́льность

native ['neɪtɪv] **1.** *a* 1) родно́й 2) тузе́мный **2.** *n* уроже́нец; тузе́мец

natural ['nætʃrəl] есте́ственный, приро́дный; ~**ly** [-ɪ] коне́чно

nature ['neɪtʃə] 1) приро́да 2) нату́ра, хара́ктер

naughty ['nɔ:tɪ] нехоро́ший; капри́зный (*о ребёнке*)

naval ['neɪvəl] вое́нно-морско́й

navigable ['nævɪgəbl] судохо́дный

navigation [nævɪ'geɪʃn] судохо́дство; пла́вание, навига́ция

navy ['neɪvɪ] вое́нный флот

near [nɪə] бли́зко, о́коло; ~**ly** ['nɪəlɪ] почти́; приблизи́тельно

neat [ni:t] 1) опря́тный, аккура́тный 2) то́чный, чёткий 3) чи́стый (*о спирте*)

Nebraska [nɪ'bræskə] Небра́ска

necessary ['nesɪsərɪ] необходи́мый

necessity [nɪ'sesɪtɪ] 1) необходи́мость 2) нужда́

neck [nek] 1) ше́я 2) го́рлышко; ~**lace** ['neklɪs] ожере́лье

need [ni:d] **1.** *n* на́добность, потре́бность; нужда́; be in ~ of нужда́ться в чём-л. **2.** *v* нужда́ться

needle [ni:dl] 1) иго́лка; игла́ 2) стре́лка (*компаса*)

negative ['negətɪv] **1.** *a* отрица́тельный **2.** *n* 1) отрица́ние 2) негати́в

neglect [nɪ'glekt] **1.** *v* пренебрега́ть, запуска́ть **2.** *n* пренебреже́ние

negligence ['neglɪdʒəns] небре́жность

negotiate [nɪ'gəuʃɪeɪt] вести́ перегово́ры; догова́риваться

negotiation [nɪgəuʃɪ'eɪʃn] перегово́ры

Negro ['ni:grəu] *пренебр.* **1.** *a* негритя́нский **2.** *n* негр

neighbour ['neɪbə] сосе́д; ~**hood** [-hud] 1) сосе́дство 2) окре́стности; ~**ing** ['neɪbərɪŋ] сосе́дний

neither ['naɪðə] **1.** *adv* та́кже не; ~ ... nor ни... ни **2.** *a* ника-ко́й **3.** *pron.* ни тот, ни друго́й

nephew ['nevju:] племя́нник

nerve [nɜ:v] нерв

nervous ['nɜ:vəs] не́рвный; I'm ~ about him я о́чень беспоко́юсь о нём

nest [nest] **1.** *n* гнездо́ **2.** *v* гнезди́ться

net I [net] се́тка, сеть

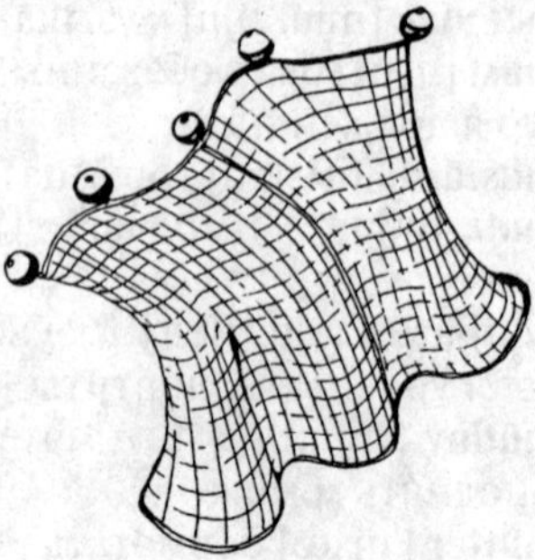

net II [net] чи́стый, не́тто (*о весе*)

Netherlands ['neðələndz] Нидерла́нды

nettle [netl] крапи́ва

network ['netwɜ:k] се́тка; переплете́ние

neuter ['nju:tə] *грам.* сре́днего ро́да

neutral ['nju:trəl] нейтра́льный; ~**ity** [nju:'trælɪtɪ] нейтралите́т

Nevada [ne'vɑ:də] Нева́да

never ['nevə] никогда́

nevertheless [nevəðə'les] тем не ме́нее

new [nju:] 1) но́вый 2) све́жий; ~ potatoes молодо́й карто́фель; ~**-born** ['nju:bɔ:n] новорождённый

Newcastle ['nju:kɑ:sl] Нью-ка́сл

newcomer ['nju:'kʌmə] вновь прибы́вший

New Hampshire [nju:'hæmpʃɪə] Нью-Ге́мпшир

New Jersey [nju:'dʒɜ:zɪ] Нью-Дже́рси

New Mexico [nju:'meksɪkəu] Нью-Ме́ксико

news [nju:z] (*употр. как sing*) но́вость, изве́стия

newsagent ['nju:zeɪʤənt] газе́тный кио́ск

newspaper ['nju:speɪpə] газе́та

newsreel ['nju:zri:l] кинохро́ника, киножурна́л

New York ['nju:'jɔ:k] Нью-Йо́рк

New Zealand [nju:'zi:lənd] Но́вая Зела́ндия

next [nekst] **1.** *a* сле́дующий (*по порядку*); ближа́йший **2.** *adv* по́сле э́того; пото́м **3.** *prep* ря́дом, о́коло

nib [nɪb] перо́ (*писчее*)

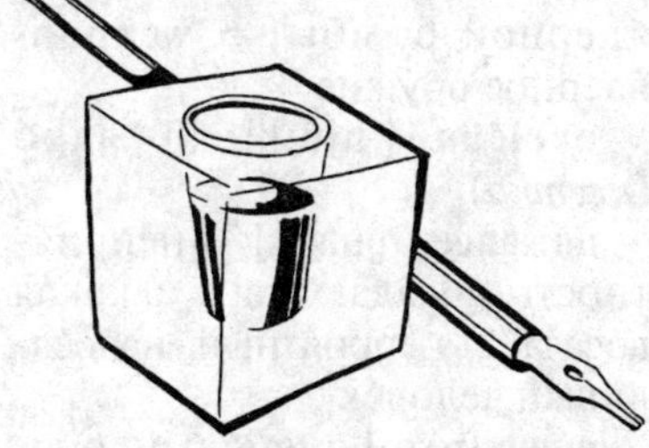

nice [naɪs] 1) хоро́ший; симпати́чный; how ~ of him! как ми́ло с его́ стороны́! 2) вку́сный

nickel [nɪkl] 1) ни́кель 2) *амер.* моне́та в 5 це́нтов

nickname ['nɪkneɪm] про́звище

niece [ni:s] племя́нница

night [naɪt] ночь; ве́чер; **~-gown** ['naɪtgaun] ночна́я руба́шка

nightingale ['naɪtɪŋgeɪl] солове́й

nightmare ['naɪtmeə] кошма́р

Nile [naɪl] Нил

nine [naɪn] де́вять; **~teen** ['naɪn'ti:n] девятна́дцать; **~teenth** ['naɪn'ti:nθ] девятна́дцатый; **~tieth** ['naɪntɪɪθ] девяно́стый; **~ty** ['naɪntɪ] девяно́сто

ninth [naɪnθ] девя́тый

nitrogen ['naɪtrɪdʒən] азо́т

no [nəu] **1.** *part* нет; no bread хле́ба нет **2.** *adv* не (*при сравнит. степени*); no more нет (бо́льше)

noble [nəubl] благоро́дный; **~man** ['nəublmən] дворяни́н

nobody ['nəubədɪ] никто́

nod [nɔd] **1.** *v* 1) кива́ть голово́й 2) дрема́ть **2.** *n* киво́к

noise [nɔɪz] шум; **~less** ['nɔɪzlɪs] бесшу́мный

noisy ['nɔɪzɪ] шу́мный

nominate ['nɔmɪneɪt] 1) назнача́ть 2) выставля́ть кандидату́ру

nomination [nɔmɪ'neɪʃn] 1) назначе́ние (*на должность*) 2) выставле́ние кандидату́ры

nominative ['nɔmɪnətɪv] *грам.* имени́тельный падеж

none [nʌn] **1.** *a* никако́й; have you a cigarette? – I have ~ у вас есть сигаре́та? – Нет **2.** *pron* ни оди́н, никто́

nonsense ['nɔnsəns] вздор, бессмы́слица, чепуха́

noon [nu:n] по́лдень

nor [nɔ:] и не; та́кже не; neither... ~ ... ни... ни...

normal ['nɔ:məl] обы́чный, норма́льный

north [nɔ:θ] **1.** *n* се́вер **2.** *a* се́верный **3.** *adv* на се́вер(е), к се́веру

North Carolina ['nɔ:θkærə'laɪnə] Се́верная Кароли́на

North Dakota ['nɔ:θdə'kəutə] Се́верная Дако́та

northern ['nɔ:ðən] се́верный

North Sea ['nɔ:θ'si:] Се́верное мо́ре

Norway ['nɔ:weɪ] Норве́гия

Norwegian [nɔ:'wi:dʒn] **1.** *a* норве́жский **2.** *n* норве́жец

nose [nəuz] нос

nostril ['nɔstrɪl] ноздря́

not [nɔt] не, нет, ни

note [nəut] **1.** *n* 1) примеча́ние; замеча́ние 2) запи́ска; make a ~ записа́ть 3) *дип., муз.* но́та **2.** *v* 1) замеча́ть; отмеча́ть 2) запи́сывать

nothing ['nʌθɪŋ] ничто́, ничего́

notice ['nəutɪs] **1.** *n* 1) извеще́ние; предупрежде́ние 2) заме́тка 3) внима́ние **2.** *v* замеча́ть

notify ['nəutɪfaɪ] извеща́ть, уведомля́ть

notion [nəuʃn] поня́тие; представле́ние

notorious [nəu'tɔ:rɪəs] 1) изве́стный 2) отъя́вленный

notwithstanding [nɔtwɪθ'stændɪŋ] **1.** *prep* несмотря́ на **2.** *adv* тем не ме́нее, одна́ко

noun [naun] *грам.* и́мя существи́тельное

nourish ['nʌrɪʃ] пита́ть; корми́ть; **~ing** [-ɪŋ] пита́тельный; **~ment** [-mənt] 1) пита́ние 2) пи́ща

novel [nɔvl] **1.** *n* рома́н **2.** *a* оригина́льный

novelty ['nɔvəltɪ] 1) новизна́ 2) нови́нка

November [nəu'vembə] ноя́брь

now [nau] тепе́рь ◊ ~ and again, ~ and then вре́мя от вре́мени; just ~ то́лько что

nowhere ['nəuweə] нигде́; никуда́

nuclear ['nju:klɪə] я́дерный; ~ disarmament я́дерное разоруже́ние; ~ reactor я́дерный реа́ктор; ~ test испыта́ние термоя́дерной бо́мбы; ~ weapons я́дерное ору́жие

nucleus ['nju:klɪəs] ядро́ (*клетки*)

nuisance [nju:sns] 1) неприя́тность, доса́да; what a ~! кака́я доса́да! 2) неприя́тный, надое́дливый челове́к

numb [nʌm] онеме́лый, оцепене́лый

number ['nʌmbə] **1.** *n* 1) число́; коли́чество 2) но́мер **2.** *v* 1) считáть 2) нумеровáть 3) насчи́тывать

numeral ['nju:mərəl] *грам.* числи́тельное

numerous ['nju:mərəs] мнóгочисленный; ~ **ly** [-lɪ] в большóм коли́честве

nurse [nз:s] **1.** *n* 1) ня́ня 2) сидéлка, сестрá **2.** *v* 1) ня́нчить 2) ухáживать (*за больным*) 3) корми́ть (*ребёнка*)

nursery ['nз:srɪ] дéтская (кóмната); ~ school дéтский сад

nut [nʌt] орéх

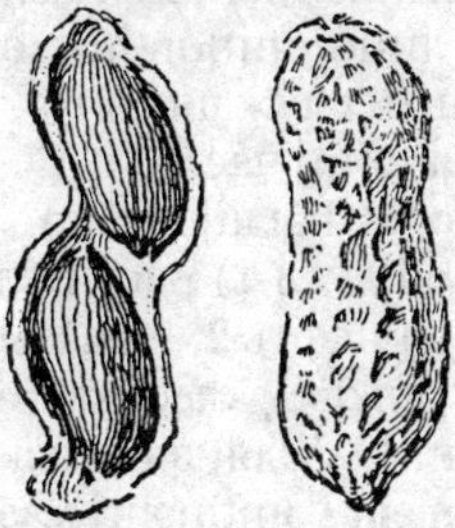

nutritious [nju:'trɪʃəs] питáтельный

nutty ['nʌtɪ] *разг.* чóкнутый

O

oak [əuk] дуб; **~en** ['əukən] дубóвый

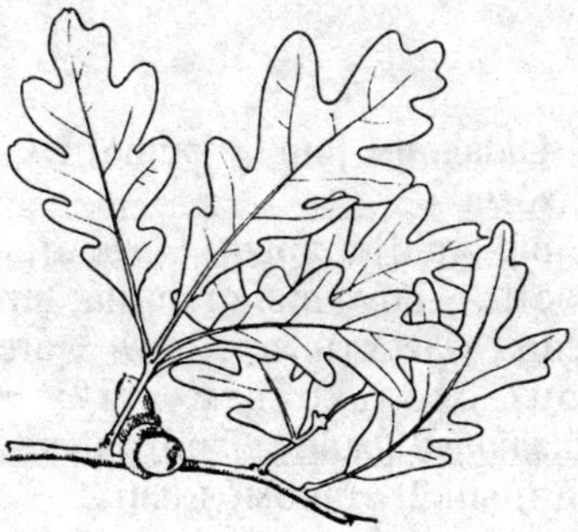

oar [ɔ:] веслó

oath [əuθ] кля́тва; прися́га

oatmeal ['əutmi:l] овся́нка

oat(s) [əut(s)] овёс

obedience [ə'bi:djəns] послушáние

obedient [ə'bi:djənt] послу́шный

obey [ə'beɪ] слу́шаться, повинովáться

object 1. *n* ['ɔbdʒɪkt] 1) предмéт; объéкт 2) цель 3) *грам.* дополнéние **2.** *v* [əb'dʒekt] возражáть; **~ion** [əb'dʒekʃn] возражéние

objective [əb'dʒektɪv] **1.** *n* 1) цель; задáча 2) *грам.* объéктный падéж **2.** *a* объекти́вный

obligation [ɔblɪ'geɪʃn] 1) обязáтельство 2) обя́занность

oblige [ə'blaɪdʒ] 1) обя́зывать 2) дéлать одолжéние; **~d** [-d] обя́занный

obscure [əb'skjuə] 1) нея́сный 2) неизвéстный; an ~ little village затéрянная дереву́шка

observance [əb'zз:vəns] соблюдéние (*закона, обычая и т.п.*)

observation [əbzз:'veɪʃn] 1) наблюдéние 2) замечáние

observe [əb'zз:v] 1) наблюдáть 2) замечáть 3) соблюдáть; **~r** [-ə] наблюдáтель

obstacle ['ɔbstəkl] препя́тствие

obstinate ['ɔbstɪnɪt] упря́мый

obstruct [əb'strʌkt] заграждáть путь; чини́ть препя́тствия

obtain [əb'teɪn] доставáть, получáть

obvious ['ɔbvɪəs] очеви́дный; я́сный

occasion [ə'keɪʒn] 1) слу́чай 2) по́вод; there is no ~ for wonder нет основа́ний удивля́ться; **~al** [-əl] случа́йный, ре́дкий; **~ally** [-əlɪ] случа́йно; и́зредка

occupation [ɔkju'peɪʃn] 1) заня́тие 2) оккупа́ция

occupy ['ɔkjupaɪ] 1) занима́ть 2) оккупи́ровать

occur [ə'kз:] 1) случа́ться, име́ть ме́сто 2) приходи́ть на ум; it ~s to me мне пришло́ в го́лову; **~rence** [ə'kʌrəns] собы́тие, слу́чай, происше́ствие

ocean [əuʃn] океа́н

o'clock [ə'klɔk]: at three ~ в три часа́

October [ək'təubə] октя́брь

odd [ɔd] 1) нечётный 2) непа́рный 3) стра́нный, необы́чный 4) случа́йный

of [ɔv, əv] *предлог, с помощью которого образуются родительный и предложный падежи* ◊ of course коне́чно, разуме́ется

off [ɔ:f, ɔf] **1.** *prep* с, со; от; take the book ~ the table сними́ кни́гу со стола́ **2.** *adv:* hands ~! ру́ки прочь!

offence [ə'fens] 1) оби́да; give ~ обижа́ть, оскорбля́ть; take ~ обижа́ться 2) наруше́ние (*закона*)

offend [ə'fend] обижа́ть; **~er** [-ə] 1) оби́дчик 2) наруши́тель

offensive [ə'fensɪv] **1.** *a* 1) оскорби́тельный 2) отврати́тельный 3) наступа́тельный **2.** *n* наступле́ние

offer ['ɔfə] **1.** *v* предлага́ть **2.** *n* предложе́ние

office ['ɔfɪs] 1) до́лжность 2) фу́нкция 3) конто́ра, о́фис 4) (O.) управле́ние

officer ['ɔfɪsə] 1) офице́р 2) должностно́е лицо́; чино́вник

official [ɔ'fɪʃəl] **1.** *a* официа́льный; служе́бный **2.** *n* должно́стное лицо́, чино́вник, отве́тственный слу́жащий

often [ɔ:fn] ча́сто

Ohio [əu'haɪəu] Ога́йо

oil [ɔɪl] **1.** *n* 1) расти́тельное ма́сло 2) нефть **2.** *v* сма́зывать; **~cloth** ['ɔɪlklɔθ] клеёнка; **~-paint** ['ɔɪl'peɪnt] ма́сляная кра́ска

ointment ['ɔɪntmənt] мазь

O.K.! ['əu'keɪ] *амер.* ла́дно!; everything's O.K. всё в поря́дке

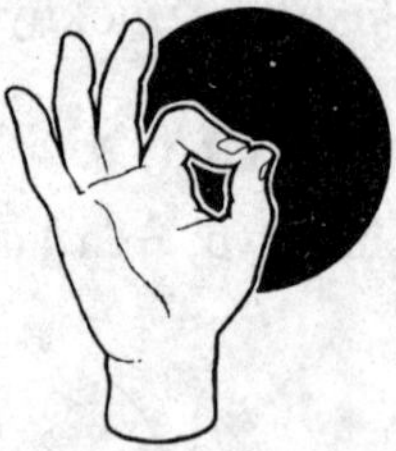

Oklahoma [əuklə'həumə] Оклахо́ма

old [əuld] ста́рый; ~ age ста́рость; ~ boy *разг.* старина́; ten years ~ десяти́ лет; how ~ are you? ско́лько вам лет?; ~ **-fashioned** ['əuld'fæʃənd] 1) стари́нный 2) старомо́дный

olive ['ɔlɪv] **1.** *n* оли́ва, масли́на **2.** *a* оли́вкового цве́та; ~ oil прова́нское ма́сло

ominous ['ɔmɪnəs] злове́щий

omit [ə'mɪt] опуска́ть; пропуска́ть, упуска́ть

on [ɔn] **1.** *prep* 1) на 2) (*по определённым дням*): on Monday в понеде́льник; I'll see you on the third я уви́жу вас тре́тьего **2.** *adv* вперёд, да́льше

once [wʌns] (оди́н) раз; одна́жды, не́когда, когда́-то ◊ ~ more ещё раз; at ~ сра́зу, сейча́с же

one [wʌn] **1.** *num* оди́н **2.** *pron* 1) не́кто, кто́-то; ~ another друг дру́га 2) *в безл. выражении не переводится:* ~ can't help liking him его́ тру́дно не люби́ть; ~ feels so helpless чу́вствуешь себя́ тако́й беспо́мощной

oneself [wʌn'self] 1) -ся; excuse ~ извиня́ться 2) (самого́) себя́

onion ['ʌnjən] лук

only ['əunlɪ] **1.** *adv* то́лько **2.** *a* еди́нственный

onward ['ɔnwəd] **1.** *adv* вперёд, да́лее **2.** *a* продвига́ющийся вперёд

open ['əupən] **1.** *a* откры́тый **2.** *v* открыва́ть(ся); **~ing** ['əupnɪŋ] **1.** *n* 1) отве́рстие 2) нача́ло 3) откры́тие 4) *шахм.* дебю́т **2.** *a* вступи́тельный

opera ['ɔpərə] о́пера; ~ **glasses** [-glɑ:sɪz] *pl* бино́кль (*театральный*)

operate ['ɔpəreɪt] 1) де́йствовать 2) управля́ть 3) *мед.* опери́ровать

operation [ɔpə'reɪʃn] опера́ция; де́йствие

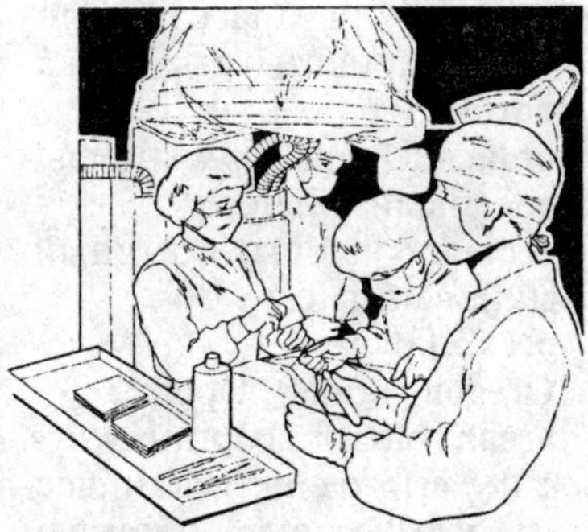

opinion [ə'pɪnɪən] мне́ние

opponent [ə'pəunənt] проти́вник, оппоне́нт

opportunity [ɔpə'tju:nɪtɪ] удо́бный слу́чай; возмо́жность

oppose [ə'pəuz] 1) противопоставля́ть 2) проти́виться

opposite ['ɔpəzɪt] **1.** *a* противополо́жный **2.** *prep adv* (на)про́тив **3.** *n* противополо́жность; quite the ~ совсе́м наоборо́т

opposition [ɔpə'zɪʃn] 1) сопротивле́ние 2) оппози́ция

oppress [ə'pres] угнета́ть; **~ion** [ə'preʃn] угнете́ние; **~ive** [-ɪv] гнету́щий; **~or** [-ə] угнета́тель

or [ɔ:] и́ли

oral ['ɔ:rəl] у́стный

orange ['ɔrɪndʒ] **1.** *n* апельси́н **2.** *a* ора́нжевый (*о цвете*)

orchard ['ɔ:tʃəd] фрукто́вый сад

orchestra ['ɔ:kɪstrə] орке́стр

order ['ɔ:də] **1.** *n* 1) поря́док 2) прика́з 3) зака́з 4) о́рден 5) *воен.* строй ◊ in ~ that с тем, что́бы **2.** *v* 1) прика́зывать 2) зака́зывать

ordinal ['ɔ:dɪnəl] *грам.* поря́дковое числи́тельное

ordinary ['ɔ:dnrɪ] обы́чный, обыкнове́нный

ore [ɔ:] руда́

Oregon ['ɔrɪgən] Орего́н

organ ['ɔ:gən] 1) о́рган 2) *муз.* орга́н; **~ic** [ɔ:'gænɪk] органи́ческий; ~ **ism** ['ɔ:gənɪzm] органи́зм

organization [ɔ:gənaɪ'zeɪʃn] организа́ция

organize ['ɔ:gənaɪz] организо́вывать; **~r** [-ə] организа́тор

oriental [ɔ:rɪ'entl] восто́чный

origin ['ɔrɪdʒɪn] 1) исто́чник, нача́ло 2) происхожде́ние; **~al** [ə'rɪdʒənəl] **1.** *a* 1) первонача́льный 2) по́длинный 3) оригина́льный **2.** *n* по́длинник; **~ate** [ə'rɪdʒɪneɪt] возника́ть, происходи́ть

ornament 1. *n* ['ɔ:nəmənt] украше́ние; орна́мент **2.** *v* ['ɔ:nəment] украша́ть

orphan ['ɔ:fən] **1.** *n* сирота́ **2.** *a* сиро́тский

osier ['əuʒə] и́ва; и́вовая лоза́

Oslo ['ɔzləu] О́сло

ostrich ['ɔstrɪtʃ] стра́ус

other ['ʌðə] друго́й, ино́й ◊ the ~ day на днях; every ~ day че́рез день; **~wise** [-waɪz] ина́че; в проти́вном слу́чае

Ottawa ['ɔtəwə] Отта́ва

ought [ɔ:t]: you ~ to know that... вам бы сле́довало знать, что...; it ~ to be ready э́то должно́ бы́ло бы быть гото́во

ounce [auns] у́нция

our, ours ['auə, 'auəz] наш, на́ша, на́ше; на́ши

ourself, ourselves [auə'self, auə'selvz] 1) себя́; -сь 2) (мы) са́ми

out [aut] из; вне; нару́жу; he is ~ его́ нет до́ма

outbreak ['autbreɪk] 1) взрыв, вспы́шка 2) нача́ло (*войны и т.п.*)

outcome ['autkʌm] результа́т, исхо́д

outcry ['autkraɪ] 1) крик 2) проте́ст

outer ['autə] вне́шний, нару́жный

outfit ['autfɪt] 1) снаряже́ние; обмундирова́ние 2) обору́дование

outline ['autlaın] **1.** *n* очерта́ния, ко́нтур **2.** *v* наброса́ть в о́бщих черта́х

outlook ['autluk] вид, перспекти́ва

out-of-doors ['autəv'dɔ:z] на откры́том во́здухе

output ['autput] 1) добы́ча; проду́кция 2) производи́тельность

outrageous [aut'reıdʒəs] возмути́тельный

outside ['aut'saıd] **1.** *n* нару́жная сторона́ **2.** *a* нару́жный **3.** *adv* снару́жи

outskirts ['autskɜ:ts] *pl* 1) окра́ина (*города*) 2) опу́шка (*леса*)

outstanding [aut'stændıŋ] выдаю́щийся; (хорошо́) изве́стный

outward ['autwəd] вне́шний, нару́жный

oven [ʌvn] печь

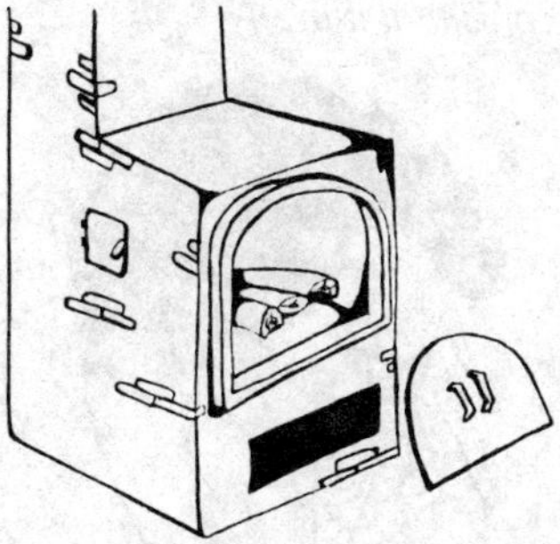

over ['əuvə] **1.** *prep* над; че́рез, на, по; за; influence ~ влия́ние на; travel all ~ the world путеше́ствовать по всему́ све́ту **2.** *adv* бо́льше (чем); ста́рше (*о возрасте*); he is ~ fifty ему́ за 50 ◊ be ~ быть око́нченным

overburden [əuvə'bɜ:dn] перегружа́ть

overcame [əuvə'keım] *past от* overcome

overcoat ['əuvəkəut] пальто́

overcome [əuvə'kʌm] (overcame; overcome) поборо́ть; преодоле́ть ◊ he was ~ with gratitude он был преиспо́лнен благода́рности

overflow [əuvə'fləu] 1) перелива́ться че́рез край; залива́ть 2) переполня́ть

overfulfil ['əuvəful'fıl] перевыполня́ть

overhead **1.** *adv* ['əuvə'hed] наверху́; над голово́й **2.** *a* ['əuvəhed] 1) ве́рхний 2): ~ charges, ~ expenses накладны́е расхо́ды

overhear [əuvə'hıə] (overheard; overheard) нечаянно услы́шать; **~d** [əuvə'hɜ:d] *past и p. p. от* overhear

overlook [əuvə'luk] 1) не заме́тить, прогляде́ть 2) смотре́ть сквозь па́льцы; прости́ть

over-production ['əuvəprə'dʌkʃn] перепроизво́дство

oversea ['əuvə'si:] **1.** *adv* за́ морем **2.** *a* замо́рский, заокеа́нский; **~s** [-z] *см.* oversea 1

overshoe ['əuvəʃu:] гало́ша

overtake [əuvə'teık] (overtook, overtaken) 1) догна́ть 2) засти́гнуть врасплох; **~n** [-n] *p. p. от* overtake

overthrew [əuvə'θru:] *past от* overthrow

overthrow **1.** *v* [əuvə'θrəu] (overthrew; overthrown) 1) опроки́дывать 2) сверга́ть **2.** *n* ['əuvəθrəu] ниспроверже́ние; **~n** [əuvə'θrəun] *p. p. от* overthrow

overtook [əuvə'tuk] *past от* overtake

overturn [əuvə'tɜ:n] 1) опроки́дывать(ся) 2) ниспроверга́ть

overwhelm [əuvə'welm] 1) засыпа́ть; забра́сывать (*вопросами и т.п.*) 2) сокруша́ть; be ~ed быть ошеломлённым

owe [əu] быть до́лжным; быть обя́занным

owing ['əuɪŋ]: ~ to благодаря́

owl [əul] сова́

own [əun] **1.** *v* 1) облада́ть; владе́ть 2) признава́ть(ся); ~ one's faults призна́ть свои́ оши́бки **2.** *a* 1) со́бственный 2): my ~ мой дорого́й

owner ['əunə] облада́тель; владе́лец, со́бственник; **~ship** [-ʃɪp] владе́ние; пра́во со́бственности

ox [ɔks] бык; вол; **~en** ['ɔksən] *pl от* ox

Oxford ['ɔksfəd] О́ксфорд

oxide ['ɔksaɪd] *n хим.* о́кись, о́кисел

oxygen ['ɔksɪdʒən] кислоро́д

oyster ['ɔɪstə] у́стрица

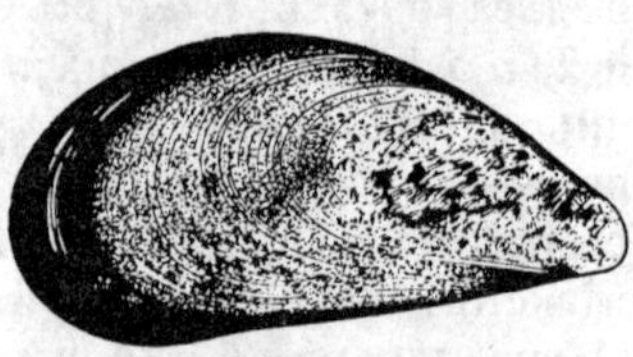

ozone ['əuzəun] озо́н; ~ layer озо́новый слой

P

pace [peɪs] **1.** *n* шаг **2.** *v* шага́ть

pacific [pə'sɪfək] ми́рный; миролюби́вый ◊ the Pacific Ти́хий океа́н

pack [pæk] **1.** *n* 1) упако́вка; ~ of cigarettes *амер.* па́чка сигаре́т 2) коло́да (*карт*) **2.** *v* упако́вывать(ся); **~age** ['pækɪdʒ] паке́т; свёрток

packet ['pækɪt] свя́зка, па́чка

pact [pækt] пакт, догово́р

pad [pæd] **1.** *n* мя́гкая прокла́дка, поду́шка **2.** *v* подбива́ть (*ватой и т.п.*)

paddle I [pædl] **1.** *n* коро́ткое весло́ **2.** *v* грести́ одни́м весло́м

paddle II [pædl] шлёпать по воде́

padlock ['pædlɔk] вися́чий замо́к

page [peɪdʒ] страни́ца

paid [peɪd] *past и p. p. от* pay 1

pail [peɪl] ведро́

pain [peɪn] **1.** *n* боль ◊ take ~s стара́ться **2.** *v* 1) причиня́ть боль 2) огорча́ть; **~ful** ['peɪnful] 1) боле́зненный 2) печа́льный (*о событии и т.п.*)

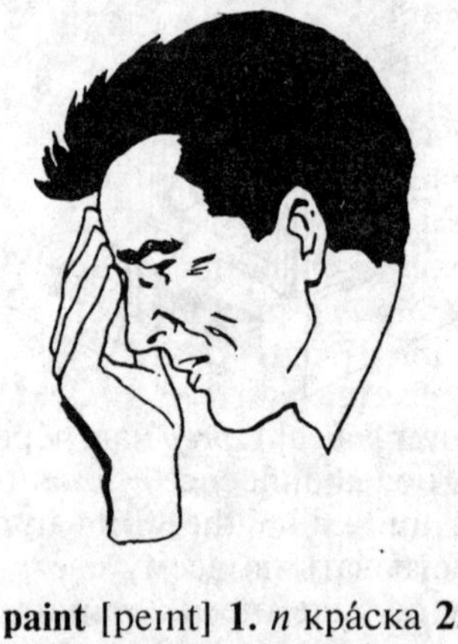

paint [peɪnt] **1.** *n* кра́ска **2.** *v* 1) кра́сить 2) писа́ть кра́сками; **~er** ['peɪntə] живопи́сец; **~ing** ['peɪntɪŋ] 1) жи́вопись 2) карти́на

pair [peə] па́ра; чета́

Pakistan [pɑ:kɪ'stɑ:n] Пакиста́н

pal [pæl] *разг.* прия́тель, това́рищ, дружо́к

palace ['pæləs] дворе́ц

pale [peɪl] **1.** *a* бле́дный **2.** *v* бледне́ть

palm I [pɑ:m] ладо́нь

palm II [pɑ:m] па́льма

pamphlet ['pæmflɪt] брошю́ра; памфле́т

Panama [pænə'mɑ:] Пана́ма

pancake ['pænkeɪk] блин

pane [peɪn] око́нное стекло́

pang [pæŋ] о́страя боль; ~s of conscience угрызе́ния со́вести

panic ['pænɪk] па́ника

pansy ['pænzɪ] *бот.* аню́тины гла́зки

pant [pænt] задыха́ться

panther ['pænθə] панте́ра

paper ['peɪpə] **1.** *n* 1) бума́га 2) обо́и 3) газе́та 4) *pl* докуме́нты **2.** *v*: ~ a room окле́ивать ко́мнату обо́ями

parachute ['pærаʃu:t] параш́ю́т

parade [pə'reɪd] **1.** *n* пара́д **2.** *v* 1) выступа́ть, уча́ствовать в пара́де 2) выставля́ть напока́з

paradise ['pærədaɪs] 1) рай 2) *театр.* галёрка

paragraph ['pærəgrɑ:f] 1) абза́ц 2) пара́граф

parallel ['pærəlel] паралле́льный

paralyse ['pærəlaɪz] парализова́ть

parcel [pɑ:sl] паке́т; посы́лка

pardon [pɑ:dn] **1.** *n* проще́ние; поми́лование; I beg your ~! прости́те! **2.** *v* проща́ть; (по)ми́ловать

parents ['peərənts] *pl* роди́тели

Paris ['pærɪs] Пари́ж

park [pɑ:k] **1.** *n* парк **2.** *v* поста́вить на стоя́нку (*автомашину*); паркова́ть

parking ['pɑ:kɪŋ] парко́вка; стоя́нка; no ~ стоя́нка запрещена́

parliament ['pɑ:ləmənt] парла́мент

parlour ['pɑ:lə] гости́ная

parrot ['pærət] попуга́й

parsley ['pɑ:slɪ] *бот.* петру́шка

part [pɑ:t] **1.** *n* 1) часть 2) уча́стие 3) роль 4) *амер.* пробо́р **2.** *v* 1) дели́ть(ся); разделя́ть(ся) 2) расстава́ться

partial ['pɑ:ʃəl] 1) части́чный 2) пристра́стный

participate [pɑ:'tɪsɪpeɪt] (in) принима́ть уча́стие, уча́ствовать

participle ['pɑ:tɪsɪpl] *грам.* прича́стие

particle ['pɑ:tɪkl] части́ца; not a ~ of truth in it ни крупи́цы и́стины в э́том

particular [pə'tɪkjulə] **1.** *a* 1) осо́бый, осо́бенный 2) определённый 3) привере́дливый **2.** *n* подро́бность; in ~ в ча́стности, в осо́бенности; **~ly** [-lɪ] осо́бенно

parting ['pɑ:tɪŋ] **1.** *n* 1) расстава́ние; разлу́ка 2) пробо́р **2.** *a* проща́льный

partisan [pɑ:rtɪ'zæn] 1) сторо́нник, приве́рженец 2) партиза́н

partition [pɑ:r'tɪʃn] 1) разде́л(е́ние), расчлене́ние 2) перего-ро́дка; перебо́рка

partly ['pɑ:tlɪ] части́чно, отча́сти, ча́стью

partner ['pɑ:tnə] 1) компаньо́н 2) партнёр

partridge ['pɑ:trɪdʒ] куропа́тка

party ['pɑ:tɪ] 1) гру́ппа 2) *полит.* па́ртия 3) *юр.* сторона́ 4) уча́стник 5) компа́ния 6) вечери́нка; tea ~ чаепи́тие

pass [pɑ:s] **1.** *v* 1) проходи́ть, проезжа́ть 2) минова́ть 3) сдать (*экзамен*) 4) передава́ть **2.** *n* 1) перева́л; уще́лье 2) про́пуск

passage ['pæsɪdʒ] 1) прохо́д; прое́зд 2) коридо́р 3) отры́вок (*из книги*)

passenger ['pæsɪndʒə] пассажи́р

passer-by ['pɑ:sə'baɪ] прохо́жий

passion [pæʃn] 1) страсть, пыл 2) гнев, я́рость; **~ate** ['pæʃənɪt] стра́стный

passive ['pæsɪv] 1) пасси́вный, безде́ятельный 2) *грам.* страда́тельный

passport ['pɑ:spɔ:t] па́спорт

past [pɑ:st] **1.** *a* 1) про́шлый, мину́вший; for some time ~ после́днее вре́мя 2) *грам.* проше́дший **2.** *n* про́шлое **3.** *adv* ми́мо; she walked ~ она́ прошла́ ми́мо **4.** *prep* за, по́сле; ~ four пя́тый час; ten minutes ~ four 10 мину́т пя́того

paste [peɪst] **1.** *n* 1) те́сто 2) кле́йстер; па́ста **2.** *v* кле́ить, скле́ивать

pastime ['pɑ:staɪm] прия́тное времяпрепровожде́ние, развлече́ние

pasture ['pɑ:stʃə] па́стбище

patch [pætʃ] **1.** *n* 1) запла́та 2) пятно́ **2.** *v* класть запла́ты, чини́ть

patent ['peɪtənt] **1.** *n* пате́нт **2.** *a* 1) я́вный 2) патенто́ванный; ~ leather лакиро́ванная ко́жа **3.** *v* брать пате́нт (*на что-л.*)

paternal [pə'tɜ:nəl] отцо́вский; оте́ческий

path [pɑ:θ] 1) доро́жка; тропи́нка 2) путь

pathetic [pə'θetɪk] тро́гательный

patience [peɪʃns] терпе́ние

patient [peɪʃnt] **1.** *n* пацие́нт, больно́й **2.** *a* терпели́вый

patriot ['pætrɪət] патрио́т; **~ic** [pætrɪ'ɔtɪk] патриоти́ческий; **~ism** ['pætrɪətɪzm] патриоти́зм

patronize ['pætrənaɪz] 1) покрови́тельствовать 2) относи́ться свысока́

pattern ['pætən] 1) образе́ц; модель 2) вы́кройка 3) узо́р

pause [pɔ:z] **1.** *n* па́уза; переды́шка **2.** *v* остана́вливать(ся); де́лать па́узу

pave [peɪv] мости́ть; ~ the way прокла́дывать путь, подготовля́ть; **~ment** ['peɪvmənt] 1) тротуа́р 2) *амер.* мостова́я

pavilion [pə'vɪljən] 1) пала́тка 2) павильо́н

paw [pɔ:] ла́па

pawn I [pɔ:n] *шахм.* пе́шка

pawn II [pɔ:n] закла́дывать

pay [peɪ] **1.** *v* (paid; paid) плати́ть; опла́чивать **2.** *n* пла́та, жа́лованье; **~ment** ['peɪmənt] упла́та, платёж

pea [pi:] горо́х

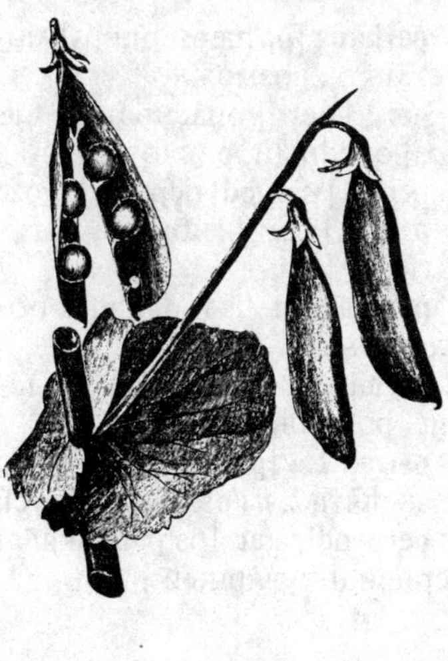

peace [pi:s] 1) мир; ~ policy ми́рная поли́тика 2) поко́й; **~able** ['pi:səbl] миролюби́вый; ми́рный; **~ful** ['pi:sful] ми́рный; споко́йный, ти́хий

peach [pi:tʃ] пе́рсик

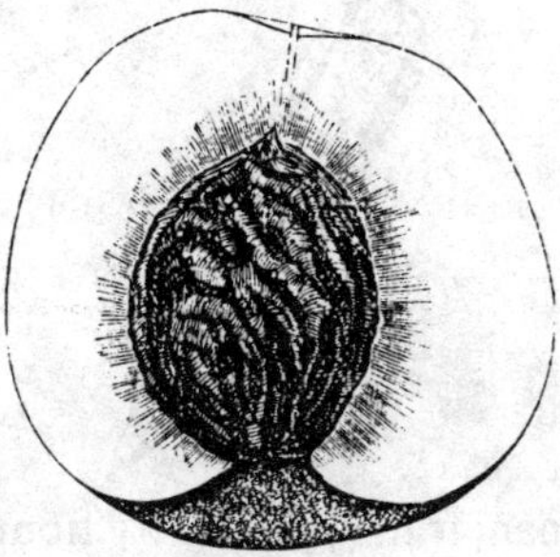

peacock ['pi:kɔk] павли́н

peak [pi:k] пик, верши́на

peanut ['pi:nʌt] земляно́й оре́х

pear [pɛə] гру́ша

pearl [pɜ:l] же́мчуг

peasant [peznt] крестья́нин

peat [pi:t] торф

pebble [pebl] га́лька

peck [pek] клева́ть

peculiar [pɪ'kju:ljə] 1) необы́чный, стра́нный 2) осо́бенный; ~ to сво́йственный

pedestrian [pɪ'destrɪən] пешехо́д

peel [pi:l] **1.** *n* 1) кожура́; шелуха́ 2) ко́рка **2.** *v* 1) чи́стить, обдира́ть (*кожу, кору*) 2) шелуши́ться

peep [pi:p] 1) прогля́дывать 2) вы́глядывать

peer I [pɪə] пэр, лорд

peer II [pɪə] всма́триваться

peg [peg] 1) ве́шалка 2) ко́лышек

Peking [pi:'kɪŋ] Пеки́н

pen [pen] перо́ (*писчее*)

penalty ['penəltɪ] наказа́ние; штраф

pence [pens] *pl* пе́нсы

pencil [pensl] каранда́ш

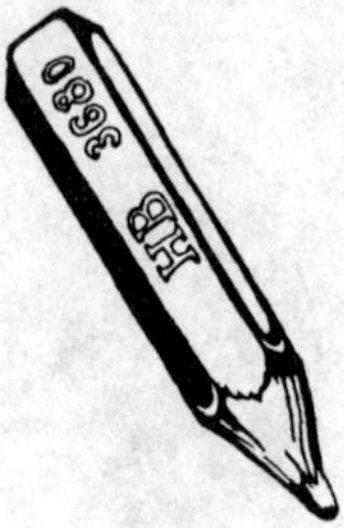

penetrate ['penɪtreɪt] проника́ть внутрь

penholder ['penhəuldə] ру́чка (*для пера*)

peninsula [pɪ'nɪnsjulə] полу́остров

penknife ['pennaɪf] перочи́нный но́ж(ик)

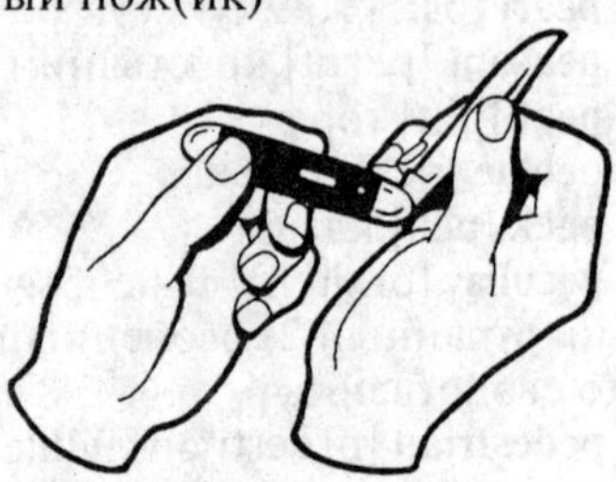

Pennsylvania [pensɪl'veɪnjə] Пенсильва́ния

penny [penɪ] пе́нни

pension [penʃn] пе́нсия

pentathlon [pen'tæθlɔn] пятибо́рье

people [pi:pl] **1.** *n* наро́д; лю́ди; young ~ молодёжь **2.** *v* населя́ть; заселя́ть

pepper ['pepə] пе́рец

per [pɜ:] 1) че́рез, посре́дством 2) в; на; ~ annum в год; ~ head на челове́ка

perceive [pə'si:v] 1) воспринима́ть 2) ощуща́ть

per cent [pə'sent] проце́нт

perception [pə'sepʃn] восприя́тие

perfect 1. *a* ['pɜ:fɪkt] соверше́нный **2.** *n* ['pɜ:fɪkt] *грам.* перфе́кт, соверше́нная фо́рма **3.** *v* [pə'fekt] соверше́нствовать; **~ion** [pə'fekʃn] соверше́нство

perform [pə'fɔ:m] исполня́ть, выполня́ть; **~ance** [-əns] 1) исполне́ние 2) *театр.* представле́ние

perfume 1. *n* ['pɜ:fju:m] 1) арома́т 2) духи́ **2.** *v* [pə'fju:m] (на-) души́ть

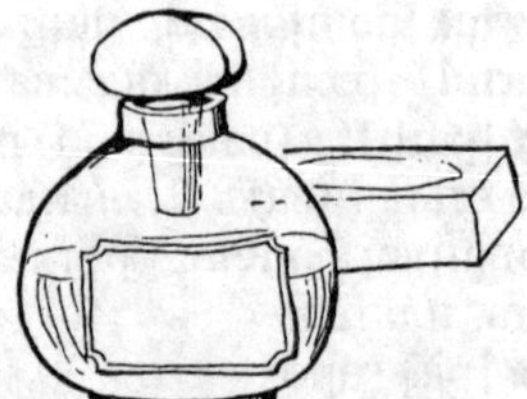

perhaps [pə'hæps, præps] мо́жет быть, возмо́жно

peril ['perɪl] опа́сность; **~ous** [-əs] опа́сный, риско́ванный

period ['pɪərɪəd] пери́од, эпо́ха

perish ['perɪʃ] ги́бнуть, погиба́ть

permanent ['pɜ:mənənt] постоя́нный

permission [pə'mɪʃn] позволе́ние, разреше́ние

permit 1. *v* [pə'mɪt] разреша́ть, позволя́ть **2.** *n* ['pɜ:mɪt] про́пуск

perpendicular [pɜ:pən'dɪkjulə] перпендикуля́рный

perpetual [pə'petjuəl] ве́чный; постоя́нный

perplex [pə'pleks] смуща́ть, озада́чивать

persecute ['pɜ:sıkju:t] пресле́довать

perseverance [pɜ:sı'vıərəns] насто́йчивость, упо́рство

Persian ['pɜ:ʃən] **1.** *a* перси́дский ◊ ~ cat анго́рская кошка **2.** *n* перс, ира́нец

persist [pə'sıst] упо́рствовать; **~ent** [-ənt] насто́йчивый, упо́рный

person [pɜ:sn] лицо́; осо́ба; челове́к; **~al** ['pɜ:snəl] ли́чный; ча́стный; **~ality** [pɜ:sə'nælıtı] ли́чность, индивидуа́льность; a strong ~ality си́льная ли́чность

perspire [pəs'paıə] поте́ть

persuade [pə'sweıd] убежда́ть

pertain [pə'teın] принадлежа́ть, относи́ться

perverse [pə'vɜ:s] 1) извращённый, испо́рченный 2) превра́тный

pest [pest] парази́т, вреди́тель; *перен.* я́зва, бич

pet [pet] **1.** *n* люби́мец, ба́ловень **2.** *v* балова́ть

petal [petl] лепесто́к

petition [pı'tıʃn] **1.** *n* пети́ция, проше́ние **2.** *v* подава́ть пети́цию

petrol ['petrəl] бензи́н

petroleum [pı'trəuljəm] 1) нефть 2) кероси́н

petticoat ['petıkəut] (ни́жняя) ю́бка

petty ['petı] ме́лкий

pharmacy ['fɑ:məsı] апте́ка

Philadelphia [fılə'delfjə] Филаде́льфия

philologist [fı'lɔlədʒıst] фило́лог

philology [fı'lɔlədʒı] филоло́гия

philosopher [fı'lɔsəfə] фило́соф

philosophy [fı'lɔsəfı] филосо́фия

phone [fəun] *разг.* **1.** *n* телефо́н **2.** *v* звони́ть по телефо́ну

photograph ['fəutəgrɑ:f] **1.** *n* фотогра́фия, сни́мок **2.** *v* фотографи́ровать

phrase [freız] фра́за; выраже́ние

physical ['fızıkəl] физи́ческий

physician [fı'zıʃn] врач

physicist ['fızısıst] фи́зик

physics ['fızıks] фи́зика

piano ['pjænəu] пиани́но; grand ~ роя́ль

pick [pık] 1) рвать, собира́ть (*цветы, фрукты*) 2) ковыря́ть 3) выбира́ть; ~ **out** выдёргивать; ~ out a tune подбира́ть мело́дию; ~ **up** а) поднима́ть, подбира́ть; б) схва́тывать, воспринима́ть

picture ['pıktʃə] 1) карти́на; иллюстра́ция 2) изображе́ние 3): the ~s кинокарти́ны, кино́

picturesque [pɪktʃə'resk] живопи́сный; о́бразный, я́ркий

pie [paɪ] пиро́г

piece [pi:s] 1) кусо́к 2) произведе́ние; пье́са; ~**work** ['pi:swɜ:k] сде́льная рабо́та

pier [pɪə] 1) при́стань 2) мол 3) сва́я, бык

pierce [pɪəs] 1) пронза́ть; протыка́ть 2) прони́зывать 3) проника́ть

pig [pɪg] свинья́

pigeon ['pɪdʒɪn] го́лубь

pike [paɪk] щу́ка

pile [paɪl] **1.** *n* ку́ча; гру́да; шта́бель **2.** *v* нагроможда́ть

pill [pɪl] пилю́ля

pillar ['pɪlə] коло́нна; столб; ~**-box** [-bɔks] почто́вый я́щик

pillow ['pɪləu] поду́шка; ~**-case** [-keɪs] на́волочка

pilot ['paɪlət] **1.** *n* 1) пило́т; лётчик 2) ло́цман **2.** *v* вести́, управля́ть; пилоти́ровать

pin [pɪn] **1.** *n* була́вка **2.** *v* прика́лывать

pincers ['pɪnsəz] *pl* кле́щи; щипцы́

pinch [pɪntʃ] **1.** *v* 1) щипа́ть 2) прищеми́ть **2.** *n* щипо́к

pine I [paɪn] сосна́

pine II [paɪn] (for) тоскова́ть

pineapple ['paɪnæpl] анана́с

pine-cone ['paɪnkəun] сосно́вая ши́шка

pink [pɪŋk] **1.** *a* ро́зовый **2.** *n* *бот.* гвозди́ка

pint [paɪnt] пи́нта (*0,57 литра*)

pioneer [paɪə'nɪə] пионе́р

pious ['paɪəs] на́божный

pipe [paɪp] 1) труба́ 2) (кури́тельная) тру́бка 3) ду́дка

pistol [pɪstl] револьве́р; пистоле́т

pit [pɪt] 1) я́ма; впа́дина 2) ша́хта, копь; карье́р 3) *театр.* за́дние ряды́ парте́ра

pitch [pɪtʃ] смола́

pitch-dark ['pɪtʃdɑ:k] темно́, хоть глаз вы́коли

piteous ['pɪtɪəs] жа́лкий, жа́лобный

pitiless ['pɪtɪlɪs] безжа́лостный

pity ['pɪtɪ] **1.** *n* жáлость **2.** *v* жалéть

pivot ['pɪvət] ось, стéржень

place [pleɪs] **1.** *n* мéсто ◊ take ~ имéть мéсто; состоя́ться **2.** *v* класть; помещáть

plain [pleɪn] **1.** *a* 1) я́сный; простóй 2) некраси́вый **2.** *n* равни́на

plaintive ['pleɪntɪv] жáлобный, зауны́вный

plait [plæt] косá (*волос*)

plan [plæn] **1.** *n* 1) план 2) схéма; проéкт **2.** *v* составля́ть план; плани́ровать

plane I [pleɪn] 1) плóскость 2) самолёт

plane II [pleɪn] **1.** *n* рубáнок **2.** *v* строгáть

planet ['plænɪt] планéта

plank [plæŋk] доскá

plant [plɑ:nt] **1.** *n* 1) растéние 2) завóд, фáбрика **2.** *v* 1) сажáть 2) насаждáть

plantation [plæn'teɪʃn] плантáция

plaster ['plɑ:stə] **1.** *n* 1) плáстырь; put a ~ on наклáдывать плáстырь 2) штукатýрка **2.** *v* штукатýрить

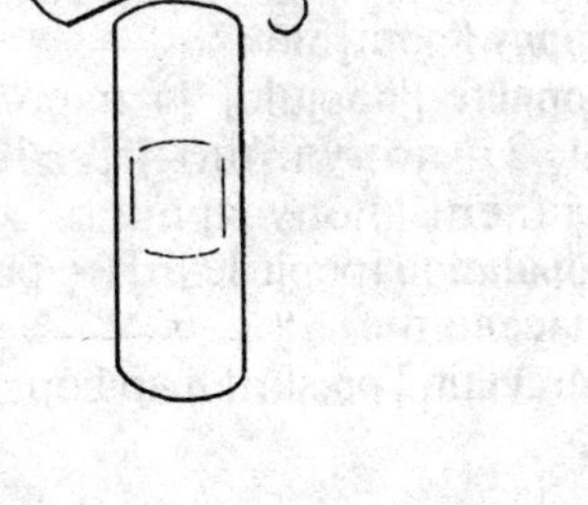

plate [pleɪt] тарéлка

platform ['plætfɔ:m] 1) платфóрма 2) трибýна

play [pleɪ] **1.** *n* 1) игрá 2) пьéса **2.** *v* игрáть; **~wright** ['pleɪraɪt] драмáтург

plead [pli:d] 1) защищáть дéло (*в суде*) 2) опрáвдывать(ся) 3) (for) проси́ть (*о чём-л.*)

pleasant [pleznt] прия́тный

please [pli:z] доставля́ть удовóльствие; be ~d быть довóльным; ~ пожáлуйста

pleasure ['pleʒə] удовóльствие

pleat [pli:t] склáдка

plenty ['plentɪ] (из)оби́лие; мнóжество; ~ of мнóго, скóлько угóдно

plot [plɔt] **1.** *n* 1) зáговор 2) фáбула, сюжéт 3) учáсток (*земли́*) **2.** *v* 1) замышля́ть; интриговáть, придýмывать 2) устрáивать зáговор

plough [plau] **1.** *n* плуг **2.** *v* пахáть

pluck I [plʌk] 1) ощи́пывать, выщи́пывать 2) рвать (*цветы*)

pluck II [plʌk] смéлость, отвáга

plucky ['plʌkɪ] смéлый, отвáжный

plum [plʌm] сли́ва

plump [plʌmp] пу́хлый, по́лный

plunder ['plʌndə] **1.** *n* добы́ча **2.** *v* гра́бить

plunge [plʌndʒ] **1.** *v* окуна́ть(ся), погружа́ть(ся) **2.** *n* погруже́ние

plural ['pluərəl] *грам.* мно́жественное число́

plus [plʌs] плюс

Plymouth ['plɪməθ] Пли́мут

plywood ['plaɪwud] фане́ра

p. m. ['pi:'em] (post meridiem) по́сле полу́дня

pocket ['pɔkɪt] **1.** *n* карма́н **2.** *v* 1) класть в карма́н 2) присва́ивать; ~ **book** [-buk] бума́жник

poem ['pəuɪm] поэ́ма; стихотворе́ние

poet ['pəuɪt] поэ́т; ~**ry** [-rɪ] поэ́зия; стихи́

point [pɔɪnt] **1.** *n* 1) то́чка 2) пункт; вопро́с; the ~ is де́ло в том 3) очко́ 4) остриё **2.** *v* пока́зывать (па́льцем); ~ **out** ука́зывать; ~**ed** ['pɔɪntɪd] 1) о́стрый 2) многозначи́тельный 3) соверше́нно очеви́дный

poison [pɔɪzn] **1.** *n* яд **2.** *v* отравля́ть; ~**ous** ['pɔɪznəs] ядови́тый

Poland ['pəulənd] По́льша

polar ['pəulə] поля́рный

Pole [pəul] поляк

pole I [pəul] шест; столб

pole II [pəul] по́люс

police [pə'li:s] поли́ция; ~**man** [-mən] полице́йский; ~ **-station** [-steɪʃn] полице́йский уча́сток

policy I ['pɔlɪsɪ] поли́тика

policy II ['pɔlɪsɪ] страхово́й по́лис

Polish ['pəulɪʃ] по́льский

polish [pɔlɪʃ] **1.** *v* полирова́ть, шлифова́ть **2.** *n* 1) полиро́вка 2) лоск; гля́нец

polite [pə'laɪt] ве́жливый, любе́зный

political [pə'lɪtɪkəl] полити́ческий

politician [pɔlɪ'tɪʃn] полити́ческий де́ятель, политик

politics ['pɔlɪtɪks] поли́тика

poll [pəul] **1.** *n* 1) подсчёт (*голосов*) 2) голосова́ние **2.** *v* 1) голосова́ть 2) подсчи́тывать голоса́

pomp [pɔmp] пы́шность, по́мпа

pond [pɔnd] пруд

pony ['pəunɪ] по́ни

pool [pu:l] лу́жа

poor [puə] 1) бе́дный 2) ску́дный; жа́лкий 3) плохо́й, нева́жный

pope [pəup] Па́па (Ри́мский)

poplar ['pɔplə] то́поль

poppy ['pɔpɪ] мак

popular ['pɔpjulə] 1) наро́дный 2) популя́рный; ~**ity** [pɔpju'lærɪtɪ] популя́рность

population [pɔpju'leɪʃn] (народо)населе́ние

porcelain ['pɔ:slɪn] фарфо́р

porch [pɔ:tʃ] 1) крыльцо́ 2) *амер.* вера́нда, терра́са

pore [pɔ:] по́ра

pork [pɔ:k] свини́на

porridge ['pɔrɪdʒ] (овся́ная) ка́ша

port [pɔ:t] порт, га́вань

porter [pɔ:tə] 1) носи́льщик 2) швейца́р

portion [pɔ:ʃn] часть, до́ля

Portsmouth ['pɔ:tsməθ] По́ртсмут

Portugal ['pɔ:tjugəl] Португа́лия

Portuguese [pɔ:tju'gi:z] **1.** *a* португа́льский **2.** *n* португа́лец

position [pə'zɪʃn] положе́ние; be in a ~ to + *inf.* быть в состоя́нии, мочь (*сделать что-л.*)

positive ['pɔzɪtɪv] **1.** *a* 1) положи́тельный 2) уме́ренный **2.** *n* *грам.* положи́тельная сте́пень

possess [pə'zes] владе́ть, облада́ть; ~**ion** [pə'zeʃn] владе́ние, облада́ние; ~**ive** [-ɪv] *грам.* притяжа́тельный; ~ive case роди́тельный паде́ж

possibility [pɔsɪ'bɪlɪtɪ] возмо́жность

possible ['pɔsɪbl] возмо́жный

post I [pəust] **1.** *n* столб **2.** *v* выве́шивать объявле́ние

post II [pəust] пост

post III [pəust] **1.** *n* по́чта (*утренняя и т.п.*) **2.** *v* отправля́ть по́чтой; ~**age** ['pəustɪdʒ] почто́вые расхо́ды; ~**al** ['pəustəl] почто́вый

posterity [pɔs'terɪtɪ] пото́мство

postman ['pəustmən] почтальо́н

post office ['pəustɔfɪs] по́чта, почто́вое отделе́ние

postpone [pəust'pəun] откла́дывать, отсро́чивать

pot [pɔt] горшо́к

potato(es) [pə'teɪtəu(z)] карто́фель

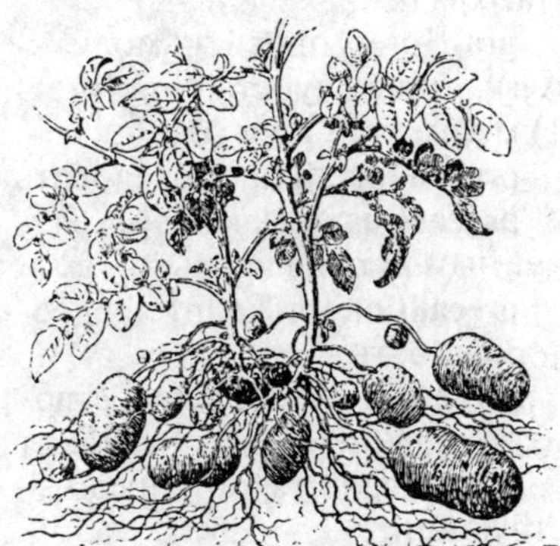

poultry ['pəultrɪ] дома́шняя пти́ца

pound I [paund] 1) толо́чь 2) колоти́ть

pound II [paund] 1) фунт 2) фунт сте́рлингов

pour [pɔ:] ли́ть(ся); it's ~ing идёт си́льный дождь; ~ **out** а) налива́ть; б) излива́ть

poverty ['pɔvətɪ] бе́дность

powder ['paudə] **1.** *n* 1) порошо́к 2) пу́дра 3) по́рох **2.** *v* 1) превраща́ть в порошо́к 2) пу́дрить(ся); ~**-puff** [-pʌf] пухо́вка

power ['pauə] 1) си́ла; мо́щность 2) власть 3) держа́ва; the Great Powers вели́кие держа́вы 4) *мат.* сте́пень; ~**ful** [-ful] могу́щественный, си́льный; мо́щный; ~**less** [-lɪs] бесси́льный

practical ['præktɪkəl] практи́ческий; ~**ly** [-ɪ] факти́чески

practice ['præktɪs] 1) пра́ктика 2) *воен.* уче́ние

practise ['præktɪs] 1) упражня́ть(ся) 2) практикова́ть (*о враче, юристе*)

Prague [prɑ:g] Пра́га

praise [preɪz] **1.** *v* хвали́ть **2.** *n* (по)хвала́

pray [preɪ] проси́ть; моли́ть(ся); ~! пожа́луйста!; ~**er** [preə] 1) моли́тва 2) про́сьба

preach [pri:tʃ] пропове́довать

precarious [prɪ'keərɪəs] 1) случа́йный 2) ненадёжный

precaution [prɪ'kɔ:ʃn] предосторо́жность

precede [prɪ'si:d] предше́ствовать; ~**nt** ['presɪdent] прецеде́нт

preceding [prɪ'si:dɪŋ] предше́ствующий

precious ['preʃəs] драгоце́нный

precipice ['presɪpɪs] про́пасть; обры́в

precise [prɪ'saɪs] то́чный

precision [prɪ'sɪʒn] то́чность

predecessor ['pri:dɪsesə] 1) предше́ственник 2) пре́док

predicate ['predɪkɪt] *грам.* сказу́емое

predict [prɪ'dɪkt] предска́зывать; ~**ion** [prɪ'dɪkʃn] предсказа́ние

preface ['prefɪs] предисло́вие

prefer [prɪ'fɜ:] предпочита́ть; ~**ence** ['prefərəns] 1) предпочте́ние 2) преиму́щество

prefix ['pri:fɪks] *грам.* пре́фикс, приста́вка

pregnant ['pregnənt] 1) бере́менная 2) чрева́тый (*последствиями и т.п.*)

prejudice ['predʒudɪs] **1.** *n* 1) предубежде́ние 2) предрассу́док 3) вред, уще́рб **2.** *v* 1) предубежда́ть 2) наноси́ть уще́рб, причиня́ть вред

preliminary [prɪ'lɪmɪnərɪ] предвари́тельный

premise ['premɪs] 1) предпосы́лка 2) *pl* помеще́ние

premium ['pri:mjəm] 1) (страхова́я) пре́мия 2) страхово́й взнос

preparation [prepə'reɪʃn] приготовле́ние; подгото́вка

prepare [prɪ'peə] пригота́вливать(ся), подгота́вливать(ся)

preposition [prepə'zɪʃn] *грам.* предло́г

prescription [prɪs'krɪpʃn] 1) предписа́ние 2) реце́пт

presence [prezns] прису́тствие

present I [preznt] **1.** *a* 1) прису́тствующий 2) тепе́решний, настоя́щий; ~ tense *грам.* настоя́щее вре́мя **2.** *n* настоя́щее вре́мя; at ~ тепе́рь, в да́нное вре́мя; for the ~ пока́

present II **1.** *n* [preznt] пода́рок **2.** *v* [prɪ'zent] 1) представля́ть 2) преподноси́ть, дари́ть

presentiment [prɪ'zentɪmənt] предчу́вствие

presently ['prezntlɪ] вско́ре; I'm coming ~ я сейча́с приду́

preservation [prezɜ:'veɪʃn] 1) сохране́ние 2) сохра́нность 3) консерви́рование

preserve [prɪ'zɜ:v] 1) сохраня́ть 2) консерви́ровать

preside [prɪ'zaɪd] председа́тельствовать

president ['prezɪdənt] 1) председа́тель 2) президе́нт

press [pres] **1.** *v* 1) нажима́ть; выжима́ть; прижима́ть 2) гла́дить 3) наста́ивать **2.** *n* 1) пресс 2) печа́ть, пре́сса; **~ing** ['presɪŋ] 1) неотло́жный, спе́шный 2) настоя́тельный

pressure ['preʃə] давле́ние; нажи́м

presumptuous [prə'zʌmptjuəs] самонаде́янный; наха́льный

pretend [prɪ'tend] притворя́ться, де́лать вид

pretext ['pri:tekst] предло́г, отгово́рка

Pretoria [prə'tɔ:rɪə] Прето́рия

pretty ['prɪtɪ] **1.** *a* хоро́шенький **2.** *adv разг.* дово́льно; it's ~ hot here здесь дово́льно жа́рко

prevail [prɪ'veɪl] 1) преоблада́ть; госпо́дствовать 2) (over) побежда́ть; truth will ~ пра́вда победи́т; ~ **(up)on** убежда́ть, уговáривать

prevalent ['prevələnt] преоблада́ющий

prevent [prɪ'vent] 1) предотвраща́ть 2) меша́ть; **~ion** [prɪ'venʃn] предотвраще́ние; предупрежде́ние

previous ['pri:vjəs] **1.** *a* преды́дущий, предше́ствующий **2.** *adv:* ~ to до

pre-war ['pri:'wɔ:] довое́нный

prey [preɪ] добы́ча; *перен.* же́ртва; beast of ~ хи́щное живо́тное; fall a ~ to стать же́ртвой

price [praɪs] цена́; **~less** ['praɪslɪs] бесце́нный

prick [prɪk] (у)коло́ть(ся); **~ly** ['prɪklɪ] колю́чий

pride [praɪd] го́рдость; take a ~ in горди́ться чем-л.

priest [pri:st] свяще́нник

primary ['praɪmərɪ] (перво)нача́льный, перви́чный; основно́й

prime [praɪm] **1.** *a* гла́вный; Prime Minister премье́р-мини́стр **2.** *n:* in the ~ of life во цве́те лет

primitive ['prɪmɪtɪv] 1) примити́вный 2) первобы́тный

prince [prɪns] принц; князь

principal ['prɪnsəpəl] гла́вный, основно́й; важне́йший

principle ['prɪnsəpl] при́нцип; пра́вило; on ~ из при́нципа, принципиа́льно

print [prɪnt] **1.** *n* 1) о́ттиск 2) печа́ть 3) шрифт 4) ситец **2.** *v* печа́тать

printer ['prɪntə] при́нтер; laser ~ ла́зерный при́нтер

priority [praɪ'ɔrɪtɪ] приорите́т

prison [prɪzn] тюрьма́; **~er** ['prɪənə] 1) заключённый 2) (военно)пле́нный

private ['praɪvɪt] **1.** *a* ча́стный; ли́чный **2.** *n* рядово́й

privilege ['prɪvɪlɪdʒ] привиле́гия, преиму́щество; **~d** [-d] привилегиро́ванный

prize [praɪz] **1.** *n* 1) пре́мия; награ́да; приз 2) вы́игрыш **2.** *v* высоко́ цени́ть

probability [prɔbə'bɪlɪtɪ] вероя́тность

probably ['prɔbəblɪ] вероя́тно

problem ['prɔbləm] пробле́ма; зада́ча

proceed [prə'si:d] 1) продолжа́ть 2) происходи́ть 3) приступа́ть, переходи́ть (*к чему-л.*); **~ing** [-ɪŋ] 1) посту́пок 2) мероприя́тие 3) *pl* протоко́лы; запи́ски

process ['prəuses] проце́сс

procession [prə'seʃn] проце́ссия

proclaim [prə'kleɪm] провозглаша́ть; объявля́ть

proclamation [prɔklə'meɪʃn] воззва́ние; проклама́ция

procure [prə'kjuə] достава́ть, добыва́ть

produce 1. *v* [prə'dju:s] 1) производи́ть 2) предъявля́ть **2.** *n* ['prɔdju:s] проду́кция, проду́кт

producer [prə'dju:sə] продю́сер; постано́вщик

product ['prɔdəkt] проду́кт; результа́т; плоды́; **~ion** [prə'dʌkʃn] 1) произво́дство 2) проду́кция

profession [prə'feʃn] профе́ссия; **~al** [prə'feʃənəl] **1.** *a* профессиона́льный **2.** *n* профессиона́л; специали́ст

professor [prə'fesə] профе́ссор

profit ['prɔfɪt] **1.** *n* 1) вы́года, по́льза 2) при́быль **2.** *v* 1) приноси́ть по́льзу 2) извлека́ть по́льзу; **~able** [-əbl] 1) при́быльный; вы́годный 2) поле́зный

profound [prə'faund] глубо́кий

program(me) ['prəugræm] програ́мма

programmer ['prəugræmə] программи́ст

programming ['prəugræmɪŋ] программи́рование

progress 1. *n* ['prəugres] продвиже́ние; разви́тие, прогре́сс **2.** *v* [prə'gres] продвига́ться; де́лать успе́хи; **~ive** [prə'gresɪv] 1) прогресси́вный, передово́й 2) возраста́ющий; прогресси́рующий

prohibit [prə'hɪbɪt] запреща́ть; **~ion** [prəuɪ'bɪʃn] 1) запреще́ние 2) «сухо́й» зако́н

project 1. *n* ['prɔdʒekt] прое́кт **2.** *v* [prə'dʒekt] 1) проекти́ровать 2) выдава́ться

prolong [prə'lɔŋ] продлева́ть

prominent ['prɔmɪnənt] выдающийся, ви́дный

promise ['prɔmɪs] **1.** *n* обеща́ние **2.** *v* обеща́ть

promote [prə'məut] 1) повыша́ть; производи́ть (*в чин*) 2) соде́йствовать

promotion [prə'məuʃn] 1) повыше́ние; выдвиже́ние 2) соде́йствие

prompt [prɔmpt] **1.** *a* бы́стрый, неме́дленный **2.** *v* 1) побужда́ть 2) подска́зывать; **~er** ['prɔmptə] суфлёр

pronoun ['prəunaun] *грам.* местоиме́ние

pronounce [prə'nauns] произноси́ть

pronunciation [prənʌnsɪ'eɪʃn] произноше́ние

proof [pru:f] **1.** *n* 1) доказа́тельство 2) корректу́ра; о́ттиск **2.** *a:* ~ against *smth.* неуязви́мый

prop [prɔp] **1.** *n* 1) подпо́рка 2) опо́ра **2.** *v* подпира́ть

propaganda [prɔpə'gændə] пропага́нда

proper ['prɔpə] 1) сво́йственный 2) пра́вильный; надлежа́щий 3): ~ name, ~ noun *грам.* и́мя со́бственное; **~ly** [-lɪ] как сле́дует; **~ty** [-tɪ] 1) со́бственность, иму́щество 2) сво́йство

prophesy ['prɔfɪsaɪ] проро́чить

prophet ['prɔfɪt] проро́к; **~ic** [prə'fetɪk] проро́ческий

proportion [prə'pɔ:ʃn] пропо́рция, отноше́ние

proposal [prə'pəuzəl] предложе́ние

propose [prə'pəuz] 1) предлага́ть 2) де́лать предложе́ние

proposition [prɔpə'zɪʃn] 1) предложе́ние 2) план, прое́кт

proprietor [prə'praɪətə] со́бственник, владе́лец

prose [prəuz] про́за

prosecute ['prɔsɪkju:t] пресле́довать по суду́

prospect **1.** *n* ['prɔspekt] 1) перспекти́ва 2) вид **2.** *v* [prəs'pekt] разве́дывать (*земные недра*)

prosper ['prɔspə] процвета́ть; **~ity** [prɔs'perɪtɪ] процвета́ние; **~ous** ['prɔspərəs] процвета́ющий

protect [prə'tekt] 1) защища́ть 2) покрови́тельствовать; **~ion** [prə'tekʃn] 1) защи́та 2) покрови́тельство; **~or** [-ə] защи́тник; покрови́тель

protest **1.** *v* [prə'test] протестова́ть **2.** *n* ['prəutest] проте́ст

proud [praud] го́рдый; be ~ of горди́ться

prove [pru:v] 1) дока́зывать 2) ока́зываться (*кем-л., чем-л.*)

proverb ['prɔvəb] посло́вица

provide [prə'vaɪd] 1) снабжа́ть 2) обеспе́чивать; **~d** [-ɪd] е́сли, при усло́вии

providence ['prɔvɪdəns] провиде́ние

province ['prɔvɪns] 1) прови́нция; о́бласть 2) сфе́ра де́ятельности

provision [prə'vɪʒn] 1) обеспе́чение, снабже́ние 2) *pl* прови́зия 3) усло́вие

provocation [prɔvə'keɪʃn] провока́ция

provocative [prə'vɔkətɪv] 1) вызыва́ющий 2) провокацио́нный

provoke [prə'vəuk] 1) вызыва́ть 2) провоци́ровать

prudent ['pru:dənt] осторо́жный, благоразу́мный

public ['pʌblɪk] **1.** *a* публи́чный; обще́ственный **2.** *n:* the ~ пу́блика

publication [pʌblɪ'keɪʃn] 1) опубликова́ние; публика́ция 2) изда́ние

publicity [pʌb'lɪsɪtɪ] 1) гла́сность 2) рекла́ма

publish ['pʌblɪʃ] издава́ть; ~**er** [-ə] изда́тель

pudding ['pudɪŋ] пу́динг

puff [pʌf] **1.** *n* 1) дымо́к 2) дунове́ние (*ветра*) **2.** *v* дыми́ть, попы́хивать

pull [pul] **1.** *v* 1) тяну́ть, тащи́ть 2) дёргать 3) нажа́ть (*курок*) **2.** *n* рыво́к

pulp [pʌlp] 1) мя́коть 2) бума́жная ма́сса

pulse [pʌls] **1.** *n* пульс **2.** *v* пульси́ровать

pump [pʌmp] **1.** *n* насо́с; по́мпа **2.** *v* кача́ть, выка́чивать

pumpkin ['pʌmpkɪn] ты́ква

punch I [pʌntʃ] пробива́ть (отве́рстия)

punch II [pʌntʃ] **1.** *v* ударя́ть кулако́м **2.** *n* уда́р кулако́м

punch III [pʌntʃ] пунш

punctual ['pʌŋktjuəl] пункту́альный, аккура́тный

punctuation [pʌnktju'eɪʃn]: ~ marks зна́ки препина́ния

punish ['pʌnɪʃ] нака́зывать; ~**ment** [-mənt] нака́зание

pupil I [pju:pl] учени́к

pupil II [pju:pl] зрачо́к

puppet ['pʌpɪt] марионе́тка

puppy ['pʌpɪ] щено́к

purchase ['pз:tʃəs] **1.** *v* покупа́ть **2.** *n* поку́пка

pure [pjuə] 1) чи́стый; беспри́месный 2) непоро́чный 3) чисте́йший; ~ imagination чисте́йшая вы́думка

purge [pз:dʒ] чи́стка

purity ['pjuərɪtɪ] чистота́; непоро́чность

purple [pз:pl] лило́вый; мали́новый

purpose ['pз:pəs] цель, наме́рение; on ~ наро́чно; to no ~ тще́тно

purse [pз:s] кошелёк; *перен.* де́ньги

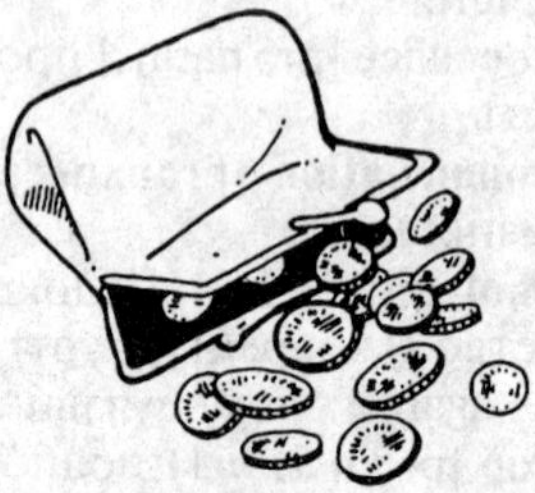

pursue [pə'sju:] пресле́довать

pursuit [pə'sju:t] 1) пресле́дование; пого́ня 2) заня́тие

push [puʃ] **1.** *v* 1) толка́ть, продвига́ть 2) прота́лкиваться **2.** *n* 1) толчо́к; уда́р 2) эне́ргия, реши́мость

put [put] (put; put) класть; ста́вить; ~ **down** запи́сывать; ~ **in** вставля́ть; ~ **off** откла́дывать; ~ **on** надева́ть; ~ **out** туши́ть

puzzle [pʌzl] **1.** *n* зада́ча; зага́д-ка **2.** *v* озада́чивать, ста́вить в тупи́к; ~ **over** лома́ть себе́ го́лову над

Pyongyang ['pjз:ɔŋ'jɑ:ŋ] Пхенья́н

pyramid ['pɪrəmɪd] пирами́да

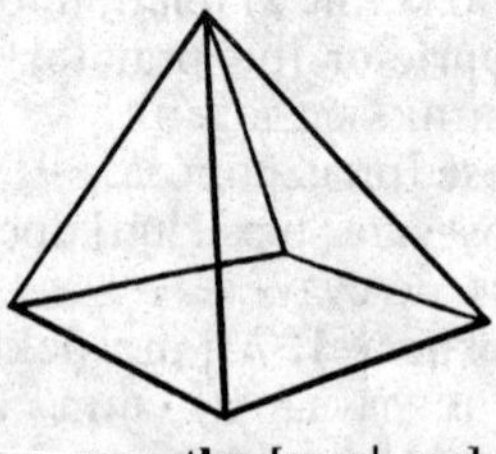

Pyrenees, the [pɪrə'nɪ:z] Пирене́и

Q

qualification [kwɔlɪfɪ'keɪʃn] 1) квалифика́ция 2) огово́рка, ограни́чение 3) сво́йство, ка́чество

quality ['kwɔlɪtɪ] 1) ка́чество; досто́инство 2) сво́йство

quantity ['kwɔntɪtɪ] коли́чество

quarrel ['kwɔrəl] **1.** *n* ссо́ра **2.** *v* ссо́риться

quarry ['kwɔrɪ] каменоло́мня, карье́р

quarter ['kwɔ:tə] **1.** *n* 1) че́тверть 2) кварта́л (*го́да*) *3*) *амер.* моне́та в 25 це́нтов 4) *pl* жили́ще; *воен.* кварти́ры; каза́рма **2.** *v* (on) расквартиро́вывать

quay [ki:] на́бережная

Quebec [kwɪ'bek] Квебе́к

queen [kwi:n] 1) короле́ва 2) *шахм.* ферзь

queer [kwɪə] 1) стра́нный, эксцентри́чный 2): feel ~ пло́хо себя́ чу́вствовать

quench [kwentʃ] утоля́ть (*жажду*)

quest [kwest] по́иски

question [kwestʃn] **1.** *n* вопро́с **2.** *v* 1) задава́ть вопро́с(ы), спра́шивать 2) подверга́ть сомне́нию

questionnaire [kwestɪə'neə] вопро́сник, анке́та

queue [kju:] **1.** *n* о́чередь **2.** *v* (up) стоя́ть в о́череди

quick [kwɪk] **1.** *a* бы́стрый **2.** *adv* бы́стро; be ~! скоре́е!; **~ly** ['kwɪklɪ] бы́стро, прово́рно

quicksilver ['kwɪksɪlvə] ртуть

quiet ['kwaɪət] **1.** *n* поко́й, тишина́ **2.** *a* споко́йный, ти́хий **3.** *v* успока́ивать(ся); ~ **down** утиха́ть

quilt [kwɪlt] стёганое одея́ло

quit [kwɪt] оставля́ть, покида́ть

quite [kwaɪt] соверше́нно, вполне́, совсе́м, всеце́ло

quits [kwɪts]: be ~ расквита́ться

quiver ['kwɪvə] **1.** *v* дрожа́ть; трепета́ть **2.** *n* дрожь; тре́пет

quotation [kwəu'teɪʃn] цита́та; **~-marks** [-mɑ:ks] *pl* кавы́чки

quote [kwəut] цити́ровать; ссыла́ться

R

rabbit ['ræbɪt] кро́лик

race I [reɪs] го́нка; *pl* бега́, го́нки, ска́чки

race II [reɪs] ра́са

racial ['reɪʃəl] ра́совый

radiant ['reɪdjənt] 1) лучи́стый 2) сия́ющий; лучеза́рный

radiator ['reɪdɪeɪtə] радиа́тор

radical ['rædɪkəl] **1.** *a* коренно́й; основно́й; радика́льный **2.** *n* радика́л

radio ['reɪdɪəu] ра́дио

radioactive ['reɪdɪəu'æktɪv] радиоакти́вный

radish ['rædɪʃ] реди́ска

rag [rag] 1) тря́пка 2) *pl* лохмо́тья

rage [reɪdʒ] **1.** *n* я́рость **2.** *v* беси́ться; бушева́ть

ragged ['rægɪd] истрёпанный; обо́рванный; рва́ный

raid [reɪd] налёт

rail [reɪl] 1) пери́ла 2) перекла́дина 3) рельс; go by ~ е́хать по́ездом

railing ['reɪlɪŋ] огра́да; пери́ла

railroad ['reɪlrəud] *амер.* желе́зная доро́га

railway ['reɪlweɪ] желе́зная доро́га

rain [reɪn] **1.** *n* дождь **2.** *v:* it ~s, it is ~ing дождь идёт; ~**bow** ['reɪnbəu] ра́дуга; ~**coat** ['reɪnkəut] дождеви́к, плащ

rainy ['reɪnɪ] дождли́вый

raise [reɪz] **1.** *v* 1) поднима́ть; ~ one's hopes возбужда́ть наде́жды; ~ one's voice повыша́ть го́лос 2) воспи́тывать 3) выра́щивать; разводи́ть **2.** *n амер.* повыше́ние (*зарплаты*)

raisin [reɪzn] изю́м

rake [reɪk] **1.** *n* гра́бли **2.** *v* сгреба́ть

ram [ræm] бара́н

ran [ræn] *past от* run 1

ranch [rɑːntʃ] ра́нчо, (скотово́дческая) фе́рма

random ['rændəm]: at ~ наугáд, наобу́м

rang [ræŋ] *past от* ring II, 1

range [reɪndʒ] **1.** *n* 1) го́рная цепь 2) преде́л; разма́х, диапазо́н 3) ку́хонная плита́ **2.** *v* 1) простира́ться 2) выстра́ивать(ся) в ряд; ста́вить в поря́дке

rank [ræŋk] 1) ряд, шере́нга 2) чин, ранг, разря́д

ransom ['rænsəm] **1.** *n* вы́куп **2.** *v* выкупа́ть

rapid ['ræpɪd] **1.** *a* бы́стрый, ско́рый **2.** *n pl* поро́ги (*реки*)

rapture ['ræptʃə] восто́рг; восхище́ние

rare [reə] ре́дкий; необыкнове́нный

rash I [ræʃ] стреми́тельный; поспе́шный; опроме́тчивый

rash II [ræʃ] сыпь

raspberry [ˈrɑːzbərɪ] мали́на

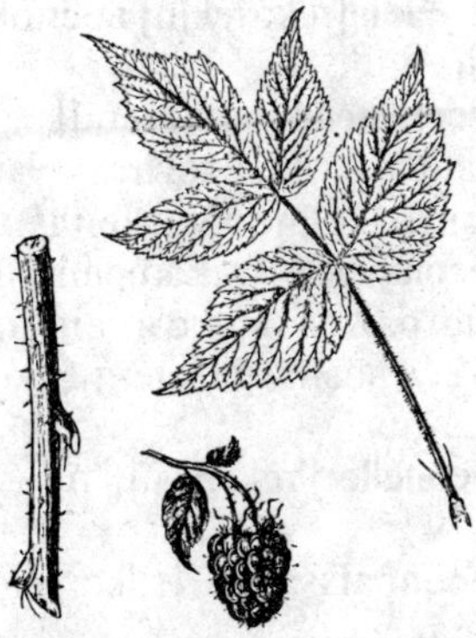

rat [ræt] кры́са

rate [reɪt] **1.** *n* 1) но́рма; расце́нка; ста́вка 2) темп; ско́рость 3) нало́г ◊ at any ~ во вся́ком слу́чае; at this ~ в тако́м слу́чае, при таки́х усло́виях **2.** *v* оце́нивать

rather [ˈrɑːðə] 1) скоре́е, лу́чше 2) слегка́; не́сколько

ratify [ˈrætɪfaɪ] ратифици́ровать

ration [ræʃn] паёк

rational [ˈræʃnəl] разу́мный, рациона́льный

rattle [rætl] **1.** *v* треща́ть; греме́ть; грохота́ть **2.** *n* 1) треск, гро́хот 2) погрему́шка; трещо́тка

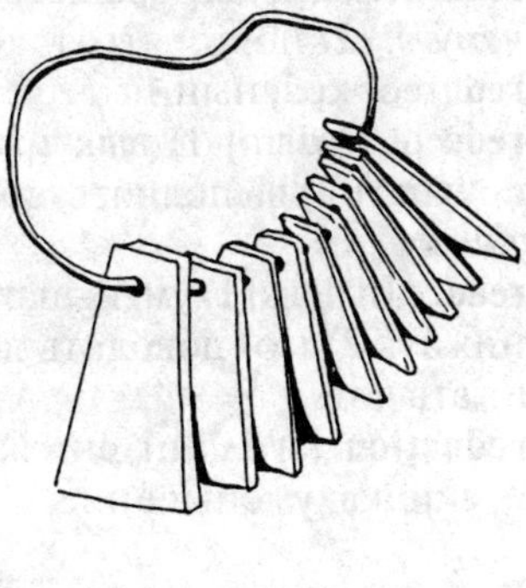

raven [reɪvn] во́рон

raw [rɔː] сыро́й; необрабо́танный; ~ material сырьё

ray [reɪ] луч

razor [ˈreɪzə] бри́тва

re [riː] *юр.*: ~ your letter ссыла́ясь на Ва́ше письмо́

re- [riː-] *приставка* пе́ре-, сно́ва, обра́тно

reach [riːtʃ] **1.** *v* 1) достига́ть; доходи́ть; доезжа́ть 2) достава́ть; дотя́гиваться 3) простира́ться **2.** *n:* within ~ в преде́лах досяга́емости; под руко́й; out of ~ вне преде́лов досяга́емости

reaction [riːˈækʃn] реа́кция

read [riːd] (read [red]; read [red]) чита́ть; **~er** [ˈriːdə] 1) чита́тель 2) чтец; **~ing** [ˈriːdɪŋ] 1) чте́ние 2) вариа́нт те́кста, разночте́ние

ready [ˈredɪ] гото́вый ◊ ~ money нали́чные де́ньги

ready-made [ˈredɪˈmeɪd] гото́вый (*о платье*)

real [rɪəl] 1) действи́тельный, настоя́щий 2): ~ estate недви́жимость

realistic [rɪəˈlɪstɪk] реалисти́ческий; тре́звый

reality [riːˈælɪtɪ] действи́тельность

realize [ˈrɪəlaɪz] 1) осуществля́ть 2) понима́ть; представля́ть себе́

really [ˈrɪəlɪ] действи́тельно, в са́мом де́ле

reap [riːp] 1) жать 2) пожина́ть; **~er** [ˈriːpə] 1) жнец, жни́ца 2) жа́твенная маши́на, жа́тка

rear I [rɪə] **1.** *a* за́дний **2.** *n* тыл; за́дняя сторона́; in the ~ в тылу́

rear II [rɪə] 1) станови́ться на дыбы́ 2) воспи́тывать, выра́щивать

reason [ri:zn] **1.** *n* 1) причи́на, основа́ние; до́вод 2) ра́зум, благоразу́мие **2.** *v* рассужда́ть; **~able** ['ri:zənəbl] 1) разу́мный 2) прие́млемый (*о цене*)

reassure [ri:ə'ʃuə] успока́ивать

rebel 1. *n* [rebl] повста́нец; бунтовщи́к **2.** *v* [rɪ'bel] восстава́ть; **~lion** [rɪ'beljən] восста́ние; бунт; **~lious** [rɪ'belɪəs] мяте́жный, бунта́рский

recall [rɪ'kɔ:l] **1.** *v* 1) отзыва́ть 2) отменя́ть 3) вспомина́ть **2.** *n* отозва́ние (*представителя, посланника и т.п.*)

receipt [rɪ'si:t] 1) получе́ние 2) распи́ска, квита́нция

receive [rɪ'si:v] 1) получа́ть 2) принима́ть (*гостей*)

receiver [rɪ'si:və] 1) получа́тель 2) *тех.* приёмник 3) тру́бка (*телефонная*)

recent [ri:snt] неда́вний, но́вый, све́жий; **~ly** ['ri:sntlɪ] неда́вно

reception [rɪ'sepʃn] 1) приём 2) восприя́тие

recite [rɪ'saɪt] чита́ть, деклами́ровать

reckless ['reklɪs] отча́янный; безрассу́дный; опроме́тчивый

reckon ['rekən] счита́ть, подсчи́тывать; ~ **on** рассчи́тывать на

recognition [rekəg'nɪʃn] призна́ние

recognize ['rekəgnaɪz] признава́ть; узнава́ть

recollect [rekə'lekt] припомина́ть; **~ion** [rekə'lekʃn] воспомина́ние

recommend [rekə'mend] рекомендова́ть, сове́товать; **~ation** [rekəmen'deɪʃn] рекоменда́ция

recompense ['rekəmpens] **1.** *v* вознагражда́ть; компенси́ровать **2.** *n* вознагражде́ние; компенса́ция

reconcile ['rekənsaɪl] примиря́ть

reconnaissance [rɪ'kɔnɪsəns] разве́дка

reconstruct ['ri:kənstrʌkt] реконструи́ровать; **~ion** ['ri:kənstrʌkʃn] реконстру́кция

record 1. *v* [rɪ'kɔ:d] запи́сывать; регистри́ровать **2.** *n* ['rekɔ:d] 1) за́пись; протоко́л 2) граммофо́нная пласти́нка 3) реко́рд 4) ли́чное де́ло; ~ of service послужно́й спи́сок ◊ bad ~ плоха́я репута́ция; off the ~ не подлежа́щий оглаше́нию

recover [rɪ'kʌvə] 1) возвраща́ть 2) выздора́вливать, поправля́ться; **~y** [rɪ'kʌvərɪ] 1) выздоровле́ние 2) восстановле́ние

recruit [rɪ'kru:t] **1.** *n* новобра́нец, ре́крут **2.** *v* вербова́ть

recur [rɪ'kɜ:] 1) возвраща́ться (*к чему-л.*) 2) повторя́ться

red [red] кра́сный

redeem [rɪ'di:m] 1) выкупа́ть 2) искупа́ть 3) выполня́ть (*обещание и т.п.*)

reduce [rɪ'dju:s] 1) уменьша́ть; понижа́ть 2) (to) доводи́ть до; снижа́ть до

reduction [rɪ'dʌkʃn] сниже́ние; ски́дка; уменьше́ние

reed [ri:d] тростни́к; камы́ш

reel I [ri:l] 1) кату́шка 2) *тех.* бараба́н

reel II [ri:l] поша́тываться, спотыка́ться

refer [rɪ'fɜ:] 1) ссыла́ться на 2) направля́ть кому́-л.; **~ence** ['refrəns] 1) спра́вка 2) ссы́лка; упомина́ние; with ~ence to а) ссыла́ясь на; б) относи́тельно

reflect [rɪ'flekt] 1) отража́ть(ся) 2) размышля́ть; **~ion** [rɪ'flekʃn] 1) отраже́ние 2) размышле́ние

reform [rɪ'fɔ:m] **1.** *v* реформи́ровать; исправля́ть(ся) **2.** *n* рефо́рма

refrain [rɪ'freɪn] (from) возде́рживаться (от)

refresh [rɪ'freʃ] освежа́ть; **~ment** [-mənt] 1) подкрепле́ние (*сил и т.п.*) 2) *pl* заку́ски и напи́тки; ~ment room буфе́т

refuge ['refju:dʒ] убе́жище; take ~ спаса́ться

refugee [refju:'dʒi:] 1) бе́женец 2) эмигра́нт

refusal [rɪ'fju:zəl] отка́з

refuse [rɪ'fju:z] отка́зывать(ся)

refute [rɪ'fju:t] опроверга́ть

regain [rɪ'geɪn] дости́чь; ~ the shore возврати́ться к бе́регу ◊ ~ consciousness прийти́ в себя́; ~ one's health попра́виться

regard [rɪ'gɑ:d] **1.** *v* 1) смотре́ть 2) рассма́тривать, счита́ть 3) каса́ться; as ~s что каса́ется **2.** *n* 1) уваже́ние 2) *pl* покло́н, приве́т; best ~s с наилу́чшими пожела́ниями (*в конце письма*) ◊ in (with) ~ to относи́тельно

regiment ['redʒɪment] полк

region ['ri:dʒən] 1) о́бласть 2) сфе́ра

register ['redʒɪstə] **1.** *n* журна́л (*записей*) **2.** *v* регистри́ровать; ~ed letter заказно́е письмо́

regret [rɪ'gret] **1.** *v* сожале́ть; раска́иваться **2.** *n* сожале́ние

regular ['regjulə] пра́вильный; регуля́рный

regulate ['regjuleɪt] 1) регули́ровать 2) приспоса́бливать

regulation [regju'leɪʃn] 1) регули́рование 2) *pl* пра́вила

rehearsal [rɪ'hɜ:səl] репети́ция

rehearse [rɪ'hɜ:s] репети́ровать

reign [reɪn] **1.** *n* ца́рствование; *перен.* госпо́дство **2.** *v* ца́рствовать; *перен.* госпо́дствовать

reindeer ['reɪndɪə] се́верный оле́нь

reinforce [ri:ɪn'fɔ:s] уси́ливать, подкрепля́ть; укрепля́ть

reins [reɪnz] *pl* пово́дья, во́жжи ◊ the ~ of government бразды́ правле́ния

reiterate [ri:'ɪtəreɪt] повторя́ть

reject [ri:'dʒekt] отверга́ть

rejoice [rɪ'dʒɔɪs] ра́довать(ся)

relate [rɪ'leɪt] расска́зывать

relation I [rɪ'leɪʃn] 1) отноше́ние 2) ро́дственник

relation II [rɪ'leɪʃn] повествова́ние, изложе́ние

relationship [rɪ'leɪʃnʃɪp] 1) родство́ 2) (взаимо)отноше́ние; связь

relative ['relətɪv] **1.** *a* относи́тельный; сравни́тельный **2.** *n* ро́дственник

relax [rɪ'læks] 1) ослабля́ть; смягча́ть 2) отдыха́ть, де́лать переды́шку

release [rɪ'li:s] **1.** *v* 1) освобожда́ть 2) отпуска́ть; выпуска́ть **2.** *n* освобожде́ние

relent [rɪ'lent] смягча́ться; **~less** [-lɪs] безжа́лостный

reliable [rɪ'laɪəbl] надёжный

reliance [rɪ'laɪəns] дове́рие; уве́ренность

relief [rɪ'li:f] 1) облегче́ние 2) по́мощь; посо́бие 3) сме́на (*дежурных и т.п.*)

relieve [rɪ'li:v] 1) облегча́ть 2) ока́зывать по́мощь 3) освобожда́ть 4) сменя́ть

religion [rɪ'lɪdʒn] рели́гия

religious [rɪ'lɪdʒəs] религи́озный

reluctant [rɪ'lʌktənt] нерасполо́женный; be ~ быть нерасполо́женным; **~ly** [-lɪ] неохо́тно

rely [rɪ'laɪ] (upon) полага́ться (на)

remain [rɪ'meɪn] **1.** *v* остава́ться **2.** *n pl* 1) оста́тки 2) оста́нки; **~der** [-də] оста́ток

remark [rɪ'mɑ:k] **1.** *v* замеча́ть **2.** *n* замеча́ние; **~able** [-əbl] замеча́тельный

remedy ['remɪdɪ] **1.** *n* 1) сре́дство 2) лека́рство **2.** *v* исправля́ть

remember [rɪ'membə] по́мнить, вспомина́ть

remembrance [rɪ'membrəns] воспомина́ние; па́мять

remind [rɪ'maɪnd] напомина́ть

reminiscence [remɪ'nɪsns] воспомина́ние

remnant ['remnənt] оста́ток

remorse [rɪ'mɔ:s] угрызе́ние со́вести

remote [rɪ'məut] отдалённый; уединённый

removal [rɪ'mu:vəl] 1) удале́ние; устране́ние 2) перее́зд на другу́ю кварти́ру

remove [rɪ'mu:v] 1) удаля́ть; устраня́ть; снима́ть 2) переезжа́ть

renew [rɪ'nju:] возобновля́ть

renounce [rɪ'nauns] 1) отка́зываться (*от прав и т.п*) 2) отрека́ться (*от друзей*)

rent [rent] **1.** *n* аре́ндная пла́та **2.** *v* нанима́ть *или* сдава́ть в аре́нду

repaid [ri:'peɪd] *past и p. p. от* repay

repair [rɪ'peə] **1.** *v* ремонти́ровать; исправля́ть **2.** *n* почи́нка, ремо́нт; in good ~ в хоро́шем состоя́нии

repay [ri:'peɪ] (repaid; repaid) возмеща́ть; отпла́чивать

repeal [rɪ'pi:l] **1.** *v* аннули́ровать, отменя́ть **2.** *n* аннули́рование, отме́на

repeat [rɪ'pi:t] повторя́ть

repel [rɪ'pel] отта́лкивать; внуша́ть отвраще́ние

repent [rɪ'pent] раска́иваться; **~ance** [-əns] раска́яние

repetition [repɪ'tɪʃn] повторе́ние

replace [ri:'pleɪs] 1) положи́ть обра́тно 2) заменя́ть; замеща́ть

reply [rɪ'plaɪ] **1.** *v* отвеча́ть **2.** *n* отве́т

report [rɪ'pɔ:t] **1.** *n* 1) докла́д; донесе́ние; ра́порт; отчёт 2) звук взры́ва, вы́стрела **2.** *v* сообща́ть; докла́дывать; **~er** [-ə] 1) докла́дчик 2) репортёр

repose [rɪ'pəuz] **1.** *v* 1) отдыха́ть 2) лежа́ть **2.** *n* о́тдых; поко́й

represent [reprɪ'zent] 1) представля́ть 2) изобража́ть; **~ation** [reprɪzen'teɪʃn] 1) представле́ние 2) изображе́ние

representative [reprɪ'zentətɪv] **1.** *n* представи́тель **2.** *a* представля́ющий; представи́тельный

repress [rɪ'pres] подавля́ть

reproach [rɪ'prəutʃ] **1.** *n* упрёк; осужде́ние **2.** *v* упрека́ть

reproduce [ri:prə'dju:s] воспроизводи́ть

reproduction [ri:prə'dʌkʃn] воспроизведе́ние, репроду́кция

reproof [rɪ'pru:f] порица́ние; вы́говор

reprove [rɪ'pru:v] порица́ть; де́лать вы́говор

reptile ['reptaɪl] пресмыка́ющееся

republic [rɪ'pʌblɪk] респу́блика

Republic of South Africa [rɪ'pʌblɪkəv'sauθ'æfrɪkə] Ю́жно-Африка́нская Респу́блика

repulse [rɪ'pʌls] **1.** *v* 1) отража́ть (*врага*) 2) отверга́ть; отта́лкивать **2.** *n* отпо́р

repulsive [rɪ'pʌlsɪv] отта́лкивающий, омерзи́тельный

reputation [repju:'teɪʃn] репута́ция

request [rɪ'kwest] **1.** *n* про́сьба **2.** *v* проси́ть

require [rɪ'kwaɪə] 1) нужда́ться (*в чём-л.*) 2) тре́бовать

rescue ['reskju:] **1.** *v* спаса́ть **2.** *n* спасе́ние; to the ~ на по́мощь

research [rɪ'sз:tʃ] иссле́дование; нау́чная рабо́та

resemblance [rɪ'zembləns] схо́дство

resemble [rɪ'zembl] походи́ть, име́ть схо́дство

resent [rɪ'zent] обижа́ться; возмуща́ться; **~ment** [-mənt] возмуще́ние

reservation [rezə'veɪʃn] 1) огово́рка 2) резерва́ция

reserve [rɪ'zз:v] **1.** *v* 1) сберега́ть; запаса́ть 2) резерви́ровать **2.** *n* 1) запа́с, резе́рв 2) сде́ржанность 3) запове́дник; **~d** [-d] скры́тный; сде́ржанный

reside [rɪ'zaɪd] прожива́ть; **~nce** ['rezɪdəns] местожи́тельство; резиде́нция; **~nt** ['rezɪdənt] посто́янный жи́тель

resign [rɪ'zaɪn] уходи́ть в отста́вку; ~ oneself to подчиня́ться, покоря́ться; **~ation** [rezɪg'neɪʃn] 1) отста́вка; заявле́ние об отста́вке 2) поко́рность; смире́ние

resigned [rɪ'zaɪnd] поко́рный, безро́потный

resist [rɪ'zɪst] сопротивля́ться; **~ance** [-əns] сопротивле́ние

resolute ['rezəlu:t] реши́тельный

resolution [rezə'lu:ʃn] 1) реше́ние, резолю́ция 2) реши́мость

resolve [rɪ'zɔlv] реша́ть(ся); принима́ть реше́ние

resort [rɪ'zɔ:t] **1.** *v* (to) прибега́ть (к) **2.** *n* прибе́жище; summer ~ да́чное ме́сто

resound [r'ɪzaund] 1) звуча́ть; оглаша́ть(ся) 2) греме́ть, производи́ть сенса́цию

respect [rɪs'pekt] **1.** *n* 1) уваже́ние 2) in ~ to в отноше́нии **2.** *v* уважа́ть; **~able** [-əbl] 1) почте́нный 2) поря́дочный; **~ful** [-ful] почти́тельный; **~ive** [-ɪv] соотве́тственный

respite ['respaɪt] переды́шка; отсро́чка

respond [rɪs'pɔnd] отвеча́ть; отзыва́ться

response [rɪs'pɔns] отве́т; о́тклик

responsibility [rɪspɔnsə'bɪlɪtɪ] 1) отве́тственность 2) обя́занность

responsible [rɪs'pɔnsəbl] отве́тственный; be ~ for отвеча́ть за

responsive [rɪs'pɔnsɪv] отзы́вчивый

rest I [rest] **1.** *n* 1) о́тдых, поко́й 2) опо́ра **2.** *v* 1) отдыха́ть; поко́иться 2) опира́ться

rest II [rest]: the ~ остально́е; остальны́е; оста́ток

restaurant ['restərɔ:ŋ] рестора́н

restless ['restlɪs] беспоко́йный, неугомо́нный

restoration [restə'reɪʃn] восстановле́ние, реставра́ция

restore [rɪ'stɔ:] 1) восстана́вливать, реставри́ровать 2) возвраща́ть

restrain [rɪs'treɪn] сде́рживать

restriction [rɪs'trɪkʃn] ограниче́ние

result [rɪ'zʌlt] **1.** *n* результа́т, сле́дствие **2.** *v*: ~ in конча́ться, име́ть результа́том

resume [rɪ'zju:m] возобновля́ть

retail **1.** *n* ['ri:teɪl] ро́зничная прода́жа **2.** *adv* ['ri:teɪl] в ро́зницу **3.** *v* [ri:'teɪl] продава́ть(ся) в ро́зницу

retain [rɪ'teɪn] сохраня́ть

retire [rɪ'taɪə] 1) удаля́ться 2) уходи́ть в отста́вку 3) ложи́ться спать; **~ment** [-mənt] 1) отста́вка 2) уедине́ние

retreat [rɪ'tri:t] **1.** *v* отступа́ть **2.** *n* 1) отступле́ние 2) убе́жище

return [rɪ'tɜ:n] **1.** *v* 1) возвраща́ть(ся) 2) отвеча́ть **2.** *n* 1) возвраще́ние; in ~ for в отве́т на 2) возвра́т, отда́ча; in ~ в опла́ту; в обме́н 3) дохо́д, при́быль

reveal [rɪ'vi:l] открыва́ть, обнару́живать

revel [revl] пирова́ть

revelation [revɪ'leɪʃn] откры́тие, обнаруже́ние

revenge [rɪ'venʤ] **1.** *n* месть **2.** *v* мстить

revenue ['revɪnju:] годово́й дохо́д

reverence ['revərəns] почте́ние; благогове́ние

reverse [rɪ'vɜ:s] **1.** *a* обра́тный; переве́рнутый **2.** *v* 1) переве́ртывать 2) меня́ть направле́ние (*движения, вращения*) **3.** *n* 1) противополо́жное, обра́тное; quite the ~! совсе́м наоборо́т! 2) неуда́ча, превра́тность

review [rɪ'vju:] **1.** *n* 1) обзо́р 2) обозре́ние; журна́л 3) реце́нзия **2.** *v* 1) пересма́тривать 2) де́лать обзо́р, рецензи́ровать

revise [rɪ'vaɪz] исправля́ть; пересма́тривать

revive [rɪ'vaɪv] 1) ожива́ть 2) оживля́ть 3) восстана́вливать; возобновля́ть

revolt [rɪ'vəult] **1.** *v* восстава́ть **2.** *n* восста́ние; мяте́ж

revolution I [revə'lu:ʃn] револю́ция

revolution II [revə'lu:ʃn] враще́ние; оборо́т

revolutionary [revə'lu:ʃənərɪ] **1.** *a* революцио́нный **2.** *n* революционе́р

revolve [rɪ'vɔlv] враща́ть(ся)

reward [rɪ'wɔ:d] **1.** *n* награ́да **2.** *v* награжда́ть

Reykjavik ['reɪkjəvi:k] Рейкья́вик

rhinoceros [raɪ'nɔsərəs] носоро́г

Rhode Island [rəud'aɪlənd] Род-А́йленд

rhyme [raɪm] **1.** *n* ри́фма **2.** *v* рифмова́ть

rib [rɪb] ребро́

ribbon ['rɪbən] ле́нта

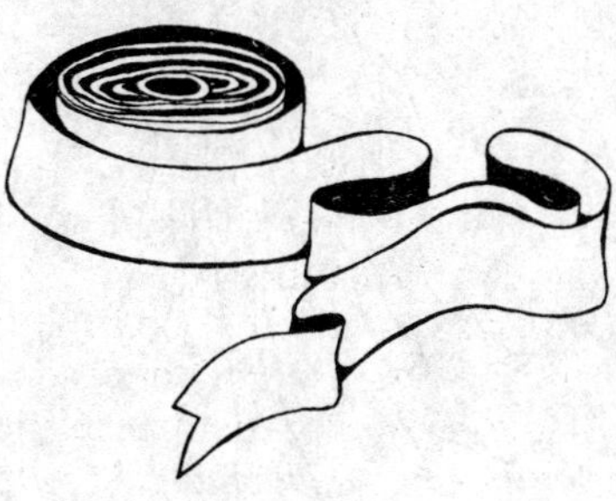

rice [raɪs] рис

rich [rɪʧ] 1) бога́тый 2) плодоро́дный 3) жи́рный (*о пище*); **~es** ['rɪʧɪz] *pl* 1) бога́тство 2) изоби́лие

rid [rɪd] (rid, ridded; rid, ridded) освобожда́ть, избавля́ть; get ~ of отде́лываться, избавля́ться

ridden [rɪdn] *p. p. от* ride 1

riddle [rɪdl] зага́дка

ride [raɪd] **1.** *v* (rode; ridden) 1) е́хать верхо́м 2) е́хать **2.** *n* 1) езда́ 2) прогу́лка (*в машине*)

rider ['raɪdə] нае́здник, вса́дник

ridge [rɪʤ] 1) го́рный хребе́т 2) гре́бень (*горы́ и т. п.*) 3): ~ of the roof конёк (кры́ши)

ridiculous [rɪ'dɪkjuləs] смехотво́рный, неле́пый

rifle [raɪfl] винто́вка; **~man** ['raɪflmən] стрело́к

rift [rɪft] 1) тре́щина, щель 2) уще́лье

right [raɪt] **1.** *a* 1) пра́вильный, ве́рный; you are ~ вы пра́вы; ~ you are! пра́вильно! 2) пра́вый 3) прямо́й; ~ angle прямо́й у́гол **2.** *n* 1) пра́во 2) пра́вая сторона́; turn to the ~ поверни́те напра́во **3.** *adv* 1) пра́вильно; all ~ хорошо́ 2) пря́мо 3) напра́во

rigid ['rɪʤɪd] засты́вший; негну́щийся; жёсткий

rim [rɪm] ободо́к, край

rind [raɪnd] 1) кожура́, кора́ 2) ко́рка

ring I [rɪŋ] 1) круг 2) кольцо́ 3) ринг, аре́на

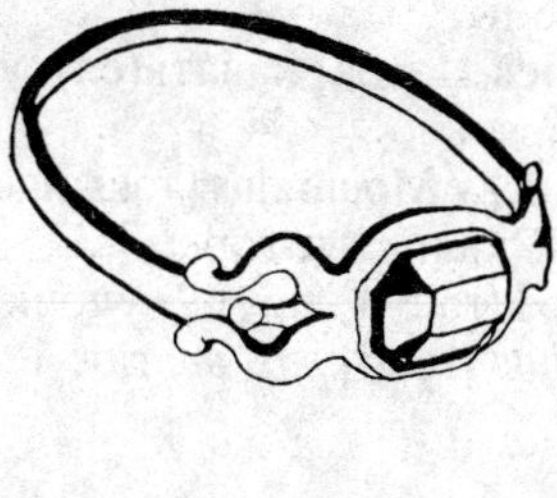

ring II [rɪŋ] **1.** *v* (rang; rung) 1) звони́ть 2) звуча́ть; ~ **off** дава́ть отбо́й; ~ **up** звони́ть (по телефо́ну) **2.** *n* звон; звоно́к

rinse [rɪnz] полоска́ть

Rio de Janeiro ['ri:əu de ʤə'nɪərəu] Ри́о-де-Жане́йро

riot ['raɪət] 1) бунт 2) разгу́л

ripe [raɪp] спе́лый; созре́вший; ~**n** ['raɪpən] зреть, созрева́ть

rise [raɪz] **1.** *v* (rose; risen) 1) встава́ть; поднима́ться 2) в(о)сходи́ть (*о солнце*) 3) восстава́ть 4) увели́чиваться **2.** *n* 1) подъём 2) нача́ло 3) восхо́д (*солнца*) 4) увеличе́ние (*зарплаты*)

risen [rɪzn] *p. p. от* rise 1

risk [rɪsk] **1.** *n* риск **2.** *v* рискова́ть

rival ['raɪvəl] сопе́рник; конкуре́нт

river ['rɪvə] река́

road [rəud] доро́га

roam [rəum] броди́ть, скита́ться

roar [rɔ:] **1.** *v* реве́ть **2.** *n* 1) рёв 2) хо́хот

roast [rəust] **1.** *v* жа́рить(ся) **2.** *a* жа́реный **3.** *n* жарко́е

rob [rɔb] гра́бить, обворо́вывать; ~**ber** ['rɔbə] граби́тель, разбо́йник; ~**bery** ['rɔbərɪ] кра́жа, грабёж

robin ['rɔbɪn] мали́новка

rock I [rɔk] 1) скала́ 2) *амер.* ка́мень

rock II [rɔk] кача́ть(ся); убаю́кивать

Rocky Mountains ['rɔkɪ'mauntɪnz] Скали́стые го́ры

rod [rɔd] 1) прут 2) у́дочка

rode [rəud] *past от* ride 1

rogue [rəug] плут; моше́нник

role [rəul] роль

roll [rəul] **1.** *v* 1) кати́ть(ся) 2) свёртывать(ся) 3) раска́тывать (*тесто*) **2.** *n* 1) свёрток 2) спи́сок 3) руло́н 4) бу́лочка 5) ка́чка; ~**-call** ['rəulkɔ:l] перекли́чка; ~**er** ['rəulə] като́к, ва́лик

Roman ['rəumən] **1.** *a* ри́мский **2.** *n* ри́млянин

romance [rə'mæns] 1) рома́нтика 2) романти́ческая исто́рия

romantic [rə'mæntɪk] романти́ческий; романти́чный

Rome [rəum] Рим

roof [ru:f] **1.** *n* кры́ша; кров **2.** *v* настила́ть, крыть кры́шу

rook I [ruk] грач

rook II [ruk] *шахм.* ладья́

room [rum] 1) ко́мната 2) ме́сто, простра́нство

root [ru:t] **1.** *n* ко́рень; take ~ пуска́ть ко́рни **2.** *v*: ~**out** искореня́ть

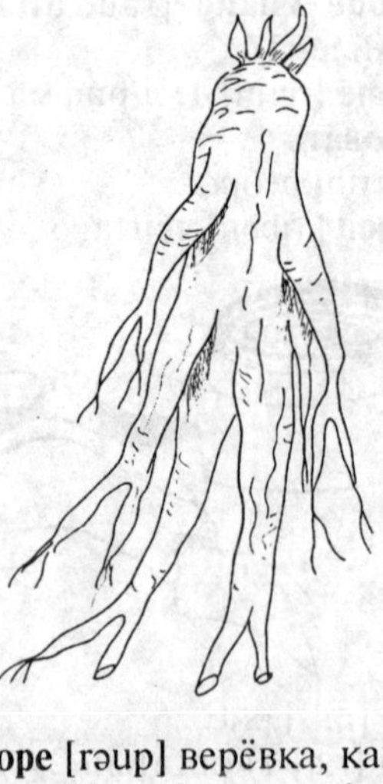

rope [rəup] верёвка, кана́т

rose I [rəuz] *past от* rise 1

rose II [rəuz] ро́за

rosy ['rəuzɪ] ро́зовый; румя́ный

rot [rɔt] **1.** *v* гнить **2.** *n* гние́ние; гниль

rotation [rəu'teɪʃn] 1) враще́ние 2) чередова́ние

rotten [rɔtn] 1) гнило́й 2) *sl.* отврати́тельный

rough [rʌf] 1) гру́бый; неро́вный; шерохова́тый 2) бу́йный, бу́рный 3) неотде́ланный; ~ copy чернови́к

Ro(u)mania [ru:'meɪnɪə] Румы́ния

round [raund] **1.** *a* кру́глый **2.** *n* 1) круг 2) обхо́д 3) ра́унд, тур **3.** *adv* 1) вокру́г 2) по кру́гу

rouse [rauz] 1) буди́ть 2) побужда́ть

route [ru:t] маршру́т

rove [rəuv] 1) скита́ться 2) блужда́ть (*о взгляде*)

row I [rəu] ряд

row II [rəu] грести́

row III [rau] *разг.* ссо́ра, сканда́л; сва́лка

royal ['rɔɪəl] короле́вский

rub [rʌb] 1) тере́ть(ся) 2) натира́ть

rubber ['rʌbə] 1) рези́на; каучу́к 2) *амер. pl* гало́ши

rubbish ['rʌbɪʃ] 1) хлам, му́сор 2) вздор

rudder ['rʌdə] руль

rude [ru:d] гру́бый; неве́жливый

ruffle [rʌfl] 1) еро́шить (*волосы*) 2) ряби́ть (*воду*)

rug [rʌg] 1) ко́врик; ковёр 2) плед

ruin [ruɪn] **1.** *n* 1) ги́бель, круше́ние 2) (*обыкн. pl*) разва́лина **2.** *v* 1) (по)губи́ть 2) разруша́ть; разоря́ть

rule [ru:l] **1.** *n* 1) пра́вило; as a ~ обы́чно 2) правле́ние **2.** *v* 1) пра́вить, управля́ть 2) линова́ть

ruler ['ru:lə] 1) прави́тель 2) лине́йка

Rumania [ru:'meɪnɪə] *см.* Ro(u)mania

Rumanian [ru:'meɪnɪən] **1.** *a* румы́нский **2.** *n* румы́н

rumour ['ru:mə] слух, молва́

rumple [rʌmpl] мять

run [rʌn] **1.** *v* (ran; run) 1) бе́гать, бежа́ть 2) идти́ (*о поезде, машине*) 3) течь 4) гласи́ть 5) вести́ (*дело, предприятие*); управля́ть (*машиной*); ~ **over** задави́ть **2.** *n* 1) бег 2) ход; in the long ~ в коне́чном счёте 3) рабо́та, де́йствие (*машины*)

rung [rʌŋ] *p. p. от* ring II, 1

running ['rʌnɪŋ]: ~ fire бе́глый ого́нь; ~ jump прыжо́к с разбе́га; three days ~ три дня подря́д

rush [rʌʃ] мча́ться; ~ **into** врыва́ться

Russia ['rʌʃə] Росси́я

Russian ['rʌʃən] **1.** *a* ру́сский **2.** *n* 1) ру́сский 2) ру́сский язы́к

rust [rʌst] **1.** *n* ржа́вчина **2.** *v* ржа́веть

rustle [rʌsl] **1.** *n* ше́лест; шо́рох **2.** *v* шелесте́ть, шурша́ть

rustproof ['rʌstpru:f] нержаве́ющий

rusty ['rʌstɪ] 1) заржа́вленный 2) порыже́вший

ruthless ['ru:θlɪs] безжа́лостный

rye [raɪ] рожь

S

sable [seɪbl] 1) со́боль 2) со́болий мех

sack [sæk] мешо́к

sacred ['seɪkrɪd] 1) свяще́нный 2) неприкоснове́нный

sacrifice ['sækrɪfaɪs] **1.** *n* 1) жертвоприноше́ние 2) же́ртва **2.** *v* приноси́ть в же́ртву; же́ртвовать

sad [sæd] печа́льный

saddle [sædl] **1.** *n* седло́ **2.** *v* седла́ть

safe [seɪf] **1.** *a* 1) невреди́мый 2) безопа́сный **2.** *n* сейф

safeguard ['seɪfgɑ:d] **1.** *n* гара́нтия; предосторо́жность **2.** *v* охраня́ть

safety ['seɪftɪ] безопа́сность; ~ measures меры предосторо́жности; ~ razor безопа́сная бри́тва; ~-**pin** [-pɪn] безопа́сная була́вка

said [sed] *past и p. p. от* say

sail [seɪl] **1.** *n* 1) па́рус 2) пла́вание (*на корабле*) **2.** *v* пла́вать (*на корабле*); **~or** ['seɪlə] моря́к; матро́с

saint [seɪnt] свято́й

sake [sei:k]: for the ~ of ра́ди

salad ['sæləd] сала́т

salary ['sælərɪ] жа́лованье, окла́д

sale [seɪl] прода́жа; распрода́жа

salesman ['seɪlzmən] продаве́ц

salmon ['sæmən] лосо́сь; сёмга

salt ['sɔ:lt] **1.** *n* соль **2.** *a* солёный **3.** *v* соли́ть; **~y** ['sɔ:ltı] солёный

salute [sə'lu:t] **1.** *n* приве́тствие; салю́т **2.** *v* приве́тствовать; салютова́ть

same [seım] тот же, одина́ковый; it's all the ~ to me мне э́то безразли́чно; all the ~ всё же

sample [sɑ:mpl] **1.** *n* образе́ц; про́ба **2.** *v* про́бовать

Sana(a) [sɑ:'nɑ:] Сана́

sanction ['sæŋkʃn] **1.** *n* са́нкция; разреше́ние **2.** *v* санкциони́ровать

sand [sænd] песо́к

sandwich ['sænwıʤ] са́ндвич, бутербро́д

sane [seın] норма́льный, в здра́вом уме́

San Francisco [sænfrən'sıskəu] Сан-Франци́ско

sang [sæŋ] *past om* sing

sanitary ['sænıtərı] санита́рный; гигиени́ческий

sank [sæŋk] *past om* sink I

Santiago ['sæntı'ɑ:gəu] Сантья́го

sap I [sæp] сок (*растений*)

sap II [sæp] подрыва́ть

sat [sæt] *past и p. p. om* sit

satellite ['sætəlaıt] 1) сателли́т, приспе́шник 2) *астр.* спу́тник

satin ['sætın] **1.** *n* а́тлас **2.** *a* атла́сный

satire ['sætaıə] сати́ра

satisfaction [sætıs'fækʃn] удовлетворе́ние

satisfactory [sætıs'fæktərı] удовлетвори́тельный

satisfy ['sætısfaı] 1) удовлетворя́ть 2) утоля́ть

Saturday ['sætədı] суббо́та

sauce [sɔ:s] со́ус; **~pan** ['sɔ:spən] кастрю́ля

saucer ['sɔ:sə] блю́дце

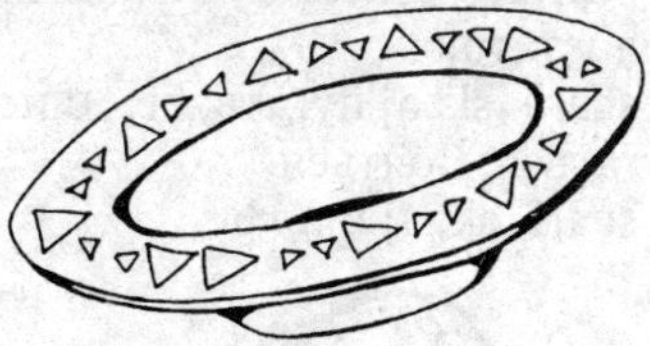

saucy ['sɔ:sı] на́глый, де́рзкий

sausage ['sɔsıʤ] соси́ска; колбаса́

savage ['sævıʤ] **1.** *a* 1) ди́кий 2) свире́пый, жесто́кий **2.** *n* дика́рь

save I [seıv] 1) спаса́ть 2) эконо́мить, бере́чь; ~ **up** копи́ть де́ньги

save II [seıv] кро́ме, исключа́я

savings-bank ['seıvıŋzbæŋk] сберега́тельный банк

saw I [sɔ:] *past om* see

saw II [sɔ:] *n* пила́ **2.** *v* (sawed; sawn, sawed) пили́ть

sawn [sɔ:n] *p. p. om* saw II, 2

say [seı] (said; said) говори́ть, сказа́ть; **~ing** ['seııŋ] погово́рка

scaffold ['skæfəld] эшафо́т; **~ing** [-ıŋ] леса́ (*строительные*)

scald [skɔ:ld] **1.** *v* обва́ривать, ошпа́ривать **2.** *n* ожо́г

scale I [skeɪl] чешуя́

scale II [skeɪl] 1) ча́ша весо́в 2) *pl* весы́

scale III [skeɪl] 1) шкала́; масшта́б 2) *муз.* га́мма

scandal [skændl] 1) сканда́л; позо́р 2) злосло́вие, сплё́тни

scanty ['skæntɪ] ску́дный

scar [skɑ:] шрам, рубе́ц

scarce [skeəs] 1) недоста́точный, ску́дный 2) ре́дкий; дефици́тный; **~ly** ['skeəslɪ] 1) едва́, с трудо́м 2) едва́ ли, вряд ли

scarcity ['skeəsɪtɪ] нехва́тка, недоста́ток

scare [skeə] пуга́ть; be ~d испуга́ться; боя́ться

scarf [skɑ:f] шарф

scarlet ['skɑ:lɪt] а́лый ◊ ~ fever скарлати́на

scatter ['skætə] 1) разбра́сывать; рассыпа́ть 2) рассе́ивать, разгоня́ть 3) рассыпа́ться в ра́зные сто́роны, разбега́ться

scene [si:n] 1) явле́ние (*в пьесе*) 2) ме́сто де́йствия 3) сканда́л; make a ~ устра́ивать сканда́л, сце́ну ◊ behind the ~s за кули́сами; **~ry** ['si:nərɪ] 1) пейза́ж 2) декора́ции

scent [sent] **1.** *n* 1) за́пах 2) духи́ 3) след **2.** *v* 1) почу́ять 2) ню́хать

schedule ['ʃedju:l], *амер.* ['skedju:l] расписа́ние, гра́фик

scheme [ski:m] **1.** *n* 1) схе́ма; план 2) *pl* интри́ги, про́иски **2.** *v* замышля́ть, интригова́ть

scholar ['skɔlə] учёный; **~ship** [-ʃɪp] 1) эруди́ция 2) стипе́ндия

school [sku:l] шко́ла; **~boy** ['sku:lbɔɪ] шко́льник; **~girl** ['sku:lgɜ:l] шко́льница; **~master** ['sku:lmɑ:stə] учи́тель; **~mistress** ['sku:lmɪstrɪs] учи́тельница; **~-room** ['sku:lrum] класс

science ['saɪəns] нау́ка

scientific [saɪən'tɪfɪk] нау́чный

scientist ['saɪəntɪst] учёный

scissors ['sɪzəz] *pl* но́жницы

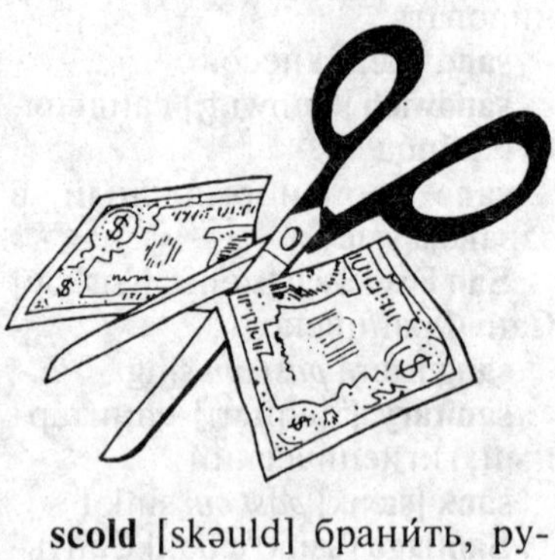

scold [skəuld] брани́ть, руга́ть

scope [skəup] 1) кругозо́р; просто́р; разма́х 2): it is beyond my ~ э́то вне мое́й компете́нции

scorch [skɔ:tʃ] обжигáть(ся); (с)пали́ть

score [skɔ:] **1.** *n* 1) счёт; what is the ~ now? *спорт.* какóй сейчáс счёт?; on that ~ на э́тот счёт 2) два деся́тка 3) *муз.* партиту́ра **2.** *v* 1) дéлать отмéтки 2) *спорт.* вести счёт 3) вы́игрывать

scorn [skɔ:n] **1.** *n* презрéние **2.** *v* презирáть; **~ful** ['skɔ:nful] презри́тельный

Scot [skɔt] шотлáндец

Scotch tape ['skɔtʃ'teɪp] «скотч», клéйкая лéнта

Scotland ['skɔtlənd] Шотлáндия

Scotsman ['skɔtsmən] шотлáндец

Scotswoman ['skɔtswumən] шотлáндка

Scottish ['skɔtɪʃ] шотлáндский

scoundrel ['skaundrəl] негодя́й

scout [skaut] развéдчик

scramble [skræmbl] карáбкаться ◊ ~d eggs яи́чница-болту́нья

scrap [skræp] **1.** *n* 1) клочóк, лоскутóк; кусóчек 2) лом 3) брак (*испорченная вещь*) **2.** *v* браковáть

scratch [skrætʃ] **1.** *v* царáпать(ся); чесáть(ся) **2.** *n* царáпина

scream [skri:m] **1.** *v* пронзи́тельно кричáть **2.** *n* вопль, крик

screen [skri:n] **1.** *n* 1) ши́рма; экрáн 2) *воен.* завéса **2.** *v* 1) загорáживать, защищáть, укрывáть 2) демонстри́ровать на экрáне

screw [skru:] **1.** *n* винт **2.** *v* зави́нчивать

scruple [skru:pl] **1.** *n* сомнéние, колебáние **2.** *v* колебáться; не решáться на что-л.

scrupulous ['skru:pjuləs] 1) щепети́льный 2) добросóвестный

scull [skʌl] веслó

sculptor ['skʌlptə] ску́льптор

sculpture ['skʌlptʃə] скульпту́ра

scythe [saɪð] *с.-х.* косá

sea [si:] мóре, океáн

sea-calf ['si:kɑ:f] тюлéнь

sea-gull ['si:gʌl] чáйка

seal I [si:l] тюле́нь

seal II [si:l] **1.** *n* печа́ть; пло́мба **2.** *v* скрепля́ть печа́тью; запеча́тывать

seam [si:m] шов

seaman ['si:mən] моря́к; матро́с

search [sɜ:tʃ] **1.** *v* 1) иска́ть 2) обы́скивать **2.** *n* 1) по́иски 2) о́быск

seasick ['si:sɪk]: be ~ страда́ть морско́й боле́знью; **~ness** [-nɪs] морска́я боле́знь

seaside ['si:'saɪd] морско́й бе́рег, побере́жье

season [si:zn] **1.** *n* вре́мя го́да; сезо́н **2.** *v* приправля́ть (*пищу*); **~ed** [-d] вы́держанный (*о вине, дереве*); закалённый (*о человеке*)

seat [si:t] **1.** *n* 1) стул, сиде́нье; take a ~ сади́ться 2) место (*в аудитории*) **2.** *v* усади́ть, посади́ть; вмеща́ть; ~ oneself сади́ться, сесть

second I ['sekənd] **1.** *num* второ́й **2.** *v* подде́рживать (*предложение*)

second II ['sekənd] секу́нда

secondary ['sekəndərɪ] второстепе́нный ◊ ~ school сре́дняя шко́ла

second-hand ['sekənd'hænd] поде́ржанный; ~ bookshop букинисти́ческий магази́н

second-rate ['sekənd'reɪt] второсо́ртный, второразря́дный

secret ['si:krɪt] **1.** *n* секре́т, та́йна **2.** *a* секре́тный, та́йный

secretary ['sekrətrɪ] 1) секрета́рь 2) мини́стр; Secretary of State мини́стр (*в Англии*); Госуда́рственный секрета́рь (*в США*)

section [sekʃn] се́кция; отде́л; часть; отделе́ние

secure [sɪ'kjuə] **1.** *a* 1) про́чный, надёжный 2) обеспе́ченный **2.** *v* 1) обеспе́чивать, гаранти́ровать 2) закрепля́ть, скрепля́ть

security [sɪ'kjuərɪtɪ] 1) безопа́сность 2) гара́нтия; обеспе́чение

sediment ['sedɪmənt] оса́док

see [si:] (saw; seen) ви́деть; смотре́ть; ~ **off** провожа́ть (*уезжающего*) ◊ ~ smb home проводи́ть кого́-л. домо́й; I ~ понима́ю; let me ~ да́йте поду́мать

seed [si:d] се́мя

seek [si:k] (sought; sought) 1) иска́ть 2) пыта́ться, стара́ться (to)

seem [si:m] каза́ться

seen [si:n] *p. p. от* see

seize [si:z] 1) схва́тывать 2) захва́тывать 3) понима́ть (*смысл, мысль*)

seldom ['seldəm] ре́дко

select [sɪ'lekt] **1.** *v* выбира́ть **2.** *a* и́збранный, отбо́рный; **~ion** [sɪ'lekʃn] вы́бор

self [self] сам, себя́

self- [self-] *приставка* само-

self-confident ['self'kɔnfɪdənt] самоуве́ренный

self-conscious ['self'kɔnʃəs] засте́нчивый

self-control ['selfkən'trəul] самообладáние

selfish ['selfɪʃ] эгоисти́чный

self-support ['selfsə'pɔ:t] незави́симость

sell [sel] (sold; sold) продавáть(ся); ~**er** ['selə] продавéц

selves [selvz] *pl от* self

semicolon ['semɪkəulən] тóчка с запятóй

senate ['senɪt] сенáт

senator ['senətə] сенáтор

send [send] (sent; sent) 1) посылáть, отправля́ть; ~ **for** вызывáть; посылáть за 2) передавáть (*по радио*)

senior ['si:njə] стáрший

sensation [sen'seɪʃn] 1) ощущéние, чýвство 2) сенсáция

sense [sens] **1.** *n* 1) чýвство; сознáние 2) смысл **2.** *v* чýвствовать; ~**less** ['senslɪs] 1) бессмы́сленный 2) бесчýвственный

sensible ['sensəbl] (благо)разýмный; be ~ of сознавáть, чýвствовать

sensitive ['sensɪtɪv] чувстви́тельный

sensual ['sensjuəl] чýвственный

sent [sent] *past и p. p. от* send

sentence ['sentəns] **1.** *n* 1) фрáза, предложéние 2) приговóр **2.** *v* осуждáть, приговáривать

sentiment ['sentɪmənt] чýвство; ~**al** [sentɪ'mentl] сентиментáльный

sentry ['sentrɪ] часовóй

separate 1. *a* ['seprɪt] отдéльный; осóбый **2.** *v* ['sepəreɪt] 1) отделя́ть(ся) 2) разлучáть(ся)

separation [sepə'reɪʃn] 1) отделéние, разделéние 2) разлýка

September [səp'tembə] сентя́брь

sequel ['si:kwəl] 1) продолжéние 2) результáт

scquence ['si:kwəns] послéдовательность; ряд; поря́док

Serbia ['sɜ:bɪə] Сéрбия

serf [sɜ:f] *ист.* крепостнóй; раб

sergeant ['sɑ:ʤənt] сержáнт

series ['sɪəri:z] сéрия; ряд

serious ['sɪərɪəs] серьёзный; вáжный

sermon ['sɜ:mən] прóповедь

serpent ['sɜ:pənt] змея́; змей

servant ['sɜ:vənt] слугá; прислýга

serve [sɜ:v] 1) служи́ть 2) подавáть (*на стол*) 3) обслýживать 4) отбывáть (*срок*)

service ['sɜ:vɪs] 1) слýжба 2) обслýживание 3) услýга 4) серви́з 5) *спорт.* подáча (*мяча*)

servile ['sɜ:vaɪl] раболéпный, угóдливый

session [seʃn] 1) сéссия 2) заседáние

set [set] **1.** *v* (set; set) 1) стáвить, класть 2) вправля́ть (*кость*) 3) приводи́ть (*в порядок, в движение*) ~ free освобождáть 4) *полигр.* набирáть 5) сади́ться (*о солнце*) **2.** *n* 1) набóр, комплéкт 2) грýппа; круг (*лиц*) 3) сет (*в теннисе*) 4) прибóр, аппарáт

setting ['setɪŋ] опрáва (*камня*)

settle [setl] 1) посели́ть(ся), устрóить(ся) 2) улáживать(ся); устанáвливать(ся) 3) решáть; ~**ment** ['setlmənt] 1) поселéние; колóния 2) урегули́рование, решéние (*вопроса*)

seven [sevn] семь; ~**teen** ['sevn'ti:n] семнáдцать; ~**teenth** ['sevn'ti:nθ] семна́дцатый; ~**th** [-θ] седьмо́й; ~**tieth** ['sevntııθ] семидеся́тый; ~**ty** ['sevntı] се́мьдесят

several ['sevrəl] не́сколько

severe [sı'vıə] суро́вый; стро́гий

sew [səu] (sewed; sewed, sewn) шить

sewn [səun] *p. p. от* sew

sex [seks] 1) *биол.* пол 2) секс; ~ appeal сексуа́льная привлека́тельность; ~**ual** ['seksjuəl] полово́й, сексуа́льный

sexy ['seksı] сексуа́льный

shabby ['ʃæbı] потрёпанный, поно́шенный

shade [ʃeıd] **1.** *n* 1) тень 2) отте́нок 3) *амер.* што́ра **2.** *v* заслоня́ть (*от света*); затемня́ть

shadow ['ʃædəu] **1.** *n* тень **2.** *v* следи́ть, высле́живать

shady ['ʃeıdı] 1) тени́стый 2) сомни́тельный, тёмный

shaft [ʃɑ:ft] 1) дре́вко 2) ру́чка, рукоя́тка 3) *тех.* вал

shaggy ['ʃægı] лохма́тый

shake [ʃeık] **1.** *v* (shook; shaken) 1) трясти́, встря́хивать; ~ hands обменя́ться рукопожа́тием 2) дрожа́ть **2.** *n* встря́ска

shaken [ʃeıkn] *p. p. от* shake 1

shall [ʃæl] (should) 1) *как вспомогат. глагол служит для образования будущего времени 1-го лица ед. и мн. ч.* 2) *во 2 и 3 л. выражает долженствование, уверенность в чём-л.*: he ~ be there at six ему́ ну́жно быть там в 6

shallow ['ʃæləu] **1.** *a* 1) ме́лкий 2) пове́рхностный **2.** *n* (о́т)мель

shame [ʃeım] **1.** *n* стыд, позор **2.** *v* стыди́ть; ~**ful** ['ʃeımful] позо́рный; ~**less** ['ʃeımlıs] бессты́дный

Shanghai [ʃæŋ'haı] Шанха́й

shape [ʃeıp] фо́рма; очерта́ние; ~**less** ['ʃeıplıs] бесфо́рменный

share [ʃeə] **1.** *n* 1) часть, до́ля 2) пай, а́кция **2.** *v* 1) дели́ть(ся) 2) разделя́ть; име́ть до́лю (*в чём-л.*); уча́ствовать; ~**holder** ['ʃeəhəuldə] па́йщик

shark [ʃɑ:k] аку́ла

sharp [ʃɑ:p] **1.** *a* 1) о́стрый 2) ре́зкий **2.** *n муз.* дие́з; ~**en** ['ʃɑ:pən] точи́ть

shatter ['ʃætə] 1)разби́ть(ся) вдре́безги 2) расшата́ть (*здоровье*)

shave [ʃeıv] **1.** *v* (shaved; shaved, shaven) бри́ть(ся) **2.** *n* бритьё

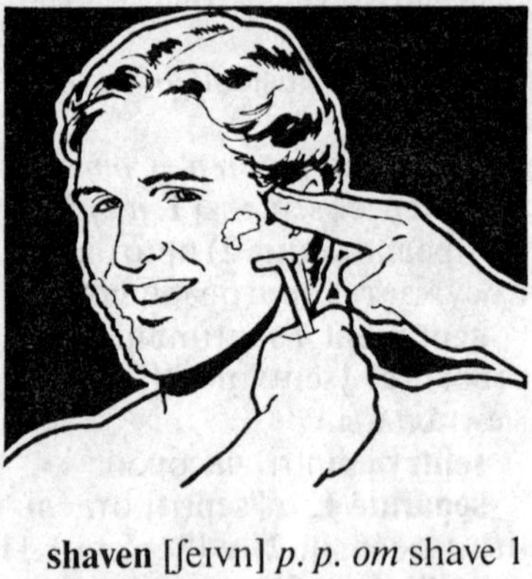

shaven [ʃeıvn] *p. p. от* shave 1

shawl [ʃɔ:l] плато́к, шаль

she [ʃi:] она́

shear [ʃıə] стричь (*овец*)

shed I [ʃed] (shed; shed) 1) роня́ть, теря́ть (*шерсть, листья*) 2) пролива́ть, лить (*слёзы, кровь*)

shed II [ʃed] сара́й

sheep [ʃi:p] овца́; ~-**dog** [ˈʃi:pdɔg] овча́рка

sheet [ʃi:t] 1) простыня́ 2) лист (*бумаги, железа*)

Sheffield [ˈʃefi:ld] Ше́ффилд

shelf [ʃelf] по́лка

shell [ʃel] **1.** *n* 1) скорлупа́ 2) ра́ковина 3) оболо́чка 4) ги́льза (*патрона*) 5) снаря́д **1.** *v* 1) чи́стить, снима́ть скорлупу́ 2) бомбардирова́ть

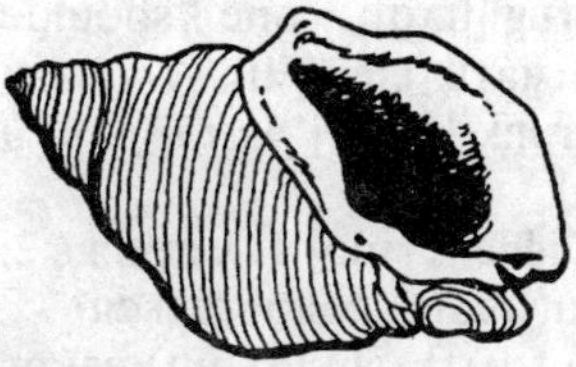

shelter [ˈʃeltə] **1.** *n* прию́т, кров; убе́жище **2.** *v* приюти́ть; укры́ть(ся)

shelves [ʃelvz] *pl от* shelf

shepherd [ˈʃepəd] пасту́х

Shetland Islands [ˈʃetlənd-ˈaɪləndz] Шетла́ндские о-ва́

shield [ʃi:ld] **1.** *n* щит **2.** *v* защища́ть; прикрыва́ть

shift [ʃɪft] **1.** *v* перекла́дывать; передвига́ть **2.** *n* сме́на (*рабочая*)

shilling [ˈʃɪlɪŋ] ши́ллинг

shin [ʃɪn] го́лень

shine [ʃaɪn] (shone; shone) сия́ть, свети́ть(ся); блесте́ть

ship [ʃɪp] **1**. *n* кора́бль, су́дно **2.** *v* отправля́ть (*парохо́дом*); ~**ment** [ˈʃɪpmənt] 1) погру́зка 2) груз; ~**wreck** [ˈʃɪprek] кораблекруше́ние; ~**yard** [ˈʃɪpjɑ:d] верфь

shirt [ʃɜ:t] мужска́я руба́шка

shiver [ˈʃɪvə] **1.** *v* дрожа́ть **2.** *n* дрожь

shock [ʃɔk] **1.** *n* 1) уда́р, толчо́к 2) потрясе́ние, шок **2.** *v* потряса́ть; шоки́ровать; ~**ing** [ˈʃɔkɪŋ] возмути́тельный, ужа́сный

shod [ʃɔd] *past и p. p. от* shoe 2

shoe [ʃu:] **1.** *n* боти́нок, ту́фля **2.** *v* (shod; shod) подко́вывать; ~**maker** [ˈʃu:meɪkə] сапо́жник

shone [ʃɔn] *past и p. p. от* shine

shook [ʃuk] *past от* shake 1

shoot [ʃu:t] **1**. *v* (shot; shot) 1) стреля́ть 2) застрели́ть 3) пуска́ть ростки́ **2.** *n* побе́г, росто́к

shop [ʃɔp] 1) ла́вка, магази́н; ~ window витри́на 2) мастерска́я; цех; **~ping** ['ʃɔpɪŋ]; go ~ping де́лать поку́пки

shore [ʃɔ:] бе́рег

short [ʃɔ:t] 1) коро́ткий; низкоро́слый 2): be ~ of испы́тывать недоста́ток в

shortage ['ʃɔ:tɪʤ] недоста́ток (*в чём-л.*)

shorten [ʃɔ:tn] сокраща́ть(ся), укора́чивать(ся)

shorthand ['ʃɔ:thænd] стеногра́фия

shortly ['ʃɔ:tlɪ] 1) незадо́лго 2) вско́ре 3) ре́зко

shorts [ʃɔ:ts] *pl* тру́сики

short-sighted ['ʃɔ:t'saɪtɪd] близору́кий; *перен.* недальнови́дный

shot I [ʃɔt] *past и p. p. от* shoot 1

shot II [ʃɔt] 1) вы́стрел 2) дробь 3) стрело́к

should [ʃud] *past от* shall

shoulder ['ʃəuldə] **1.** *n* плечо́ **2.** *v* 1) прота́лкиваться 2) взвали́ть (*на спину*); брать на себя́ (*ответственность, вину*); **~-strap** [-stræp] *воен.* пого́н

shout [ʃaut] **1.** *v* крича́ть **2.** *n* крик

shove [ʃʌv] **1.** *v* толка́ть(ся), пиха́ть **2.** *n* толчо́к

shovel [ʃʌvl] лопа́та

show [ʃəu] **1.** *v* (showed; showed, shown) пока́зывать(ся); ~ **in** ввести́ (*в дом, в комнату*); ~ **off** хва́статься **2.** *n* 1) вы́ставка 2) спекта́кль

shower ['ʃauə] **1.** *n* 1) ли́вень, дождь 2) душ **2.** *v* ли́ть(ся) ли́внем

shown [ʃəun] *p. p. от* show 1

shrank [ʃræŋk] *past от* shrink

shrewd [ʃru:d] 1) проница́тельный 2) ло́вкий (*делец*)

shriek [ʃri:k] **1.** *v* крича́ть; вскри́кнуть **2.** *n* пронзи́тельный крик

shrill [ʃrɪl] ре́зкий, пронзи́тельный

shrink [ʃrɪŋk] (shrank, shrunk; shrunk) 1) отпря́нуть 2) сади́ться (*о материи*)

shrug [ʃrʌg]: ~ one's shoulders пожима́ть плеча́ми

shrunk [ʃrʌŋk] *past и p. p. от* shrink

shudder ['ʃʌdə] **1.** *n* дрожь **2.** *v* вздра́гивать; содрога́ться

shut [ʃʌt] (shut; shut) закрыва́ть(ся); ~ **in** запира́ть; ~ **off** выключа́ть (*ток, воду и т. п.*); ~ **up:** ~ up! молчи́!

shutter ['ʃʌtə] 1) ста́вень 2) затво́р

shy [ʃaɪ] ро́бкий, засте́нчивый; be ~ стесня́ться; робе́ть

sick [sɪk] больно́й; be ~ of пресы́титься; I am ~ of мне надое́ло

sickle [sɪkl] серп

sickly ['sɪklɪ] хи́лый, боле́зненный

sickness ['sɪknɪs] 1) боле́знь 2) тошнота́, рво́та

side [saɪd] сторона́; бок; ~ by ~ ря́дом; **~walk** ['saɪdwɔ:k] *амер.* тротуа́р; **~ways** ['saɪdweɪz] 1) бо́ком 2) ко́свенно

siege [si:ʤ] оса́да

sieve [si:v] решето́, си́то

sigh [saɪ] **1.** *v* вздыха́ть **2.** *n* вздох

sight [saɪt] 1) зре́ние 2) вид; зре́лище; catch ~ of уви́деть 3) *pl* достопримеча́тельности

sign [saɪn] **1.** *n* 1) знак 2) при́знак **2.** *v* распи́сываться, подпи́сывать(ся)

signal ['sɪgnəl] **1.** *n* сигна́л, знак **2.** *v* сигнализи́ровать

signature ['sɪgnɪtʃə] по́дпись

signboard ['saɪnbɔ:d] вы́веска

significance [sɪg'nɪfɪkəns] значе́ние

significant [sɪg'nɪfɪkənt] ва́жный, суще́ственный

signify ['sɪgnɪfaɪ] 1) зна́чить, означа́ть 2) име́ть значе́ние

silence ['saɪləns] **1.** *n* молча́ние, тишина́ **2.** *v* заста́вить замолча́ть; заглуши́ть

silent ['saɪlənt] безмо́лвный, молчали́вый

silk [sɪlk] шёлк

sill [sɪl] подоко́нник

silly ['sɪlɪ] глу́пый

silver ['sɪlvə] **1.** *n* серебро́ **2.** *a* сере́бряный

similar ['sɪmɪlə] схо́дный, подо́бный

simple [sɪmpl] просто́й, несло́жный

simultaneous [sɪməl'tenɪəs] одновреме́нный

sin [sɪn] **1.** *n* грех **2.** *v* (со)греши́ть

since [sɪns] **1.** *prep* с; she hasn't seen him ~ last year она́ не ви́дела его́ с про́шлого го́да **2.** *conj* 1) с тех пор как; where have you been ~ I saw you last? где вы бы́ли с тех пор, как я вас ви́дел в после́дний раз? 2) так как; sit down ~ you are here сади́тесь, раз уж вы тут **3.** *adv* с тех пор; I've never been there ~ с тех пор я там не был

sincere [sɪn'sɪə] и́скренний

sincerity [sɪn'serɪtɪ] и́скренность

sing [sɪŋ] (sang; sung) 1) петь 2) воспева́ть; **~er** ['sɪŋə] певе́ц; певи́ца

Singapore [sɪŋgə'pɔ:] Сингапу́р

single [sɪŋgl] **1.** *a* 1) еди́нственный; not a ~ ни одного́ 2) отде́льный 3) холосто́й; незаму́жняя **2.** *v* выбира́ть, отбира́ть

singular ['sɪŋgjulə] **1.** *a* стра́нный; необы́чный **2.** *n грам.* еди́нственное число́

sink I [sɪŋk] (sank; sunk) 1) тону́ть, погружа́ться 2) опуска́ться; оседа́ть 3) топи́ть; ~ a ship потопи́ть кора́бль

sink II [sɪŋk] ра́ковина (*водопроводная*)

sir [sɜ:] сэр, господи́н

sister ['sɪstə] сестра́; **~-in-law** ['sɪstərɪnlɔ:] неве́стка; золо́вка

sit [sɪt] (sat; sat) 1) сиде́ть 2) заседа́ть; ~ **down** сади́ться

sitting ['sɪtɪŋ] заседа́ние; **~-room** [-rum] гости́ная

situated ['sɪtjueɪtɪd] располо́женный

situation [sɪtju'eɪʃn] 1) местоположе́ние 2) до́лжность 3) обстоя́тельства, ситуа́ция

six [sɪks] шесть; **~teen** ['sɪks'ti:n] шестна́дцать; **~teenth** ['sɪks'ti:nθ] шестна́дцатый; **~th** [-θ] шесто́й; **~tieth** ['sɪkstɪɪθ] шестидеся́тый; **~ty** ['sɪkstɪ] шестьдеся́т

size [saɪz] разме́р, величина́

skate [skeɪt] **1.** *n спорт.* конёк **2.** *v* ката́ться на конька́х

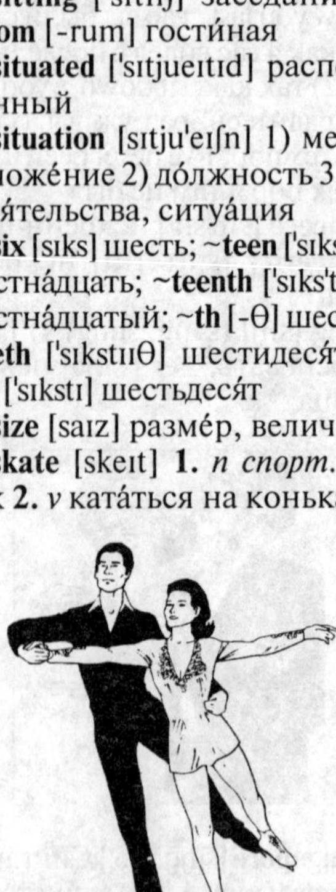

skating-rink ['skeɪtɪŋrɪŋk] като́к

skein [skeɪn] мото́к пря́жи

skeleton ['skelɪtn] скеле́т; о́став

sketch [sketʃ] **1.** *n* 1) эски́з; набро́сок, рису́нок 2) скетч **2.** *v* набра́сывать (*план, рисунок и т. п.*)

ski [ski:] **1.** *n* лы́жа; лы́жи **2.** *v* (ski'd; ski'd) ходи́ть над лы́жах

ski'd [ski:d] *past и p. p. от* ski 2

skilful ['skɪlful] иску́сный, уме́лый

skill [skɪl] иску́сство, мастерство́; ло́вкость; **~ed** [-d] квалифици́рованный; иску́сный

skin [skɪn] **1.** *n* ко́жа; шку́ра; кожура́ **2.** *v* сдира́ть ко́жу

skin-diving ['skɪndaɪvɪŋ] подво́дное пла́вание в ма́ске

skirt [skɜ:t] ю́бка

skull [skʌl] че́реп

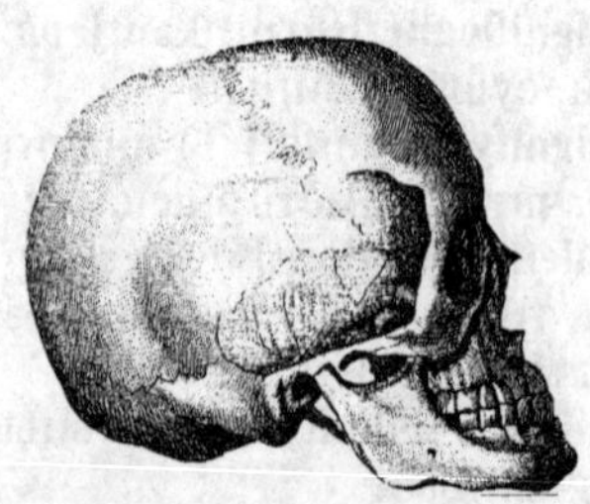

sky [skaɪ] нéбо

sky-scraper ['skaɪskreɪpə] небоскрёб

slacken [slækn] ослабля́ть; ослабевáть

slander ['slɑ:ndə] **1.** *n* клеветá **2.** *v* клеветáть

slang [slæŋ] жаргóн

slate [sleɪt] 1) слáнец; ши́фер 2) гри́фельная доскá

slaughter ['slɔ:tə] **1.** *n* резня́; убóй **2.** *v* рéзать; убивáть

Slav [slɑ:v] **1.** *a* славя́нский **2.** *n* славяни́н

slave [sleɪv] раб; **~ry** ['sleɪvərɪ] рáбство

sled [sled] *см.* sledge

sledge [sleʤ] сáни

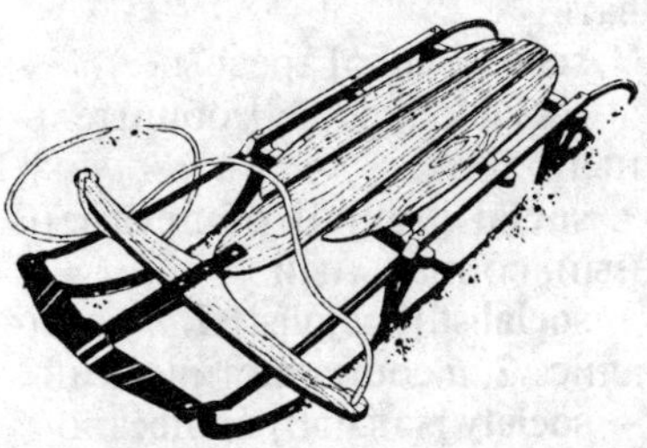

sleep [sli:p] **1.** *n* сон **2.** *v* (slept; slept) спать

sleeping-car ['sli:pɪŋkɑ:] спáльный вагóн

sleeping-draught ['sli:pɪŋdrɑ:ft] снотвóрное (срéдство)

sleepy ['sli:pɪ] сóнный; сонли́вый

sleeve [sli:v] рукáв

slender ['slendə] тóнкий, стрóйный

slept [slept] *past u p. p. om* sleep 2

slice [slaɪs] лóмтик

slid [slɪd] *past u p. p. om* slide 1

slide [slaɪd] **1.** *v* (slid; slid) скользи́ть **2.** *n* закóлка; ~ fastener застёжка «мóлния»; **~-rule** ['slaɪdru:l] логарифми́ческая линéйка

slight [slaɪt] лёгкий, незначи́тельный; **~est** ['slaɪtɪst] малéйший; **~ly** ['slaɪtlɪ] слегкá

slim [slɪm] тóнкий, стрóйный

slime [slaɪm] 1) слизь 2) ли́пкая грязь, ил

slip [slɪp] **1.** *v* 1) скользи́ть 2) поскользну́ться 3) вы́скользнуть 4) сдéлать оши́бку **2.** *n* 1) скольжéние 2) оши́бка; обмóлвка; прóмах; make a ~ сдéлать оши́бку 3) комбинáция (*бельё*) ◊ ~ of paper бумáжка

slipper ['slɪpə] 1) тýфля-лóдочка 2) кóмнатная тýфля

slippery ['slɪpərɪ] скóльзкий

slogan ['sləugən] лóзунг; слóган

slope [sləup] откóс; склон

Slovenia [sləu'vi:nɪə] Словéния

slow [sləu] **1.** *a* мéдленный; медли́тельный; my watch is ~ мои́ часы́ отстаю́т **2.** *v*: ~ **down** замедля́ть(ся); **~ly** ['sləulɪ] мéдленно

sly [slaɪ] хи́трый; on the ~ тайкóм

small [smɔ:l] мáленький

smart [smɑ:t] наря́дный, изя́щный

smash [smæʃ] 1) разбивáть(ся) вдрéбезги 2) разгроми́ть (*противника*)

smell [smel] **1.** *n* 1) зáпах 2) обоня́ние **2.** *v* (smelt; smelt) 1) пáхнуть 2) обоня́ть; ню́хать

smelt I [smelt] *past u p. p. om* smell 2

smelt II [smelt] плáвить

smile [smaɪl] **1.** *n* улы́бка **2.** *v* улыбáться

smoke [sməuk] **1.** *n* дым **2.** *v* 1) дыми́ть(ся) 2) кури́ть 3) оку́ривать, копти́ть

smooth [smu:ð] **1.** *a* 1) гла́дкий, ро́вный 2) пла́вный **2.** *v* сгла́живать; ~ **over** смягча́ть

snack [snæk] лёгкая заку́ска

snake [sneɪk] змея́

snap I [snæp] 1) ца́пнуть, укуси́ть 2) огрыза́ться 3) щёлкать (*чем-л.*)

snap II [snæp] 1) щёлканье 2) треск 3) защёлка, щеко́лда; **~-fastener** ['snæp'fɑ:snə] кно́пка (*застёжка*)

snare [sneə] лову́шка

snarl [snɑ:l] **1.** *v* рыча́ть; огрыза́ться **2.** *n* 1) рыча́ние 2) ворча́ние

snatch [snætʃ] хвата́ть(ся), схвати́ть(ся)

sneer [snɪə] **1.** *n* усме́шка; насме́шка **2.** *v* насмеха́ться, издева́ться

sneeze [sni:z] **1.** *v* чиха́ть **2.** *n* чиха́нье

sniff [snɪf] сопе́ть; ~ at ню́хать

snore [snɔ:] **1.** *v* храпе́ть **2.** храп

snow [snəu] **1.** *n* снег **2.** *v:* it ~s, it is ~ing идёт снег; **~ball** ['snəubɔ:l] снежо́к; **~ storm** ['snəustɔ:m] мете́ль

snug [snʌg] ую́тный

so [səu] так; таки́м о́бразом; ита́к; so far до сих пор, пока́; so long! *амер.* пока́!

soak [səuk] 1) намочи́ть; пропи́тывать 2) проса́чиваться

so-and-so ['səuənsəu] тако́й-то (*вместо имени*)

soap [səup] **1.** *n* мы́ло **2.** *v* намы́ливать

sob [sɔb] **1.** *n* рыда́ние; всхли́пывание **2.** *v* рыда́ть, всхли́пывать

sober ['səubə] тре́звый

sociable ['səuʃəbl] общи́тельный

social ['səuʃəl] обще́ственный; социа́льный

socialist ['səuʃəlɪst] **1.** *n* социали́ст **2.** *a* социалисти́ческий

society [sə'saɪətɪ] о́бщество

sock [sɔk] носо́к

socket ['sɔkɪt] 1) патро́н (*эл. лампочки*) 2) глазна́я впа́дина

sofa ['səufə] дива́н

Sofia ['səufɪə] Софи́я

soft [sɔft] мя́гкий, не́жный, ти́хий; **~en** [sɔfn] смягча́ть(ся)

software ['sɔftweə] *комп.* програ́ммное обеспе́чение

soil I [sɔɪl] земля́, по́чва

soil II [sɔɪl] па́чкать(ся), грязни́ть(ся)

sold [səuld] *past и p. p. от* sell

solder ['sɔldə] пая́ть

soldier ['səulʤə] солда́т, во́ин

sole I [səul] **1.** *n* подóшва; подмётка **2.** *v* стáвить подмётку

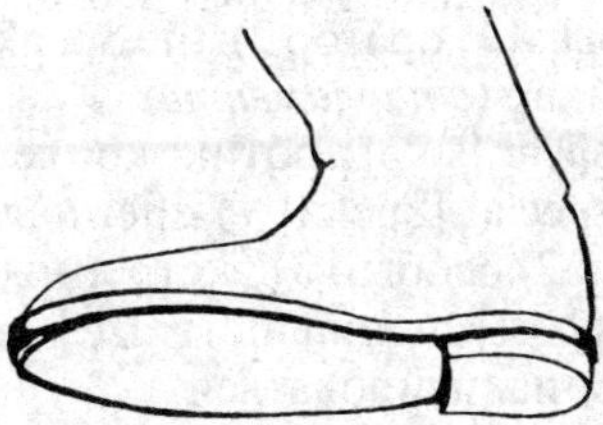

sole II [səul] едúнственный

solemn ['sɔləm] серьёзный; торжéственный

solicitor [sə'lısıtə] присяжный, стря́пчий; повéренный

solid ['sɔlıd] **1.** *a* 1) твёрдый 2) сплошнóй 3) крéпкий 4) солúдный; основáтельный **2.** *n физ.* твёрдое тéло

solitary ['sɔlıtərı] одинóкий; уединённый

solitude ['sɔlıtju:d] одинóчество; уединéние

solution [sə'lu:ʃn] 1) решéние 2) раствóр

solve [sɔlv] решáть, разрешáть

some [sʌm] **1.** *a* 1) какóй-либо, какóй-нибудь; нéкоторый, нéкий 2) нéсколько **2.** *pron* 1) нéкоторые 2) нéкоторое колúчество; **~body** ['sʌmbədı] ктó-то; нéкто; **~how** ['sʌmhau] кáк-нибудь; **~one** ['sʌmwʌn] *см.* somebody; **~thing** ['sʌmθıŋ] чтó-то, кóе-что, нéчто; **~times** ['sʌmtaımz] иногдá; **~what** ['sʌmwɔt] нéсколько, до нéкоторой стéпени; **~where** ['sʌmweə] гдé-нибудь; кудá-нибудь

son [sʌn] сын

song [sɔŋ] пéсня

son-in-law ['sʌnınlɔ:] зять

soon [su:n] вскóре, скоро; as ~ as как тóлько

soot [sut] сáжа

soothe [su:ð] 1) успокáивать, утешáть 2) облегчáть (*боль*)

sore [sɔ:] **1.** *a* 1) чувствúтельный, болéзненный; I have a ~ throat у меня́ болúт гóрло 2) огорчённый; обúженный; my heart is ~ у меня́ болúт сéрдце **2.** *n* боля́чка; рáна

sorrow ['sɔrəu] гóре, печáль; скорбь; **~ful** ['sɔrəful] печáльный; скóрбный

sorry ['sɔrı]: be ~ жалéть; быть огорчённым; ~! виновáт!; I'm (so) ~! простúте!

sort [sɔ:t] **1.** *n* сорт, род, вид **2.** *v* сортировáть, разбирáть

sought [sɔ:t] *past и p. p. от* seek

soul [səul] душá

sound I [saund] **1.** *n* звук **2.** *v* звучáть

sound II [saund] 1) здорóвый, крéпкий; safe and ~ цел и невредúм 2) здрáвый, прáвильный

sound III [saund] измеря́ть глубинý

soup [su:p] суп

sour ['sauə] кúслый; turn ~ прокисáть

source [sɔ:s] 1) истóчник 2) начáло

south [sauθ] **1.** *n* юг **2.** *a* ю́жный **3.** *adv* на ю́г(е), к ю́гу

South Carolina ['sauθkærə'laınə] Ю́жная Каролúна

South Dakota ['sauθdə'kəutə] Ю́жная Дакóта

southern ['sʌðən] ю́жный

sovereign ['sɔvrın] 1) монáрх; повелúтель 2) соверéн (*золотая* *монета в 1 фунт стерлингов*); ~**ty** ['sɔvrəntɪ] суверенитéт

Soviet ['səuvɪet] *ист.* совéтский; ~ **Union** *ист.* Совéтский Союз

sow [səu] (sowed; sown, sowed) сéять, засевáть; ~**n** [-n] *p. p. от* sow

space [speɪs] 1) пространство 2) расстоя́ние; протяжéние

spaceman ['speɪsmən] космонáвт

spaceship ['speɪsʃɪp] космúческий корáбль

spacious ['speɪʃəs] 1) простóрный; обши́рный; поместúтельный 2) *перен.* ширóкий, большóй

spade [speɪd] лопáта; зáступ ◊ call a ~ a ~ ≅ называ́ть вéщи своúми именáми

Spain [speɪn] Испáния

Spaniard ['spænjəd] испáнец

Spanish ['spænɪʃ] испáнский

spare [speə] **1.** *v* 1) щадúть; берéчь 2) эконóмить 3) уделя́ть (*время и т. п.*) **2.** *a* запáсный, лúшний

spark [spɑ:k] úскра, вспы́шка

sparkle [spɑ:kl] сверкáть; искрúться

sparrow ['spærəu] воробéй

spat [spæt] *past и p. p. от* spit

speak [spi:k] (spoke; spoken) говорúть, разговáривать; ~**er** ['spi:kə] 1) орáтор 2): the Speaker спúкер (*в парламенте*)

spear [spɪə] дрóтик; копьё

special ['speʃəl] 1) специáльный 2) осóбый 3) э́кстренный; ~**ist** [-ɪst] специалúст; ~**ize** [-aɪz] специализúроваться

specific [spɪ'sɪfɪk] 1) характéрный 2) определённый 3) *физ.* удéльный; ~ weight удéльный вес

specify ['spesɪfaɪ] тóчно определя́ть, устанáвливать

specimen ['spesɪmɪn] образéц, обрáзчик

spectacle ['spektəkl] зрéлище

spectacles ['spektəklz] *pl* очкú

spectator [spek'teɪtə] зрúтель

speculate ['spekjuleɪt] 1) размышля́ть; стрóить догáдки 2) спекулúровать

speculation [spekju'leɪʃn] 1) размышлéние; предположéние 2) спекуля́ция

sped [sped] *past и p. p. от* speed 2

speech [spi:tʃ] речь; **~less** ['spi:tʃlɪs] безмо́лвный

speed [spi:d] **1.** *n* ско́рость, быстрота́ **2.** *v* (sped; sped) спеши́ть; ~ **up** ускоря́ть

spell I [spel] ча́ры, обая́ние

spell II [spel] (spelt; spelt) писа́ть *или* произноси́ть по бу́квам; **~ing** ['spelɪŋ] правописа́ние

spelt [spelt] *past и p. p. от* spell II

spend [spend] (spent, spent) 1) тра́тить, расхо́довать 2) проводи́ть (*время*)

spent [spent] *past и p. p. от* spend

sphere [sfɪə] 1) шар 2) сфера; поле де́ятельности

spider ['spaɪdə] пау́к; ~'s web паути́на

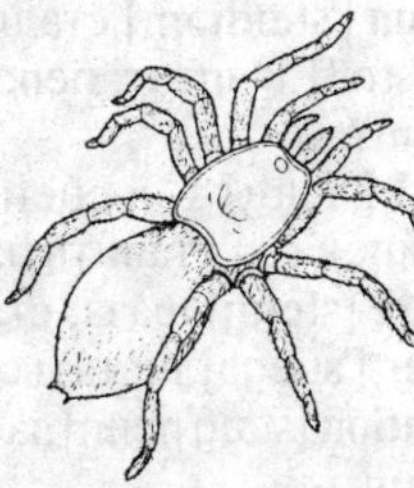

spill [spɪl] (spilt; spilt) 1) пролива́ть(ся) 2) рассыпа́ть(ся)

spilt [spɪlt] *past и p. p. от* spill

spin [spɪn] (spun; spun) 1) прясть 2) крути́ть(ся)

spine [spaɪn] позвоно́чный столб

spinster ['spɪnstə] незаму́жняя же́нщина; деви́ца

spire ['spaɪə] шпиль

spirit I ['spɪrɪt] 1) дух 2) *pl* настрое́ние; high ~s хоро́шее настрое́ние; low ~s плохо́е настрое́ние

spirit II ['spɪrɪt] 1) спирт 2) *pl* спиртны́е напи́тки

spirited ['spɪrɪtɪd] живо́й; бо́йкий

spiritual ['spɪrɪtjuəl] духо́вный

spit [spɪt] (spat; spat) плева́ться

spite [spaɪt] злость, зло́ба ◊ in ~ of несмотря́ на; **~ful** ['spaɪtful] зло́бный

splash [splæʃ] **1.** *v* бры́згать(ся); забры́згать; плеска́ть(ся) **2.** *n* плеск; бры́зги

splendid ['splendɪd] великоле́пный, роско́шный; блестя́щий

splendour ['splendə] великоле́пие, ро́скошь; блеск

splinter ['splɪntə] 1) ще́пка; оско́лок 2) зано́за

split [splɪt] **1.** *v* (split; split) коло́ть; раска́лывать(ся) **2.** *n* 1) раско́л 2) тре́щина

spoil [spɔɪl] **1.** *v* (spoilt, spoiled; spoilt, spoiled) 1) по́ртить(ся) 2) балова́ть **2.** *n* добы́ча; **~t** [-t] *past и p. p. от* spoil 1

spoke I [spəuk] спи́ца (*в колесе*)

spoke II [spəuk] *past от* speak; **~n** ['spəukən] *p. p. от* speak

sponge [spʌndʒ] **1.** *n* гу́бка **2.** *v* 1) мыть гу́бкой 2) жить на чей-л. счёт

spontaneous [spɔn'teɪnjəs] 1) самопроизво́льный 2) непосре́дственный

spool [spu:l] кату́шка

spoon [spu:n] ло́жка

sport [spɔ:t] 1) спорт 2) развлечéние

sportsman ['spɔ:tsmən] спортсмéн

spot [spɔt] 1) пятнó 2) мéсто 3) прыщик; **~less** ['spɔtlıs] безупрéчный

spout [spaut] 1) нóсик (*посуды*) 2) жёлоб

sprang [spræŋ] *past. от* spring I, 1

spread [spred] (spread; spread) 1) расстилáть (*скатерть и т. п.*) 2) распространя́ться 3) простирáться

spring I [sprıŋ] **1.** *v* (sprang; sprung) 1) пры́гать; вскáкивать 2) проистекáть **2.** *n* 1) прыжóк 2) пружи́на 3) истóчник, ключ

spring II [sprıŋ] веснá

sprinkle [sprıŋkl] бры́згать

sprout [spraut] **1.** *v* пускáть ростки́ **2.** *n* отрóсток, побéг

sprung [sprʌŋ] *p. p. от* spring I, 1

spume [spju:m] пéна

spun [spʌn] *past и p. p. от* spin

spur [spɜ:] **1.** *n* 1) шпóра 2) сти́мул **2.** *v* 1) пришпóривать 2) подстрекáть

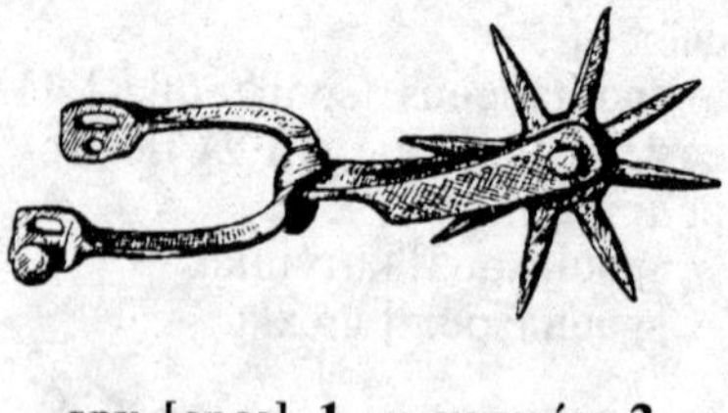

spy [spaı] **1.** *n* шпиóн **2.** *v* шпиóнить

squadron ['skwɔdrən] 1) эскадрóн 2) *мор.* эскáдра

square [skweə] **1.** *a* квадрáтный **2.** *n* 1) квадрáт; прямоугóльник 2) плóщадь 3) сквер

squeeze [skwi:z] **1.** *v* 1) выжимáть 2) сжимáть; дави́ть 3) впи́хивать 4) проти́скиваться **2.** *n* сжáтие; дáвка

squint [skwınt] **1.** *n* косоглáзие **2.** *v* коси́ть (*о глазах*)

squirrel ['skwırəl] бéлка

stab [stæb] **1.** *v* заколóть; удáрить ножóм **2.** *n* удар (*ножом и т. п.*)

stability [stə'bılıtı] 1) устóйчивость 2) стóйкость, прóчность

stable I [steıbl] 1) устóйчивый 2) стóйкий, прóчный

stable II [steıbl] конюшня

stack [stæk] 1) стог 2) кýча, грýда

stadium ['steıdıəm] стадиóн

staff [stɑ:f] 1) штат; персонáл 2) *воен.* штаб

stage I [steıʤ] **1.** *n* сцéна **2.** *v* инсцени́ровать, стáвить (*пьесу*)

stage II [steıʤ] фáза, стáдия

stagger ['stægə] шатáться

stagnation [stæg'neıʃn] застóй; стагнáция

stain [steın] **1.** *n* пятнó **2.** *v* пятнáть; пáчкать

stainless ['steınlıs] безупрéчный; ~ steel нержавéющая сталь

stair [steə] 1) ступéнька 2) *pl* лéстница; **~case** ['steəkeıs] лéстница

stake [steık] стáвка, заклáд (*в пари*)

stale [steıl] 1) чёрствый 2) зáтхлый; ~ joke изби́тая шýтка

stalemate ['steıl'meıt] *шахм.* пат

stalk [stɔ:k] стéбель

stall [stɔ:l] 1) сто́йло 2) ларёк; кио́ск; прила́вок 3) *pl театр.* парте́р

stallion ['stæljən] жеребе́ц

stammer ['stæmə] заика́ться, запина́ться

stamp [stæmp] **1.** *v* 1) то́пать ного́й 2) накла́дывать штамп 3) накле́ивать ма́рку **2.** *n* 1) почто́вая ма́рка 2) штамп; ште́мпель

stand [stænd] **1.** *v* (stood; stood) 1) стоя́ть 2) поста́вить 3) выде́рживать, выноси́ть; ~ **up for** защища́ть **2.** *n* 1) пози́ция 2) сто́йка; стенд

standard ['stændəd] **1.** *n* 1) зна́мя 2) мери́ло, станда́рт; ~ of living жи́зненный у́ровень **2.** *a* станда́ртный

standpoint ['stændpɔɪnt] то́чка зре́ния

standstill ['stændstɪl]: be at a ~ останови́ться на мёртвой то́чке

staple [steɪpl] скрепля́ть

star [stɑ:] звезда́

starch [stɑ:tʃ] **1.** *n* крахма́л **2.** *v* крахма́лить

stare [steə] **1.** *v* при́стально смотре́ть; глазе́ть **2.** *n* при́стальный взгляд

starling ['stɑ:lɪŋ] скворе́ц

start [stɑ:t] **1.** *v* 1) начина́ть 2) отправля́ться 3) вскочи́ть 4) вздра́гивать **2.** *n* 1) нача́ло 2) *спорт.* старт

startle [stɑ:tl] 1) испуга́ть 2) поража́ть

starvation [stɑ:'veɪʃn] го́лод; истоще́ние

starve [stɑ:v] 1) голода́ть; умира́ть от го́лода 2) мори́ть го́лодом

state I [steɪt] 1) госуда́рство 2) штат

state II [steɪt] **1.** *n* состоя́ние **2.** *v* заявля́ть; формули́ровать

stately ['steɪtlɪ] велича́вый, вели́чественный

statement ['steɪtmənt] заявле́ние, утвержде́ние

statesman ['steɪtsmən] госуда́рственный де́ятель

station [steɪʃn] **1.** *n* 1) ста́нция, вокза́л 2) обще́ственное положе́ние **2.** *v* ста́вить, размеща́ть

stationary ['steɪʃnərɪ] 1) неподви́жный 2) постоя́нный; ~ troops постоя́нные войска́

stationery ['steɪʃnərɪ] писчебума́жные принадле́жности

statistics [stə'tɪstɪks] стати́стика

statue ['stætju:] ста́туя; па́мятник

stature ['stætʃə] рост; of high ~ высо́кого ро́ста

statute ['stætju:t] 1) зако́н 2) уста́в

stay ['steɪ] **1.** *v* 1) остава́ться 2) остана́вливаться; гости́ть (*у кого-л.*) **2.** *n* 1) пребыва́ние 2) остано́вка

steady ['stedɪ] **1.** *a* 1) усто́йчивый 2) посто́янный; ро́вный **2.** *v* де́лать(ся) усто́йчивым

steak [steɪk] бифште́кс

steal [sti:l] (stole; stolen) красть, ворова́ть

steam [sti:m] **1.** *n* пар **2.** *v* 1) выпуска́ть пар 2) разводи́ть пары́; **~er, ~ship** ['sti:mə, 'sti:mʃɪp] парохо́д

steel [sti:l] **1.** *n* сталь **2.** *a* стально́й

steep [sti:p] круто́й

steer [stɪə] 1) пра́вить рулём, управля́ть (*машиной*) 2) направля́ть

stellar ['stelə] звёздный

stem [stem] ствол; сте́бель

step [step] **1.** *n* 1) шаг; keep in ~ идти́ в но́гу 2) ступе́нька **2.** *v* ступа́ть, шага́ть

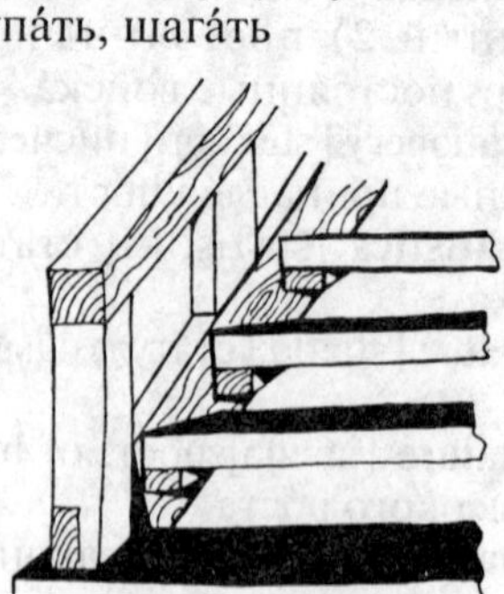

stepdaughter ['stepdɔ:tə] па́дчерица

stepfather ['stepfɑ:ðə] о́тчим

stepmother ['stepmʌðə] ма́чеха

stepson ['stepsʌn] па́сынок

stern I [stɜ:n] суро́вый, стро́гий

stern II [stɜ:n] *мор.* корма́

stew [stju:] **1.** *v* туши́ть (*мясо и т. п.*); ~ed fruit компо́т **2.** *n* тушёное мя́со

steward ['stjuəd] 1) заве́дующий хозя́йством 2) официа́нт (*на пароходе, самолёте*) 3) управля́ющий (*имением*)

stick I [stɪk] па́лка, трость

stick II [stɪk] (stuck; stuck) 1) втыка́ть 2) прикле́ивать(ся); ~ **in** застрева́ть; ~ **to** быть ве́рным; приде́рживаться

sticky ['stɪkɪ] ли́пкий, кле́йкий

stiff [stɪf] негну́щийся; засты́вший; *перен.* холо́дный, натя́нутый; **~en** [-n] (о)кочене́ть; (о)деревене́ть

still I [stɪl] **1.** *a* 1) ти́хий 2) неподви́жный ◊ ~ waters run deep в ти́хом о́муте че́рти во́дятся **2.** *n* тишина́ **3.** *v* успока́ивать

still II [stɪl] 1) до сих пор; всё ещё; одна́ко 2) ещё (*в сравнении*); ~ better ещё лу́чше

stimulant ['stɪmjulənt] 1) возбужда́ющее сре́дство 2) сти́мул

stimulate ['stɪmjuleɪt] побужда́ть, стимули́ровать

sting [stɪŋ] **1.** *v* (stung; stung) жа́лить **2.** *n* 1) жа́ло 2) уку́с

stir [stɜ:] **1.** *v* 1) шевели́ть(ся) 2) разме́шивать 3) возбужда́ть **2.** *n* движе́ние, оживле́ние; make a ~ возбуди́ть о́бщий интере́с

stitch [stɪtʃ] **1.** *n* стежо́к; петля́ (*в вязании*) **2.** *v* шить; ~ **up** зашива́ть

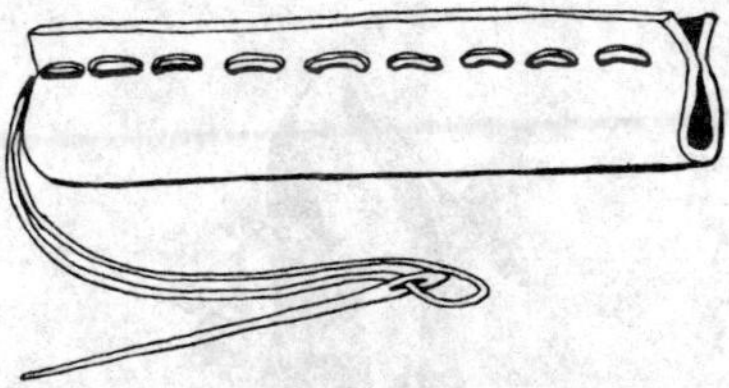

stock [stɔk] 1) род, поро́да 2) запа́с; фонд; ~ exchange би́ржа 3) акционе́рный капита́л 4) а́кция

Stockholm ['stəukhəum] Стокго́льм

stocking ['stɔkɪŋ] чуло́к

stoker ['stəukə] кочега́р, истопни́к

stole [stəul] *past от* steal; **~n** ['stəulən] *p. p. от* steal

stomach ['stʌmək] желу́док; живо́т

stone [stəun] **1.** *n* 1) ка́мень 2) ко́сточка (*плода*) **2.** *a* ка́менный **3.** *v* 1) поби́ть камня́ми 2) вынима́ть ко́сточки (*из плодов*)

stood [stud] *past и p. p. от* stand 1

stool [stu:l] табуре́тка

stoop [stu:p] 1) наклоня́ть(ся), нагиба́ть(ся) 2) суту́литься, го́рбиться

stop [stɔp] **1.** *v* 1) остана́вливать(ся); прекраща́ть(ся) 2) затыка́ть, заде́лывать; пломбирова́ть (*зуб*) **2.** *n* 1) остано́вка; заде́ржка 2) знак препина́ния; full ~ то́чка

stopper ['stɔpə] про́бка; заты́чка

storage ['stɔ:rɪʤ] хране́ние

store [stɔ:] **1.** *n* 1) запа́с 2) склад 3) магази́н; *pl* универма́г ◊ set great ~ by о́чень цени́ть, дорожи́ть **2.** *v* 1) запаса́ть 2) храни́ть на скла́де

storey ['stɔ:rɪ] эта́ж

stork [stɔ:k] а́ист

storm [stɔ:m] **1.** *n* 1) бу́ря; гроза́ 2) *воен.* штурм **2.** *v* 1) бушева́ть 2) *воен.* штурмова́ть; **~y** ['stɔ:mɪ] бу́рный

story ['stɔ:rɪ] расска́з, по́весть; исто́рия

stout [staut] 1) то́лстый, по́лный 2) кре́пкий

stove [stəuv] печь, пе́чка

straight [streɪt] **1.** *a* прямо́й **2.** *adv* пря́мо; **~en** [-n] выпрямля́ть(ся)

strain [streɪn] **1.** *v* 1) натя́гивать 2) напряга́ть(ся) **2.** *n* напряже́ние

strait [streɪt] **1.** *a* у́зкий **2.** *n* 1) проли́в 2) (*обыкн. pl*) затрудни́тельное материа́льное положе́ние, нужда́

strange [streɪnʤ] 1) стра́нный 2) чужо́й; незнако́мый; **~r** ['streɪnʤə] незнако́мец; чужо́й, посторо́нний челове́к

strangle [stræŋgl] 1) (за)души́ть 2) задыха́ться 3) подавля́ть

strap [stræp] **1.** *n* реме́нь **2.** *v* стя́гивать ремнём

straw [strɔ:] **1.** *n* соло́ма; соло́минка **2.** *a* соло́менный

strawberry ['strɔ:bərɪ] земляни́ка; клубни́ка

stray [streɪ] **1.** *v* сбива́ться с пути́ **2.** *a* заблуди́вшийся ◊ ~ bullet шальна́я пу́ля

stream [stri:m] **1.** *n* 1) пото́к; руче́й 2) тече́ние **2.** *v* 1) течь, струи́ться 2) развева́ться

street [stri:t] у́лица; **~car** ['stri:tkɑ:] *амер.* трамва́й

strength [streŋθ] си́ла; **~en** ['streŋθən] уси́ливать(ся); крепи́ть

stress [stres] **1.** *n* 1) нажи́м, давле́ние 2) ударе́ние **2.** *v* подчёркивать; ста́вить ударе́ние

stretch [stretʃ] **1.** *v* 1) протя́гивать 2) растя́гивать(ся) 3) тяну́ться **2.** *n* 1) вытя́гивание 2) протяже́ние ◊ at a ~ без переры́ва, подря́д

stretcher ['stretʃə]носи́лки

strew [stru:] **1.** *v* разбрасывать; посыпать **2.** расстилать (*материю*); застилать (*кровать*)

strict [strɪkt] 1) стро́гий 2) то́чный

strike I [straɪk] (struck; struck) 1) ударя́ть(ся) 2): ~ a match заже́чь спи́чку 3) поража́ть 4) бить (*о часах*)

strike II [straɪk] **1.** *n* ста́чка, забасто́вка **2.** *v* бастова́ть; **~r** ['straɪkə] забасто́вщик

string [strɪŋ] **1.** *n* 1) верёвка; тесёмка, шнуро́к; завя́зка 2) ни́тка (*бус*) 3) струна́ 4) ряд, верени́ца **2.** *v* (strung; strung) 1) завя́зывать 2) натя́гивать (*струну*) 3) нани́зывать

strip [strɪp] **1.** *v* 1) обдира́ть 2) раздева́ть(ся) **2.** *n* лоску́т; поло́ска; полоса́

stripe [straɪp] 1) полоса́ 2) наши́вка; **~d** [-t] полоса́тый

strive [straɪv] (strove; striven) 1) стара́ться 2) боро́ться; **~n** [strɪvn] *p. p. от* strive

stroke [strəuk] **1.** *n* 1) удар 2) взмах **2.** *v* гла́дить, погла́живать

stroll [strəul] **1.** *v* броди́ть, прогу́ливаться **2.** *n* прогу́лка

strong [strɔŋ] си́льный; кре́пкий

strove [strəuv] *past от* strive

struck [strʌk] *past и p. p. от* strike I

structure ['strʌktʃə] 1) строе́ние, структу́ра 2) постро́йка

struggle [strʌgl] **1.** *v* боро́ться **2.** *n* борьба́

strung [strʌŋ] *past и p. p. от* string 2

stubborn ['stʌbən] упря́мый; упо́рный

stuck [stʌk] *past и p. p. от* stick II

stud [stʌd] за́понка

student ['stju:dənt] 1) студе́нт; уча́щийся 2) изуча́ющий что-л.

study ['stʌdɪ] **1.** *n* 1) изуче́ние 2) предме́т изуче́ния 3) кабине́т 4) этю́д **2.** *v* 1) изуча́ть 2) учи́ться, занима́ться

stuff [stʌf] **1.** *n* веществó; материа́л **2.** *v* 1) набива́ть 2) фаршировать 3) затыка́ть

stumble [stʌmbl] 1) спотыка́ться 2) запина́ться

stumbling-block ['stʌmblɪŋ-blɔk] ка́мень преткнове́ния

stump [stʌmp] 1) пень 2) обру́бок

stun [stʌn] оглуша́ть; ошеломля́ть

stung [stʌŋ] *past u p. p. om* sting

stupid ['stju:pɪd] глу́пый, тупо́й

style [staɪl] 1) стиль; слог 2) мо́да; фасо́н

subdue [səb'dju:] подчиня́ть; **~d** [-d] пода́вленный

subject 1. *a* ['sʌbʤɪkt] 1) подчинённый; подвла́стный 2) (to) подве́рженный **2.** *n* ['sʌbʤɪkt] 1) по́дданный 2) предме́т, те́ма 3) *грам.* подлежа́щее **3.** *v* [səb-'ʤekt] 1) подчиня́ть 2) подверга́ть (*действию чего-л.*)

subjunctive [səb'ʤʌŋktɪv] *грам.* сослага́тельное наклоне́ние

submarine ['sʌbməri:n] **1.** *a* подво́дный **2.** *n* подво́дная ло́дка

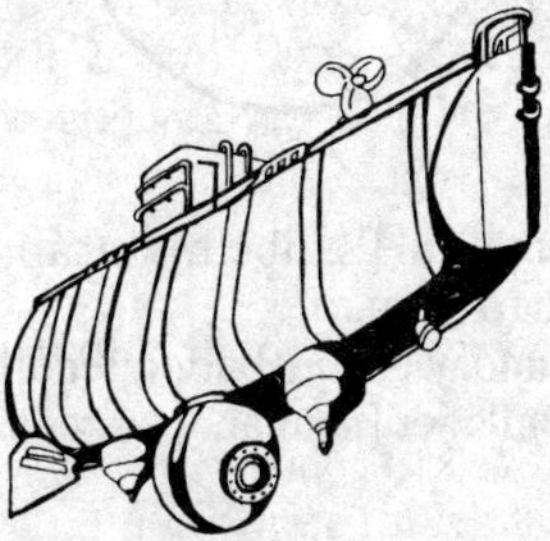

submerge [səb'mə:ʤ] погружа́ть(ся) в во́ду

submission [səb'mɪʃn] подчине́ние; поко́рность

submit [səb'mɪt] 1) подчиня́ться; покоря́ться 2) представля́ть на рассмотре́ние

subordinate [sə'bɔ:dɪnɪt] подчинённый

subscribe [səb'skraɪb] подпи́сываться; **~r** [-ə] подпи́счик

subscription [səb'skrɪpʃn] 1) по́дпись 2) подпи́ска

subsequent ['sʌbsɪlwənt] после́дующий; **~ly** [-lɪ] впосле́дствии, пото́м

subside [səb'saɪd] 1) па́дать; убыва́ть 2) утиха́ть, умолка́ть

substance ['sʌbstəns] 1) су́щность 2) вещество́; мате́рия

substitute ['sʌbtɪtju:t] **1.** *n* 1) замести́тель 2) замени́тель; суррога́т **2.** *v* заменя́ть; замеща́ть

subtle [sʌtl] то́нкий, неулови́мый; **~ ty** ['sʌtltɪ] то́нкость

subtract [səb'trækt] *мат.* вычита́ть; **~ion** [səb'trækt∫n] *мат.* вычита́ние

suburb ['sʌbɜ:b] 1) при́город 2) *pl* предме́стье, окре́стности (*города*); **~an** [sə'bɜ:bən] при́городный

subway ['sʌbweɪ] 1) тонне́ль 2) *амер.* метрополите́н

succeed [sək'si:d] 1) сле́довать (*за чем-л.*); быть прее́мником 2) достига́ть це́ли; име́ть успе́х; I ~ed in мне удало́сь

success [sək'ses] успе́х; **~ful** [-ful] уда́чный, успе́шный

succession [sək'seʃn] 1) после́довательность 2) непреры́вный ряд

successively [sək'sesɪvlɪ] после́довательно, по поря́дку

successor [sək'sesə] прее́мник, насле́дник

such [sʌtʃ] тако́й

suck [sʌk] соса́ть

Sudan, the [su:'dɑ:n] Суда́н

sudden [sʌdn] **1.** *a* внеза́пный **2.** *n*: all of a ~ вдруг, внеза́пно; **~ly** ['sʌdnlɪ] вдруг, внеза́пно

sue [sju:] преслéдовать судéбным порядком, возбуждáть дéло в судé

Suez Canal ['su:ɪzkə'næl] Суэ́цкий канáл

suffer ['sʌfə] страдáть; **~ing** ['sʌfərɪŋ] страдáние

sufficient [sə'fɪʃənt] достáточный

suffix ['sʌfɪks] *грам.* сýффикс

suffocate ['sʌfəkeɪt] 1) души́ть 2) задыхáться

suffrage ['sʌfrɪʤ] прáво гóлоса; universal ~ всеóбщее избирáтельное прáво

sugar ['ʃugə] сáхар; **~-beet** [-bi:t] сáхарная свёкла; **~-cane** [-keɪn] сáхарный тростни́к; **~y** ['ʃugərɪ] 1) сáхарный 2) льсти́вый

suggest [sə'ʤest] 1) предлагáть 2) внушáть; намекáть; **~ion** [sə'ʤestʃn] 1) предложéние 2) внушéние

suicide ['suɪsaɪd] 1) самоуби́йство; commit ~ покóнчить с собóй 2) самоуби́йца

suit I [su:t] прошéние; *юр.* иск

suit II [su:t] **1.** *n* 1) костюм 2) комплéкт, набóр **2.** *v* 1) подходи́ть; годи́ться 2) быть к лицý

suitable ['su:təbl] подходя́щий

suitcase ['su:tkeɪs] чемодáн

suite [swi:t] 1) сви́та 2) нéсколько кóмнат, апартамéнты

sulphur ['sʌlfə] сéра

sultry ['sʌltrɪ] знóйный, дýшный

sum [sʌm] **1.** *n* 1) сýмма, итóг 2) арифмети́ческая задáча **2.** *v*: ~ **up** подводи́ть итóг

summary ['sʌmərɪ] крáткое изложéние, резюмé, свóдка

summer ['sʌmə] лéто

summit ['sʌmɪt] 1) верши́на 2) предéл; верх

summon ['sʌmən] 1) вызывáть (*в суд*) 2) созывáть

sun [sʌn] сóлнце; **~beam** ['sʌnbi:m] сóлнечный луч

sunburn ['sʌnbɜ:n] загáр; **~t** [-t] загорéлый

Sunday ['sʌndɪ] воскресéнье

sunflower ['sʌnflauə] подсóлнух

sung [sʌŋ] *p. p. от* sing

sunk [sʌŋk] *p. p. от* sink I

sunlight ['sʌnlaɪt] со́лнечный свет

sunny ['sʌnɪ] 1) со́лнечный 2) ра́достный

sunrise ['sʌnraɪz] восхо́д со́лнца

sunset ['sʌnset] зака́т

sunshine ['sʌnʃaɪn] со́лнечный свет

sunstroke ['sʌnstrəuk] со́лнечный уда́р

superficial [su:pə'fɪʃəl] пове́рхностный, вне́шний

superfluous [su:'pɜ:fluəs] изли́шний, чрезме́рный

superintend [su:pərɪn'tend] надзира́ть (за); **~ent** [-ənt] управля́ющий, заве́дующий

superior [su'pɪərɪə] **1.** *a* вы́сший, превосходя́щий; лу́чший **2.** *n* ста́рший, нача́льник; **~ity** [su:pɪərɪ'ɔrɪtɪ] превосхо́дство

Superior, Lake ['leɪksu'pɪərɪə] о́зеро Ве́рхнее

superlative [su'pɜ:lətɪv] *грам.* превосхо́дная сте́пень

superstition [su:pə'stɪʃn] суеве́рие; предрассу́дки

supper ['sʌpə] у́жин

supplement **1.** *n* ['sʌplɪmənt] дополне́ние, приложе́ние **2.** *v* ['sʌplɪment] пополня́ть

supply [sə'plaɪ] **1.** *v* снабжа́ть; поставля́ть **2.** *n* 1) снабже́ние 2) запа́с 3) *эк.* предложе́ние

support [sə'pɔ:t] **1.** *v* 1) подде́рживать 2) содержа́ть **2.** *n* подде́ржка; **~er** [-ə] сторо́нник, приве́рженец

suppose [sə'pəuz] предполага́ть; полага́ть

suppress [sə'pres] 1) подавля́ть 2) запреща́ть (*газету*) 3) скрыва́ть (*правду*); **~ion** [sə'preʃn] 1) подавле́ние 2) запреще́ние (*газеты и т. п.*)

supreme [su'pri:m] вы́сший; верхо́вный

sure [ʃuə] **1.** *a* уве́ренный; несомне́нный; be ~ быть уве́ренным; a ~ way надёжный спо́соб **2.** *adv* несомне́нно, наверняка́; **~ly** ['ʃuəlɪ] несомне́нно, коне́чно; ~ly you don't mean that! неуже́ли вы э́то всерьёз?

surface ['sɜ:fɪs] пове́рхность

surgeon [sɜ:ʤn] 1) хиру́рг 2) вое́нный врач

surgery ['sɜ:ʤərɪ] 1) хирурги́я 2) приёмная (*хирурга*)

surname ['sɜ:neɪm] фами́лия

surpass [sɜ:'pɑ:s] превосходи́ть

surplus ['sɜ:pləs] **1.** *n* изли́шек **2.** *a* изли́шний; ~ value приба́вочная сто́имость

surprise [sə'praɪz] **1.** *v* 1) удивля́ть; be ~d удивля́ться 2) захвати́ть враспло́х **2.** *n* 1) удивле́ние 2) неожи́данность, сюрпри́з; take smb. by ~ захвати́ть кого́-л. враспло́х

surrender [sə'rendə] **1.** *n* сда́ча, капитуля́ция **2.** *v* сдава́ть(ся); капитули́ровать

surround [sə'raund] окружа́ть; ~**ings** [-ɪŋz] *pl* 1) окре́стности 2) среда́, окруже́ние

survey 1. *n* ['sɜ:veɪ] 1) обозре́ние, осмо́тр 2) топографи́ческая съёмка **2.** *v* [sɜ:'veɪ] 1) обозрева́ть 2) межева́ть, де́лать съёмку

survive [sə'vaɪv] пережи́ть, вы́жить

survivor [sə'vaɪvə] уцеле́вший; оста́вшийся в живы́х

suspect 1. *v* [səs'pekt] подозрева́ть **2.** *n* ['sʌspekt] подозрева́емый (челове́к)

suspend [səs'pend] 1) подве́шивать 2) приостана́вливать, отсро́чивать

suspenders [səs'pendəz] *pl* 1) подвя́зки 2) *амер.* подтя́жки

suspicion [səs'pɪʃn] подозре́ние

suspicious [səs'pɪʃəs] подозри́тельный

swallow I ['swɔləu] **1.** *v* глота́ть, поглоща́ть **2.** *n* глоток; at a ~ одни́м глотко́м

swallow II ['swɔləu] ла́сточка

swam [swæm] *past от* swim

swamp [swɔmp] боло́то, топь

swan [swɔn] ле́бедь

swarm [swɔ:m] **1.** *n* 1) рой 2) толпа́ **2.** *v* 1) ройться 2) толпи́ться

sway [sweɪ] кача́ть(ся); раска́чивать(ся)

swear [sweə] (swore; sworn) 1) кля́сться, присяга́ть 2) руга́ться

sweat [swet] **1.** *n* пот **2.** *v* 1) поте́ть 2) эксплуати́ровать

sweater ['swetə] сви́тер

Swede [swi:d] швед

Sweden [swi:dn] Шве́ция

Swedish ['swi:dɪʃ] шве́дский

sweep [swi:p] **1**. *v* (swept; swept) 1) нести́сь 2) мести́, вымета́ть 3) смета́ть **2.** *n* взмах, разма́х

sweet [swi:t] **1.** *a* 1) сла́дкий 2) ми́лый **2.** *n* 1) сла́дкое 2) *pl* конфе́ты, сла́сти

sweetheart ['swi:thɑ:t] 1) возлю́бленный; -ая 2) дорого́й; -ая (*как обращение*)

swell [swel] (swelled; swollen) распуха́ть, вздува́ться

swelling ['swelɪŋ] вы́пуклость; о́пухоль

swept [swept] *past и p. p. от* sweep 1

swift [swɪft] ско́рый, бы́стрый

swim [swɪm] (swam; swum) плыть; пла́вать; ~**mer** ['swɪmə] плове́ц

swindle [swɪndl] **1.** *n* обман **2.** *v* обма́нывать, надува́ть

swing [swɪŋ] **1.** *v* (swung; swung) 1) кача́ть(ся) 2) разма́хивать **2.** *n* 1) разма́х 2) кача́ние 3) каче́ли

Swiss [swɪs] **1.** *a* швейца́рский **2.** *n* швейца́рец

switch [swɪʧ] **1.** *n* 1) прут, хлыст 2) *ж.-д.* стре́лка 3) *эл.* выключа́тель **2.** *v* переключа́ть; ~ **off** выключа́ть; ~ **on** включа́ть

Switzerland ['swɪtsələnd] Швейца́рия

swollen ['swəulən] *p. p. от* swell

sword [sɔːd] меч; шпа́га; са́бля

swore [swɔː] *past от* swear

sworn [swɔːn] *p. p. от* swear

swum [swʌm] *p. p. от* swim

swung [swʌŋ] *past и p. p. от* swing 1

syllable ['sɪləbl] слог; *перен.* сло́во; not a ~ ни сло́ва

symbol ['sɪmbəl] си́мвол, знак

sympathize ['sɪmpəθaɪz] сочу́вствовать

sympathy ['sɪmpəθɪ] сочу́вствие

symphony ['sɪmfənɪ] симфо́ния

symptom ['sɪmptəm] при́знак, симпто́м

T

table [teɪbl] 1) стол 2) пи́ща, стол 3) табли́ца; **~cloth** ['teɪblklɔːθ] ска́терть

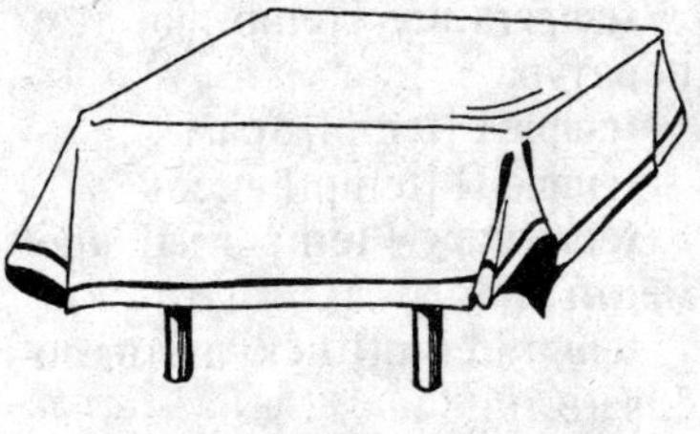

tacit ['tæsɪt] молчали́вый; ~ agreement молчали́вый угово́р

tact [tækt] такт; **~ful** ['tæktful] такти́чный; **~less** ['tæktlɪs] беста́ктный

tail [teɪl] хвост

tailor ['teɪlə] портно́й

Taiwan [taɪ'wæn] Тайва́нь

take [teɪk] (took; taken) брать; взять; ~ **off** снима́ть; ~ **out** вынима́ть ◊ ~ care (по)забо́титься; ~ care! осторо́жнее!; ~ place случа́ться; **~n** [-n] *p. p. от* take

tale [teɪl] 1) расска́з, по́весть 2): tell ~s сплé́тничать

talent ['tælənt] тала́нт; **~ed** [-ɪd] тала́нтливый

talk [tɔːk] **1.** *v* говори́ть; разгова́ривать **2.** *n* разгово́р

tall [tɔːl] высо́кий

tame [teɪm] **1.** *a* ручно́й **2.** *v* приуча́ть; укроща́ть

Tanganyika [tæŋgə'njiːkə] Танганьи́ка

tangerine [tənʤə'riːn] мандари́н (*плод*)

tangle [tæŋgl] **1.** *n* сплете́ние, пу́таница **2.** *v* запу́тывать(ся)

tank [tæŋk] 1) бак; резервуа́р 2) танк

Tanzania [tæn'zɑːnɪə] Танза́ния

tap I [tæp] **1.** *v* (по)стуча́ть; (по)хло́пать (*по плечу*) **2.** *n* стук; посту́кивание

tap II [tæp] кран (*водопроводный и т. п.*)

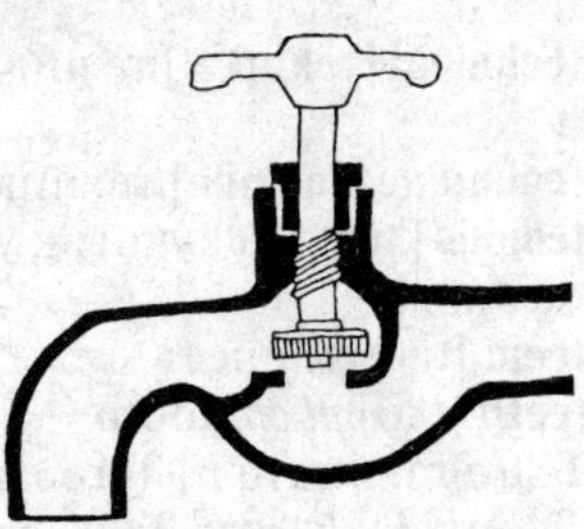

tape [teɪp] 1) тесьма́ 2) телегра́фная ле́нта

tape-recorder ['teɪprɪkɔːdə] магнитофо́н

tar [tɑ:] **1.** *n* смола́; дёготь **2.** *v* ма́зать дёгтем; смоли́ть

target ['tɑ:gɪt] ми́шень

task [tɑ:sk] зада́ние; зада́ча

taste [teɪst] **1.** *n* 1) вкус 2) скло́нность **2.** *v* 1) про́бовать 2) име́ть (при́)вкус

taught [tɔ:t] *past и p. p. от* teach

tax [tæks] **1.** *n* нало́г **2.** *v* облага́ть нало́гом

taxi ['tæksɪ] такси́

tea [ti:] чай

teach [ti:ʧ] (taught; taught) учи́ть, обуча́ть; **~er** ['ti:ʧə] учи́тель; **~ing** ['ti:ʧɪŋ] 1) обуче́ние 2) (*чаще pl*) уче́ние

team [ti:m] 1) упря́жка 2) *спорт.* кома́нда 3) брига́да рабо́чих 4) экипа́ж су́дна

teapot ['ti:pɔt] ча́йник (*для заварки*)

tear I [tɪə] слеза́

tear II [tɪə] **1.** *v* (tore; torn) рва́ть(ся); отрыва́ть(ся); раздира́ть **2.** *n* дыра́, проре́ха

tease [ti:z] **1.** *v* дразни́ть **2.** *n* зади́ра

teaspoon ['ti:spu:n] ча́йная ло́жка

technical ['teknɪkəl] техни́ческий

technique [tek'ni:k] те́хника

tedious ['ti:dɪəs] ску́чный; утоми́тельный

teem [ti:m] кише́ть

teeth [ti:θ] *pl от* tooth

Teh(e)ran [tɪə'rɑ:n] Тегера́н

Tel Aviv ['telɑ:'vi:v] Тель-Ави́в

telegram ['telɪgræm] телегра́мма

telegraph ['telɪgrɑ:f] **1.** *n* телегра́ф **2.** *v* телеграфи́ровать

telephone ['telɪfəun] **1.** *n* телефо́н **2.** *v* звони́ть по телефо́ну

television ['telɪvɪʒn] телеви́дение

tell [tel] (told; told) 1) сказа́ть; говори́ть; ~ him to come попроси́ его́ прийти́ 2) расска́зывать 3) (on) ска́зываться; his years are beginning to ~ on him его́ во́зраст начина́ет ска́зываться

temper ['tempə] 1) хара́ктер 2) настрое́ние; lose one's ~ вы́йти из себя́

temperate ['tempərɪt] возде́ржанный; уме́ренный

temperature ['temprɪʧə] температу́ра

temple I [templ] храм

temple II [templ] висо́к

temporary ['tempərərɪ] вре́менный

tempt [tempt] искуша́ть, соблазня́ть

temptation [temp'teɪʃn] искуше́ние, собла́зн

ten [ten] де́сять

tenant ['tenənt] 1) аренда́тор 2) жи́тель

tend [tend] склоня́ться; **~ency** ['tendənsɪ] накло́нность, тенде́нция

tender ['tendə] не́жный; чувстви́тельный

Tennessee [tenə'si:] Те́ннесси

tennis ['tenɪs] те́ннис

tense [tens] *грам.* вре́мя

tent [tent] пала́тка

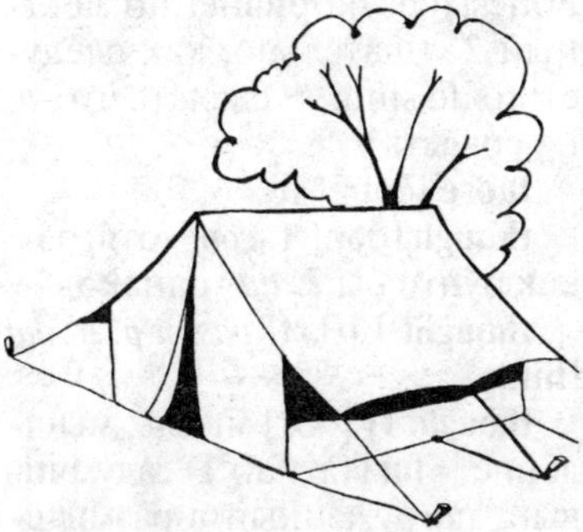

tenth [tenθ] деся́тый

tepid ['tepɪd] теплова́тый

term [tɜ:m] 1) срок 2) семе́стр 3) те́рмин; выраже́ние 4) *pl* усло́вия 5) *pl* отноше́ния

terminate ['tɜ:mɪneɪt] конча́ть(ся)

termination [tɜ:mɪ'neɪʃn] коне́ц; оконча́ние

terrace ['terəs] терра́са; усту́п

terrible ['terɪbl] стра́шный, ужа́сный

terrify ['terɪfaɪ] ужаса́ть

territory ['terɪtərɪ] террито́рия

terror ['terə] 1) у́жас 2) терро́р

terrorist ['terərɪst] террори́ст

test [test] **1.** *n* 1) испыта́ние; nuclear weapon ~ испыта́ние я́дерного ору́жия 2) тест, про́ба **2.** *v* подверга́ть испыта́нию, те́сту; тести́ровать

testify ['testɪfaɪ] свиде́тельствовать

testimony ['testɪmənɪ] показа́ние; свиде́тельство

Texas ['teksəs] Теха́с

text [tekst] текст

textbook ['tekstbuk] уче́бник

textile ['tekstaɪl] тексти́льный

Thames [temz] Те́мза

than [ðæn] чем; не́жели

thank [θæŋk] **1.** *v* благодари́ть; ~ you!, ~s! спаси́бо! **2.** *n pl* благода́рность; ~s to благодаря́ (*чему-л.*); **~ful** ['θæŋkful] благода́рный

that [ðæt] **1.** *pron* 1) (э́)тот, (э́)та, (э́)то 2) кото́рый **2.** *conj* 1) что 2) что́бы; in order ~ для того́, что́бы

thaw [θɔ:] **1.** *v* та́ять **2.** *n* о́ттепель

the [ðɪ *перед гласным,* ðə *перед согласным*] **1.** *грам. определённый артикль* **2.** *adv* тем; ~ more ~ better чем бо́льше, тем лу́чше

theatre ['θɪətə] теа́тр

theft [θeft] кра́жа

their, theirs [ðeə, ðeəz] их; свой

them [ðem] им; их

theme [θi:m] те́ма

themselves [ðəm'selvz] 1) себя́; -ся 2) (они́) са́ми

then [ðen] **1.** *pron* 1) тогда́ 2) зате́м, пото́м **2.** *conj* в тако́м слу́чае; ~ I'll go в тако́м слу́чае я уйду́

theory ['θɪərɪ] тео́рия

there [ðeə] 1) там 2) туда́ 3) здесь, тут 4): ~ is, ~ are есть, име́ется, име́ются; **~by** ['ðeə'baɪ] тем са́мым; **~fore** ['ðeəfɔ:] поэ́тому; сле́довательно; **~upon** ['ðeərə'pɔn] 1) по́сле чего́ 2) на что

these [ði:z] э́ти

they [ðeɪ] они́

thick [θɪk] 1) то́лстый; пло́тный 2) густо́й; ~ hair густы́е во́лосы

thief [θi:f] вор

thieves [θi:vz] *pl от* thief

thigh [θaɪ] бедро́

thimble [θɪmbl] напёрсток

thin [θɪn] 1) то́нкий 2) худо́й 3) ре́дкий; ~ hair ре́дкие (жи́дкие) во́лосы

thing [θɪŋ] 1) вещь; предме́т 2) де́ло, факт 3) *pl* ве́щи, принадле́жности

think [θɪŋk] (thought; thought) ду́мать; **~er** ['θɪŋkə] мысли́тель

third [θɜ:d] тре́тий

thirst [θɜ:st] **1.** *n* жа́жда **2.** *v* испы́тывать жа́жду; ~ **for** жа́ждать

thirsty ['θɜ:stɪ]: be ~ хоте́ть пить

thirteen ['θɜ:'ti:n] трина́дцать; **~th** [-θ] трина́дцатый

thirtieth ['θɜ:tɪɪθ] тридца́тый

thirty ['θɜ:tɪ] три́дцать

this [ðɪs] э́тот, э́та, э́то

thorn [θɔ:n] шип; колю́чка; **~y** ['θɔ:nɪ] колю́чий; *перен.* терни́стый

thorough ['θʌrə] по́лный, соверше́нный; тща́тельный

thoroughfare ['θʌrəfeə]: no ~ прое́зд воспрещён (*надпись*)

thoroughly ['θʌrəlɪ] *a* **1.** вполне, соверше́нно, до конца́; ~ honest безукори́зненно че́стный **2.** тща́тельно, как сле́дует; to do smth. ~ сде́лать что-л. на со́весть

those [ðəuz] те

though [ðəu] **1.** *conj* хотя́; as ~ как бу́дто бы **2.** *adv* одна́ко

thought I [θɔ:t] *past и p. p. от* think

thought II [θɔ:t] мысль; мышле́ние; **~ful** ['θɔ:tful] 1) заду́мчивый, погружённый в размышле́ния 2) глубо́кий (*анализ и т. п.*) 3) забо́тливый, внима́тельный; **~less** ['θɔ:tlɪs] 1) необду́манный 2) беспе́чный 3) эгоисти́чный

thousand ['θauzənd] ты́сяча

thrash [θræʃ] 1) молоти́ть 2) бить

thread [θred] нить, ни́тка

threat [θret] угро́за; **~en** [-n] угрожа́ть

three [θri:] три

thresh [θreʃ] *см.* thrash

threshold ['θreʃhəuld] поро́г

threw [θru:] *past от* throw

thrift [θrɪft] бережли́вость; **~y** ['θrɪftɪ] 1) бережли́вый, эконо́мный 2) процвета́ющий

thrill [θrɪl] **1.** *n* тре́пет, содрога́ние **2.** *v* си́льно взволнова́ть(ся)

throat [θrəut] го́рло; гло́тка

throb [θrɔb] си́льно би́ться; **~bing** ['θrɔbɪŋ] пульса́ция, бие́ние

throne [θrəun] трон

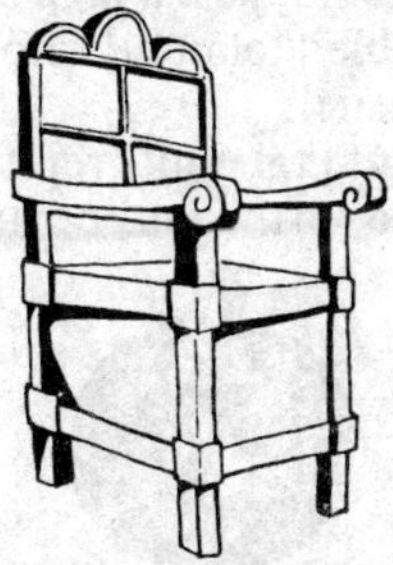

through [θru:] 1) че́рез, сквозь; see ~ a telescope ви́деть в телеско́п 2) посре́дством, благодаря́

throughout [θru:'aut] **1.** *adv* повсю́ду, везде́; the epidemic spread ~ the country эпиде́мия распространи́лась по всей стране́ **2.** *prep* в продолже́ние (*всего времени*); ~ the century на протяже́нии всего́ ве́ка

throw [θrəu] (threw; thrown) броса́ть, кида́ть; **~n** [-n] *p. p. от* throw

thrust [θrʌst] **1.** *v* (thrust; thrust) 1) толка́ть 2) вонза́ть **2.** *n* 1) толчо́к 2) уда́р; вы́пад

thumb [θʌm] большо́й па́лец (*руки́*)

thunder ['θʌndə] **1.** *n* гром **2.** *v* греме́ть; **~storm** [-stɔ:m] гроза́

Thursday ['θɜ:zdɪ] четве́рг

thus [ðʌs] так, таки́м о́бразом

Tibet [tɪ'bet] Тибе́т

ticket ['tɪkɪt] 1) биле́т 2) ярлы́к

tickle [tɪkl] щекота́ть

tide [taɪd] прили́в и отли́в

tidy ['taɪdɪ] **1.** *a* аккура́тный, опря́тный **2.** *v* прибира́ть

tie [taɪ] **1.** *v* свя́зывать; привя́зывать **2.** *n* 1) связь; *pl перен.* у́зы 2) га́лстук 3) *тех.* скре́па

tiger ['taɪgə] тигр

tight [taɪt] 1) туго́й; кре́пкий 2) те́сный; **~en** [-n] натя́гивать(ся)

tile [taɪl] 1) черепи́ца 2) ка́фель

till [tɪl] **1.** *prep* до **2.** *conj* до тех пор пока́, пока́ не; I won't go to bed ~ you come я не ля́гу спать, пока́ ты не придёшь

timber ['tɪmbə] строево́й лес

time [taɪm] **1.** *n* 1) вре́мя 2) срок; in ~ во́время 3) раз **2.** *v* 1) приуро́чить ко вре́мени 2) хронометри́ровать; **~table** ['taɪmteɪbl] расписа́ние

timid ['tɪmɪd] ро́бкий, засте́нчивый

tin [tɪn] 1) о́лово 2) жесть 3) ба́нка (*консервов*)

tinkle [tɪŋkl] звене́ть; позвя́кивать

tint [tɪnt] отте́нок, тон; кра́ска

tiny ['taɪnɪ] кро́шечный

tip I [tɪp] **1.** *n* ко́нчик **2.** *v:* ~ **over,** ~ **up** опроки́дывать

tip II [tɪp] **1.** *n* 1) чаевы́е 2) намёк, сове́т **2.** *v* дава́ть «на чай»

tiptoe ['tɪptəu]: on ~ на цы́почках

Tirana [tɪ'rɑ:nə] Тира́на

tire I ['taɪə] утомля́ть(ся); I am ~d я уста́л

tire II ['taɪə] ши́на

tiresome ['taɪəsəm] надое́дливый, ску́чный

tiring ['taɪərɪŋ] утоми́тельный

title [taɪtl] 1) загла́вие, назва́ние 2) ти́тул; зва́ние

to [tu:, tu] 1) (*указывает направление*) к, в, на; he goes to school он хо́дит в шко́лу; come to me! подойди́те ко мне!; he has gone to a concert он пошёл на конце́рт 2) *соответствует русскому дательному падежу:* to my friend моему́ дру́гу 3) (*о времени*) до; from four to six от 4 до 6 4) *ставится при инфинитиве:* to be быть

toad [təud] жа́ба

toast I [təust] **1.** *n* тост **2.** *v* пить за чьё-л. здоро́вье

toast II [təust] **1.** *n* подсу́шенный ло́мтик хле́ба; грено́к; тост **2.** *v* подсу́шивать (*хлеб*)

tobacco [tə'bækəu] таба́к

today [tə'deɪ] сего́дня

toe [təu] 1) па́лец ноги́ 2) носо́к (*чулка, башмака*)

together [tə'geðə] вме́сте

toil [tɔɪl] **1.** *v* труди́ться **2.** *n* (тяжёлый) труд

toilet ['tɔɪlɪt] **1.** *n* 1) туале́т 2) *амер.* убо́рная **2.** *a* туале́тный

token ['təukən] 1) знак 2) приме́та, при́знак

Tokyo ['təukjəu] То́кио

told [təuld] *past и p. p. от* tell

tolerable ['tɔlərəbl] сно́сный, допусти́мый

tolerant ['tɔlərənt] терпи́мый

tomato [tə'mɑ:təu] помидо́р

tomb [tu:m] моги́ла, гробни́ца

tomorrow [tə'mɔrəu] за́втра

ton [tʌn] то́нна

tone [təun] 1) тон 2) *мед.* то́нус

tongs [tɔŋz] *pl* щипцы́; кле́щи

tongue [tʌŋ] язы́к

tonight [tə'naɪt] сего́дня ве́чером, сего́дня но́чью

too [tu:] 1) та́кже, то́же; к тому́ же 2) сли́шком, чересчу́р

took [tuk] *past от* take

tool [tu:l] инструме́нт, ору́дие

tooth [tu:θ] зуб; **~ache** ['tu:θeɪk] зубна́я боль; **~brush** ['tu:θbrʌʃ] зубна́я щётка; **~paste** ['tu:θpeɪst] зубна́я па́ста; **~-powder** ['tu:θpaudə] зубно́й поро́шок

top [tɔp] **1.** *n* 1) верх 2) верши́на; маку́шка **2.** *a* ве́рхний; вы́сший

topic ['tɔpɪk] предме́т, те́ма; **~al** [-əl] злободне́вный

torch [tɔ:tʃ] фа́кел

tore [tɔ:] *past от* tear II, 1

torment 1. *v* [tɔ:'ment] му́чить **2.** *n* ['tɔ:ment] му́ка, муче́ние

torn [tɔ:n] *p. p. от* tear II, 1

torrent ['tɔrənt] пото́к

tortoise ['tɔ:təs] черепа́ха

torture [ˈtɔːtʃə] **1.** *n* пы́тка **2.** *v* пыта́ть

toss [tɔs] 1) кача́ть(ся) 2) воро́чаться 3) швыря́ть

total [təutl] **1.** *a* 1) весь 2) по́лный, абсолю́тный **2.** *n* о́бщая су́мма; ито́г

touch [tʌtʃ] **1.** *v* тро́гать; (при)каса́ться **2.** *n* 1) прикоснове́ние 2) осяза́ние; **~ing** [ˈtʌtʃɪŋ] тро́гательный

tough [tʌf] 1) жёсткий 2) выно́сливый 3) упо́рный; упря́мый

tour [tuə] **1.** *n* путеше́ствие; турне́ **2.** *v* путеше́ствовать

tow [təu] **1.** *v* букси́ровать **2.** *n:* take in ~ брать на букси́р

toward(s) [təˈwɔːd(z)] (по направле́нию) к

towel [ˈtauəl] полоте́нце

tower [ˈtauə] **1.** *n* ба́шня **2.** *v* 1) (over) вы́ситься (над) 2) вселя́ться

town [taun] го́род

toy [tɔɪ] игру́шка

trace [treɪs] **1.** *n* след **2.** *v* 1) проследи́ть 2) черти́ть

track [træk] **1.** *n* 1) след 2) *ж.-д.* коле́я 3) тропи́нка, доро́га **2.** *v* высле́живать

tractor [ˈtræktə] тра́ктор

trade [treɪd] **1.** *n* 1) торго́вля 2) ремесло́, профе́ссия; ~ union профсою́з **2.** *v* торгова́ть

tradition [trəˈdɪʃn] 1) тради́ция 2) преда́ние

traffic [ˈtræfɪk] у́личное движе́ние; тра́нспорт

tragedy [ˈtrædʒɪdɪ] траге́дия

tragic [ˈtrædʒɪk] траги́ческий

trail [treɪl] **1.** *v* 1) волочи́ть(ся), тащи́ть(ся) 2) высле́живать **2.** *n* след; **~er** [ˈtreɪlə] прице́п к автомоби́лю

train I [treɪn] 1) по́езд 2) шлейф (*пла́тья*) 3) сви́та

train II [treɪn] 1) обуча́ть; воспи́тывать 2) тренирова́ть(ся); **~ing** [ˈtreɪnɪŋ] 1) обуче́ние 2) трениро́вка

traitor [ˈtreɪtə] изме́нник, преда́тель

tram [træm] трамва́й

tramp [træmp] **1.** *v* 1) броди́ть 2) гро́мко то́пать **2.** *n* бродя́га

trample [træmpl] топта́ть

tranquil ['træŋkwɪl] споко́йный; ~**lity** [træŋ'kwɪlɪtɪ] споко́йствие

transaction [træn'zækʃn] 1) де́ло, сде́лка 2) веде́ние (*дел*) 3) *pl* труды́, протоко́лы (*общества*)

transfer 1. *v* [træns'fɜ:] 1) перемеща́ть; переноси́ть 2) передава́ть **2.** *n* ['trænsfɜ:] 1) перено́с 2) переда́ча 3) перево́д

transform [træns'fɔ:m] превраща́ть

transit ['trænzɪt] транзи́т, перево́зка

transition [træn'sɪʒn] перехо́д

transitive ['trænzɪtɪv] *грам.* перехо́дный (*о глаголе*)

translate [trænz'leɪt] переводи́ть(ся)

translation [trænz'leɪʃn] перево́д

transmission [trænz'mɪʃn] переда́ча

transparent [træns'peərənt] прозра́чный

transport 1. *n* ['trænspɔ:t] перево́зка; тра́нспорт **2.** *v* [træns'pɔ:t] перевози́ть

trap [træp] западня́, лову́шка, капка́н; ~**door** ['træp'dɔ:] люк

travel [trævl] **1.** *v* 1) путеше́ствовать 2) передвига́ться **2.** *n* путеше́ствие; ~**ler** ['trævlə] путеше́ственник

traverse ['trævə:s] пересека́ть

tray [treɪ] подно́с

treacherous ['tretʃərəs] преда́тельский

treachery ['tretʃərɪ] преда́тельство, изме́на

tread [tred] (trod; trodden) ступа́ть; наступа́ть

treason [tri:zn] (госуда́рственная) изме́на

treasure ['treʒə] **1.** *n* сокро́вище, клад **2.** *v* цени́ть, дорожи́ть

treat [tri:t] 1) обраща́ться, обходи́ться 2) угоща́ть 3) лечи́ть

treatment ['tri:tmənt] 1) обхожде́ние 2) обрабо́тка 3) лече́ние

treaty ['tri:tɪ] догово́р

tree [tri:] де́рево

tremble [trembl] дрожа́ть, трепета́ть

tremendous [trɪ'mendəs] огро́мный

trench [trentʃ] ров; око́п

trespass ['trespəs] преступа́ть, наруша́ть грани́цу (*владения*); ~ **on** злоупотребля́ть

trial ['traɪəl] **1.** *n* 1) испыта́ние 2) суд, суде́бное разбира́тельство **2.** *a* про́бный

triangle ['traɪæŋgl] треуго́льник

tribe [traɪb] пле́мя; род

tribute ['trɪbju:t] дань

trick [trɪk] 1) хи́трость, уло́вка 2) фо́кус, трюк

trifle [traɪfl] пустя́к

trigger ['trɪgə] куро́к

trim [trɪm] **1.** *a* подтя́нутый **2.** *v* 1) подра́внивать, подстрига́ть 2) отде́лывать; украша́ть

trip [trɪp] 1) экску́рсия; пое́здка 2) пла́вание, рейс (*корабля*)

triumph ['traɪʌmf] **1.** *n* торжество́ **2.** *v* (вос)торжествова́ть; **~al** [traɪ'ʌmfəl] триумфа́льный; **~ant** [traɪ'ʌmfənt] 1) торжеству́ющий 2) победоно́сный

trod [trɔd] *past от* tread

trodden [trɔdn] *p. p. от* tread

trolley ['trɔlɪ] вагоне́тка; **~bus** ['trɔlɪbʌs] тролле́йбус

troops [tru:ps] *pl* войска́

trophy ['trəufɪ] трофе́й

tropic ['trɔpɪk] тро́пик; the ~s тро́пики; **~al** [-əl] тропи́ческий

trot [trɔt] **1.** *n* рысь, рысца́ **2.** *v* бежа́ть ры́сью

trouble [trʌbl] **1.** *n* 1) беспоко́йство 2) забо́та, хло́поты 3) го́ре, беда́ **2.** *v* беспоко́ить(ся); **~some** ['trʌblsəm] 1) тру́дный, неприя́тный 2) капри́зный (*о ребёнке*)

trousers ['trauzəz] *pl* брю́ки

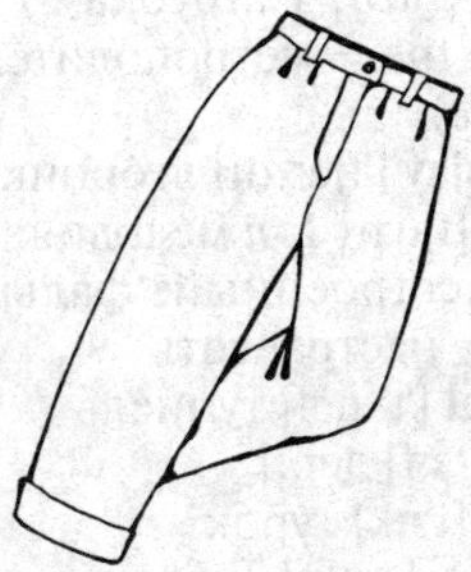

truce [tru:s] 1) переми́рие 2) передышка; зати́шье

truck [trʌk] 1) грузови́к 2) ваго́н-платфо́рма

true [tru:] 1) и́стинный; пра́вильный 2) по́длинный 3) ве́рный, пре́данный

truly ['tru:lɪ]: yours ~ пре́данный вам (*в конце письма*)

trumpet ['trʌmpɪt] *муз.* труба́

trunk [trʌŋk] 1) ствол 2) ту́ловище; ко́рпус 3) чемода́н; сунду́к 4) хо́бот

trust [trʌst] **1.** *n* 1) дове́рие 2) трест **2.** *v* 1) ве́рить 2) наде́яться, полага́ться; **~ee** [trʌs'ti:] опеку́н; попечи́тель

truth [tru:θ] пра́вда; и́стина; **~ful** ['tru:θful] правди́вый

try [traɪ] 1) пыта́ться; стара́ться 2) про́бовать, испы́тывать 3) суди́ть; ~ **on** примеря́ть (*платье*)

tub [tʌb] ка́дка; лоха́нь; уша́т

tube [tju:b] 1) тру́бка 2) тю́бик 3): the ~ метрополите́н (*в Лондоне*)

Tuesday ['tju:zdɪ] вто́рник

tune [tju:n] **1.** *n* мело́дия; out of ~ расстро́енный; фальши́вый **2.** *v* настра́ивать

tunnel ['tʌnəl] тунне́ль

turf [tɜ:f] дёрн

Turk [tɜ:k] ту́рок

Turkey ['tɜ:kɪ] Ту́рция

turkey ['tɜ:kɪ] индю́к; индю́шка

Turkish ['tɜ:kɪʃ] туре́цкий

turn [tɜ:n] **1.** *v* 1) верте́ть(ся); крути́ть(ся) 2) повора́чивать(ся) 3) де́латься, станови́ться; ~ pale побледне́ть; ~ **off** закрыва́ть (*кран*); ~ **on** открыва́ть (*кран*); включа́ть (*свет*); ~ **out** а) выключа́ть (*свет*); б) ока́зываться **2.** *n* 1) поворо́т 2) о́чередь 3) вито́к

turner ['tɜ:nə] то́карь

turnip ['tɜ:nɪp] ре́па

turpentine ['tɜ:pəntaɪn] скипида́р

twelfth [twelfθ] двена́дцатый

twelve [twelv] двена́дцать

twentieth ['twentɪɪθ] двадца́тый

twenty ['twentɪ] два́дцать

twice [twaɪs] два́жды; ~ as вдвое́

twig [twɪg] ве́т(оч)ка; пру́тик

twilight ['twaɪlaɪt] су́мерки

twins [twɪnz] близнецы́

twinkle [twɪŋkl] 1) мерца́ть; сверка́ть; мига́ть 2) мелька́ть

twist [twɪst] **1.** *v* 1) крути́ть; скру́чивать(ся) 2) искажа́ть **2.** *n* 1) искривле́ние, изги́б 2) верёвка

twitter ['twɪtə] щебета́ть, чири́кать

two [tu:] два

type [taɪp] **1.** *n* 1) тип 2) шрифт **2.** *v* печа́тать на маши́нке; **~writer** ['taɪpraɪtə] пи́шущая маши́нка

typhoid ['taɪfɔɪd]: ~ fever брюшно́й тиф

typical ['tɪpɪkəl] типи́чный

typist ['taɪpɪst] машини́стка

tyranny ['tɪrənɪ] тирани́я; деспоти́зм

tyrant ['taɪərənt] тира́н

tyre ['taɪə] *см.* tire II

U

ugly ['ʌglɪ] некраси́вый; отта́лкивающий

Ulan Bator ['u:la:n'ba:tɔ:] Улан-Ба́тор

ultimate ['ʌltɪmɪt] оконча́тельный

umbrella [ʌm'brelə] зо́нтик

umpire ['ʌmpaɪə] посре́дник, трете́йский судья́

un- [ʌn-] *приставка* не-, без-

unable ['ʌn'eɪbl] неспосо́бный; be ~ не быть в состоя́нии; I am ~ я не могу́

unanimous [ju:'nænɪməs] единоду́шный, единогла́сный

unbutton ['ʌn'bʌtn] расстёгивать

uncertainty [ʌn'sɜ:tntɪ] 1) неопределённость; неизве́стность 2) неуве́ренность

uncle [ʌŋkl] дя́дя

uncomfortable [ʌn'kʌmfətəbl] неудо́бный

uncommon [ʌn'kɔmən] необыкнове́нный

unconscious [ʌn'kɔnʃəs] 1) бессозна́тельный 2): be ~ of не сознава́ть 3) нево́льный

undeniable [ʌndɪ'naɪəbl] неоспори́мый, несомне́нный

under ['ʌndə] 1) под 2) при; ~ modern conditions при совреме́нных усло́виях; ~ no circumstances ни при каки́х обстоя́тельствах 3) ме́ньше (чем); ни́же (*о стоимости*); he is ~ fifty ему́ нет и 50

underclothes ['ʌndəkləuðz] *pl* (ни́жнее) бельё

underestimate ['ʌndər'estɪmeɪt] недооце́нивать

undergo [ʌndə'gəu] (underwent; undergone) подверга́ться; испы́тывать; ~**ne** [ʌngdə'gɔn] *p. p. от* undergo

underground 1. *adv* [ʌndə'graund] под землёй **2.** *a* ['ʌndəgraund] 1) подзе́мный 2) подпо́льный **3.** *n* ['ʌndəgraund]: the ~ метрополите́н, метро́

underline [ʌndə'laɪn] подчёркивать

undermine [ʌndə'maɪn] подрыва́ть, подка́пывать

underneath [ʌndə'ni:θ] **1.** *adv* вниз; внизу́ **2.** *prep* под

understand [ʌndə'stænd] (understood; understood) понима́ть

understood [ʌndə'stud] *past и p. p. от* understand

undertake [ʌndə'teɪk] (undertook; undertaken) 1) предпринима́ть 2) руча́ться; ~**n** [-n] *p. p. от* undertake

undertaker's ['ʌndəteɪkəz] похоро́нное бюро́

undertaking [ʌndə'teɪkɪŋ] 1) предприя́тие 2) обяза́тельство

undertook [ʌndə'tuk] *past от* undertake

underwear ['ʌndəweə] ни́жнее бельё

underwent [ʌndə'went] *past от* undergo

undid ['ʌn'dɪd] *past от* undo

undo ['ʌn'du:] (undid; undone) развя́зывать; расстёгивать; ~**ne** ['ʌn'dʌn] *p. p. от* undo

undoubted [ʌn'dautɪd] несомне́нный; ~**ly** [-lɪ] несомне́нно

undress ['ʌn'dres] раздева́ть(ся)

uneasiness [ʌn'i:zɪnɪs] 1) трево́га 2) нело́вкость

uneasy [ʌn'i:zɪ] 1) встревóженный 2) нелóвкий

unemployed ['ʌnɪm'plɔɪd] безрабóтный

unemployment ['ʌnɪm'plɔɪmənt] безрабóтица

unequal ['ʌn'i:kwəl] нерáвный

unexpected ['ʌnɪks'pektɪd] неожи́данный

unfinished ['ʌn'fɪnɪʃt] незакóнченный

unfit ['ʌn'fɪt] негóдный, неподходя́щий

unfortunate [ʌn'fɔ:ʧnɪt] 1) несчáстный; несчастли́вый 2) неудáчный; **~ly** [-lɪ] к несчáстью

ungrateful [ʌn'greɪtful] неблагодáрный

unhappy [ʌn'hæpɪ] несчáстный; несчастли́вый

unhealthy [ʌn'helθɪ] нездорóвый

uniform ['ju:nɪfɔ:m] **1.** *n* фóрма, мунди́р **2.** *a* единообрáзный; однорóдный

uninterrupted ['ʌnɪntə'rʌptɪd] непреры́вный

union ['junɪən] 1) союз 2) объединéние

unit ['junɪt] 1) едини́ца 2) вóинская часть

unite [ju'naɪt] соединя́ть(ся); объединя́ть(ся)

United Kingdom of Great Britain and Northern Ireland [ju:'naɪtɪd 'kɪŋdəm əv greɪt 'brɪtən ənd 'nɔ:ðən 'aɪələnd] Соединённое Королéвство Великобритáнии и Сéверной Ирлáндии

United States of America [ju:'naɪtɪd steɪts əv ə'merɪkə] Соединённые Штáты Амéрики, США

unity ['ju:nɪtɪ] 1) еди́нство 2) *мат.* едини́ца

universal [ju:nɪ'vɜ:səl] универсáльный; всеóбщий

universe ['ju:nɪvɜ:s] мир, вселéнная

university [ju:nɪ'vɜ:sɪtɪ] университéт

unkind [ʌn'kaɪnd] злой, жестóкий

unknown ['ʌn'nəun] неизвéстный

unless [ən'les] éсли не; I won't go ~ the weather is fine я не поéду, éсли не бýдет хорóшей погóды

unlike ['ʌn'laɪk] **1.** *a* непохóжий **2.** *prep* в отли́чие от

unlimited [ʌn'lɪmɪtɪd] неограни́ченный

unload ['ʌn'ləud] 1) разгружáть(ся) 2) разряжáть (*оружие*)

unlock ['ʌn'lɔk] отпирáть

unlucky [ʌn'lʌkɪ] несчастли́вый, неудáчный

unmoved ['ʌn'mu:vd] равнодýшный

unnatural [ʌn'næʧrəl] неестéственный, противоестéственный

unnecessary [ʌn'nesɪsərɪ] ненýжный, изли́шний

unpleasant [ʌn'pleznt] неприя́тный

unprofitable [ʌn'prɔfɪtəbl] невы́годный; нерентáбельный

unreasonable [ʌn'ri:zənəbl] неразýмный, неблагоразýмный

unrest ['ʌn'rest] беспокóйство, волнéние

unscrupulous [ʌn'skru:pjuləs] беспринци́пный

unselfish ['ʌn'selfɪʃ] бескоры́стный; самоотвéрженный

unsteady ['ʌn'stedɪ] неусто́йчивый, нетвёрдый

until [ən'tɪl] **1.** *prep* до **2.** *conj* пока́ не

unusual [ʌn'ju:ʒuəl] необыкнове́нный, необы́чный

unwelcome [ʌn'welkəm] 1) нежела́нный 2) неприя́тный

unwilling ['ʌn'wɪlɪŋ] несклóнный, нерасполóженный; I am ~ to refuse him я бы не хоте́л емý отказа́ть

unwise ['ʌn'waɪz] не(благо)разýмный

unworthy [ʌn'wɜ:ðɪ] недостóйный

up [ʌp] **1.** *adv* наве́рх; вверх; up and down вверх и вниз; взад и вперёд **2.** *prep* вверх

upbringing ['ʌpbrɪŋɪŋ] воспита́ние

upon [ə'pɔn] *см.* on 1

upper ['ʌpə] ве́рхний; вы́сший

upright 1) ['ʌp'raɪt] прямóй; вертика́льный 2) ['ʌpraɪt] че́стный; справедли́вый

uproar ['ʌprɔ:] шум; волне́ние

uproot [ʌp'ru:t] вырыва́ть с корнем; *перен.* искореня́ть

upset [ʌp'set] (upset; upset) 1) опроки́дывать(ся) 2) огорча́ть; расстра́ивать

upside-down ['ʌpsaɪd'daun] вверх днóм

upstairs ['ʌp'steəz] **1.** *adv* наве́рх; вверх (по ле́стнице) **2.** *a* (находя́щийся) на ве́рхнем этаже́

up-to-date ['ʌptə'deɪt] совреме́нный; передовóй; мóдный

upward ['ʌpwəd] напра́вленный вверх; **~s** [-z] вверх

urge [ɜ:ʤ] убежда́ть (*настойчиво*); ~ the horse понука́ть лóшадь

urgent ['ɜ:ʤənt] срóчный; ва́жный; настоя́тельный

urn [ɜ:n] ýрна

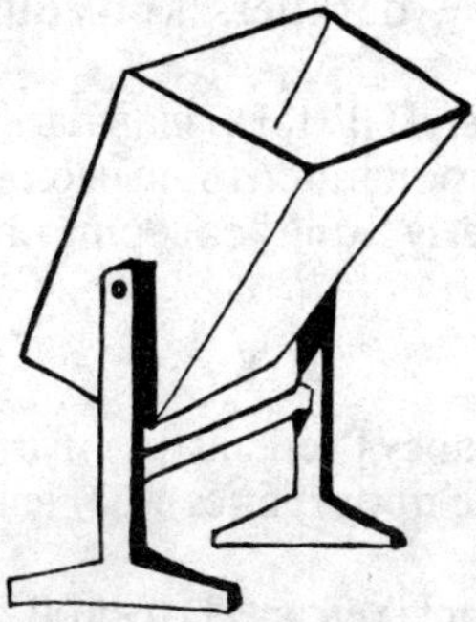

us [ʌs] нам; нас

usage ['ju:zɪʤ] 1) употребле́ние 2) обы́чай

use **1.** *n* [ju:s] 1) пóльза 2) пóль-зование, употребле́ние **2.** *v* [ju:z] 1) употребля́ть; пóльзоваться 2) обраща́ться; ~ **up** испóльзовать

used [ju:zt]: he is ~ to он привы́к; he ~ to work at home ра́ньше он рабóтал дóма

useful ['ju:sful] поле́зный; пригóдный

useless ['ju:slɪs] бесполе́зный

usher ['ʌʃə] билетёр, капельди́нер

usual ['ju:ʒuəl] обы́чный, обыкнове́нный; **~ly** [-ɪ] обы́чно, обыкнове́нно

usurp [ju:'zɜ:p] узурпи́ровать

Utah ['ju:tɑ:] Ю́та

utensil [ju:'tensl] ýтварь

utility [ju:'tɪlɪtɪ] 1) поле́зность; вы́годность 2) *pl* удóбства, комму́на́льные услу́ги

utilize ['ju:tɪlaɪz] испóльзовать

utmost ['ʌtməust] **1.** *a* крáйний; предéльный **2.** *n* сáмое большóе; do one's ~ дéлать всё, что в чьих-л. сúлах

utter I ['ʌtə] пóлный; крáйний; ~ darkness кромéшная тьма

utter II ['ʌtə] издавáть (звýки); произносúть; вы́молвить

utterly ['ʌtəlɪ] совершéнно

V

vacancy ['veɪkənsɪ] 1) пустотá, пустóе прострáнство 2) вакáнсия

vacant ['veɪkənt] 1) пустóй 2) вакáнтный; свобóдный 3) рассéянный; бессмы́сленный (*взгляд*)

vacation [və'keɪʃn] 1) канúкулы 2) *амер.* óтпуск

vacuum cleaner ['vækjuəm-'kli:nə] пылесóс

vague [veɪg] смýтный, неяс-ный; неопределённый

vain [veɪn] 1) тщéтный; in ~ напрáсно 2) пустóй; тщеслáвный; самодовóльный

valid ['vælɪd] 1) *юр.* действúтельный, имéющий сúлу 2) вéский, обоснóванный

valley ['vælɪ] долúна

valuable ['væljuəbl] **1.** *a* цéнный **2.** *n pl* драгоцéнности

value ['vælju:] **1.** *n* 1) цéнность 2) *эк.* стóимость 3) *мат.* величинá **2.** *v* 1) оцéнивать 2) ценúть

valve [vælv] 1) клáпан 2) створ́ка 3) *радио* электрóнная лáмпа

van I [væn] 1) фургóн 2) багáжный вагóн

van II [væn] *см.* vanguard

vanguard ['vængɑ:d] авангáрд

vanish ['vænɪʃ] исчезáть

vanity ['vænɪtɪ] тщеслáвие

vanquish ['væŋkwɪʃ] побеж-дáть; преодолевáть

vapour ['veɪpə] 1) пар 2) пары́

variety [və'raɪətɪ] 1) разнообрáзие 2) разновúдность 3) варьетé

various ['veərɪəs] разлúчный, рáзный

varnish ['vɑ:nɪʃ] **1.** *n* 1) лак 2) лоск **2.** *v* лакировáть

vary ['veərɪ] 1) (из)меня́ться 2) разнообрáзить

vase [vɑ:z] вáза

vast [vɑ:st] обшúрный, громáдный

veal [vi:l] теля́тина

vegetable ['veʤɪtəbl] **1.** *a* растúтельный **2.** *n* óвощ

vehement ['vi:ɪmənt] стрáстный, нeйстовый

vehicle ['vi:ɪkl] трáнспортное срéдство

veil [veɪl] **1.** *n* вуа́ль **2.** *v* завуали́ровать

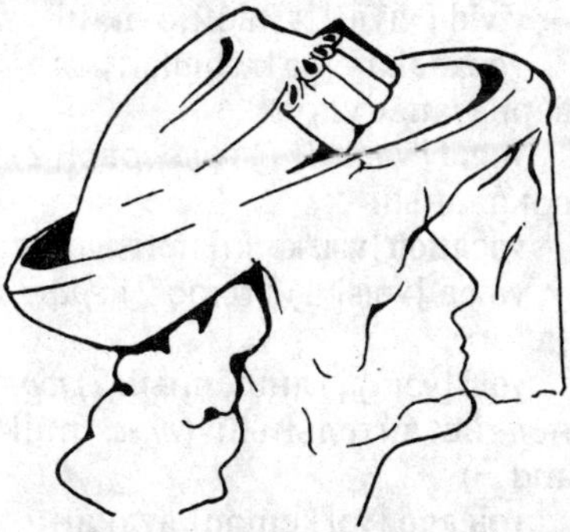

vein [veɪn] 1) ве́на 2) жи́ла; жи́лка

velvet ['velvɪt] ба́рхат

vengeance ['venʤəns] месть, мще́ние

ventilate ['ventɪleɪt] прове́тривать, вентили́ровать

venture ['ventʃə] рискну́ть; отва́житься

verb [vɜ:b] глаго́л

verbal ['vɜ:bəl] 1) у́стный 2) *грам.* глаго́льный

verdict ['vɜ:dɪkt] пригово́р

verdure ['vɜ:ʤə] зе́лень

verge [vɜ:ʤ] **1.** *n* грань; *перен.* край **2.** *v:* ~ **on** грани́чить; быть на гра́ни

verify ['verɪfaɪ] проверя́ть

Vermont [vɜ:'mɔnt] Вермо́нт

verse [vɜ:s] 1) стих(и́) 2) строфа́

vertical ['vɜ:tɪkəl] вертика́льный

very ['verɪ] **1.** *adv* о́чень; весьма́ **2.** *a* и́стинный, су́щий; the ~ (тот) са́мый

vessel [vesl] 1) сосу́д 2) кора́бль, су́дно

vest [vest] *амер.* 1) жиле́т 2) ма́йка

veteran ['vetərən] 1) ветера́н 2) (бы́вший) уча́стник войны́

vex [veks] раздража́ть, серди́ть; **~ation** [vek'seɪʃn] доса́да, раздраже́ние

vibrate [vaɪ'breɪt] вибри́ровать

vice [vaɪs] поро́к

vice- [vaɪs-] ви́це-

vicinity [vɪ'sɪnɪtɪ] 1) окре́стности 2) сосе́дство, бли́зость

vicious ['vɪʃəs] 1) поро́чный 2) зло́бный

victim ['vɪktɪm] же́ртва

victorious [vɪk'tɔ:rɪəs] победоно́сный

victory ['vɪktərɪ] побе́да

victuals [vɪtlz] *pl* прови́зия, продово́льствие

video ['vɪdɪəu] ви́део; ~ recorder видеомагнитофо́н; ~ camera видеока́мера

Vienna [vɪ'enə] Ве́на

Vietnam ['vjet'næm] Вьетна́м

view [vju:] **1.** *n* 1) вид 2) взгляд; point of ~ то́чка зре́ния **2.** *v* 1) осма́тривать 2) рассма́тривать

vigilance ['vɪʤɪləns] бди́тельность

vigorous ['vɪgərəs] си́льный, энерги́чный

vile [vaɪl] по́длый

village ['vɪlɪdʒ] дере́вня, село́; **~r** [-ə] се́льский жи́тель

villain ['vɪlən] злоде́й, негодя́й

vindicate ['vɪndɪkeɪt] опра́вдывать

vine [vaɪn] виногра́дная лоза́

vinegar ['vɪnɪgə] у́ксус

vineyard ['vɪnjəd] виногра́дник

violate ['vaɪəleɪt] 1) наруша́ть, попира́ть 2) наси́ловать

violence ['vaɪələns] 1) си́ла, неи́стовство 2) наси́лие

violent ['vaɪələnt] 1) си́льный, неи́стовый, бу́йный 2) наси́льственный

violet ['vaɪəlɪt] **1.** *n* фиа́лка **2.** *a* фиоле́товый

violin [vaɪə'lɪn] скри́пка

viper ['vaɪpə] гадю́ка

Virginia [və'ʤɪnɪə] Вирги́ния

virtue ['vɜ:tju:] 1) доброде́тель 2) досто́инство

visible ['vɪzɪbl] 1) ви́димый 2) очеви́дный

vision [vɪʒn] 1) зре́ние 2) виде́ние

visit ['vɪzɪt] **1.** *v* посеща́ть **2.** *n* визи́т, посеще́ние; **~or** [-ə] гость, посети́тель

visual ['vɪzjuəl] 1) зри́тельный 2) нагля́дный

vital [vaɪtl] 1) жи́зненный 2) насу́щный; ва́жный

vivid ['vɪvɪd] живо́й, я́ркий

vocabulary [və'kæbjulərɪ] слова́рь, запа́с слов

vocal ['vəukəl] 1) голосово́й 2) вока́льный

vocation [vəu'keɪʃn] призва́ние

voice [vɔɪs] 1) го́лос 2) *грам.* зало́г

void [vɔɪd] 1) лишённый 2) *юр.* недействи́тельный (*тж.* null and ~)

volcano [vɔl'keɪnəu] вулка́н

volume ['vɔljum] 1) объём 2) том

voluntary ['vɔləntərɪ] доброво́льный

volunteer [vɔlən'tɪə] **1.** *n* доброво́лец **2.** *v* вы́зваться (*что-л. сделать*)

vote [vəut] **1.** *n* 1) го́лос (*на выборах*) 2) голосова́ние **2.** *v* голосова́ть; **~r** ['vəutə] избира́тель

vow [vau] **1.** *n* обе́т; кля́тва **2.** *v* дава́ть обе́т; кля́сться

vowel ['vauəl] гла́сный (звук)

voyage [vɔɪɪʤ] путеше́ствие (*по воде*); пла́вание; **~r** ['vɔɪəʤə] путеше́ственник (*по морю*)

vulgar ['vʌlgə] 1) вульга́рный, по́шлый 2) гру́бый

W

wage I [weɪʤ]: ~ war вести́ войну́

wage II [weɪʤ] 1) *pl* за́работная пла́та (*рабочего*) 2): living ~ прожи́точный ми́нимум

wail [weɪl] **1.** *n* вопль; вой **2.** *v* вопи́ть; выть

waist [weɪst] та́лия; **~coat** ['weɪskəut] жиле́т

wait [weɪt] **1.** *v* (for) ждать; ~ **on** прислу́живать **2.** *n:* lie in ~ for поджида́ть, подстерега́ть; **~er** ['weɪtə] официа́нт; **~ress** ['weɪtrɪs] официа́нтка

wake [weɪk] (woke, waked) буди́ть; пробужда́ть(ся)

Wales [weɪlz] Уэ́льс

walk [wɔːk] **1.** *n* прогу́лка; go for a ~ идти́ гуля́ть **2.** *v* идти́ пешко́м; гуля́ть

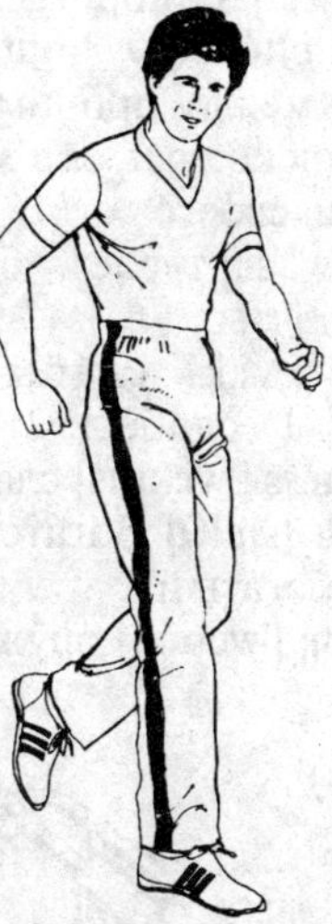

wall [wɔːl] стена́

wallet ['wɔlɪt] бума́жник

wallpaper ['wɔːlpeɪpə] обо́и

walnut ['wɔːlnət] гре́цкий оре́х

walrus ['wɔːlrəs] морж

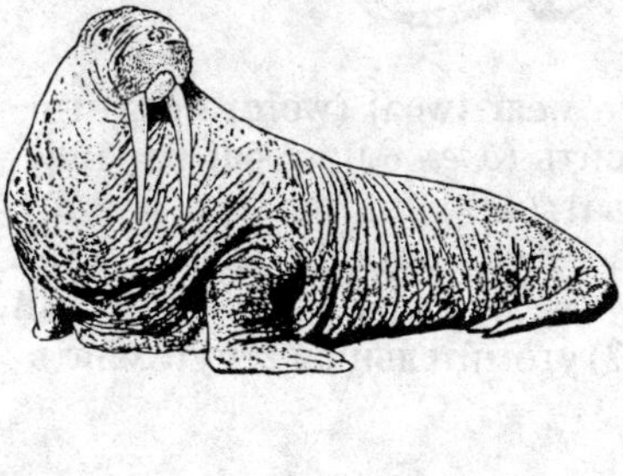

wander ['wɔndə] 1) броди́ть; стра́нствовать 2) блужда́ть; **~er** ['wɔndərə] стра́нник

want [wɔnt] **1.** *n* 1) недоста́ток, отсу́тствие 2) нужда́; be in ~ нужда́ться 3) *pl* потре́бности **2.** *v* 1) жела́ть, хоте́ть 2) нужда́ться

war [wɔː] **1.** *n* война́ **2.** *a* вое́нный

wardrobe ['wɔːdrəub] платяно́й шкаф; гардеро́б

warehouse ['weəhaus] склад; пакга́уз

warfare ['wɔːfeə] война́

warm [wɔːm] **1.** *a* тёплый; *перен.* серде́чный; горя́чий **2.** *v* гре́ться

warmth [wɔːmθ] 1) тепло́; теплота́ 2) *перен.* серде́чность

warn [wɔːn] предупрежда́ть; предостерега́ть; **~ing** ['wɔːnɪŋ] предупрежде́ние; предостереже́ние

warrant ['wɔrənt] **1.** *n* 1) полномо́чие 2) о́рдер **2.** *v* гаранти́ровать

warrior ['wɔrɪə] во́ин

Warsaw ['wɔ:sɔ:] Варша́ва

warship ['wɔ:ʃɪp] вое́нный кора́бль

was [wɔz, wəz] *past sing om* be

wash [wɔʃ] **1.** *v* 1) мы́ть(ся) 2) смыва́ть 3) стира́ть (*бельё*) **2.** *n* сти́рка

Washington ['wɔʃɪŋtən] Вашингто́н

washstand ['wɔʃstænd] умыва́льник

wasp [wɔsp] оса́

waste I [weɪst] пусты́ня

waste II [weɪst] **1.** *n* 1) отбро́сы 2) изли́шняя тра́та **2.** *v* тра́тить; теря́ть (*время*)

watch I [wɔtʃ] **1.** *v* 1) следи́ть, наблюда́ть 2) сторожи́ть **2.** *n* 1) бди́тельность; be on the ~ остерега́ться; keep ~ сторожи́ть 2) стра́жа, карау́л 3) *мор.* ва́хта

watch II [wɔtʃ] часы́

watchful ['wɔtʃful] бди́тельный

watchman ['wɔtʃmən] (ночно́й) сто́рож

water ['wɔ:tə] **1.** *n* вода́ **2.** *v* полива́ть; **~-colour** [-kʌlə] акваре́ль; **~fall** [-fɔ:l] водопа́д

watering-place ['wɔ:tərɪŋpleɪs] 1) водопо́й 2) куро́рт

watering-pot ['wɔ:tərɪŋpɔt] ле́йка

water-melon ['wɔ:təmelən] арбу́з

waterproof ['wɔ:təpru:f] **1.** *a* непромока́емый **2.** *n* непромока́емый плащ

wave [weɪv] **1.** *n* 1) волна́ 2) взмах **2.** *v* 1) колыха́ться, развева́ться 2) маха́ть 3) завива́ть(ся)

wax [wæks] **1.** *n* воск **2.** *a* восково́й

way [weɪ] 1) доро́га, путь 2) мане́ра, спо́соб ◊ ~ out вы́ход; by the ~ ме́жду про́чим; a long ~ off далеко́; get one's own ~ доби́ться своего́

WC ['wi:'si:] туале́т, убо́рная

we [wi:] мы

weak [wi:k] сла́бый; **~en** ['wi:kən] 1) слабе́ть 2) ослабля́ть; **~ness** ['wi:knɪs] сла́бость

wealth [welθ] бога́тство; **~y** ['welθɪ] бога́тый

weapon ['wepən] ору́жие

wear [weə] (wore; worn) носи́ть (*одежду*); ~ **out** изна́шивать(ся)

weariness ['wɪərɪnɪs] уста́лость

weary ['wɪərɪ] **1.** *a* 1) уста́лый 2) утоми́тельный **2.** *v* утомля́ть-

(ся) 2) уста́ть, потеря́ть терпе́ние

weather ['weðə] пого́да

weave [wi:v] (wove; woven) 1) ткать 2) плести́; **~r** ['wi:və] ткач

web [web] паути́на

website ['websaıt] (веб-)са́йт

we'd [wi:d] *разг.* 1) = we had 2) = we should, we would

wedding ['wedıŋ] сва́дьба

wedge [weʤ] **1.** *n* клин **2.** *v* вбива́ть клин

Wednesday ['wenzdı] среда́

weed [wi:d] **1.** *n* сорня́к **2.** *v* поло́ть

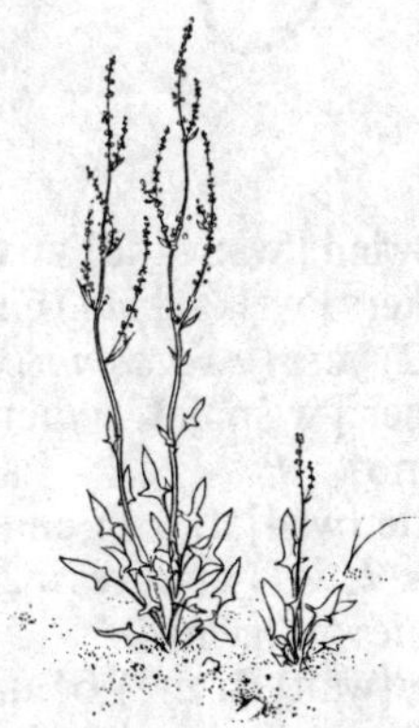

week [wi:k] неде́ля; **~-end** ['wi:k'end] о́тдых (с суббо́ты до понеде́льника); **~ly** ['wi:klı] **1.** *a* еженеде́льный **2.** *n* еженеде́льник **3.** *adv* еженеде́льно

weep [wi:p] (wept; wept) пла́кать

weigh [weı] 1) ве́сить 2) взве́шивать(ся) 3) име́ть вес, значе́ние

weight [weıt] 1) вес 2) тя́жесть; груз 3) ги́ря 4) значе́ние; **~y** ['weıtı] ве́ский

welcome ['welkəm] **1.** *n* приве́тствие; warm ~ раду́шный приём **2.** *a* жела́нный **3.** *v* 1) приве́тствовать 2) раду́шно встреча́ть **4.** *int* добро́ пожа́ловать!

welfare ['welfeə] 1) благополу́чие 2) социа́льное посо́бие

well I [wel] 1) коло́дец 2) родни́к

well II [wel] **1.** *adv* хорошо́; ~ off бога́тый, состоя́тельный; ~ done! прекра́сно! **2.** *a:* be ~ чу́вствовать себя́ хорошо́ **3.** *int* ну?; ну что же?

we'll [wi:l] *разг.* = we shall, we will

Wellington ['welıŋtən] Ве́ллингтон

well-read ['wel'red] начи́танный

well-to-do ['weltə'du:] состоя́тельный, зажи́точный

Welsh [welʃ] уэ́льский, валли́йский

went [went] *past от* go

wept [wept] *past и p. p. от* weep

were [wɜ:, wə] *past pl от* be

we're [wıə] *разг.* = we are

weren't [wɜ:nt] *разг.* = were not

west [west] **1.** *n* за́пад **2.** *a* за́падный **3.** *adv* на за́пад(е), к за́паду; **~ern** ['westən] за́падный

West Virginia ['westvə'ʤɪnɪə] За́падная Вирги́ния

wet [wet] **1.** *a* 1) мо́крый, вла́жный 2) дождли́вый **2.** *v* сма́чивать, увлажня́ть

whale [weɪl] кит

what [wɔt] что; како́й; **~ever** [wɔt'evə] всё что; что бы ни

wheat [wi:t] пшени́ца

wheel [wi:l] **1.** *n* 1) колесо́ 2) руль, штурва́л **2.** *v* кати́ть, везти́; **~barrow** ['wi:lbærəu] та́чка

when [wen] когда́

whenever [wen'evə] вся́кий раз как; когда́ бы ни

where [weə] где; куда́

whereas [weər'æz] 1) принима́я во внима́ние 2) тогда́ как

wherever [weər'evə] где бы ни, куда́ бы ни

whether ['weðə] ли; и́ли

which [wɪtʃ] кото́рый, како́й; ~ of you? кто из вас?

while [waɪl] **1.** *conj* пока́; в то вре́мя как **2.** *n* вре́мя, проме́жу́ток вре́мени; for a ~ на вре́мя

whim [wɪm] причу́да; капри́з

whine [waɪn] **1.** *n* визг **2.** *v* скули́ть

whip [wɪp] **1.** *n* кнут; хлыст **2.** *v* 1) хлеста́ть; сечь 2) взбива́ть (*сливки, яйца*)

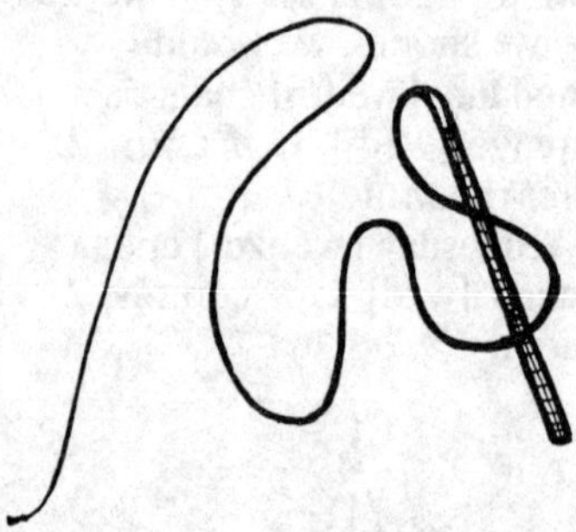

whirlwind ['wɜ:lwɪnd] вихрь

whiskers ['wɪskəz] *pl* 1) бакенба́рды 2) усы (*у животных*)

whisper ['wɪspə] **1.** *v* шепта́ть **2.** *n* шёпот

whistle [wɪsl] **1.** *n* 1) свист 2) свисто́к **2.** *v* 1) свисте́ть 2) дава́ть свисто́к, гудо́к

white [waɪt] **1.** *a* 1) бе́лый 2) седо́й **2.** *n* 1) белизна́ 2) бело́к

White Sea ['waɪt'si:] Бе́лое мо́ре

whitewash ['waɪtwɔʃ] **1.** *n* побе́лка **2.** *v* бели́ть

who [hu:] кто; кото́рый; **~ever** [hu:ˈevə] кто бы ни; кото́рый бы ни

whole [həul] **1.** *a* весь; це́лый **2.** *n* це́лое

wholesale [ˈhəulseıl] **1.** *n* опто́вая торго́вля **2.** *a* опто́вый **3.** *adv* о́птом

wholesome [ˈhəulsəm] поле́зный, здоро́вый, благотво́рный

whom [hu:m] кого́, кому́

whose [hu:z] чей

why [waı] **1.** *adv* почему́ **2.** *int* да ведь

wicked [ˈwıkıd] 1) злой; плохо́й 2) безнра́вственный

wide [waıd] **1.** *a* широ́кий; обши́рный **2.** *adv* широко́; **~n** [-n] расширя́ть(ся)

widow [ˈwıdəu] вдова́; **~er** [-ə] вдове́ц

width [wıdθ] ширина́

wife [waıf] жена́

wig [wıg] пари́к

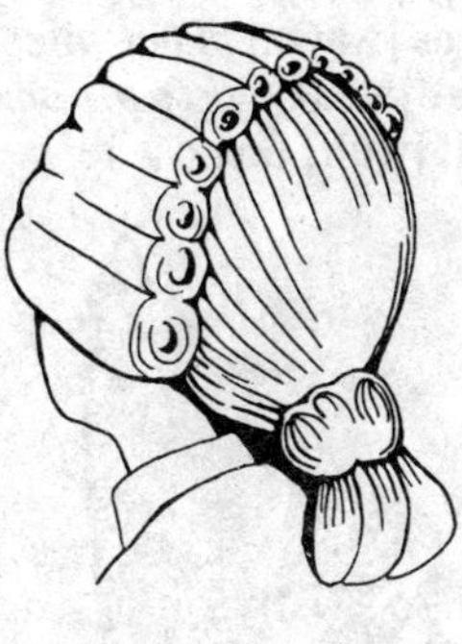

wild [waıld] ди́кий; ~ flower полево́й цвето́к

wilderness [ˈwıldənıs] пусты́ня; глушь

wilful [ˈwılful] 1) своево́льный, упря́мый 2) преднаме́ренный; умы́шленный

will I [wıl] 1) во́ля; жела́ние; at ~ по жела́нию 2) завеща́ние

will II [wıl] (would) 1) *как вспомогат. глагол служит для образования будущего времени 2-го и 3-го лица ед. и мн. ч.:* he ~ do it он сде́лает э́то 2) *в 1 лице выражает обещание, намерение:* I ~ help you я охо́тно вам помогу́

willing [ˈwılıŋ]: he is ~ он согла́сен, он гото́в (сде́лать что-л.); **~ly** [-lı] охо́тно

willow [ˈwıləu] и́ва

win [wın] (won; won) 1) выи́грывать 2) одержа́ть побе́ду

wind I [wınd] ве́тер

wind II [waınd] (wound; wound) 1) нама́тывать 2) заводи́ть (*часы, механизм*); ~ **up** а) конча́ть; б) ула́дить, разреши́ть (*вопрос и т. п.*)

windmill [ˈwındmıl] ветряна́я ме́льница

window ['wındəu] окно́; ~ **-pane** [-peın] око́нное стекло́

wine [waın] вино́; ~ **glass** ['waınglɑːs] бока́л; рю́мка

wing [wıŋ] 1) крыло́ 2) фли́гель 3) *воен.* фланг 4): the ~s *театр.* кули́сы

wink [wıŋk] **1.** *v* морга́ть, мига́ть; ~ **at** а) подми́гивать кому́-л.; б) смотре́ть сквозь па́льцы **2.** *n* морга́ние; мига́ние

winner ['wınə] победи́тель (*в соревновании*)

Winnipeg ['wınıpeg] Ви́ннипег

winter ['wıntə] **1.** *n* зима́ **2.** *v* зимова́ть

wipe [waıp] вытира́ть; осуша́ть; ~ **out** уничтожа́ть

wire ['waıə] **1.** *n* 1) про́волока; про́вод 2) телегра́мма **2.** *v* телеграфи́ровать; ~**less** [-lıs] **1.** *a* беспро́волочный **2.** *n* ра́дио

Wisconsin [wıs'kɔnsın] Виско́нсин

wisdom ['wızdəm] му́дрость

wise [waız] 1) му́дрый 2) благоразу́мный

wish [wıʃ] **1.** *v* жела́ть; I ~ he'd come хоть бы он пришёл **2.** *n* жела́ние

wit [wıt] 1) ум; остроу́мие 2) остроу́мный челове́к, остря́к

with [wıð] 1) с, вме́сте с 2) *перев. твор. пад.:* ~ a knife ножо́м 3) (*по причине*) от; tremble ~ fear дрожа́ть от стра́ха

withdraw [wıð'drɔː] (withdrew; withdrawn) отдёргивать; брать наза́д; ~**n** [-n] *p. p. от* withdraw

withdrew [wıð'druː] *past от* withdraw

wither ['wıðə] вя́нуть, со́хнуть

within [wıð'ın] 1) внутри́ 2) в преде́лах (*чего-л.*)

without [wı'ðaut] без

witness ['wıtnıs] **1.** *n* свиде́тель; очеви́дец; be a ~ to свиде́тельствовать **2.** *v* 1) быть свиде́телем 2) свиде́тельствовать 3) заверя́ть (*подпись, документ*)

witty ['wıtı] остроу́мный

wives [waıvz] *pl от* wife

woke [wəuk] *past и p. p от* wake

wolf [wulf] волк

wolves [wulvz] *pl от* wolf

woman ['wumən] же́нщина

women [ˈwɪmɪn] *pl от* woman

won [wʌn] *past и p. p. от* win

wonder [ˈwʌndə] **1.** *n* 1) удивле́ние; it's a ~ удиви́тельно; no ~ неудиви́тельно 2) чу́до **2.** *v* удивля́ться; I ~ хоте́л бы я знать; **~ful** [-ful] замеча́тельный, удиви́тельный

won't [wəunt] *разг.* = will not

wood [wud] 1) лес 2) де́рево (*материал*) 3) дрова́

wooden [wudn] деревя́нный

woodpecker [ˈwudpekə] дя́тел

wool [wul] шерсть; **~len** [ˈwulɪn] шерстяно́й

word [wɜ:d] сло́во; **~ing** [ˈwɜ:dɪŋ] реда́кция, фо́рма выраже́ния, формулиро́вка

wore [wɔ:] *past от* wear

work [wɜ:k] **1.** *n* 1) рабо́та; труд 2) произведе́ние **2.** *v* рабо́тать; труди́ться

worker [ˈwɜ:kə] рабо́чий

works [wɜ:ks] заво́д

world [wɜ:ld] **1.** *n* мир; свет **2.** *a* мирово́й

worm [wɜ:m] **1.** *n* червь; глист; *перен.* ничто́жество **2.** *v*: ~ **out** вы́ведать

worn [wɔ:n] *p. p. от* wear

worry [ˈwʌrɪ] **1.** *v* беспоко́ить(ся) **2.** *n* беспоко́йство, трево́га, забо́та

worse [wɜ:s] **1.** *a* ху́дший **2.** *adv* ху́же

worship [ˈwɜ:ʃɪp] **1.** *n* поклоне́ние **2.** *v* боготвори́ть; поклоня́ться

worst [wɜ:st] **1.** *a* наиху́дший **2.** *adv* ху́же всего́ **3.** *n* са́мое плохо́е

worth [wɜ:θ] **1.** *n* 1) досто́инство 2) цена́ **2.** *a* сто́ящий; be ~ сто́ить; **~less** [ˈwɜ:θlɪs] ничего́ не сто́ящий, дрянно́й; **~y** [ˈwɜ:ðɪ] досто́йный

would [wud] *past от* will II

wound I [wu:nd] **1.** *n* ра́на **2.** *v* ра́нить

wound II [waund] *past и p. p. от* wind II

wove [wəuv] *past от* weave; **~n** [-n] *p. p. от* weave

wrap [ræp] **1.** *v* завёртывать; ~ oneself up ку́таться **2.** *n* 1) шаль; плед 2) обёртка

wrath [rɔ:θ] гнев, я́рость

wreath [ri:θ] вено́к

wreck [rek] **1.** *n* круше́ние **2.** *v* 1) вы́звать круше́ние 2) ру́хнуть (*о планах и т. п.*)

wrestle [resl] боро́ться

wretch [retʃ] 1) несча́стный; poor ~ бедня́га 2) негодя́й; **~ed** ['retʃɪd] несча́стный; жа́лкий

wring [rɪŋ] (wrung; wrung) 1) скру́чивать 2) выжима́ть

wrinkle [rɪŋkl] **1.** *n* морщи́на **2.** *v* мо́рщить(ся)

wrist [rɪst] запя́стье; **~-watch** ['rɪstwɔtʃ] ручны́е часы́

write [raɪt] (wrote; written) писа́ть; ~ **down** запи́сывать

writer ['raɪtə] писа́тель

writing ['raɪtɪŋ]: in ~ в пи́сьменной фо́рме; **~-pad** [-pæd] блокно́т

written [rɪtn] *p. p. от* write

wrong [rɔŋ] **1.** *a* непра́вильный; не тот; something is ~ что-то не в поря́дке **2.** *adv* непра́вильно **3.** *n* несправедли́вость **4.** *v* быть несправедли́вым (*к кому-л.*)

wrote [rəut] *past от* write

wrung [rʌŋ] *past и p. p. от* wring

Wyoming [waɪ'əumɪŋ] Вайо́минг

X

Xerox ['zɪərɔks] ксе́рокс

X-rays ['eks'reɪz] **1.** *n pl* рентге́новские лучи́ **2.** *v* просве́чивать рентге́новскими луча́ми

Y

yacht [jɔt] я́хта

yard I [jɑ:d] я́рд

yard II [jɑ:d] двор

yawn [jɔ:n] **1.** *v* зева́ть **2.** *n* зево́та

year [jɜ:] год; **~ly** ['jɜ:lɪ] **1.** *a* ежего́дный **2.** *adv* ежего́дно

yeast [ji:st] дро́жжи

yell [jel] **1.** *n* пронзи́тельный крик **2.** *v* крича́ть, вопи́ть

yellow ['jeləu] 1) жёлтый 2) зави́стливый, ревни́вый 3) *разг.* трусли́вый

Yellow Pages ['jeləu'peɪʤɪz] телефо́нный спра́вочник, «жёлтые страни́цы»

Yemen ['jemən] Йе́мен

yes [jes] да

yesterday ['jestədɪ] вчера́

yet [jet] **1.** *adv* ещё; вдоба́вок **2.** *conj* одна́ко; несмотря́ на э́то; and ~ и всё же

yield [ji:ld] **1.** *v* 1) уступа́ть, сдава́ться 2) приноси́ть (*урожай*); производи́ть **2.** *n* 1) урожа́й 2) проду́кция

yoke [jəuk] и́го, ярмо́

yolk [jəuk] желто́к

you [ju:, ju] вы, ты

young [jʌŋ] молодо́й, ю́ный

your, yours [jɔ:, jɔ:z] ваш, твой; ва́ши, твои́

yourself, yourselves [jɔ:'self, jɔ:'selvz] 1) себя́, -ся 2) (ты) сам; (вы) са́ми

youth [ju:θ] 1) мо́лодость, ю́ность 2) молодёжь 3) ю́ноша; **~ful** ['ju:θful] ю́ный, ю́ношеский

Z

Zagreb ['zɑ:greb] За́греб

zeal [zi:l] усе́рдие, рве́ние; **~ous** ['zeləs] усе́рдный, ре́вностный

zebra crossing ['zi:brə'krɔsıŋ] пешехо́дный перехо́д

zenith ['zenıθ] зени́т

zero ['zıərəu] нуль; ничто́

zink [zıŋk] **1.** *n* цинк **2.** *a* ци́нковый **3.** *v* оцинко́вывать

zip-fastener ['zıpfɑ:snə] застёжка-мо́лния

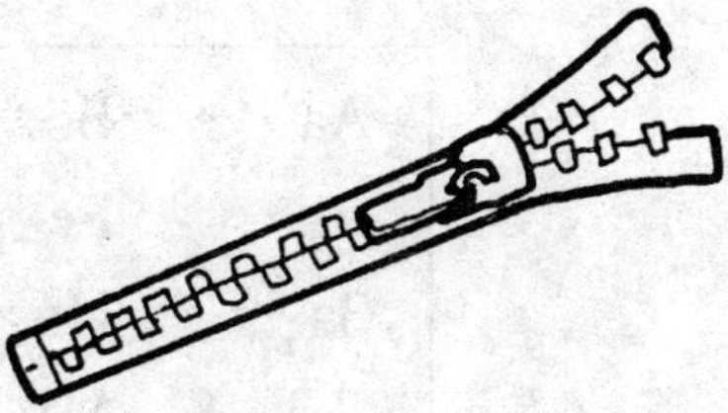

zipper ['zıpə] *см.* zip-fastener

zone [zəun] зо́на, по́яс; полоса́; райо́н

zoo [zu:] зоопа́рк

zoology [zəu'ɔləʤı] зооло́гия

РУССКИЙ АЛФАВИТ

Аа	Бб	Вв	Гг
Дд	Ее	Ёё	Жж
Зз	Ии	Йй	Кк
Лл	Мм	Нн	Оо
Пп	Рр	Сс	Тт
Уу	Фф	Хх	Цц
Чч	Шш	Щщ	Ъъ
Ыы	Ьь	Ээ	Юю
	Яя		

Русско-английский словарь

А

а but; and; а то or (else); а и́менно that is; námely

абажу́р lámpshade

абза́ц páragraph

абон||еме́нт subscríption; séason-tícket; líbrary card *(библиотечный);* **~е́нт** subscríber

абрико́с ápricot

абсолю́тн||о útterly; **~ый** ábsolute; ~ый слух ábsolute pitch

абстра́ктный ábstract

абсу́рд absúrdity

аванга́рд vánguard

ава́нс advánce; **~ом** in advánce

авантю́р||а advénture; **~и́ст** advénturer

ава́рия áccident *(несчастный случай);* crash *(крушение); мор.* wreck

а́вгуст Áugust

авиаба́за air base

авиазаво́д áircraft works

авиано́сец áircraft cárrier

авиапо́чта air mail

авиасъёмка air photógraphy

авиацио́нный air(-); áircraft(-); aviátion(-)

авиа́ция aviátion, áircraft; разве́дывательная ~ recónnaissance aircraft; истреби́тельная ~ fíghter-áircraft; гражда́нская ~ cívil air fleet

аво́сь perháps; на ~ on the off chance

Австра́лия Austrália

А́встрия Áustria

автобиогра́фия autobiógraphy

автóбус bus; (*на дальние расстояния*) coach

автóграф áutograph

автозавóд áutomobile plant

автомáт 1) automátic machíne 2) *(телефон)* (públic) télephone 3) *(билетный и т. п.)* slót-machíne 4) *воен.* súb-machine-gun; **~úческий** automátic

автомобúль (mótor-)car, áutomobile, áuto; грузовóй ~ lórry; truck *(амер.)*

автонóм||ия autónomy; **~ный** autónomous; ~ная респýблика autónomous repúblic

áвтор áuthor

авторитéт authórity; **~ный** authóritative

áвтор||ский áuthor's; ~ское прáво cópyright; **~ство** áuthorship

автотрáнспорт mótor tránsport

агéнт ágent; **~ство** ágency; **~ýра** ágency; ágents

агóния death throes (*мн.ч.*)

агрáрный agrárian

агрегáт únit

агрессúвный aggréssive

агрéсс||ия aggréssion; **~ор** aggréssor

агронóм agrónomist; **~úческий** agronómic(al); **~ия** agrónomy

ад hell

Аддúс-Абéба Áddis Ábaba

адвокáт láwyer; **~ýра** the bar

администр||атúвный admínistrative; **~áтор** administrátor, mánager; **~áция** administrátion

адмирáл ádmiral

áдрес addréss; **~áт** addressée; **~ный:** ~ный стол inquíry óffice; ~ная кнúга diréc-tory; **~овáть** addréss; send *(направлять)*

азáрт pássion, excítement; **~ный** réckless, pássionate; ~ная игрá game of chance

áзбука álphabet

Азербайджáн Azerbaiján

азербайджáн||ец Azerbaijánian; **~ский** Azerbaiján(ian)

азиáтский Asiátic

Áзия Ásia

Азóвское мóре Sea of Ázov

азóт nítrogen

áист stork

айвá quince

акадéм||ик mémber of an Acádemy; academícian; **~úческий** académic; **~ия** Acádemy

акваланг áqualung

аквапáрк áquapark

акварéль wátercolours

аккомпан||емéнт accómpaniment; **~úровать** accómpany

аккóрд *муз.* chord

аккредитúв létter of crédit

аккумулятор stórage báttery

аккурáтн||ость punctuálity, regulárity *(точность);* néatness, tídiness *(опрятность);* **~ый** púnctual, régular *(точный);* neat, tídy *(опрятный);* consciéntious *(добросовестный)*

акробáт ácrobat; **~и́ческий** acrobátic

акт 1) act 2) *(документ, протокол)* deed

актёр áctor

акти́в 1) áctive mémbers 2) *фин.* ássets; **~ность** actívity; **~ный** áctive

актри́са áctress

актуáльный of présent ínterest; úrgent *(неотложный)*

акýла shark

акцéнт áccent

акционéр sháreholder; **~ный:** ~ное óбщество jóint-stock cómpany

áкция share

албáнец Albánian

Албáния Albánia

албáнский Albánian

áлгебра álgebra

Алжи́р 1) *(страна)* Algéria 2) *(город)* Algíers

алимéнты álimony

алкогóль álcohol

аллегóрия állegory

аллéя álley; ávenue

алло! helló!

Алмá-Атá Álma-Atá

алмáз díamond

Алтáй Altái

алфави́т álphabet; **~ный** alphabétical

áлчный ávid

áлый scárlet

альбóм álbum; skétch-book *(для эскизов)*

альпини́ст mountainéer

Áльпы the Alps

алюми́ний alumínium

амбáр barn, gránary

амбулатóрия dispénsary

Амéрика América

америкáн||ец, ~ский Américan

амни́стия ámnesty

ампут||áция amputátion; **~и́ровать** ámputate

Аммáн Ámman

Амý-Дарья́ Amú Daryá

Амýр Amúr

амфитеáтр *театр.* ámphitheatre, circle

анáлиз análysis; **~и́ровать** ánalyse

аналоги́чный análogous, párallel

аналóгия análogy

анархи́зм ánarchism

анáрхия ánarchy

анáтом anátomist; **~и́ровать** disséct

анатóмия anátomy

ангáр hángar

Ангарá Angará

анги́на tonsillítis

англи́йский Énglish

англича́нин Énglishman
А́нглия Éngland
анекдо́т ánecdote, stóry
Анкара́ Ánkara
анке́та form, questionnáire
анне́ксия annexátion
аннули́ровать annúl, cáncel
анони́мный anónymous
Антаркти́да the Antárctic Cóntinent
Анта́рктика the Antárctic
анте́нна anténna, áerial
антивое́нный ánti-wár
антисанита́рный insánitary
антифаши́ст ánti-fáscist; **~ский** ánti-fáscist
анти́чный clássical; antíque
антра́кт ínterval
апати́чный apathétic
апа́тия ápathy
апелл||и́ровать appéal; **~я́ция** appéal
апельси́н órange
аплод||и́ровать appláud; **~исме́нты** appláuse *(ед. ч.)*
аппара́т apparátus
аппети́т áppetite; **~ный** áppetizing
апре́ль Ápril
апте́ка dispénsing chémist's; drúgstore *(амер.)*

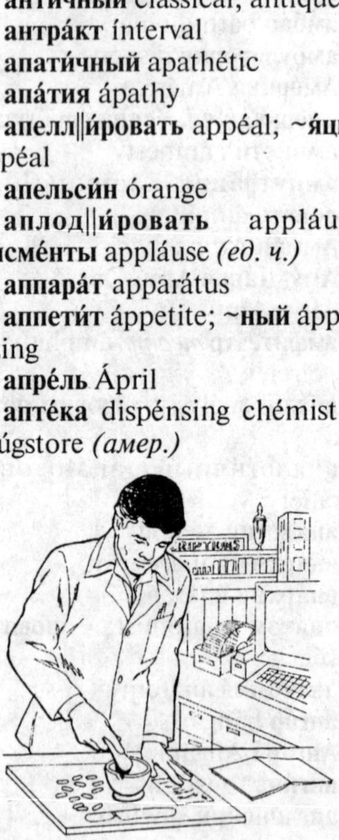

ара́б Árab; **~ский** Arábian
Ара́льское мо́ре Áral Sea
арбитра́ж arbitrátion
арбу́з wátermelon

Аргенти́на Argentína
аргуме́нт árgument
аре́на aréna, ring; *перен.* scene, field
аре́нд||а lease; **~а́тор** ténant, léaseholder; **~ова́ть** rent
аре́ст arrést; **~ова́ть, ~о́вывать** arrést
арифме́тика aríthmetic
а́рия ária, air
а́рка arch

А́рктика Árctic
аркти́ческий Árctic
Арме́ния Arménia
а́рмия ármy
арм||яни́н, ~я́нский Arménian
арома́т pérfume; **~ный** frágrant

арсена́л а́rsenal

арте́рия а́rtery

артилл||ери́йский artíllery(-); **~ери́ст** artílleryman; **~е́рия** artíllery; зени́тная ~е́рия ánti-áircraft artíllery

арти́ст áctor *(актёр);* síngеr *(певец);* perfórmer *(музыкант, танцор и т. п.);* **~и́че-ский** artístic

Арха́нгельск Arkhángelsk

архи́в árchives *(мн. ч.)*

архите́кт||ор árchitect; **~у́ра** árchitecture; **~у́рный** architéctural

аспе́кт áspect

аспира́нт póst-gráduate stúdent; **~у́ра** póst-gráduate course, reséarch schólarship

ассамбле́я assémbly

ассигнова́ть assígn; appróрriate

ассисте́нт assístant

ассоциа́ция associátion

астроно́м astrónomer; **~ия** astrónomy

ата́к||а attáck; **~ова́ть** attáck; charge

атланти́ческий Atlántic; **Атланти́ческий океа́н** the Atlántic Óсean

а́тлас *геогр.* átlas

атле́т áthlete; **~ика** athlétics; лёгкая ~ика track and field evénts

атмосфе́р||а átmosphere *(тж. перен.);* **~ный** atmosphéric

а́том átom; **~ный** atómic; ~ный вес atómic weight; ~ная бо́мба átom bomb; ~ная эне́ргия atómic énergy; ~ное ядро́ atómic núcleus; ~ное ору́жие atómic wéapons

аттракцио́н amúsement (*в парках);* númber *(в цирке)*

атташе́ attaché

аттест||а́т certíficate; ~ зре́лости schóol-leaving certíficate; **~ова́ть** cértify; régister

аудито́рия 1) *(помещение)* lecture hall 2) *(слушатели)* áudience

аукцио́н áuction

Афганиста́н Afghánistan

ау́л aúl

Афи́ны Áthens

афи́ша póster

А́фрика África

африка́нский Áfrican

Ашхаба́д Ashkhabád

аэровокза́л air términal

аэродро́м áerodrome

аэрозо́ль aerosól

аэропо́рт áirport

аэрофотосъёмка air photógraphy

АЭС (а́томная электроста́нция) atómic pówer státion

Б

ба́ба *разг.* wóman ◊ снéжная ~ snowman

ба́бочка bútterfly; ночна́я ~ moth

ба́бушка grándmother; gránny *(разг.)*

бага́ж lúggage; bággage *(амер.);* сдава́ть ве́щи в ~ régister one's lúggage, have one's lúggage régistered

Багда́д Bag(h)dad

багро́вый deep red, crímson

ба́за base; *перен.* básis

база́р márket; *(книжный, новогодний)* fair

бази́ровать base; **~ся** *(на чём-л.)* base one's árguments upón

ба́зис básis

байда́рка canóe

Байка́л Baikál

байт byte

бак tank, cístern

бакале́йный: ~ магази́н grócery

бакале́я gróceries *(мн. ч.)*

баклажа́н áubergine, éggplant

бактерио́||лог bacteriólogist; **~логи́ческий** bacteriológical; **~ло́гия** bacteriólogy

бакте́рия bactérium

Баку́ Bakú

бал ball

бала́нс bálance, bálance-sheet

балери́на bállet-dancer

бале́т bállet

ба́лка beam

Балка́ны Bálkans

балко́н bálcony

балла́ст bállast; *перен.* dead weight

баллоти́ровать vote, bállot; **~ся** stand for

балова́ть spoil; **~ся** *(шалить)* be náughty, be nóisy; не балу́йся! beháve yoursélf, don't be náughty!

Балти́йское мо́ре Báltic Sea

Бамако́ Bamakó

ба́нда band; gang

бандеро́ль prínted mátter; package

банди́т bándit; gángster *(амер.)*

банк bank

ба́нка 1) *(стеклянная)* jar; *(жестяная)* tin; can *(амер.)* 2) *мед.* cúpping glass

банке́т bánquet

банкро́тство bánkruptcy

бант bow

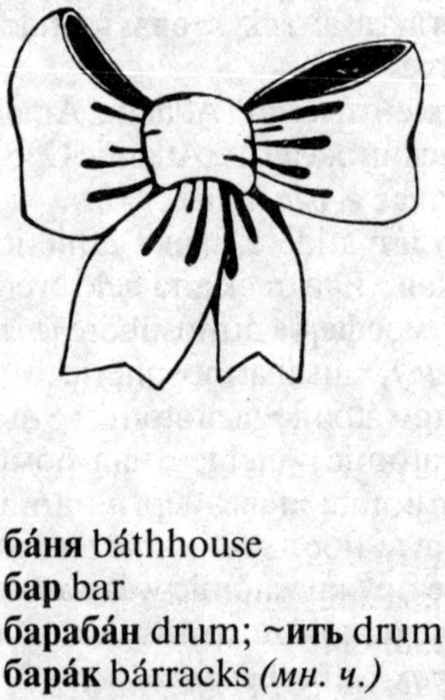

ба́ня báthhouse

бар bar

бараба́н drum; **~ить** drum

бара́к bárracks *(мн. ч.)*

бара́н ram; **~ина** mútton, lamb

Ба́ренцево мо́ре Bárents Sea

ба́ржа barge

баррика́да barricáde

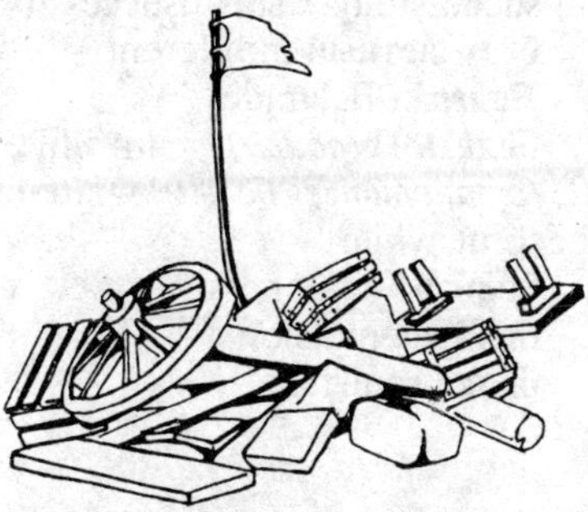

ба́рхат vélvet; **~ный** vélvet

барье́р bárrier

бас bass

баскетбо́л báskctball

ба́сня fable

бассе́йн básin, réservoir *(водохранилище);* пла́вательный ~ (swímming) pool; каменноу́го́льный ~ cóalfield

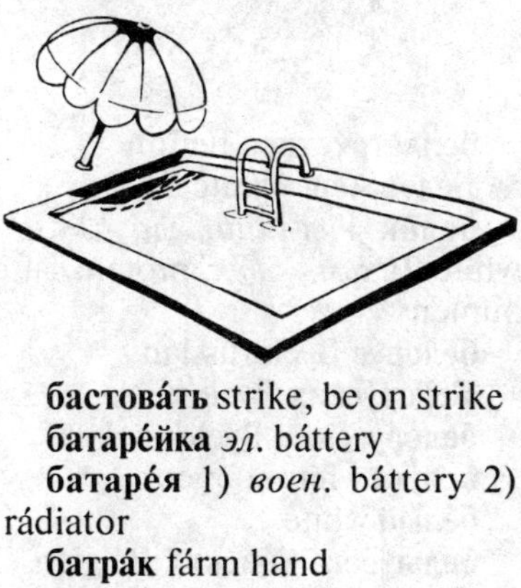

бастова́ть strike, be on strike

батаре́йка *эл.* báttery

батаре́я 1) *воен.* báttery 2) rádiator

батра́к fárm hand

башма́к shoe

ба́шня tówer

working баян *муз.* accórdion

бди́тельн||ость vígilance; **~ый** vígilant

бег rún(ning); **~а́** ráces

бе́гать run

бегле́ц fúgitive

бе́глый 1) *(о чтении, речи)* flúent 2) *(убежавший)* rúnaway

бего́м at a run, rúnning

бе́гство flight

бегу́н *спорт.* rúnner

беда́ misfórtune; ~ в том, что... the trouble is that...

бе́дн||ость póverty; **~ота́** *собир.* the poor; **~ый** poor; **~я́га** poor thing; **~я́к** poor man; **~яки́** *собир.* poor people

бедро́ thigh *(ляжка);* hip *(бок)*

бе́дствие disáster, calámity

бежа́ть run; flee *(убегать)*

бе́женец refugée

без withóut; ~ пяти́ шесть five minutes to six

безболе́зненный páinless

безвку́сный tásteless; insípid

безво́дный wáterless; árid *(сухой)*

безвозвра́тный irrévocable

безвозду́шн||ый: ~ое простра́нство vácuum

безвозме́здный grátis

безво́||лие wéakness of will; **~льный** wéak-wílled

безвре́дный hármless

безвы́ходный hópeless, désperate

безгра́мотн||ость illíteracy; **~ый** illíterate

безграни́чный bóundless; *перен.* ínfinite

безда́рный wórthless, bad *(о художнике и т. п.);* poor, médiocre *(о произведении и т.п.)*

безде́йств||ие ináction; **~овать** be out of órder *(о машине);* idle *(о человеке)*

безде́ль||е ídleness; **~ник** ídler, lóafer; **~ничать** idle, loaf

бéздна abýss

бездóмн||ый hómeless; ~ая собáка stray dog

бездýшный héartless, cállous

безжáлостный rúthless

безжи́зненный lífeless

беззабóтный líght-héarted, cárefrée

беззакóние láwlessness

беззащи́тный defénceless, hélpless

безли́чный impérsonal

безмóлвный tácit

безнадёжный hópeless

безнакáзанно with impúnity

безнрáвственный immóral

безобрáз||ие 1) úgliness 2): ~! outrágeous!; **~ный** 1) úgly 2) *(о поступке)* outrágeous

безоговóрочн||ый úncondítional; ~ая капитуля́ция úncondítional surrénder

безопáсн||ость sáfety; secúrity; **~ый** safe

безорýжный únármed

безотвéтственный irrespónsible

безоши́бочный corréct, right

безрабóт||ица únemplóyment; **~ный** únemplóyed, out of work

безразли́чн||о it's all the same; **~ый** indífferent

безрассýдный réckless, fóolhardy

безрезультáтн||о in vain; **~ый** ineffectual; fútile

безукори́зненный irrepróachable

безýм||ие mádness; fólly; **~ный** mad, crázy; **~ство** *см.* безýмие

безупрéчный irrepróachable

безуслóвно undóubtedly, cértainly; of course

безуспéшн||о in vain; únsuccéssfully; **~ый** únsuccessful

безучáстный indífferent

Белгрáд Belgráde

белéть 1) *(вдали)* gleam white 2) *(становиться белым)* whíten, becóme white

белизнá whíteness

бели́ла emúlsion

бéлка squírrel

беллетри́стика fíction

Бéлое мóре White Sea

белóк 1) *(яйцá, глáза)* the white 2) *хим., биол.* prótein, álbumen

белорýс Byelorússian

Белорýссия Byelorússia

белорýсский Byelorússian

белýга white stúrgeon

бéлый white

бельг||и́ец, ~и́йский Bélgian

Бéльгия Bélgium

бельё línen *(постельное)*; únderwear *(нижнее)*

бензи́н pétrol; gas *(амер.)*

бензоколóнка pétrol, *амер.* gas pump

бéрег shore; cóast; bank *(реки́)*

берегись! look out!, take care!; cáution! *(автомобиля и т. п.)*

береговóй cóastal

бережли́вый económical, thrífty

берёза birch

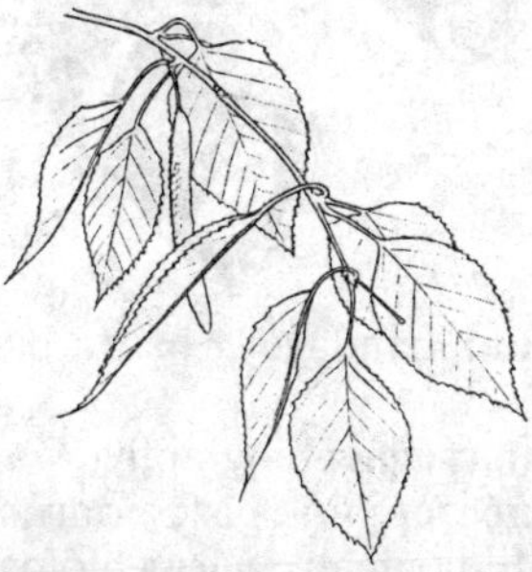

берéменн||ая prégnant; **~ость** prégnancy

берéчь take care of *(заботиться);* guard *(хранить);* spare *(щадить)*

Бéрингово мóре Béring Sea

Берли́н Berlín

берлóга den, lair

Берн Bern(e)

бесéда conversátion, talk; chat

бесéдка árbour, súmmerhouse

бесéдовать talk, chat

бесконéчный éndless, intérminable

бескоры́стный disínterested

беспáмятный forgétful

беспéчн||ость cárelessness; **~ый** cáreless, únconcérned

бесплáтн||о grátis; free of charge; **~ый** free

беспло́д||ие sterílity; **~ный** stérile; bárren *(о почве); перен.* frúitless, fútile

бесповорóтный irrévocable

беспокóить 1) *(волновать)* wórry 2) *(мешать, тревожить)* distúrb, trouble; **~ся** 1) *(волноваться)* wórry, be ánxious 2) *(утруждать себя)* bóther; не беспокóйтесь! don't bóther!

беспокóй||ный réstless; fídgety; **~ство** 1) *(тревога)* anxíety, unéasiness 2) *(хлопоты)* trouble

бесполéзный úseless

беспóмощный hélpless

беспоря́док disórder; confúsion *(путаница)*

беспосáдочный: ~ перелёт nón-stóp flight

беспóшлинный dúty-frée

беспощáдный rúthless, reléntless

бесправный deprived of rights

беспредéл láwlessness

беспредéльный bóundless

беспреры́вный úninterrúpted

беспрестáнный incéssant

беспризóрный 1. *прил.* hómeless **2.** *сущ.* street úrchin

беспристрáстный impártial

беспрóволочный wíreless

беспросвéтный black

беспроцéнтный béaring no ínterest

бессвя́зный *(о речи)* incohérent

бесси́||лие pówerlessness; ímpotence; **~льный** pówerless; ímpotent

бесслéдно léaving no trace

бессмéртн||ый immórtal; ~ая слáва undýing fame

бессмы́сл||енный absúrd; **~ица** nónsense

бессóвестный únscrúpulous

бессодержáтельный wórthless; émpty

бессознáтельный úncónscious

бессóнн||ица insómnia; sléeplessness; **~ый** sléepless

бесспóрн||о cértainly; **~ый** indispútable

бесср́очный pérmanent

бесстрáшный féarless, intrépid

бессты́дный shámeless

бестáктный táctless

бестолкóвый 1) stúpid; múddle-héaded 2) *(путаный)* confúsed

бесхарáктерный weak

бесцвéтный cólourless

бесцéльный áimless

бесцéнный inváluable

бесчеловéчный inhúman

бесчéстный dishónourable

бесчи́сленный innúmerable

бесчýвственный *(жестокий)* cállous

бесшýмный nóiseless

бетóн cóncrete

бéшен||ство 1) fúry 2) *мед.* hydrophóbia; rábies; **~ый** mad; fúrious

библиотéка líbrary

библиотéкарь librárian

Би́блия the Bible

бигуди́ cúrlers

бидóн can

биéние beat; thrób(bing), palpitátion

би́знес búsiness

билéт 1) tícket 2) *(документ)* card; **~ный:** ~ная кáсса bóoking-office

билья́рд bílliards

бинóкль binóculars *(мн.ч.); (театральный)* ópera-glass(es)

бинт bándage; **~овáть** bándage

биогрáфия biógraphy

биó||лог biólogist; **~логи́ческий** biológical; **~лóгия** biólogy

би́ржа (stock) exchánge

бис encóre!; на ~ as an encóre, by way of encóre

би́тва battle

бить 1) beat 2) *(разбивать)* break 3) *(о часах)* strike ◊ ~ тревóгу sound the alárm

би́ться 1) *(бороться)* fight 2) *(о сердце)* beat 3) *(стараться)* struggle

бич whip; *перен.* scourge

блáго *сущ.* wélfare

благодари́ть thank

благодáрн||ость grátitude; не стóит ~ости don't méntion it; **~ый** gráteful; thánkful

благодаря́ ówing to; thanks to

благополýч||ие wéll-béing; **~но** well; прибы́ть ~но arríve sáfely; **~ный** succéssful

благоприя́тный fávourable

благоразýм||ие prúdence, cómmon sense; **~ный** prúdent, réasonable

благорóд||ный noble; géнerous; **~ство** generósity

благоскло́нный wéll-dispósed

благоустро́енный cómfortable; equípped with módern convéniences

блат connéctions; по ~у through connéctions

блаже́нство bliss

бланк form

бледне́ть turn pale

бле́дн||ость pállor; **~ый** pale

блеск lústre, brílliance

блесну́ть flash

блесте́ть shine; glítter

блестя́щий brílliant; shíning

бли́же néarer

близ near

бли́з||кий 1) near; close; ~кое расстоя́ние short dístance 2) *(о друге)* íntimate; **~ко** néar (by), close (to)

близнецы́ twins

близору́к||ий shórt-síghted; **~ость** *мед.* myópia

бли́зость 1) proxímity 2) *(об отношениях)* íntimacy

блин páncake

блиста́ть shine

блок 1) *тех.* block, púlley 2) *полит.* bloc, coalítion

блока́да blockáde

блокно́т nótebook

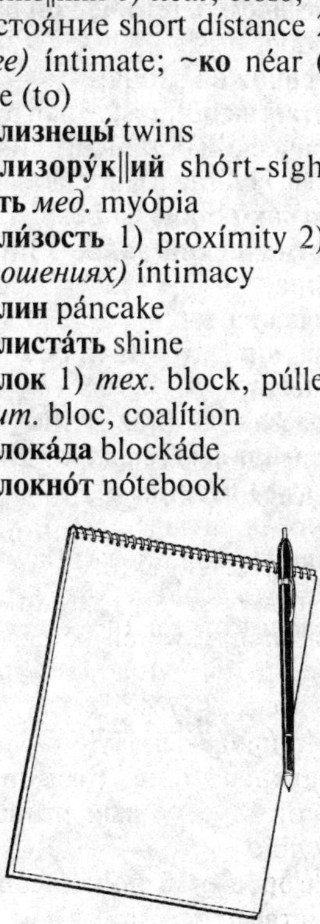

блоха́ flea

блужда́ть roam

блу́зка blouse

блю́до dish

блю́дце sáucer

боб bean

Бог God

бога́т||ство wealth; riches *(мн. ч.)*; **~ый** rich, wéalthy

богаты́рь 1) légendary héro 2) *(силач)* Hércules

бога́ч 1) rich man 2) *мн. собир.* the rich

бо́др||ость chéerfulness; **~ствовать** be awáke; sit up *(ночью)*; **~ый** brisk, chéerful

боево́й físhting; mílitant

боеприпа́сы ammunítion *(ед. ч.)*

боеспосо́бный effícient

бое́ц fíghter, sóldier

бой fight, battle

бо́йкий lívely

бо́йня sláughterhouse; *перен.* mássacre

бок side; **~ово́й** láteral, side

бо́ком sídeways

бокс bóxing; **~ёр** bóxer, púgilist

болга́рин Bulgárian

Болга́рия Bulgária

бóлее more; ~ *и́ли мéнее* more or less; ~ тогó more; тем ~ all the more; тем ~, что espécially as; не ~ не мéнее как áctually

болéзненный 1) *(слабый)* délicate 2) *(причиняющий боль)* páinful

болéзнь íllness; diséase *(определённая)*

болéльщик fan

болéть 1) ache, hurt 2) *(хворать)* be ill

болóто bog; swamp, marsh

болт||áть *(говорить)* chátter; **~ли́вый** gárrulous

боль pain, ache

больни́ца hóspital

бóльно 1. *нареч.* bádly; дéлать комý-л. ~ hurt *smb.* **2.** *безл.* it is páinful, it hurts

больнóй 1. *сущ.* pátient, ínvalid **2.** *прил.* sick; ill; diséased *(о печени и т.п.);* sore *(оцарапанный, стёртый);* ~ ребёнок sick child; он бóлен he is ill

бóльше 1. *прил.* bígger, lárger **2.** *нареч.* more

большинствó majórity

большóй big, large; *перен.* great; ~ пáлец thumb *(на руке);* big toe *(на ноге)*

бóмба bomb

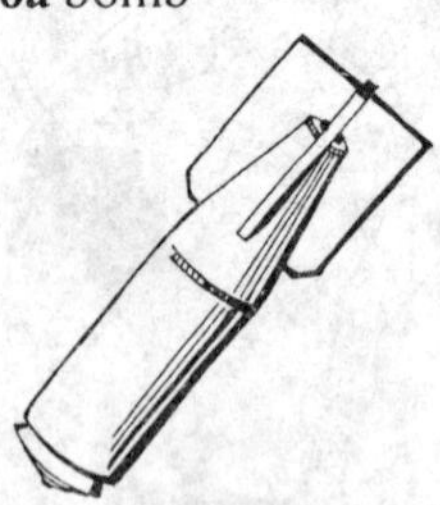

бомбардир||овáть bombárd; bomb *разг.;* **~óвка** bombárdment; **~óвщик** bómber

бомб||ёжка *разг.* bómbing; **~и́ть** *разг.* bomb

бомбоубéжище bómb-shelter

Бонн Bonn

бор||éц 1) *(сторонник)* chámpion; ~цы́ за мир chámpions of peace 2) *спорт.* wréstler

бормотáть mútter

бородá beard

бороздá fúrrow

боронá hárrow

борóться 1) fight, struggle 2) *спорт.* wrestle

борт board; на ~ý on board; за ~ом óverboard

борьбá 1) struggle 2) *спорт.* wréstling

бос||икóм bárefoot; **~óй** báreféoted

босонóжки sándals

ботáн||ик bótanist; **~ика** bótany; **~и́ческий** botánical; ~и́ческий сад botánical gárdens *(мн.ч.)*

боти́нки boots, shoes

Ботни́ческий зали́в Gulf of Bóthnia

бóчка bárrel

боя́||знь fear; **~ться** be afráid (of), fear

Браззави́ль Brázzaville

Брази́лия 1) *(страна)* Brazíl 2) *(город)* Brazília

брак I márriage

брак II *тех.* rejects; flaw

брани́ть scold

браслéт bracelét

брат bróther; **~ский** bróther-ly, fratérnal; **~ство** brótherhood

Братисла́ва Bratisláva

брать take; **~ся** 1) *(предпринимать)* undertáke 2) *(руками)* touch

бревно́ beam; log

бред delírium; **~ить** rave, be delírious

брезгли́вость fastídiousness

брезе́нт tarpáulin

бре́мя búrden

брига́д||а brigáde; **~и́р** team léader

бриллиа́нт, ~овый díamond

брита́нский Brítish

бри́тва rázor; безопа́сная ~ sáfety rázor

бри́тый cléan-shaven

брить shave; **~ся** shave; have a shave

бровь éyebrow

брод ford

броди́ть I wánder; ramble

броди́ть II *хим.* fermént

бродя́||га tramp, vágabond; **~чий** wándering, róving

броже́ние 1) fermentátion 2) *(недовольство)* únrést

бро́нза 1) brónze 2) *(изделия)* brónzes *(мн. ч.)*

брониро́ванный ármoured

бронхи́т bronchítis

броня́ ármour

броса́ть 1) throw 2) *(покидать)* abándon 3) *(переставать)* give up, stop; **~ся** throw onesélf, rush ◊ ~ся в глаза́ strike

бро́сить(ся) *см.* броса́ть(ся)

брошю́ра pámphlet, bóoklet

брыз||гать splash; spátter; **~ги** spláshes; spray *(мелкие)*

брю́ки tróusers

Брюссе́ль Brússels

брюшно́й abdóminal; ~ тиф týphoid féver

бу́блик bágel

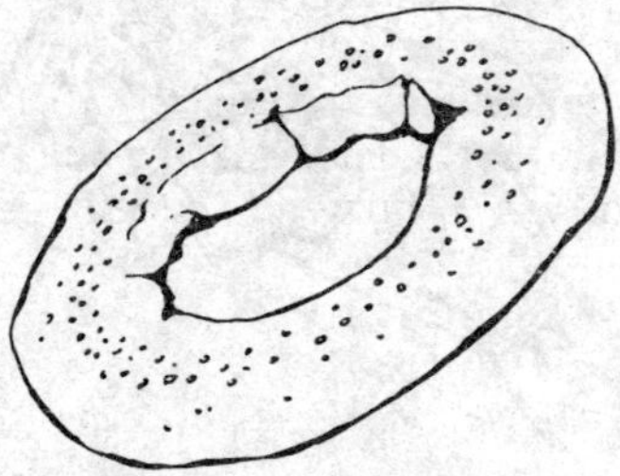

Будапе́шт Búdapést

буди́льник alárm clock

буди́ть wake

бу́дка booth; hut; séntry-box *(караульная)*

бу́дни wéek day(s)

бу́дничный éveryday; *перен.* dull

бу́дто as if, as though

бу́дущ||ее the fúture; **~ий** fúture; в ~ем году́ next year

бу́йвол búffalo

бу́й||ный víolent; **~ствовать** rage, storm

бу́кв||а létter; прописна́я ~ cápital létter; **~а́льный** líteral; **~а́рь** ABC

буке́т bóuquet, bunch of flówers

букинисти́ческий: ~ магази́н sécond-hand bóokshop

букси́р túg(boat)

була́вка pin; безопа́сная ~ sáfety-pin

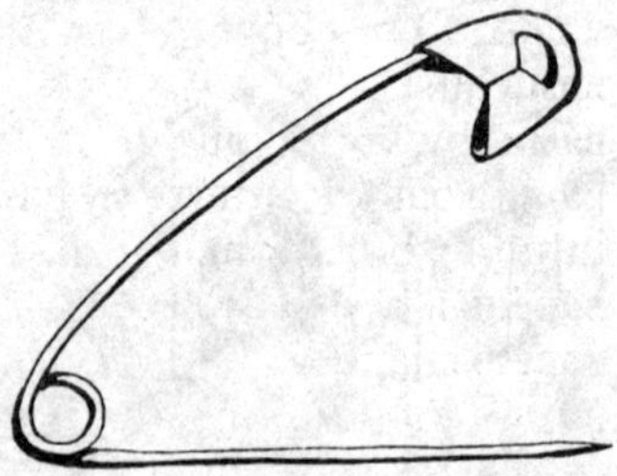

бу́л||ка loaf; **~очка** roll; **~очная** baker's

булы́жник cóbblestone

бульва́р bóulevard

бульо́н clear soup, broth

бума́га páper

бума́жник wállet, pócketbook

бума́жный páper

бунт riot; *(на корабле)* mútiny **~ова́ть** ríot; **~овщи́к** rébel

бура́н snówstorm

буре́ние drílling, bóring

буржу||ази́я bourgeoisíe; **~а́зный** bóurgeois

бури́ть bore; pérforate

бу́рный stórmy, víolent

бу́рый brown

бу́ря storm

бу́сы beads

бутербро́д sándwich

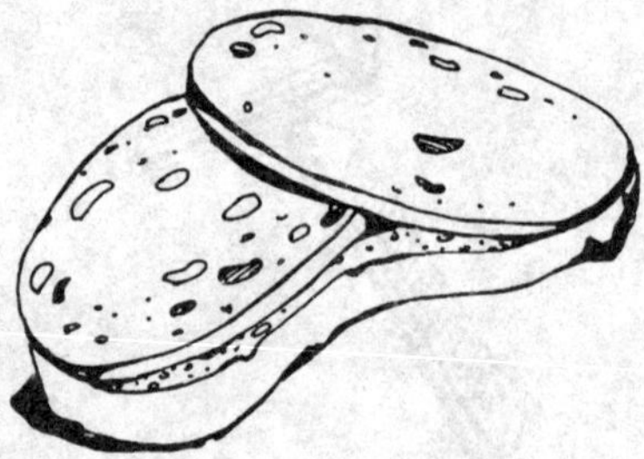

буто́н bud

буты́лка bottle

бу́фер búffer

буфе́т 1) snack bar 2) *(шкаф)* sídeboard

Бухаре́ст Búcharest

бухга́лт||ер bóok-keeper, accóuntant; **~е́рия** accóunts óffice

бу́хта bay

бушева́ть storm, rage

бы: кто бы э́то мог быть? who could that be?; вы бы присе́ли sit down, won't you?; я хоте́л бы I would like

быва́ть 1) *(находиться)* be 2) *(случаться)* háppen 3) *(посещать)* vísit

бы́вший fórmer, late; ex-

бык bull

бы́стрый quick; rápid, fast

быт éveryday lífe

бытие́ béing, exístence

бытов||о́й éveryday; ~ы́е усло́вия; lífe condítions

быть be

бюдже́т búdget

бюллете́||нь 1) búlletin; избира́тельный ~ vóting páper 2) *(больничный лист)* médical certíficate; быть на ~не be off sick

бюро́ óffice, ágency; спра́вочное ~ inquíry-óffice

бюрокра́т búreaucrat; **~и́ческий** bureaucrátic, red tape; **~ия** buréaucracy

бюстга́льтер bra

В

в 1) *(указывает на местонахождение)* in; at *(подразумевает посещение);* в ва́шем до́ме in your house; at your house *(у вас);* в теа́тре in the théatre *(в здании театра);* at the théatre *(на представлении)* 2) *(в значении «вовнутрь»)* in, ínto; класть в я́щик put in a box; войти́ в дом go ínto a house 3) *(указывает на направление)* to, for; е́хать в Москву́ go to Móscow; уезжа́ть в Москву́ leave for Móscow 4) *(указывает на время)* in *(о годе, месяце);* on *(о дне);* at *(о часе);* в 1990 году́ in 1990; в ию́не in June; в сре́ду on Wédnesday; в три часа́ at three o'clóck; в про́шлом году́, ме́сяце last year, month

ваго́н cárriage; car *(амер.)*

ва́жничать put on airs, give onesélf airs

ва́жн||о it is impórtant; **~ость** 1) impórtance 2) *(надменность)* pompósity; **~ый** 1) impórtant 2) *(надменный)* pómpous

ва́за vase

вака́нсия vácancy

вал I *(насыпь)* bank; *воен.* rámpart

вал II *тех.* shaft

вал III *(волна)* wave

ва́ленки felt boots

вали́ть throw down; **~ся** fall (down)

валю́та cúrrency

валя́ться lie abóut

вам you

ва́ми (by, with) you

ва́нн||а bath; приня́ть ~у have a bath; **~ая** báthroom

варёный boiled

варе́нье jam

вариа́нт vérsion; réading, váriant *(текста);* óption *(возможность)*

вари́ть boil; cook *(готовить)*

Варша́ва Wársaw

вас you

василёк córnflower

ва́та cótton wool; cótton *(амер.);* wádding *(для подкладки)*

ва́фли wáfers

ваш your; yours

Вашингто́н Wáshington

вбе||га́ть, ~жа́ть run in, come rúnning in

вбива́ть, вбить drive in

вблизи́ near

вброд: переходи́ть ~ ford

введе́ние introdúction

ввезти́ *см.* ввози́ть

вверх up, úpwards

вверху́ at the top

вверя́ть entrúst

ввести́ *см.* вводи́ть

ввиду́ in view (of); ~ того́, что since, as

вводи́ть bring in; introdúce

ввоз ímport; **~и́ть** impórt

вглубь deep (ínto); ~ страны́ ínland

вгля́дываться look inténtly, peer ínto

вдалеке́, вдали́ in the dístance

вдаль ínto the dístance

вдво́е double the *(с существительным);* twice as *(с прилагательным)*

вдвоём togéther

вдвойне́ double; twice

вдева́ть, вдеть: ~ ни́тку в иго́лку thread a needle

вдоба́вок besídes

вдов||а́ wídow; **~е́ц** wídower

вдо́воль to one's heart's contént

вдого́нку in pursúit of; áfter

вдоль 1. *предлог* alóng **2.** *нареч.* léngthways ◊ ~ и поперёк far and wíde

вдохнов||е́ние inspirátion; **~и́ть(ся)** *см.* вдохновля́ть(ся); **~ля́ть** inspíre; **~ля́ться** becóme inspíred

вдохну́ть *см.* вдыха́ть

вдре́безги *(разбить)* ínto smítheréens

вдруг súddenly

вду́мчивый thóughtful

вдыха́ть breathe in, inhále

ве́дом||о: без его́ ~а withóut his consént

ве́домость régister; платёжная ~ páyroll

ве́домство depártment

ведро́ pail

веду́щий léading

ведь but, why

ве́дьма witch

ве́ер fan

ве́жлив||ость cóurtesy, políteness; **~ый** cóurteous, políte

везде́ éverywhere

везти́ 1) *см.* вози́ть 2) *безл.:* ему́ везёт he álways has luck, he is álways lúcky

век age *(эпоха);* céntury *(столетие)*

ве́ко éyelid

ве́ксель bill of exchánge; prómissory note *(амер.)*

веле́ть allów, permít

велика́н gíant

вели́к||ий 1) great 2) *(только кратк. формы — слишком большой)* too big (for); сапоги́ ему́ ~и́ the boots are too big for him

Великобрита́ния Great Brítain

великоду́ш||ие generósity, magnanímity; **~ный** génerous, magnánimous

великоле́пный spléndid, magníficent

вели́чественный majéstic

вели́чие májesty

величина́ 1) size 2) *мат.* quántity, válue

велого́нка (bí)cycle race

велосипе́д bícycle; **~и́ст** cýclist

ве́на vein

Ве́на Viénna

венге́рский Hungárian

венгр Hungárian

Ве́нгрия Húngary

ве́ник broom

вено́к wreath

вентиля́||тор véntilator; fan; **~ция** ventilátion

вéра faith; belíef

вéрба pússy willow

верблю́д cámel; drómedary *(одногорбый)*

верб||овáть recrúit; **~óвка** recrúitment

верёвка cord; rope *(толстая);* string *(бечёвка)*

вéреск héather

вéрить belíeve

вéрн||о 1) *(правильно)* corréctly; right 2) *(преданно)* fáithfully; **~ость** 1) *(преданность)* fáithfulness 2) *(правильность)* truth, corréctness

вернýть *(отдать обратно)* give back; **~ся** come back, retúrn

вéрный 1) *(правильный)* corréct, right 2) *(преданный)* fáithful, true 3) *(надёжный)* sure

верolóмный perfídious, tréacherous

верoя́тн||о próbably; I dare say; **~ость** probabílity; **~ый** próbable

вертéть turn; **~ся** turn (round)

вертикáльный vértical

вертолёт hélicopter

верфь shípyard

верх 1) top 2) *(высшая степень)* height ◊ одержáть ~ preváil; **~ний** úpper, top; outer *(об одежде)*

верхóвный supréme

верхóм on hórseback; éздить ~ ride

верши́на súmmit *(горы́);* top *(холма)*

вес weight

весели́ться have fun; make mérry

весёлый mérry, chéerful

весéлье fun, mérriment

весéнний spring(-)

вéсить weigh

веслó oar; scull

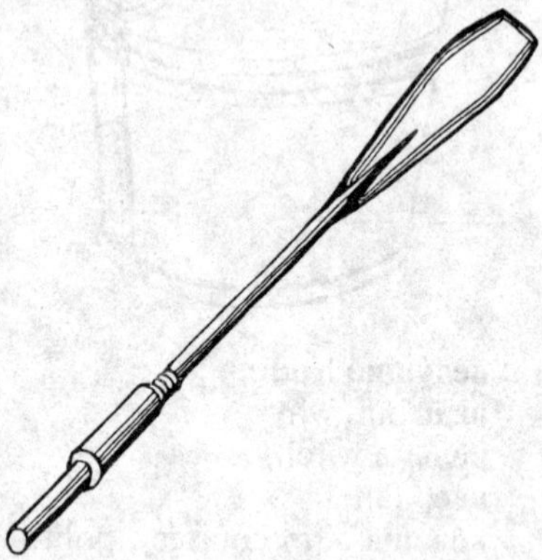

весн||á spring; **~óй** in spring

вести́ condúct, lead ◊ ~ дневни́к keep a díary; ~ войнý wage war; ~ себя́ beh//áve

вестибю́ль lóbby

вест||ь news; пропáсть бéз ~и be míssing

весы́ scales; bálance *(ед. ч.)*

весь all

весьмá híghly

ветвь branch, bough

вéтер wind

ветерáн véteran

ветеринáр véterinary súrgeon

вéтка branch ◊ железнодорóжная ~ bránch line

вéтхий old, rámshackle

ветчинá ham

вéчер évening; **~ом** in the évening; сегóдня ~ом toníght; вчерá ~ом last night

вéчный etérnal

ве́шалка hátstand; peg *(крючок);* cóathanger *(плечики)*

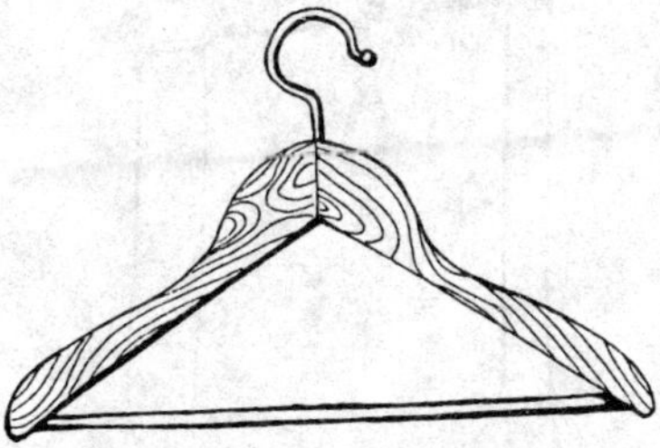

ве́шать 1) hang 2) *(взвешивать)* weigh

веществó súbstance, mátter

вещь thing

ве́ялка wínnowing-machíne

ве́ять I *(о ветре)* blow

ве́ять II *(зерно)* winnow

взад: ~ и вперёд up and down, to and fro, back and forth

взаи́мн||ость reciprócity; **~ый** mútual, recíprocal

взаимо||де́йствие interáction; **~отноше́ния** relátions, ínterrelátions; **~пóмощь** mútual aid; кácca ~пóмощи mutual aid fund

взаймы́: брать ~ bórrow; давáть ~ lend

взаме́н in exchánge

взбеси́ть infúriate; **~ся** go mad

взбешённый fúrious, enráged

взве́||сить, ~шивать weigh

взвод platóon

взволновáть ágitate, excíte; upsét *(расстроить);* move *(растрогать)*

взгляд 1) look; glance 2) *(мнение)* view

вздор nónsense

вздох deep breath; sigh *(как выражение чувства);* **~нýть** draw, take a deep breath; sigh

вздрáгивать, вздрóгнуть start, give a start

вздыхáть sigh

взлёт *ав.* tákeóff

взлете́ть fly up; *ав.* take off ◊ ~ на вóздух *(взорваться)* blow up

взломáть break ópen

взмах stroke, flap

взмáх||ивать, ~нýть wave; flap *(крыльями)*

взмóрье beach, séashóre, séasíde

взнос páyment; члéнский ~ mémbership fee; вступи́тельный ~ éntrance fee

взойти́ *см.* всходи́ть

взор look; gaze *(пристальный)*

взорвáть(ся) *см.* взрывáть(ся)

взрóслый 1. *сущ.* ádult **2.** *прил.* grówn-úp

взрыв explósion ◊ ~ смéха burst of láughter; **~áть** blow up; **~áться** explóde, burst

взры́вчат||ый: ~ое веществó explósive

взя́тка bribe

взять take; ~ себя́ в рýки take onesélf in hand, pull onesélf togéther; **~ся** *см.* брáться

вид 1) *(внешность)* appéarance, look, air, áspect 2) *(пейзаж)* view 3) *(разновидность)* varíety 4) *биол.* spécies

ви́деть see

ви́дим||ость visibílity; **~ый** vísible

ви́дн||о *безл.* 1) one can see; отсю́да всё ~ you can see éverything from here; 2) *(заметно)* it is óbvious; **~ый** 1) vísible 2) *(выдающийся)* próminent

ви́за vísa
визг squeal; yelp *(собаки)*
визжа́ть squeal; yelp *(о собаке)*
визи́т vísit; call
ви́лка fork
ви́лы pítchfork

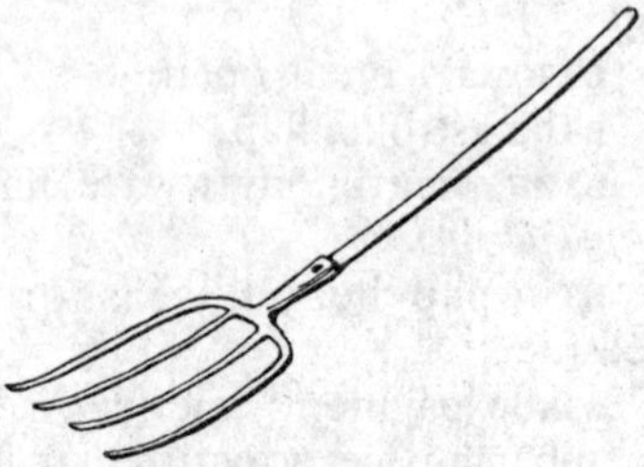

Ви́льнюс Vílnius
вина́ guilt, fault
винегре́т béetroot sálad
вини́тельный: ~ падёж accúsative case
вини́ть blame
вино́ wine
вино́вн||ик cúlprit; *перен.* cause; **~ый** guílty
виногра́д grapes *(мн. ч.)*; **~ник** víneyard
винт screw

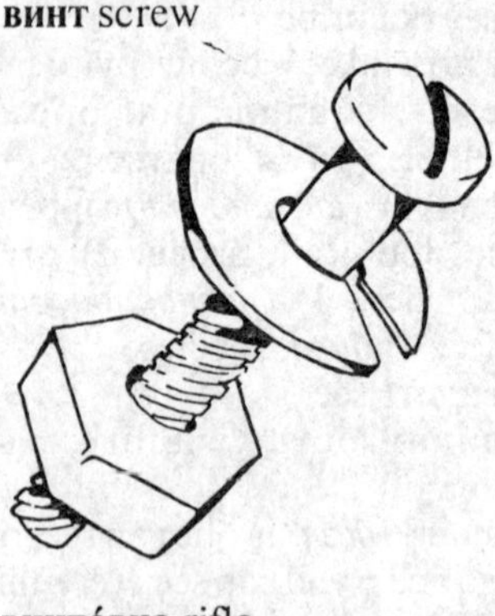

винто́вка rifle
винтов||о́й: **~а́я** ле́стница wínding stáircase
ви́селица gállows

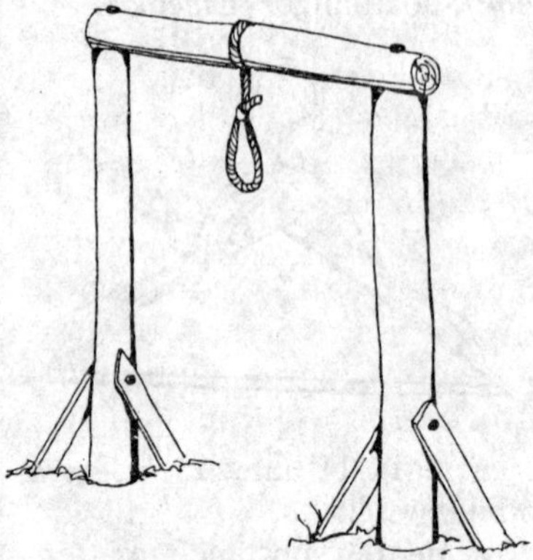

висе́ть hang
висо́к temple
високо́сный: ~ год léap year
витри́на shop wíndow
вить twist; ~ гнездо́ build a nest; ~ венки́ weave wreaths; **~ся** 1) *(о волосах)* curl 2) *(о реке, дороге)* wind 3) *(кружиться)* dance; hóver *(о птице)*
вихрь whírlwind
ви́шня 1) chérry 2) *(дерево)* chérry-tree
вклад depósit; invéstment; *перен.* contribútion; **~чик** depósitor; invéstor; **~ывать** 1) put in; enclóse 2) *(деньги)* invést
включ||а́ть 1) inclúde 2) *(свет, радио)* switch on; turn on; **~а́ться** join in; **~е́ние** inclúsion; **~и́тельно** inclúsive; **~и́ть(ся)** *см.* включа́ть(ся)
вкра́тце bríefly
вкруту́ю: яйцо́ ~ hárd-boiled egg; свари́ть яйцо́ ~ boil an egg hard
вкус taste; **~ный** delícious, nice
вла́га móisture

владе́||лец о́wner; **~ние** possе́ssion; **~ть** own, possе́ss; ~ть собо́й have sе́lf-contrо́l; ~ть языко́м know a lánguage

Владивосто́к Vladivostók

вла́жн||ость móisture, humídity; dámpness *(сырость)*; **~ый** moist, húmid; damp *(сырой)*

вла́ст||вовать dóminate, rule (óver); **~ный** impérious, despótic

власть 1) pówer; authórity 2) *(владычество)* rule

вле́во to the left

влеза́ть, влезть get *(куда-л.)*; climb *(на что-л.)*

влета́ть, влете́ть fly ínto

влечь: ~ за собо́й invólve, entáil

влива́ть pour in; **~ся** flow ínto

вли́ть(ся) *см.* влива́ть(ся)

влия́||ние ínfluence; **~тельный** influéntial; **~ть** ínfluence; have ínfluence

вложи́ть *см.* вкла́дывать

влюб||и́ться *см.* влюбля́ться; **~лённый** in love with; **~ля́ться** fall in love with

вме́сте togéther ◊ ~ с тем at the same time

вмести́мость capácity

вмести́||тельный spácious; **~ть** *см.* вмеща́ть

вме́сто instéad of

вмеша́тельство interférence

вмеша́ться, вме́шиваться interfére

вмеща́ть contáin, hold

вмиг in the twínkling of an eye

внаём: сдава́ть ~ let

внача́ле at first

вне óutsíde, out of; ~ себя́ besíde onesélf

внедря́ть introdúce

внеза́пн||о súddenly; **~ный** súdden

внести́ *см.* вноси́ть

вне́шн||ий 1) óutward, extérnal 2) *(о политике, торговле)* fóreign; **~ость** extérior; appéarance *(человека)*

вниз down(wards); ~ по ле́стнице dównstáirs

внизу́ belów; dównstáirs *(в нижнем этаже)*

внима́||ние atténtion ◊ принима́ть во ~ take ínto considerátion; **~тельный** atténtive

вничью́: сыгра́ть ~ draw

вновь agáin

вноси́ть 1) carry in, bring in 2) *(плату)* pay (in) ◊ ~ предложе́ние make a propósal; ~ измене́ния make alterátions; ~ в спи́сок énter on a list

внук grándson

вну́тренн||ий 1) ínner; insíde 2) *(о политике, торговле)* home(-); **~ости** intéstines; **~ость** intérior

внутри́ ínsíde; in

внутрь in; ínto; ínsíde

вну́чка gránddaughter

внуш||а́ть inspíre (with); ~ мысль give *smb.* the idéa (of); put it ínto *smb.'s* head (that); **~е́ние** suggéstion; inspirátion; **~и́ть** *см.* внуша́ть

вня́тный distínct; ~ шёпот áudible whísper

вовлека́ть draw in

вовлече́ние dráwing-in

вовле́чь *см.* вовлека́ть

во́время in time

во́все at all; ~ нет not at all

вовсю́ with all one's might

во-вторы́х sécondly

вода́ wáter

води́тель *(автомашины)* dríver

води́ть 1) lead; condúct 2) *(автомобиль)* drive

во́дный wáter(-); aquátic *(о спорте)*

водоворо́т whírlpool; éddy

водола́з díver

водопа́д wáterfall

водопо́й wátering-place

водопрово́д wáter supplý sýstem; wáter-pipe *(в доме)*; **~чик** plúmber

водоро́д hýdrogen

во́доросль séaweed

водоснабже́ние wáter-supply

водохрани́лище réservoir

водяни́стый wátery

водяно́й wáter(-)

воева́ть make war (on); wage war (upón); be at war

военнообя́занный súbject to mílitary sérvice

военнопле́нный prísoner of war

вое́нн||ый 1. *прил.* war(-); mílitary; ~ая слу́жба mílitary sérvice **2.** *сущ.* mílitary man

вождь léader; chíef(tain)

во́жжи reins

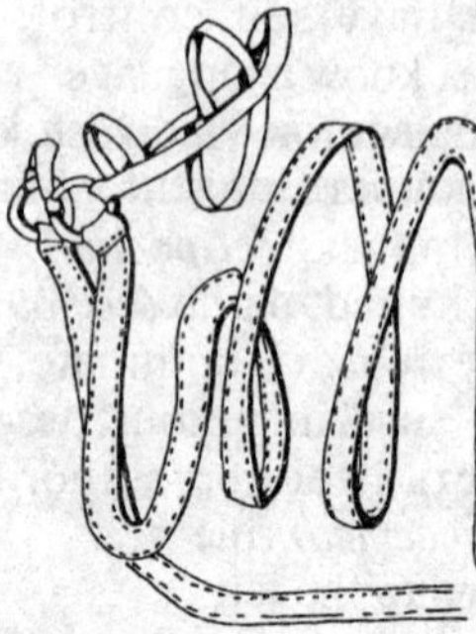

воз cart

возбуди́ть, возбужда́ть excíte, stímulate

возбужде́ние excítement

возвра́т retúrn

возврати́ть(ся) *см.* возвраща́ть(ся)

возвра́тный *грам.* refléxive

возвращ||а́ть retúrn; **~а́ться** re-túrn, come back; **~е́ние** retúrn

возвы́||сить, ~ша́ть raise; **~ше́ние** elevátion; éminence; plátform *(помост)*

возвы́шенн||ость height; **~ый** high, élevated

возгла́в||ить, ~ля́ть be at the head of

во́зглас exclamátion; óutcry

воздв||ига́ть, ~ и́гнуть eréct

возде́йств||ие ínfluence; **~овать** ínfluence

воздерж||а́ние absténtion (from); **~а́ться** *см.* возде́рживаться

возде́рживаться abstáin (from)

во́здух air

возду́шн||ый air(-); ~ое сообще́ние air tránsport

воззва́ние appéal

вози́ть cárry *(груз);* drive, take *(кого-л. на автомобиле и т.п.)*

вози́ться 1) be búsy with 2) *(резвиться)* romp

возлага́ть lay (on); ~ надéжды place one's hopes (on)

во́зле by, near

возложи́ть *см.* возлага́ть

возлю́бленн||ая *сущ.* swéetheart, belóved; místress *(любовница);* **~ый 1.** *прил.* belóved **2.** *сущ.* swéetheart, belóved; lóver *(любовник)*

возмéздие véngeance; retribútion

возме||сти́ть, ~ща́ть cómpensate

возмо́жн||о 1. *безл.* it is póssible **2.** *вводн. сл.* póssibly; perháps; óчень ~ véry líkely **3.** *нареч.* as... as póssible; **~ость** possibílity; opportúnity *(удобный случай);* **~ый** póssible

возму||ти́тельный outrágeous; **~ти́ться, ~ща́ться** be indígnant; **~щéние** *(негодование)* indignátion; **~щённый** indígnant

вознагра||ди́ть, ~жда́ть rewárd, récompense; **~ждéние** rewárd, récompense

возник||а́ть aríse; **~новéние** órigin, rise, begínning

возни́кнуть *см.* возника́ть

возня́ 1) *(шум)* noise 2) *(хлопоты)* bóther

возобнов||и́ть *см.* возобновля́ть; **~лéние** renéwal; **~ля́ть** renéw

возра||жа́ть objéct; **~жéние** objéction; **~зи́ть** *см.* возража́ть

во́зраст age

возро||ди́ть revíve; regénerate; **~ди́ться** revíve; **~жда́ть(ся)** *см.* возроди́ть(ся); **~ждéние** revíval; эпо́ха Возрождéния Renáissance

во́ин wárrior, sóldier; **~ский** mílitary; ~ская обя́занность mílitary dúty

вои́нственный wárlike; mártial

вой howl

войнá war

войскá troops

войти́ *см.* входи́ть

вокзáл (ráilway) státion

вокру́г (a)róund

вол ox

Во́лга the Vólga

Волгогрáд Vólgográd

волево́й stróng-willed

волейбо́л vólleyball

волк wolf

волнá wave

волне́ние 1) *(душевное)* agitátion, emótion 2) *(народное)* unrést

волни́стый wávy

волнова́ть excíte *(возбуждать);* upsét, wórry *(беспокоить);* **~ся** be excíted *(быть возбуждённым);* be upsét, wórry *(беспокоиться)*

волокно́ fíbre, fílament

во́лос a hair; **~ы** hair *(ед. ч.)*

во́лчий wólfish

волше́бник magícian

волше́бный mágic, enchánting

во́льный free

во́л||я 1) will; си́ла ~и wíllpower 2) *(свобода)* fréedom

вон! get out!

вон||ь a bad smell, stink; **~я́ть** stink

вообра||жа́ть imágine, fáncy; **~же́ние** imaginátion; **~зи́ть** *см.* вообража́ть

вообще́ génerally, on the whole; ~ не at all; я его́ ~ не зна́ю I don't know him at all

воодушев||и́ть *см.* воодушевля́ть; **~ле́ние** enthúsiasm; **~ля́ть** inspíre

вооружа́ть arm; **~ся** arm onesélf

вооруж||е́ние ármament; **~ённый** armed; ~ённое восста́ние armed rísing; **~и́ть(ся)** *см.* вооружа́ть(ся)

во-пе́рвых in the first place

вопию́щ||ий crýing; ~ая несправедли́вость crýing injústice

вопло||ти́ть, **~ща́ть** embódy

вопль cry, wail

вопреки́ in spite of, despíte, cóntrary to

вопро́с quéstion; **~и́тельный** interrógative; ~и́тельный знак quéstionmark

вор thief

ворва́ться burst ínto

вороб́ей spárrow

воров||а́ть steal; **~ство́** theft

во́рон ráven

воро́на crow

воро́нка fúnnel; cráter *(от снаряда)*

воро́та gate

воротни́||к, ~чо́к cóllar

ворча́ть grumble; growl *(о собаке)*

восемна́дца||тый éightéenth; **~ть** éightéen

во́семь eight; **~десят** éighty; **~со́т** eight húndred

воск wax

воскли́||кнуть excláim; **~ца́ние** exclamátion; **~ца́тельный** exclámatory; ~ца́тельный знак exclamátion mark

воскресе́нье Súnday

воспале́ние inflammátion; ~ лёгких pneumónia

воспита́ние educátion; úpbringing

воспи́танник púpil

воспи́танный wéll-bréd

воспита́ть, воспи́тывать bring up; raise *(амер.)*

воспламен||и́ться, ~я́ться be inflámed *(тж. перен.);* catch fíre *(загореться)*

воспо́льзоваться use, make use of; ~ слу́чаем seize the opportúnity

воспомина́н||ие recolléction, remémbrance; **~ия** *лит.* reminíscences, mémoirs

воспреща́ть prohíbit, forbíd; **~ся:** кури́ть воспреща́ется! no smóking!

воспри||и́мчивый suscéptible; **~нима́ть** grasp; **~я́тие** percéption

воспроиз||вести́, ~води́ть 1) reprodúce 2) *(в памяти)* recáll

воспря́нуть: ~ ду́хом cheer up

восстава́ть rise; revólt, rebél

восстана́вливать 1) restóre 2) *(силы, здоровье)* recóver 3) *(в памяти)* revíve one's mémory of 4) *(кого-л. против)* put *smb.* agáinst

восста́ние revólt, insurréction, rebéllion

восстанов||и́ть *см.* восстана́вливать; **~ле́ние** restorátion

восста́ть *см.* восстава́ть

восто́к east; Да́льний В. the Far East; Бли́жний В. the Near East; Сре́дний В. the Middle East

восто́рг delíght, enthúsiasm; **~а́ться** be delíghted, be enthusiástic

восто́чный éastern, oriéntal

востре́бован||ие: до ~ия poste réstante

восхити́||тельный delíghtful; delícious *(вкусный)*; **~ть** *см.* восхища́ть

восхищ||а́ть delíght; enchánt; **~а́ться** admíre; **~е́ние** admirátion

восхо́д: ~ со́лнца súnrise

восхожде́ние ascént (of)

восьмидеся́тый éightieth

восьмо́й eighth

вот here; ~ он! here he is!; ~ э́тот this one; ~ хорошо́! spléndid!; ~ как? réally?; ~ и всё that's all

воткну́ть thrust in

вошь louse

вою́ющий bellígerent

впада́ть fall ínto

впа́дина hóllow; глазна́я ~ éye-socket

впасть *см.* впада́ть

впервы́е for the first time

вперёд fórward

впереди́ in front of; befóre, ahéad (of)

впечатле́ние impréssion

вписа́ть, впи́сывать insért; énter *(в список)*

впита́ть, впи́тывать absórb; *перен.* imbíbe

вплотну́ю close (by)

вплоть до down to, up to

вполго́лоса in an úndertone, in a low voice; напева́ть ~ hum

вполне́ quite, pérfectly

впопыха́х in one's haste

впо́ру: быть ~ fit *(об одежде, обуви)*

впосле́дствии áfterwards, láter

впотьма́х in the dark

впра́в||ить, ~ля́ть *(о кости)* set (a bone)

впра́во to the right

впредь in fúture

в продолже́ние dúring

впро́чем howéver; but

впры́с||кивание injéction; **~кивать, ~нуть** injéct

впус||ка́ть ~ти́ть let in

впусту́ю all for nóthing

враг énemy; *поэт.* foe

враж||да́ hostílity; **~де́бный** hóstile

вра́жеский hóstile, énemy('s)

вразбро́д in disórder

вразре́з cóntrary (to)

врасплóх únawáres; by surpríse

врата́рь *спорт.* góal-keeper

врать lie, tell lies

врач dóctor

враче́бный médical

вращ||а́ть, ~а́ться revólve; turn; **~е́ние** rotátion

вред harm, ínjury; dámage

вреди́тель *с.-х.* pest

вреди́ть harm, ínjure; dámage

вре́дный hármful, bad; unhéalthy *(нездоровый)*

вре́менн||о témporarily; **~ый** témporary; provísional

вре́мя 1) time 2) *грам.* tense

вро́де like, such as

врождённый inhérent, ínbórn

врозь apárt, séparately

вруч||а́ть hand (in), delíver; **~е́ние** delívery; bestówal *(ордена и т. п.)*; **~и́ть** *см.* вруча́ть

врыва́ться *см.* ворва́ться

вряд ли scárcely; (be) unlíkely (to)

вса́дник ríder, hórseman

вса́сывать soak up, absórb

все all; éverybody

всё all; éverything; ~ равно́ it's all the same

всевозмо́жный várious, all kinds of

всегда́ álways

всел||и́ть, ~я́ть instáll; *перен.* inspíre

всеми́рный world(-); univérsal

всенаро́дный nátional, nátionwide

всео́бщ||ий géneral, univérsal; ~ее избира́тельное пра́во univérsal súffrage

всесторо́нний áll-róund

всё-таки yet, still, neverthelеss

всеце́ло entírely

вска́кивать jump up

вска́пывать dig up

вскипа́ть, вскипе́ть boil up; *перен.* seethe

вскипяти́ть boil

вскользь cásually, in pássing

вско́ре soon, in a short time

вскочи́ть *см.* вска́кивать

вскри́к||ивать, ~нуть cry out

вскрыва́ть 1) о́pen 2) *(обнаруживать)* find out, discóver; expóse *(разоблачать)* 3) *(труп)* make a pо́st-mо́rtem examinátion

вскры́||тие *анат.* pо́st-mо́rtem, áutopsy; **~ть** *см.* вскрыва́ть

вслед áfter

всле́дствие in cо́nsequence of, о́wing to

вслух alо́ud

всма́триваться *см.* вгля́дываться

всмя́тку: яйцо́ ~ sо́ft-boiled egg; свари́ть яйцо́ ~ boil an egg líghtly

всоса́ть *см.* вса́сывать

вспаха́ть, вспа́хивать plough up

всплыва́ть, всплыть come to the súrface; emérge

вспомина́ть, вспо́мнить recolléct, remémber; recáll

вспомога́тельный auxíliary

вспыли́ть fire up, flare up, blaze up

вспы́льчив||ость irascibílity; **~ый** hо́t-témpered

вспы́х||ивать, ~нуть flash; flare up; *перен.* burst out, break out

вспы́шка flare, flash; *перен.* о́utburst, о́utbreak

встава́ть get up; rise

вста́в||ить *см.* вставля́ть; **~ка** 1) insértion 2) *(в платье)* ínset

вставля́ть insért; put in

встать *см.* встава́ть

встрево́жить alárm; **~ся** be alármed; take fright *(испугаться)*

встре́тить(ся) *см.* встреча́ть(ся)

встре́ч||а 1) méeting 2) *(приём)* recéption; **~а́ть** 1) meet 2) *(принимать)* recéive; **~а́ться** meet; **~ный** cо́ntrary; cо́unter(-)

вступ||а́ть énter; ~ в па́ртию join the párty; **~и́тельный** éntrance(-); introdúctory; ~и́тельный взнос éntrance fee; ~и́тельное сло́во о́pening addréss; **~и́ть** *см.* вступа́ть; **~ле́ние** 1) *(куда-л.)* éntry 2) *(к чему-л.)* introdúction

всходи́ть 1) *(подниматься)* ascénd; mount 2) *(о светилах)* rise 3) *(о семенах)* sprout

всхо́ды shoots

всю́ду éverywhere

вся all

вся́кий **1.** *прил.* ány; évery *(каждый)* **2.** *в знач. сущ.* ányone, éveryone

вся́ческий in évery way

вта́йне sécretly, in sécret

в тече́ние dúring; ~ неде́ли шёл дождь it rained for a week; ~ всего́ дня the whole day long

втор||га́ться, вто́ргнуться inváde; **~же́ние** intrúsion (ínto); invásion (of)

втори́чно for the sécond time

вто́рник Túesday

второ́й sécond

второстепе́нный sécondary; mínor

втро́е three times (as)

втроём the three of (us, you, them), all three

втя́гивать, втяну́ть 1) draw in 2) *(вовлекать)* invо́lve

вуз (вы́сшее уче́бное заведе́ние) hígher educátional ínstitute; univérsity, cо́llege

вулка́н volcáno

вход éntrance; ~ воспреща́ется! no admíttance!

входи́ть go in, come in, énter; войди́те! come in!; come! *(амер.)*

вчера́ yésterday; **~шний** yésterday's; ~шний день yésterday

вчéтверо four times (as)

вчетверо́м the four of (us, you, them), all four

въезд drive, éntry

въезжа́ть, въéхать 1) drive (in); ride in *(на велосипеде, верхом на лошади)* 2) *(в квартиру)* move (ínto)

вы you

выбира́ть 1) choose; seléct *(отбирать)* 2) *(голосованием)* eléct

вы́бор choice; seléction *(отбор)*

вы́боры eléction *(ед. ч.)*

выбра́сывать throw out; throw awáy

вы́брать *см.* выбира́ть

вы́бросить *см.* выбра́сывать

выбыва́ть, вы́быть leave

вы́везти *см.* вывози́ть

вы́вернуть *см.* вывора́чивать

вы́вернуться wriggle out (of a dífficulty); éxtricate onesélf

вы́весить *см.* вывéшивать

вы́веска sígn(board)

вы́вести *см.* выводи́ть

вывéшивать hang out

вы́вих *мед.* dislocátion; **~нуть** díslocate

вы́вод 1) *(войск)* evacuátion, remóval 2) *(заключение)* conclúsion; **~и́ть** 1) lead out 2) *(уничтожать)* extérminate; remóve *(пятна)* 3) *(делать заключение)* conclúde

вы́воз éxport; **~и́ть** expórt

вывора́чивать *(наизнанку)* turn insíde out

выгиба́ть bend

вы́гладить *см.* гла́дить 2)

вы́глядеть look

выгля́дывать, вы́глянуть look out

вы́гнать *см.* выгоня́ть

вы́гнуть *см.* выгиба́ть

вы́говор 1) réprimand 2) *(произношение)* pronunciátion

вы́год||а prófit; advántage; **~ный** prófitable; advantágeous

вы́гон pásture land

выгоня́ть drive awáy, turn out

выгружа́ть, вы́грузить únlóad

вы́грузка únlóading

выдава́ть, вы́дать 1) give out, distríbute 2) *(предавать)* give awáy, betráy

вы́дача 1) delívery; distribútion 2) *(преступника)* extradítion

выдаю́щийся outstánding; *(о человеке тж.)* próminent

выдвига́ть, вы́двинуть put fórward; promóte *(на должность, работу)*

вы́делить *см.* выделя́ть

вы́делка 1) *(изготовление)* manufácture 2) *(качество)* make

вы́делывать 1) make, manufácture; prodúce 2) *(обрабатывать кожу)* dress léather

выделя́ть 1) *(отбирать)* pick out 2) *(отличать)* distinguish; single *smb.* out

вы́держ||анный 1) sélf-contrólled 2) *(сыр, табак и т. п.)* ripe, séasoned; **~ать** *см.* выде́рживать; ~ать экза́мен pass an examinátion

выде́рживать bear, endúre, stand

вы́держка I *(самообладание)* sélf-contról, fírmness

вы́держка II *(из статьи, книги)* éxtract

вы́дох expirátion

вы́дум||ать *см.* выду́мывать; **~ка** invéntion

выду́мывать invént; make up *(сочинять)*

вы́езд depárture

выезжа́ть, вы́ехать go awáy; leave; depárt

вы́жать, выжима́ть squeeze out; wring out *(бельё)*

вы́звать *см.* вызыва́ть

выздора́вливать, вы́здороветь get well, recóver

выздоровле́ние convaléscence, recóvery

вы́зов 1) call 2) *(обществу и т.п.)* chállenge

вызыва́ть 1) call 2) *(на соревнование)* chállenge 3) *(возбуждать)* cause; ~ интере́с aróuse ínterest

вызыва́ющий defíant

вы́играть, выи́грывать win

вы́игрыш gain; wínnings; **~ный** advantágeous; ~ный заём prémium loan

вы́йти *см.* выходи́ть 1) и 2)

выки́дывать throw out

вы́кидыш miscárriage

вы́кинуть *см.* выки́дывать

выкла́дывать spread, lay out

выключа́тель switch

выключа́ть, вы́ключить turn out *(свет);* turn off *(газ, воду)*

вы́копать dig up; dig out *(откопать)*

вы́кормить 1) *(ребёнка)* bring up 2) *(домашних животных)* rear; raise *(амер.)*

вы́корчевать, выкорчёвывать stub (up); *перен.* root out; erádicate

вы́кроить cut out

вы́кройка páttern

выкупа́ть redéem; ránsom *(пленного)*

выку́ривать, вы́курить *(откуда-л.)* smoke out

вылáвливать fish out

вы́лазка sálly

вылеза́ть, вы́лезти 1) get out (of) 2) *см.* выпада́ть 2)

вылета́ть, вы́лететь fly out; *ав.* start

выле́чивать, вы́лечить cure

вылива́ть, вы́лить pour out

вы́ловить *см.* вылáвливать

вы́ложить *см.* выкла́дывать

вы́м||ереть, ~ира́ть die out; becóme extínct *(о породе животных)*

вымог||а́тельство extórtion; **~а́ть** extórt

вы́мысел fíction, invéntion

вы́мыть wash

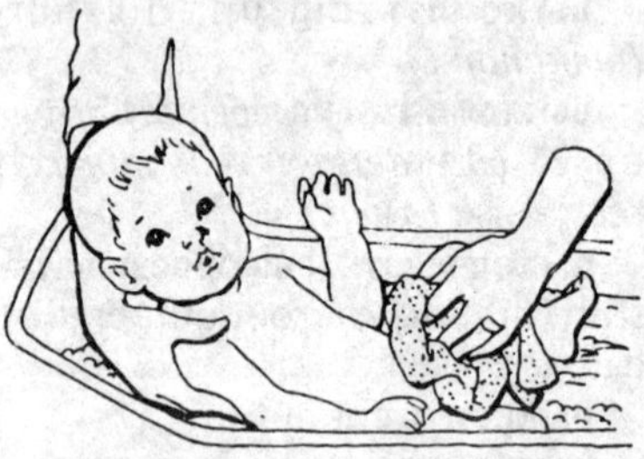

вы́нести *см.* выноси́ть

вынима́ть take out; extráct *(извлекать)*

выноси́ть 1) take out, cárry out 2) *(терпеть)* endúre; я не выношу́ его́! I can't bear (stand) him! ◊ ~ пригово́р séntence; ~ резолю́цию pass a resolútion; ~ реше́ние make a decísion

выно́слив||ость endúrance; **~ый** hárdy

вы́нудить, вынужда́ть force, compél

вы́нуть *см.* вынима́ть

вы́пад attáck

выпада́ть, вы́пасть 1) fall 2) *(о волосах)* come out

выпека́ть, вы́печь bake

выпива́ть drink; take *(кофе, чай)*

вы́писать, выпи́сывать 1) write out 2) *(заказать)* órder

вы́пить *см.* выпива́ть

вы́плав||ить smelt; **~ка** 1) smélting 2) *(металл)* smélted métal; **~ля́ть** smelt

вы́пл||ата páyment; **~атить, ~а́чивать** pay (off)

выполне́ние fulfílment; *(обязанностей и т. п.)* execútion

вы́полн||ить, ~я́ть cárry out, fulfíl

вы́править, выправля́ть 1) stráighten (out) 2) *(исправлять)* corréct

вы́пуклый 1) cónvéx 2) *(рельефный)* in relíef 3) *(выступающий)* próminent; búlging *(о глазах)*

вы́пус||к 1) *(продукции)* óutput 2) *(журнала, денег)* íssue; **~ка́ть, ~тить** 1) *(на свободу)* reléase; let out *(из окна, двери и т. п.)* 2) *(издавать)* públish; íssue 3) *(часть текста и т. п.)* omít

вы́путаться, выпу́тываться éxtricate oneséelf; ~ из беды́ get oneséelf out of a scrape

выраба́тывать, вы́работать 1) prodúce 2) *(план)* work out

вы́работка 1) manufácture; óutput *(продукция)* 2) *(составление)* elaborátion, dráwing up

выраж||а́ть expréss; **~е́ние** expréssion ◊ ~е́ние лица́ expréssion

вырази́тельный expréssive

вы́разить *см.* выража́ть

вырастáть, вы́расти grow

вы́растить, вырáщивать 1) *(детей)* bring up; raise *(амер.)* 2) *(растения)* grow, raise

вы́рвать *см.* вырывáть I

вы́рез||ать cut out; **~ка** *(газетная)* cútting, clípping

вы́ро||диться, ~ждáться degénerate; **~ждéние** degenerátion

вы́ругать scold; **~ся** swear

выручáть, вы́ручить 1) help *smb.* out; save *(спасти)* 2) *(деньги)* gain

вырывáть I pull out; extráct *(зуб);* tear out *(страницу);* snatch out *(из рук)*

вырывáть II, вы́рыть dig; dig up

вы́садить(ся) *см.* высáживать(ся)

вы́садка disembarkátion; ~ десáнта lánding; descént

высáживать, ~ся *(на берег)* land, disembárk

выселéние evíction

вы́сел||ить, ~я́ть evíct

вы́сказать(ся) *см.* выскáзывать(ся)

выскáзыва||ние opínion, sáying; **~ть, ~ться** speak out; expréss an opínion

вы́слать *см.* высылáть

вы́слушать, выслу́шивать 1) hear 2) *мед.* sound

высмéивать rídicule, make fun (of)

высóкий high; tall *(рослый)*

высокомéрный háughty, árrogant

высотá height; áltitude

вы́сохнуть *см.* высыхáть

вы́спаться have a sleep; have *one's* sleep out

вы́ставить *см.* выставля́ть

вы́став||ка exhibítion; **~ля́ть** 1) *(вперёд)* push fórward; advánce 2) *(напоказ)* exhíbit, displáy

вы́стрел shot; **~ить** shoot, fire (a shot)

выступáть, вы́ступить 1) come fórward 2) *(с речью)* speak

выступлéние 1) *(войск)* start; depárture 2) *(публичное)* (públic) appéarance; speech *(речь);* perfórmance *(на сцене)*

высу́шивать, вы́сушить dry

вы́сш||ий híghеr; the híghest; the supréme; ~ сорт best quálity; ~ее образова́ние híghеr educátion; ~ая матема́тика híghеr mathemátics

высыла́ть 1) *(посылку и т. п.)* send 2) *(административно)* éxile, bánish

высыха́ть dry up

выта́скивать, вы́тащить 1) draw out 2) *(украсть)* steal

вытек||а́ть 1) *(из сосуда)* run out (of) 2) *(о реке)* have its source in 3) *(являться следствием)* fóllow; отсю́да ~а́ет, что (hence) it fóllows that

вы́тереть *см.* вытира́ть

вы́тесн||ить, ~я́ть force *smb.* out; supplánt *(выжить)*

вы́течь *см.* вытека́ть 1)

вытира́ть wipe; dry *(досуха)*

выть howl

вытя́гивать, вы́тянуть 1) draw out; extráct 2) *(растягивать)* stretch, pull out

вы́учить 1) *(что-л.)* learn 2) *(кого-л.)* teach, train

вы́ход éxit; way out *(тж. перен.)*; друго́го ~а не́ было there was no altérnative; **~и́ть** 1) go out 2) *(о книге и т.п.)* come out 3) *(об окне)* look out (on) ◊ ~и́ть из себя́ lose one's témper

выходно́й: ~ день day off

вычёркивать, вы́черкнуть cross out, strike out, cáncel

вы́честь *см.* вычита́ть

вы́чет dedúction

вы́числ||ить, ~я́ть cálculate

вы́чистить clean; pólish; brush *(щёткой)*

вычита́||ние *мат.* subtráction; **~ть** 1) dedúct 2) *мат.* subtráct

вы́ше 1. *прил.* híghеr; táller *(ростом)* **2.** *нареч.* 1) híghеr 2) *(раньше)* abóve; смотри́ ~ see abóve; как ска́зано ~ as státed abóve **3.** *предлог* abóve; ~ нуля́ abóve zéro

вышеупомя́нутый abóve-méntioned

вышива́ть embróider

вышина́ height

вы́шить *см.* вышива́ть

вы́яв||ить, ~ля́ть discóver; revéal

выясне́ние elucidátion, cléaring up

вы́ясн||ить, ~я́ть elúcidate; clárify; find out *(узнать)*

Вьетна́м Víetnám

вью́га snówstorm

вяз elm

вяза́ть knit

вя́зкий stícky; víscous; swámpy *(топкий)*

вя́л||ость lánguor; **~ый** slúggish

вя́нуть wíther

Г

Гаа́га the Hágue

Гава́на Havána

га́вань hárbour, port

гада́ть 1) *(предполагать)* guess; conjécture *(угадывать)* 2) *(кому-л. на картах и т. п.)* tell fórtunes

га́д||кий vile; násty, loathsome; **~ость** 1) nástiness; filth 2) *(подлость)* dírty trick

газ *хим.* gas

газе́та néwspaper

га́зовый gas

галантере́йный: ~ магази́н haberdáshery; nótions stóre *(амер.)*

галере́я gállery

га́лка jáckdaw

гало́пом at a gállop

гало́ши galóshes; rúbbers

га́лстук tie

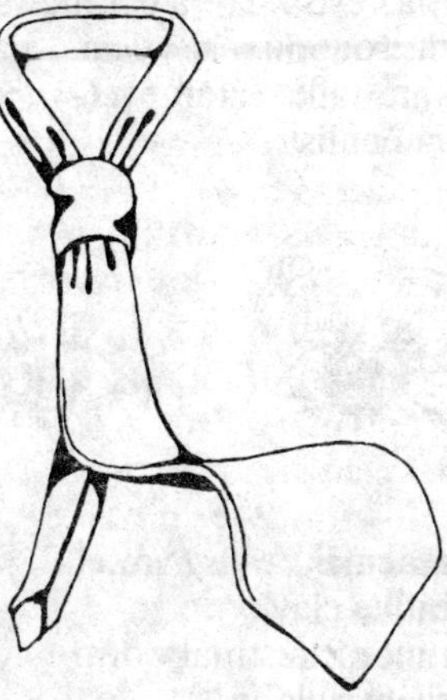

га́мма *муз.* scale; *перен.* range

Га́на Ghána

гара́ж gárage

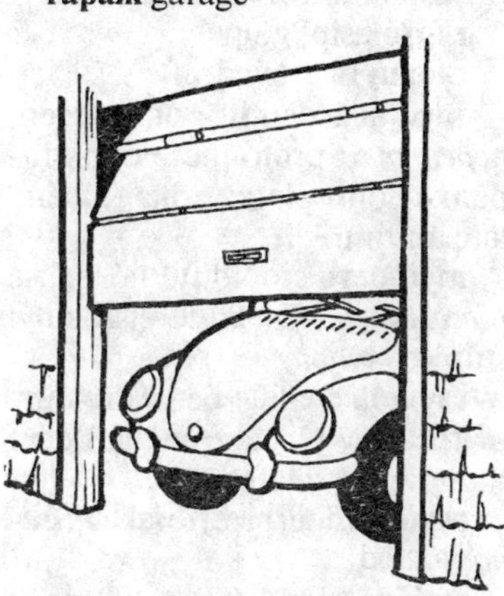

гаранти́ровать guarantée

гардеро́б 1) clóakroom 2) *(шкаф)* wárdrobe

гармо́ния hármony

гарнизо́н gárrison

гаси́ть extínguish, put out

га́снуть go out

гастроно́м food store; delicatéssen store *(амер.)*

Гвине́я Guínea

гвозди́ка 1) *(цветок)* carnátion 2) *(пряность)* clove

гвоздь nail

где where

где́-либо, где́-нибудь, где́-то sómewhere, ánywhere

генера́л géneral

гениа́льн||ый great; ~ труд the work of génius; ~ая идéя spléndid (brílliant) idéa

ге́ний génius

гео́гр||аф geógrapher; **~афи́ческий** geográphical; **~а́фия** geógraphy

гео́||лог geólogist; **~логи́ческий** geológical; **~ло́гия** geólogy; **~метри́ческий** geométrical; **~ме́трия** geómetry

герб arms; госуда́рственный ~ state émblem

Герма́ния Gérmany

герма́нский Gérman

гермети́чески hermétically

геро||и́зм héroism; **~и́ня** héroine; **~и́ческий** heróic

геро́й héro

ги́бель ruin; **~ный** rúinous; fátal, disástrous

ги́бкий fléxible, supple, plíant

гига́нт gíant; **~ский** gigántic

гигие́на hýgiene

гид guide

гидроста́нция wáter-power státion hýdroeléctric státion

гимн hymn; госуда́рственный ~ nátional ánthem

гимна́зия grámmar school

гимна́стика gymnástics

гипно́з 1) *(сила)* hýpnotism 2) *(состояние)* hypnósis

гипо́теза hypóthesis

ги́псовый pláster

ги́ря weight

гита́ра guitár

глава́ I head

глава́ II *(в книге и т. п.)* chápter

главнокома́ндующий Commánder-in-Chíef

гла́вн||ый chíef, main; príncipal; ~ го́род príncipal town; cápital *(страны)* ◊ ~ым о́бразом máinly, móstly

глаго́л *грам.* verb

гла́дить 1) *(ласкать)* stroke, caréss 2) *(бельё)* íron

гла́дкий smooth

глаз eye ◊ за ~а́ behínd *smb.'s* back; говори́ть с ~у на ~ have a private talk; **~но́й** eye(-); ~но́й врач óculist

гла́сный *(звук)* vówel

гли́на clay

глист intéstinal worm

гло́бус globe

глота́ть swállow

гло́тк||а throat; во всю ~у at the top of one's voice

глото́к sip; gulp

гло́хнуть grow deaf

глуб||ина́ depth; **~о́кий** deep; *перен. тж.* profóund; ~о́кая таре́лка sóup plate; ~о́кая о́сень late áutumn

глу́п||ость stupídity; nónsense *(бессмыслица)*; **~ый** fóolish, sílly; stúpid *(тупой)*

глух||о́й deaf ◊ ~о́е ме́сто óut-of-the-wáy place; **~онемо́й** deaf mute; **~ота́** déafness

глушь wílderness; thícket *(лесная)*

глы́ба clod *(земли)*; block *(льда)*

гляде́ть look

гнать drive; chase, drive awáy *(прогонять)*

гнев wrath; **~ный** wráthful

гнездó nest

гнёт press; weight; *перен.* oppréssion; yoke *(иго)*

гни||éние rótting; decáy, corrúption; ~**лóй** rótten; decáyed; ~**ть** rot; decáy

гной pus, mátter; ~**ный** púrulent; séptic; *мед.* súppurative

гнýсный vile, disgústing

гнуть bend; ~**ся** bend

говорúть talk, speak

говя́дина beef

год year; прóшлый ~ last year; бýдущий ~ next year; Нóвый ~ New-Year's Day

годú||ться do, be súitable; э́то (никудá) не ~тся! that won't do!

годúчный ánnual

гóдный 1) fit 2) *(действительный)* válid

годов||óй ánnual; ~**щúна** annivérsary

голлáндец Dútchman

Голлáндия Hólland

голлáндский Dutch

голов||á head; ~**нóй:** ~нáя боль héadache; ~нóй убóр hat

гóлод húnger; starvátion; fámine *(бедствие);* ~**áть** starve

голóд||ный húngry; ~**óвка** húnger strike

гóлос 1) voice 2) *(избирательный)* vote; ~**овáние** vóting; pólling; тáйное ~овáние sécret vote; ~**овáть** vote

голубóй líght blue

гóлубь pígeon, dove; ~ мúра the dove of peace

гóлый náked

гонéние persecútion

гóнка haste, húrry; ~ вооружéний ármaments race

гóнки *спорт.* ráces

гонорáр páyment; fee

гоня́ть drive; chase

горá móuntain

горáздо much, far

горб hump, hunch; ~**áтый** húmp-backed; ~**ýн** húnch-back

гордúться be proud of

гóрд||ость pride; ~**ый** proud

гóре grief; ~**вáть** grieve

горéлка búrner

горéть 1) burn; be on fire 2) *(блестеть)* sparkle

гóрец móuntain dweller, mountainéer

гóречь bítterness

горизóнт horízon; **~áльный** horizóntal

гори́стый móuntainous

гóрл||о throat; **~ышко** *(бутылки)* (bóttle) neck

горн *муз.* bugle

гóрн||ый 1) móuntain(ous) 2) *(о промышленности)* míning; **~я́к** míner

гóрод town; cíty; **~скóй** town(-); úrban; munícipal *(об учреждениях)*

горожáнин cíty dwéller

горóх pea(s)

горсть hándful

гортáнь lárynx

горчи́||ца mústard; **~чник** mústard pláster

горшóк pot

гóрький bítter

горю́чее fuel

горя́чий hot; warm *(о приёме, встрече);* árdent *(страстный)*

горячи́ться fly ínto a pássion

гóспиталь (mílitary) hóspital

госпóдств||о suprémacy; dominátion; **~овать** dóminate; preváil *(преобладать);* **~ующий** dóminant; preváiling *(преобладающий)*

гостеприи́мный hóspitable

гости́ница hotél

гост||ь guest; vísitor; пойти́ в ~и pay a vísit; быть в ~я́х be on vísit

госудáрственный state

госудáрство state

готóв||ить prepáre, make réady; cook *(пищу);* **~иться** get réady, prepáre; **~ый** 1) réady 2) *(о платье)* réady-máde

грабёж róbbery

грáбить rob; plúnder

грáбли rake *(ед. ч.)*

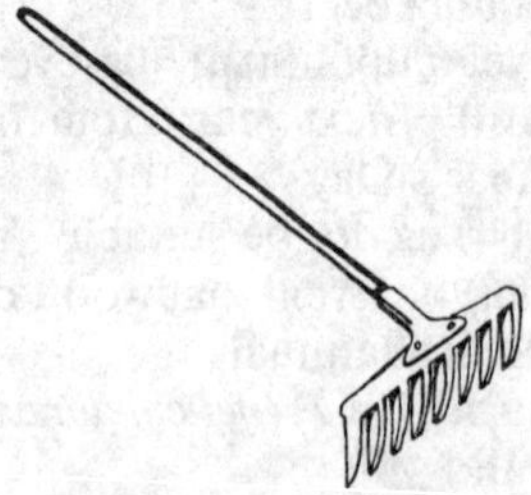

гравю́ра engráving, print; étching *(офорт)*

град hail

гра́дус degrée; **~ник** thermómeter

гражд||ани́н cítizen; **~а́нский** cívil; **~а́нство** cítizenship; приня́ть ~а́нство be náturalized; becóme a cítizen

грамм gram(me)

грамма́тика grámmar

гра́мот||а 1) réading and wríting 2) *(документ)* credéntials *(мн. ч.)*; **~ность** líteracy; **~ный** líterate, éducated

грана́т pómegranate

грана́та grenáde

грани́т gránite

грани́||ца 1) *(государственная)* bórder, fróntier; *(участка)* bóundary 2) *(предел)* límit; **~чить** *(с чем-л.)* bórder (upón); *перен.* verge

графи́н decánter

грацио́зный gráceful

грач rook

гребёнка, гре́бень comb

гребе́ц óarsman

гре́бля rówing

грёзы dáydreams

грек Greek

гре́лка hót-water bottle; eléctric blanket *(электрическая)*

греме́ть rattle; thúnder *(о громе)*

Гренла́ндия Gréenland

грести́ row

греть warm; **~ся** warm onesélf

грех sin

Гре́ция Greece

гре́ческий Greek

гречи́ха búckwheat

гриб múshroom

гри́ва mane

грим (stage) máke-up, gréasepaint

грима́с||а grimáce; **~ничать** make fáces

гроб cóffin

гроза́ thúnderstorm, storm

грози́ть thréaten

гро́зный térrible *(страшный)*; ménacing *(угрожающий)*

гром thúnder

грома́дный enórmous

гро́мк||ий loud; **~оговори́тель** loud spéaker

громо́здкий búlky, cúmbersome

громоотво́д líghtning condúctor

гро́хот crash, rumble; **~а́ть** rumble

гру́бый coarse, rough; rude *(невежливый)*

гру́да heap, pile

грудно́й: ~ ребёнок ínfant in arms

грудь chest *(грудная клетка)*; breasts *(женская)*

груз load; cárgo *(судна)*

грузи́н Géorgian; **~ский** Géorgian

грузи́ть load

Гру́зия Géorgia

грузови́к lórry; truck *(амер.)*

гру́зчик lóader *(ж.-д.)*; stévedore *(судовой)*

грунт 1) *(почва)* soil 2) *(в живописи)* ground; **~ово́й:** ~овы́е во́ды súbsoil wáters

гру́ппа group

грусти́ть be sad, be mélancholy

гру́стный sad

грусть mélancholy

гру́ша 1) pear 2) *(дерево)* péar-tree

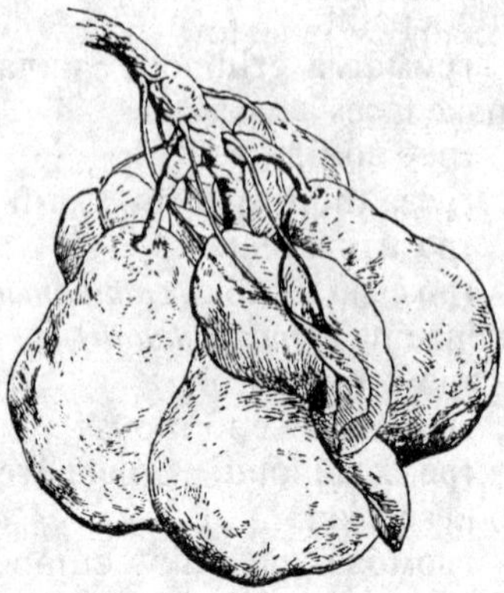

грызть gnaw; nibble

грызу́н *зоол.* ródent

гряда́ *(гор)* ridge

гря́дка row

гря́зный dírty

грязь dirt; mud *(слякоть); перен.* filth

губа́ lip

губи́ть ruin

гу́бка sponge

губн||о́й: ~а́я пома́да lípstick

гуде́ть buzz; hoot

гудо́к hóoter; síren *(парохода, завода);* horn *(автомобильный)*

гул rumble; hum *(голосов)*

гу́лкий hóllow, resóunding

гуля́нье *(празднество)* públic mérrymaking

гуля́ть walk, go for a walk

гума́нный humáne

гу́сеница cáterpillar

густо́й thick; dense

гусь goose; **~ко́м** in single file

гу́ща 1) *(осадок)* sédiment; grounds *(мн. ч.) (кофейная);* lees, dregs *(мн. ч.) (пивная)* 2) *(леса)* thícket

Д

да I *(утвердительная частица)* yes

да II *союз* 1) *(соединительный)* and 2) *(противительный)* but

дава́||ть 1) give 2) *(позволять)* let, allów *smb.* (to) ◊ ~ знать let *smb.* know; ~йте игра́ть let's play; ~ доро́гу make way (for)

дави́ть 1) press, squeeze 2) *(раздавливать)* crush 3) *(угнетать)* oppréss

да́вка crush

давле́ние préssure

да́вн||ий of long stánding, old; с ~их пор of old

давно́ long agó; for a long time; for áges

да́же éven

да́лее fúrther; then *(затем);* и так ~ and so on, etc

далёк||ий remóte; ~ое расстоя́ние a great dístance

далеко́ far awáy, a long way off

даль dístance

дальне́йший fúrther

дальнови́дный fár-seeing

дальнозо́ркий lóng-síghted

да́ль||ность dístance; **~ше 1.** *прил., нареч.* fárther, fúrther **2.** *нареч. (затем)* then

да́ма lády

Дама́ск Damáscus

Да́ния Dénmark

да́нн||ые dáta, facts; **~ый** given; в ~ый моме́нт at the móment, at présent

дань tríbute

дар gift

дари́ть make a présent (of); give

да́ром free of charge, for nóthing, grátis

да́та date

да́тельный: ~ паде́ж dátive (case)

да́т||ский Dánish; **~ча́нин** Dane

дать *см.* дава́ть

да́ч||а súmmer cóttage; dácha; búngalow; на ~е in the cóuntry; at dácha; **~ный** subúrban, súmmer

два two

двадца́тый twéntieth

два́дцать twénty

два́жды twice

двена́дцатый twelfth

двена́дцать twelve

дверь door

две́сти two húndred

дви́гатель éngine; mótor

дви́гать, ~ся move

движе́ние móvement; у́личное ~ tráffic; революцио́нное ~ revolútionary móvement

дво́е two

двоето́чие cólon

дво́йка two; low mark *(отметка)*

двойни́к double

двойно́й double; twófold

дво́йня twins *(мн. ч.)*

двор yard

дворе́ц pálace

дво́рник road swéeper

двою́родн||ый: ~ брат; ~ая сестра́ cóusin

двули́чный two-fáced

двусмы́сленный ambíguous

двухэта́жный twó-stórey(ed)

дева́||ть put; **~ться** go; куда́ он ~лся? what has becóme of him?

деви́ца girl, máiden

де́вочка (little) girl

де́вушка girl

девяно́сто nínety

девяно́стый nínetieth

девятна́д||цатый nínetéenth; **~цать** nínetéen

девя́тый ninth

де́вять nine; **~со́т** nine hú́ndred

дёготь tar

де́душка grándfather

дежу́р||ить be on dúty; **~ный** on dúty; *воен.* órderly

дезерти́р desérter

дезинфе́кция disinféction

де́йствие 1) deed, áction 2) *(влияние)* efféct 3) *театр.* act

действи́тельн||о réally, in fact; **~ость** reálity; **~ый** 1) áctual, real 2) *(о документе)* válid

де́йств||овать act; work; **~ующий** in force; ~ующие ли́ца drámatis persónae, cháracters; ~ующая а́рмия stánding ármy

дека́брь Decémber

дека́да décade

деклара́ция declarátion

декре́т decrée

де́лать do; make; ~ вы́вод draw a conclúsion; **~ся** 1) *(становиться)* becóme 2) *(происходить)* háppen

делег||а́т délegate, députy; **~а́ция** delegátion

деле́ние divísion

деле́ц búsinessman, déaler

Де́ли Délhi

дели́ть divíde; **~ся** 1) be divíded 2) *(с кем-л.)* share (with)

де́ло 1) affáir, búsiness 2) *(поступок)* deed 3) *(цель, интересы)* cause; о́бщее ~ cómmon cause 4) *юр.* case 5) *канц.* file ◊ в чём ~? what's the mátter?; ~ в том the point is

делово́й búsiness(-); búsiness-like

де́льный effícient *(тж. о человеке);* práctical, sénsible *(тж. о предложении)*

демократи́ческий democrátic

демокра́тия demócracy

демонстр||а́ция demonstrátion; **~и́ровать** démonstrate

де́нежный móney(-); fináncial; ~ перево́д móney órder

день day; че́рез ~ évery óther day

де́ньги móney

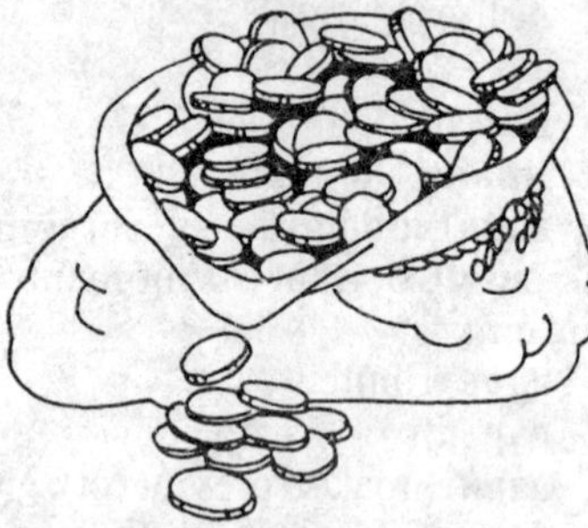

депута́||т députy; **~ция** deputátion

дёргать pull; jerk

деревéнский rúral; rústic; víllage(-)

дере́вня víllage *(селение);* the cóuntry

де́рево 1) tree 2) *(материал)* wood

деревя́нный wóoden

держа́ва pówer

держа́ть hold; keep *(хранить)* ◊ ~ сло́во keep one's promise; ~ экза́мен go in for an examinátion; **~ся** 1) *(за что-л.)* hold on (to) 2) *(на чём-л.)* be suppórted by; пу́говица де́ржится на ни́точке the bútton is hánging by a thread ◊ ~ся вме́сте keep togéther; ~ся в стороне́ stand asíde

де́рз||кий ínsolent; dáring *(смелый)*; **~ость** ínsolence

дёрнуть *см.* дёргать

деса́нт lánding
десна́ gum
десяти́чный décimal
деся́ток ten
десятибо́рье *спорт.* decáthlon
деся́тый tenth
де́сять ten
дета́ль détail; **~но** in détail
детёныш the young (of)
де́т||и chíldren; **~ский** child's; chíldren's; chíldish *(ребяческий);* ~ский сад núrsery school; ~ский дом chíldren's home; órphanage; **~ство** chíldhood
де́ть(ся) *см.* дева́ть(ся)
дешев||е́ть fall in price; becóme chéaper; go down; **~и́зна** low príces *(мн. ч.)*
дёшево cheap
дешёвый cheap
де́ятель: госуда́рственный ~ státesman; **~ность** actívity; **~ный** áctive, energétic
Джака́рта Jakárta
джи́нсы jéans

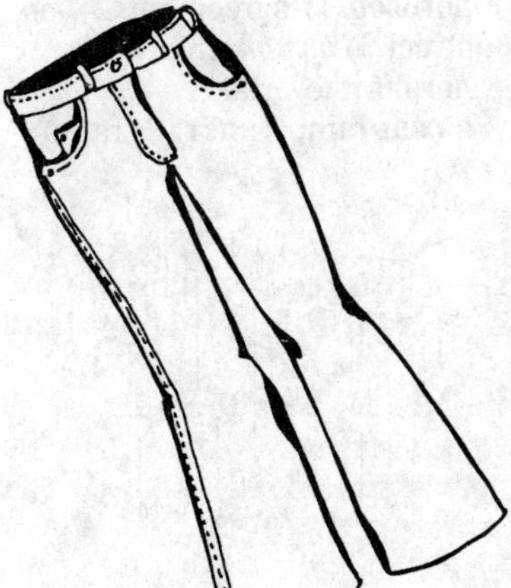

диале́кт díalect
дива́н sófa

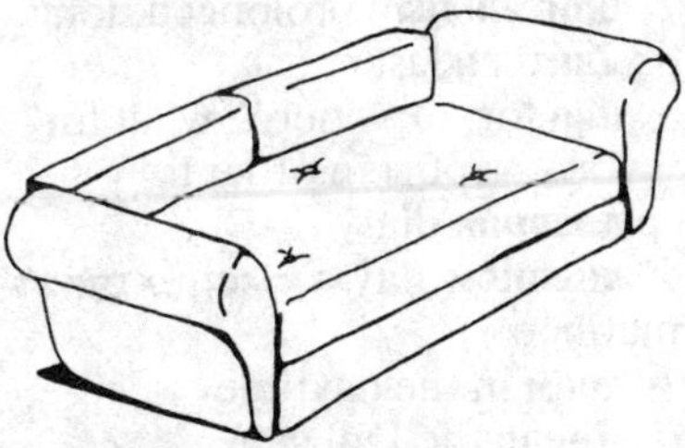

диве́рсия sábotage
диви́зия divísion
дие́т||а díet; **~и́ческий** dietétic
дика́рь sávage
ди́кий wild
дикта́тор dictátor
диктова́ть dictáte
ди́ктор annóuncer
дипло́м diplóma; degrée certíficate
диплома́т díplomat; **~и́ческий** diplomátic; **~ия** diplómacy
директи́ва diréctions, instrúctions *(мн. ч.)*
дире́ктор diréctor; mánager; ~ шко́лы héadmaster
дирижа́бль dírigible
дирижёр condúctor
диск disk
диске́та diskétte
дискоте́ка discothéque
дискредити́ровать discrédit
диску́ссия discússion
диспансе́р dispénsary
ди́спут debáte
диссерта́ция thésis, dissertátion
дисципли́н||а 1) díscipline 2) *(отрасль науки)* súbject; **~и́рованный** dísciplined
дитя́ child
дичь game
длина́ length

дли́нный long

дли́тельный prolónged, long

дли́ться last

для for; to; ~ чего́? what for?; ~ того́, что́бы in órder to

дневни́к díary

дневно́й day-; ~ спекта́кль matinée

днём in the dáytime

Днепр the Dníeper

дно bóttom; вверх ~м úpside dówn

до 1) *(раньше)* befóre 2) *(указывает на временной предел)* to, till, until 3) *(указывает на пространственный предел)* (up, down) to ◊ до свида́ния góodbýe

доба́в||ить *см.* добавля́ть; **~ле́ние** addítion; súpplement; **~ля́ть** add; **~очный** addítional

добива́ться seek; strive for

доби́ться achíeve, get

добро́ I 1) good 2) *(имущество)* próperty; things *(мн. ч.)*

добро́ II: ~ пожа́ловать! wélcome!

доброво́||лец voluntéer; **~льный** vóluntary

доброде́тель vírtue

доброду́шный góod-nátured

доброжела́тельный benévolent, kind, fríendly

добросо́вестный consciéntious

доброта́ kíndness

до́бр||ый good; kind ◊ по ~ой во́ле of one's own free will; ~ая полови́на a good half; ~ое у́тро! good mórning!; ~ день! good áfternóon!; ~ ве́чер! good évening!

добыва́ть, добы́ть 1) obtáin; get 2) *(полезные ископаемые)* extráct; mine

добы́ча 1) *(сырья)* extráction 2) *(добытое, захваченное)* prey; bóoty; plúnder *(награбленное)*

дове́р||енность pówer of attórney; **~ие** trust; cónfidence; **~ить** *см.* доверя́ть; **~чивый** trústing, confíding

доверше́ние: в ~ всего́ to crown all

доверя́ть 1) *(что-л.)* entrúst 2) *(кому-л.)* trust; confíde in *(секрет, тайну)*

довести́ *см.* доводи́ть

до́вод réason, árgument

доводи́ть 1) lead (up to, to) 2) *(приводить к чему-л.)* bring, redúce (to)

довое́нный préwár

дово́льно enóugh

дово́льный sátisfied; pleased

догада́ться *см.* дога́дываться

дога́д||ка guess; **~ливый** quíck-wítted; **~ываться** guess; suspéct *(подозревать)*

догна́ть *см.* догоня́ть

догово́р 1) agréement 2) *юр.* cóntract 3) *полит.* tréaty

догоня́ть overtáke

дождь rain; ~ идёт it's ráining

дои́ть milk

дойти́ *см.* доходи́ть

док dock

доказ||ательство proof; *юр.* évidence; **~áть, докáзывать** prove

дóкер dócker

доклáд lécture; repórt *(отчётный);* **~чик** spéaker

доклáдывать 1) infórm; repórt 2) *(о ком-л.)* annóunce

дóктор dóctor

документ dócument

долг 1) *(обязанность)* dúty 2) *(обязательство)* debt

дóлгий long

долготá *геогр.* lóngitude

должник débtor

должнó быть próbably

дóлжность post

дóлжный due; próper

долина válley

доложить *см.* доклáдывать

долóй! awáy with!, down with!

дóля I *(судьба)* lot

дóля II *(часть)* share

дом house *(здание);* home *(домашний очаг);* ~ óтдыха hóliday centre

дóма at home

домáшний doméstic

домóй home

домоуправлéние house administrátion

Дон the Don

донес||éние repórt; dispátch; **~ти** *см.* доносить

дóнор dónor

донóс denunciátion; **~ить** *(на кого-л.)* infórm on *smb*

доплá||та addítional páyment; éxtra páyment; **~тить, ~чивать** pay éxtra

дополн||éние cómplement; súpplement; **~ительно** in addítion; **~ительный** suppleméntary

допóлн||ить, ~ять compléte

допрáшивать quéstion; intérrogate

допрóс interrogátion; **~ить** *см.* допрáшивать

дóпус||к admíssion; **~кáть, ~тить** 1) admít 2) *(предполагать)* assúme

дореволюциóнный pré-revolútionary

дорóга 1) road; way 2) *(путешествие)* jóurney

дóрог||о dear; *(о стоимости тж.)* expénsive; **~овизна** high príces; high cost of líving; **~óй** dear; *(о стоимости тж.)* expénsive

дорожить válue

дорóж||ка path; **~ный** trável-ling(-)

досáд||а annóyance, vexátion; **~но:** как ~но! what a núisance!; **~ный** annóying

доскá plank; board; клáссная ~ bláckboard; the board; ~ для объявлéний nótice-board

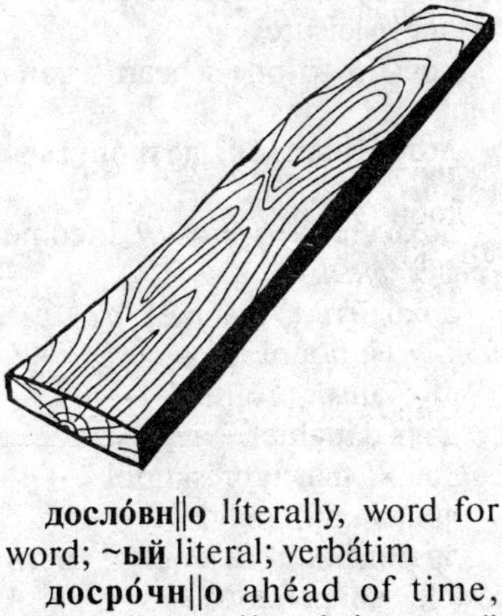

дослóвн||о líterally, word for word; **~ый** literal; verbátim

досрóчн||о ahéad of time, befóre the appóinted time; **~ый** éarly

достава́ть 1) *(касаться чего-л.)* reach 2) *(вынимать)* take out 3) *(добывать)* get

доста́в||ить *см.* доставля́ть; **~ка** delívery; с ~кой на́ дом delívery to cústomer; **~ля́ть** 1) *(товары и т. п.)* delíver 2) *(причинять)* cause; give

доста́точн||о enóugh *(после прил.)*; sufficiently *(перед прил.)*; ~ умён cléver enóugh; sufficiently cléver; **~ый** suffícient

доста́ть *см.* достава́ть

дост||ига́ть, ~и́гнуть reach; *перен.* achíeve; **~иже́ние** achíevement

достове́рный relíable

досто́инств||о 1) dígnity; чу́вство со́бственного ~a sélf-respéct 2) *(качество)* mérit, vírtue

досто́йный wórthy, desérving

достоя́ние próperty

до́ступ áccess

досту́пный accéssible; éasy

досу́г léisure

до́сыта to one's heart's contént

дотра́гиваться, дотро́нуться touch

дохо́д retúrns *(мн. ч.)*; íncome *(регулярный)*

доходи́ть 1) reach 2) *(о сумме и т. п.)* amóunt

дохо́дный prófitable

дочь dáughter

дошко́льный préschóol

доя́рка mílkmaid

драгоце́нн||ости jéwelry; **~ость** jéwel; **~ый** précious

дразни́ть tease

дра́ка fight

дра́ма dráma; **~ти́ческий** dramátic; **~ту́рг** pláywright

дра́ться fight

древ||еси́на wood; wóod-pulp; **~е́сный** wood(-); ~е́сный у́голь chárcoal

дре́вн||ий áncient; **~ость** antíquity

дрема́ть doze

дрессирова́ть train

дробь 1) (small) shot 2) *мат.* fráction

дрова́ fírewood *(ед. ч.)*

дрожа́ть tremble; shíver

дро́жжи yeast *(ед. ч.)*

дрозд thrush; чёрный ~ bláckbird

друг friend; ~ дру́га one anóther; each óther

друго́й óther; anóther *(ещё один)*

дру́ж||ба fríendship; **~еский, ~ественный** fríendly

дру́жный *(единодушный)* unánimous

дрянно́й wórthless

дря́хлый decrépit

дуб óak(-tree)

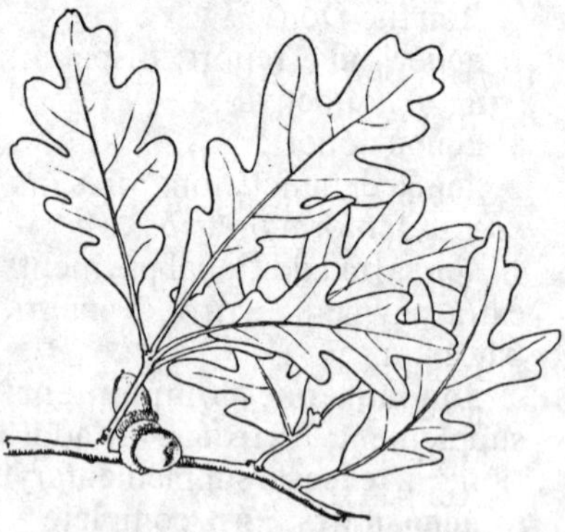

дублёнка shéepskin coat
Дýблин Dúblin
дубли́ровать dúplicate; únderstudy *(в театре);* ~ фильм dub
дугá 1) arc 2) *(в упряжи)* sháftbow

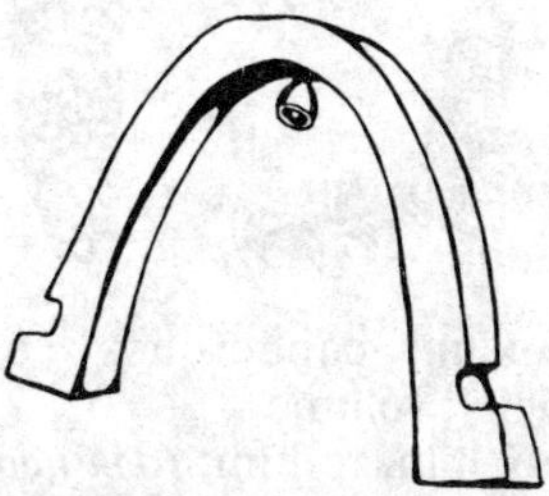

дýло muzzle
дýмать think
Дунáй Dánube
дуновéние breath, whiff
дуплó hóllow
дур||áк fool; **~нóй** bad
дуть blow
дух 1) spírit 2) *разг.:* присýтствие ~а présence of mind; пáдать ~ом lose heart; поднимáть ~ raise the morále; собрáться с ~ом pluck up one's cóurage
духи́ scent, pérfume
духóвный spíritual
духовóй: ~ инструмéнт wínd instrument; ~ оркéстр bráss-bánd *(медных инструментов)*
духотá *(жара)* súltriness; какáя ~! how stúffy it is!
душ shówer
душá soul
Душанбé Dyushámbe
души́стый frágrant; swéet-scénted ◊ ~ горóшек swéet-pea
души́ть strangle
дýшный stúffy, close
дуэ́т dúet

дым smoke; **~и́ть, ~и́ться** smoke; **~охóд** flue

ды́ня mélon

дыр||á hole; **~я́вый** rágged, hóley
дыхá||ние breath; **~тельный** respíratory; ~тельное гóрло wíndpipe
дышáть breathe ◊ ~ здорóвьем look the picture of health
дю́жина dózen
дя́дя uncle
дя́тел wóodpecker

Е

евáнгелие the Góspels
еврéй Jew; **~ский** Jéwish
Еврóпа Éurope
европé||ец, ~йский Européan
Еги́пет Égypt
егó I *(род., вин. п. от* он, онó*)* him; *(для неодушевл. предм.)* it

его́ II *мест. притяж.* his; *(для неодушевл. предм.)* its

еда́ food; meal *(завтрак, обед, ужин)*

едва́ hárdly, scárcely; ~ ли it is dóubtful (whéther, that)

едине́ние únity

едини́ца 1) únit 2) *(цифра, отметка)* a one

единогла́сный unánimous

единоли́чный indivídual; pérsonal

единомы́шленник adhérent, conféderate; sýmpathizer *(сочувствующий)*

еди́нственн||ый ónly; ~ в своём ро́де uníque; ~ое числó *грам.* síngular

еди́нство únity

еди́ный uníted *(объединённый);* indivísible *(неделимый)*

е́дкий cáustic; púngent *(о дыме)*

её I *(род., вин. п. от* онá) her; *(для неодушевл. предм.)* it

её II *мест. притяж.* her, hers; *(для неодушевл. предм.)* its

ёж hédgehog

ежего́дн||ик yéar-book, ánnual; **~ый** ýearly, ánnual

ежедне́вн||о, ~ый dáily

ежеме́сячный mónthly

еженеде́льн||ик wéekly; **~ый** wéekly

езда́ ride, ríding; drive

е́здить go; go by... *(на чём-л.);* drive *(в экипаже, на машине);* ride *(верхом);* trável *(путешествовать)*

ездо́к ríder, hórseman

ей her, to her; *(для неодушевл. предм.)* to it

е́ле, е́ле-е́ле hárdly, scárcely

ёлка fír-tree; Néw-Year's tree *(новогодняя)*

ель fír-tree

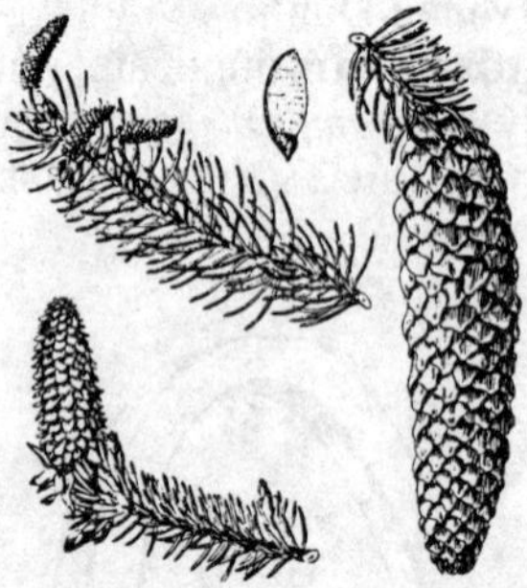

ёмк||ий capácious; **~ость** capácity; vólume

ему́ him, to him; *(для неодушевл. предм.)* to it

Енисе́й the Eniséi

Ерева́н Yereván

ерунда́ nónsense

е́сли if; ~ бы не but for; ~ не if not, unléss; ~ тóлько províded

есте́ственный nátural

есть I eat

éсть II 1) is 2) *безл.* there is, there are; *перев. тж. личн. формами гл.* have; у меня́ ~ I have

éхать go; drive *(в экипаже);* ride *(верхом)*

ехи́дный cáustic; malícious, spíteful

ещё 1) *(всё ещё)* still; ~ не not yet 2) *(больше)* some more; ~ лу́чше (холоднée *и т. п.)* still bétter (cóoler *etc.);* ~ раз once more

éю (by, with) her

Ж

жа́ба toad

жа́бры gills

жа́воронок (ský-)lark

жа́дный gréedy, avarícious

жа́жд||а thirst; испы́тывать ~у be thírsty; **~ать** thirst, crave (for)

жакéт jácket

жалéть 1) *(сожалеть)* be sórry (for); píty 2) *(щадить)* spare 3) *разг. (скупиться)* grudge

жа́лить sting

жа́лкий pítiful, wrétched; míserable *(ничтожный)*

жа́лко *(кого-л.)* píty *smb.,* be sórry (for); ~! too bad!; как ~! what a píty!

жа́ло sting

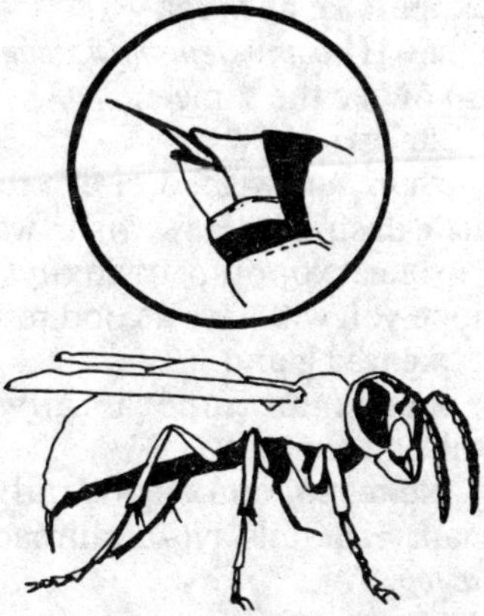

жа́лоб||а compláint; **~ный** pláintive

жа́ловаться compláin

жа́лость píty

жаль *см.* жа́лко; мне ~ егó I am sórry for him

жар 1) *(зной)* heat 2) *(пыл)* árdour 3) *(повышенная температура)* témperature, féver

жара́ heat, hot wéather

жа́р||еный *(в духовке)* róasted; *(на сковородке)* fried; **~ить** roast, fry; toast *(о хлебе)*

жа́ркий 1) hot; *перен. тж.* árdent 2) *(бурный)* héated; ~ спор héated argument

жаркóе roast, (fried)meat

жа́тва hárvest

жать I 1) *(давить)* squeeze, press 2) *(об обуви)* pinch

жать II *(рожь)* reap

жгу́чий búrning; ~ стыд búrning shame

ждать wait; expéct

же I *союз* but, and; он уезжа́ет, я же остаю́сь he will go and I will stay here

же II *усилительная частица:* скоре́й же be quick

же III *означает тождество:* тако́й же the same

жева́ть chew

жела́||ние wish, desíre; **~тельный** desírable; **~ть** wish, want; ~ю вам хорошо́ отдохну́ть I hope you will have a good rest

железа́ gland

желе́зная доро́га ráilway; ráilroad *(амер.)*

железнодоро́жн||ик ráilway man; **~ый** ráilway(-); ráilroad(-) *(амер.)*

желе́зный íron

желе́зо íron; **~бето́н** réinforced cóncrete

жёлоб groove; gútter *(на крыше)*

желте́ть turn yéllow

желтизна́ yéllowness

желто́к yolk

жёлтый yéllow

желу́док stómach

желу́дочный gástric

жёлудь ácorn

жёлчный bílious; *перен.* jáundiced

жёлчь gall; *перен. тж.* bile

же́мчуг pearl

жена́ wife

жена́тый márried

Жене́ва Genéva

жени́ть, ~ся márry

жени́х fiancé

же́нский 1) féminine; fémale 2) *(для женщин)* wómen's 3) *грам.* féminine

же́нщина wóman

жердь pole

жеребёнок foal, colt

жеребе́ц stállion

же́ртв||а 1) sácrifice 2) *(пострадавший)* víctim; **~овать** give; *перен.* sácrifice

жест gésture; **~икули́ровать** gestículate

жёсткий 1) hard; tough *(о мясе)* 2) *(негнущийся; тж. перен.)* rígid

жесто́к||ий crúel; *перен.* sevére; **~ость** crúelty; *перен.* sevérity

жесть tin

жечь burn

живо́й 1) living, alíve 2) *(оживлённый)* lívely; *(о разговоре и т. п. тж.)* ánimated

живопи́сный picturésque

жи́вопись páinting

живóт stómach

животновóдство ánimal húsbandry

живóтное ánimal

жи́дк||ий líquid; wátery *(водянистый);* weak *(о чае, кофе);* **~ость** líquid

жи́зненный vítal

жизнерáдостный chéerful

жизнь life

жи́ла vein; sínew *(сухожилие)*

жилéт wáistcoat

жилéц lódger

жи́листый wíry; grístly *(о мясе)*

жили́щ||е dwélling; **~ный** hóusing(-)

жил||óй: ~áя плóщадь accommodátion

жир fat; grease; **~ный** gréasy; rich *(о пище);* ~ное пятнó gréasy stain

жи́тель inhábitant; dwéller; **~ство:** мéсто ~ства place of résidence

жить live

жнец, жни́ца hárvester, réaper

жрéбий lot, déstiny; бросáть (тянýть) ~ cast (draw) lots ◊ ~ брóшен the die is cast

жрец priest

жужжáть hum; buzz

жук beetle; bug; мáйский ~ cóckchafer

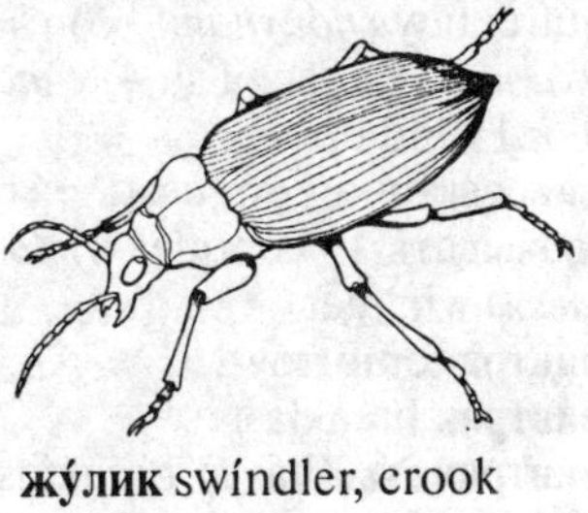

жýлик swíndler, crook

журáвль crane

журнáл 1) magazíne 2) *(книга записей)* régister; **~и́ст** jóurnalist, préssman

журч||áние múrmur, babble, ripple; **~áть** múrmur, babble, ripple

жýткий uncánny; *разг.* ghástly

жюри́ júry

З

за 1) *(о местоположении)* behínd, beyónd *(позади);* acróss, óver *(по ту сторону);* out of *(вне)* 2) *(вслед, следом)* áfter; день за днём day áfter day 3) *(во имя кого-л., чего-л.; вместо; в течение; при указании цены)* for; плати́ть за pay for 4) *(старше)* past; óver; ей ужé за 30 she is past thírty 5) *(во время)* at; за обéдом at dínner 6) *(раньше)* befóre; за недéлю до э́того a week befóre ◊ за столóм at table; за исключéнием with the excéption of

забавля́ться amúse onesélf

забáвный amúsing, fúnny

забаст||овáть go on strike; **~óвка** strike; **~óвщик** stríker

забéг *спорт.* heat; предвари́тельный ~ prelíminary heat

забивáть 1) drive in *(гвоздь);* nail down *(ящик)* 2) *(затыкать, загораживать)* block up

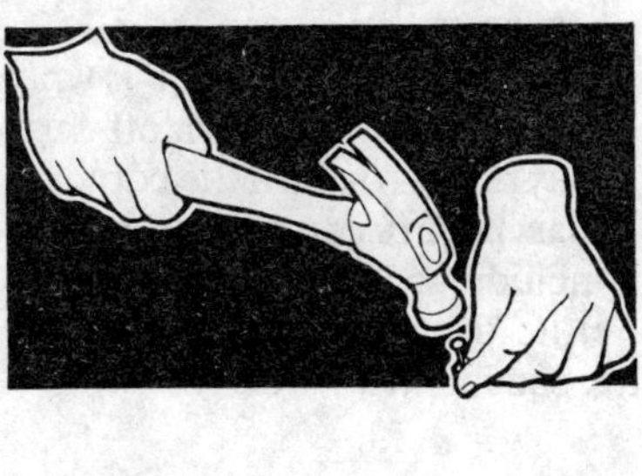

забинтова́ть bándage

заби́ть *см.* забива́ть; **~ся** *(о сердце)* beat, thump

заблуди́ться lose one's way, get lost

заблужд||а́ться be mistáken; **~е́ние** érror, mistáke

заболева́ние diséase; íllness

заболе́ть fall ill *(о человеке);* ache, hurt *(о части тела)*

забо́р fence

забо́т||а care; anxíety *(беспокойство);* trouble *(хлопоты);* **~иться** take care of; **~ливый** cáreful, thóughtful

забракова́ть rejéct

забра́сывать, забро́сить 1) throw 2) *(переставать заниматься)* negléct

забыва́ть forgét

забы́||тый forgótten; **~ть** *см.* забыва́ть

зава́р||ивать, ~и́ть make

заведе́ние institútion; учébное ~ educátional institútion, school

заве́д||овать mánage; **~ующий** mánager

заве́рить *см.* заверя́ть

заверну́ть, завёртывать 1) wrap up 2) *(кран и т. п.)* turn off ◊ заверну́ть за́ угол turn the córner

заверш||а́ть compléte; **~а́ющий** conclúding; **~е́ние** complétion; в ~е́ние всегó to crown all; **~и́ть** *см.* заверша́ть

заверя́ть 1) assúre 2) *(подпись)* witness, cértify

заве́с||а cúrtain; screen *(дымовая и т. п.);* **~ить** *см.* заве́шивать

завести́ *см.* заводи́ть

заве́шивать cúrtain off; ~ окнó put up (window) cúrtains

завеща́||ние will; **~ть** leave; bequéath

завива́ть wave; curl

зави́вка cúrly hair

зави́довать énvy

зави́с||еть depénd (on); **~имость** depéndence

зави́стливый énvious

за́висть énvy

зави́ть *см.* завива́ть

заво́д fáctory, works, plant, mill

заводи́ть 1) *(куда-л.)* bring *smb.* to a place 2) *(приобретать)* acquíre; buy *(покупать)* 3) *(порядки и т. п.)* estáblish 4) *(часы и т. п.)* wind up

завоев||а́ние cónquest; **~а́ть, завоёвывать** 1) cónquer 2) *(добиться)* win, get

за́втра tomórrow

за́втрак bréakfast

за́втракать (have) bréakfast; (have) lunch

завяза́ть *см.* завя́зывать

завя́з||ка 1) string 2) *(драмы)* plot; **~ывать** tie, bind ◊ ~ывать отноше́ния énter ínto relátions (with)

зага́д||ка puzzle, riddle; mýstery *(тайна);* **~очный** mystérious, enigmátic

зага́р súnburn, tan

заги́б 1) bend 2) *разг. (преувеличение)* exaggerátion

загла́вие title

заглуш||а́ть, ~и́ть drown *(звук);* suppréss *(чувства);* still *(боль)*

загля́дывать, загляну́ть 1) peep; look ínto 2) *(заходить к кому-л.)* call (on *smb.)*

загнива́ть, загни́ть decáy, rot

за́го||вор plot; conspíracy; **~во́рщик** conspírator

заголо́вок héading; héadline *(газетный)*

загора́ть get brown, get súnburnt; tan

загора́ться catch fire; *перен.* burn (with)

загоре́лый súnburnt, tanned

загоре́ть *см.* загора́ть

загоре́ться *см.* загора́ться

загоро́дка fence

за́городн||ый cóuntry(-); subúrban; ~ая прогу́лка cóuntry walk *(пешком);* trip to the cóuntry *(экскурсия)*

загот||а́вливать, ~о́вить 1) prepáre 2) *(запасать)* lay in, store up; **~о́вка** stórage

загра||ди́ть, ~жда́ть block

за грани́цей, за грани́цу abróad

загрworld́чный fóreign

загроможде́ние blócking up; *перен.* óverlóading

загрязн||и́ть, ~я́ть soil

загс (отде́л за́писей а́ктов гражда́нского состоя́ния) régistry óffice

задава́ть set *(урок, задачу);* ~ вопро́с put a quéstion; ask a quéstion

зада́ние task

зада́ток depósit

зада́ть *см.* задава́ть

зада́ча próblem; task *(задание)*

задева́ть 1) be caught on *(зацепляться);* brush agáinst *(касаться)* 2) *(обидеть, оскорбить)* sting, hurt

задержа́ть, заде́рживать detáin; deláy *(отсрочить)*

заде́ржка deláy

заде́ть *см.* задева́ть

за́дн||ий back; rear *(тех., воен.);* ~яя нога́ hind leg ◊ ~яя мысль méntal reservátion

задолжа́ть owe

задо́лженность debts *(мн. ч.);* liabílities *(мн. ч.);* arréars *(мн. ч.)*

задо́р *(пыл)* férvour; enthúsiasm; **~ный** defíant; lívely

задохну́ться *см.* задыха́ться

заду́м||ать plan, inténd; **~аться** becóme thóughtful; be deep in thought; **~чивый** thóughtful

задуши́ть strangle

задыха́ться be súffocated, choke; be out of breath *(запыхаться)*

заём loan

зажа́ть *см.* зажима́ть

заже́чь *см.* зажига́ть

зажива́ть heal; *(о ране тж.)* close

зажига́||тельный *(о снаряде)* incéndiary; **~ть** set fire to; light

зажима́ть clutch *(в тисках, когтях);* grip, hold tight *(в руках)*

зажи́точный wéll-to-dó, prósperous, wéll-óff

зажи́ть I begín to live

зажи́ть II *см.* заживáть

заземлéние earth

заи́грывать make up (to)

заикáться stámmer

заи́мствовать bórrow

заинтересовáться ínterest, excíte curiósity

заи́скивать cúrry fávour with

зайти́ *см.* заходи́ть

закáз órder; на ~ (made) to órder; **~áть** *см.* закáзывать; **~нóй:** ~нóе письмó régistered létter; **~чик** cústomer; **~ывать** órder

закалённый témpered *(о стали);* hárdened *(о человеке)*

закáнчивать fínish

закáпывать búry

закáт *(солнца)* súnset; *перен.* declíne

заклáдывать I *(отдавать в залог)* pawn; mórtgage *(недвижимость)*

заклáдывать II *(фундамент)* lay

заклé||ивать, ~ить paste, gum; seal up *(письмо)*

заклейми́ть *см.* клейми́ть

заключ||áть conclúde; ~ в себé contáin; ~ в тюрьмý imprísоn; **~éние** *в разн. знач.* conclúsion; тюрéмное ~éние imprísonment; **~ённый** *сущ.* prísoner; **~и́тельный** fínal, conclúding; ~и́тельное слóво clósing words *(мн. ч.);* **~и́ть** *см.* заключáть

заколó||ть 1) sláughter *(животное);* stab *(человека)* 2) *безл.:* у меня́ ~ло в бокý I have a stitch in my side

закóн law; **~ный** légal, legítimate

законодáтельный législative

закономéрный régular

закóнчить *см.* закáнчивать

закопáть *см.* закáпывать

закреп||и́ть, ~ля́ть fásten; secúre; fix

закричáть cry (out), shout

закрывáть shut, close

закр||ы́тый closed ◊ ~ы́тое плáтье hígh-nécked dress; **~ы́ть** *см.* закрывáть

закýр||ивать, ~и́ть light a cigarétte, pipe *etc.*

закуси́ть have a bite

закýс||ка snack; hors d'óeuvre *(перед обедом);* **~очная** snack bar

зал hall

зали́в bay, gulf

зал||ивáть, ~и́ть 1) overflów, ínundate 2) *(обливать)* pour óver

залóг pledge; secúrity *(денежный)*

заложи́ть I, II *см.* заклáдывать I, II

залп vólley; dischárge *(заряд)*

замáн||ивать, ~и́ть lure, entíce

замаскировáть 1) mask, disguíse 2) *воен.* cámouflage

замéдл||ить, ~я́ть slow down

замéн||а 1) *(действие)* substitútion 2) *(то, что заменяет)* súbstitute; **~и́ть, ~я́ть** súbstitute (for)

замерза́ть, замёрзнуть freeze

замести́тель vice; députy

замести́ть *см.* замеща́ть

заме́т||ить *см.* замеча́ть; **~ка** note; páragraph *(в газете)*

заме́тн||ый nóticeable; ~ая ра́зница a marked dífference

замеча́ние 1) remárk, observátion 2) *(выговор)* réprimand

замеча́тельный remárkable; spléndid *(великолепный)*

замеча́ть 1) nótice 2) *(делать замечание)* remárk, obsérve

замеша́тельство confúsion, perpléxity

замеща́ть repláce; act for *(исполнять обязанности)*

за́мок castle

замо́к lock; pádlock *(висячий)*

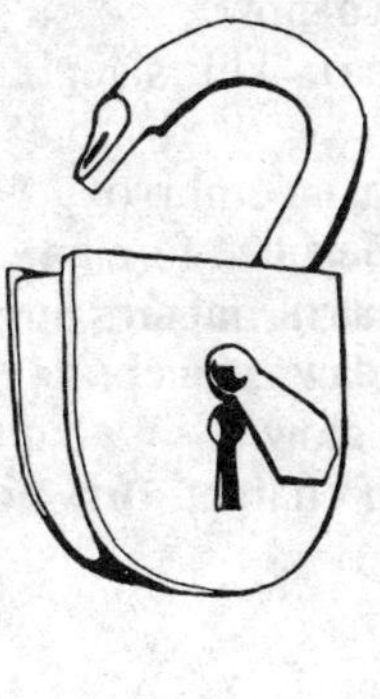

замолка́ть, замо́лкнуть *см.* замолча́ть

замолча́ть becóme sílent

заморо́женный frózen

за́муж: вы́йти ~ márry

за́мужем márried

заму́чить tórture; wear out *(утомить);* bore *smb.* to death *(надоесть)*

за́мысел devíce, scheme, desígn; inténtion *(намерение)*

замы́||слить, ~шля́ть concéive; plot

за́навес cúrtain

занести́ *см.* заноси́ть

занима́тельный entertáining

занима́ть I 1) óccupy 2) *(интересовать)* entertáin

занима́ть II *(брать взаймы)* bórrow

занима́ться 1) do; óccupy onesélf, be engáged in, atténd to 2) *(учиться)* stúdy, learn

за́ново all óver agáin

зано́за splínter

заноси́ть 1) *(приносить)* bring 2) *(вписывать)* put (write) down; énter ◊ ~ сне́гом cóver with snow

зано́счивый árrogant

заня́тие 1) occupátion 2) *(учебное)* léssons

за́нятый amúsing

за́нято *(о телефоне)* engáged

занято́й búsy

заня́ть I, II *см.* занима́ть I, II

заостр||и́ть, ~я́ть shárpen; *перен.* émphasize

зао́чн||о *(об обучении)* by correspóndence; **~ый:** ~ое обуче́ние correspóndence course

за́пад west; **~ный** west, wéstern

западня́ trap

запа́с stock, supplу́; **~а́ть** store; províde for; **~а́ться** lay in ◊ ~а́ться терпе́нием arm oneséelf with pátience; **~но́й, ~ный** spare; ~ный вы́ход emérgency éxit; **~ти́(сь)** *см.* запаса́ть(ся)

за́пах smell

запере́ть, запира́ть lock (in, up)

записа́ть *см.* запи́сывать

запи́с||ка note; **~ки** 1) *(воспоминания)* notes; mémoirs 2) *(научного общества)* transáctions; **~но́й:** ~на́я кни́жка nótebook

запи́сывать take down, write down; récord *(на плёнку)*

за́пись 1) registrátion 2) *(записанное)* éntry, récord

запла́та patch

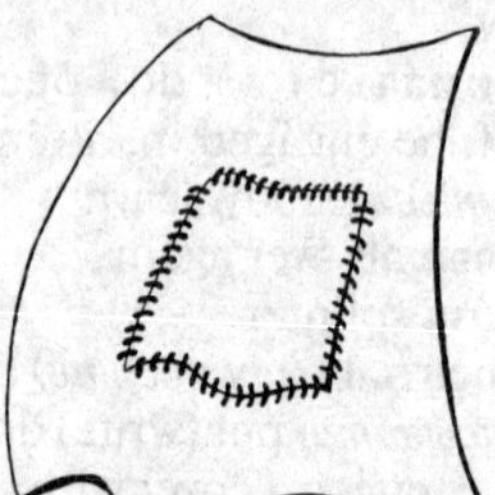

заплати́ть pay

запове́дник náture resérve

запо́лн||ить, ~я́ть fill in

запомина́ть, запо́мнить remémber

за́понка stud; cúff link *(на манжете)*

запо́р I bolt; на ~е bólted

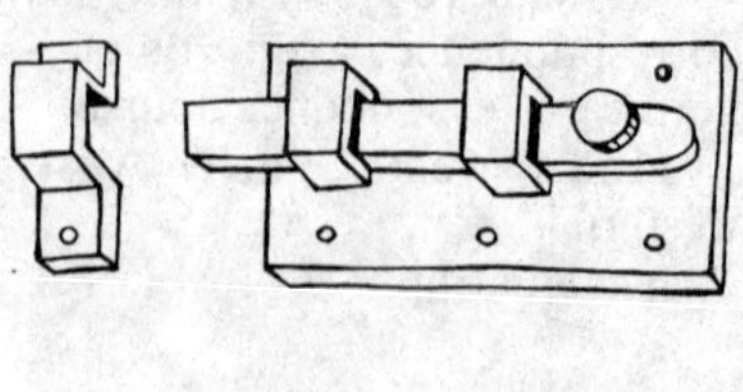

запо́р II *мед.* constipátion

запре́т prohibítion

запре||ти́ть, ~ща́ть forbíd, prohíbit

запреще́ние *см.* запре́т; ~ а́томного ору́жия ban on atómic wéapons

запро́с inquíry; цены́ без ~а fíxed prices

запус||ка́ть, ~ти́ть *(не заботиться)* negléct

запу́танный tangled; *перен.* íntricate, invólved

запу́тать(ся) *см.* запу́тывать(ся)

запу́тывать tangle; *перен.* muddle up; **~ся** entángle (oneself)

запята́я cómma

зараб||а́тывать, ~о́тать earn

за́работная пла́та pay; wáges *(мн.ч.);* sálary *(служащих)*

за́работок éarnings *(мн. ч.)*

зараж||а́ть inféct; **~е́ние** inféction; ~е́ние кро́ви blóod-póisoning

зара́з||а inféction; **~и́тельный** inféctious; **~и́ть** *см.* заража́ть; **~и́ться** catch; **~ный** inféctious, contágious

зара́нее befórehand; in good time *(своевременно)*

за́рево glow

заре́зать kill; sláughter *(животное)*

заро́дыш émbryo

зарубе́жный fóreign

зарыва́ть, зары́ть búry

заря́ dawn; вече́рняя ~ súnset, évening glow

заря́д charge; **~и́ть** *см.* заряжа́ть

заря́дка *спорт.* éxercises

заряжа́ть charge; load *(ружьё)*

заса́да ámbush

засева́ть sow

засед||а́ние sítting; séssion; méeting; **~а́ть** sit

засе́ять *см.* засева́ть I

заслу́га mérit

заслу́ж||енный 1) mérited, wéll-desérved 2) *(звание)* hónoured; **~ивать, ~и́ть** mérit, desérve; be wórthy (of)

засмея́ться laugh, burst out láughing

засну́ть *см.* засыпа́ть I

засори́ть, засоря́ть lítter

засо́хший dried; wíthered, dead *(о растениях)*

заста́ва *воен.* óutpost; пограни́чная ~ fróntier post

застава́ть find, catch; ~ враспло́х take, catch únawáres

заста́в||ить, ~ля́ть make, compél

заста́ть *см.* застава́ть

застёгивать, застегну́ть bútton (up), fásten

застёжка fástening; clasp

засте́нок tórture-chamber

засте́нчивый shy; báshful

засто́й stagnátion; déadlock; depréssion

застрахова́ть insúre

застрели́ть shoot; **~ся** shoot onesélf; blow out one's brains *(разг.)*

застре́льщик pionéer, móving spírit

заступ||а́ться, ~и́ться (за) intercéde; plead; stand up (for)

за́суха drought

засучи́ть: ~ рукава́ roll up one's sleeves

засыпа́ть I fall asléep

засыпа́ть II, засы́пать 1) *(яму)* fill up 2) *(покрывать)* cóver

зата́пливать *(печку)* light a fire

затвор||и́ть, ~я́ть shut, close

зате́м then; ~ что́бы in órder that

затемне́ние *воен.* bláckout

затеря́ться be lost; *перен.* be forgótten

зате́я énterprise

зати́шье calm

заткну́ть *см.* затыка́ть

затме́ние eclípse

зато́ but; ah, but

затону́ть sink

затопи́ть I *см.* зата́пливать

затопи́ть II, затопля́ть *(наводнить)* flood

затормози́ть put on the brakes; *перен.* slow down

затра́гивать affе́ct; *перен.* touch

затра́та expénditure

затро́нуть *см.* затра́гивать

затрудн||е́ние dífficulty; **~и́тельный** dífficult; **~и́ть, ~я́ть** trouble, embárrass *(кого-л.);* put óbstacles in the way (of)

затыка́ть stop up ◊ ~ у́ши stop one's ears

заты́лок back of the head; nape (of the neck)

затя́||гивать, ~ну́ть 1) tíghten 2) *(срок)* deláy

захва́т séizure; cápture; **~и́ть** *см.* захва́тывать; **~чик** aggréssor; **~ывать** 1) *(завладевать)* seize; óccupy *(о территории)* 2) *(брать с собой)* take, bring

захлебну́ться choke

захло́пнуть slam

захо́д *(солнца)* súnset; **~и́ть** 1) *(о солнце)* set 2) *(посещать)* drop in, call (on)

зацеп||и́ть, ~ля́ть catch *smth.* (on)

зача́точный rudiméntary

заче́м why *(почему);* what for *(для чего);* **~-то** for some réason or óther

зачёркивать, зачеркну́ть cross out, strike out

зачёт test, examinátion; сдать ~ pass a test

зачи́нщик ínstigator

зачи́слить, зачисля́ть inclúde; enlíst *(в армию);* take on the staff *(в штат)*

зашива́ть, заши́ть sew up; mend *(чинить)*

защи́т||а defénce; protéction; **~и́ть** *см.* защища́ть; **~ник** 1) protéctor, defénder 2) *юр.* bárrister, cóunsel (for the defénce) 3) *(в футболе)* defénce; back

защища́ть defénd

заяви́ть *см.* заявля́ть

заявл||е́ние declarátion, státement; applicátion *(ходатайство);* **~я́ть** decláre

за́яц hare

зва́ние rank, title; почётное ~ hónorary title; учёное ~ (académic) title

звать 1) call; как вас зову́т? what's your name? 2) *(приглашать)* invíte

звезда́ star

звене́ть ring; jingle *(о ключах и т. п.)*

звено́ link

зве́р||ский brútal; **~ство** brutálity

зверь beast

звон rínging; **~и́ть** ring; ~и́ть по телефо́ну ring up, call up; call *(амер.)*; **~кий** rínging, clear; **~о́к** bell *(на двери)*; ring *(звук)*

звук sound; **~ово́й** sound(-); ~ово́й фильм sound film

звуча́ть sound; ring

зву́чный deep, resóunding

зда́ние búilding

здесь here

здоро́ваться greet

здоро́вый héalthy; strong *(сильный)*; whólesome *(полезный)*; он здоро́в he is well

здоро́вье health

здравоохране́ние health care

здра́вствуй(те) how do you do; helló

зева́ть, зевну́ть yawn; не зева́й(те)! look out!

зелёный green

зе́лень 1) *(растительность)* vérdure 2) *(овощи)* végetables *(мн. ч.)*

земе́льный land

землевладе́лец lándowner

земле||де́лец fármer; **~де́лие** ágriculture

землеко́п návvy

землетрясе́ние éarthquake

земля́ earth; land, próperty *(владение)*; soil *(почва)*; the world *(земной шар)*

земля́к cóuntryman, compátriot

земляни́ка wild stráwberries

земля́нка dúgout

земно́й éarthly; ~ шар the globe

зе́ркало lóoking-glass, mírror

зерно́ grain; ко́фе в зёрнах cóffee-beans

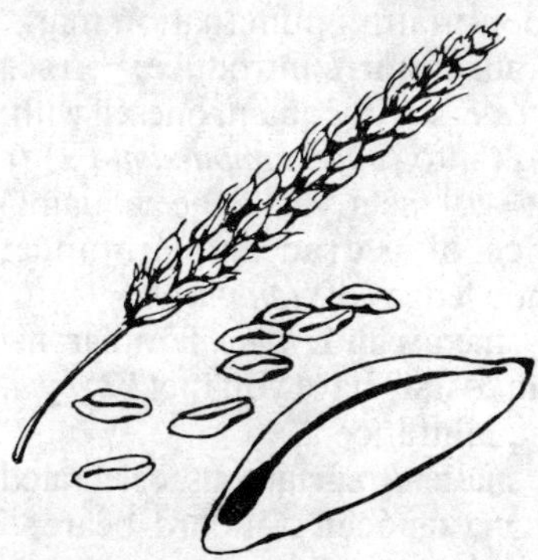

зерновы́е céreals

зима́ wínter

зи́мний wínter(-)

зимова́ть (spend the) wínter; *зоол.* híbernate

зимо́й in wínter

зла́ки céreals

зле́йший: ~ враг worst énemy

злить írritate; **~ся** be ángry, be cross

зло 1. *сущ.* évil; harm *(вред)* **2.** *нареч.* malíciously

зло́ба málice, ráncour

зло́бный malícious, ráncorous

злободнéвный: ~ вопрóс búrning quéstion

злодéй víllain

злодеяние crime

злой wícked; cross, bád-témpered *(сердитый)*

злокáчественный malígnant

злопáмятный únforgíving, ráncorous

злорáдный spíteful

злослóвие scándal, malígnant góssip

злóстный íll-nátured

злоупотреблять abúse

змея snake

знак sign; tóken *(символ);* ~ препинáния punctuátion mark

знакóм||ить introdúce; **~иться** 1) *(с чем-л.)* acquáint onesélf with; look ínto *(рассматривать)* 2) *(с кем-л.)* meet, make the acquáintance of; **~ство** acquáintance; knówledge (of) *(знание)*

знакóмый 1. *прил.* famíliar; вы знакóмы? have you met? **2.** *сущ.* acquáintance

знаменитый fámous, célebrated

знаменóсец stándard-bearer

знáмя bánner

знáние knówledge

знáтный nótable, distínguished

знать know

знач||éние méaning, signíficance; **~ительный** 1) *(важный)* impórtant 2) *(выразительный)* signíficant 3) *(довольно большой)* consíderable

знáчить mean, sígnify

значóк badge; mark *(пометка)*

знобить: менй знобит I feel chílly

зной heat; **~ный** hot, súltry

зов call

золá áshes *(мн. ч.)*

зóлот||о gold; **~óй** gold; *перен.* gólden

зóна zone

зонт umbrélla; parasól *(от солнца)*

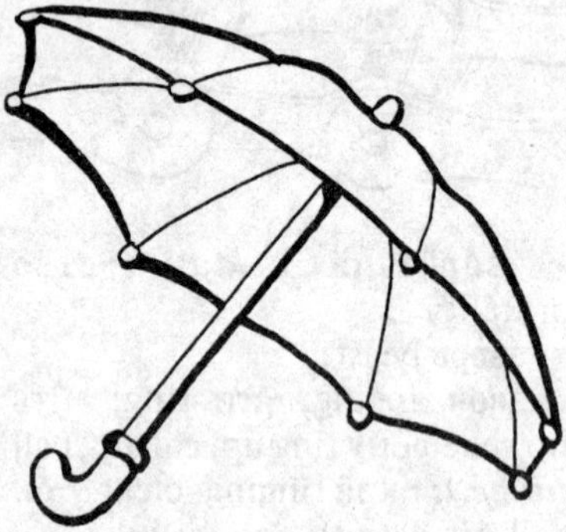

зоологический zoológical

зоолóгия zoólogy

зоопáрк zoo

зóркий sharp-éyed; *(наблюдательный)* obsérvant

зрачóк púpil

зрéлище sight, spéctacle; *(театральное)* show

зрéл||ость matúrity; **~ый** matúre

зрéние éyesight

зреть rípen

зритель spectátor; ónlooker; **~ный** vísual; óptical; ~ный зал auditórium

зря all for nóthing, in vain

зуб tooth; **~нóй** tooth(-); déntal *(о звуке);* ~нáя пáста tóothpaste; ~нáя щётка tóothbrush; ~нáя боль tóothache; ~нóй врач déntist

зубочистка tóothpick

зубча́т||ый toothed; ~ое колесо́ cógwheel

зуд itch

зя́бкий sénsitive to cold, chílly

зя́бнуть feel cold, be chílly

зять són-in-law *(муж дочери);* bróther-in-law *(муж сестры)*

И

и *союз* and; и... и... both... and...; и тот и друго́й both

игла́ needle

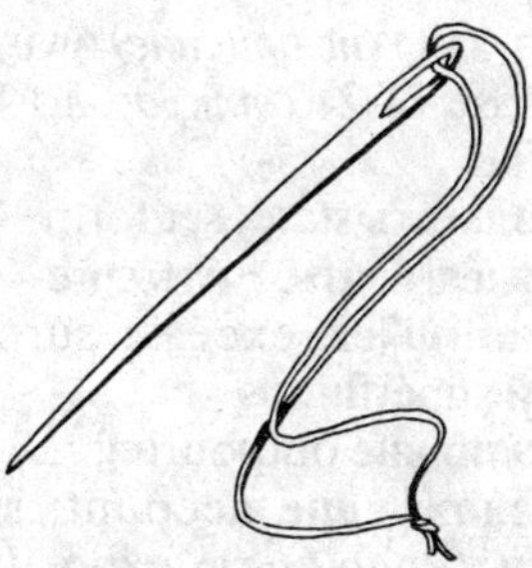

игнори́ровать ignóre

и́го yoke

иго́лка *см.* игла́

игр||а́ 1) game 2) *(как действие)* play, pláying; ácting *(на сцене);* **~а́ть** play; act *(на сцене);* **~о́к** pláyer; gámbler *(в азартные игры);* **~у́шка** toy, pláything

идеа́л idéal

идеа́льный idéal

иде́йный ideológical

идео́лог ideólogist

идеоло́гия ideólogy

иде́я idéa

идио́т ídiot

ид||ти́ 1) go 2) *(быть к лицу)* suit, becóme; э́та шля́па вам ~ёт this hat suits you

иждиве́н||ец depéndant; **~ие:** быть на ~ии у кого́-л. be suppórted by sómebody

из 1) *(откуда)* from; out of *(изнутри)* 2) *(при обозначении части от целого; о материале)* of; из чего́ э́то сде́лано? what is it made of?

изба́ péasant's house; hut

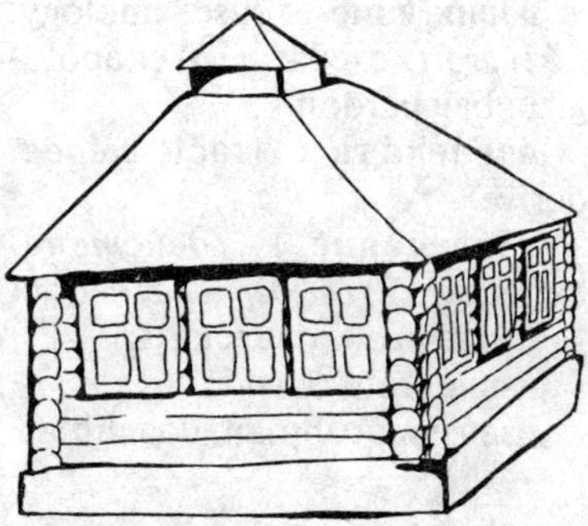

изба́вить(ся) *см.* избавля́ть(ся)

избавля́ть delíver, save *smb.* from; *(от забот и т. п.)* relieve of; **~ся** get rid of, shake off

избега́ть, избе́гнуть avóid

избежа́ние: во ~ to avóid

избива́ть beat, give a sevére béating, beat up

избира́||тель eléctor; vóter; **~тельный** eléctoral; ~тельный уча́сток eléctoral área; **~ть** eléct

изби́ть *см.* избива́ть

и́збранный chósen; *(о сочинениях)* selécted; *(о людях)* seléct; elécted *(выбранный)*

избра́ть *см.* избира́ть

избы́ток súrplus; abúndance, plénty *(изобилие)*

изверже́ние erúption

изве́ст||ие news; **~и́ть** *см.* извеща́ть

изве́стн||о: it is (wéll-)knówn; **~ость** reputátion ◊ (по)ста́вить в ~ость infórm of; **~ый** 1) wéll-knówn; notórious *(с плохой стороны)* 2) *(некоторый)* a cértain

и́звесть lime

извещ||а́ть nótify, let *smb.* know; **~е́ние** notificátion; nótice, súmmons *(повестка)*

извин||е́ние excúse; apólogy; **~и́ть, ~я́ть** excúse; **~я́ться** apólogize, beg párdon

извлека́ть extráct; *перен.* deríve

извлече́ние 1) *(действие)* extráction 2) *(выдержка)* éxtract

извле́чь *см.* извлека́ть

извне́ from óutsíde

изво́зчик cábman; cóachman

изворо́тливый resóurceful

извра||ти́ть, ~ща́ть distórt, mísrepresént, misintérpret; **~ще́ние** pervérsion; distórtion, mísinterpretátion *(искажение)*

изгна́ние 1) bánishment 2) *(ссылка)* éxile

изгна́ть *см.* изгоня́ть

изголо́вь||е head of a bed; сиде́ть у ~я sit at the bédside (of)

изгоня́ть 1) bánish 2) *(ссылать)* éxile

изгото́вить, изготовля́ть make, manufácture

издава́ть 1) *(книги)* públish 2) *(звуки)* útter

издалека́, и́здали from afár

изда́ние 1) edítion 2) *(производство)* publicátion

изда́тель públisher; **~ство** públishing house, públishers

изда́ть *см.* издава́ть

издева́||тельство móckery; **~ться** mock (at), scoff (at)

изде́л||ие manufáctured árticle; **~ия** wares; (manufáctured) goods

изде́ржки 1) expénses 2) *юр.* costs

из-за 1) *(по причине)* ówing to; becáuse of 2) *(откуда-л.)* from behínd

излага́ть state, set forth

изле́ч||ивать, ~и́ть cure

изли́ш||ек excéss, súrplus; **~ний** supérfluous

излия́ние óutpouring

излож||е́ние accóunt; súmmary *(краткое);* exposítion, páraphrase *(школьное);* **~и́ть** *см.* излага́ть

изме́на tréachery; únfáithfulness *(неверность); полит.* tréason

измене́ние change; alterátion

измени́ть(ся) *см.* изменя́ть(ся)

изме́нник tráitor

изме́нчивый chángeable

изменя́ть 1) *(менять)* change, álter 2) *(чему-л., кому-л.)* betráy, be únfáithful to; **~ся** change

измере́ние 1) méasuring 2) *мат.* diménsion

изме́р||ить, ~я́ть méasure

изму́ченный exháusted, worn out

измя́ть crumple; rumple *(платье и т. п.)*

изна́нка wrong side; revérse

изна́шивать, ~ся wear out

изнем||ога́ть, ~о́чь be exháusted

износи́ть(ся) *см.* изна́шивать(ся)

изнуре́ние exháustion

изнутри́ from withín

изоби́||лие abúndance; **~льный** abúndant

изображ||а́ть represént; **~е́ние** 1) *(действие)* representátion, portráyal 2) *(образ)* pícture, ímage

изобрази́тельн||ый: ~ые иску́сства gráphic arts

изобрази́ть *см.* изобража́ть

изобрести́ *см.* изобрета́ть

изобрет||а́тель invéntor; **~а́ть** invént; **~е́ние** invéntion

изол||и́ровать ísolate; **~я́ция** isolátion

изорва́ть tear to píeces

из-под from benéath

Изра́иль Ísrael

израсхо́довать use (up); spend *(деньги)*

и́зредка évery now and then, occásionally

изрече́ние máxim, sáying; ádage

изум||и́тельный wónderful, márvellous; **~и́ть** *см.* изумлять; **~ле́ние** amázement; **~ля́ть** astónish, amáze

изуро́довать disfígure, defórm

изуч||а́ть stúdy, learn; **~е́ние** stúdy; **~и́ть** *см.* изуча́ть

изъя́||тие withdráwal; без ~тия withóut exémption; **~ть** withdráw; cónfiscate

изыска́ние investigátion, reséarch

изы́сканный subtle; éxquisite, refíned

изю́м ráisins *(мн. ч.)*

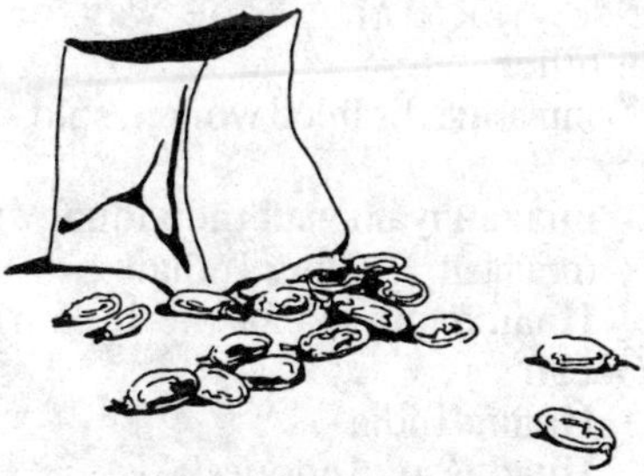

изя́щ||ество grace; **~ный** élegant

ик||а́ть, ~ну́ть híccup

икра́ I *(рыбья)* roe; *(чёрная, красная)* cáviar(e)

икра́ II *(ноги́)* calf

ил slime, silt

и́ли or; ~ же or else; ~... ~ ... éither... or...

им I *(тв. п. от* он) (by, with) him

им II *(дат. п. от* они́) them

име́ние estáte

имени́тельный: ~ паде́ж nóminative (case)

и́менно just; а ~ námely

име́||ть have; **~ться** *перев. действ. формами глаг.* have *или оборотами* there is, there are; у меня́ ~ются ва́ши кни́ги I have your books

и́ми (by, with) them

империали́зм impérialism

и́мпорт ímport; **~и́ровать** impórt

иму́щество próperty

и́мя first name, Chrístian name; gíven name *(амер.);* ~ существи́тельное noun; ~ прилага́тельное ádjective

ина́че 1) *(по-другому)* dífferently, in a dífferent way 2) *(в противном случае)* ótherwise, or else; так и́ли ~ one way or anóther

инвали́д disábled wórker, sóldier

индивидуа́льный indivídual

инди́‖ец, ~йский Índian

Инди́йский океа́н the Índian Ócean

И́ндия Índia

Индоне́зия Indonésia

индустриа́льный indústrial

инду́стри́я índustry

индю́к, индю́шка túrkey

и́ней hóarfrost, rime

ине́рц‖ия inértia; по ~ии mechánically

инжене́р enginéer

инициати́ва inítiative

иногда́ sómetimes

ино́й (an)óther

иностра́н‖ец fóreigner; **~ный** fóreign

инсти́нкт ínstinct; **~и́вный** instínctive

институ́т 1) ínstitute 2) *(учреждение, установление)* institútion

инстр‖укти́ровать instrúct; **~у́ктор** instrúctor; **~у́кция** instrúctions, diréctions *(мн. ч.)*

инструме́нт 1) tool 2) *(музыкальный)* ínstrument

интеллиге́н‖т an intelléctual; **~тный** cúltured; éducated; **~ция** intelléctuals; the intelligéntsia

интерве́нция intervéntion

интере́с ínterest; **~ный** ínteresting; **~ова́ться** be ínterested in

интернационали́зм internátionalism

интернациона́льный internátional

интона́ция intonátion

интри́га intrígue

инфекцио́нный inféctious

инфе́кция inféction

инфля́ция inflátion

информ‖а́ция informátion; **~и́ровать** infórm

инциде́нт íncident

инъе́кция injéction

Иорда́ния Jórdan

ипподро́м rácecourse

Ира́к Iráq

Ира́н Irán

Ирку́тск Irkútsk

ирла́ндец Írishman

Ирла́ндия Íreland

ирла́ндский Írish

ирони́ческий irónical

иро́ния írony; зла́я ~ bíting írony

иск *юр.* suit, claim

искаж‖а́ть pervért, distórt; **~е́ние** distórtion

искази́ть *см.* искажа́ть

искале́чить cripple

иска́ть look for, search

исключ||а́ть 1) expél 2) *(из списка)* exclúde, strike off; **~а́я** with the excéption of; **~е́ние** excéption; expúlsion *(откуда-л.)*; в ви́де ~е́ния as an excéption; **~и́тельно** exclúsively; **~и́тельный** excéptional; **~и́ть** *см.* исключа́ть

ископа́емые fóssils; полéзные ~ mínerals

искорен||и́ть, ~я́ть upróot; erádicate, extérminate *(уничтожить)*

и́скра spark; *перен.* gleam

и́скренн||ий sincére; **~ость** sincérity

искрив||и́ть *см.* искривля́ть; **~ле́ние** distórtion; **~ля́ть** distórt

иску́сный skílful

иску́сственный artifícial; *(о ткани)* synthétic

иску́сство 1) art 2) *(умение)* skill

искуш||а́ть tempt; **~е́ние** temptátion

исла́ндец Ícelander

Исла́ндия Íceland

исла́ндский Icelánd(ic)

испа́нец Spániard

Испа́ния Spain

испа́нский Spánish

испар||е́ние 1) evaporátion 2) *мн.* fumes; **~и́ться, ~я́ться** eváporate; *перен.* vánish

испа́чкать soil

испе́чь bake

и́споведь conféssion

исподтишка́ on the sly, stéalthily

исполн||е́ние execútion; fulfílment; ~ обя́занностей perfórmance of one's dúties; **~и́тель** exécutor; perfórmer *(артист)*

испо́лнить(ся) *см.* исполня́ть(ся)

исполня́ть 1) cárry out, éxecute, fulfíl; do *(долг)* 2) *(обещание)* keep 3) play *(роль, музыкальное произведение)*; sing *(петь)*; **~ся** 1) *(о желаниях, предчувствиях)* come true 2): ему́ испо́лнилось 30 лет he is thírty

испо́льзовать use, make use of

испо́р||тить spoil; ~ своё здоро́вье rúin one's health; **~ченный** 1) spoiled 2) *(о человеке)* deprávеd

испра́в||ить(ся) *см.* исправля́ть(ся); **~ле́ние** corréction; **~ля́ть** corréct; rémedy; repáir *(чинить)*; **~ля́ться** refórm; **~ный** in órder, in good repáir

испу́г fright, fear; **~а́ть** fríghten; **~а́ться** be fríghtened

испыта́||ние tríal; test; *перен.* ordéal; ~ я́дерного ору́жия núclear wéapon test; **~ть** *см.* испы́тывать

испы́тывать 1) feel; expérience *(переживать)* 2) *(подвергать испытанию)* test, try

иссле́дов||ание investigátion; reséarch; **~атель** invéstigator; explórer *(путешественник)*; **~ать** exámine; invéstigate; explóre *(страну и т. п.)*

иссяка́ть, исся́кнуть dry up; be exháusted

истека́ть *(о времени)* elápse

истече́ние *(срока)* expirátion

и́стин||а truth; **~ный** true

исто́к source

исто́р||ик histórian; **~и́ческий** histórical; histórіc *(имеющий историческое значение)*; **~ия** 1) hístory 2) *(повествование)* stóry

исто́чник spring; *перен.* source, órigin

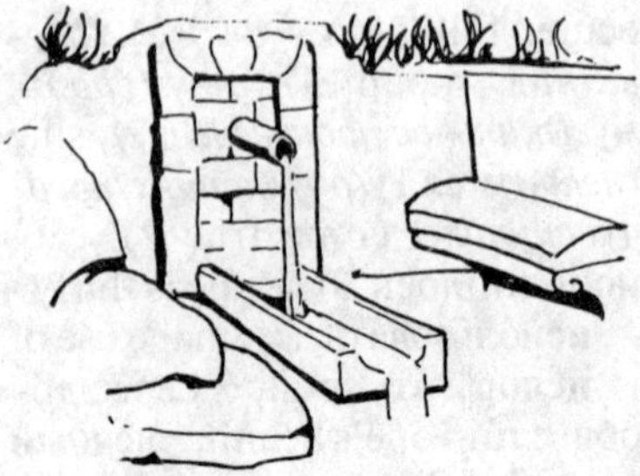

истощ||а́ть exháust; **~е́ние** exháustion; **~и́ть** *см.* истоща́ть

истреб||и́тель *ав.* fighter; **~и́ть, ~ля́ть** destróy

истяз||а́ние tórture; **~а́ть** tórture

исхо́д íssue; resúlt; **~ный** inítial; ~ное положе́ние point of depárture

исхуда́лый emáciated

исчеза́ть, исче́знуть disappéar, vánish

исчезнове́ние disappéarance

исчерпа́ть, исче́рпывать exháust; вопро́с исче́рпан the quéstion is séttled

исче́рпывающий exháustive

исчисле́ние calculátion

ита́к so, and so

Ита́лия Ítaly

италья́н||ец, ~ский Itálian

и т. д. (и так да́лее) etc., and so on

ито́г sum; tótal; *перен.* resúlt ◊ в коне́чном ~е in the end; в ~е as a resúlt

их I *(род., вин. п. от* они́) them

их II *мест. притяж.* their, theirs

ище́йка blóodhound; políce dog

ию́ль Julý

ию́нь June

Й

Йе́мен Yémen

йод íodine

йог yógi [ˈjəugɪ]

К

к 1) to; towárds, in the diréction of *(по направлению к)* 2) *(о времени)* by, abóut 3) *(по отношению к)* for, of, to; любо́вь к му́зыке love of músic ◊ к обе́ду for dínner, for lunch

кабачо́к *бот.* végetable márrow

ка́бель cable

каби́на booth; cábin *(самолёта)*

кабине́т 1) stúdy, room; ~ врача́ consúlting room 2) *полит.* cábinet

каблу́к heel

Кабу́л Kábul

кавал||ери́ст cávalryman; **~е́рия** cávalry

ка́верзный trícky; ~ вопро́с púzzling quéstion

Кавка́з the Cáucasus

кавка́зский Caucásian

кавы́чки quotátion marks, invérted cómmas

ка́дка tub

кадр *(в кино)* still

ка́дры personnél, staff *(ед. ч.)*

ка́ждый 1. *прил.* évery, each; ~ день évery day; ~ из нас each of us **2.** *в знач. сущ.* éveryone

ка́жется it seems

каза́к Cóssack

каза́рма bárracks *(мн. ч.)*

каза́ться seem

каза́х, ~ский Kazákh

Казахста́н Kazakhstán

Казбе́к Kazbék

казначе́й tréasurer; **~ство** tréasury

казни́ть éxecute; put to death

казнь execútion; сме́ртная ~ cápital púnishment

Каи́р Cáiro

как 1) *(вопросит.)* how; what 2) *(относит.)* as ◊ ~ бу́дто as if; ~ бы то ни́ было at all evénts; ~... так и... both... and...; ~ раз just, exáctly; ~ то́лько as soon as

ка́к-нибудь 1) sómehow 2) *(когда-нибудь)* some time

како́й what; which; ~ бы то ни́ было whatéver

како́й-либо, како́й-нибудь ány, some

како́й-то 1) some, a 2) *(похожий на)* a kind of

ка́к-то 1) sómehow 2) *(однажды)* one day 3) *(а именно)* that is

кале́ка cripple

календа́рь cálendar

кали́тка wícket(-gate)

Ка́ма the Káma

ка́мбала flátfish

камени́стый stóny

каменноу́гольный coal

ка́менный stone-; ~ у́голь coal

ка́менщик brícklayer

ка́мень stone

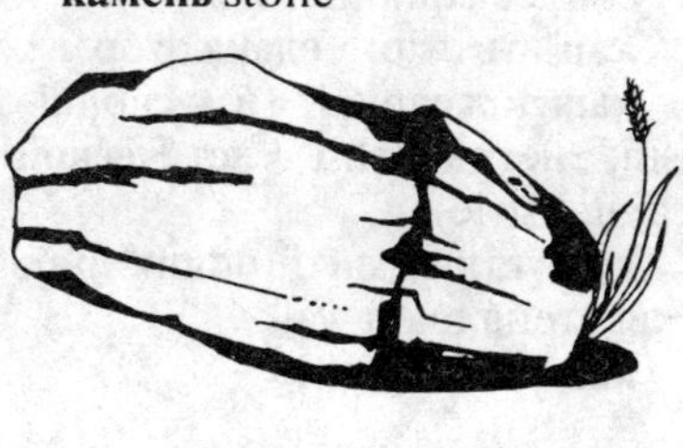

ка́мера cell; ~ хране́ния léft-lúggage óffice *(на вокзале);* clóakroom *(в музее)*

ками́н fíreplace

кампа́ния campáign; избира́тельная ~ eléction campáign

Камча́тка Kamchátka

кана́ва ditch; gútter *(сточная)*

Кана́да Cánada

кана́л canál; **~иза́ция** séwerage

кана́т rope

Ка́нберра Cánberra

кандалы́ fétters

кандида́т cándidate; **~у́ра** cándidature

кани́кулы hólidays; vacátion *(ед. ч.)*

кану́н eve

канцеля́р||ия óffice; **~ский:** ~ские принадле́жности státionery, óffice equipment

ка́п||ать drip; **~елька** drop

капита́л cápital; **~и́зм** cápitalism; **~и́ст** cápitalist; **~исти́ческий** capitalíst(ic)

капита́льн||ый fundaméntal; ~ая стена́ main wall

капита́н cáptain

капитуля́ция capitulátion

капка́н trap

ка́пля drop

капри́з whim; **~ный** caprícious, whímsical; náughty *(о ребёнке)*

капу́ста cábbage; цветна́я ~ cáuliflower

капюшо́н hood, cowl

ка́ра púnishment

кара́бкаться climb, clámber

карава́н caravan; string (*вереница*)

кара́куль astrakhán

каранда́ш péncil

кара́||тельный púnitive; **~ть** púnish

карау́л guard; почётный ~ guard of hónour; **~ить** watch

ка́рий brown, házel

карикату́ра caricatúre

ка́рлик dwarf

карма́н pócket

карнава́л carnival

карни́з córnice

карп carp

Карпа́ты the Carpáthians

Ка́рское мо́ре Kára Sea

ка́рта 1) map 2) *(игральная)* card

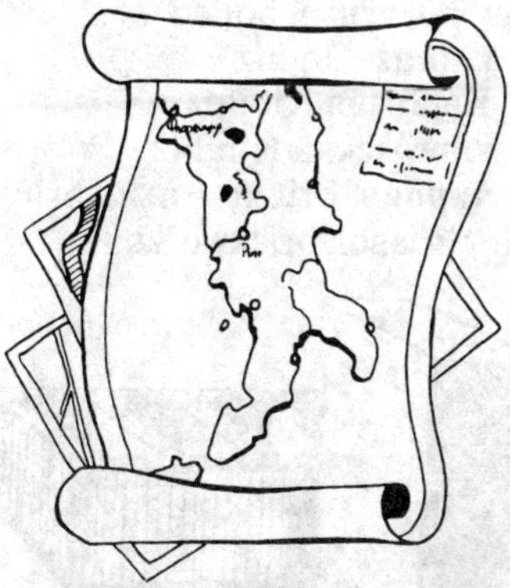

карти́на pícture

карто́н cárdboard; **~ка** cárdboardbox

карто́фель potátoes *(мн. ч.)*

ка́рточка card; фотографи́ческая ~ phóto

карье́ра caréer

каса́||ться 1) touch 2) *(иметь отношение)* concérn; что ~ется меня́ as far as am I concérned

ка́ска hélmet

Каспи́йское мо́ре Cáspian Sea

ка́сса 1) cash desk; *(билетная)* tícket óffice; *(в театре)* box óffice 2) *(наличность)* cash

касси́р cashíer

касто́рка cástor oil

кастрю́ля sáucepan

катало́г cátalogue

катастро́фа disáster; *перен.* catástrophe

ката́ть 1) *(кого-л. в экипаже)* take *smb.* for a drive; ~ ребёнка в коля́ске wheel a báby in a pram 2) *(что-л.)* roll; wheel *(на колёсах)*

ката́ться go for a drive *(в автомобиле)*; ~ на ло́дке go rówing; ~ на конька́х skate; ~ на велосипе́де cycle; ~ с гор tobóggan

като́к skáting rink

ка́торга hard labour

кату́шка reel; *тех.* bóbbin

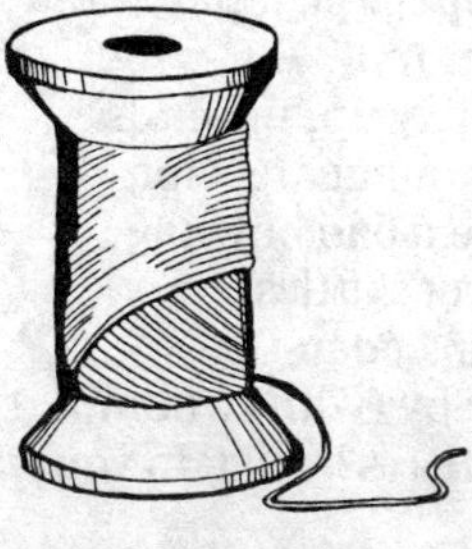

каучу́к cáoutchouc, rúbber

кафе́ café [kæfeɪ]

ка́федра chair

кача́ть 1) rock; swing; shake; ~ голово́й shake one's head 2) *(насосом)* pump; **~ся** 1) rock; swing 2) *(пошатываться)* stágger

ка́чество quálity

ка́ша pórridge *(овсяная)*

ка́ш||ель cough; **~лять** cough

кашне́ scarf

кашта́н chéstnut

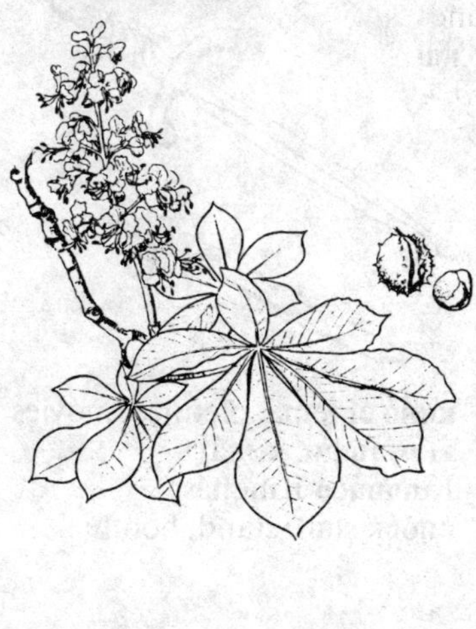

каю́та cábin

ка́яться repént

квадра́т square; **~ный** square

квалифи||ка́ция qualificátion; **~ци́рованный** skilled; quálified

кварта́л 1) *(города)* block 2) *(четверть года)* quárter

кварт||и́ра apártment, flat; **~пла́та** rent

кве́рху up, úpwards

квита́нция recéipt

кегельба́н bówling

ке́гли skittles

кедр cédar

кем by (with) whom; ~ ты хо́чешь быть? what do you want to be?

Ке́ния Kénya

кероси́н páraffin; kérosene *(амер.)*

киберне́тика cybernétics

кива́ть, кивну́ть nod

кида́ть throw

Ки́ев Kíev

кило́, килогра́мм kílogram-(me)

киломе́тр kílometre

кинжа́л dágger

кино́ cínema, píctures, móvies

ки́нуть *см.* кида́ть

Кинша́са Kinchása

кио́ск stall, stand, booth

кипари́с cýpress

кипе́ть boil

кипя||ти́ть boil; **~то́к** bóiling wáter; **~чёный** boiled

кирги́з Kirghíz

Кирги́зия Kirghízia

кирги́зский Kirghíz

кирпи́ч brick; **~ный** brick; ~ный заво́д bríckworks

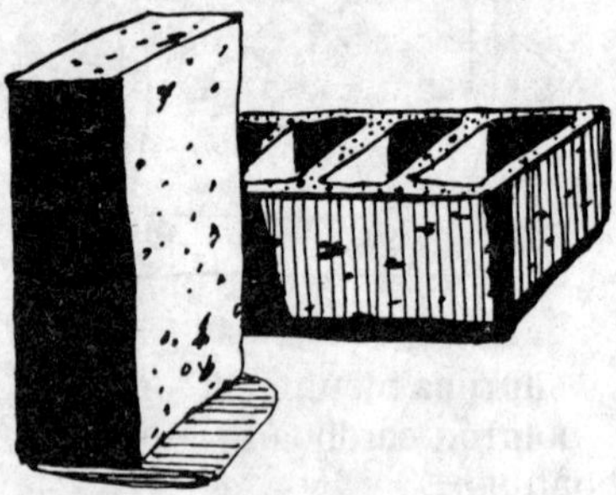

кисе́ль fruit jélly

кислоро́д óxygen

кисл||ота́ ácid; **~о́тность** acídity

ки́слый sour

кисть 1) *(художника, маляра)* (páint-)brush 2) *(украшение)* tássel 3) *(руки́)* hand ◊ ~ виногра́да bunch of grapes

кит whale

кита́ец Chínése

Кита́й China

кита́йский Chínése

кише́чн||ик bówels *(мн. ч.)*, intéstines *(мн. ч.)*; **~ый** intéstinal

Кишинёв Kishinév

кишка́ intéstine; gut

кла́виша key

клад tréasure

кла́дбище cémetery

кладова́я stóre(-room)

кла́няться bow; greet *(приветствовать)*

кла́пан valve

класс 1) *(общественный)* class 2) *(группа, разряд)* class 3) *(школьная аудитория)* clássroom

класть put, place; depósit *(деньги в банк)*

клева́ть peck, pick; bite, nibble *(о рыбе)*

кле́вер clóver

клевет||а́ slánder; líbel *(наказуемая законом);* **~а́ть** slánder

клеёнка óilcloth

кле́ить glue; gum; paste *(мучным клеем)*

клей glue

клей||ми́ть brand; **~мо́** brand; trademark *(фабричное)*

клён maple

кле́тка 1) cage 2) *биол.* cell 3) *(рисунок)* check *(на материи);* square *(на бумаге)*

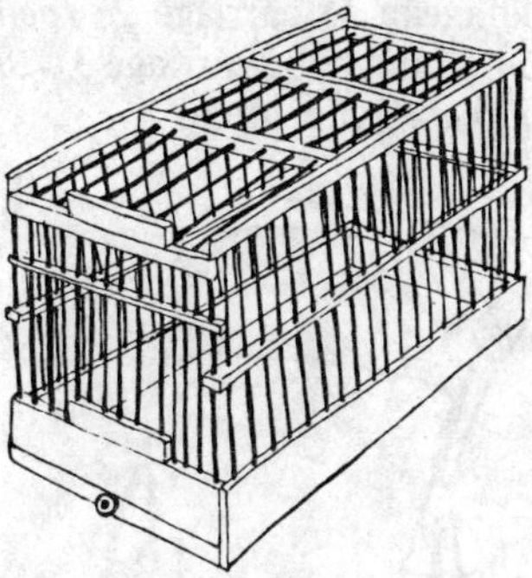

кле́щи píncers

кли́зма énema

кли́ка clique

кли́мат clímate

клин wedge

кли́ника clínic

клино́к blade

клоп bug, bédbug

кло́ун clown

клочо́к scrap

клуб club

клубни́ка stráwberry

клубо́к ball

клу́мба flówerbed

клык tusk, fang; *(у человека)* cánine (tooth)

клюв beak

клю́ква cránberry

клю́нуть *см.* клева́ть

ключ I key *(тж. муз.)*

ключ II *(источник)* spring

клю́шка club

кля́кса blot

кля́сться swear, vow

кля́тва oath

кни́га book

кни́жный book(-); *перен.* líterary, bóokish; ~ магази́н bóokshop

кни́зу dównwards

кно́пка 1) *(на платье)* préss stud *(амер.)* 2) *эл.* bútton 3) *(канцелярская)* dráwing-pin; thúmbtack *(амер.)*

кнут whip

кобура́ hólster

кобы́ла mare

кова́рный insídious, dévious

кова́ть forge

ковёр cárpet; rug *(небольшой)*

ковш scoop; ladle *(для воды)*

когда́ when; ~ бы ни whenéver; **~-либо, ~-нибудь** some day *(о будущем);* éver *(о прошлом; тж.*

в вопросит. предл.); **~-то** at one time, once

когó whom

кóготь claw

кóдекс code

кóе-гдé here and there

кóе-кáк 1) *(небрежно)* anу́how 2) *(с трудом)* with dífficulty

кóе-ктó some (people)

кóе-чтó sómething

кóжа 1) skin 2) *(материал)* léather; **~ный** léather(-); ~ная сýмка léather bag

коз||á, ~ёл goat ◊ ~ёл отпущéния scápegoat

кóзлы trestle *(ед. ч.)*

кóйка bed; *ж.-д., мор.* berth

кокс coke

колбасá sáusage

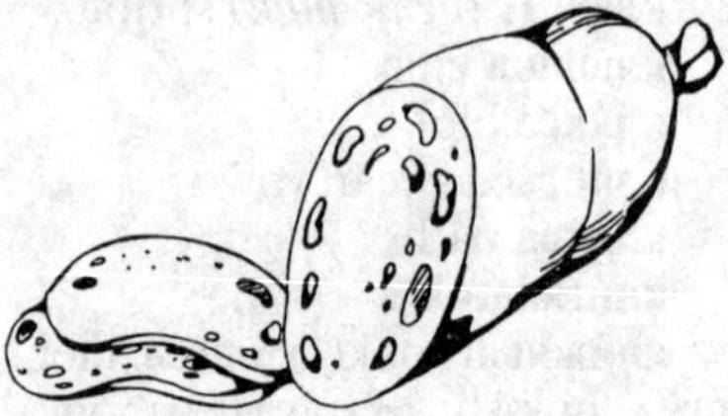

колгóтки tights; pánty hose *(амер.)*

колеб||áние 1) oscillátion; vibrátion 2) *(нерешительность)* hesitátion; **~áться** 1) óscillate 2) *(не решаться)* hésitate

колéно knee

колесó wheel

колея́ rut; *ж.-д.* track

колúчество quántity

коллéгия board

кóлледж cóllege

коллектúв colléctive (bódy); group, the commúnity

коллектúвный colléctive; ~ договóр colléctive agréement

коллéкция colléction

колóдец well

кóло||кол, ~кóльчик bell

Колóмбо Colómbo

колони||áльный colónial; **~зáция** colonizátion

колóния cólony

колóнна cólumn, píllar

кóлос ear, spike

колотúть beat, thrash

колóть I prick

колóть II *(раскалывать)* chop *(дрова);* crack *(орехи);* break *(сахар)*

колпáк 1) cap 2) *(стеклянный)* béll glass

колыбéль cradle

кольé nécklace

кольцó ring; *тех. тж.* hoop

колю́ч||ий príckly, thórny; ~ая прóволока barbed wire

коля́ска 1) cárriage 2) *(детская)* pram, báby cárriage 3) *(инвалидная)* whéelchair

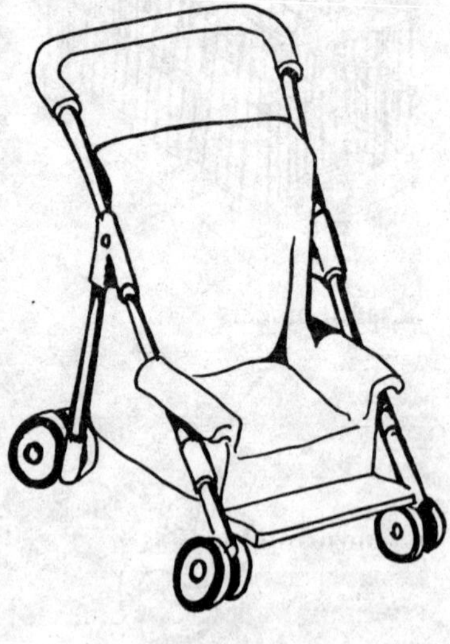

кома́нда 1) *(приказ)* commánd 2) *(отряд)* detáchment 3) *мор.* crew 4) *спорт.* team

команди́р commánder

командир||ова́ть send (on a míssion); **~óвка** míssion

кома́нд||ный commánding; **~ование** commánd; **~овать** commánd; **~ующий** commánder

кома́р mosquíto

комба́йн cómbine

комбинезóн óveralls *(мн. ч.)*

коме́дия cómedy

коменда́нт commandánt

коми́ссия commíttee; commíssion

комите́т commíttee

коми́ческий cómic

комме́рческий commércial

комму́на cómmune

коммуни́зм cómmunism

коммуни́ст cómmunist; **~и́ческий** cómmunist

коммута́тор swítchboard

кóмнат||а room; **~ный** índoor; ~ная температу́ра índoor témperature; ~ная соба́ка hóusedog; láp dog; ~ные и́гры indoor games

комóд chest of dráwers

комóк lump

компа́кт-диск cómpact disc

компа́ния cómpany

кóмпас cómpass

компенс||а́ция compensátion; **~и́ровать** cómpensate

кóмплекс cómplex

компле́кт set

компле́кция build, constitútion

компози́тор compóser

компóт stewed fruit

компромети́ровать cómpromise

компроми́сс cómpromise

компью́тер compúter

кому́ whom

комфóрт cómfort

комфорта́бельный cómfortable

Кóнакри Cónakry

конве́йер convéyor

конве́рт énvelope

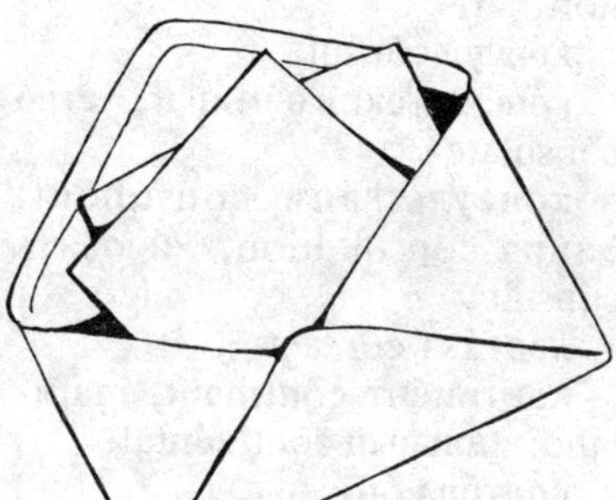

конвóй éscort; cónvoy *(мор.)*

Кóнго Cóngo

конгре́сс cóngress

конди́терская conféctioner's (shop)

конду́ктор condúctor

кон||éц end; в ~цé ~цóв áfter all

коне́чно of course

коне́чности extrémities

коне́чный fínal

конкре́тный cóncrete; áctual

конкур||éнция competítion; **~и́ровать** compéte

кóнкурс competítion

конопля́ hemp

консерватóрия Acádemy of Músic, consérvatoire

консéрвы tinned food; canned food *(амер.)*

конспéкт súmmary

конспир||ати́вный sécret; **~áция** conspíracy

констати́ровать state

конституциóнный constitútional

конститу́ция constitútion

констру́кция desígn; constrúction

кóнсул cónsul

кóнсуль||ский cónsular; **~ство** cónsulate

консульт||áнт consúltant; **~áция** consultátion; **~и́ровать** consúlt

контáкт cóntact

континéнт cóntinent, máinland; **~áльный** continéntal

контóра óffice

контрабáнда cóntraband

контрáкт cóntract

контрибу́ция contribútion

контрол||ёр 1) inspéctor 2) *ж.-д., театр.* tícket colléctor; **~и́ровать** check; contról

конурá kénnel

конферéнция cónference

конфéта sweet; cándy *(амер.)*

конфиск||áция confiscátion; **~овáть** cónfiscate

конфли́кт cónflict

концентри́ровать cóncentrate

концéпция concéption

концéрт cóncert

концéссия concéssion

кончáть 1) fínish, end 2) *(учебное заведение)* gráduate (from); **~ся** (come to an) end; expire *(о сроке)*

кóнчить(ся) *см.* кончáть(ся)

конь 1) horse 2) *шахм.* knight

коньки́ skates

конькобéжец skáter

конюшня stable

коопер||ати́в 1) co-óperative society 2) *(магазин)* co-óp(erative); **~áция** co-operátion

копáть dig

копéйка cópeck

Копенгáген Copenhágen

кóпи mines, pits

копировáльн||ый: ~ая бумáга cárbon paper

копи́ровать cópy

копи́ть save up

кóпия cópy

копнá rick, stacks

кóп||оть soot; **~ти́ть** smoke

копчёный smoked

копы́то hoof

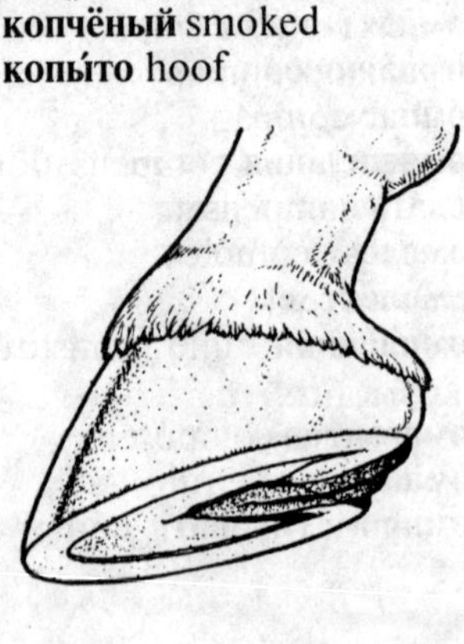

копьё spear

кора́ bark; земна́я ~ crust

корабле||круше́ние shípwreck; **~строе́ние** shípbuilding

кора́бль ship

коре́||ец, ~йский Koréan

коренно́й fundaméntal, rádical

ко́р||ень root; вы́рвать с ~нем tear up by the roots; *перен.* uprо́ot, erádicate

корешо́к 1) *бот.* root 2) spine *(книги);* cóunterfoil, stub *(чека)*

Коре́я Koréa

корзи́н||а, ~ка básket

коридо́р córridor, pássage

кори́чневый brown

ко́рка crust *(хлеба);* peel *(плода);* rind *(сыра)*

корм fódder

корма́ *мор.* stern

корми́ть 1) feed; nurse *(грудью)* 2) *(содержать)* keep

корнепло́д root végetable

коро́бка box

коро́ва cow

короле́ва queen

коро́ль king

коро́на crown

коро́ткий short

корре́кт||ор próofreader; **~у́ра** proofs *(мн. ч.)*

корреспонде́н||т correspóndent; **~ция** correspóndence

корт ténnis court

ко́рчиться wriggle; writhe

ко́ршун kite

коры́стный mércenary

коры́то trough

корь méasles

коса́ I *с.-х.* scythe

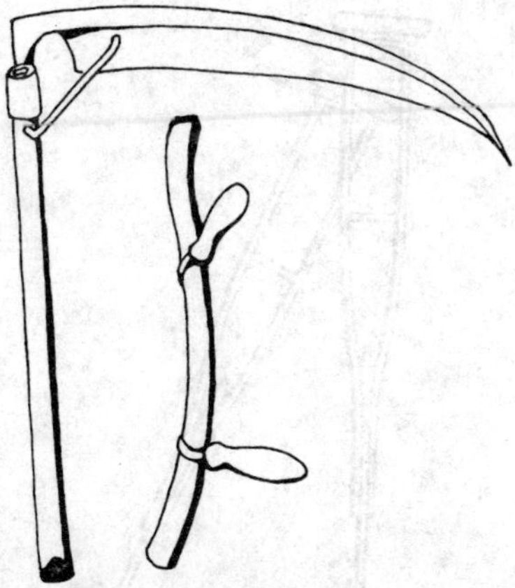

коса́ II *геогр.* spit

коса́ III *(воло́с)* plait, braid

ко́свенный indiréct

коси́лка mо́wer

коси́ть I *с.-х.* mow

коси́ть II: у неё глаз коси́т she has a cast in one eye *(слегка);* she squints *(сильно)*

косме́тика make-úp

космети́чка make-úp bag

косми́ческий cósmic; ~ кора́бль spáceship; ~ полёт space flight

космодро́м cósmodrome

ко́смос cósmos, space

космона́вт cósmonaut

ко́сность consérvatism; stagnátion

косну́ться *см.* каса́ться 1)

косо́й 1) slánting, oblíque 2): он ~ he squints

костёр bónfire

ко́сточка 1) bone 2) *(плода)* pip, seed, stone

косты́ль crutch

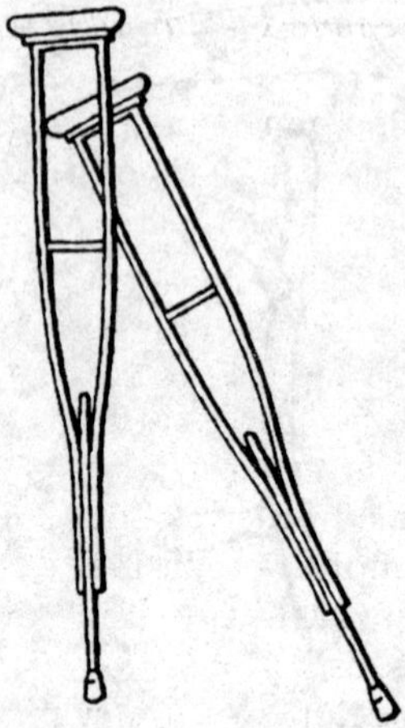

кость 1) bone 2) *мн. (игральные)* die

костю́м cóstume, suit

косы́нка kérchief

кот tómcát

котёл bóiler

котело́к bíllycan

коте́льная bóiler room, bóiler-house

котёнок kítten

котле́та ríssole; méat-ball; hámburger *(амер.);* отбивна́я ~ chop

кото́рый who *(о людях);* which *(о животных и неодушевлённых предметах)*

ко́фе cóffee

кофева́рка pércolator

кофе́йник cóffee pot

ко́фт||а, ~очка blouse; cárdigan *(шерстяная)*

кочева́ть rove

кочев́||ник nómad; **~о́й** nomádic

кочега́р stóker

кочене́ть stíffen, grow numb

кочерга́ póker

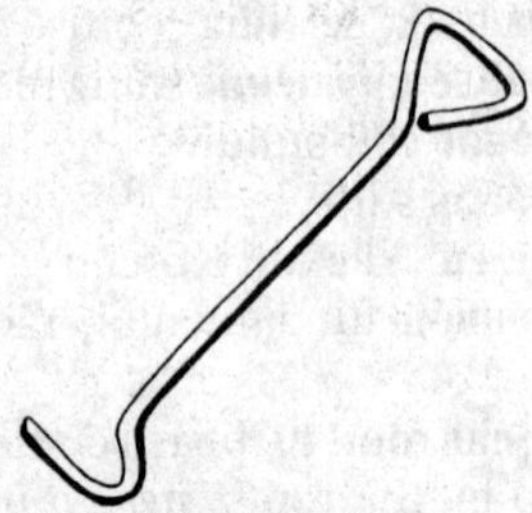

кошелёк purse

ко́шка cat

кошма́р níghtmare

кра́деный stólen

краево́й régional

кра́жа theft; búrglary *(со взломом)*

край 1) bórder, edge 2) *(местность)* région; cóuntry

кра́йн||ий extréme ◊ по ~ей ме́ре at least; **~ость** 1) extrémes *(мн. ч.);* extrémity 2) *(необходимость)* emérgency

кран tap; fáucet *(амер.);* подъёмный ~ crane

крапи́ва nettle

краса́в||ец hándsome man; **~ица** béautiful wóman, béauty

краси́вый béautiful; *(о мужчине)* hándsome

краси́льня dýer's shop, dýe-works

кра́сить paint; dye *(материю, волосы)*

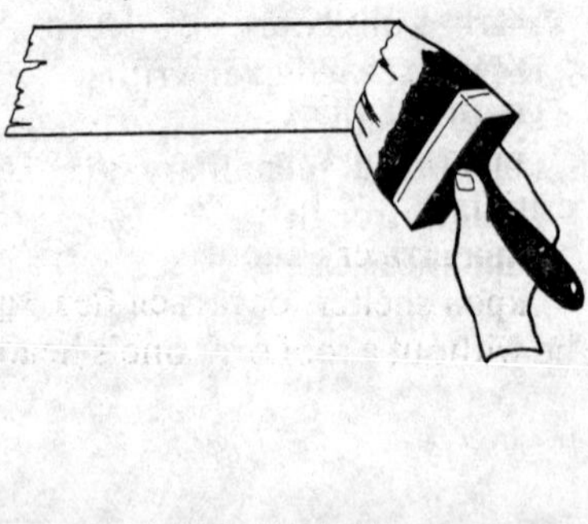

кра́с||ка paint; dye *(для материи, волос);* **~ки** cólours

крӑсне́ть 1) *(о лице)* blush, rédden 2) *(о предметах)* turn red

красно||речи́вый éloquent; **~ре́чие** éloquence

кра́сный red

красота́ béauty

красть steal; **~ся** steal, creep

кра́ткий brief, concíse

кра́тко bríefly

кратко||вре́менный tránsitory, short, shórt-lived; **~сро́чный** shórt-term

крах crash; fáilure *(банка, предприятия)*

крахма́||л starch; **~лить** starch; **~льный** starched

кра́шеный páinted; dyed *(о материи, волосах)*

креди́т crédit; **~о́р** créditor

кре́йсер crúiser

креме́нь flint

кре́пкий strong; ~ сон sound sleep

кре́пость *воен.* fórtress

кре́сло ármchair

крест cross

крестья́н||ин péasant; **~ство** péasantry

крив||изна́ cúrvature; **~о́й** 1) curved, cróoked 2) *разг. (одноглазый)* óne-éyed

кри́зис crísis

крик cry, shout

кри́кнуть *см.* крича́ть

кри́тик crític

кри́тик||а críticism; **~ова́ть** críticize

крича́ть cry, shout

кров shélter; оста́ться без ~а be withóut a roof óver one's head

крова́вый blóody

крова́ть bed; bédstead *(без постельных принадлежностей)*

крово||обраще́ние circulátion (of the blood); **~проли́тие** blóodshed; **~тече́ние** bléeding; háemorrhage *(мед.)*

кровь blood

крои́ть cut out

кро́йка cútting (out)

кро́лик rábbit

кро́ме but, excépt, save; ~ того́ moreóver, besídes

кропотли́вый páinstaking, labórious

кросс cróss-cóuntry race

крот mole

кро́ткий mild, gentle

кро́шечный tíny

кроши́ть, ~ся crumble

кро́шка 1) crumb 2) *(малютка)* little one

круг circle; **~лый** round ◊ ~лый год all the year round; **~ово́й** círcular; **~о́м** (a)róund

кругосве́тн||ый: ~ое путеше́ствие a vóyage aróund the world

кру́жево lace

кружи́ться turn, spin round

кру́жка mug

кружо́к circle

крупа́ groats *(мн. ч.);* ма́нная ~ semolína

кру́пный 1) big 2) *(важный)* great

крут||о́й *(о спуске)* steep ◊ ~о́е яйцо́ hárd-bóiled egg

круше́ние crash

крыжо́вник góoseberry

крыла́тый winged

крыло́ wing

крыльцо́ porch

Крым the Criméa

кры́са rat

кры́ша roof

кры́шка lid, cóver

крюк, крючо́к hook

кста́ти to the point; by the way *(между прочим);* э́то бы́ло бы ~ that would be very convénient

кто who; ~ **ни** whoéver; ~**-либо,** ~**-нибудь** sómebody; ánybody; ~**-то** sómeone, sómebody

куб cube

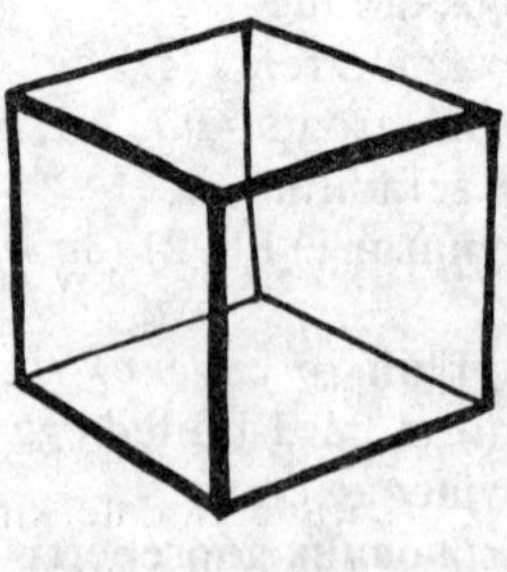

Ку́ба Cúba

ку́бики bricks; blocks *(амер.)*

ку́бок cup

кувши́н jug; pítcher *(большой)*

куда́ where (to); ~**-нибудь,** ~**-то** sómewhere

ку́др||и curls; ~**я́вый** cúrly

кузне́ц blácksmith

кузне́чик grásshopper

ку́зница forge

ку́кла doll

кукуру́за maize; corn *(амер.)*

куку́шка cúckoo

кула́к fist

кули́с||ы *театр.* wings; за ~ами behínd the scenes

культ cult; ~ ли́чности personálity cult

культу́р||а cúlture; ~**ный** cúltured

купа́льник báthing suit

купа́||льный báthing; ~**ние** báthing; ~**ть,** ~**ться** bathe

купе́ *ж.-д.* compártment

купе́ц mérchant

купи́ть buy

купле́т cóuplet

Кури́льские острова́ Kuríl Íslands; the Kuríls

кур||и́льщик smóker; ~**и́ть** smoke

ку́рица hen; chícken *(блюдо)*

куро́к trigger, cock

куропа́тка pártridge

куро́рт health resórt, hóliday resórt

курс course; *перен.* pólicy; **~а́нт** stúdent

ку́рсы cóurses

ку́ртка jácket

курье́р cóurier; méssenger

куса́ть bite; sting *(о пчёлах, осах)*

кусо́к bit, piece, mórsel; lump *(сахару)* ◊ ла́комый ~ titbit

куст bush; **~а́рник** shrúbbery

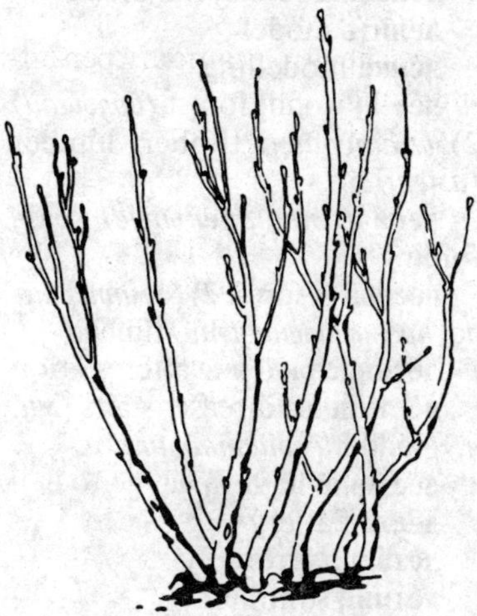

куста́||рный hándicraft; ~рные изде́лия hándicraft wares; **~рь** hándicraftsman

ку́таться wrap oneself up

ку́хня kítchen

ку́ча 1) heap 2) *(множество)* heaps *(мн. ч.)*

куша́к belt

ку́шанье dish

ку́шать eat

куше́тка couch

Л

лабири́нт maze

лаборато́рия labóratory

лави́на ávalanche

ла́вка I *(магазин)* shop

ла́вка II *(скамья)* bench

лавр láurel

ла́герь camp

ла́дно all right, véry well; ókáy *(амер.)*

Ла́дожское о́зеро Lake Ládoga

ладо́нь palm

ла́зать, ла́зить climb, clámber

лай bárk(ing)

лак várnish; lácquer *(для волос);* ~ для ногте́й nail várnish

лакиро́ванн||ый: ~ая ко́жа pátent léather

Ла-Ма́нш Énglish Chánnel

ла́мп||а lamp; **~очка** *эл.* bulb

ла́ндыш líly of the válley

ла́па paw

Ла́птевых мо́ре Láptev Sea

лапша́ noodles *(мн. ч.)*

ларёк stall

ла́ск||а caréss; **~а́ть** caréss; **~ово** kíndly; **~овый** afféctionate, kíndly; ~овый взгляд kíndly glance

ласт flípper; *спорт.* swim fin

ла́сточка swа́llow
латви́йский Lа́tvian
Ла́твия Lа́tvia
латы́ш Lett; **~ский** Léttish
лауреа́т (prize) wínner
ла́ять bark
лгать lie, tell lies
лгун líar
ле́бедь swan
лев líon
ле́вый 1) left 2) *полит.* léft-wing
лёгкий 1) *(на вес)* light 2) *(нетрудный)* éasy
лёгкое lung
легкомы́сленный frívolous, flíppant; rash, thóughtless *(о поступке);* irrespónsible *(об отношении к чему-л.)*
лёд íce
леденéц frúit drop
ледни́к *геол.* glácier
ледокóл ícebreaker
ледохóд flóating of the ice
ледянóй ícy
лежа́ть lie
ле́звие blade
лезть climb
ле́йка wátering can

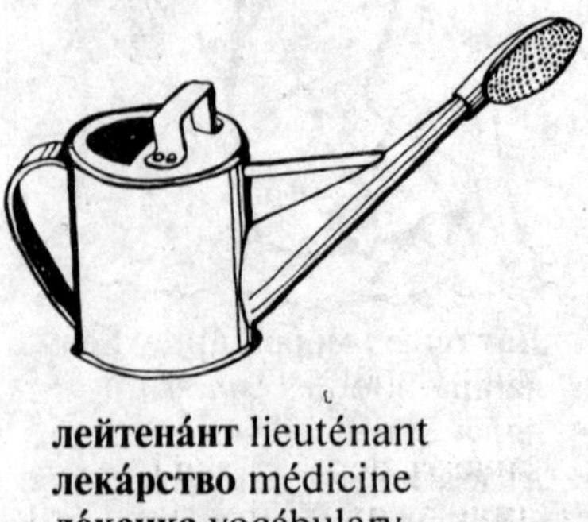

лейтена́нт lieuténant
лека́рство médicine
ле́ксика vocábulary
лексикóграф lexicógrapher
ле́ктор lécturer, réader
ле́кц||ия lécture; чита́ть ~ии give léctures; слу́шать ~ии atténd léctures
лён flax
Ле́на the Léna
лени́вый lázy
лени́ться be lázy
ле́нта 1) ríbbon 2) *тех.* band; tape
лентя́й lázybones
лень láziness
леопа́рд léopard
лепестóк pétal
ле́пет bábble, múrmur
лепёшка scone, flat bread
лепи́ть módel
ле́пка módelling
лес 1) wood; fórest *(большой)* 2) *(материал)* tímber; lúmber *(амер.)*
леса́ *(строительные)* scáffolding
леснóй 1) fórest 2) *(о материале, промышленности)* tímber(-)
лесонасажде́ние afforestátion
ле́стница stáircase; stairs *(мн. ч.);* ládder *(приставная)*
ле́стный fláttering
лесть fláttery
лета́ть, лете́ть fly
ле́тний súmmer
лётный flýing
ле́т||о súmmer; **~ом** in súmmer
лету́ч||ий: ~ая мышь bat
лётчик flíer, pílot, áviator
лече́бн||ица hóspital; **~ый** médical
леч||е́ние médical tréatment; **~и́ть** treat; **~и́ться** undergó (médical) tréatment
лечь *см.* ложи́ться
лжец líar
лжи́вый lýing; false

ли whéther
ли́бо or: ~... ~... éither... or...
ли́вень héavy dównpour
ли́га league
лиза́ть lick
ликвид||а́ция liquidátion; **~и́ровать** líquidate
ликов||а́ние exultátion; **~а́ть** exúlt, tríumph
ли́лия líly

лило́вый purple
лимо́н lémon
лингви́ст línguist
лингви́стика linguístics
лине́йка rúler; slíde-rule *(логарифмическая)*
ли́ния line
линя́ть fade; run *(в воде)*
ли́па línden, líme(-tree)
ли́п||кий stícky; **~нуть** stick
лиса́, лиси́ца fox
Лиссабо́н Lísbon
лист leaf; sheet *(бумаги);* **~ва́** fóliage

ли́ственн||ый: ~ое де́рево fóliage tree
листо́вка léaflet
Литва́ Lithuánia
литерату́р||а líterature; **~ный** líterary
лито́в||ец, ~ский Lithuánian
литр lítre
лить pour; shed *(слёзы, кровь);* **~ся** flow, stream
лифт lift; élevator *(амер.)*
лихора́д||ка féver; **~очный** féverish
лице́й secondary school; *ист.* lycée
лицеме́р||ие hypócrisy; **~ить** be hypocrítical; play the hýpocrite; **~ный** hypocrítical
лиц||о́ 1) face; ~óм к ~у face to face; черты́ ~á féatures 2) *(человек)* pérson; де́йствующее ~ cháracter *(в пьесе)*

ли́чн||о pérsonally; **~ый** pérsonal
лиша́ть depríve; **~ся** lose
лиш||ённый deprível of; lácking; **~и́ть(ся)** *см.* лиша́ть(ся)

ли́ш||ний éxtra; *(билет и т. п.)* spáre; unnécessary *(ненужный)* ◊ бы́ло бы не ~не there would be no harm in

лишь ónly; ~ бы if ónly; ~ то́лько as soon as

лоб fórehead

лови́ть catch; ~ ры́бу fish

ло́вк||ий adróit; smart; ~ ход (шаг) cléver move; **~ость** adróitness

лову́шка trap

логи́ч||еский, ~ный lógical

ло́дка boat

ло́жа *театр.* box

ложи́ться lie (down); ~ спать go to bed

ло́жка spoon

ло́жный false; mistáken *(ошибочный)*

ложь lie

ло́зунг slógan

ло́кон lock, curl

ло́коть élbow

лом I *(инструмент)* crówbar

лом II *(сломанные металлические предметы)* scrap métal

лома́ть, ~ся break

ло́мка bréaking

ломо́ть, ло́мтик slice

Ло́ндон Lóndon

лопа́та spade

ло́п||аться, ~нуть burst

лось elk

лотере́я lóttery

лохма́тый únkémpt, dishévelled; shággy *(о животных)*

лохмо́тья tátters, rags

ло́шадь horse

луг méadow

лу́жа puddle

лужа́йка lawn

лук I *бот.* ónion

лук II *(оружие)* bow

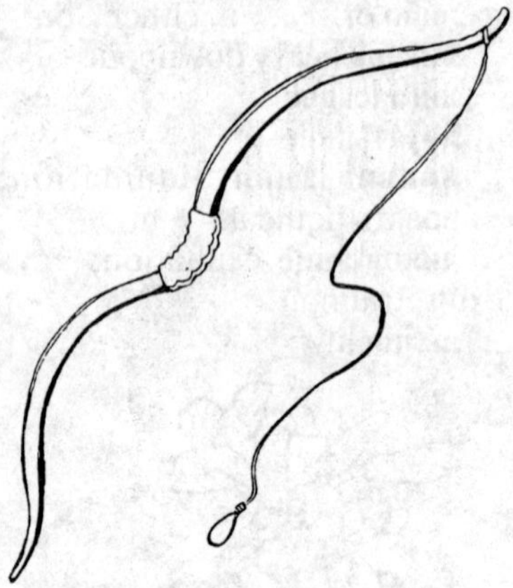

лука́вый sly

луна́ moon

лу́нн||ый *астр.* lúnar; ~ая ночь móonlit night; ~ свет móonlight

лу́па mágnifying glass

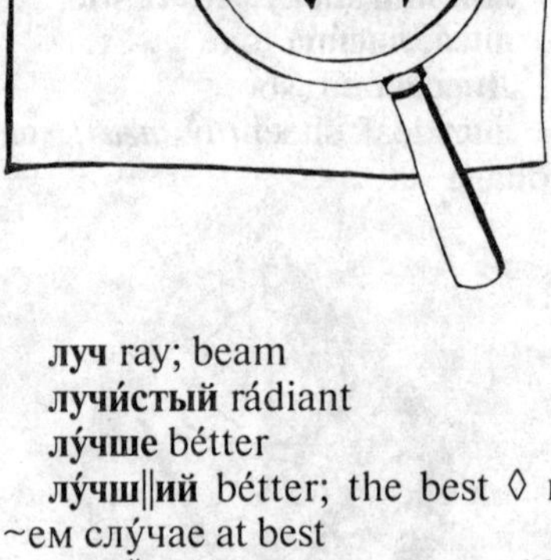

луч ray; beam

лучи́стый rádiant

лу́чше bétter

лу́чш||ий bétter; the best ◊ в ~ем слу́чае at best

лы́ж||а ski; ходи́ть на ~ах ski; во́дные ~и wáter skis

лы́ж||ник skíer; **~ня́** ski track

лы́с||ина bald spot; **~ый** bald

льви́н||ый líon's ◊ ~ая до́ля the líon's share

льго́т||а prívilege, bénefit, adＶántage; **~ный** prívileged; preferéntial *(о пошлинах)*

льди́на block of ice, íce-floe

льнян||о́й fláxen; línen *(о материи);* ~о́е ма́сло línseed-óil

льстец flátterer

льсти́ть flátter

любе́зный kind, oblíging, políte

люби́м||ец fávourite, pet; **~ый** fávourite

люби́тель 1) lóver 2) *(непрофессионал)* ámateur; **~ский** ámateur

люби́ть love; like

любова́ться admíre

любо́вн||ик lóver; **~ица** místress

любо́вь love

любо́й ány; ~ цено́й at ány price

любопы́т||ный cúrious, inquísitive; **~ство** curiósity

лю́бящий lóving, afféctionate

лю́ди people

лю́дный crówded *(об улице и т.п.)*

лю́стра chandelíer

ляга́ть, ~ся kick

лягу́шка frog

М

магази́н shop

магистра́ль main line

магни́т mágnet; **~ный** magnétic; ~ное по́ле magnétic field

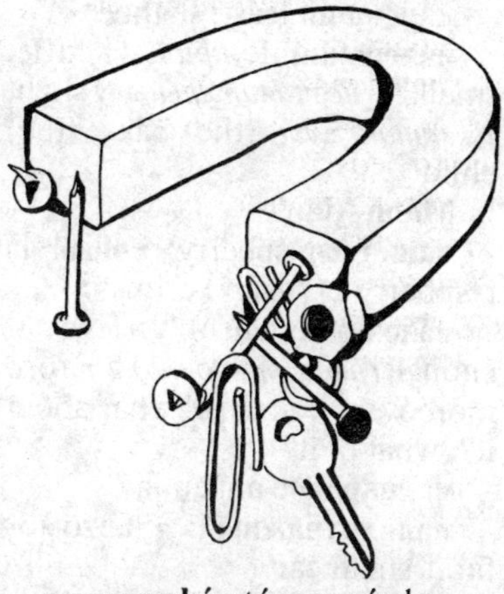

магнитофо́н tápe recórder

Мадри́д Madríd

ма́зать spread; ~ ма́слом bútter

мазь óintment

май May; Пе́рвое ма́я the First of May, May Day

ма́йка T-shirt

майо́р májor

ма́йский May

мак pо́ppy

макаро́ны macaróni

макия́ж máke-up

максима́льный máximum

мала́||ец, ~йский Maláy, Maláyan

мале́йший least; slíghtest

ма́ленький 1. *прил.* 1) little, small 2) *(незначительный)* slight **2.** *в знач. сущ.* (the) báby, (the) child

Мали́ Máli

мали́н||а ráspberry; **~овый** 1) ráspberry 2) *(цвет)* crímson

ма́ло not much; ónly a few; not enóugh *(недостаточно)* ◊ ~ того́ moreóver; ~ ли что! what abóut it?, what of it?

малокро́вие anáemia

малолитра́жный: ~ автомоби́ль small car

ма́ло-пома́лу grádually, little by little

ма́лый 1. *прил.* little; он ещё ~ ребёнок he is ónly a child **2.** *сущ. разг.* chap, lad

малы́ш little boy, kid

ма́льчик boy

маля́р hóuse-painter, décorator

маляри́я malária

ма́ма mо́ther, múmmy

мандари́н tangeríne

манёвр manóeuvre

манёвры manóeuvres

мане́ра mánner

манже́та cuff

мара́ть soil

ма́рганец manganése

маринова́ть pickle; *перен.* shelve

ма́рка (pо́stage-)stamp; *(сорт)* brand; фабри́чная ~ trádemark

ма́рля gauze

март March

марш march

ма́ршал márshall

маршировáть march

маршру́т route; itínerary

ма́ск||а mask; сорва́ть ~у únmásk

маскара́д fáncy-dress ball, másked ball

маск||ирова́ть mask; disguíse; *воен.* cámouflage; **~иро́вка** disguíse; *воен.* cámouflage

масл||и́на, ~и́чный ólive

ма́сл||о bútter *(коровье);* oil *(растительное)* ◊ как по ~у swímmingly

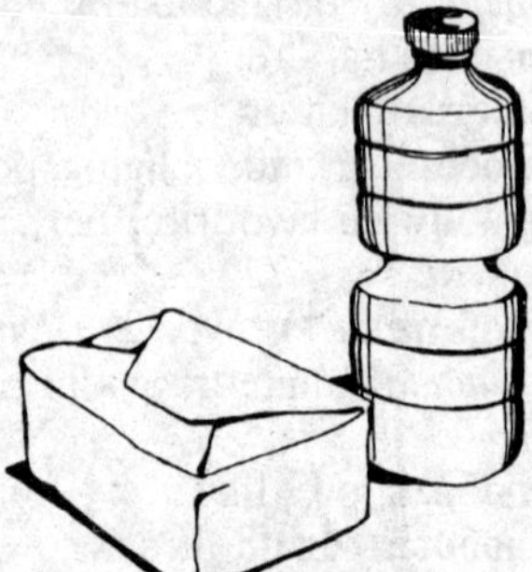

ма́сса 1) mass 2) *(множество)* a lot of

масса́ж mássage

масси́вный mássive

ма́ссов||ый mass(-); ~ое произво́дство mass prodúction

ма́ссы the másses

мáстер 1) *(на заводе)* fóreman; skilled wórkman 2) *(знаток)* éxpert, máster; **~скáя** wórkshop; **~ствó** skill

масштáб scale

мат *шахм.* chéckmáte

математик mathematícian

матемáтика mathemátics

материáл matérial

материáльн||ый matérial; ~ые услóвия líving condítions

матери́к cóntinent; máinland

матери́н||ский matérnal; mótherly; **~ство** matérnity

матéрия 1) *филос.* mátter 2) *(ткань)* cloth, matérial, stuff

мáтка 1) *(самка)* fémale; queen *(у пчёл)* 2) *анат.* úterus, womb

мáтовый mat; dull

матрáц máttress

матрóс sáilor

матч *спорт.* match

мать móther

мах||áть, ~нýть wave; flap *(крыльями)*

мáчеха stépmother

мáчта mast

маши́на 1) machíne; éngine 2) *(автомобиль)* car

машинáльно mechánically

машини́ст éngine driver

машини́стка týpist

маши́нка *(пишущая)* týpe-writer

машинострое́ние enginéering; machíne-búilding

мая́к líghthouse

мáятник péndulum

мгла mist, haze

мгновéн||ие ínstant, móment; **~ный** instantáneous, mómentary

мéбель fúrniture

меблир||овáть fúrnish; **~óвка** fúrnishing(s)

мёд hóney

медáль médal

медвéдь bear

медици́н||а médicine; **~ский** médical; ~ская сестрá hóspital (trained) nurse

мéдл||енный slow; **~ить** be slow, línger

мéдный cópper; brass *(латунный)*

медпýнкт fírst-áid post

медýза jéllyfish

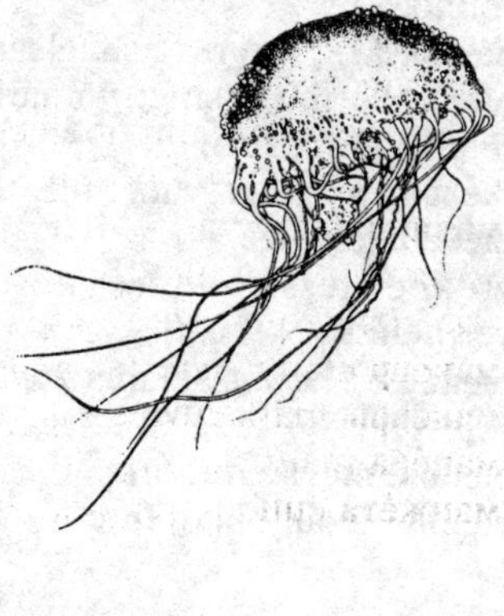

медь cópper

междомéтие *грам.* interjéction

мéжду 1) betwéen 2) *(среди)* amóng(st) ◊ ~ прóчим by the way, by the by; ~ тем méanwhíle; ~ тем как while

междугорóдный intercíty

междунарóдный internátional

Мéксика México

мел chalk

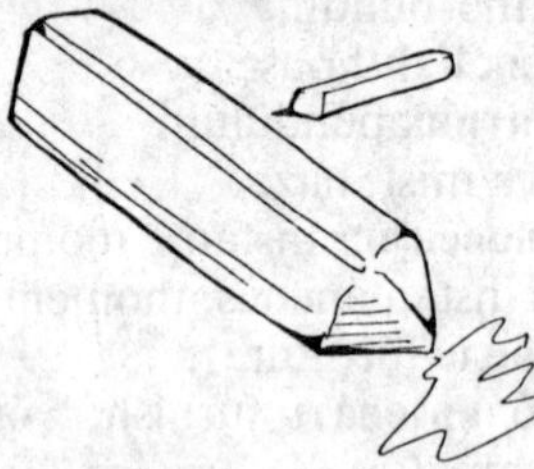

мелéть becóme shállow

мéлк||ий 1) *(неглубокий)* shállow 2) *(некрупный)* small; *перен.* pétty; ~ая буржуазúя pétty bourgeoisíe

мелкобуржуáзный pétty-bóurgeois

мелóдия mélody, tune

мéлочный pétty

мéлочь 1) trifle 2) *(деньги)* (small) change

мель shállow; сесть на ~ run agróund

мельк||áть, ~нýть flash, gleam

мéльком in pássing; увúдеть ~ catch a glimpse of

мéльни||к míller; **~ца** mill

мéна exchánge

мéнее less ◊ тем не ~ neverthelésss

мéньше 1. *прил.* smáller **2.** *нареч.* less

меньшинствó minórity

менé ménu, bill of fare

менé me

менять change; **~ся** 1) change 2) *(обмениваться)* exchánge

мéр||а méasure ◊ по мéньшей ~е at least; по ~е тогó как as; в ~у in moderátion

мéрзкий vile, lóathsome

мёрзнуть freeze

меридиáн merídian

мéрить 1) *(измерять)* méasure 2) *(примерять)* try on

мéрк||а méasure; снять ~у с когó-л. take sómebody's méasure

мéркнуть fade

мéрный méasured, régular

мероприятие méasure, arrángement, evént

мертвéц dead man

мёртвый dead

мерцá||ние shímmer, glímmer; **~ть** glímmer

месúть knead

местú sweep

мéстн||ость locálity, place; **~ый** lócal; ~ый жúтель inhábitant

мéсто 1) place; spot *(историческое, живописное)* 2) *(свободное пространство)* space; мест скóлько угóдно there is plénty of room 3) *(должность)* job

местожúтельство place of résidence

местоимéние *грам.* prónoun

местоположéние posítion, situátion; site

месть véngeance, revénge

мéсяц 1) month 2) *(луна)* moon

мéсячный mónthly

метáлл métal; **~úческий** metállic; **~ургúческий:** ~ургúческий завóд fóundry, métal works; **~ýргия** métallurgy

мета́ть throw, cast

мете́ль snо́wstorm

ме́тить *(целиться)* aim (at)

ме́тка mark

ме́тк||ий wе́ll-а́imed; а́ccurate; *перен. тж.* pо́inted; ~ стрело́к good shot; **~ость** má́rksmanship

метла́ broom

ме́тод mе́thod

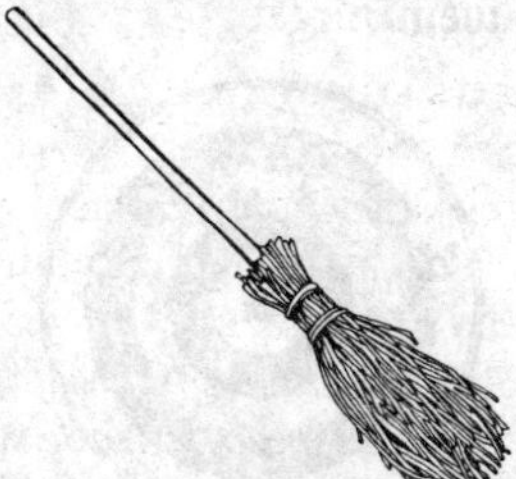

метр mе́tre; mе́ter *(амер.)*

ме́трика, метри́ческое свиде́тельство birth certи́ficate

метро́, метрополите́н ú́nderground (railway); sú́bway *(амер.);* the Mе́tro *(в Москве);* tube *(в Лондоне)*

мех fur

механи́зм mе́chanism; machí́nery

меха́н||ик mechá́nic; **~ика** mechá́nics; **~и́ческий** mechá́nical

Ме́хико Mе́xico

мехово́й fur

меч sword

мечта́ dream; **~ть** dream

меша́ть I *(размешивать)* stir, mix

меша́ть II 1) *(препятствовать)* prevе́nt, hí́nder 2) *(беспокоить)* distú́rb

мешо́к bag; sack *(большой)*

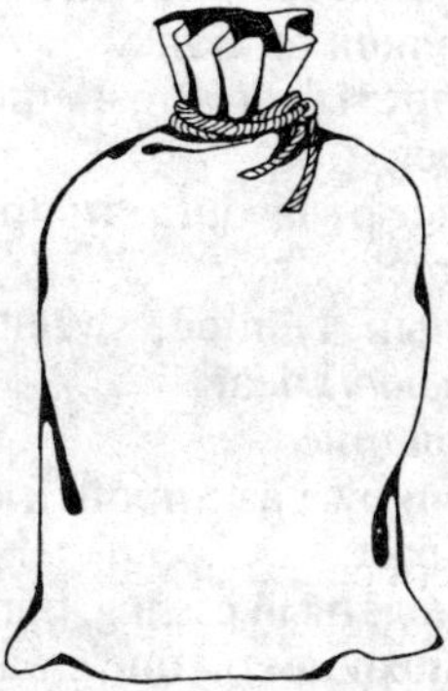

меща́н||ский pе́tty-bо́urgeois; *перен.* Phí́listine, ná́rrow-mí́nded; **~ство** *перен.* ná́rrow-mí́ndedness

миг í́nstant

мига́ть, мигну́ть blink

ми́гом in a flash, in a jí́ffy

мизи́нец little fí́nger

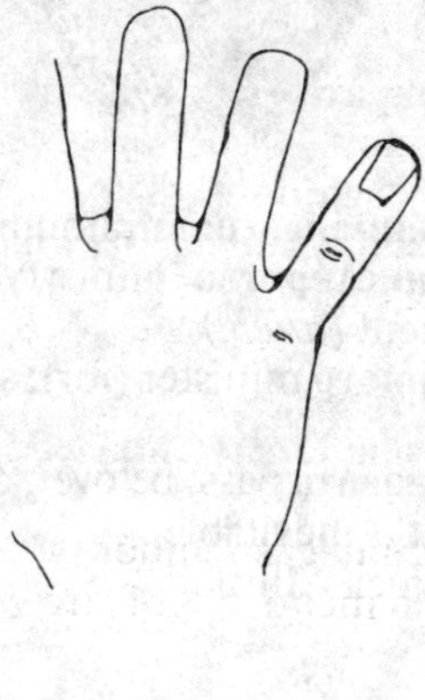

микроволнóв||ый: ~ая печь mícrowave

мúксер míxer

милитар||úзм mílitarism; **~úст** mílitarist

мил||иционéр milítiaman; **~úция** milítia

миллиáрд mílliard; bíllion *(амер.)*

миллимéтр míllimetre

миллиóн míllion

мúлосты||ня alms; просúть ~ню beg

мúлос||ть fávour; ~ти прóсим! wélcome!

мúлый 1) nice; sweet 2) *(в обращении)* dear

мúля mile

мúмо by, past; пройтú ~ pass by, go past

мимолётный pássing, tránsitory

мимохóдом on one's way

мúна *воен.* mine

миндáль álmond

минерá||л, ~льный míneral

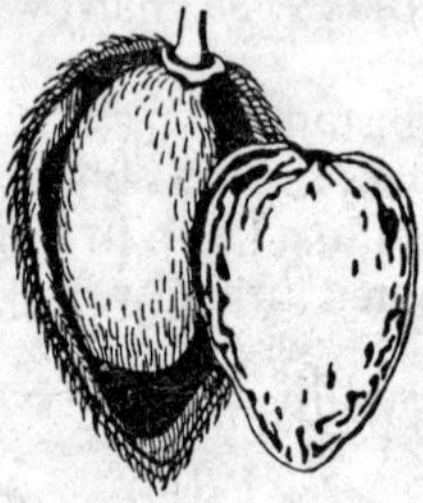

минимáльный mínimum

министéрство mínistry; depártment *(амер.)*

минúстр mínister (for); sécretary

миновáть pass; be óver; э́того не ~ it is inévitable

Минск Minsk

минýвшее the past

мúнус 1) mínus 2) *(недостаток)* dráwback

минýта mínute

минýть *см.* миновáть

мир I *(покой)* peace

мир II *(вселенная)* world; úniverse

мирúть réconcile; **~ся** 1) *(после ссоры)* make it up 2) *(с чем-л.)* réconcile onesélf to

мúрный péaceful; ~ договóр peace tréaty

мировóй world(-)

миролюбúвый péaceable

мúска básin, bowl

мúссия 1) *(поручение)* commíssion 2) *(дипломатическая)* míssion

мúтинг méeting

мишéнь tárget

младéн||ец ínfant; báby; **~ческий** ínfantile; **~чество** ínfancy

мла́дший yóunger *(более молодой);* са́мый ~ the yóungest

млекопита́ющее mámmal

мне me

мне́ние opínion

мни́мый imáginary

мни́тельный suspícious

мно́гие mány

мно́го much; plénty of, a lot of *(сколько угодно)*

многокра́тно repéatedly

многоле́тний 1) of long stánd-ing 2) *бот.* perénnial

многосторо́нний mány-síded, vérsatile

многочи́сленный númerous

мно́жественное число́ *грам.* plúral

мно́жество a númber of, mány; heaps of *(куча)*

мно́жить múltiply

мной, мно́ю (by, with) me

мобилиз||а́ция mobilizátion; **~ова́ть** móbilize

моби́льный móbile; ~ телефо́н móbile phone

моги́ла grave, tomb

могу́чий míghty, pówerful

могу́щество might, pówer

мо́да fáshion

моде́ль módel

мо́жет быть perháps, may be

мо́жно one can; one may *(разрешено)*

мозг brain

мозо́||листый hórny; **~ль** corn; blíster *(волдырь)*

мой my, mine

мо́кнуть get wet

мокро́та phlegm

мо́крый wet

мол pier, bréakwater

молва́ rúmour

молдава́нин Moldávian

Молда́вия Moldávia

молда́вский Moldávian

моли́тва práycr

мо́лния 1) líghtning 2) *(телеграмма)* expréss méssage 3) *(застёжка)* zíp-fastener

молодёжь youth, young people

молоде́ц fine féllow, good sport; ~! well done, good for you!

молодо́й young

мо́лодость youth

молоко́ milk

мо́лот hámmer

молото́к hámmer

моло́ть grind

моло́чн||ая mílkshop; dáiry; **~ик** créam jug; **~ый** milk(-)

мо́лч||а sílently; **~али́вый** táciturn, quíet, sílent; **~а́ние** sílence; **~а́ть** be sílent, be quíet

моль moth

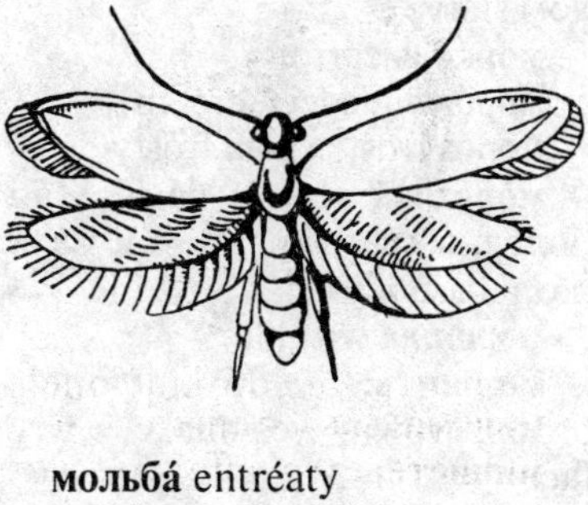

мольба́ entréaty

моме́нт móment; **~а́льно** ínstantly; **~а́льный** instantáneous

мона́рхия mónarchy

монго́л Móngol

Монго́лия Mongólia

монго́льский Mongólian

моне́та coin

монта́ж 1) assémbling, móunting 2) *(в кино)* éditing

монтёр electrícian

мора́ль mórals, éthics

мора́льн||ый móral; ~ое состоя́ние moràle

морг||а́ть, ~ну́ть blink; wink *(одним глазом)*

мо́рда muzzle

мо́ре sea

мори́ть extérminate; ~ го́лодом starve

морко́вь cárrot

моро́женое íce(-créam)

моро́з frost; **~ный** frósty

морск||о́й sea(-); nával; ~а́я боле́знь séasickness; ~а́я ба́за nával base

морщи́на wrinkle

мо́рщить: ~ лоб knit one's brows, frown; **~ся** make a wry face

моря́к séaman, sáilor

Москва́ Móscow

Москва́ *(река)* the Moskvá-ríver

москвичи́ inhábitants of Móscow, Múscovites

мост bridge

мости́ть pave

мостова́я road

моти́в 1) *муз.* tune 2) *(причина)* mótive

мото́р éngine

мотоци́кл mótorcycle, mótorbike

мох moss

мохна́тый shággy; búshy

моча́ úrine

мочи́ть wet; soak *(вымачивать)*

мочь be able to; я могу́ I can

моше́нник swíndler

мо́шка gnat

мо́щность pówer

мо́щный pówerful

мощь pówer; might

мрак dárkness, gloom

мра́мор marble

мра́чный glóomy; *перен. тж.* sómbre

мсти́тельный vindíctive

мстить 1) *(кому-л.)* revénge onesélf (upón) 2) *(за что-л.)* revénge onesélf (for)

мудре́ц sage

му́др||ость wísdom; **~ый** wise

муж húsband

му́жественный courágeous

му́жество cóurage

мужск||о́й 1) *(мужского пола)* male 2) *(для мужчин)* man's, men's; ~áя шля́па a man's hat 3) *грам.* másculine

мужчи́на man

му́за muse

музе́й muséum

му́зык||а músic; **~а́льный** músical; **~а́нт** musícian

му́ка tórment

мука́ flour

мультипликацио́нный: ~ фильм ánimated cartóons

му́мия múmmy

мунди́р úniform

мундшту́к cigarétte holder

муравéй ant; **~ник** ánt hill

Му́рманск Múrmansk

му́скул muscle

му́сор rúbbish; gárbage *(амер.)*; **~ный:** ~ный я́щик dústbin

мусульма́нин Múslim

мусульма́нство Íslam

му́тный múddy, túrbid; ~ взгляд dull glance

му́фта muff

му́ха fly

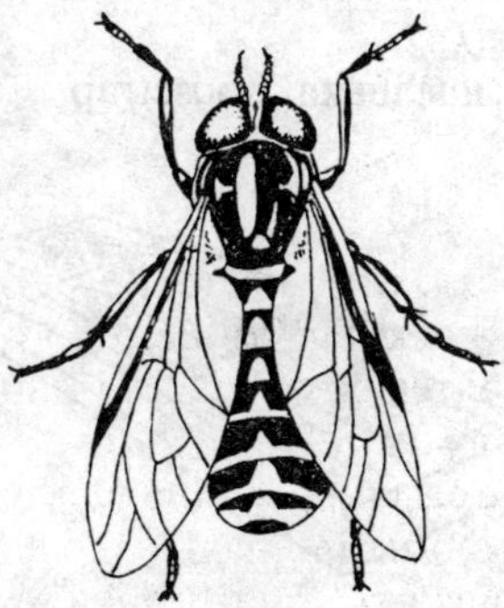

муче́ние 1) tórture 2) *разг.* *(беспокойство)* wórry, bóther

му́чить tormént, tórture; wórry *(беспокоить)*

мча́ться speed, tear alóng, húrry

мще́ние véngeance

мы we

мы́лить soap, láther

мы́ло soap; хозя́йственное ~ láundry soap; туалéтное ~ tóilet soap

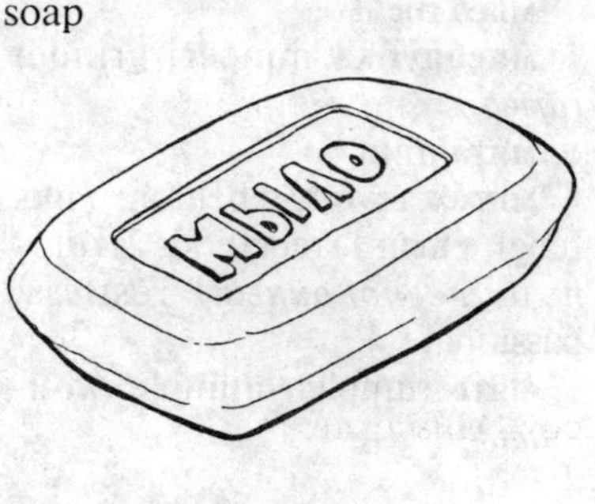

мы́льн||ица sóap dish; **~ый** soap(-); ~ая пе́на sóap-suds *(мн. ч.),* láther

мыс cape

мы́сленный 1) méntal 2) *(воображаемый)* imáginary

мысли́тель thínker

мысль thought

мыть wash; **~ся** wash (onesélf)

мыча́ть low, béllow; moo *(разг.)*

мышело́вка móusetrap

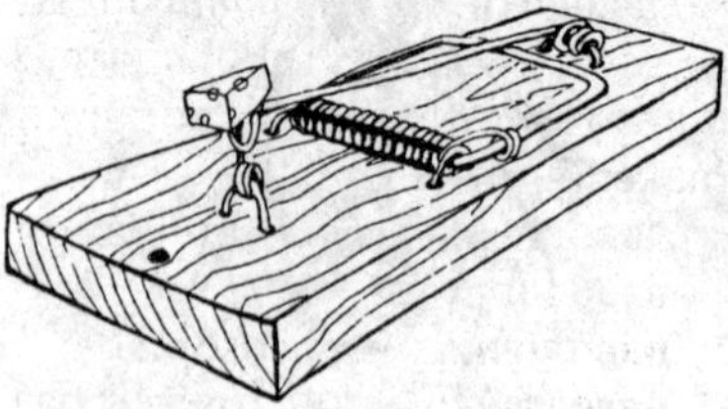

мышле́ние way of thínking; mentálity

мы́шца muscle

мышь mouse

мэр máyor

мэ́рия cíty hall

мю́зикл músical

мя́гкий soft; génial, mild *(о климате); перен.* gentle

мяс||ни́к bútcher; **~но́й** meat

мя́со meat

мясору́бка míncer; grínder *(амер.)*

мя́та mint

мяте́ж revólt; rebéllion; **~ник** rébel; **~ный** 1) rebéllious 2) *(бурный, неспокойный)* réstless, pássionate

мять rumple; crumple *(комкать)*

мяч ball

Н

на I 1) *(сверху, на поверхности; тж. указывает на местоположение)* on; на столе́ on the table; го́род на Во́лге a town on the Vólga 2) *(указывает на местопребывание)* in; at; на ю́ге in the South; на заво́де at the fáctory; на конце́рте at a cóncert 3) *(куда)* to; towárds *(в направлении);* на се́вер to the North; на Кавка́з to the Cáucasus; дви́гаться на ого́нь move towárds the fire 4) *(при обозначении способа передвижения)* by; in; е́хать на парохо́де go by stéamer; е́хать на изво́зчике drive in a cab 5) *(во время, в течение)* dúring; in *(при обозначении года);* on *(при обозначении дня);* на кани́кулах dúring the vacátion; на деся́том году́ in one's tenth year; на тре́тий день on the third day 6) *(при обозначении срока)* for; на два дня for two days

на! II *(возьми)* here you are!

наба́т alárm; бить в ~ raise the alárm

набе́г raid

на́бережная embánkment, quay

набира́ть 1) gáther, colléct 2) *полигр.* set, týpeset 3) *воен.* recrúit ◊ ~ но́мер *(по телефону)* dial

наблюд||а́тель obsérver; **~а́тельный** obsérvant; **~а́ть** watch, obsérve; **~е́ние** 1) observátion 2) *(надзор)* supervísion

набо́р 1) *(комплект)* set 2) *(учащихся)* admíssion, recéption 3) *воен.* lévy 4) *полигр.* (týpe)-setting

набо́рщик týpesetter

набра́ть *см.* набира́ть

набро́сок sketch, rough draft

наве́ки for éver

наве́рн||о(е) 1) *(несомненно)* for cértain 2) *(вероятно)* próbably, véry líkely; **~яка́:** он ~яка́ придёт he is sure to come

наверста́ть, навёрстывать make up for

наве́рх up, úpwards; upstáirs *(по лестнице)*

наверху́ abóve; úpstairs *(на верхнем этаже)*

навести́ *см.* наводи́ть

наве||сти́ть, ~ща́ть vísit, call on, go and see

наводи́ть *(направлять)* diréct, point *(оружие)* ◊ ~ на мысль put it ínto one's head; ~ спра́вки make inquíries

наводне́ние flood, inundátion

наво́з manúre

на́волочка píllowcase

навсегда́ for good, foréver; раз ~ once and for all

навстре́чу towárds; идти́ ~ *перен.* meet *smb.* hálf-wáy

на́вык skill

навяза́ть, навя́зывать tie on; *перен.* impóse *smth.* (on), thrust *smth.* (on); press *smth.* (on)

нагиба́ть bend; **~ся** stoop, bend

на́гл||ость ímpudence, ínsolence; **~ый** ímpudent, ínsolent

нагля́дн||о cléarly, gráphically; **~ый:** ~ый уро́к óbject lesson; ~ые посо́бия vísual aids

нагну́ть(ся) *см.* нагиба́ть(ся)

наготове réady, in réadiness

награ́||да rewárd; decorátion *(знак отличия);* prize *(школьная);* **~ди́ть, ~жда́ть** rewárd; décorate *(орденом)*

нагрева́ть, нагре́ть warm, heat

нагру||жа́ть, ~зи́ть load; búrden *(обременять)*

нагру́зка load

над óver, abóve

надева́ть put on

наде́жда hope

надёжный relíable

наде́ть *см.* надева́ть

наде́яться hope; ~ на кого́-л. relý upón smb.

надзо́р supervísion

надлежа́щий próper, due

надме́нный háughty

на днях one of these days, in a day or two *(о будущем);* the óther day, a day or two agó *(о прошлом)*

на́до it is nécessary; one must

на́добность necéssity; need

надоеда́ть, надое́сть bore; bóther, trouble *(беспокоить)*

на́дпись inscríption

надува́ть 1) puff up; infláte 2) *разг. (обманывать)* cheat

наду́манный fár-fétched

наду́ть *см.* надува́ть

наедине́ alóne, in prívate

наём hire; **~ный** hired

нажа́ть, нажима́ть press (on), push

наза́д báck(wards); тому́ ~ agó

назва́||ние name; title *(книги);* **~ть** *см.* называ́ть

назнач||а́ть 1) *(на должность и т.п.)* appóint 2) *(устанавливать)* fix; **~е́ние** 1) appóintment, nominátion 2) *(цель)* púrpose

назна́чить *см.* назнача́ть

назо́йливый 1) tíresome 2) *(неделикатный)* intrúsive, púshing

называ́ть call, name; **~ся** be called

наибо́лее (the) most

наи́вн||ость simplícity; **~ый** naive

наизна́нку ínsíde out, on the wrong side

наизу́сть by heart

на́искось diágonally; on the bías *(в кройке)*

найти́ *см.* находи́ть

наказ||а́ние púnishment; pénalty *(взыскание);* **~а́ть, нака́зывать** púnish

накану́не the day befóre; on the eve (of) *(перед каким-л. событием)*

накла́дывать lay, put *smth.* on

наклони́ть(ся) *см.* наклоня́ть(ся)

накло́нн||ость ínclination; име́ть ~ к чему́-л. be inclíned to smth., have a téndency to smth.; **~ый** slóping, oblíque, inclíned

наклоня́ть bend; tilt; **~ся** bend óver

наконе́ц at last, fínally

накоп||и́ть accúmulate; **~ле́ние** accumulátion

накорми́ть feed

накрыва́ть, накры́ть cóver; ~ на стол lay the table

нала́||дить, ~живать arránge; put *smth.* right *(поправить)*

нале́во to (on) the left

налегке́ 1) *(без багажа)* únencúmbered, with no lúggage 2) *(в лёгком костюме)* líghtly clad

налёт I raid

налёт II *(слой)* cóating; ~ в го́рле *мед.* patch

налива́ть, нали́ть pour out

налицо́: быть ~ be présent *(о человеке);* be aváilable *(о предмете)*

нали́чие présence

нали́ч||ый: ~ые де́ньги cash *(ед. ч.);* плати́ть ~ыми pay in cash

нало́г tax

наложи́ть *см.* накла́дывать

нам us, to us

намёк hint

намек||а́ть, ~ну́ть hint (at)

намерева́ться inténd

наме́рение inténtion; púrpose

наме́тить, намеча́ть 1) *(кандидатов)* nóminate 2) *(план)* óutline

на́ми (by, with) us

нанести́ *см.* наноси́ть

нанима́ть hire

наноси́ть 1) *(песок и т.п.)* drift 2) *(причинять)* inflíct; ~ уще́рб cause dámage

наня́ть *см.* нанима́ть

наоборо́т 1. *вводн. сл.* on the cóntrary **2.** *нареч. (не так, как следует)* the wrong way

наобу́м at rándom

наотре́з flátly, categórically; отказа́ться ~ flátly refúse, refúse póint-blánk

напад||а́ть attáck, assáult; **~е́ние** attáck, assáult

напа́сть *см.* напада́ть

напева́ть hum

напе́вный melódious

напёрсток thimble

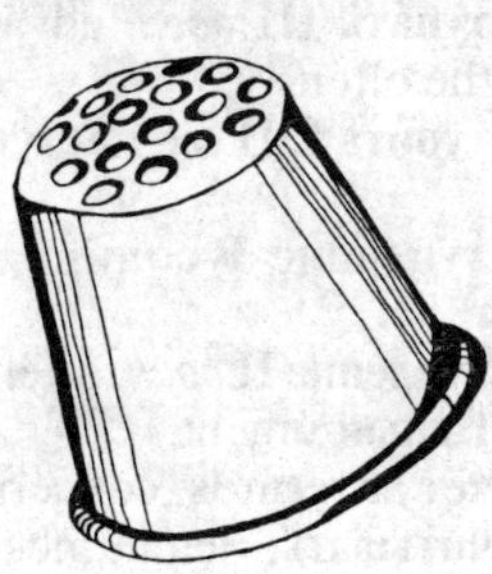

написа́ть 1) write 2) *(картину)* paint

напи́||ток drink, béverage; **~ться** 1) *(утолить жажду)* drink, quench one's thirst 2) *(опьянеть)* get drunk

наплы́в ínflux, rush

напои́ть give *smb.* sómething to drink

напока́з for show

напо́лн||ить, ~я́ть fill

наполови́ну half(-)

напомина́ть, напо́мнить remínd

напра́в||ить(ся) *см.* направля́ть(ся); **~ле́ние** diréction; **~ля́ть** 1) diréct 2) *(посылать)* send; **~ля́ться** go, be bound for

напра́во to (on) the right

напра́сн||о 1) *(зря)* in vain; for nóthing 2) *(несправедливо)* wróngfully; **~ый** 1) *(бесполезный)* vain; úseless 2) *(несправедливый)* wróngful; únjust

наприме́р for exámple

напрока́т on hire; брать ~ hire

напро́тив 1) ópposite 2) *(наоборот)* on the cóntrary

напря||гáть strain; **~жéние** strain, ténsion; éffort *(усилие);* ~**жённый** strained, tense

напря́чь *см.* напрягáть

наравнé on an équal fóoting with

нарастáть grow

нарвáть I *(цветов, плодов)* pick

нарвáть II *см.* нарывáть

нарéчие 1) díalect 2) *грам.* ádverb

нарисовáть draw

нарко́лог éxpert in narcótics

наркомáн drug áddict

нарко́тик narcótic, drug

наро́д people; nátion; **~ность** nationálity; **~ный** people's, nátional; ~ное хозя́йство nátional ecónomy

наро́чно on púrpose; for fun *(в шутку)*

нару́жн||ость appéarance; **~ый** extérnal, extérior

нару́жу óutsíde; вы́йти ~ come out

наруш||áть break; infrínge, víolate *(закон, правило);* distúrb *(тишину);* **~éние** breach; infríngement, violátion *(законов, правил),* distúrbance *(тишины)*

нару́шить *см.* нарушáть

нары́в ábscess; **~áть** féster; gáther

наря́д dress, attíre; **~и́ть(ся)** *см.* наряжáть(ся); **~ный** smart

наряжáть, ~ся dress up

нас us

насади́ть, насаждáть (im)-plánt

насеко́мое ínsect

насел||éние populátion; **~ённый** pópulated; **~и́ть** *см.* населя́ть; **~я́ть** inhábit

наси́л||ие víolence; **~овать** force

наси́льствен||ый fórcible; forced; ~ая смерть víolent death

насквóзь through

наско́лько 1) *(вопросит.)* how much 2) *(относит.)* as far as

нáскоро hástily, húrriedly

наслажд||áться enjóy, take pléasure; **~éние** enjóyment, delíght

наслéд||ие légacy; **~ник** heir; **~ство** inhéritance

насмéш||ка móckery; **~ливый** mócking, sarcástic, derísive

нáсморк rúnny nóse

насо́с pump

настáивать insíst (on)

нáстежь wide ópen

насто́йчив||ость persístence; **~ый** persístent; préssing

насто́лько so; ~ наско́лько as much as

насто́льн||ый desk, table; ~ая лáмпа table lamp

настоя́ть *см.* настáивать

настоя́щий 1) real 2) *(о времени)* présent

настроéние mood

наступáтельный offénsive

наступáть I *(ногой)* tread on

наступá||ть II fall; appróach; сро́ки ~ют the term is expíring

наступáть III *воен.* advánce, be on the offénsive

наступи́ть I, II *см.* наступáть I, II

наступлéние I cóming, appróach

наступлéние II *воен.* offénsive

насу́щный úrgent

насчёт as regárds, concérning

насчи́тывать, ~ся númber

насы́п||ать, ~а́ть 1) pour *smth.* ínto 2) *(наполнить)* fill
на́сыпь *ж.-д.* embánkment
ната́лкиваться 1) run agáinst 2) *(встречаться)* run acróss; meet with
на́тиск ónslaught
натолкну́ться *см.* ната́лкиваться
натоща́к on an émpty stómach
натя́гивать, натяну́ть stretch; draw on
нау́ка scíence
научи́ть teach; **~ся** learn
нау́чный scientífic
нау́шники *радио* héadphones

наха́л impértinent (impudent) féllow
наха́ль||ный impértinent, chéeky; **~ство** impértinence, ímpudence, cheek
находи́ть 1) find 2) *(считать)* consíder; **~ся** be
нахо́д||ка find; бюро́ ~ок lost próperty óffice, lost and found
нахо́дчивый ingénious, resóurceful
национализ||а́ция nationalizátion; **~и́ровать** nátionalize
национали́зм nátionalism
национа́льн||ость nationálity; **~ый** nátional
на́ция nátion
нача́ло 1) begínning 2) *(источник)* órigin; source
нача́льник chief, head, mánager
нача́льн||ый: ~ая шко́ла eleméntary school
нача́ть, начина́ть begín
начи́нка fílling
наш our, ours
наяву́ in one's wáking hours; сон ~ dáydream
не not; no, none *(никакой, никакие)*
небе́сный celéstial, héavenly
неблагода́рный ungráteful
неблагоприя́тный únfávourable
неблагоразу́мный unréasonable
не́бо sky
нёбо pálate
небольшо́й small; short *(о расстоянии, сроке)*
небоскрёб skýscraper

небре́жный négligent; cáreless
небыва́лый unprécedented
Нева́ the Néva
нева́жн||о 1. *безл.* it doesn't mátter, néver mind **2.** *нареч.:* он

себя́ ~ чу́вствует he doesn't feel véry well; **~ый** *(плохой)* bad, poor

неве́жество ígnorance

неве́жливый rude, impolíte

неве́рный 1) wrong 2) *(изменивший)* únfáithful

невероя́тный incrédible

неве́ста fiancée, bride

неве́стка dáughter-in-law *(жена сына);* síster-in-law *(жена брата)*

неви́данный unprécedented, incrédible

неви́нн||ость ínnocence; **~ый** ínnocent

невмеша́тельство non-interférence

невнима́||ние inatténtion; lack of concérn; **~тельный** inatténtive

не́вод físhing net

невозмо́жный impóssible

невозмути́мый impertúrbable

нево́льн||о invóluntarily; **~ый** invóluntary

невооружённ||ый únármed ◊ ~ым гла́зом with the náked eye

невоспи́танный íll-bréd

невреди́мый únhármed, únínjured, safe; це́лый и ~ safe and sound

невы́годный unprófitable

невыноси́мый unbéarable

невыполне́ние nón-execútion

невыполни́мый impóssible

не́где there's no room; nówhere

негодова́||ние indignátion; **~ть** be indígnant

негодя́й scóundrel

негр black man

негра́мотн||ость illíteracy; **~ый** illíterate

неда́вно látely, récently

недалеко́ not far awáy; ~ от not far from

неда́ром 1) *(не без основания)* not withóut réason 2) *(не напрасно)* not in vain

недви́жимость real estáte; immóvables *(мн. число)*

недействи́тельный 1) ineffécive 2) *юр.* inválid

неде́ля week

недобросо́вестн||ость lack of consciéntiousness; **~ый** unconsciéntious

недове́рие distrúst, mistrúst

недово́ль||ный disconténted, dissátisfied; **~ство** discontént

недога́дливый slów(-witted)

недо́лго not long; ~ ду́мая withóut stópping to think, as quick as thought

недооце́н||ивать, ~и́ть únderéstimate

недопусти́мый inadmíssible

недоразуме́ние mísunderstánding

недосмо́тр óversight; по ~у by an óversight

недост||ава́ть *безл.* not have enóugh; lack; **~а́ток** 1) lack 2) *(дефект)* deféct, shórtcoming

недоста́точно insuffíciently; он ~ умён he is not cléver enóugh

недостижи́мый únattáinable, únachíevable

недосто́йный unwórthy

недосту́пный inaccéssible

недоум||ева́ть be perpléxed, be bewíldered; **~е́ние** perpléxity, bewílderment

недочёт *(в работе)* deféct

неесте́ственный 1) unnátural 2) *(притворный)* affécted

не́жн||ость ténderness; **~ый** ténder; délicate *(о красках и т.п.)*

незави́сим||ость indepéndence; **~ый** indepéndent

незако́нный illícit, únláwful

незамени́мый irrepláceable, indispénsable

незаме́тный impercéptible; únnóticeable

не́зачем there is no need

незащищённый únprotécted, únshéltered

нездоро́вый unhéalthy; он нездоро́в he is ill

незнако́м||ый únfamíliar; ~ые лю́ди strángers

незна́ние ígnorance

незначи́тельный insigníficant, únimpórtant

неизбе́жный inévitable

неизве́стный únknówn

неизлечи́мый incúrable

неизме́нный 1) inváriable 2) *(постоянный)* cónstant

неизмери́мый imméasurable

нei'скренний insincére

неисправи́мый incórrigible

неиспра́вный in dísrepáir

неиспы́танный untésted; *(непережитый)* nóvel

неистощи́мый, неисчерпа́емый inexháustible

нейтралите́т neutrálity

нейтра́льный néutral

не́кий a cértain

не́когда I *(когда-то)* at one time

не́когда II: мне ~ I have no time

не́который 1) a cértain 2) *мн. ч.* some

некраси́в||о not nice; **~ый** úgly

некроло́г obítuary

некста́ти not to the point, irrélevant

не́кто sómebody, sómeone

не́куда nówhere

некульту́рный úncúltured, úncivilized

некуря́щ||ий *сущ.* non-smóker; ваго́н для ~их non-smóking cárriage

нелега́льный illégal; únderground *(подпольный)*

неле́пый absúrd

нело́вк||о áwkwardly; э́то ~ it's áwkward; **~ий** áwkward

нельзя́ one can't, it is impóssible *(невозможно);* it is prohíbited *(запрещается)*

нелюбо́вь dislíke

нема́ло 1) not a little *(перед ед. ч.);* not a few *(перед мн. ч.)* 2) *(при глаголе)* a great deal

неме́дленн||о immédiately; **~ый** immédiate

не́мец Gérman

неме́цкий Gérman

немно́го a little, some; a few; ~ ма́сла a little bútter; ~ са́хару some súgar; ~ люде́й a few people

немо́й 1. *прил.* dumb **2.** *сущ.* dumb man

ненави́деть hate

не́нависть hátred

ненадёжный únrelíable; insecúre

ненорма́льный 1) abnórmal 2) *(психически)* mad

нену́жный unnécessary

необду́манный hásty, rash

необита́емый úninhábited; ~ о́стров désert ísland

необосно́ванный gróundless

необрабо́танный 1) *(о земле)* úncúltivated, úntílled 2) *(о материале)* raw

необразо́ванный únéducated

необходи́м||ость necéssity; **~ый** nécessary, indispénsable, esséntial

необыкнове́нный extraórdinary, remárkable

неограни́ченный únlímited

неоднокра́тн||о repéatedly; **~ый** repéated

неодобре́ние disappróval

неожи́данный únexpécted

неоко́нченный únfínished

неопределённ||ость uncértainty; **~ый** indéfinite, vague

неопровержи́мый irrefútable

нео́пытный inexpérienced

неоснова́тельный únfóunded, gróundless

неосторо́жн||ость incáutiousness, imprúdence; **~ый** imprúdent, cáreless, incáutious

неотло́жн||ый úrgent; ~ая по́мощь first aid

неохо́тно relúctantly, únwíllingly

непобеди́м||ость invincibílity; **~ый** invíncible

неподви́жный immóvable, mótionless, still; fixed

неподходя́щий únsúitable, inapprópriate

непоколеби́мый unshákable, stéadfast

непо́лный incompléte

непонима́ние fáilure to understánd

непосле́довательный inconsístent

непосре́дственный 1) diréct 2) *(естественный)* spontáneous

непостоя́нный incónstant

непохо́ж||ий: э́то на вас ~е that's not like you

непра́вильн||о wrong; **~ый** 1) irrégular 2) *(неверный)* wrong, incorréct

непредви́денный únforeséen

непреме́нно withóut fail; be sure to

непреодоли́мый insúperable; irresístible *(о желании и т.п.)*

непреры́вный únbróken, úninterrúpted

неприго́дный unfít, úseless

неприе́млемый únaccéptable, únsúitable

неприкоснове́нность inviolabílity; диплома́тическая ~ diplomátic immúnity

неприли́чный indécent

непримири́мый implácable, irréconcilable

непринуждённ||о infórmally; at ease; **~ый** reláxed, infórmal

непристу́пный inaccéssible; imprégnable *(о крепости)*

неприя́тель énemy; **~ский** énemy

неприя́тн||ость trouble; **~ости** troubles; **~ый** unpléasant, disagréeable

непроизводи́тельный únprodúctive

непромока́емый wáterproof; ~ плащ ráincoat

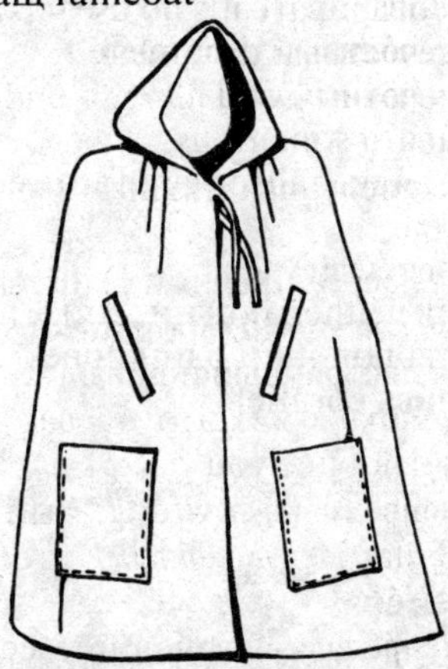

непро́чный únstáble, not strong; flímsy *(о материи)*

нера́в||енство inequálity; **~ный** únéqual; ~ные шансы long odds

неразбо́рчивый 1) *(в средствах)* unscrúpulous 2) *(о почерке)* illégible

нера́звитый úndevéloped; báckward *(о ребёнке)*

неразгово́рчивый táciturn, réticent, úncommúnicative

неразреш||ённый 1) únsólved 2) *(недозволенный)* forbídden, prohíbited; **~и́мый** insóluble

неразры́вный indissóluble, inséparable

нераствори́мый *хим.* insóluble

нерв nerve; ~ **ничать** wórry, be nérvous; **~ный** nérvous

нереши́тельн||ость indecísion, irrésoluteness; **~ый** 1) *(о человеке)* irrésolute, úndecísive 2) *(об ответе и т.п.)* hálf-héarted

неро́вный únéven

не́сколько 1. *числит.* a few; a little **2.** *нареч. (в некоторой степени)* sómewhat, ráther

нескро́мный immódest; indiscréet *(нетактичный)*

неслы́ханный unhéard of, incrédible

несмотря́ на in spite of, notwithstánding

несовершеннолётний 1. *прил.* únderage **2.** *сущ. юр.* mínor

несовершéнный impérfect

несовместúмый incompátible (with)

несоглáсие disagréement, dífference of opínion

несознáтельный 1) uncónscious; invóluntary *(непроизвольный)* 2) *(неразумный)* irrespónsible

несокрушúмый indestrúctible; invíncible *(непобедимый)*

несомнéнн||о undóubtedly, be sure to; **~ый** undóubted, indúbitable

несостоя́тельный 1) insólvent; bánkrupt 2) *(о теории)* úntenable

неспосóбный incápable (of), únáble (to); dull *(об ученике)*

несправедлúв||ость injústice; **~ый** únjúst, únfáir

несравн||éнный, ~úмый incómparable

нестú 1) cárry 2) *(терпеть)* bear

нестúсь 1) rush alóng 2) *(о курице)* lay eggs

несчáстный unfórtunate; ~ слу́чай áccident

несчáсть||е misfórtune, disáster; к ~ ю unfórtunately

нет 1) no 2) *(не имеется)* there is no, there are no

нетерпелúвый impátient

нетóчный ináccurate; inexáct

нетру́дный éasy

нетрудоспосóбный disábled, incapácitated

неувéренн||ость uncértainty, díffidence; **~ый** díffident

неудáч||а fáilure; потерпéть ~у fail; **~ный** únsuccéssful

неудóб||ный inconvénient; uncómfortable; **~ство** inconvénience

неудовлетвор||ённый dissátisfied; **~úтельный** únsatisfáctory

неужéли réally

неуклóнный stéadfast

неумéстный póintless; irrélevant

неумолúмый reléntless, inéxorable

неурожáй bad hárvest, poor crop

неутолúмый insátiable

неутомúмый indefátigable, untíring

нефтепровóд oil pípeline

нефтепроду́кт oil próduct

нефт||ь oil; **~янóй** oil(-)

нехорóший bad

нехорошó 1. *нареч.* bádly **2.** *безл.* that's too bad

нéхотя únwíllingly, relúctantly

нечáянно accidéntally, úninténtionally

нéчего 1. *мест.* nóthing; емý ~ читáть he has nóthing to read **2.** *безл.* *(бесполезно)* it's no use; ~ разговáривать it's no use tálking

нечéстный dishónest

нечётный odd

нéчто sómething

нея́вка ábsence; fáilure to appéar

нея́сный vague

ни néither, not; ни... ни... néither... nor...; ни oдúн none

нúва córnfield

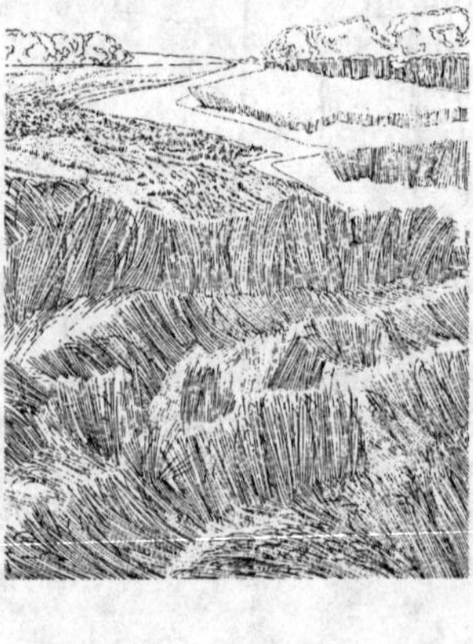

нигде́ nówhere

Нидерла́нды Nétherlands

ни́же 1. *прил.* lówer; shórter *(о росте)* **2.** *нареч.* lówer **3.** *предлог* belów; *перен.* benéath; ~ нуля́ belów zéro; ~ вся́кой кри́тики benéath contémpt

ни́жний únder; lówer; ~ эта́ж ground floor

низ lówest part, bóttom

ни́зкий 1) low 2) *(подлый)* base, mean

ни́зменность lówland

ни́зость méanness

ника́к by no means; **~о́й** none; no; notány

никогда́ néver

никто́ nóbody, no one

никуда́ nówhere

ниско́лько not at all, not a bit

ни́тка, нить thread

ничего́ nóthing; ~! néver mind!; it doesn't mátter!

ниче́й nóbody's

ничто́ nóthing

ничто́жный insignificant; contémptible *(презренный)*

ничу́ть *см.* ниско́лько

ничья́ *спорт.* a draw

нищета́ póverty

ни́щий 1. *сущ.* béggar **2.** *прил.* béggarly, póverty-stricken

но but

нова́тор ínnovator

нови́нка nóvelty

нововведе́ние innovátion

новорождённый néwborn

новосе́лье hóuse-warming

но́вость news

но́вшество innovátion

но́вый new

нога́ foot *(ступня);* leg *(выше ступни)* ◊ идти́ в но́гу keep in step

но́готь nail; tóe-nail *(на ноге)*

нож knife

но́жницы scíssors

но́жны sheath *(ед. ч.)*

ноздря́ nóstril

ноль *см.* нуль

но́мер 1) númber 2) *(обуви и т. п.)* size 3) *(в гостинице)* room 4) *(программы)* ítem

нора́ hole, búrrow

Норве́гия Nórway

норве́ж||ец, ~ский Norwégian

но́рма norm; rate; дневна́я ~ *(работы)* dáily work quóta

норма́льный nórmal

нос 1) nose 2) *(корабля)* bow

носи́лки strétcher *(ед. ч.),* lítter *(ед. ч.)*

носи́льщик pórter

носи́ть 1) cárry 2) *(одежду)* wear; **~ся** 1) *(по воде)* drift 2) *(с кем-л., с чем-л.)* fuss óver, make a fuss abóut

носо́к 1) *(сапога, чулка)* toe 2) *(короткий чулок)* sock

но́та note

нота́риус nótary

нота́ция réprimand, lécture

нóт||ы músic *(ед. ч.);* игрáть по ~ам play from músic; игрáть без нот play by heart

ноч||евáть pass (spend) the night; **~лéг** lódging for the night

ночни́к níght-light

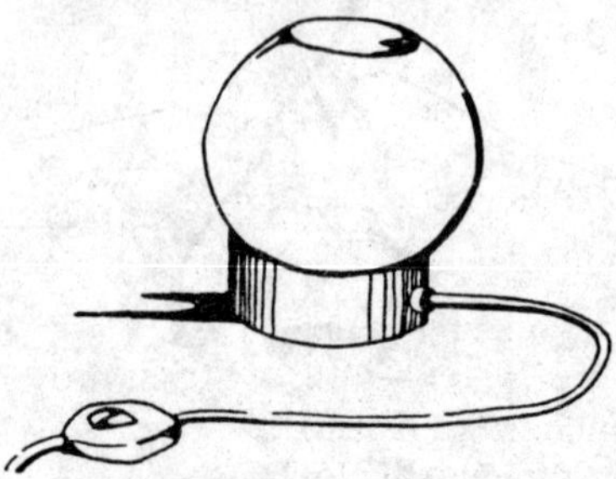

ночнóй night(-)

ночь night; **~ю** in the night, at night

нóша búrden

ноя́брь Novémber

нрáв||иться please; он мне ~ится I like him

нрáвственность vírtuousness, morálity

нрáвы cústoms; ways

ну! well!

нужд||á need; **~áться** 1) *(в чём-л.)* need, be in need of 2) *(бéдствовать)* be véry poor

ну́жно it is nécessary; мне ~ I need

ну́жный nécessary

нуль nought, zéro

нырн||у́ть, ~я́ть dive

Нью-Йóрк New York

ню́хать smell

ня́нчить nurse; *(ребёнка)* look áfter, mind

ня́ня nánny; nurse *(в больни-це);* bábysitter *(приходящая)*

О

о(б) 1) *(относительно)* abóut, of; on *(на тему);* кни́га о жи́вописи a book on art 2) *(при обозначении соприкосновения, столкновения)* agáinst, on, upon; удáриться о дверь hit agáinst the door

óба both

обвáл fall; ávalanche *(снежный);* **~иваться, ~и́ться** fall

обвин||éние accusátion, charge; **~и́тель** *юр.* prósecutor; **~и́тельный:** ~и́тельный приговóр verdict of guilty; **~и́ть** *см.* обвиня́ть; **~я́емый** accúsed; *юр.* deféndant; **~я́ть** accúse (of); charge (with)

обгоня́ть overtáke; outstríp

обду́м||ать, ~ывать think *smth.* óver, consíder

óбе both

обéд dínner; (*ранний*) lunch; **~ать** dine, have dínner; have lunch

обезбóливание anaesthetizátion

обезвре́||дить, ~живать réndèr *smth.* hármless

обездóленный déstitute

обезопа́сить secúre (agáinst)

обезору́ж||ивать, ~ ить disárm

обезья́на mónkey; ape *(человекообра́зная)*

оберега́ть protéct (from); guard (agáinst)

оберну́ться *см.* обора́чиваться

обеспе́чен||ие secúrity; guarantée; *(чем-л.)* provísion; социа́льное ~ sócial máintenance; **~ный** 1) províded with 2) *(состоятельный)* wéll-óff, wéll-to-dó

обеспе́чи||вать, ~ть 1) *(снабжать)* províde (with) 2) *(гарантировать)* secúre, ensúre

обесси́леть grow feeble; *разг.* be tíred out

обессме́ртить immórtalize

обеща́||ние prómise; **~ть** prómise

обже́чь(ся) *см.* обжига́ть(ся)

обжига́ть 1) burn 2) *тех.* fire, bake; **~ся** burn onesélf

обзо́р súrvey, reviéw

обива́ть *(о мебели)* uphólster; ~ желе́зом bind with íron

оби́вка 1) *(мебели)* uphólstering 2) *(материал)* uphólstery

оби́да offénce

оби́д||еть(ся) *см.* обижа́ть(ся); **~но!** what a píty!; мне ~но I am offénded; **~ный** offénsive; **~чивый** tóuchy

обижа́ть offénd, hurt; **~ся** take offénce, be offénded, be hurt

оби́лие abúndance

оби́льный abúndant, pléntiful

обита́ть inhábit

оби́ть *см.* обива́ть

obла́ва raid

облага́ть *(налогами)* tax

облада́||ние posséssion; **~тель** posséssor, ówner; **~ть** posséss

о́блако cloud

областно́й régional

о́бласть région, dístrict; próvince *(тж. перен.)*

о́блачный clóudy

облегч||а́ть facílitate; make *smth.* éasy (for); relíeve *(боль)*; **~е́ние** relíef

облегчи́ть *см.* облегча́ть

обледене́ть be cóvered with ice

обле||та́ть, ~те́ть 1) fly round 2) *(о листьях)* fall

облива́ть pour (óver); spill óver *(нечаянно)*

облига́ция bond

о́блик appéarance

обли́ть *см.* облива́ть

облич||а́ть, ~и́ть expóse; revéal

обложи́ть *см.* облага́ть

облóжка cóver; dúst jácket *(суперобложка)*

облóм||ки wréckage *(ед. ч.)*; **~ок** frágment

обмáн fraud, decéption; **~ýть** *см.* обмáнывать; **~чивый** decéptive; **~щик** fraud, impóstor; **~ывать** 1) decéive 2) *(подводить)* disappóint

обмáтывать wind round

обмéн exchánge; **~иваться, ~яться** exchánge

óбморок swoon, faint; пáдать в ~ faint

обмотáть *см.* обмáтывать

обмундировá||ние equípment; **~ть** equíp

обнадёж||ивать, ~ить raise hopes

обнарóдовать prómulgate *(факты и т.п.)*; make públic

обнарýжи||вать 1) *(находить)* discóver 2) *(выказывать)* displáy; **~ваться** 1) *(отыскиваться)* be found, turn up 2) *(выясняться)* appéar, turn out; **~ть(ся)** *см.* обнарýживать(ся)

обнимáть embráce; put one's arms round

обнищá||ние impóverishment; **~ть** becóme impóverished

обнов||úть, ~ля́ть renéw, rénovate

обня́ть *см.* обнимáть

обобщáть géneralize, súmmarize

обобществи́ть *см.* обобществля́ть

обобществ||лéние socializátion; **~лённый** sócialized; **~ля́ть** sócialize

обобщи́ть *см.* обобщáть

обога||ти́ть, ~щáть enrích; **~щéние** enríchment

обогнáть *см.* обгоня́ть

обогревáть, обогрéть warm

ободр||и́ть, ~я́ть encóurage

обозн||ачáть 1) *(помечать)* mark 2) *(значить)* mean; sígnify; **~áчить** *см.* обозначáть 1)

обозревáть *(осматривать)* survéy

обозрéние reviéw

обóи wállpaper *(ед. ч.)*

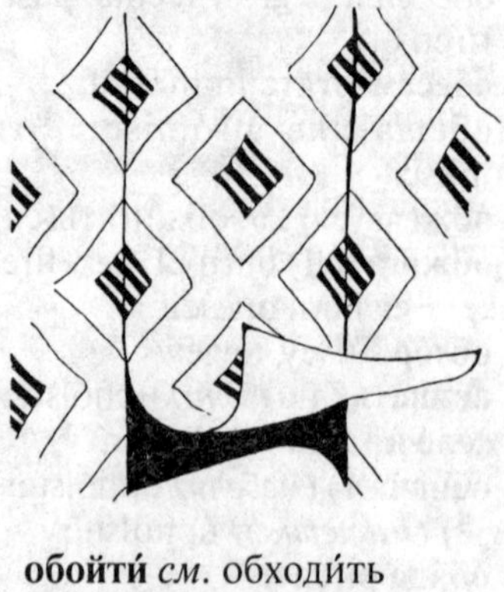

обойти́ *см.* обходи́ть

обойти́сь *см.* обходи́ться

обокрáсть rob

оболо́чка cóver; сли́зистая ~ *анат.* múcous mémbrane

оболь||сти́ть, ~ща́ть charm, fáscinate; sedúce *(соблазнить)*

обоня́ние sense of smell

обора́чиваться turn (round)

оборва́ть *см.* обрыва́ть

оборо́н||а defénce; **~и́тельный** defénsive; **~я́ть** defénd; **~я́ться** defénd onesélf

оборо́т 1) turn; *(при вращении тж.)* revolútion 2): на ~е on the back of; смотри́ на ~е p.t.o. (please turn óver)

обору́дова||ние equípment; machínery *(машинное)*; **~ть** equíp, fit out

обоснов||а́ние básis, ground; **~а́ть** base, ground; **~а́ться** settle down

обосно́вывать(ся) *см.* обоснова́ть(ся)

обостр||е́ние *(ухудшение)* turn for the worse; **~и́ть(ся)** *см.* обостря́ть(ся); **~я́ть** make mátters worse, ággravate; **~я́ться** becóme strained *(об отношениях)*

обраба́тыв||ать treat; cúltivate *(землю)*; **~ающий:** ~ающая промы́шленность manufácturing índustry

обрабо́т||ать *см.* обраба́тывать; **~ка** tréatment; cultivátion *(земли)*

обра́довать rejóice, make *smb.* háppy; **~ся** be glad

о́браз 1) ímage 2) *(способ)* mánner; ~ жи́зни mode of life ◊ каки́м ~ом? how?; нико́им ~ом by no means

образе́ц módel; sample, páttern, spécimen

образова́ние I formátion

образ||ова́ние II *(просвещение)* educátion; дать ~ éducate; **~о́ванный** (wéll-)éducated, cúltivated

образова́ть(ся) *см.* образо́вывать(ся)

образо́вывать make, form; **~ся** be formed

образцо́вый módel

обра́зчик spécimen; páttern *(материи)*

обрати́ть *см.* обраща́ть; **~ся** *см.* обраща́ться 1)

обра́тн||о back; **~ый** 1) *(противоположный)* revérse; ópposite 2): ~ый биле́т retúrn tícket; ~ый путь the way back

обраща́ть turn; ~ внима́ние nótice; pay atténtion (to); ~ чьё-л. внима́ние (на) draw sómebody's atténtion (to); не ~ внима́ния (на) not nótice; take no nótice (of), pay no atténtion (to); dísregárd, ignóre *(пренебрегать)*; ~ на себя́ внима́ние attráct atténtion (to onesélf) ◊ ~ в бе́гство put *smb.* to flight

обращ||а́ться 1) *(к кому-л.)* addréss; appéal; applý to *(с просьбой)* 2) *(с кем-л.)* treat; **~е́ние** 1) *(к кому-л.)* addréss; appéal 2) *(с кем-л.)* tréatment

обре́з||ать, ~а́ть cut off; **~аться** cut onesélf

обрека́ть, обре́чь condémn

обру́ш||иваться, ~иться come down

обры́в précipice

обрыва́ть tear off; pick *(цветы, плоды)*

обры́згать sprinkle, splash

обсле́дова||ние inspéction; **~ть** inspéct; invéstigate; exámine *(больного)*

обслу́жива||ние sérvice; **~ть** atténd to, serve; supplý *(снабжать)*

обстано́вка 1) *(мебель и т.п.)* fúrniture 2) *(положение дела)* situátion 3) *(среда)* átmosphere

обстоя́тельство círcumstance

обстре́л fire; shélling *(артиллерийский);* **~ивать, ~я́ть** ópen fire (upón); shell *(артиллерийским огнём)*

обсу||ди́ть, ~жда́ть discúss; **~жде́ние** discússion

обтека́емый stréamlined

обува́ться put on one's shoes

о́бувь fóotwear; shoes

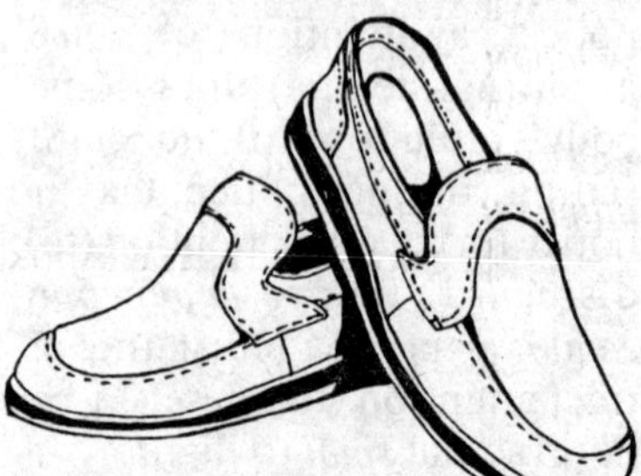

обузда́ть, обу́здывать curb

обусло́вить 1) *(ограничить условием)* stípulate (for) 2) *(быть причиной)* cause, call forth

обуч||а́ть teach, instrúct; **~е́ние** instrúction; **~и́ть** *см.* обуча́ть

обхо́д round; пойти́ в ~ go round

обходи́ть 1) *(вокруг)* go round 2) *(распространяться)* spread 3) *(избегать)* avóid; ~ молча́нием pass óver in sílence 4) *(закон и т.п.)* eváde

обходи́ться 1) *(без чего-л.)* mánage withóut 2) *(стоить)* cost, come to 3) *(обращаться)* treat

обши́рный exténsive, vast

обща́ться assóciate with, meet

общежи́тие hóstel

общеизве́стный wéll-knówn

общенаро́дный públic

обще́ние cóntact

обще́ственн||ость públic opínion; **~ый** sócial, públic; ~ая рабо́та sócial work

о́бщество socíety; *(компания)* cómpany

о́бщ||ий cómmon; géneral; для ~его по́льзования for géneral use; ничего́ ~его не име́ет has nóthing to do with

общи́тельный sóciable

о́бщность commúnity

объедине́ние 1) *(союз)* únion 2) *(действие)* unificátion

объединённый uníted; combíned

объедин||и́ть(ся) *см.* объединя́ть(ся); **~я́ть, ~я́ться** uníte

объезжа́ть go round, skirt

объе́кт súbject; *воен.* site

объём vólume

объе́хать *см.* объезжа́ть; ~ весь мир have been all óver the world

объяви́ть *см.* объявля́ть

объявле́ние 1) .annóuncement; advértisement 2) *(действие)* declarátion; **~я́ть** declа́re; annóunce

объясн||е́ние explanátion; **~и́ть(ся)** *см.* объясня́ть(ся); **~я́ть** expláin; **~я́ться** expláin; have it out with *smb.* *(начистоту)*

обыгра́ть, обы́грывать beat *smb.;* ~ кого́-л. на пять рубле́й win five rubles of smb

обыкнове́н||но úsually, génerally; **~ный** órdinary

о́быск search; **~а́ть** *см.* обы́скивать

обы́скивать search

обы́ч||ай cústom; **~ный** *см.* обыкнове́нный

Обь the Ob

обя́занн||ость dúty; **~ый** oblíged; быть ~ым must *(сделать что-л.)*; owe *smth. (чем-л.)*; я ему́ мно́гим обя́зан I owe him much

обяза́тель||но cértainly, withóut fail; **~ный** compúlsory; **~ство** obligátion

обяза́ть, обя́зывать oblíge; э́то ко мно́гому обя́зывает that puts one únder great obligátions

овёс oats *(мн. ч.)*

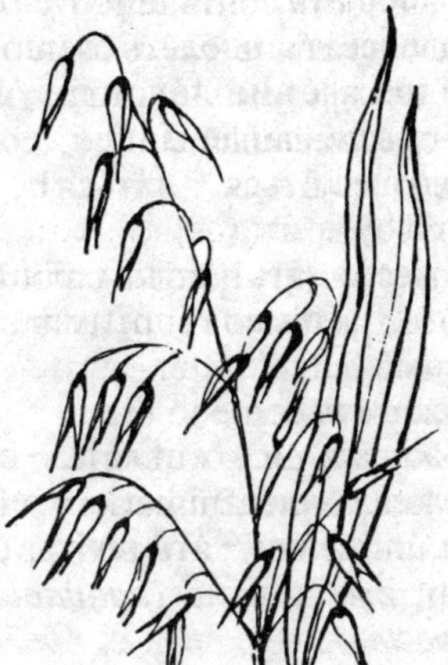

овла||дева́ть, ~де́ть 1) take posséssion of; seize 2) *(знаниями)* máster

о́вощи végetables

овра́г ravíne

овца́ sheep

овцево́дство shéep-fárming

овча́рка shéepdog

оглавле́ние (table of) cóntents

огласи́ть *см.* оглаша́ть

огла́ска publícity

оглаш||а́ть 1) annóunce 2) *(предавать огласке)* make *smth.* públic; **~е́ние:** не подлежи́т ~е́нию not for publicátion

огло́хнуть becóme deaf

оглуш||а́ть, ~и́ть 1) déafen 2) *(ударом)* stun

огляде́ть exámine, look óver; **~ся** look round; look abóut *(ориентироваться)*

огля́||дываться, ~ну́ться look back

о́гненный fíery

огнеопа́сный inflámmable

огнестре́льное ору́жие fírearms *(мн. ч.)*

огнетуши́тель fíre-extínguisher

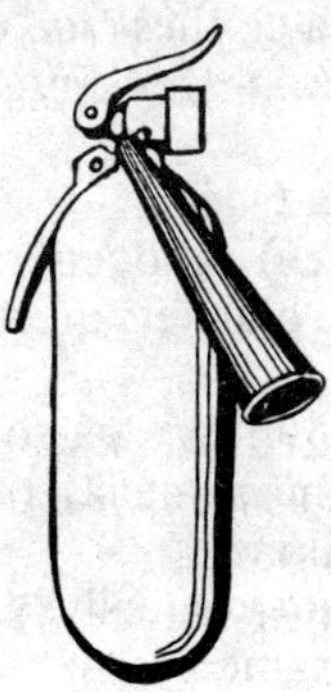

огнеупо́рный fíreproof

огова́ривать, оговори́ть *(обусловить)* stípulate (for)

огово́рка reservátion

ого́нь 1) fire 2) *(свет)* light

огора́живать fence (in)

огоро́д kítchen gárden; truck gárden *(амер.)*

огороди́ть *см.* огора́живать

огорч||а́ть distréss, pain, grieve; disappóint *(разочаровывать)*; **~е́ние** grief, sórrow; к моему́ ~е́нию to my great disappóintment; **~и́ть** *см.* огорча́ть

огра́б||ить rob; **~ле́ние** róbbery; búrglary *(со взломом)*

огра́да fence; wall *(стена)*

огра||ди́ть, ~жда́ть protéct

огран||иче́ние limitátion; **~и́ченный** 1) límited 2) *(неумный)* mediócre; **~и́чивать, ~и́чить** límit, restríct

огро́мный huge, imménse

огуре́ц cúcumber

одарённый gífted, tálented

одева́ть dress; **~ся** dress (onesélf)

оде́жда clothes *(мн. ч.)*

одержа́ть: ~ побе́ду gain a víctory

Оде́сса Odéssa

оде́ть(ся) *см.* одева́ть(ся)

одея́ло blánket; quilt *(стёганое)*

оди́н 1) one; ~ раз once; ~ и то́т же the same 2) *(в одиночестве)* alóne

одина́ков||о équally; **~ый** idéntical, the same

оди́ннадца||тый eléventh; **~ть** eléven

одино́||кий lónely, sólitary; single *(холостой)*; **~чество** sólitude

одна́ *см.* оди́н

одна́жды once

одна́ко howéver, (and) yet

одно́ *см.* оди́н

одновреме́нн||о simultáneously; at the same time; **~ый** simultáneous

однообра́з||ие monótony; **~ный** monótonous

одноро́дный homogéneous, úniform

односторо́нний óne-síded

одноэта́жный óne-stórey

одобре́ние appróval

одо́бр||ить, ~я́ть appróve (of)

одолева́ть, одоле́ть overcóme

одолж||е́ние fávour; **~и́ть** *(дать взаймы)* lend

одушев||и́ться, ~ля́ться be inspíred by

ожесточ||а́ть hárden, embítter; **~е́ние** víolence; bítterness; **~ённый** fierce; bítter

ожива́ть come to life

оживи́ть *см.* оживля́ть

оживл||е́ние animátion; **~ённый** ánimated; **~я́ть** revíve; enlíven, bríghten up *(придавать бодрости)*

ожида́||ние expectátion; **~ть** expéct

ожи́ть *см.* ожива́ть

ожо́г burn; scald *(кипятком, паром)*

озабо́ченный preóccupied; wórried

озагла́в||ить, ~ливать call, entítle

озелен||и́ть, ~я́ть plant vérdure, green

о́зеро lake

ози́мые wínter crops

озлобле́ние embítterment; animósity *(враждебность)*

ознако́м||иться, ~ля́ться becóme acquáinted with; acquáint, famíliarize onesélf with

ознаменова́ть 1) *(отметить)* sígnify, mark 2) *(отпраздновать)* célebrate

означа́ть mean

озно́б shívering

озя́бнуть be cold

Ока́ the Oká

оказа́ть(ся) *см.* ока́зывать(ся)

ока́зывать rénder; **~ся** 1) turn out, prove (to be) 2) *(очутиться)* find onesélf

ока́нчивать fínish; **~ся** end, términate

океа́н ócean

о́кись óxide

оккуп||а́ция occupátion; **~и́ровать** óccupy

окла́д sálary

окле́||ивать, ~ить paste; ~ обо́ями páper

окно́ wíndow

око́вы fétters

о́коло 1) near, by; next to *(рядом)* 2) *(приблизительно)* abóut

оконча́||ние 1) terminátion; end *(конец)* 2) *грам.* énding; **~тельный** fínal

око́нчить(ся) *см.* ока́нчивать(ся)

око́п trench

о́корок ham, gámmon

окра́ина *(города)* óutskirts *(мн. ч.)*

окра́ска 1) *(действие)* cólouring; páinting 2) *(цвет)* tint, cólour

окре́пнуть grow strong

окре́стность néighbourhood

о́круг dístrict; избира́тельный ~ eléctoral dístrict, ward

окруж||а́ть 1) surróund (by) 2) *воен.* encírcle; **~е́ние** 1) envíronment 2) *воен.* encírclement; **~и́ть** *см.* окружа́ть

окру́жность circúmference

октя́брь Octóber

окун||а́ть dip, plunge; **~а́ться** plunge; **~у́ть(ся)** *см.* окуна́ть(ся)

о́кунь perch

оку́рок *(сигареты)* cigaréttе-end, cigarétte-butt

ола́дьи frítters

оле́нь deer; се́верный ~ réindeer

о́лово tin

омрач||а́ть cast a gloom óver; **~а́ться** get dark; **~и́ть(ся)** *см.* омрача́ть(ся)

омыва́ть, омы́ть wash

он he; *(для неодушевл. предметов)* it

она́ she; *(для неодушевл. предметов)* it

Оне́жское о́зеро Lake Onéga

онеме́ть grow dumb

они́ they

оно́ it

опа́здывать be late

опас||а́ться fear; **~е́ние** fear

опа́сн||ость dánger; **~ый** dángerous

о́пера о́pera

опера́ция operátion

опере||ди́ть, ~жа́ть óutstrip; forestáll *(во времени)*

опере́ние plúmage

опере́тта operétta; músical cómedy

опери́ровать óperate

опеча́тка mísprint

опи́лки sáwdust *(ед. ч.)*

опира́ться lean agáinst

опис||а́ние descríption; **~а́ть** *см.* опи́сывать

опи́сывать 1) descríbe 2) *(имущество)* make an invéntory

о́пись list, invéntory

опла́||та páy(ment); **~ти́ть, ~чивать** pay

опло́т strónghold

опло́шность mistáke; cárelessness

опозд||а́ние únpunctuálity; deláy *(задержка)*; **~а́ть** *см.* опа́здывать

опо́мниться come to one's sénses, colléct onesélf

опо́ра suppórt

оппози́ция opposítion

оппоне́нт oppónent

опра́ва rim; sétting *(камня)*

оправд||а́ние 1) justificátion 2) *юр.* acquíttal; **~а́ть(ся)** *см.* опра́вдывать(ся)

опра́вдывать 1) jústify 2) *юр.* acqúit; find not guílty; **~ся** 1) excúse onesélf 2) *(сбываться)* prove true

определ||е́ние definítion; **~ённый** définite; **~и́ть, ~я́ть** defíne, detérmine

опро||верга́ть, ~ве́ргнуть refúte; **~верже́ние** refutátion

опроки́дывать, опроки́нуть upsét, overtúrn; knock óver

опроме́тчивый rash, hásty

опро́с quéstioning; *(населения)* súrvey; ~ обще́ственного мне́ния opínion poll

опря́тный tídy, neat

опто́вый whólesale

опубликова́||ние publicátion; **~ть** públish

опуска́ть 1) lówer; ~ го́лову hang the head 2) *(пропускать)* omít, leave out; **~ся** fall; sink *(погружаться); перен.* detériorate

опусте́ть becóme émpty, becóme desérted

опусти́ть(ся) *см.* опуска́ть(ся)

опустош||а́ть lay waste, dévastate; **~е́ние** devastátion

опуха́ть, опу́хнуть swell (up)

о́пухоль swélling, túmour

о́пыт 1) expérience 2) *(проба)* expériment; **~ный** 1) *(знающий)* expérienced 2) *(научный)* experiméntal

опя́ть agáin

ора́нжевый órange

ора́тор spéaker

о́рган órgan

орга́н *муз.* órgan

организ||а́тор órganizer; **~а́ция** organizátion; Организа́ция Объединённых На́ций Uníted Nátions Organizátion

органи́зм órganism, constitútion

организ||ова́ть, ~о́вывать órganize

о́рден órder; награди́ть ~ом bestów an órder upón

орёл eagle

оре́х nut

оригина́льный oríginal

орке́стр órchestra; band *(духовой)*

ороси́ть, ороша́ть írrigate

ороше́ние irrigátion

ору́ди||е 1) ímplement; tool; ínstrument; ~я произво́дства indústrial ímplements, means of prodúction 2) *воен.* gun

ору́жие wéapon; arms *(мн. ч.)*

орфогра́фия spélling

оса́ wasp

оса́да siege

осади́ть *см.* осажда́ть

оса́д||ки *(атмосферные)* precipitátion; **~ок** séd iment

осажда́ть *воен.* besíege

оса́нка cárriage, béaring

осва́ивать máster; **~ся** feel at home

осве́дом||иться, ~ля́ться make inquíries, inquíre

осве||ти́ть, ~ща́ть illúminate, light (up); *перен.* throw light upón; **~ще́ние** 1) *(действие)* illuminátion; *перен.* elucidátion 2) *(свет)* light, líghting

освободи́тель líberator; **~ный** liberátion

освобо||ди́ть, ~жда́ть (set) free, líberate, reléase; **~жде́ние** reléase, liberátion

осво́ить(ся) *см.* осва́ивать(ся)

оседла́ть saddle

осе́длый settled

осёл ass, dónkey

осе́нний áutumn

о́сень áutumn; fall *(амер.)*; **~ю** in áutumn

осётр stúrgeon

оси́на asp

оско́лок splínter, frágment

оскорби́ть *см.* оскорбля́ть

оскорб||ле́ние ínsult; **~ля́ть** insúlt

ослабева́ть, ослабе́ть becóme weak

осла́бить, ослабля́ть 1) wéaken 2) *(уменьшить напряжение)* relàx

ослеп||и́тельный dázzling; **~и́ть** *см.* ослепля́ть; **~ле́ние** blindness; **~ля́ть** blind; *перен.* dazzle

осле́пнуть go blind, lose one's sight

О́сло Óslo

осложн||е́ние complicátion; **~и́ть** , **~я́ть** cómplicate

ослы́шаться mistáke *smb.'s* méaning, hear wrong

осма́тривать inspéct, exámine; look at *(картины);* go óver *(здание, завод и т. п.)*

осме́ли||ваться, ~ться dare

осмо́тр inspéction, examinátion

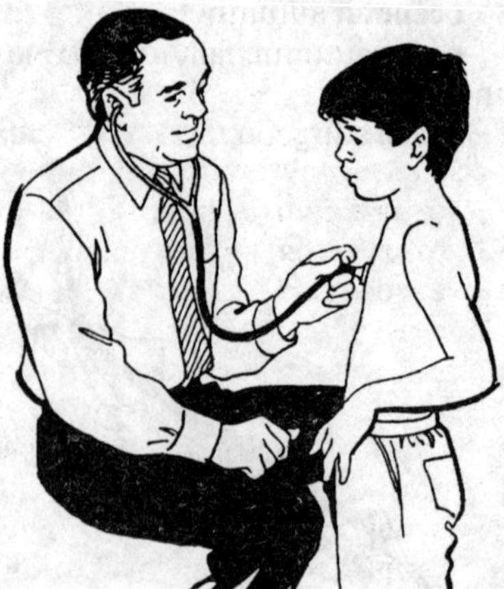

осмотре́ть *см.* осма́тривать

осмотри́тельность cáution

осно́в||а base; básis; **~а́ние** foundátion; *перен.* grounds; **~а́тель** fóunder; **~а́тельный** sólid; well-gróunded *(обоснованный);* **~а́ть** *см.* осно́вывать; **~но́й** príncipal; fundaméntal

основополо́жник fóunder

осно́вывать found

осо́бенн||о espécially, partícularly, in partícular; **~ость** peculiárity; в ~ости espécially, partícularly; **~ый** spécial; partícular

осо́бый spécial; partícular

о́спа smállpox

оспа́ривать contést, dispúte

остава́ться 1) stay; remáin 2) *(быть оставленным)* be left; ~ на второ́й год repéat a year

оста́в||ить, ~ля́ть leave; abándon *(покинуть);* ~ить в поко́е leave *smb.* alóne

остальн||о́е the rest; **~о́й** the rest of; **~ы́е** the óthers *(о людях)*

остана́вливать stop; **~ся** stop; stay at *(в гостинице и т.п.);* ни перед че́м не ~ся stop at nóthing

остан||ови́ть(ся) *см.* остана́вливать(ся); **~о́вка** stop

оста́ток remáinder, the rest; rémnant *(о материале)*

оста́ться *см.* остава́ться

остерега́ться bewáre (of), look out for

осторо́жн||ость cáution, cárefulness; **~ый** cáutious, caréful

остриё point; edge *(лезвия)*

остри́ть joke, jest

о́стров ísland

острота́ 1) *(ножа)* shárpness 2) *(положения и т. п.)* acúteness 3) *(слуха, зрения)* kéenness

остро́та *(остроумное выражение)* joke, wítticism

остроу́м||ие wit; **~ный** witty; ~ное изобрете́ние ingénious invéntion

о́стрый sharp; *перен. тж.* keen

остыва́ть, осты́ть get cold, cool (down)

осуди́ть *см.* осужда́ть

осужд||а́ть 1) *(порицать)* cénsure, críticize 2) *(приговаривать)* séntence; convíct; **~е́ние** 1) *(порицание)* cénsure, críticism 2) *(приговор)* condemnátion

осуществ||и́ть *см.* осуществля́ть; **~ле́ние** realizátion; **~ля́ть** cárry out; réalize; fulfíll, accómplish

осыпа́ть, осы́пать strew with, cóver with; **~ся** fall

ось áxis; *тех.* axle

осяза́||ние sense of touch; **~тельный** tángible; **~ть** feel

от from; of; от Москвы́ from Móscow

отбива́ть 1) beat off *(неприятеля, атаку)*; retúrn *(мяч)* 2) *(отламывать)* break off

отбира́ть 1) *(отнимать)* take awáy 2) *(выбирать)* choose, seléct; pick out

отби́ть *см.* отбива́ть

отбо́й *воен.* retréat ◊ дать ~ *(по телефону)* ring off

отбо́р seléction; **~ный** seléct, picked

отбра́сывать, отбро́сить throw asíde, rejéct

отбро́сы waste, réfuse; gárbage *(мусор)*

отбыва́ть, отбы́ть *(уехать, уйти)* depárt (from), leave ◊ ~ наказа́ние serve a séntence

отва́||га brávery, cóurage; **~жный** féarless, courágeous

отверга́ть, отве́ргнуть rejéct

отверну́ться *см.* отвора́чиваться

отве́рстие ópening, áperture, órifice

отвёртка scréwdriver

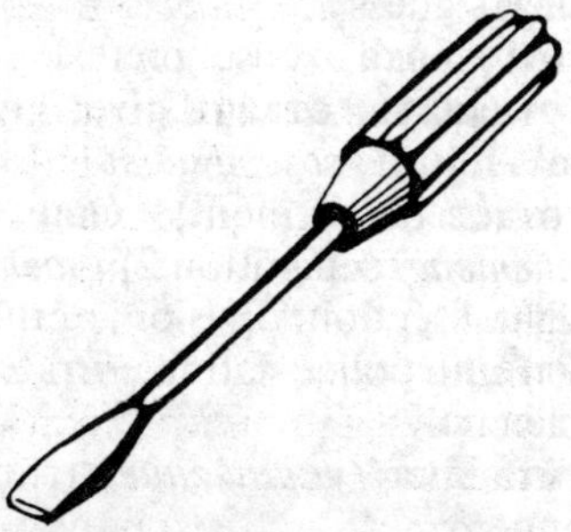

отве́сный vértical, plumb

отвести́ *см.* отводи́ть

отве́т ánswer, replý; **~ить** *см.* отвеча́ть

отве́тственн||ость responsibílity; **~ый** respónsible; ~ый рабо́тник exécutive

отвеча́ть 1) ánswer, replý 2) *(за что-л.)* be respónsible for, ánswer for

отвлека́ть distráct, divért; **~ся** *(от темы)* wánder from, digréss

отвлечённый ábstract

отвле́чь(ся) *см.* отвлека́ть(ся)

отводи́ть 1) lead, take, draw *smb.* asíde *(в сторону)* 2) *(отвергать)* rejéct 3) *(помещение, участок земли)* allót

отвора́чиваться turn awáy (from)

отвор||и́ть, ~я́ть ópen

отвра||ти́тельный disgústing; **~ще́ние** disgúst

отвыка́ть, отвы́кнуть becóme unaccústomed to; ~ от куре́ния get out of the hábit of smóking

отвяза́ть, отвя́зывать úntíe, únfásten; **~ся** 1) get loose, come úndóne 2) *разг. (отделаться)* get rid (of), shake off

отгада́ть *см.* отга́дывать

отга́д||ка ánswer, solútion; **~ывать** guess

отгово́рка excúse, prétext

отдава́ть, отда́ть give; give back, retúrn *(возвращать)*

отде́л depártment; **~е́ние** 1) *(действие)* separátion 2) *(часть чего-л.)* séction; divísion; ~е́ние мили́ции políce státion; **~и́ть** *см.* отделя́ть

отде́лка *(украшение)* trímming

отде́льный séparate; indivídual

отделя́ть séparate

отдохну́ть *см.* отдыха́ть

о́тдых rest; **~а́ть** rest, have a rest

оте́ц fáther

оте́чественный doméstic, home; hóme-prodúced; Вели́кая Оте́чественная война́ The Great Patriótic War

оте́чество nátive land, fátherland

о́тзыв opínion; recommendátion; reviéw *(рецензия);* дать хоро́ший ~ speak well of

отзыва́ть recáll

отзыва́ться 1) *(о ком-л.)* speak 2) *(отвечать)* respónd

отка́з refúsal; **~а́ть(ся)** *см.* отка́зывать(ся); **~ывать** refúse; **~ываться** 1) refúse, declíne 2) *(от)* give up

откла́дывать 1) *(в сторону)* lay asíde 2) *(про запас)* lay up 3) *(отсрочивать)* put off, deláy

о́ткл||ик respónse; écho; **~ика́ться, ~и́кнуться** respónd

отклон||и́ть, ~я́ть declíne, rejéct

отко́с slope

открове́нн||ость fránkness; **~ый** frank

открыва́ть 1) ópen 2) *(делать открытие)* discóver 3) *(разоблачать)* expóse, revéal

откры́т||ие 1) ópening 2) *(научное)* discóvery; **~ка** póstcard; **~ый** ópen

откры́ть *см.* открыва́ть

отку́да where... from; **~-нибудь** from sómewhere or óther

отку́пор||ивать, ~ить úncork, ópen

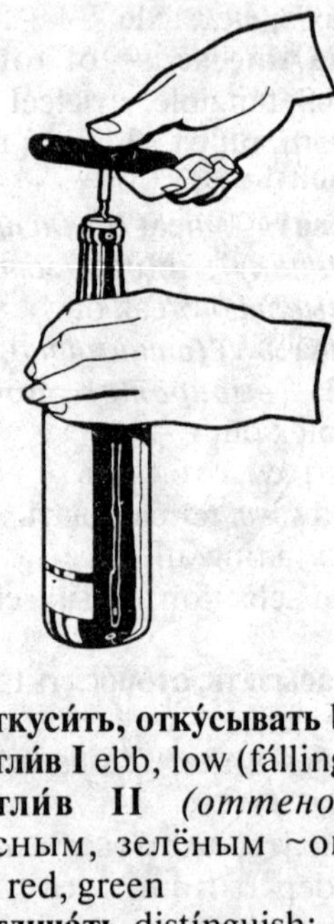

откуси́ть, отку́сывать bite off

отли́в I ebb, low (fálling) tide

отли́в II *(оттенок);* с кра́сным, зелёным ~ом shot with red, green

отлича́ть distínguish; **~ся** 1) díffer from 2) *(выделяться)* distínguish oneséIf (by) 3) *(характе-*

ризоваться чем-л.) be remárkable for

отли́ч||ие distínction; зна́ки ~ия insígnia

отлич||и́ть *см.* отлича́ть; **~и́ться** *см.* отлича́ться 2)

отли́чный *(превосходный)* éxcellent

отло́гий slóping

отложи́ть *см.* откла́дывать

о́тмель sándbank, shállow

отме́н||а abolítion *(упразднение);* revocátion *(закона);* **~и́ть, ~я́ть** cáncel, abólish

отме́||тить, ~ча́ть mark, note

отнести́ *см.* относи́ть; **~сь** *см.* относи́ться 1)

отнима́ть 1) take awáy 2) *(ампутировать)* ámputate

относи́тельно concérning, regárding

относи́тельный rélative

относи́ть cárry (awáy); **~ся** 1) *(обращаться с кем-л.)* treat; хорошо́ ~ся like; пло́хо ~ся dislike 2) *(иметь отношение)* concérn, applý to

отноше́н||ие 1) *(связь)* relátion; не име́ть ~ия к чему́-л. have nóthing to do with 2) *(позиция)* áttitude 3) *(обращение)* tréatment 4) *(документ)* memorándum; létter

отню́дь: ~не by no means; ánything but

отня́ть *см.* отнима́ть

отобра́ть *см.* отбира́ть

отовсю́ду from éverywhere

отодвига́ть, отодви́нуть move asíde (back)

отождеств||и́ть, ~ ля́ть idéntify (with)

отозва́ть *см.* отзыва́ть; **~ся** *см.* отзыва́ться

отойти́ *см.* отходи́ть

отомсти́ть revénge onesélf upón

отопле́ние héating

оторва́ть(ся) *см.* отрыва́ть(ся)

отосла́ть *см.* отсыла́ть

отпада́||ть, отпа́сть fall off; вопро́с ~ет the quéstion no lónger arises

отпере́ть *см.* отпира́ть

отпеча́ток ímprint; ~ па́льца fíngerprint

отпира́ть ópen; únlóck *(ключом)*

отплати́ть repáy

отплыва́ть, отплы́ть sail

отпо́р rebúff; дать ~ rebúff

отправи́тель sénder

отпра́в||ить(ся) *см.* отправля́ть(ся); **~ка** dispátch; **~ле́ние** 1) *(поезда и т. п.)* depárture 2) *(обязанностей)* perfórmance; **~ля́ть** send, dispátch; **~ля́ться** set off, leave (for)

о́тпус||к hóliday, leave; vacátion; **~ка́ть, ~ти́ть** let go; set free

отрав||и́ть *см.* отравля́ть; **~ле́ние** по́isoning; пищево́е ~ле́ние food póisoning; **~ля́ть** póison

отраж||а́ть 1) *(о свете и т. п., тж. перен.)* refléct 2) *(отбивать)* repúlse, párry; **~е́ние** 1) *(света и т. п., тж. перен.)* refléction 2) *(нападения)* repúlse, wárding off

отрази́ть *см.* отража́ть

о́трасль branch

отраст||а́ть, ~и́ grow

отре́з||ать, ~а́ть cut off

отре||ка́ться renóunce; ábdicate *(от престола)*; **~че́ние** renunciátion; abdicátion *(от престола)*

отре́чься *см.* отрека́ться

отрица́||ние deníal; **~тельный** négative; **~ть** dený

отрыва́ть tear awáy (off, from); **~ся** 1) come off 2) *(отвлекаться от чего-л.)* tear onesélf awáy (from)

отры́вок frágment; *(из текста тж.)* éxtract, pássage

отря́д detáchment

отсро́ч||ивать, ~ить postpóne, put off; **~ка** postpónement

отстава́ть lag behínd; be slow *(о часах)*

отста́вка resignátion

отста́ивать defénd

отста́л||ость báckwardness; **~ый** báckward

отста́ть *см.* отстава́ть

отстоя́ть *см.* отста́ивать

отступ||а́ть, ~и́ть retréat; *перен.* recóil; **~ле́ние** retréat

отсу́тств||ие 1) ábsence 2) *(неимение)* lack (of); **~овать** be ábsent

отсыла́ть send awáy (off)

отсю́да from here; *перен. (из этого)* hence

Отта́ва Óttawa

отта́лкивать push awáy

отте́нок shade

о́ттепель thaw

оттесн||и́ть, ~я́ть drive back

о́ттиск impréssion; print

оттого́ thérefore; ~, что becáuse

оттолкну́ть *см.* отта́лкивать

отту́да from there

отходи́ть leave, go awáy from

отцве||сти́, ~та́ть cease blóoming; fade *(увянуть)*; ро́зы ~ли́ the róses are óver

отча́сти pártly

отча́ян||ие despáir; **~ный** désperate

отчего́ why

о́тчество patroným ic

отчёт accóunt; repórt *(доклад)* ◊ отдава́ть себе́ ~ réalize

отчётливый distínct

о́тчим stépfather

отчита́ться, отчи́тываться give an accóunt

отъе́зд depárture

отыска́ть find

оты́скивать search for, look for

офице́р ófficer

официа́льный official

официа́нт wáiter

офо́рм||ить, ~ля́ть 1) *(придать форму)* put ínto shape 2) *(узаконить)* légalize

охвати́ть, охва́тывать embráce, cóver

охо́та I húnting

охо́та II *(желание)* inclinátion; desíre

охо́т||иться hunt; *перен.* run áfter; **~ник** húnter

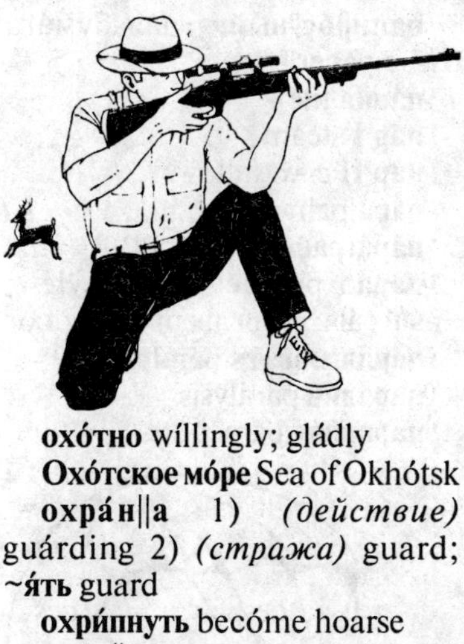

охо́тно wíllingly; gládly

Охо́тское мо́ре Sea of Okhótsk

охра́н||а 1) *(действие)* guárding 2) *(стража)* guard; **~я́ть** guard

охри́пнуть becóme hoarse

оце́н||ивать, ~и́ть éstimate; **~ка** 1) evaluátion; estimátion 2) *(отметка)* mark

оча́г 1) hearth; дома́шний ~ home 2) *(рассадник)* céntre, heart, hótbed

очар||ова́тельный chárming, fáscinating; **~ова́ть, ~о́вывать** charm, fáscinate

очеви́дец éyewitness

очеви́дно évidently, appárently *(как будто);* óbviously *(несомненно)*

о́чень véry; véry much *(при глаг.);* ~ хо́лодно it's véry cold; я его́ ~ уважа́ю I respéct him véry much

очередн||о́й 1) the next in turn 2) *(обычный)* the úsual; ~óе недоразуме́ние the úsual mísunderstánding

о́черед||ь 1) turn; по ~и in turn 2) *(хвост)* queue, line; стоя́ть в ~и stand in a queue

о́черк sketch; éssay

очи́стить, очища́ть 1) clean, púrify 2) *см.* чи́стить 2)

очки́ spéctacles, éye-glasses

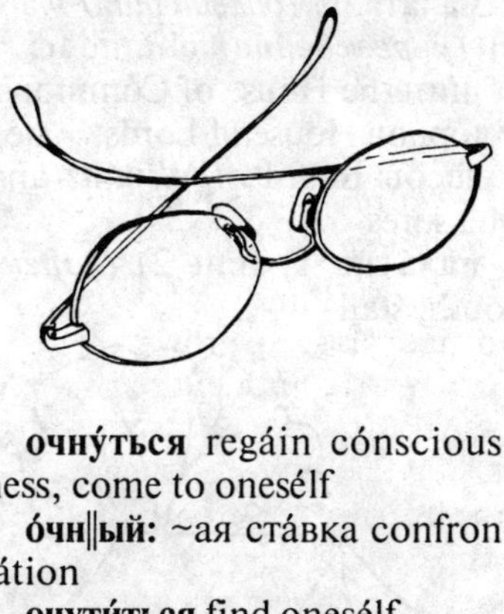

очну́ться regáin cónsciousness, come to oneself

о́чн||ый: ~ая ста́вка confrontátion

очути́ться find oneself

ошиб||а́ться, ~и́ться make a mistáke; be mistáken; be wrong

оши́б||ка mistáke; érror *(заблуждение);* по ~ке by mistáke

оши́бочно erróneously, by mistáke

оштрафова́ть fine

о́щупью by touch

ощути́тельный percéptible, tángible

ощу||ти́ть, ~ща́ть feel; **~ще́ние** féeling, sensátion

П

пáдать fall

падéж *грам.* case

падéние fall

пáдчерица stépdaughter

паёк rátion

пай share; вступи́тельный ~ inítial shares *(мн. ч.)*; **~щик** sháreholder

пакéт páckage, párcel; для вас ~ there's a létter for you

Пакистáн Pakistán

пакт pact; ~ о ненападéнии nón-aggréssion pact

палáта 1) *(больничная)* ward 2) *(учреждение)* chámber; ~ óбщин the House of Cómmons; ~ лóрдов House of Lords; ~ мер и весóв Board of Weights and Méasures

палáтка 1) tent 2) *(ларёк)* booth, stall

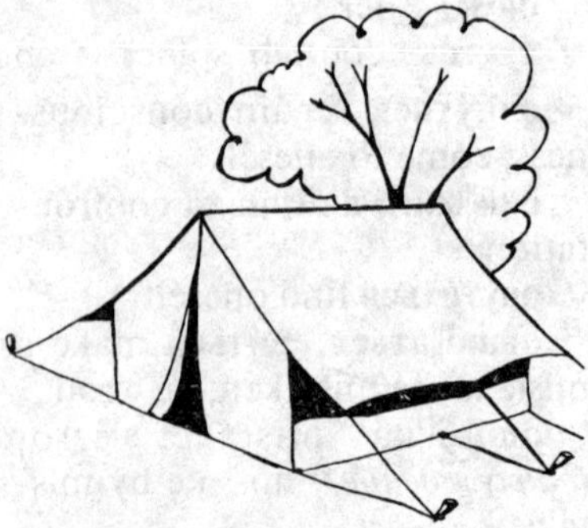

палáч execútioner

Палести́на Pálestine

пáлец fínger *(руки́)*; toe *(ноги́)*

пáлка stick

пáлуба deck

пáльма pálm (tree)

пальтó óvercoat

Пами́р the Pamírs *(мн. ч.)*

пáмятник mónument; memórial *(тж. перен.)*

пáмять 1) mémory; плохáя ~ poor mémory 2) *(воспоминание)* recolléction, remémbrance

пáника pánic

панихи́да fúneral sérvice

пансиóн 1) *(школа)* bóarding school 2) *(полное содержание)* board and lódging

пáпа I *(отец)* papá, dáddy

пáпа II *(глава католической церкви)* Pope

папирóс||ный: ~ная бумáга tíssue páper

пáпка file

пар I steam

пар II *с.-х.* fállow

пáра pair

парáграф páragraph

парáд paráde; *воен.* reviéw; **~ный** gála; ~ная дверь front door

парализовáть páralyze

парали́ч parálysis

парашю́т párachute

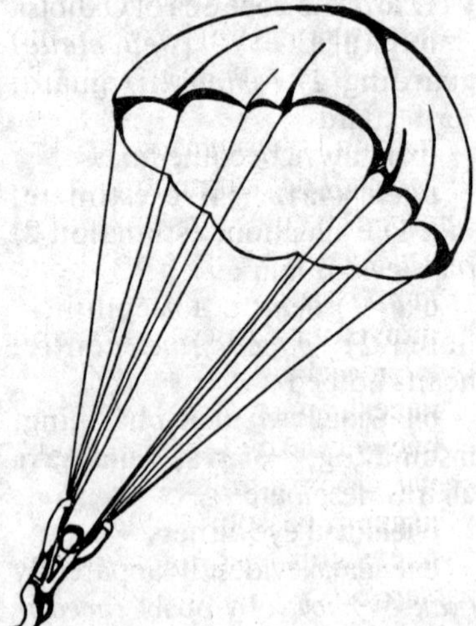

па́рень féllow, chap

Пари́ж Páris

пари́к wig

парикма́хер háirdresser; bárber; **~ская** háirdressing salóon; the háirdresser's *(разг.);* the bárber's *(мужская)*

парк park

парла́мент párliament

парни́к gréenhouse; *(из полиэтилена)* (póly) túnnel

па́рный mátching; twin(-), pair

парово́з stéam engine

парово́й steam(-)

паро́ль pássword

паро́м férry(-boat)

парохо́д stéamer, (stéam)ship

парте́р *театр.* pit; the stalls *(мн. ч.) (передние ряды)*

партиза́н guerílla; **~ский** guerílla(-); ~ская войнá guerílla wárfare

па́ртия 1) *(организация)* párty 2) *(отряд)* detáchment; párty 3) *(товара)* batch, consígnment 4) *(в игре)* game 5) *муз.* part

па́рус sail

паруси́на cánvas; tarpáulin *(просмолённая)*

па́сека ápiary

па́смурный dull, místy, clóudy; *перен.* glóomy, súllen

па́спорт pássport

пассажи́р pássenger; **~ский** pássenger(-)

па́стбище pásture

пасти́, ~сь graze

пасту́х shépherd

пасть I *гл.* fall

пасть II *сущ.* jaws *(мн. ч.);* mouth

Па́сха Éaster

па́сынок stépson

пате́нт pátent, lícence

патрио́т pátriot; **~и́зм** pátriotism; **~и́ческий** patriótic

патро́н *воен.* cártridge

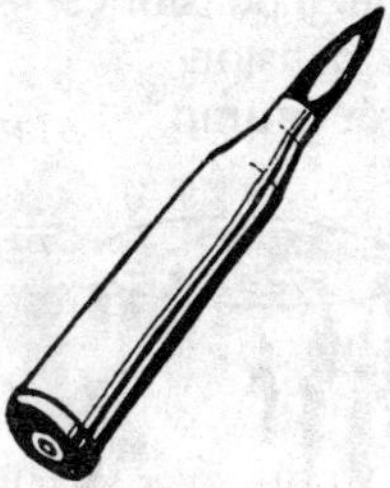

патру́ль patról

па́уза pause

пау́к spíder

паути́на cóbweb, spíder's web

паха́ть plough, till

па́хнуть smell

пацие́нт pátient

па́чка bundle; pack, pácket *(сигарет)*

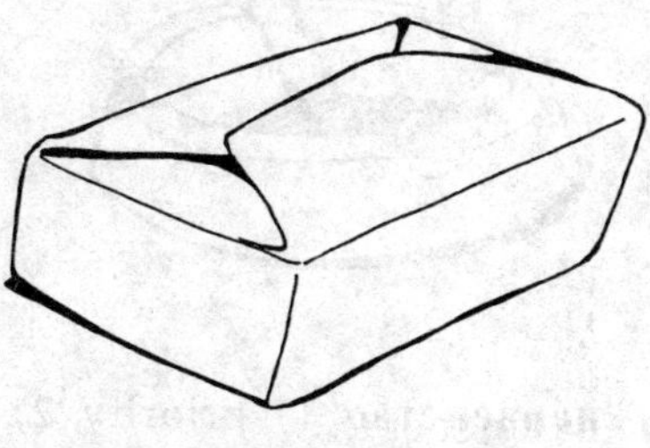

па́чкать soil, stain

па́шня árable

пая́ть sólder

певе́ц sínger

педаго́г téacher; **~ика** pedagógics; educátion scíence; **~и́ческий** pedagógical

пейза́ж view, lándscape

пека́рня bákery

Пеки́н Pekíng

пелена́ть swaddle

пелёнка nápkin; diaper *(амер.)*

пе́на foam

пе́ние sínging

пе́нка skin

пенсионе́р pénsioner

пе́нсия pénsion

пень trée-stump

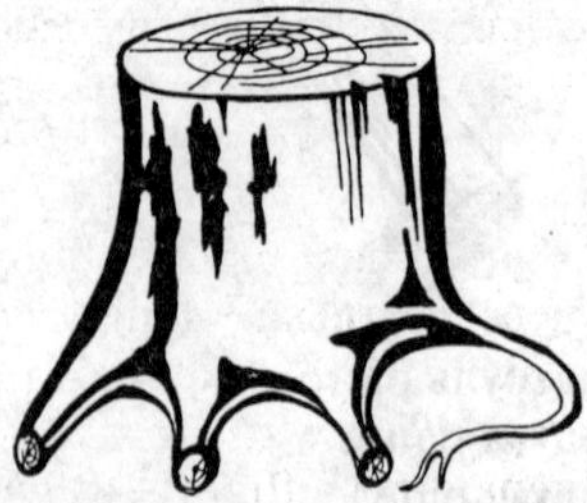

пе́пел ásh(es)

пе́пельница áshtray

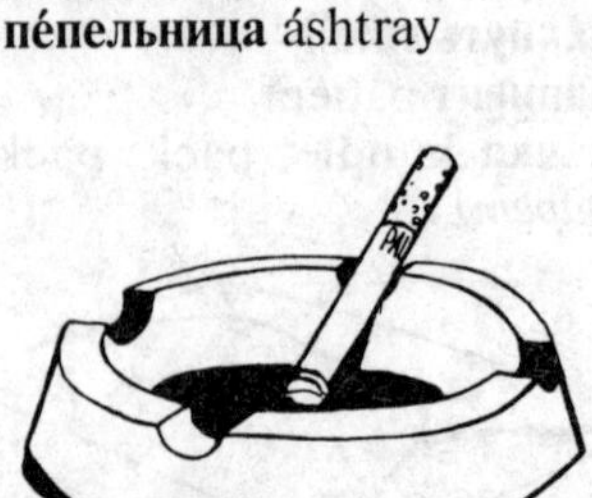

пе́рвенство 1) priórity 2) *спорт.* chámpionship

первобы́тный prímitive

первокла́ссный first-ráte

первонача́льный oríginal

первосо́ртный top-quálity, first-ráte

пе́рвый first

перебе||га́ть, ~жа́ть cross, run acróss

перебива́ть *(прерывать)* interrúpt

переби́ть I *см.* перебива́ть

переби́ть II 1) *(уничтожить)* kill, extérminate 2) *(посуду и т. п.)* break

перебр||а́сывать, ~ бо́сить 1) throw *smth.* óver 2) *(войска, грузы)* transfér

перева́л pass

перева́р||ивать, ~и́ть 1) overdó 2) *(о желудке)* digést

перевезти́ *см.* перевози́ть

переверну́ть, перевёртывать turn *smth.* óver

перевести́ *см.* переводи́ть

перево́д 1) *(в другое место)* tránsfer 2) *(на другой язык)* translátion; interpretátion *(устный)* 3) *(денежный)* remíttance; почто́вый ~ póstal órder; **~и́ть** 1) *(в другое место)* transfér, move 2) *(на другой язык)* transláte; intérpret *(устно)* 3) *(деньги)* remít; **~чик** translátor; intérpreter *(устный)*

перевози́ть transpórt

перево́зка tránsport, transportátion

переворо́т óverturn; revolútion

перевы́боры (re)eléction

перевы́полн||ить, ~я́ть excéed

перевяза́ть *см.* перевя́зывать

перевя́з||ка 1) bándage 2) *(действие)* dréssing; **~ывать** 1) *(верёвкой)* tie up 2) *(перебинтовывать)* bándage; dress *(рану)*

перегна́ть *см.* перегоня́ть

переговóры negotiátions; talks

перегоня́ть outstríp; outrún

перегорóдка partítion

перегру||жáть, ~зи́ть óverlóad

перегр||ызáть, ~ы́зть gnaw through

пéред 1) *(у)* in front of 2) *(до)* befóre; ~ обéдом befóre dínner

перёд front

передавáть, передáть 1) pass; give; hand *(вручать)* 2) *(по радио)* bróadcast 3) *(сообщать)* tell

передáтчик *тех.* transmítter

передáча 1) *(действие)* tránsfer; hánding óver *(вручение)* 2) *(по радио, телевидению)* bróadcast 3) *тех.* gear, transmíssion

передвигáть move; shift; **~ся** move

передвижéн||ие móvement; срéдства ~ия means of communicátion

передви́нуть(ся) *см.* передвигáть(ся)

передел||áть álter; **~ка** alterátion

перéдний front

перéдник ápron

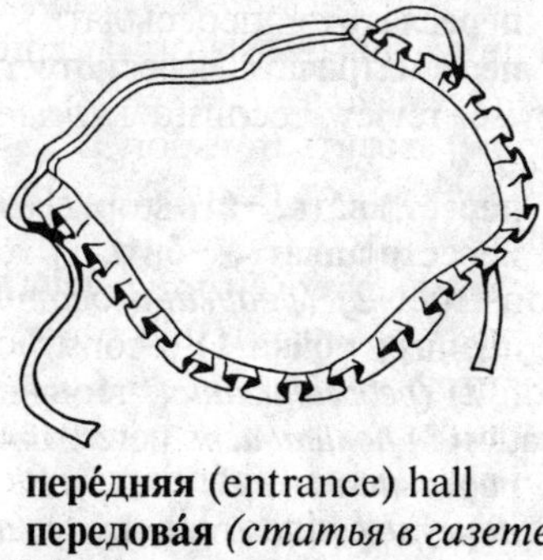

перéдняя (entrance) hall

передовáя *(статья в газете)* editórial

передовóй advánced, progréssive

передýмать change one's mind

передышка réspite

переéзд 1) pássage; lével cróssing 2) *(на другое место)* move

пере||езжáть, ~éхать 1) *(через что-л.)* cross 2) *(на другое место)* move

переживáть *(испытывать)* go through, expérience

пережи́ток survíval

пережи́ть 1) *см.* переживáть 2) *(кого-л.)* survíve, outlíve

переиз||бирáть, ~брáть reeléct

перейти́ *см.* переходи́ть

пéрекись *хим.* peróxide; ~ водорóда hýdrogen peróxide

перекладывать 1) shift, place sómewhere else 2) *(на музыку)* set to músic

перекли́чка róll call

перекрёстный: ~ допрóс cróss-examinátion; ~ огóнь cróssfire

перекрёсток cróssroads

перелёт 1) flight 2) *(птиц)* migrátion

пере||летáть, ~летéть fly óver, fly

переливáние: ~ крóви *мед.* blood transfúsion

пере||лива́ть, ~ли́ть pour *smth.* (from... ínto...)

переложи́ть *см.* перекла́дывать

перело́м 1) *(кости)* frácture 2) *(кризис)* crísis 3) *(поворотный пункт)* túrning point

переме́н||а 1) change 2) *(в школе)* break; **~и́ть, ~и́ться** change

переми́рие ármistice, truce

перенести́ I, II *см.* переноси́ть I, II

переноси́ть I 1) *(куда-л.)* cárry, transfér 2) *(откладывать)* postpóne, put off

переноси́ть II *(боль и т. п.)* endúre, stand, bear

перено́сн||ый: в ~ом смы́сле fíguratively, in the fígurative méaning

пере||одева́ться 1) change one's clothes 2) *(с целью маскировки)* dress up (as); disguíse onesélf as; **~оде́тый** disguísed, in disguíse; **~оде́ться** *см.* переодева́ться

переоце́н||ивать, ~и́ть óverráte, óveréstimate

переписа́ть *см.* перепи́сывать

перепи́ска 1) *(действие)* cópying 2) *(корреспонденция)* correspóndence, létters

перепи́сывать 1) cópy; rewríte *(заново)* 2) *(составлять список)* make a list (of); **~ся** correspónd (with)

пе́репись *(населения)* cénsus

переплести́ *см.* переплета́ть

переплёт bínding

переплета́ть *(книгу)* bind

пере||плыва́ть, ~ плыть swim acróss; cross *(в лодке, на пароходе)*

переполо́х commótion

перепра́ва 1) *(брод)* ford 2) *(временная)* témporary (flóating) bridge 3) *(на пароме, лодке)* férry

перепроизво́дство *эк.* óverprodúction

перепры́г||ивать, ~нуть jump óver

пере́рез||ать, ~а́ть cut; cut off *(отрезать)*

переры́в ínterval, break; interrúption

пересади́ть *см.* переса́живать

переса́дка 1) *(растений)* transplantátion 2) *ж.-д.* tránsfer, change

переса́живать 1) *(растение)* transplánt 2) *(кого-л.)* make *smb.* change pláces; **~ся** change seats *(на другое место);* change trains *(на другой поезд)*

пересека́ть cross

пересел||е́ние migrátion; **~и́ться, ~я́ться** migráte; move *(на новую квартиру)*

пересе́сть *см.* переса́живаться

пересе́чь *см.* пересека́ть

переска́з narrátion, relátion

пересла́ть *см.* пересыла́ть

пересма́тривать, пересмотре́ть revíse, reviéw, reconsíder *(решение)*

перест||ава́ть, ~а́ть stop, cease

перестр||а́ивать, ~о́ить 1) réconstrúct 2) *(реорганизовать)* reórganize; **~о́йка** 1) réconstrúction 2) *(реорганизация)* réorganizátion 3) *полит. ист.* perestróika

пересыла́ть send

переу́лок sídestreet, býstreet, lane

переутом||и́ться, ~ля́ться tire onesélf out

переутомле́ние exháustion

перехо́д 1) pássage; cróssing *(уличный)* 2) *(превращение)* transítion; convérsion

переходи́ть 1) pass, cross, go óver 2) *(превращаться)* turn 3) *(в другие руки)* pass (to); change (hands)

перехо́дный 1) transítional 2) *грам.* tránsitive

пе́рец pépper

пе́речень list

перечи́сл||ить, ~я́ть enúmerate

переша́г||ивать, ~ну́ть step óver, cross

пери́ла ráil(ing); bánisters *(лестницы)*

пери́од périod

перо́ 1) *(птичье)* féather; plume *(поэт.)* 2) *(для письма)* pen

перочи́нный: ~ нож pénknife

пе́рсик peach

перспекти́ва 1) perspéctive 2) *(виды на будущее)* óutlook

перча́тка glove

пе́сня song

песо́к sand ◊ са́харный ~ granulated súgar

пёстрый mótley, gay; *перен.* mixed

пе́тл||я 1) loop; де́лать ~ю *ав.* loop the loop 2) búttonhole *(для пуговицы);* eye *(для крючка)* 3) *(в вязании)* stitch 4) *(окна́, двери)* hinge

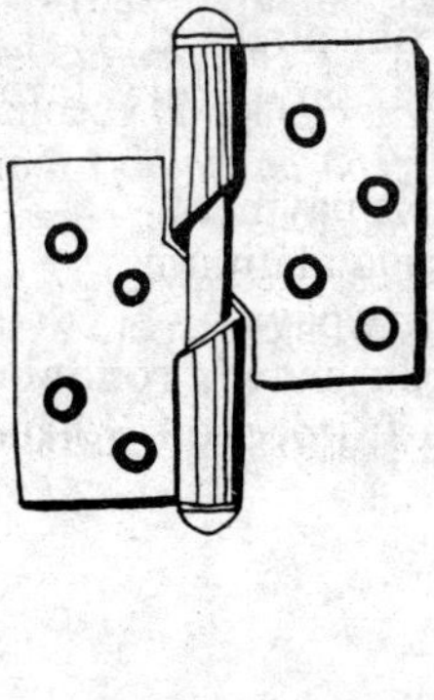

пету́х cock

петь sing

пехо́та ínfantry

печа́ль grief, sórrow; **~ный** sad, móurnful

печа́тать print; ~ на маши́нке type; **~ся** 1) *(быть в печати)* be in print 2) *(печатать свои произведения)* públish; have one's works públished

печа́ть I seal, stamp

печа́т||ь II 1) *(пресса)* press 2) *(печатание)* prínting; вы́йти из ~и come out, be públished 3) *(шрифт)* print, type

пе́чень líver

пече́нье bíscuit

печь I *сущ.* stove; óven *(духовая); тех.* fúrnace; микроволно́вая ~ mícrowave óven

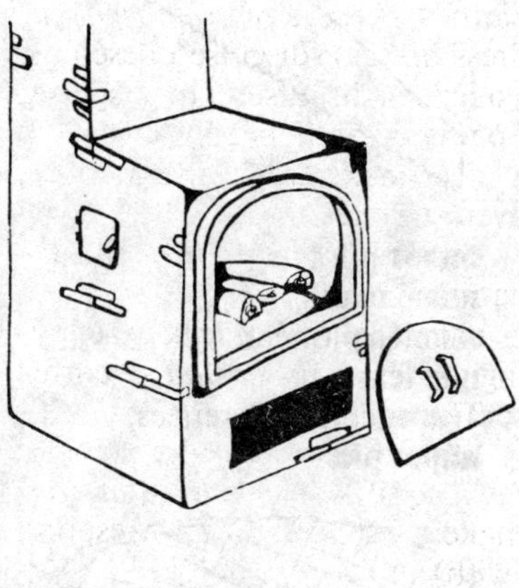

печь II *гл.* bake

пешехо́д pedéstrian

пешехо́д||ный pedestrian; ~ мост footbridge; ~ движение pedestrian traffic

пешко́м on foot

пещéра cave

пианíст piánist
пíво beer
пиджáк coat
пил||á saw; **~íть** saw; *перен.* nag, péster

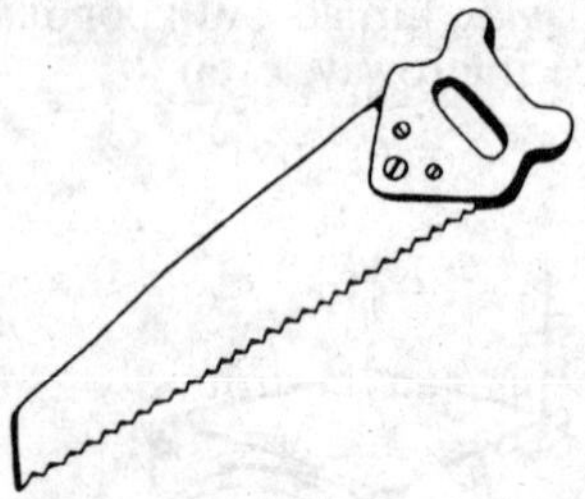

пилóт pílot
пилю́ля pill
пионéр pionéer
пир feast
Пиренéи the Pyrenées
пирóг pie

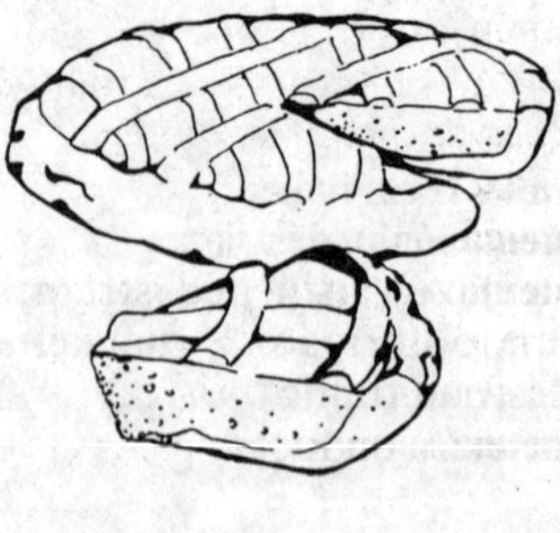

пирóжное cake
писáтель wríter
писáть write
писчебумáжн||ый: ~ магазúн státioner's
пúсьменн||ый wríting(-); wrítten; ~ стол desk; ~ая рабóта wrítten work
письмó létter
питá||ние nóurishment; **~тельный** nóurishing; **~ться** live (on), feed (on)
питóмник núrsery (gárden)
пить drink
пúща food
пищáть squeak
пищеварéние digéstion
плáвание 1) *(вид спорта)* swímming 2) *(на судах)* sáiling; navigátion; *(рейс)* vóyage, trip *(путешествие)*
плáвать 1) swim; float *(на поверхности воды)* 2) *(на судах)* sail, návigate, cruise
плáвить melt, smelt; **~ся** melt
плакáт póster
плáкать weep, cry
плáмя flame
план plan
планёр glíder
планéта plánet
планúровать plan
плáно||вый planned; **~мéрный** systemátic, planned
пластúнка récord
плáта páyment; fare *(за проезд)*
платёж páyment
плáтина plátinum
платúть pay
платóк shawl; головнóй ~ héadscarf; носовóй ~ hándkerchief

платфо́рма 1) plátform 2) *(вагон)* open goods truck

пла́тье 1) *(женское)* dress, gown 2) *(одежда)* clothes *(мн. ч.)*, clóthing

плацка́рта *ж.-д.* resérved seat

плач wéeping; **~е́вный** lámentable

плащ ráincoat

плева́ть spit

пле́ер wálkman

пле́мя tribe

племя́нн||ик néphew; **~ица** niece

плен captívity; взять в ~ take *smb.* prísoner, cápture

плёнка film

пле́нн||ик, ~ый prísoner

пле́сень mould

плеск splash; lápping *(волн)*

плести́ weave *(корзину, кружево)*; spin *(паутину)*

плести́сь drag alóng

плечо́ shóulder

плита́ *(кухонная)* cóoker; (gás) stove

пли́тка 1) slab; bar *(шоколада)* 2): электри́ческая ~ eléctric stove

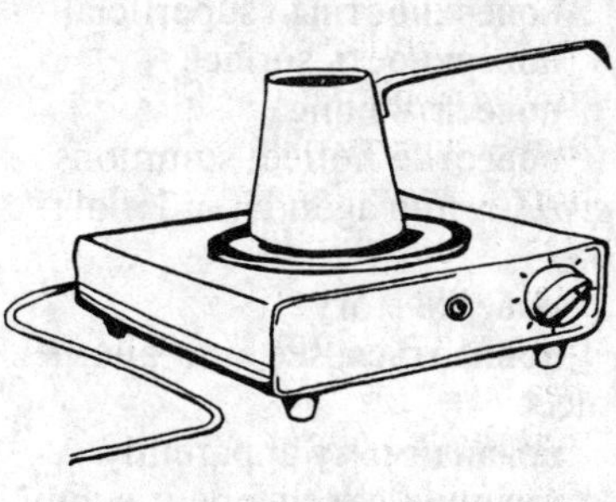

плове́ц swímmer

плод fruit

плодоро́дный fértile

плодотво́рный frúitful

пло́мб||а 1) seal 2) *(зубная)* stópping; filling *(амер.)*; поста́вить ~у stop a tooth; fill a tooth *(амер.)*

пло́ский 1) flat 2) *(пошлый)* banál

плот raft

плоти́на dam

пло́тник cárpenter

пло́тн||ость dénsity; **~ый** dense

пло́х||о bádly; он ~ себя́ чу́вствует he doesn't feel well; **~о́й** bad

площа́дка 1) ground 2) *(для игр)* pláyground; (spórts)-ground *(спортивная)* 3) *(лестницы)* lánding 4) *(строительная)* site

пло́щадь 1) square 2) *мат.* área

плуг plough

плут cheat; **~ова́ть** cheat

плыть *см.* пла́вать

плю́нуть *см.* плева́ть

плюс 1) *мат.* plus 2) *(преимущество)* advántage

пляж beach

пляса́ть dance

по 1) *(на)*; идти́ по траве́ walk on the grass 2) *(вдоль)* alóng 3) *(посредством; согласно)* by; óver; по по́чте by post; по ра́дио óver the rádio; по распоряжéнию by órder 4) *(вследствие)* by; *(из-за)* through; по оши́бке by mistáke; по чьей-л. винé through smb.'s fault 5) *(при обозначении времени)* in, at, on; по ночáм at nights; по вечерáм in the évenings; по суббóтам on Sáturdays 6) *(при разделении);* пó два, пó три two, three each 7) *(до)* to; up to; по пóяс (up) to one's waist

побéг I *(бегство)* escápe, flight

побéг II *(росток)* sprout, shoot

побéд||а víctory; **~и́тель** víctor; **~и́ть** *см.* побеждáть; **~ный** victórious

побеждáть cónquer

побережье sea coast

поби́ть beat

побледнéть turn pale

побли́зости near

побóи béating *(ед. ч.)*

побу||ди́ть, ~ ждáть impél

побуждéние mótive, indúcement

пóвар cook

поведéние behávіour, cónduct

повели́тельный impérative, authóritative

повéрить belíeve

поверну́ть(ся) *см.* поворáчивать(ся)

повéрх óver

повéрхностный superfícial

повéрхность súrface

повéсить hang

повéстка nótice; súmmons *(в суд)* ◊ ~ дня agénda, órder of the day

пóвесть stóry

повидáться see one anóther, meet

по-ви́димому appárently

повинов||áться obéy; submít (to); **~éние** obédience; submíssion (to)

пóвод occásion; réason; по ~у in connéction with

повора́чивать, ~ся turn

поворо́т túrning *(дороги);* bend *(реки́); перен.* túrning point

повре||ди́ть, ~ жда́ть hurt; spoil *(машину и т. п.);* **~жде́ние** ínjury; dámage *(о вещах)*

повсю́ду éverywhere

повтор||е́ние repetítion; **~и́ть, ~я́ть** repéat

повы́сить(ся) *см.* повыша́ть(ся)

повыш||а́ть raise; **~а́ться** rise; **~е́ние** rise

повя́зка bándage

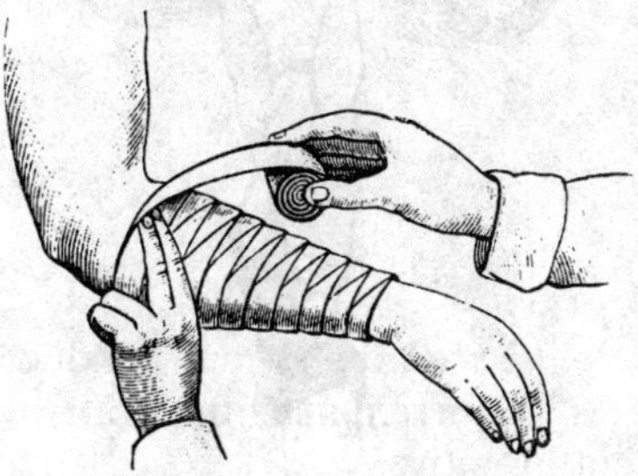

погиба́ть, поги́бнуть pérish

погло||ти́ть, ~ща́ть absórb

погово́рка sáying

пого́да wéather

пограни́чн||ик fróntier (border) guard; **~ый** fróntier(-)

по́греб céllar

погребе́ние intérment, búrial

погружа́ть plunge; **~ся** sink, plunge (ínto)

погрузи́ть(ся) *см.* погружа́ть(ся)

погру́зка lóading

погуби́ть rúin

под 1) únder 2) *(около)* near 3) *(накануне)* on the eve of 4) *(наподобие)* in imitátion; like 5) *(в сопровождении)* to; петь ~ му́зыку sing to músic ◊ ~ дождём in the rain; ~ ве́чер towárds évening; ~ у́тро towárds mórning

подава́ть give; serve *(за столом);* ~ заявле́ние hand in an applicátion

подав||и́ть *см.* подавля́ть; **~ле́ние** suppréssion

пода́вленный depréssed, dispírited

подавля́ть suppréss

подари́ть give; presént *smb.* with

пода́рок présent, gift

пода́ть *см.* подава́ть

подбира́ть 1) *(поднимать)* pick up 2) *(отбирать)* seléct 3) *(мелодию)* play by ear

подбо́р seléction

подборо́док chin

подва́л 1) básement 2) *(погреб)* céllar

подверга́ть expóse (to); **~ся** be expósed (to); undergó *(испытанию)*

подве́р||гнуть(ся) *см.* подверга́ть(ся); **~женный** súbject (to)

подвести́ *см.* подводи́ть

подвижно́й móbile

подви́жный *(о человеке)* áctive, lívely

подви́нуть move; **~ся** 1) *(вперёд)* advánce 2) *(посторониться)* make room; ~ся бли́же draw néarer

подводи́ть 1) lead *smb.* up to 2) *(ставить в неприятное положение)* let *smb.* down ◊ ~ ито́г sum up

подво́дный súbmarine

подгот||а́вливать prepáre; **~ови́тельный** prepáratory; **~о́вить**

см. подготáвливать; **~óвка** preparátion; tráining

пóддан||ный súbject; **~ство** cítizenship

поддéл||ать *см.* поддéлывать; **~ка** fórgery *(документа)*; imitátion *(вещи)*; **~ывать** forge; cóunterfeit *(деньги)*

поддержáть *см.* поддéрживать

поддéрж||ивать suppórt; **~ка** suppórt

поджéчь *см.* поджигáть

поджигá||тель incéndiary; **~ть** set fíre (to), set *smth.* on fíre

поджóг árson

подзéмный únderground, subterránean

подклáдка líning

подкóв||а hórseshoe; **~áть, ~ывать** shoe

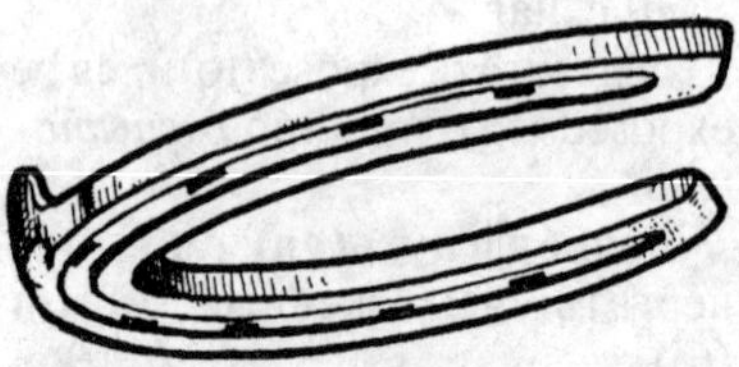

подкóп undermíning

подкрáдываться, подкрáсться steal up to

подкреплéние *воен.* reinfórcement

пóдкуп bríbery; graft *(амер.)*

подкупáть bribe; graft *(амер.)*; *перен.* win óver

подлежáщее *грам.* súbject

подлéц scóundrel

подлúвка sauce; grávy *(мясная)*

пóдлинн||ик oríginal; **~ый** génuine, authéntic

подлóг fórgery

подлóжный fórged

пóдлый base

подмен||úть, ~я́ть súbstitute *smth.* (for)

подме||стú, ~тáть sweep

подмётка sole

подмúг||ивать, ~нýть wink (at)

под мы́шкой: нестú ~ cárry únder one's arm

поднимáть 1) lift, raise 2) *(подбирать)* pick up; **~ся** rise

поднóс tray

подня́ть(ся) *см.* поднимáть(ся)

подóбн||о like; **~ый** like, símilar ◊ ничегó ~ого nóthing of the kind

подобрáть *см.* подбирáть

подо||гревáть, ~грéть warm (up)

подозр||евáть suspéct; **~éние** suspícion; **~úтельный** suspícious; físhy *(разг.)*

подойтú *см.* подходúть

подоко́нник wíndowsill

подорва́ть *см.* подрыва́ть

подохо́дный: ~ нало́г íncome tax

подо́шва sole

подписа́ть(ся) *см.* подпи́сывать(ся)

подпи́с||ка subscríption; **~чик** subscríber; **~ывать** sign; **~ываться** 1) sign 2) *(на что-л.)* subscríbe

по́дпись sígnature

подпо́льный úndergroùnd

подража́||ние imitátion; **~ть** ímitate

подразумева́ть implý, mean

подро́бн||ость détail; **~ый** détailed

подру́||га (gírl)friend; **~жи́ться** make friends

по́д руку: идти́ ~ walk árm-in-árm (with); брать ~ take *smb.'s* arm

подры́в undermíning; **~а́ть** undermíne

подря́д rúnning, in succéssion; четы́ре дня ~ four days rúnning

подсве́чник cándlestick

подск||аза́ть, ~а́зывать prompt

подслу́ш||(ив)ать overhéar *(невольно);* éavesdrop *(нарочно)*

подсо́лнух súnflower

подсуди́мый the deféndant

подсчёт calculátion; ~ голосо́в poll

подтвер||ди́ть, ~жда́ть confírm; **~жде́ние** confirmátion

подтя́жки bráces; suspénders *(амер.)*

поду́мать think

поду́шка píllow; cúshion *(диванная)*

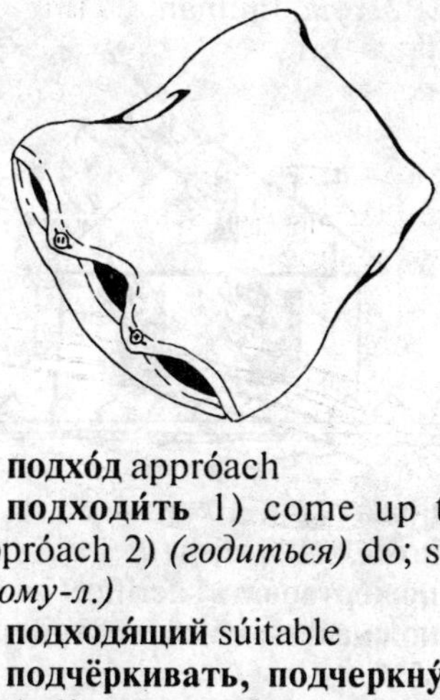

подхо́д appróach

подходи́ть 1) come up to, appróach 2) *(годиться)* do; suit *(кому-л.)*

подходя́щий súitable

подчёркивать, подчеркну́ть underlíne; *перен.* émphasize, lay stress on

подчин||е́ние submíssion; **~ённый** subórdinate; **~и́ть(ся)** *см.* подчиня́ть(ся); **~я́ть** subdúe, subjéct; **~я́ться** submít

подъе́зд éntrance, porch, dóorway

подъезжа́ть drive up (to)

подъём 1) *(грузов и т. п.)* lífting 2) *(восхождение)* ascént 3) *(ноги́)* ínstep 4) *(развитие)* devélopment 5) *(воодушевление)* enthúsiasm, animátion

подъёмный: ~ кран crane

подъéхать *см.* подъезжáть

пóезд train

поéздка trip

поéхать go

пожáлуйста please *(просьба);* not at all!, here you are!, cértainly!, with pléasure! *(разрешение, согласие);* have some... *(при угощении)*

пожáр fire; **~ный 1.** *прил.* fire(-); ~ная комáнда fíre brigade **2.** *сущ.* fíreman

пожáть *см.* пожимáть

пожелáние wish

пожéртвовать sácrifice

поживá||ть: как ~ете? how are you?

пожíзненный life(-)

пожилóй élderly

пожимáть press ◊ ~ плечáми shrug one's shóulders

позавчерá the day befóre yésterday

позадí behínd

позвáть call

позвóл||ить, ~ять allów

позвонíть ring; *(по телефону)* ring up; phone; call

позвонóчник spine, báckbone

позднéе láter

пóзд||ний, ~но late

поздорóваться greet

поздрáв||ить, ~лять congrátulate; ~ когó-л. с Нóвым гóдом wish smb. a háppy New Year; ~ляю вас с Нóвым гóдом a háppy New Year to you

пóзже láter (on)

позиция 1) posítion 2) *(отношение)* áttitude

познакóмиться acquáint onesélf with *(с чем-л.);* meet *(с кем-л.)*

позóр disgráce; **~ный** disgráceful

пóиски search (for)

поíть give *smb.* to drink; wáter *(о скоте)*

поймáть catch

пойти́ go

пока́ 1. *союз* 1) *(в то время как)* while 2) *(до тех пор пока)* till **2.** *нареч. (до сих пор)* so far; ~ всё ти́хо éverything is quíet so far; вы ~ порабо́тайте you work in the méantíme

пока́з show

показа́ние *юр.* téstimony, évidence

показа́те||ль 1) índex 2) *мн. ч.* fígures; **~льный** signíficant; módel *(образцовый)*

показ||а́ть show; **~а́ться** 1) show onesélf; come in sight 2) *безл.:* мне ~а́лось it seemed to me, I thought

показно́й ostentátious

пока́зывать *см.* показа́ть; **~ся** *см.* показа́ться 1)

покида́ть, поки́нуть abándon; leave *(уезжать)*

покло́н bow; переда́йте мой ~ (give) my cómpliments to; **~и́ться** bow

поко́й rest, peace

поко́йник the decéased

поко́йный *(умерший)* late

поколе́ние generátion

поко́нчить put an end (to) ◊ ~ с собо́й commít súicide

покор||е́ние cónquest; **~и́ть(ся)** *см.* покоря́ть(ся)

поко́рный obédient, submíssive

покоря́ть subdúe; cónquer *(завоёвывать);* **~ся** submít (to)

покрасне́ть *см.* красне́ть

покрови́тельствовать pátronize

покрыв||а́ло bedspread; **~а́ть** cóver; **~а́ться** cóver onesélf; get cóvered

покры́||ть(ся) *см.* покрыва́ть(ся); **~шка** *(шины)* tire, tyre

покуп||а́тель cústomer; búyer *(оптовый);* **~а́ть** buy

поку́пк||а púrchase; де́лать ~и go shópping

покуш||а́ться attémpt; **~е́ние** attémpt

пол I floor

пол II *биол.* sex

полага́||ть suppóse; assúme; guess *(амер.);* **~ться** 1) *(рассчитывать)* relý (upón) 2) *безл.:* ~ется one is sup-pósed (to); не ~ется you mustn't

полго́да six months

по́лдень noon

по́л||е 1) field; ~ зре́ния field of vísion 2) *мн. ч. (книги, тетради)* márgins 3) *мн. ч. (шляпы)* brim *(ед. ч.);* **~ево́й** field; ~евы́е цветы́ wild flówers

поле́зн||ый 1) úseful; good for; э́то ему́ бу́дет ~о it will do him good; it will be good for him 2) *(для здоровья)* héalthy, whólesome

полёт flight

полете́ть fly

по́лз||ать, ~ти́ creep, crawl

пол||ива́ть wáter; **~и́вка** wátering

поли́т||ика pólitics; pólicy *(линия поведения);* **~и́ческий** polítical

поли́ть *см.* полива́ть

политэконо́мия polítical ecónomy

полк régiment

по́лка shelf

полко́вник cólonel

полково́дец géneral

полково́й regiméntal

полнолу́ние full moon

полномо́ч||ие authórity; **~ный** plenipoténtiary

по́лностью fúlly, in full

полнота́ 1) plénitude *(обилие);* compléteness *(цельность)* 2) *(тучность)* córpulence

по́лночь mídnight

по́лный 1) *(наполненный)* full 2) *(весь)* compléte 3) *(совершенный)* ábsolute 4) *(о человеке)* stout, fat

полови́на half

положе́ние 1) situátion; posítion 2) *(социальное, общественное)* státus, stánding 3) *(устав)* regulátions *(мн. ч.),* státute ◊ ~ дел state of affáirs

положи́тельный 1) pósitive 2) *(об ответе)* affírmative 3) *(о человеке)* relíable

положи́ть put; **~ся** *см.* полага́ться 1)

полоса́ 1) stripe 2) *(узкий кусок)* strip 3) *геогр.* zone; **~тый** striped

полоска́ть rinse; ~ го́рло gargle

полоте́нце tówel

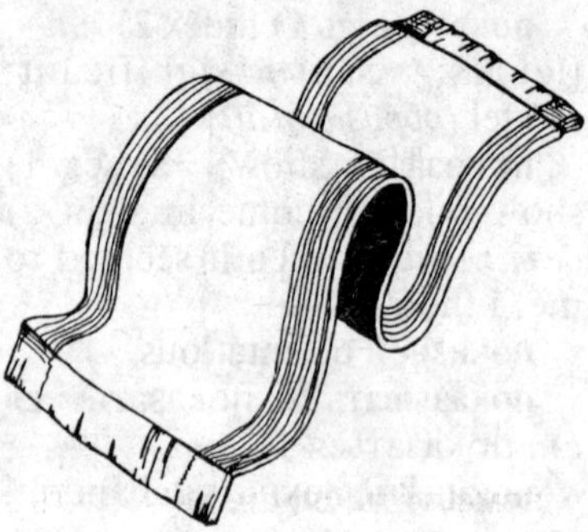

полотн||о́ 1) línen; cánvas *(картина)* 2) *ж.-д.* pérmanent way; **~я́ный** línen

поло́ть weed

полтора́ one and a half; **~ста** a húndred and fífty

полуго́дие hálf-yéar

полукру́г sémicircle

полумра́к dusk

полуо́стров península

получ||а́ть recéive; **~а́ться** *(выходить)* come out; **~ и́ть-(ся)** *см.* получа́ть(ся)

полуша́рие hémisphere

полчаса́ half an hour

по́льз||а use; good, bénefit; **~оваться** use, make use of *(использовать);* enjóy *(иметь);* ~оваться слу́чаем take an opportúnity

по́льский Pólish

По́льша Póland

полюби́ть fall in love with

по́люс pole

поля́к Pole

поля́на glade

поля́рный pólar, árctic; ~ круг pólar circle

пома́да lípstick

помести́ть(ся) *см.* помеща́ть-(ся)

по́месь cróss-breed, hýbrid; *перен.* míxture

поме́ха híndrance

помеша́тельство insánity; *перен.* craze

помеша́ть I *(размешать)* stir

помеша́ть II 1) *(препятствовать)* hínder 2) *(обеспокоить)* distúrb

помеша́ться go mad; ~ на be mad abóut

помещ||а́ть place; **~а́ться** be sítuated; **~е́ние** 1) *(жилое)* prémises *(мн. ч.)* 2) *(действие)* plácing

поме́щик lándowner, lándlord

помидо́р tomáto

поми́ловать párdon

поми́мо 1) *(кроме)* apárt from 2) *(без ведома кого-л.)* withóut *smb.'s* knówledge

поми́нки wake *(ед.ч.)*

помири́ть réconcile

по́мнить remémber

помога́ть, помо́чь help

по-мо́ему 1) *(по моему мнению)* in my opínion 2) *(по моему желанию)* as I would have it

помо́и slops

помо́щник assístant; help

по́мощь help; пе́рвая ~ first aid

понеде́льник Mónday

понемно́гу little by little, grádually

пониж||а́ть lówer, redúce; **~а́ться** fall, sink; **~е́ние** fall

пони́зить(ся) *см.* понижа́ть-(ся)

понима́||ние understánding; **~ть** understánd

поно́с diarrhóea

поня́тие idéa, nótion

поня́тный intélligible, clear

поня́ть *см.* понима́ть

поочерёдно by turns

поощр||е́ние encóuragement; **~и́ть, ~я́ть** encóurage

попада́ть, попа́сть 1) *(куда-л.)* get; catch *(на поезд и т. п.)*; find oneсélf in *(очутиться)* 2) *(в цель)* hit

поперёк acróss

попереме́нно in turn

попола́м in two, in half

попolу́дни p. m., post merídiem

попра́в||ить(ся) *см.* поправля́ть(ся); **~ка** 1) corréction; améndment *(к закону)* 2) *(починка)* repáiring 3) *(о здоровье)* recóvery; **~ля́ть** 1) *(чинить)* repáir 2) *(ошибку)* corréct; **~ля́ться** *(выздоравливать)* recóver

по-пре́жнему as álways

попро́бовать try; taste *(на вкус)*

попу́тчик féllow tráveller

попыта́ться try, attémpt, endéavour

попы́тка attémpt, endéavour

пора́: уже́ ~ it is time; давно́ ~ it's high time; с каки́х пор? since when?; до сих по́р up till now; still; so far

порабоще́ние enslávement

поража́ть 1) *(наносить удар)* strike; deféat *(неприятеля)* 2) *(удивлять)* amáze

пораже́ние deféat

порази́||тельный astóunding; extraórdinary *(удивительный)*; **~ть** *см.* поража́ть

порица́||ние blame, cénsure; **~ть** repróach (with), cénsure (for)

по́ровну équally

поро́г thréshold

поро́ги *(на реке)* rápids

поро́да 1) breed 2) *геол.* rock 3) *(людей)* type

поро́к vice

поросёнок píglet

по́рох (gún)powder

порошо́к pówder

порт port

по́ртить spoil; **~ся** be spoilt; decáy *(о зубах)*

портн||и́ха dréssmaker; **~о́й** táilor

портре́т pórtrait

портсига́р cigarétte case

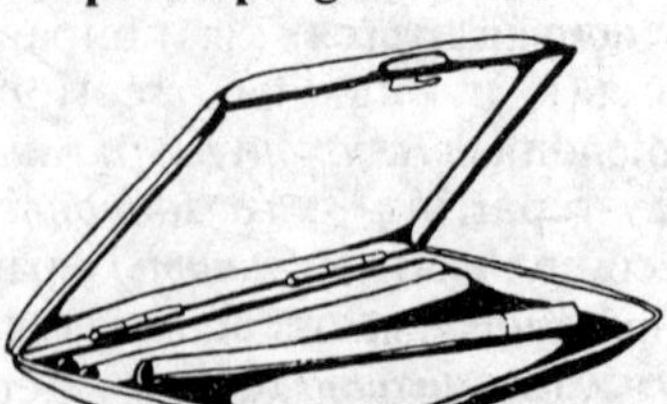

португа́лец Portuguése

Португа́лия Pórtugal

португа́льский Portuguése

портфе́ль portfólio *(тж. министерский)*; bríefcase

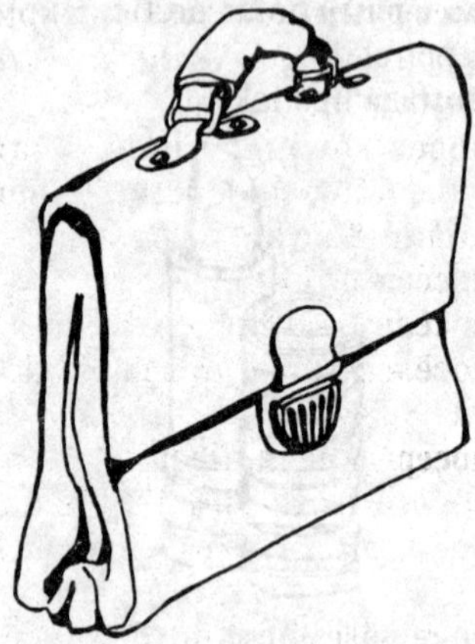

по-ру́сски (in) Rússian; написано ~ wrítten in Rússian; говори́ть ~ speak Rússian

поруч||а́ть charge with; entrúst with *(вверять)*; **~е́ние** commíssion; méssage *(устное)*; **~и́ть** *см.* поруча́ть

по́ручень hándrail

по́рци||я pórtion; hélping *(кушанья)*; dose *(лекарства)*; три ~и моро́женого three íces; две ~и сала́та sálad for two

по́рча dámage

поры́в 1) *(ветра)* gust 2) *(чувства)* fit; burst; ímpulse; **~истый** impúlsive

поря́док órder

поря́дочный 1) *(честный)* décent 2) *(большой)* consíderable, fair

посади́ть 1) *(растение)* plant 2) *(усадить)* seat, place

поса́дка 1) *(растений)* plánting 2) embarkátion *(на пароход)*; bóarding, entráining *(на поезд)* 3) *ав.* lánding

по-сво́ему in one's own way

посвя||ти́ть, ~ща́ть 1) devóte 2) *(произведение)* dédicate 3) *(в тайну и т. п.)* inítiate

посе́в sówing; **~но́й:** ~на́я пло́щадь área únder crop; ~ на́я кампа́ния sówing campáign

посе́вы crops

посели́ть settle; **~ся** settle

посёлок small víllage; séttlement

посереди́не in the middle

посети́||тель vísitor; ча́стый ~ fréquent vísitor; **~ть** *см.* посеща́ть

посеща́||емость atténdance; **~ть** 1) vísit 2) *(лекции и т. п.)* attend

посе́ять sow

поскользну́ться slip

поско́льку 1) *(насколько)* so far as 2) *(так как)* so long as, since ◊ ~ посто́льку (in) so far as

посла́нец méssenger; ~ ми́ра méssenger of peace

посла́нник énvoy, émissary

посла́ть *см.* посыла́ть

по́сле 1. *нареч.* láter (on); áfterwards **2.** *предлог* áfter

после́дний last

после́дователь fóllower

после́довательный 1) *(логичный)* consístent 2) *(о порядке)* succéssive, consécutive

после́дствие cónsequence

послеза́втра the day áfter tomórrow

посло́вица próverb

послу́шный obédient

посме́ртный pósthumous

посмотре́ть look

посо́бие 1) grant; relíef; allowance 2) *(учебник)* téxt-book

посо́л ambássador

посо́льство émbassy

поспева́ть I *(созревать)* rípen

поспева́ть II *(успевать)* be in time

поспе́ть I, II *см.* поспева́ть I, II

поспе́шность húrry, haste

посред||и́, ~и́не in the middle (of)

посре́дник intermédiary

посре́дственный médiocre

посре́дством by means of

поссо́риться quárrel

поста́вить *см.* ста́вить

поста́в||ка supplý(ing); **~ля́ть** supplý

постанови́ть *см.* постановля́ть

постано́вка 1) *театр.* prodúction 2): ~ вопро́са formulátion of the quéstion 3): ~ го́лоса voice tráining

постановл||е́ние resolútion; *юр.* rúling; **~я́ть** decrée; decíde *(решать)*

посте́ль bed; постели́ть ~ make the bed

постепе́нный grádual

посторони́ться make way, step asíde

посторо́нн||ий 1. *сущ.* stránger, óutsíder; ~им вход воспрещён no admíttance **2.** *прил.* óutside; irrélevant; ~яя по́мощь óutsíde aid; ~ие дела́ irrélevant mátters

постоя́н||ный cónstant; pérmanent *(неизменный);* perpétual *(вечный);* **~ство** cónstancy

постри́чься have one's hair cut

построе́ние constrúction

постро́ить build, constrúct

постро́йка búilding

поступ||а́ть, ~и́ть 1) act; do 2) *(в школу, организацию и т. п.)* énter; join

посту́пки *(поведение)* beháviour *(ед. ч.)*

посту́пок áct(ion)

по́ступь step

постуча́ть, ~ся knock (at)

посу́да plates and díshes; crо́ckery; ча́йная ~ téa cups; фая́нсовая ~ crо́ckery; фарфо́ровая ~ chína; ку́хонная ~ kítchenware

посыла́ть send, dispátch; ~ по по́чте post; mail *(амер.)*

посы́лка 1) *(действие)* sénding 2) *(почтовая)* párcel

посыпа́ть, посы́пать sprinkle *(сахаром, солью);* strew *(песком, гравием)*

посяг||а́ть, ~ну́ть encróach (upón)

пот perspirátion, sweat

потерпе́вший víctim

потерпе́ть súffer

потёртый shábby

поте́ря loss; ~ вре́мени waste of time

потеря́ть lose; **~ся** be lost

поте́ть perspíre, sweat

потихо́ньку *(тайком)* stéalthily

пото́к stream, tо́rrent; flow

потоло́к céiling

пото́м áfterwards *(после);* then *(затем);* láter on *(позже)*

пото́мство postérity

потому́, ~-то that is why; ~ что becáuse

потопи́ть sink

потреб||и́тель consúmer; **~ле́ние** consúmption; **~ля́ть** consúme, use

потре́бность requírements *(мн. ч.);* needs *(мн. ч.);* demánd *(спрос)*

потрясе́ние shock

потуха́ть, поту́хнуть go out

похвал||а́ praise; **~и́ть** praise

похи́тить, похища́ть steal; kídnap *(человека)*

похо́д campáign

похо́дка gait

похожде́ние advénture

похо́ж||ий: ~ на like; он похо́ж на бра́та he is like his bróther; э́то на него́ ~е it's just like him; ~е на то, что бу́дет дождь it looks like rain

похорони́ть búry

похоро́нный fúneral(-)

по́хороны fúneral *(ед. ч.)*

похуде́ть grow thin

поцелова́ть kiss

поцелу́й kiss

по́чва soil

почему́ why

по́черк hándwriting

почёт hónour; **~ный** hónorary

по||чини́ть repáir; mend; **~чи́нка** repáiring; repáirs *(мн. ч.)*; ménding

по́чка I *анат.* kídney

по́чка II *бот.* bud

по́чт||а 1) post; отправля́ть по ~е send by post 2) *(почтовое отделение)* póst óffice 3) *(корреспонденция)* mail; **~альо́н** póstman; **~а́мт** main póst óffice

почте́н||ие respéct; estéem; **~ный** respéctable, hónourable

почти́ álmost

почти́тельный respéctful

почто́в||ый póst(al); ~ я́щик postbox, létterbox; ~ая бума́га wríting páper; ~ые расхо́ды póstage *(ед. ч.)*

по́шлина cústoms, dúty

по́шл||ость banálity, cómmonplace; **~ый** banál

поща́д||а mércy; **~и́ть** spare

пощёчина slap in the face

поэ́||зия póetry; **~ма** póem

поэ́т póet; **~и́ческий** poétic(al)

поэ́тому thérefore, that's why, cónsequently

появ||и́ться *см.* появля́ться; **~ле́ние** appéarance; **~ ля́ться** appéar

по́яс 1) belt 2) *геогр.* zone

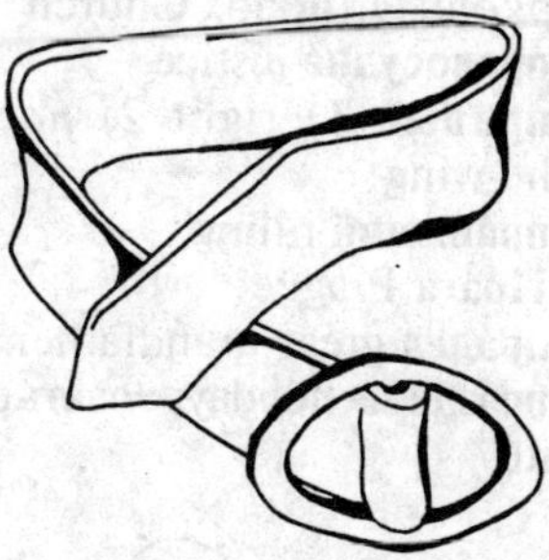

поясн||е́ние explanátion, elucidátion; **~и́ть** *см.* поясня́ть

поясни́ца loins

поясня́ть expláin, elúcidate

праба́бка gréat-grándmother

пра́вд||а truth; э́то ~ that is true; **~ивый** trúthful

пра́вил||о rule; ~а у́личного движе́ния dríving regulátions, rules of the road

пра́вильн||о corréctly; ~! quite right; э́то ~ that's right; **~ый** 1) right; corréct 2) *(симметричный, регулярный)* régular

прави́тельст||венный góvernment(al); **~во** góvernment

пра́вить 1) *(страной)* góvern, rule; reign *(о монархе)* 2) drive *(лошадьми, машиной)* 3) *(судном, яхтой)* steer

правле́ние 1) góvernment 2) *(учреждения)* the mánagement, board (of diréctors)

пра́внук gréat-grándson

пра́во 1) right; ~ го́лоса vote, súffrage; име́ть ~ have the right to 2) *(наука)* law 3) *мн. ч.* *(свидетельство)* lícence

правописа́ние spélling, orthógraphy

правосла́вие orthodoxy

правосла́вн||ый orthodox; ~ ая це́рковь Orthodox Church

правосу́дие jústice

пра́вый 1) right 2) *полит.* ríght-wing

пра́вящий rúling

Пра́га Prague

пра́дед gréat-grándfather

пра́здн||ик hóliday; **~овать** célebrate

пра́здный idle

пра́кт||ика práctice; **~и́ческий** práctical

прах dust; áshes *(мн. ч.) (останки)*

пра́чечная láundry

пребыва́ние stay

превзойти́, превосходи́ть outdó, surpáss

превосхо́дный spléndid, excellent

превосхо́дство superiórity

превра||ти́ть(ся) *см.* превраща́ть(ся); **~ща́ть, ~ща́ться** turn (ínto)

превы́||сить, ~ша́ть excéed

прегра́да óbstacle

прегра||ди́ть, ~жда́ть block (up)

предава́ть betraý ◊ ~ суду́ sue; **~ся** give onesélf up to, indúlge (in)

пре́данн||ость devótion; **~ый** devóted, fáithful

преда́тель tráitor; **~ский** tréacherous; **~ство** tréachery; tréason *(измена)*

преда́ть(ся) *см.* предава́ть(ся)

предвари́тельный prelíminary

предви́деть foresée, foreknów

предвы́борн||ый preeléction; ~ая кампа́ния electionéering campáign

преде́л límit; положи́ть ~ *(чему-л.)* put a stop to

предисло́вие préface, fóreword, introdúction

пре́дки fórefathers, áncestors

предлага́ть 1) óffer, propóse 2) *(советовать)* suggést

предло́г I *(повод)* excúse, prétext

предло́г II *грам.* prepositíon

предложе́ние I 1) óffer, propósal, suggéstion; mótion *(на собрании)* 2) *эк.* supplý; спрос и ~ supplý and demánd

предложе́ние II *грам.* séntence; гла́вное ~ príncipal clause; прида́точное ~ subórdinate clause

предложи́ть *см.* предлага́ть

предло́жный: ~ паде́ж prepositional casc

предме́стье súburb

предме́т 1) óbject 2) *(тема)* súbject

предназн||ача́ть, ~а́чить inténd (for)

пре́док fórefather, áncestor

предоста́в||ить, ~ля́ть 1) *(давать)* give 2) *(позволять)* leave; ~ кого́-л. самому́ себе́ leave one to oneself

предосте||рега́ть, ~ре́чь warn

предосторо́жность precáution

предотвра||ти́ть, ~ща́ть avért, ward off

предохран||и́ть, ~я́ть protéct (from, agáinst)

предписа́ние órder

предписа́ть, предпи́сывать órder

предполага́ть 1) *(намереваться)* inténd, propóse 2) *(думать)* suppóse

предполо||же́ние suppositíon, hypóthesis; **~жи́ть** *см.* предполага́ть

предпосле́дний last but one

предпоч||е́сть, ~ита́ть prefér; **~те́ние** préference

предприи́мчивый énterprising; resóurceful *(находчивый)*

предпринима́тель emplóyer, manufácturer

предпри||нима́ть, ~ня́ть undertáke

предприя́тие undertáking, énterprise; búsiness *(деловое);* риско́ванное ~ risk; vénture

предрасположе́ние prédisposítion

предрассу́док préjudice

председа́тель cháirman *(собрания);* président *(правления и т. п.)*

пред||сказа́ть, ~ска́зывать foretéll; forecást *(погоду)*

представи́тель represéntative; **~ство** representátion

предста́в||ить(ся) *см.* представля́ть(ся); **~ле́ние** 1) *театр.* perfórmance 2) *(документов и т. п.)* presentátion 3) *(понятие)* idéa; **~ля́ть** 1) *(предъявлять)* presént; prodúce 2) *(знакомить)* introdúce, present *smb.* (to) 3): ~ля́ть себе́ imágine 4): ~ля́ть собо́ю represént 5) *(доставлять)* óffer; э́то не ~ля́ет для меня́ интере́са it's of no ínterest to me 6) *театр.* perfórm; **~ля́ться** 1) *(возникать)* aríse, presént itsélf 2) *(знакомиться)* introdúce onesélf

предсто||я́ть: мне ~и́т I shall have to; I am faced with; **~я́щий** cóming, fórthcoming; impénding *(неминуе-мый)*

предубежде́ние préjudice

предупре||ди́ть, ~жда́ть 1) *(известить)* let *smb.* know; nótify 2) *(предостеречь)* warn 3) *(предотвратить)* prevént, avért 4) *(опередить)* forestáll; **~жде́ние** 1) *(извещение)* nótice 2) wárning 3) *(аварии, болезни)* prevéntion

предусма́тривать, предусмотре́ть 1) foresée 2) *(обеспечивать)* províde for

предусмотри́тельный prúdent

предчу́вств||ие preséntiment; **~овать** have a preséntiment

предшéств||енник prédecessor; **~овать** precéde

предъяв||úтель béarer; **~úть, ~лять** prodúce; show *(показать)*; ~лять трéбования make a demánd

предыдýщий precéding

прéжде befóre; fórmerly *(в прежнее время)*

прéжний prévious; fórmer, ex- *(бывший)*

президéнт président

президиум presídium

през||ирáть despíse; **~рéние** contémpt; **~рéнный** déspicable, contémptible; **~рúтельный** contémptuous

преимýщество advántage

прекрáсн||о éxcellently, spléndidly; ~! spléndid!; **~ый** 1) *(красивый)* béautiful 2) *(отличный)* éxcellent, cápital

прекра||тúть, ~щáть stop, cease; **~щéние** cessátion

прелéстный chárming, delíghtful, lóvely

прéлесть charm

премировáть awárd a prize; awárd a bónus

прéмия prize, rewárd *(награда)*; bónus *(за работу)*

премьéра *театр.* first night

пренебре||гáть negléct, dísregárd; **~жéние** 1) negléct (of); dísregárd (of) *(к обязанностям и т. п.)* 2) *(презрение)* scorn, disdáin (for)

пренебрéчь *см.* пренебрегáть

прéния debáte *(ед. ч.)*

преобладáть predóminate; preváil

преодолевáть, преодолéть overcóme

преподавá||ние téaching; **~тель** téacher; **~ть** teach

препя́тств||ие óbstacle, impédiment; **~овать** prevént *smb.* from; hínder *smb.* *(мешать)*

прервáть, прерывáть break off; interrúpt *(кого-л.)*

преслéдова||ние 1) *(погоня)* pursúit 2) *(притеснение)* persecútion; **~ть** 1) *(гнаться)* pursúe, chase; *перен.* haunt 2) *(притеснять)* pérsecute

пресмыкáющееся *зоол.* réptile

прéсный 1) *(о воде)* fresh 2) *(безвкусный)* insípid

пресс press

прéсса the press

прест||уплéние crime; **~ýпник** críminal

претендовáть claim

Претóрия Pretória

преуве||личéние exaggerátion; **~лúчивать, ~лúчить** exággerate

при 1) *(около)* by, at, near 2) *(в присутствии кого-л.)* in the présence of; ~ мне in my présence 3) *(во время, в эпоху)* únder, in the time of 4) *(при известных обстоятельствах)* when 5) *(с собой)* with, abóut; ~ себé with (abóut, on) one

прибáв||ить add; **~ка** 1) addítion 2) *(к зарплате)* rise; raise *(амер.)*; **~лять** *см.* прибáвить

прибегáть I come rúnning

при||бегáть II, ~бéгнуть have recóurse to

прибежáть *см.* прибегáть

при||бивáть, ~бúть 1) *(гвоздями)* fásten down, nail 2) *(к берегу и т. п.)* throw, wash *smth.* (ashóre)

приближ||áться appróach, come néarer; **~éние** appróach

приблизúтельн||о appróximately; **~ый** appróximate

приблизиться *см.* приближаться

прибой surf

прибор 1) apparátus 2) desk set *(письменный);* dínner set *(столовый);* tóilet set *(туалетный)*

прибывать 1) arríve 2) *(о воде)* rise

прибыль prófit

прибы||тие arríval; **~ть** *см.* прибывать

привал halt

привезти *см.* привозить

приверженец adhérent

привести *см.* приводить

привет regárds *(мн. ч.);* **~ливый** áffable, fríendly; **~ствие** gréeting; **~ствовать** 1) greet 2) *(одобрять)* wélcome

прив||ивать 1) *мед.* inóculate; ~ оспу váccinate 2) *бот.* engráft; **~ивка** 1) *мед.* inoculátion; ~ивка оспы vaccinátion 2) *бот.* engráfting; **~ить** *см.* прививать

привкус taste, flávour

привлекательный attráctive

привлекать, привлечь attráct, draw; ~ к суду prósecute

приводить 1) *(куда-л.)* bring 2) *(к чему-л.)* lead (to), resúlt (in) 3) *(цитаты, примеры)* cite 4) *(в отчаяние и т. п.)* drive *smb.* to; ~ в порядок put in órder; ~ в исполнение cárry out; ímplement

привозить bring

при||выкать, ~выкнуть get accústomed (to), get used to; **~вычка** hábit

привязанность attáchment

при||вязать, ~вязывать tie, fasten; **~вязанный** *перен.:* быть ~вязанным к кому-л., чему-л. be fond of

пригла||сить, ~шать invíte; **~шение** invitátion

приговор séntence; **~ить** séntence, condémn

пригодиться come in hándy

пригород súburb; **~ный** subúrban; ~ный поезд lócal train

пригото||вить(ся) *см.* приготовлять(ся); **~ление** preparátion; **~лять** 1) prepáre 2) *(пищу)* cook; **~ляться** prepáre (for)

придавать: ~ большое значение attách great impórtance to

приду́м||ать, ~ывать invént

прие́з||д arríval; **~жать** arríve

приём 1) recéption 2) *(способ)* méthod; **~ная** *(у врача)* wáiting-room

приёмник *радио* rádio recéiver, wíreless (set)

приёмный 1) *(усыновлённый)* adópted 2) *(день, час и т. п.)* recéption(-)

приéхать *см.* приезжáть

при||жáть, ~жимáть press; clasp *(к груди)*

приз prize

призвáние vocátion, inclinátion

призвáть *см.* призывáть

приземл||éние lánding; **~йться, ~яться** land

признавáть admít; **~ся** conféss; ~ся в любвй decláre one's féelings

прйзнак sign

призн||áние 1) *(чего-л.)* acknówledgement 2) *(в чём-л.)* conféssion; declarátion *(в любви)*; **~ть(ся)** *см.* признавáть(ся)

прйзрак ghost

призы́в 1) appéal 2) *(лозунг)* slógan 3) *(в армию)* conscríption; **~áть** 1) call 2) *(на военную службу)* call up

прйиск mine; золоты́е ~и góld fields

прийтй(сь) *см.* приходйть(ся)

прикáз órder, commánd; **~áние** órder; **~áть, ~ывать** órder, commánd

прикасáться touch

приклáд *(ружья)* butt

прикладнóй applíed

приключéние advénture

прикомандировáть attách

прикосн||овéние touch; **~ýться** *см.* прикасáться

прикреп||йть, ~лять fasten; attách; я к вам ~лён I have been sent to you for help

при||крывáть, ~кры́ть cóver; shield *(защищать)*

прилáвок cóunter

прилагáтельное *грам.* ádjective

прилагáть 1) applý 2) *(к письму)* enclóse

прилéжный díligent

приле||тáть, ~тéть arríve

прилйв 1) flow; high tide; *перен.* surge 2) *(крови)* rush

прилож||éние 1) *(к журналу и т. п.)* súpplement 2) *(к письму и т. п.)* enclósure; **~йть** *см.* прилагáть

примáнка bait

примен||éние applicátion; use; **~йть , ~ять** applý, use, emplóy

примéр exámple

примéрить *см.* примерять

примéрный 1) *(образцовый)* exémplary 2) *(приблизительный)* appróximate

примерять try on

прймесь admíxture; с ~ю mixed with

примечáние cómment; fóotnote *(сноска)*

примирéние reconciliátion

принад||лежáть belóng (to); **~лéжности** accéssories, things

принестй *см.* приносйть

принимáть 1) take 2) *(посетителя)* recéive 3) *(закон, резолюцию)* pass 4) *(в какую-л. организацию и т. п.)* accépt 5) *(приобретать)* assúme

приносйть bring ◊ ~ пóльзу be of use

прйнтер prínter

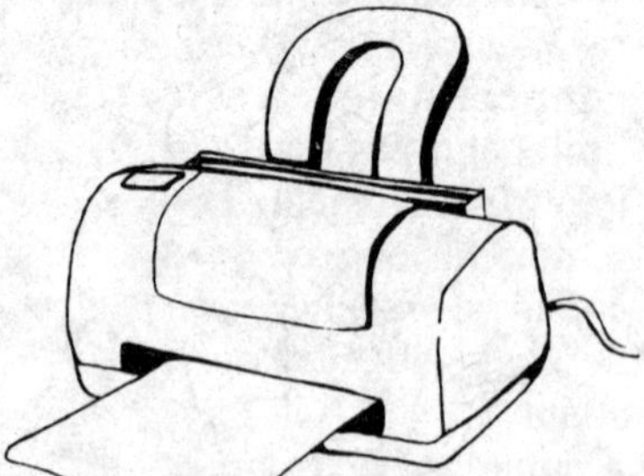

принуди́тельный forced, compúlsory

прину́||дить, ~жда́ть force

при́нцип prínciple; **~иа́льно** on prínciple; **~иа́льный** of prínciple

прин||я́тие *(закона, резолюции)* pássing (of); **~я́ть** *см.* принима́ть

приобре||сти́, ~та́ть 1) acquíre 2) *(купить)* buy

припа́док fit, attáck; pároxysm

припа́сы supplíes

приписа́ть, припи́сывать *(что-л. кому-л.)* attríbute, ascríbe

приро́д||а náture; **~ный** 1) nátural 2) *(врождённый)* ínbórn

приро́ст growth, íncrease

прируч||а́ть, ~и́ть tame

присва́ивать *см.* присво́ить

присв||ое́ние appropriátion; **~о́ить** 1) apprópriate 2) *(звание и т. п.)* confér upón

приседа́ть, присе́сть *(на корточки)* squat

присла́ть *см.* присыла́ть

прислон||и́ться, ~я́ться lean (agáinst)

прислу́ш||аться, ~иваться lísten

присоедин||е́ние 1) addítion *(чего-л.);* jóining *(кого-л.)* 2) *эл.* connéction; **~и́ть(ся)** *см.* присоединя́ть(ся); **~я́ть** 1) add, join 2) *эл.* connéct; **~я́ться** join

приспосо́б||ить *см.* приспособля́ть; **~ле́ние** *(устройство)* devíce; gádget *(разг.);* **~ля́ть** adápt

приستава́ть 1) *(к берегу)* put in 2) *(надоедать)* péster, vex

приста́вка *грам.* préfix

при́стальный stéady, fixed

при́стань pier, lánding-stage; wharf *(товарная)*

приста́ть *см.* пристава́ть

пристра́стие wéakness (for); относи́ться с ~м be préjudiced agáinst *(враждебно);* show partiálity for *(доброжелательно)*

пристра́стный pártial; préjudiced *(предвзятый)*

приступ||а́ть, ~и́ть *(к делу)* set to

прису||ди́ть, ~жда́ть 1) condémn; adjúdge 2) *(премию, степень)* awárd; confér (on)

прису́тств||ие présence; **~овать** be présent

присыла́ть send

прися́га oath

притвор||и́ться, ~я́ться preténd, feign

притесн||е́ние oppréssion, restríction; **~я́ть** oppréss, deal hárdly

прито́к 1) *(реки)* tríbutary 2) *(наплыв)* flow, ínflux 3) *(подъём)* surge

прито́м besídes, moreóver

притя́||гивать, ~ну́ть attráct

приуч||а́ть, ~и́ть train, accústom

прихо́д 1) arríval 2) *бухг.* Recéipts *(мн. ч.)*

приходи́ть come

приходи́ться *безл.:* мне (ему́) пришло́сь I (he) had to

прича́л||ивать, ~ить moor

прича́стие *грам.* párticiple

причём: ~ тут я? what have I to do with it?

причеса́ть(ся) *см.* причёсывать(ся)

причёс||ка háircut *(мужская);* coiffúre, hairdo *(женская);* **~ывать** do *smb.'s* hair; **~ываться** do one's hair; have one's hair done *(у парикмахера)*

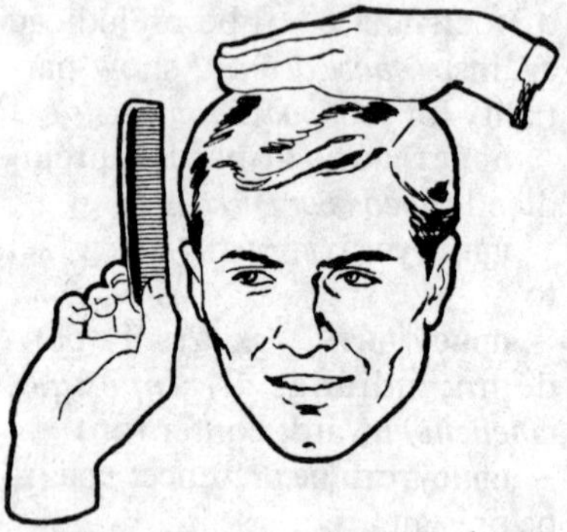

причи́на cause; reason *(основание);* побуди́тельная ~ motive

причин||и́ть, ~я́ть cause, do

при||шива́ть, ~ши́ть sew (on)

прищеми́ть pinch

прию́т shélter, réfuge

приятель friend, pal, crony; **~ский** fríendly, ámicable

прия́тный pléasant, agréeable

про abóut

про́ба 1) *(действие)* tríal, test 2) *(образчик)* sample 3) *(клеймо)* hállmárk

пробе́г run

про||бега́ть, ~бежа́ть run (by)

пробе́л gap

пробива́ть break through, pierce

пробира́ться make one's way

проби́ть *см.* пробива́ть

про́бка 1) cork; stópper *(стеклянная)* 2) *(затор уличного движения)* tráffic jam

пробле́ма próblem

про́блеск gleam

про́бовать try; taste *(на вкус)*

пробо́р párting; косо́й ~ side párting; прямо́й ~ middle párting

пробра́ться *см.* пробира́ться

прова́л *(неудача)* fáilure; **~и́ться** 1) *(упасть)* fall, come down 2) *(потерпеть неудачу)* fail

прове́р||ить *см.* проверя́ть; **~ка** 1) verificátion; examinátion *(документов, знаний и т. п.)* 2) *(контроль)* chéck-úp; **~я́ть** check, vérify

провести́ *см.* проводи́ть II

прове́три||вать, ~ть air, véntilate

прови́зия províśions *(мн. ч.)*

провини́ться commit an offénce, be guílty *(of)*

про́вод wire

проводи́ть I *см.* провожа́ть

проводи́ть II 1): ~ доро́гу build a road; ~ электри́чество instáll eléctrical equípment 2) *(работу и т. п.)* condúct 3) *(осуществлять)* cárry out

проводни́к 1) guide 2) *(в поезде)* guard 3) *физ.* condúctor

провожа́ть accómpany; see *smb.* off

прово́з tránsport

провозгла||си́ть, ~ша́ть procláim

провока́ция provocátion

про́волока wire

прогл||а́тывать, ~ оти́ть swállow

прогна́ть *см.* прогоня́ть

прогнóз prognósis; fórecast *(о погоде)*

проголодáться be (feel) húngry

прогоня́ть drive awáy

прогрáмма prógramme

программи́рование prógramming

прогрéсс prógress; **~и́вный** progréssive

прогу́лка walk

продавáть sell; **~ся** be for sale

продавéц séller; sálesman, shóp assistant *(в магазине)*

продáж||а sale; **~ный** *(коррумпированный)* corrúpt

продáть *см.* продавáть

продвигáться advánce

продвижéние adváncement

продви́нуться *см.* продвигáться

продл||éние prolongátion; **~и́ть** prolóng

продовóльств||енный food(-); **~ие** food; provísions *(мн. ч.)*

продолж||áть contínue; ~áйте! go on!; **~éние** continuátion; séquel *(романа)*; ~éние слéдует to be contínued

продолжи́тельность durátion

продóлжить *см.* продолжáть

продýкт próduct

продукти́вный prodúctive

продуктóвый: ~ магази́н grócery, food store, grocer's

продýкция prodúction, óutput

проéзд pássage; ~ воспрещён! no thóroughfare!

проезжáть pass (by, through); go (past, by)

проéкт prójeсt, desígn; ~ резолю́ции draft resolútion; **~и́ровать** make desígn (for)

проéхать *см.* проезжáть

прожéктор séarchlight

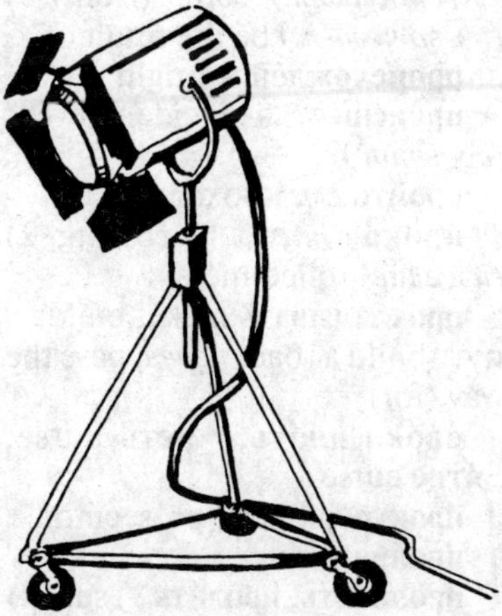

прóза prose

прозрáчный transpárent

проигрáть *см.* прои́грывать

прои́грыватель récord player

прои́грывать lose

прóигрыш lósses *(мн. ч.)*

произведéн||ие work; и́збранные ~ия seléсted works

произвести́ *см.* производи́ть

производи́тельность productívity

производи́ть 1) prodúce 2) *(выполнять)* make, éxecute

произвóдственник prodúction wórker

произвóдственный: ~ процéсс prócess of prodúction; ~ план prodúction plan

произвóдство 1) prodúction 2) *разг. (фабрика, завод)* fáctory, works, índustry

произн||ести́, ~оси́ть pronóunce; ~ речь make a speech; **~ошéние** pronunciátion

про||изойти́, ~исходи́ть 1) *(случиться)* háppen, take place 2) *(откуда-л.)* come (from) 3) *(из-за чего-л.)* be the resúlt of

происхожде́ние órigin

происше́ствие íncident; evént *(событие)*

пройти́ *см.* проходи́ть

прока́т *тех.* 1) rólling 2) *(изделие)* rolled métal

прокла́дывать make, build; ~ путь build a road; *перен.* pave the way (for)

прокл||ина́ть, ~я́сть curse; **~я́тие** curse

прокуро́р públic prósecutor

проли́в strait

пролива́ть, проли́ть 1) spill 2) *(кровь, слёзы)* shed

проложи́ть *см.* прокла́дывать

про́мах miss *(при стрельбе); перен.* slip; blúnder *(грубая ошибка)*

промедле́ние deláy

промежу́ток 1) ínterval 2) *(между досками, в двери и т. п.)* gap

промёрзлый frózen

промока́ть, промо́кнуть get wet through

промолча́ть say nóthing, maintáin sílence

промочи́ть: ~ но́ги get one's feet wet

промтова́ры manufáctured goods

промчаться *(мимо)* dart by, rush by

про́мысел índustry

промы́шленн||ость índustry; **~ый** indústrial

пронзи́тельный píercing

проника́ть, прони́кнуть pénetrate

проница́тельный pénetrating

пропага́нд||а propagánda; **~и́ровать** propagándize

пропада́ть, пропа́сть be lost; disappéar *(исчезать)*

про́пасть précipice, abýss

пропе́ллер propéller

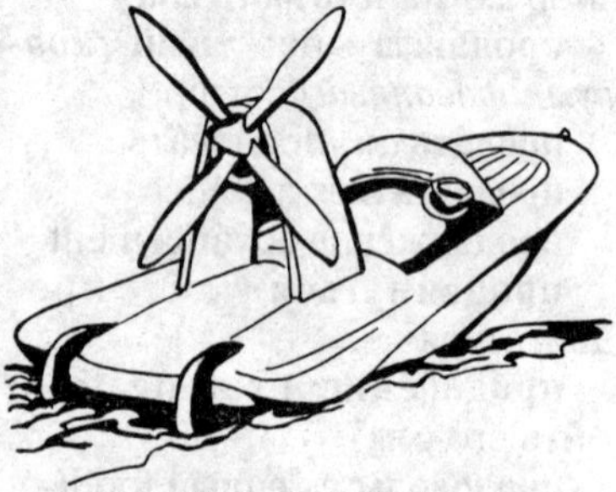

прописа́ть(ся) *см.* пропи́сывать(ся)

пропи́с||ка registrátion; **~ывать** 1) *(лекарство)* prescríbe 2) *(регистрировать)* régister; **~ываться** régister

про́пуск 1) *(документ)* pass 2) *(пустое место)* blank, gap 3) *(в тексте)* omíssion; cut

пропус||ка́ть, ~ти́ть 1) *(дать пройти)* let *smb.* pass 2) *(выпускать)* omít, leave out 3) *(занятия, случай)* miss

проры́в break; **~а́ть** break (through)

просвещ||а́ть enlíghten; **~е́ние** enlíghtenment; educátion *(образование)*

проси́ть ask

просла́в||иться *см.* прославля́ться; **~ленный** fámous; **~ля́ться** becóme fámous

проследи́ть trace

просма́тривать *(книгу)* go through

просмо́тр súrvey; previéw *(картины, пьесы)*

просмотре́ть 1) *см.* просма́тривать 2) *(не заметить)* óverlook 3) *(пьесу)* see

просну́ться *см.* просыпа́ться

про́со míllet

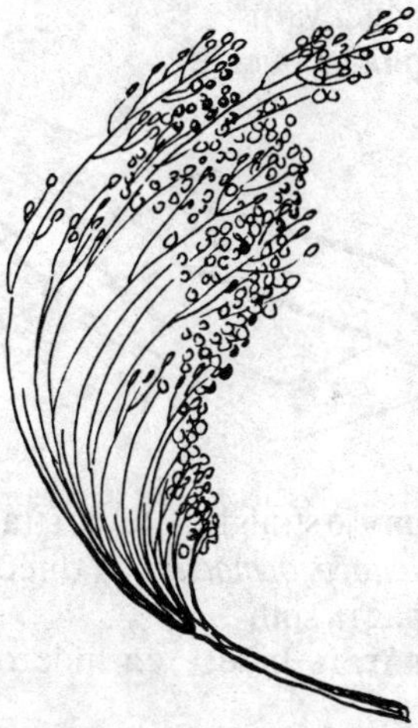

проспа́ть 1) óversléep 2) *(пропустить)* miss

просро́чи||ть: я ~л биле́т my tícket has expíred; он ~л па́спорт his pássport has run out; она́ ~ла о́тпуск she óverstáyed her leave

простира́ться stretch, reach (to)

прости́ть *см.* проща́ть; **~ся** *см.* проща́ться

просто́й simple; éasy *(лёгкий)*; órdinary, cómmon *(обыкновенный)*

простоква́ша sour milk

просто́р space, room; **~ный** spácious

простота́ simplícity

простра́н||ный détailed; eláborate *(об объяснении, извинении)*; **~ство** space

просту́д||а cold, chill; **~и́ться** catch cold

простыня́ sheet

просыпа́ться wake up

про́сьба requést

протека́ть 1) flow, run 2) *(просачиваться)* leak 3) *(о времени)* elápse

проте́ст prótest; **~ова́ть** protést

про́тив 1) agáinst 2) *(напротив)* ópposite

проти́вник oppónent; énemy *(враг)*

проти́вный disgústing; objéctionable *(неприятный)*

противога́з gás mask

противополо́жн||ость cóntrast; **~ый** ópposite

противопоста́в||ить, ~ля́ть oppóse

противоре́ч||ие contradíction; **~ить** contradíct

противостоя́ть oppóse; resíst

проткну́ть *см.* протыка́ть

протоко́л mínutes *(мн. ч.) (собрания)*; prótocol

прото́чн||ый: ~ая вода́ rúnning wáter

протыка́ть pierce

протя́гивать, протяну́ть stretch (out), extе́nd

проучи́ть give *smb.* a lе́sson

профессиона́льный proféssional

профе́ссия proféssion; trade

профе́ссор proféssor

про́филь prófile

профсою́з trade únion; **~ный** tráde-union; ~ный биле́т tráde-union card

прохла́дный cool

прохо́д pássage; ~ закры́т! no thóroughfare!; **~и́ть** go, pass

прохо́жий pásser-by

процвет||а́ние prospérity; **~а́ть** prósper

проце́нт percе́ntage; per cent

проце́сс prócess; суде́бный ~ tríal

проце́ссия procе́ssion

проче́сть, прочита́ть read

про́чный *(крепкий)* strong, sólid; *перен.* lásting

прочь awáy; ру́ки ~! hands off!; ~ отсю́да! get out!

проше́дш||ее the past; **~ий** past; ~ее вре́мя *грам.* past tense

прошлого́дний last year's

про́шл||ое the past; **~ый** the last *(последний)*

проща́||й!, ~йте! góod-býe!; **~льный** párting, fárewell; **~ние** párting

проща́ть forgíve

проща́ться take leave (of), say góod-býe (to)

проще́ние forgíveness, párdon

прояви́тель devе́loper

прояв||и́ть *см.* проявля́ть; **~ле́ние** 1) manifestátion 2) *фото* devе́lopment; **~ля́ть** 1) show, displáy 2) *фото* devе́lop

пруд pond

пружи́на spring

пры́г||ать, ~ нуть jump

прыжо́к jump

прядь lock

пря́жа yarn

пря́жка buckle

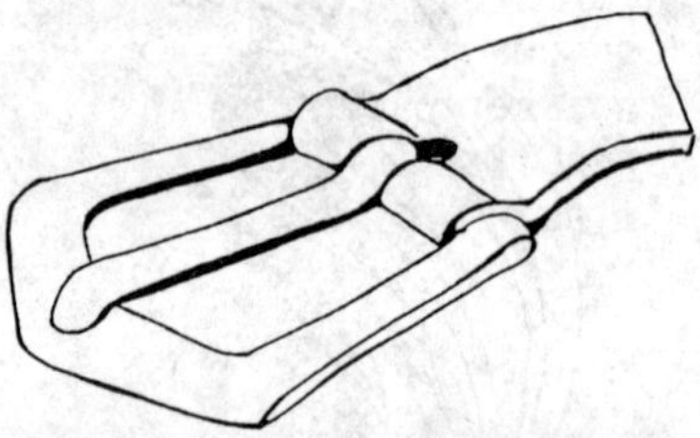

пря́м||о straight; **~о́й** 1) straight 2) *(непосредственный)* diréct

прясть spin

пря́тать hide; **~ся** hide onesе́lf

псевдони́м pséudonym, álias

психи́ческий mе́ntal, psýchic

психоло́гия psychólogy

пти́ца bird; дома́шняя ~ póultry

птицево́дство póultry-breeding

пу́блика públic; áudience *(зрители)*

публикова́ть públish

публи́чный públic

пуга́ть fríghten

пугли́вый tímorous

пу́говица bútton

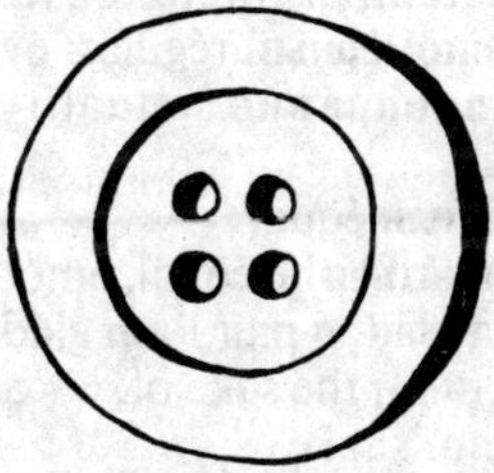

пу́др||а pо́wder; **~еница** pо́wder compáct; **~ить** pо́wder

пузырёк *(бутылочка)* bottle (for médicine, scent)

пузы́рь 1) *(мыльный и т.п.)* bubble 2) *анат.* bládder 3) *(волдырь)* blíster

пулемёт machíne gun

пульс pulse; **~и́ровать** pulsáte

пу́ля búllet

пункт 1) point 2) *(организационный центр)* státion 3) *(параграф)* ítem

пуска́ть, пусти́ть 1) *(отпускать)* let *smb.* go; set *smb.* free 2) *(впускать)* let *smb.* in ◊ ~ маши́ну в ход set machínery in mо́tion

пусто́||й émpty; *(о разговоре тж.)* idle; **~та́** 1) émptiness 2) *физ.* vácuum

пусты́нный desérted; úninhábited *(безлюдный)*

пусты́ня désert

пусты́рь waste land; émpty lot *(в городе)*

пусть *переводится через* let + *inf;* ~ он придёт let him come

пустя́к trifle

пу́та||ница muddle; **~ть** confúse

путёвка hóliday vóucher

путеводи́тель guíde(-book)

путеше́ст||венник tráveller; **~вие** jо́urney; **~вовать** trável

пут||ь road, way; по ~и́ on the way

пух down

пу́хнуть swell

пуши́стый flúffy

пу́шка gun, cánnon

пушни́на furs *(мн. ч.)*

Пхенья́н Pyóngyáng

пчел||а́ bee; **~ово́дство** béekeeping

пшени́ца wheat

пшено́ míllet

пыл árdour

пыла́ть blaze, be in flames

пылесо́с vácuum cléaner

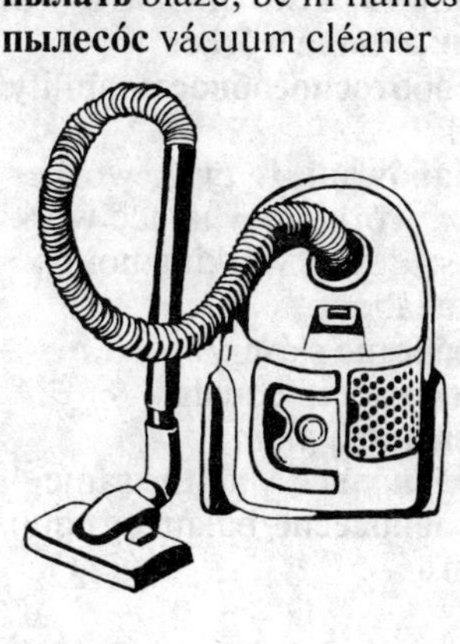

пы́лкий árdent
пыль dust; **~ный** dústy
пыта́ть tórture
пыта́ться attémpt, try
пы́тка tórture
пы́шный 1) respléndent; magníficent 2) *(о растительности)* luxúriant, rich
пье́са play
пьяне́ть get drunk
пья́н||ица drúnkard; **~ство** drúnkenness; **~ый** drunk
пя́теро five
пятибо́рье pentáthlon
пятидеся́тый fíftieth
пя́титься back
пя́тка heel
пятна́дца||тый fiftéenth; **~ть** fiftéen
пятни́стый spótted; spótty
пя́тница Fríday
пятно́ spot; *перен. тж.* stain
пя́тый fifth
пять five
пятьдеся́т fífty
пятьсо́т five húndred

Р

раб slave
рабо́т||а work; **~ать** work; **~ник, ~ница** wórker
работоспосо́бность abílity to work
рабо́ч||ий **1.** *сущ.* wórker **2.** *прил.* wórking; ~ класс wórking class; ~ день wórking hours; ~ая си́ла lábour
ра́бство slávery
ра́венство equálity
равни́на plain
равно́: всё ~ all the same
равнове́сие bálance, equilíbrium
равноду́ш||ие indífference; **~ный** indífferent; disínterested *(амер.)*
равноме́рный régular; éven
равнопра́вие equálity (of rights)
ра́вный équal
равня́ться be équal, amóunt to
рад glad; я рад I am glad
ра́ди for the sake of; ~ кого́-л. for smb.'s sake
ра́дио rádio; **~переда́ча** bróadcasting; **~ста́нция** bróadcasting státion
ради́ст rádio óperator
ра́диус rádius; *перен.* range
ра́д||овать make *smb.* happy; please; **~оваться** be glad; rejóice; **~остный** jóyful; **~ость** joy
ра́дуга ráinbow
раду́шный córdial, héarty
раз I 1) time; ещё ~once more 2) *(при счёте)* one
раз II **1.** *нареч. (однажды)* once **2.** *союз:* ~ так if that's the case
разба́в||ить, ~ля́ть dilúte
разбе́г: прыжо́к с ~а rúnning jump

разбе||га́ться, ~жа́ться run off; scátter *(в разные стороны)*

разбива́ть 1) break 2) *воен.* deféat; **~ся** break

разбира́ть 1) *(на части)* take apárt 2) *(расследовать)* look ínto 3) *(стараться понять)* try to make out; make out; **~ся** understánd

разби́тый brо́ken

разби́ть(ся) *см.* разбива́ть(ся)

разбогате́ть get rich

разбо́й rо́bbery; **~ник** rо́bber, bándit

разбо́р análysis

разбо́рчивый 1) *(о почерке)* légible 2) *(требовательный)* fastídious

разбра́сывать, разброса́ть throw *smth.* abо́ut, scátter

разбуди́ть wake; wake up; *перен.* awáken, arо́use

разва́л collápse, disorganizátion; **~ивать** *(работу и т.п.)* disо́rganize; **~иваться** collápse; go to pieces; **~ины** rúins; **~и́ть(ся)** *см.* разва́ливать(ся)

ра́зве réally; ~ он прие́хал? oh, has he come?; has he come, then?; ~ вы не зна́ете? d'you mean to say you haven't heard?

развева́ться flútter

разведе́ние bréeding *(животных)*; cultivátion *(растений)*

разве́д||ка 1) *геол.* prospécting 2) *воен.* intélligence; recо́nnaissance; **~чик** 1) scout 2) *воен.* intélligence о́fficer

разверну́ть, развёртывать únfо́ld; únwráp; *перен.* devélop

развести́ *см.* разводи́ть

развести́сь *см.* разводи́ться

развива́ть, ~ся devélop

разви́тие devélopment

развито́й 1) *(физически)* wéll-devéloped, wéll-grо́wn 2) *(умственно)* intélligent

разви́ть(ся) *см.* развива́ть(ся)

развле||ка́ть entertáin, amúse; **~ка́ться** amúse oneséIf; **~че́ние** amúsement

развле́чь(ся) *см.* развлека́ть(ся)

разво́д divо́rce

разводи́ть breed *(животных, птиц)*; cúltivate, grow *(растения)*

разводи́ться divо́rce

развра́т promiscúity; deprávity (*духовный*); **~и́ть** *см.* развраща́ть; **~ный** promíscuous

развраща́ть corrúpt

развяза́ть *см.* развя́зывать

развя́зка dénouement *(в романе, пьесе)*; о́utcome *(дела)*

развя́зный free and éasy; óverly famíliar

развя́зывать úndó

разгада́ть, разга́дывать solve

разга́р clímax; híghest point; в ~е in full swing

разгла||си́ть, ~ша́ть 1) *(распространить)* spread abróad 2) *(тайну)* give awáy

разгова́ривать talk, speak

разгово́р conversátion; **~ный** collóquial; **~чивый** tálkative

разгоня́ть drive awáy, dispérse

разгорячи́ться get excíted

разграниче́ние demarcátion

разгро́м rout; **~и́ть** smash

разгру||жа́ть, ~зи́ть unlóad

разгру́зка únlóading

раздава́ть distríbute, give out

раздава́ться *(о звуках)* resóund

раздави́ть crush

разда́ть *см.* раздава́ть

разда́ться *см.* раздава́ться

раздева́лка chánging room

раздева́ть úndréss; **~ся** úndréss; take off one's things

разде́л, ~е́ние divísion; **~и́ть, ~я́ть** 1) divíde; séparate 2) *(участь, мнение)* share

разде́ть(ся) *см.* раздева́ть(ся)

раздо́р díscord, dissénsion

раздраж||а́ть írritate; **~е́ние** irritátion; **~и́тельный** írritable

раздува́ть *(преувеличивать)* exággerate

разду́мать change one's mind

разду́мье 1) meditátion, thóughtful mood 2) *(колебание)* hesitátion

разду́ть *см.* раздува́ть

раз||же́чь, ~жига́ть kindle

разлага́ться decompóse

разла́д díscord

разли́в *(реки́)* flood

разл||ива́ть, ~и́ть 1) *(проливать)* spill 2) *(наливать)* pour out

различа́ть distínguish; **~ся** differ from

разли́ч||ие 1) *(отличительный признак)* distínction 2) *(неодинаковость)* dífference; **~и́ть** *см.* различа́ть; **~ный** 1) *(неодинаковый)* dífferent 2) *(разнообразный)* divérse, várious

разлож||е́ние *(упадок)* decay; **~и́ться** *см.* разлага́ться

разлу́||ка separátion, párting; **~ча́ть, ~ча́ться** part; **~чи́ть(ся)** *см.* разлуча́ть(ся)

разлюб||и́ть: она́ его́ **~и́ла** she doesn't love him ány more

разма́х *(деятельности и т. п.)* range, scope; **~ивать** brándish; ~ивать рука́ми gestículate.

разме́н||ивать, ~я́ть *(деньги)* change

разме́р size

разме||сти́ть, ~ща́ть place

размнож||а́ться breed, múltiply; **~е́ние** 1) mánifolding 2) *биол.* reprodúction

размышл||е́ние refléction; **~я́ть** refléct, think; méditate

разнести́ *см.* разноси́ть

ра́зница dífference; dispárity *(неравенство)*

разнови́дность sort, varíety

разногла́сие disagréement

разнообра́зие varíety, divérsity

разноро́дный héterogeneous

разноси́ть delíver *(письма)*; spread *(распространять)*

разносторо́нний vérsatile

разноцве́тный múlticoloured, of dífferent cólours

ра́зный 1) *(неодинаковый)* dífferent 2) *(непарный)* odd 3) *(разнообразный)* divérse, várious

разоблач||а́ть expóse, únmask; **~е́ние** expósure; **~и́ть** *см.* разоблача́ть

разобра́ть(ся) *см.* разбира́ть(ся)

разогна́ть *см.* разгоня́ть

разо||грева́ть, ~гре́ть warm up

разозли́ть make *smb.* ángry; **~ся** get ángry

разойти́сь *см.* расходи́ться

разорва́ть(ся) *см.* разрыва́ть(ся)

разор||е́ние 1) rúin 2) *(страны́ и т. п.)* devastátion; **~и́ть(ся)** *см.* разоря́ть(ся)

разоруж||е́ние disármament; **~и́ть, ~и́ться** disárm

разоря́ть 1) destróy 2) *(кого-л.)* rúin; **~ся** be rúined

разочар||ова́ние disappóintment; **~о́ванный** disappóinted; **~ова́ть, ~о́вывать** disappóint

разраб||а́тывать, ~о́тать 1) *(вопрос и т. п.)* work out 2) *(недра)* explóit

разража́ться, разрази́ться break out

разре́з cut; **~ать, ~а́ть** cut

разреш||а́ть 1) *(позволять)* allów, permít 2) *(решать)* solve *(проблему)*; decíde *(вопрос)*; **~е́ние** 1) *(позволение)* permíssion 2) *(вопроса)* solútion; **~и́ть** *см.* разреша́ть

разро́зненн||ый: ~ые тома́ odd númbers; ~ые уси́лия uncoórdinated éfforts

разру́ха rúin

разруш||а́ть destróy; **~е́ние** destrúction

разру́шить *см.* разруша́ть

разры́в rúpture; **~а́ть** 1) tear 2) *(порывать)* break off; **~а́ться** 1) break; tear *(о материи)* 2) *(взрываться)* explóde

разрыда́ться burst ínto tears

разря́д cátegory

ра́зум mind, intélligence

разуме́ется of course; само́ собо́й ~it goes withóut sáying

разу́мный réasonable

разу́ч||ивать, ~и́ть stúdy; **~и́ться** forgét

разъедин||и́ть, ~я́ть 1) *эл.* cut off 2) *(разделить)* séparate

разъясн||е́ние elucidátion; explanátion *(толкование)*; **~и́ть, ~я́ть** elúcidate

разыска́ть find

разы́скивать look (for)

рай páradise

райо́н, ~ный dístrict

рак I cráyfish

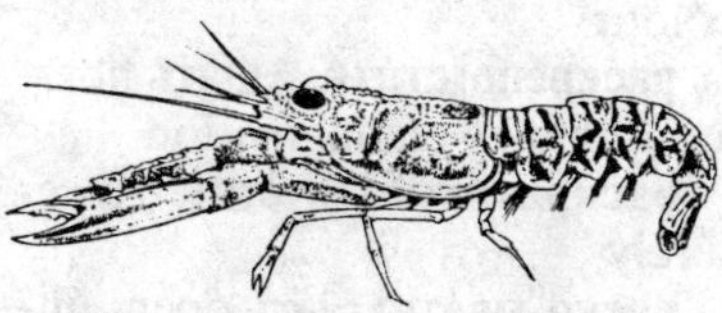

рак II *мед.* cáncer

раке́та rócket

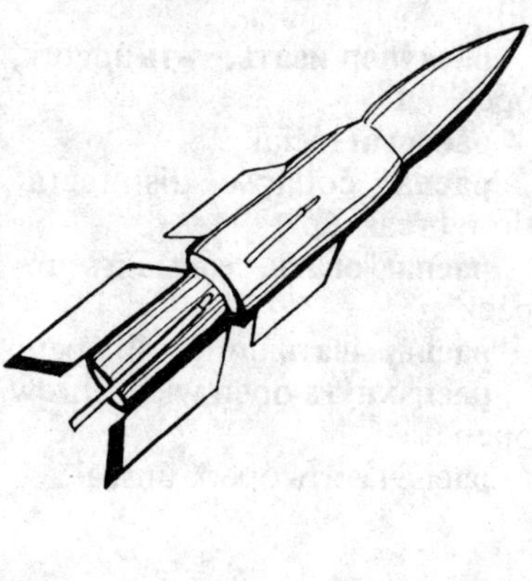

ракéтка *(теннисная)* rácket

рáковина 1) shell 2) *(водопроводная)* sink

рáма frame

рáна wound

рáнен||ый 1. *прил.* wóunded **2.** *сущ.* wóunded pérson; ~ые the wóunded

рáнить wound

рáнний éarly

рáно éarly

рáньше éarlier; fórmerly *(когда-то)*

рáпорт repórt

рáса race

раскáиваться repént

раскалённый réd hót

раскáя||ние repéntance; **~ться** *см.* раскáиваться

расклáн||иваться, ~яться bow; greet

раскóл split

раскрá||сить, ~шивать paint, cólour

раскрепо||стúть, ~щáть líberate; **~щéние** emancipátion

раскритиковáть críticize sevérely

раскр||ывáть, ~ы́ть ópen; úncóver *(обнажать); перен.* revéal

раскуп||áть, ~úть buy up, buy all

раскýпор||ивать, ~ить úncórk, ópen

рáсовый rácial

распáд collápse, disintegrátion, bréak-úp

распак||овáть, ~óвывать únpáck

распáрывать únríp, rip ópen

распахнýть ópen wide, throw ópen

распечáтать ópen, únséal

расписáние tímetable, schédule

расписáться *см.* распúсываться

распúс||ка recéipt; **~ываться** sign

расплáкаться burst ínto tears

расплá||та páyment; *перен.* atónement; **~тúться, ~чиваться** (с) pay (off), settle accóunts (with)

расплескáть spill, splash abóut

располагáть 1) *(размещать)* arránge; place 2) *(настраивать)* dispóse *smb.* (to) 3) *(иметь в своём распоряжении)* have at one's dispósal; **~ся** settle down

расположéние 1) *(размещение)* arrángement 2) *(местоположение)* situátion 3) *(настроение)* mood; inclinátion *(склонность)*

расположúть *см.* располагáть 1) *и* 2); **~ся** *см.* располагáться

распоря||дúться, ~жáться give órders; dispóse (of) *(чем-л.)*; **~жéние** instrúctions

распрáва reprísals

распредел||éние distribútion; **~úть, ~я́ть** distríbute

распродáжа sale

распростран||éние spréading, circulátion; **~ённый** wídespread; **~úть, ~я́ть** spread

распускáть 1) *(организацию, войскá);* dissólve, dismíss, disbánd 2) *(паруса, знамёна)* unfúrl 3) *(распространять)* spread 4) *(баловать)* let *smb.* get out of hand; **~ся** 1) *(о цветах)* ópen 2) *(о детях и т.п.)* get out of hand

распустúть(ся) *см.* распускáться

распýт||ать, ~ывать dísentangle

распу́щенность *(о нравах)* immorálity, deprávity

рассве́т dawn

рассе́ивать dispérse; drive awáy; **~ся** dispérse; clear awáy

рассерди́ть make *smb.* ángry, ánger; **~ся** get ángry

рассе́янный ábsent-mínded

рассе́ять(ся) *см.* рассе́ивать(ся)

расска́з stóry, tale; **~а́ть, ~ывать** tell, reláte

рассле́дов||ание investigátion; **~ать** invéstigate

рассма́тривать, рассмотре́ть exámine; consíder *(дело)*

расспра́шивать, расспроси́ть quéstion, make inquíries

рассро́чк||а: в ~у on hire púrchase; on the instálment plan *(амер.)*

расстава́ться part (with)

расста́в||ить, ~ля́ть place, arránge

расста́ться *см.* расстава́ться

расстёгивать, расстегну́ть únbútton, úndó; únhóok *(крючок)*

расстоя́ние dístance

расстра́ивать upset; **~ся** be upsét

расстре́л shóoting; **~ивать, ~я́ть** shoot

расстро́ить(ся) *см.* расстра́ивать(ся)

рассуди́ть 1) judge 2) *(обдумать)* consíder

рассу́док réason

рассужд||а́ть réason; árgue *(в споре)*; **~е́ние** réasoning

рассчита́ть *см.* рассчи́тывать 1) *и* 4); **~ся** *см.* рассчи́тываться

рассчи́тывать 1) cálculate, count up 2) *(на кого-л.)* count on 3) *(предполагать)* inténd; mean 4) *(увольнять)* dismíss; **~ся** settle accóunts (with)

рассы́п||ать, ~а́ть scátter, spill

раста́ять thaw

раство́р *хим.* solútion; **~и́ться** *хим.* dissólve

расте́ние plant

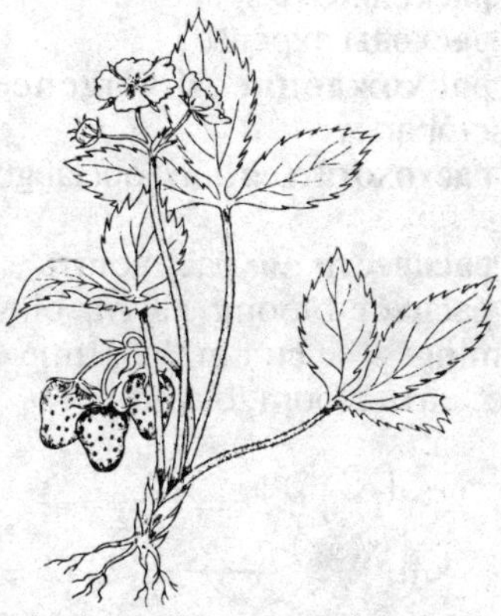

растере́ть *см.* растира́ть

расте́рянн||ость confúsion; **~ый** confúsed, embárrassed

растеря́ть lose; **~ся** be confúsed

расти́ grow

растира́ть rub; mássage *(тело)*

расти́тельность vegetátion

расти́тельн||ый plant; **~ое** ма́сло végetable oil

растор||га́ть, расто́ргнуть cáncel, annúl; **~же́ние** cancellátion, annúlment

растра́т||а embézzlement; **~ить** embézzle; **~чик** embézzler

растро́гать move, touch

растя́||гивать, ~ну́ть 1) stretch, strain 2) *(продлить)* prolóng

рас||хи́тить, ~хища́ть misappróрriate; embézzle *(деньги)*

расхо́д expénditure, óutlay

расходи́ться 1) leave, go home *(с собрания, вечера и т. п.);* dispérse 2) *(о линиях)* divérge 3) *(расставаться)* part, séparate 4) *(о тучах)* be dispérsed 5) *(о мнениях)* díffer 6) *(распродаваться)* be sold out

расхо́довать spend

расхо́ды expénse

расхожде́ние divérgence, discrépancy

расхохота́ться burst out láughing

расцвести́ *см.* расцвета́ть

расцве́т bloom; *перен.* blóssoming; в ~е сил in the prime of life; **~а́ть** bloom, blóssom

расце́н||ивать, ~и́ть 1) éstimate, válue 2) *(квалифицировать)* intérpret; как вы ~иваете э́то? what do you make of that?; **~ка** valuátion

расчеса́ть, расчёсывать comb

расчёт 1) calculátion 2): производи́ть ~ с ке́м-л. settle accóunts with smb.; **~ливый** cálculating

расшире́ние exténsion, expánsion

расши́р||ить, ~я́ть wíden; *перен.* exténd

расшифр||ова́ть, ~о́вывать decípher

расщепле́ние splítting

ратифика́ция ratificátion

рациона́льный rátional

рва́ный torn; lácerated

рвать 1) *(на части)* tear 2) *(собирать цветы, ягоды и т. п.)* pick 3) *(выдёргивать)* upróot

рва́ться I tear; break

рва́ться II *(стремиться)* long to; ~ в бой be éager for the battle

рве́ние férvour, árdour

рво́та vómiting

реабилит||а́ция rehabilitátion; **~и́ровать** rehabílitate

реаги́ровать reáct; respónd *(отзываться)*

реакцио́нный reáctionary

реа́кция reáction

реали́зм réalism

реа́льн||ость reálity; **~ый** real; práсticable *(осуществимый)*

ребёнок child

ребро́ rib

ребя́||та chíldren; **~ческий** chíldish

рёв roar; howl *(вой)*

реве́ть roar; béllow *(о быке);* howl *(выть);* cry *(плакать)*

ревизио́нн||ый revísory; ~ая коми́ссия inspéction commítee

реви́зия inspéction

ревизова́ть inspéct

ревмати́зм rhéumatism

ревн||и́вый jéalous; **~ова́ть** be jéalous (of)

ре́вностный zéalous

ре́вность jéalousy

револьве́р revólver

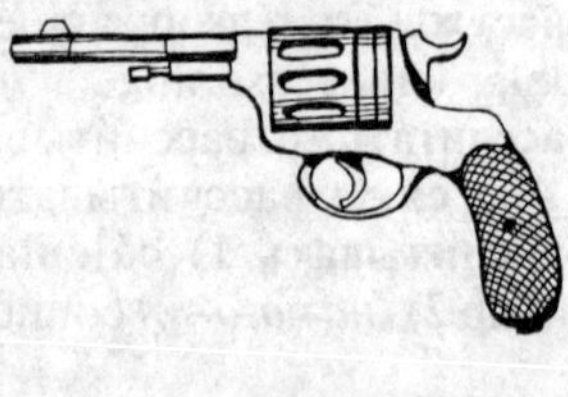

революционе́р revolútionary

революцио́нный revolútionary

револю́ция revolútion; Октя́брьская револю́ция the Octóber Revolútion

регистр||ату́ра régistry óffice; **~и́ровать** régister

регла́мент *(на собрании и т. п.)* time límit

регул||и́ровать régulate; **~я́рный** régular

редакти́ровать édit

реда́к||тор éditor; **~цио́нный** editórial; **~ция** 1) editórial óffice 2) *(текста)* wórding; vérsion *(вариант)*

реди́ска rádish

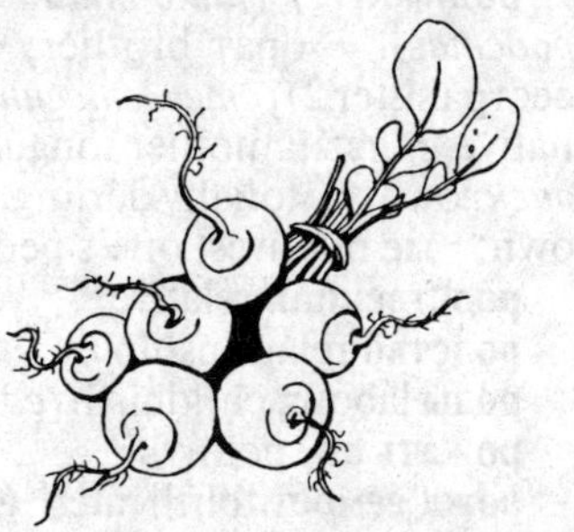

ре́д||кий 1) rare; uncómmon *(необычный)* 2) thin *(о волосах);* sparse *(о лесе);* **~ко** séldom; я его́ ~ко ви́жу I don't often see him; **~кость** rárity

ре́дька rádish

режи́м regíme

режиссёр (stage) diréctor

ре́зать 1) cut 2) *(убивать)* sláughter *(скот);* kill *(птицу)*

резе́рв resérve

рези́на rúbber

рези́нка 1) *(для стирания)* eráser, rúbber 2) *(тесьма)* elástic 3) (*жвачка*) chéwing gum

рези́новый rubber

ре́зкий sharp, harsh; abrúpt *(внезапный)*

резолю́ция resolútion

результа́т resúlt, óutcome

рейд 1) *воен.* raid 2) *мор.* ánchorage

Ре́йкьявик Réykjavik

Рейн Rhine

рейс trip, pássage

река́ ríver

рекла́м||а advértisement; publícity *(как мероприятие);* **~и́ровать** ádvertise

рекоменд||а́ция recommendátion; cháracter *(отзыв);* **~ова́ть** recomménd

реконстру́кция reconstrúction

реко́рд récord

рели́гия relígion

рельс rail

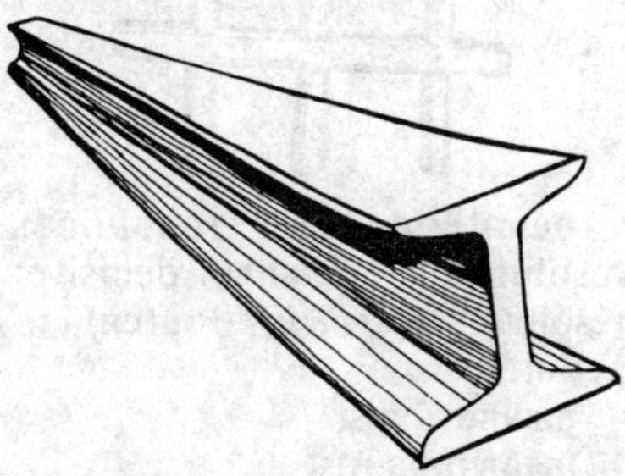

реме́нь *(пояс) (сумки)* strap

реме́сленник cráftsman

ремесло́ trade, hándicraft

ремо́нт repáir; *(квартиры)* redecorátion; **~и́ровать** repáir; *(квартиру)* redécorate

ре́па túrnip

репертуа́р répertoire

репети́ция rehéarsal

репута́ция reputátion

ресни́ца éyelash

респу́блика repúblic

республика́нский repúblican
рессо́ра spring
рестора́н réstaurant
ресу́рсы resóurce *(ед. ч.)*
рефо́рма refórm
реце́нзия reviéw
реце́пт récipe; *мед.* prescríption
речно́й ríver(-)
речь speech
реша́ть decíde; solve *(задачу);* **~ся** make up one's mind, decíde
реша́ющий decísive
реше́ние 1) decísion 2) *(задачи и т. п.)* solútion
решётка gráting

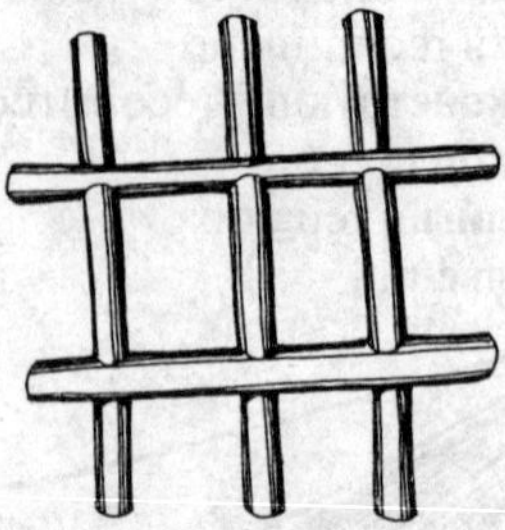

реши́||мость, ~тельность resolútion; **~тельный** decísive; résolute *(твёрдый);* **~ть(ся)** *см.* реша́ть(ся)
ржаве́ть rust
ржа́вчина rust
ржано́й rye(-)
ржать neigh
Ри́га Ríga
Рим Rome
рис rice
риск risk; **~ну́ть, ~ова́ть** risk
рисов||а́ние dráwing; **~а́ть** draw
рису́нок dráwing
ритм rhythm
ри́фма rhyme
ро́бкий tímid, shy
ров ditch
рове́сник: мы ~и we are of the same age
ро́вн||о *(точно)* exáctly; sharp *(о времени);* ~ в два часа́ at two o'clóck sharp; **~ый** éven
рог horn
род 1) fámily 2) *грам.* génder 3) *(вид)* sort, kind
роди́льный: ~ дом matérnity hóspital
ро́дина nátive land, hómeland; *(место рождения)* bírthplace
роди́тели párents
роди́тельный: ~ паде́ж génitive (case)
роди́ть give birth (to); **~ся** be born
родн||о́й 1) *(находящийся в родстве)*: ~ брат bróther; ~а́я сестра́ síster 2) *(отечественный)* nátive; ~ язы́к móther tongue 3) *ласк.* own; ~ мой my dárling, my own; **~ы́е** rélatives; one's people
ро́дственник rélative
родство́ relátionship
ро́ды lábour, chíldbirth *(ед. ч.)*
рожа́ть *см.* роди́ть
рожд||а́емость bírth rate; **~е́ние** birth; день ~е́ния bírthday; ме́сто ~е́ния bírthplace
рожь rye
ро́за rose

рознь díscord
ро́зовый pink; róse-coloured
ро́зыгрыш draw
рой swarm
роль part, role
рома́н nóvel
рома́шка cámomile; daisy

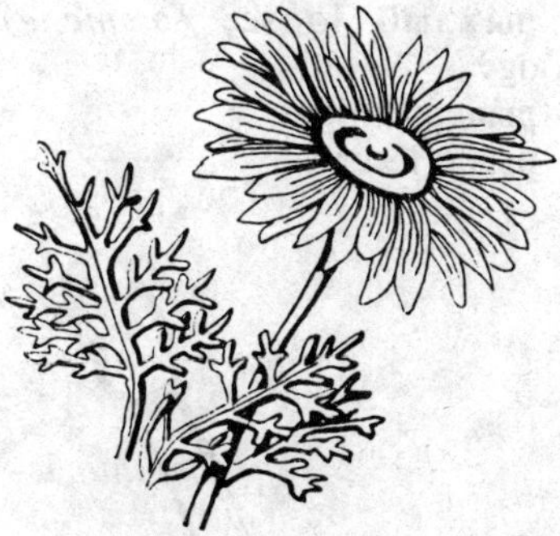

роня́ть drop, let fall
ро́п||от múrmur; **~та́ть** grumble
роса́ dew
роско́шный luxúrious
ро́скошь lúxury
Росси́я Rússia
рост 1) *(процесс)* growth 2) *(вышина)* height
рот mouth

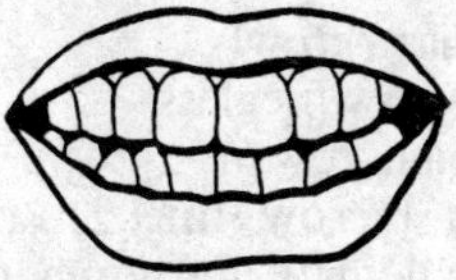

ро́та cómpany
ро́ща grove
роя́ль grand piáno
ртуть mércury
руба́шка shirt *(мужская);* ночная ~níghtgown
рубе́ж bóundary, bórder
руби́н rúby
руби́ть chop; fell *(деревья)*
рубль rouble

ру́гань, руга́тельство abúse, bad lánguage
руга́ть scold, abúse; críticize sevérely *(в печати);* **~ся** 1) swear 2) *(ссориться)* quárrel
руда́ ore
рудни́к mine
ружьё rifle, gun
рук||а́ hand; arm *(от кисти до плеча)* ◊ под ~о́й to hand, hándy

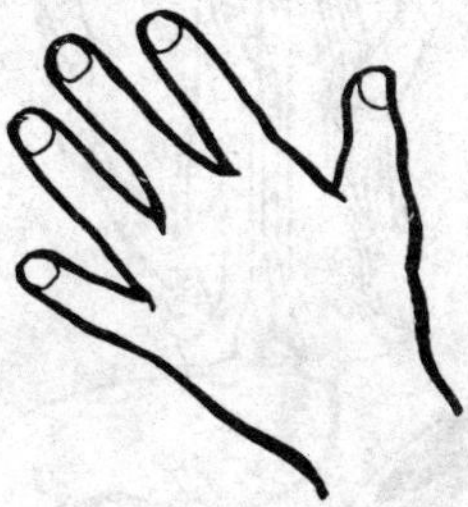

рука́в 1) sleeve 2) *(реки́)* arm
руковод||и́тель léader; *(отдела и т.п.)* head; **~и́ть** lead; be in charge of
руково́дство léadership; mánagement
руководя́щий léading
рукоде́лие néedlework
ру́копись mánuscript
рукопожа́тие hándshake
руль rúdder, helm; wheel *(автомобиля)*

румы́н Románian
Румы́ния Románia
румы́нский Románian
румя́н||ец flush; ~**ый** rósy
ру́пор lóudspeaker; *перен.* móuthpiece (of)
руса́лка mérmaid

ру́сло bed
ру́сский Rússian
ру́сый light brown
руча́ться vouch for, ánswer for *(за кого-л.)*, guarantée *(за что-л.)*
руче́й stream
ру́чка *(рукоятка)* handle; *(для письма)* pen
ручно́й 1) hand(-) 2) *(о звере)* tame
ры́б||а fish; ~**а́к** físherman; ~**а́лка** físhing; ~**ий** fish(-); ~ий жир códliver oil; ~**ный** fish(-)

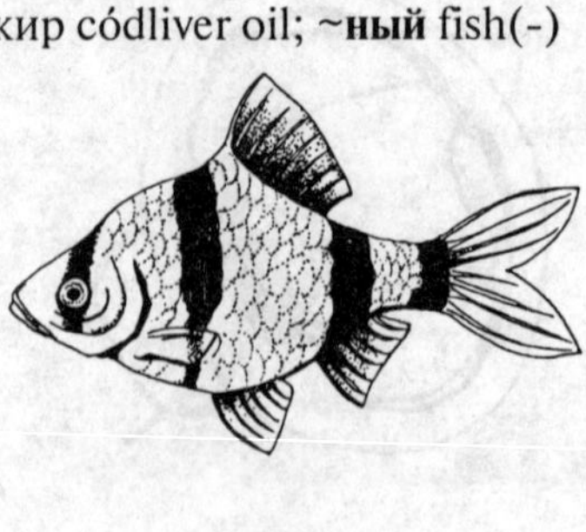

рыда́ние sóbbing
рыда́ть sob
ры́жий red, áuburn
ры́ло snout; mug *(разг.)*
ры́нок márket
ры́сью at a trot
рыть dig
ры́хлый loose; *(о теле)* pódgy
ры́царь knight
рыча́г léver

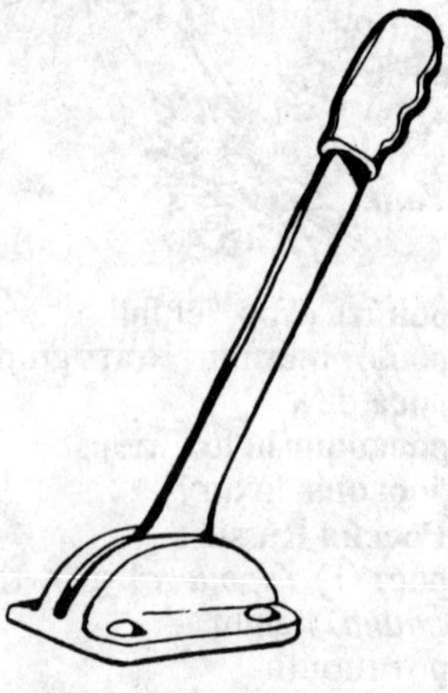

рыча́ть growl
рю́мка wíneglass
ряби́на rówan
ряд 1) row, line 2) *(серия)* séries; це́лый ~ a number of 3) *воен.* file
рядово́й **1.** *прил.* órdinary **2.** *сущ. воен.* prívate
ря́дом near, close by

С

с 1) with; and; с детьми́ with the chíldren; с больши́м интере́сом with great ínterest; брат с сестро́й ушли́ bróther and síster went awáy 2) *(откуда)* from; *(прочь тж.)* off; прие́хать с Кавка́за come from the Cáucasus; сбро́сить со стола́ throw off the table 3) *(с неопределённого момента)* since; from

са́бля sword

сад gárden

сади́ться sit down

садо́вник gárdener

садово́дство hórticulture *(наука);* gárdening

са́жа soot

сажа́ть 1) seat 2) *(помещать)* put 3) *(о растениях)* plant

сала́т sálad

са́ло fat; lard *(свиное)*

салфе́тка nápkin

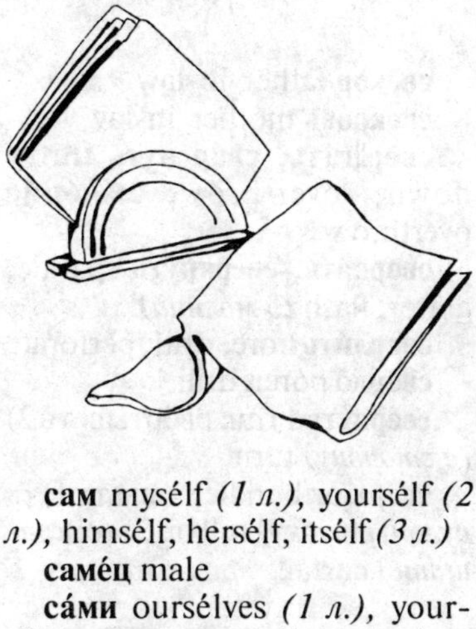

сам mysélf *(1 л.),* yoursélf *(2 л.),* himsélf, hersélf, itsélf *(3 л.)*

саме́ц male

са́ми oursélves *(1 л.),* yoursélves *(2 л.),* themsélves *(3 л.)*

са́мка fémale

самова́р sámovar

самоде́ятельность ámateur art and perfórmance

самодово́льный sélf-sátisfied, complácent

самолёт (áero)plane; (áir)-plane *(амер.)*

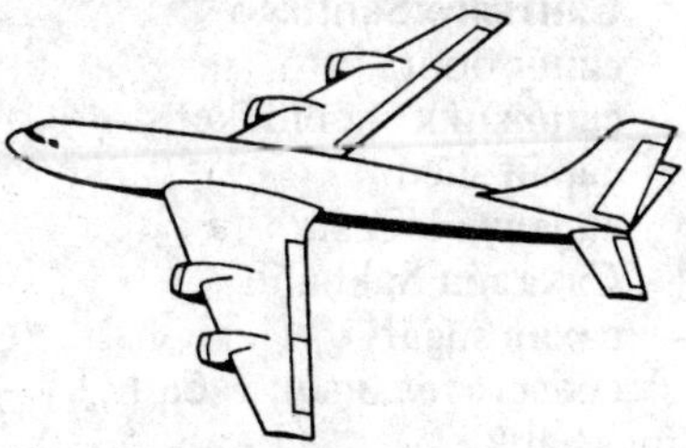

само||люби́вый tóuchy, proud; **~лю́бие** sélf-estéem

самомне́ние concéit

самонаде́янный concéited, cócksúre

самооблада́ние sélfposséssion

самоотве́рженн||ость sélflessness; **~ый** sélfless

самопоже́ртвование sélf-sácrifice

саморо́док núgget; *перен.* nátural génius; a nátural

самостоя́тельн||ость indepéndence; **~ый** indepéndent

самоуби́йство súicide

самоуве́ренный sélf-cónfident

самочу́вствие: как ва́ше ~? how are you féeling?

са́м||ый 1) the véry; тот же ~ the same 2) *(для образования превосх. ст.)* the most ◊ ты в ~ом де́ле так ду́маешь? do you réally belíeve that?; на ~ом де́ле as a mátter of fact; in áctual fact

Сана́ Saná

санато́рий sanatórium

са́ни sleigh *(ед. ч.)*

санита́р órderly; **~ный** sánitary

Санкт-Петербу́рг St. Pétersburg

санкциони́ровать sánction

сантéхник plúmber
сантимéтр céntimetre
Сантья́го Santiágo
сапóг boot
сапóжник shóemaker
сара́й shed
саранча́ lócust
Сахали́н Sakhalín
са́хар súgar
сберега́тельный: ~ банк sávings bank
сбере||га́ть save; **~жéния** sávings
сберéчь *см.* сберега́ть
сближа́ть, сбли́зить bring togéther
сбóку from the side; at the side
сбор 1) colléction; yield *(урожай);* ~ виногра́да víntage 2) *воен.* múster 3) *(встреча)* gáthering, méeting; быть в ~е be assémbled; все в ~е? are we all here?
сбóрник colléction; seléction; ~ стихóв a colléction of vérses
сбра́сывать, сбрóсить throw off
сбыва́ться come true
сбыт sale, márket
сбы́ться *см.* сбыва́ться
сва́дьба wédding
сва́ливать throw; knock down; fell *(дерево);* ~ вину́ на другóго shift the blame on to sómebody élse's shóulders; ~ рабóту на другóго leave the work to sómebody else; **~ся** fall down; break down, fall ill *(заболевать)*
свали́ть(ся) *см.* сва́ливать(ся)
свари́ть 1) cook 2) *тех.* weld
сва́рка wélding
сва́я pile
свéдение informátion
свéж||есть fréshness; **~ий** fresh
свёкла béet(root)

свёкор fáther-in-law
свекрóвь móther-in-law
свер||га́ть, свéргнуть throw down; overthrów; **~жéние** óverthrow
сверка́ть, сверкну́ть sparkle, glítter; flash *(о молнии)*
сверли́ть bore, drill, pérforate
сверлó bórer, drill
сверну́ть 1) *см.* свёртывать 2) *(в сторону)* turn
свёрт||ок bundle; **~ывать** 1) *(в рулон, трубку)* roll up 2) *(сокращать)* curtáil

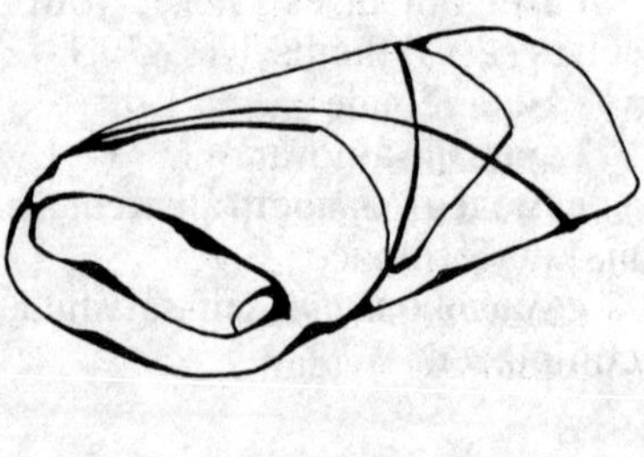

сверх 1) *(над)* óver 2) *(в добавление)* in addítion to, over and abóve 3) *(превосходя)* beyónd

свéрху from abóve

сверхурóчный óvertime

сверчóк crícket

свестú(сь) *см.* сводúть(ся)

свет I light

свет II *(мир)* world

светúл||о: небéсные ~а héavenly bódies

светúть, ~ся shine

свéтлый light, bright; clear *(ясный)*

светофóр tráffic light

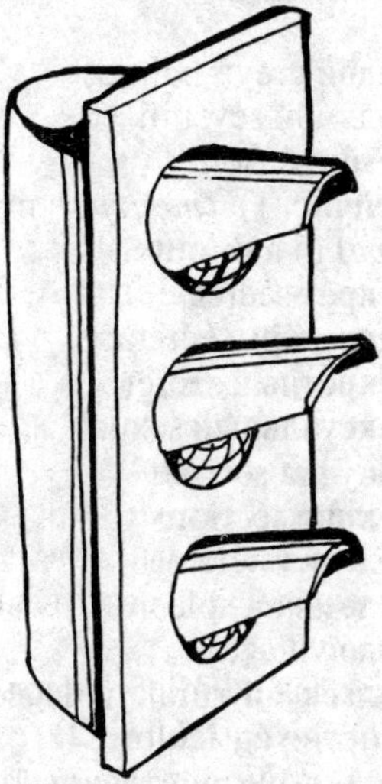

свечá, свéчка candle

свидáн||ие appóintment; *(любовное)* date ◊ до ~ия goodbýe, see you soon

свидéтель wítness; **~ство** 1) *(показание)* évidence 2) *(документ)* certíficate; lícence; **~ствовать** bear wítness

свинéц lead

свинúна pork

свинцóвый léad(en)

свинья́ pig; *разг. тж.* swine

свирéпый fierce

свист whistle

свистáть, свистéть whistle

свистóк whistle

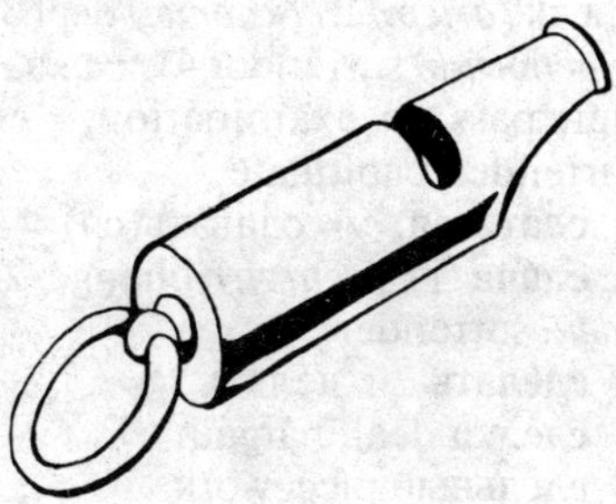

свобóд||а fréedom; líberty; **~ный** free

свод domed céiling, vault

сводúть 1) take; take down *(вниз);* bring togéther *(вместе)* 2) *(к чему-л.)* redúce to; **~ся** come to

свóдка súmmary, repórt

своеврéменн||о in time; **~ый** ópportune, wéll-tímed

свой my, your, his, her, its; our, your, their *(мн. ч.)*

свóйст||венный characterístic (of); **~во** próperty *(предметов);* quálity *(людей)*

свысокá condescéndingly

свы́ше 1. *нареч.* from abóve **2.** *предлог* óver

связáть, свя́зывать tie; bind; *перен.* connéct

связь 1) tie; bond; *перен.* connéction 2) *(железнодорожная, телеграфная)* communicátion

свяще́нник priest
свяще́нный sácred
сгиба́ть, ~ся bend
сгово́рчивый coóperative
сгора́ть, сгоре́ть burn out; be consúmed (by)
сгущённ||ый: ~ое молоко́ condénsed milk
сдава́ть 1) hand in, give; let *(помещение);* régister *(багаж);* check *(амер.)* 2) *(карты)* deal 3) *(крепость)* surrénder 4): ~ экза́мен pass an examinátion; **~ся** surrénder, capítulate
сда́ть(ся) *см.* сдава́ть(ся)
сда́ча 1) *(деньги)* change 2) *воен.* surrénder
сде́лать *см.* де́лать
сде́лка deal, bárgain
сде́льный píecework
сде́ржанный resérved
сдержа́ть, сде́рживать 1) restráin, hold back *(кого-л.);* restráin, suppréss *(чувства)* 2) *(слово, обещание)* keep
сеа́нс *(в кино)* show; *(лечебный)* séssion
себесто́имость cost price
себя́ mysélf, yoursélf, himsélf, hersélf, itsélf; oursélves, yoursélves, themsélves *(мн. ч.);* oneself *(безл. о ед. ч.)*
сев sówing
Севасто́поль Sevastópol
се́вер north; **~ный** nórth(ern)
Се́верный Ледови́тый океа́н the Árctic Ócean
се́веро-восто́к nórth-éast
се́веро-за́пад nórth-wést
сего́дня todáy; **~шний** todáy's
седе́ть becóme grey; turn grey *(о волосах)*
седина́ grey hair
седло́ saddle

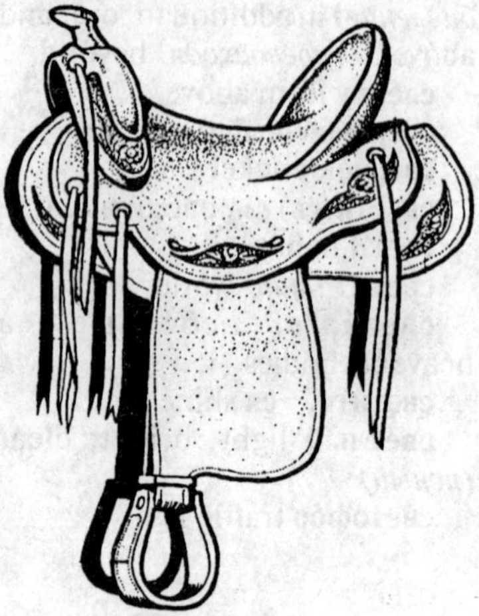

седо́й gréy(-haired)
седьмо́й séventh
сезо́н séason
сейча́с 1) *(теперь)* now 2) *(скоро)* in a mínute
секре́т sécret
секрета́рь sécretary
секре́тный sécret
сексуа́льный séxual
секу́нда sécond
се́кция séction
селёдка hérring
селезёнка spleen
село́ víllage
се́льск||ий rúral, víllage; ~ое хозя́йство ágriculture
сельскохозя́йственный agricúltural
семе́й||ный fámily(-); **~ство** fámily
семидеся́тый séventieth
семна́дцатый séventeenth
семна́дцать séventeen
семь séven; **~десят** séventy; **~со́т** séven húndred

семья́ fámily

се́мя seed
се́но hay; ~**ко́с** háymaking
сентя́брь Septémber
се́ра súlphur
Се́рбия Sérbia
серде́чный 1) córdial; héarty 2) *мед.* heart(-)
серди́тый ángry
серди́ться be ángry
се́рдце heart; ~**бие́ние** palpitátion (*учащённое*)
серебро́ sílver
сере́бряный silver
середи́на middle
сержа́нт sérgeant
се́рия séries
серп sickle

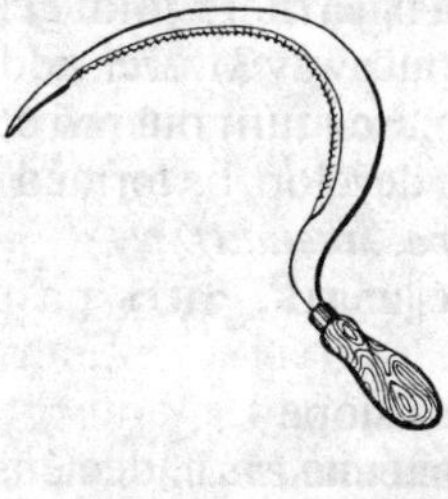

сертифика́т certíficate
се́рый grey
серьга́ éarring
серьёзный sérious, éarnest
се́ссия séssion; экзаменацио́нная ~ examinátions *(мн. ч.)*
сестра́ síster
сесть *см.* сади́ться
се́тка, сеть net
се́ялка séeder
се́ять sow
сжа́литься take píty (on)
сжа́тый 1) compréssed 2) *(об изложении)* concíse
сжать I *см.* сжима́ть
сжать II *см.* жать II
сжечь, сжига́ть burn
сжима́ть press; squeeze; clench *(зубы, руки)*
сза́ди from behínd; behínd *(позади)*
Сиби́рь Sibéria
сига́ра cigar

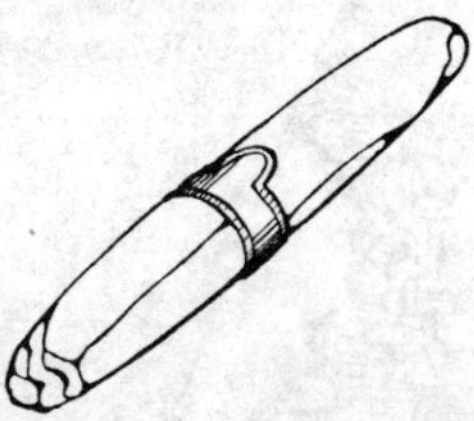

сигна́л sígnal
сиде́нье seat
сиде́ть 1) sit 2) *(о платье)* fit
си́л||а strength; force; *тех.* pówer; вооружённые ~ы armed fórces
си́льн||ый strong; pówerful *(мощный)*; ~ое жела́ние inténse desíre
симпати́чный nice, pléasant
симф||они́ческий symphónic; ~**о́ния** sýmphony
си́ний blue
синя́к bruise
сире́нь lílac

Си́рия Sýria

сирота́ órphan

систе́ма sýstem; **~ти́ческий** systemátic

си́тец cótton

сия́ние rádiance; се́верное ~ the Northern lights

сия́ть shine; *перен.* be rádiant (with)

сказа́ть say; tell *(что-л. кому-л.)*

сказа́ться *см.* ска́зываться

ска́зка stóry; волше́бная ~fáiry tale

сказу́емое *грам.* prédicate

ска́зываться tell on; го́ды начина́ют ~ на нём his years are begínning to tell on him

скака́ть 1) jump, leap 2) *(на коне)* gallop

скала́ rock

ска́лить: ~ зу́бы sneer

скам||е́йка, ~ья́ bench

сканда́л scándal; quárrel

Скандина́вский полуо́стров Scandinávian Península

скарлати́на scárlet féver

ска́терть táblecloth

ска́чки the ráces

скачо́к jump, leap

сква́жина 1) *(замочная)* kéyhole 2) *(буровая)* drill hole

скве́рный bad, násty, foul

сквозня́к draught

сквозь through

скворе́ц stárling

скеле́т skéleton

ски́дка díscount

скипида́р túrpentine

склад wárehouse, store

скла́дка fold, pleat; crease *(на брюках)*

складно́й fólding

скла́дывать 1) fold 2) *(убирать)* put awáy 3) *мат.* add (up), sum up; **~ся** turn out *(об обстановке);* devélop, be formed *(о характере, мнении)*

скле́||ивать, ~ить paste togéther

склон slope

склоне́ние *грам.* declénsion

склони́ть(ся) *см.* склоня́ть(ся)

склóн||ный inclíned; **~я́ть** 1) inclíne 2) *грам.* declíne; **~я́ться** be inclíned

скóбка brácket

сковородá, сковорóдка frýing pan

скользи́ть slide, slip

скóльзкий slíppery

скóлько how mány; how much

скончáться die, pass awáy

скорбь grief, sórrow

скорлупá shell

скóр||о 1) *(вскоре)* soon 2) *(быстро)* quíckly; **~ость** speed; **~ый** 1) *(быстрый)* quick, fast; ~ая пóмощь first aid; маши́на ~ой пóмощи ámbulance (car) 2) *(по времени)* near

скот lívestock; **~овóдство** lívestock fárming

скрéпка páperclip

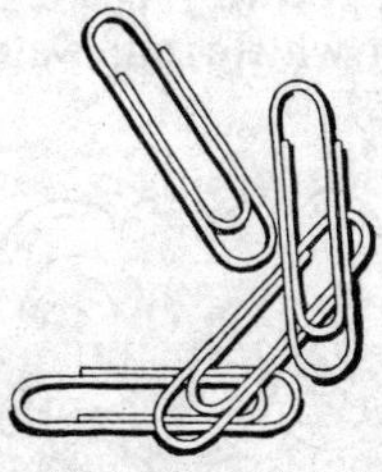

скрип créaking *(двери, пола)*

скрипáч víolinist

скрипéть creak

скри́пка víolin

скрóмн||ость módesty; **~ый** módest

скрывáть hide, concéal

скры́тый sécret; hídden

скрыть *см.* скрывáть

скря́га míser

скýдный scánty, poor

скýка bóredom

скýльпт||ор scúlptor; **~ýра** scúlpture

скупóй stíngy; mean

скучáть be bored; ~ по комý-л. miss smb

скýчный bóring, dull

слаби́тельное láxative

слáб||ость wéakness; **~ый** weak, feeble; ~ое здорóвье délicate health

слáва fame, glóry

слáвный 1) glórious, fámous 2) *разг. (хороший)* nice

славяни́н Slav

славя́нский Slavónic

слáд||кий sweet; **~ости** sweet things, sweets

слéва on the left; to the left

слегкá slíghtly

след trace, track; fóotprint *(ноги)*

следи́ть 1) watch, spy, fóllow 2) *(присматривать)* look áfter

слéдователь exámining mágistrate; invéstigator

слéдовательно cónsequently, thérefore

слéдовать fóllow

слéдствие 1) cónsequence 2) *(судебное)* investigátion

слéдующий fóllowing, next

слезá tear

слезáть, слезть come down; dismóunt *(с лошади);* get off, alíght (from) *(с трамвая и т.п.)*

слеп||óй 1. *прил.* blind **2.** *сущ.* blind man; **~отá** blíndness

слéсарь lócksmith; máintenance man

слúва 1) plum 2) *(дерево)* plúm tree

сливáться merge

слúв||ки cream; ~**очный**: ~очное мáсло bútter

слизь slime; *физиол.* múcus

слúться *см.* сливáться

слúшком too (much), óver(-)

слия́ние bléndinq, mérging

Словáкия Slovákia

словáрь díctionary; vocábulary *(запас слов)*

слóвно as if, as though

слóво word

слог 1) sýllable 2) *(стиль)* style

сложéние 1) *мат.* addítion 2) *(тела)* constitútion; build

сложúть(ся) *см.* склáдывать(ся)

слóжный 1) cómplicated 2) *(составной)* cómpound

слой láyer; *геол.* strátum

сломáть, ~ся break

слон élephant; **~óвый:** ~óвая кость ívory

слугá (mán)servant

слýжащий employée

слýжба sérvice; work

служéбный official

служúть 1) serve 2) *(работать)* work ◊ ~ примéром be an exámple

слух 1) héaring; ear *(музыкальный);* игрáть по ~у play by ear 2) *(молва)* rúmour

слýчай 1) case 2) *(возможность)* occásion, chance 3) *(случайность)* chance 4) *(происшествие)* evént, íncident

случáйн||о accidentally, by chance; ~ встрéтиться háppen to meet; **~ость** chance; **~ый** accidéntal, chance, cásual

случ||áться, ~úться take place, háppen

слýша||ть 1) lísten (to); ~ю! *(по телефону)* húlló! 2) *(лекции)* atténd; **~ться** obéy

слы́шать hear

слюнá salíva

смáз||ать, ~ывать *(маслом)* oil

смéл||ость cóurage, audácity, dáring; **~ый** courágeous, dáring, bold

смéн||а 1) change 2) *(на заводе)* shift 3) *воен.* relíef; **~úть, ~я́ть** 1) change 2) *воен.* relíeve

смеркáться grow dark

смертéльный mórtal; déadly; fátal *(о ране)*

смерть death

смерч whírlwind; wáterspout *(водяной)*

смесь míxture

смéта éstimate

сметáна sour cream

сметь dare

смех láughter

смешáть, смéшивать mix

смешно́й fúnny; ridículous *(смехотворный)*

смеще́ние remóval; shift; displácement

смея́ться laugh; ~ над кем-л. mock at smb., make fun of smb

смире́н||ие humílity, méekness; **~ный** humble, meek

сми́рн||о 1) quíetly 2) *воен.*: ~! atténtion!; **~ый** quíet

смола́ résin; (*дёготь*) tar

сморка́ться blow one's nose

сморо́дина cúrrant

смотр inspéction

смотре́ть 1) look 2) *(за кем-л., чем-л.)* look áfter

смочь *см.* мочь

сму́глый dark, swárthy

сму||ти́ть, ~ща́ть confúse, embárrass

смыва́ть wash off; wash awáy *(сносить)*

смысл sense; méaning *(значение)*; здра́вый ~ cómmon sense

смыть *см.* смыва́ть

смычо́к bow

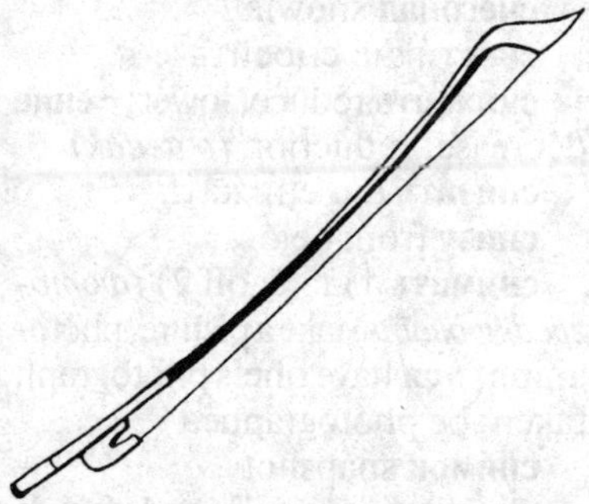

смягч||а́ть, ~и́ть sóften; exténuate *(вину)*

смяте́ние confúsion, dismáy

смять rumple; crumple *(скомкать)*

снаб||ди́ть, ~жа́ть supplý with; províde with; **~же́ние** supplý

снару́жи on the óutsíde; from the óutsíde *(с наружной стороны)*

снаря́д shell

снаря||ди́ть, ~жа́ть equíp; **~же́ние** equípment

снача́ла at first

снег snow; ~ идёт it's snówing

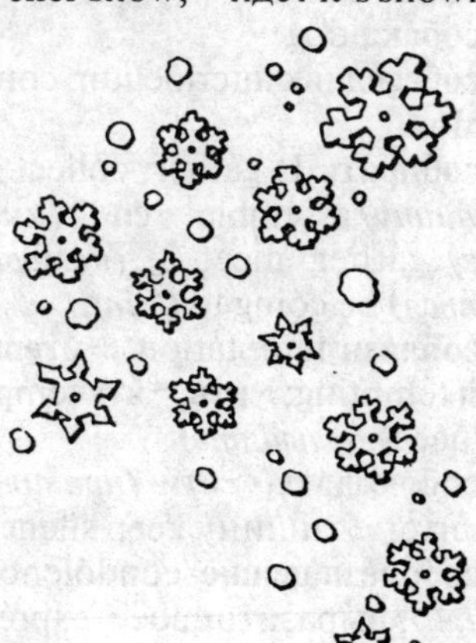

снеги́рь búllfinch

снегопа́д snówfall

снести́ *см.* сноси́ть

сниж||а́ть redúce; lówer; **~е́ние** décrease; redúction *(о ценах)*

сни́зить *см.* снижа́ть

сни́зу from belów

снима́ть 1) take off 2) *(фотографировать)* take a pícture, phótograph; **~ся** have one's phótograph taken, be phótographed

сни́мок snápshot

снисходи́тельный condescénding, indúlgent

сни́ться dream

сно́ва agáin

сноп sheaf

сноро́вка knack

сноси́ть 1) *(дом)* pull down 2) *(терпеть)* bear, put up with; **~ся** get in touch (with); commúnicate (with)

сно́сн||о not bad; **~ый** tólerable, fáirly good *(неплохой)*

сноше́ния íntercourse *(ед. число);* déalings; relátions

сня́ть(ся) *см.* снима́ть(ся)

со *см.* с

соба́ка dog

собесе́дник interlócutor, compánion

собира́ть 1) gáther; colléct 2) *(машину)* assémble; **~ся** 1) *(вместе)* gáther, meet 2) *(намереваться)* be góing to (* *inf.)*

собла́зн temptátion; **~и́тельный** témpting; **~и́ть**, **~я́ть** tempt; sedúce *(обольщать)*

соблю||да́ть, ~сти́ *(правила)* obsérve; ~ тишину́ keep sílence

соболе́знование condólences *(мн.ч.);* вы́разить своё ~ expréss one's condolences

со́боль sable

собо́р cathédral

собра́ние 1) méeting 2) *(коллекция)* colléction; по́лное ~ сочине́ний compléte wórks (of)

собра́ть(ся) *см.* собира́ть(ся)

со́бственн||ость próperty; **~ый** own

собы́тие evént

сова́ owl

соверша́ть 1) do 2) *(преступление)* commít; ~ оши́бку make a mistáke

соверше́нно quite, ábsolutely

совершенноле́тний ádult; of age

совершéн||ный 1) *(идеальный)* pérfect 2) *(абсолютный)* ábsolute; ~**ство** perféction

совершúть *см.* совершáть

сóвесть cónscience

совет I *(наставление)* advíce

совет II *(административный орган)* cóuncil

совéтовать advíse; ~**ся** consúlt

совéтский *ист.* Sóviet

совещá||ние cónference; ~**тельный** consúltative

совещáться consúlt

совместúть *см.* совмещáть

совмéстный joint

совмещáть combíne

совпад||áть coincíde; tally *(соответствовать);* ~**éние** coíncidence

совпáсть *см.* совпадáть

совремéнн||ик contémporary; ~**ый** contémporary; módern *(соответствующий эпохе)*

совсéм quite

соглáс||ие 1) consént 2) *(мир)* accórd 3): в ~ии с in accórdance with; ~**úться** *см.* соглашáться

соглáсно accórding to

соглáсный *(звук)* cónsonant

соглас||овáть, ~óвывать coórdinate, adjúst

соглаш||áться consént *(на что-л.);* agrée *(с кем-л.);* ~**éние** agréement; understánding

согнýть(ся) *см.* сгибáть(ся)

согревáть, согрéть warm; ~**ся** get warm

содéйств||ие assístance; ~**овать** assíst; ~овать успéху contríbute to the succéss

содерж||áние 1) máintenance 2) *(содержимое)* conténts *(мн. ч.);* ~**áть** 1) *(заключать в себе)* contáin 2) *(семью)* suppórt, maintáin

соедин||éние 1) *(действие)* júnction 2) *(сочетание)* combinátion; ~**úться**, ~**яться** uníte

Соединённое Королéвство Великобритáнии и Сéверной Ирлáндии Uníted Kíngdom of Great Brítain and Nórthern Íreland (UK)

Соединённые Штáты Амéрики (США) Uníted Státes of América (USA)

сожалé||ние regrét; píty *(жалость);* ~**ть** regrét; pity, be sórry for

созвáть *см.* созывáть

созвéздие constellátion

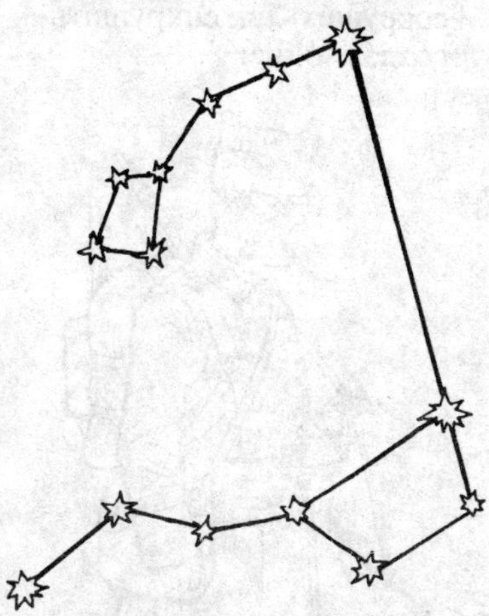

созвýчие accórd

созд||авáть creáte; ~**áние** 1) *(действие)* creátion 2) *(существо)* créature; ~**áть** *см.* создавáть

сознавáть be cónscious (of); réalize; ~**ся** admít, conféss

сознáние cónsciousness

сознáть(ся) *см.* сознавáть(ся)

созревáть, созрéть rípen

созы́в convocátion; ~**áть** call; convóke *(съезд и т. п.)*

сойти́ *см.* сходи́ть; ~ с ре́льсов be deráiled; ~**сь** *см.* сходи́ться

сок juice

со́кол fálcon

сокра||ти́ть, ~**щáть** 1) *(сделать короче)* shórten; abrídge *(книгу)* 2) *(расходы)* redúce 3) *(уволить)* dismíss; ~**ще́ние** 1) shórtening; abbreviátion 2) *(книги)* abrídgement 3) *(расходов, штатов)* redúction

сокро́вище tréasure

сокруш||áть smash; ~**áться** be distréssed; ~**и́тельный** crúshing; stággering

сокруши́ть *см.* сокрушáть

солдáт sóldier

солёный salt; sálted *(посоленный)*; sálty *(на вкус)*

солидáрность solidárity

соли́дный sérious; consíderable *(значительный)*

соли́ть 1) salt 2) *(огурцы и т. п.)* pickle

со́лнечный súnny, sun(-); ~ свет súnlight, súnshine; ~ луч súnbeam

со́лнце sun

солове́й níghtingale

соло́ма straw

соло́нка sáltcellar

соль salt

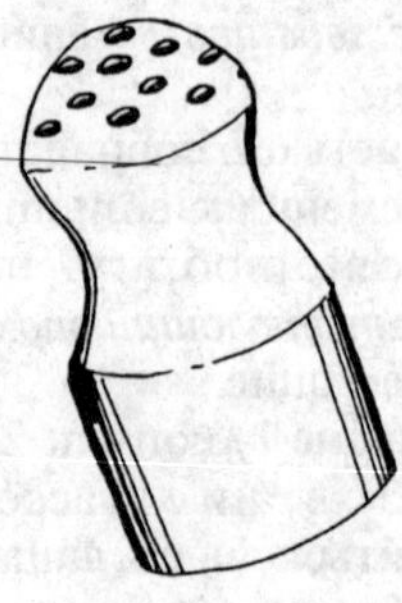

сомн||евáться doubt; ~**е́ние** doubt; ~**и́тельный** dóubtful; dúbious *(подозрительный)*

сон sleep; dream *(сновидение)*; ~**ный** sléepy

соображ||áть 1) *(понимать)* understánd 2) *(раздумывать)* consíder; ~**е́ние** 1) consíderation 2) *(понимание)* understánding 3) *(причина)* réason

сообра||зи́тельный quíck-wítted; ~**зи́ть** *см.* соображáть; я не ~зи́л I didn't think

сообща́ togéther

сообщ||а́ть repórt, commúnicate, infórm; **~е́ние** 1) *(известие)* repórt, communicátion, informátion, státement 2) *(связь)* communicátion; **~и́ть** *см.* сообща́ть

соо́бщник accómplice, pártner

сооруж||а́ть eréct; **~е́ние** búilding, strúcture, constrúction

соотве́тств||енно accórdingly; in accórdance with; **~е́нный** correspónding; **~ие** accórdance, confórmity, complíance; **~овать** correspónd (to)

соотéчественник compátriot; cóuntryman

соотноше́ние correlátion

сопе́рни||к ríval; **~чество** ríválry

сопри||каса́ться come ínto cóntact; **~косновéние** cóntact

сопровожда́ть accómpany

сопротивл||е́ние resístance; opposítion; **~я́ться** resíst

сор rúbbish

сорва́ть(ся) *см.* срыва́ть(ся)

соревнова́||ние competítion; **~ться** compéte

сори́ть lítter; make mess

со́рок fórty

соро́ка mágpie

сороково́й fórtieth

соро́чка shirt *(мужская)*; ночна́я ~ níghtgown

сорт sort, kind *(разновидность)*; quálity, grade *(качество)*

соса́ть suck

сосе́д néighbour; **~ний** néighbouring; next

соси́ска sáusage

сосла́ть *см.* ссыла́ть; **~ся** *см.* ссыла́ться

сосна́ píne(-tree)

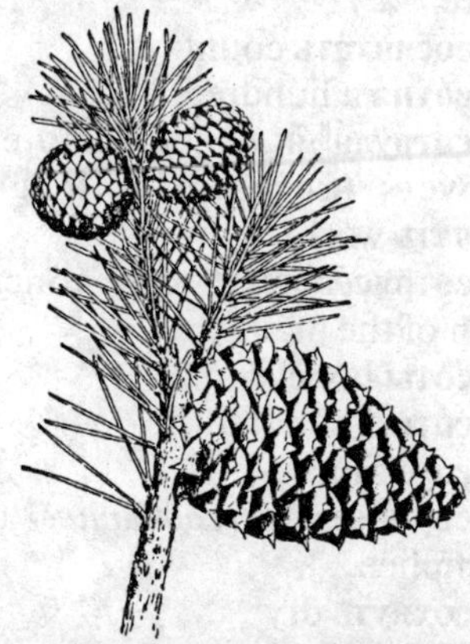

сосредото́чить cóncentrate

соста́в 1) cómposition; strúcture 2) *(коллектив людей)* staff; **~ить**, **~ля́ть** compóse; **~но́й** cómpound; compónent

состоя́ние 1) condítion; state 2) *(богатство)* fórtune

состоя́ть 1) *(быть)* be 2) *(заключаться)* consíst (of, in); **~ся** take place

сострада́ние compássion

состяз||а́ние cóntest, competítion; **~а́ться** compéte

сосу́д véssel

сосуществова́ние со́exíst-ence

сосчита́ть count

со́тня a húndred

сотру́дн||ик *(служащий)* employée; (*коллега*) colléague; ~**ичать** work

сотрясе́ние: ~ мо́зга concússion of the brain

со́ты hóneycomb

со́тый húndredth

со́ус sauce

соуча́стник *(сообщник)* accómplice

со́хнуть dry

Софи́я Sofia

сохран||е́ние preservátion; ~**и́ть(ся)** *см.* сохраня́ть(ся); ~**я́ть** keep; presérve; retáin; ~**я́ться** survíve

социали́зм sócialism

социали́ст sócialist

социа́льный sócial

сочета́ние combinátion

сочин||е́ние work; compos-ítion; ~**и́ть, ~я́ть** 1) write *(написать);* compóse *(музыку)* 2) *(выдумать)* invént, make up

со́чный júicy; rich *(о красках и т. п.)*

сочу́вств||ие sýmpathy; ~**овать** sýmpathize (with)

сою́з I alliance, únion

сою́з II *грам.* conjunction

сою́зник allý

сою́зный allíed

Сою́з Сове́тских Социалисти́ческих Респу́блик (СССР) *ист.* Únion of Sóviet Sócialist Repúblics (U.S.S.R.)

спа́льный: ~ ваго́н sléeping car

спа́льня bédroom

спа́ржа aspáragus

спаса́тельн||ый: ~ по́яс lífe-belt; ~ая ло́дка lífeboat; ~ая па́ртия réscue párty

спаса́ть save, réscue; ~**ся** escápe

спасе́ние réscue; *перен.* salvátion

спаси́бо! thank you!, thanks!

спасти́(сь) *см.* спаса́ть(ся)

спать sleep; ложи́ться ~ go to bed

спекта́кль perfórmance, play

спекул||и́ровать profitéer; ~**я́ция** profitéering

спе́лый ripe

сперва́ at first

спе́реди in front of; in front *(впереди)*

специа́льн||ость proféssion; ~**ый** spécial

спецоде́жда óveralls *(мн. ч.)*

спеши́ть be in a hurry, húrry; be fast *(о часах)*

спе́шка húrry, haste, rush

спе́шн||о hástily; úrgently; **~ый** úrgent, préssing

СПИД AIDS

спина́ back

спи́нка *(стула)* back

спирт álcohol; **~но́й**: ~ны́е напи́тки alcohólic drinks

списа́ть *см.* спи́сывать

спи́сок list

спи́сывать cópy

спи́ца 1) *(вязальная)* knítting needle 2) *(колеса́)* spoke

спи́чка match

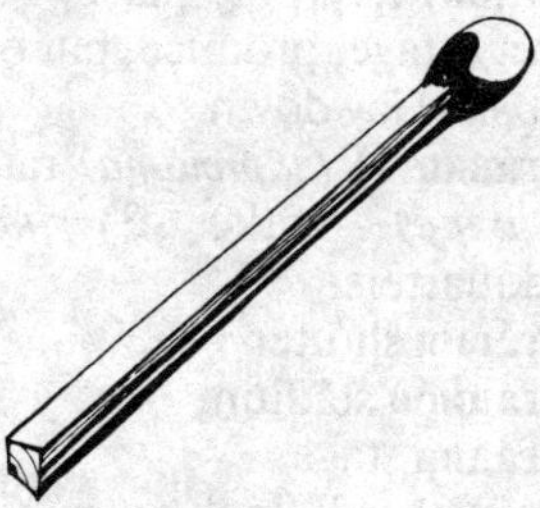

сплав 1) *(леса)* float 2) *(металлов)* álloy

спла́чиваться rálly, uníte

спле́тня góssip

сплоти́ться *см.* спла́чиваться

сплочённ||ость solidárity; **~ый** uníted

сплошн||о́й contínuous; sólid, compáct *(о массе)*; útter *(перен.)*; ~áя вы́думка sheer invéntion

споко́й||ный quíet; calm; **~ствие** cálmness, tranquíllity

спор árgument

спо́р||ить árgue, dispúte; **~ный** quéstionable; debátable; ~ный пункт point at íssue

спорт sport; **~и́вный** spórts; spórty; ~и́вная площа́дка sports ground

спортсме́н spórtsman

спо́соб way; ~ употребле́ния how to use; таки́м ~ом in this way

спосо́бн||ость abílity; tálent *(талант)*; **~ый** 1) *(одарённый)* able; cléver 2) *(на что-л.)* cápable of

спосо́бствовать promóte

споткну́ться, спотыка́ться stumble (óver)

спохвати́ться remémber súddenly

спра́ва to the right

справедли́в||ость jústice; **~ый** just, fair *(разг.)*; э́то ~о that's fair

спра́виться *см.* справляться

спра́вка 1) informátion; réference 2) *(документ)* certíficate

справля́ться 1) *(осведомляться)* ask (about); make inquíries; look it up *(по книге)* 2) *(с чем-л.)* mánage, cope with

спра́вочник réference book; телефо́нный ~ diréctory

спра́шивать ask

спрос demánd ◊ без ~а withóut permíssion

спроси́ть *см.* спра́шивать

спря||га́ть *грам.* có njugate; ~**же́ние** *грам.* conjugátion

спря́тать 1) *(скрыть)* hide 2) *(убрать)* put awáy

спуск 1) *(с горы)* descént 2) *(самолёта)* lánding 3) *(откос)* slope

спуска́ть 1) *(вниз)* lówer; ~ куро́к pull the trígger 2) *(судно на воду)* launch; ~**ся** go down, descénd

спусти́ть(ся) *см.* спуска́ть(ся)

спустя́ after

спу́тник 1) compánion, féllow-tráveller 2) *астр.* sátellite; spútnik *(искусственный);* запусти́ть ~ launch a sátellite

сравне́ние compárison

сра́вн||ивать compáre; ~**и́тельно** compáratively

сравни́ть *см.* сра́внивать

сраж||а́ться fight; ~**е́ние** battle

срази́ться *см.* сража́ться

сра́зу at once

среда́ I *(окружение)* surróundings *(мн. ч.);* envíronment

среда́ II *(день недели)* Wédnesday

среди́ amóng

Средизе́мное мо́ре Mediterránean (Sea)

сре́дний áverage; middle *(находящийся посередине)*

сре́дство means; rémedy *(мед.)*

сре́з||ать, ~а́ть cut off

срисова́ть, срисо́вывать copy

срок 1) *(назначенное время)* term, date 2) *(промежуток времени)* périod

сро́чный úrgent; ~ зака́з rush órder

срыва́ть 1) *(цветок)* pick 2) *(сдёргивать)* tear off 3) *(портить)* spoil, rúin; ~**ся** 1) *(падать)* fall 2) *(с цепи и т. п.)* break loose 3) *(не удаваться)* fail, miscárry

ссо́р||а quárrel; ~**иться** quárrel (with)

ссу́да loan

ссыла́ть éxile

ссыла́ться refér to

ссы́лка I *(изгнание)* éxile

ссы́лка II *(сноска)* réference

ста́вить 1) put; place, set 2) *(пьесу)* stage, prodúce, put on 3) *(условия)* lay down

ста́вка 1) *(зарплата)* rate 2) *(в игре)* stake 3) *воен.* héadquarters

ста́вня shútter

стадио́н stádium

ста́дия stage

ста́до herd; flock *(овец, коз)*

стаж length of sérvice

стака́н glass

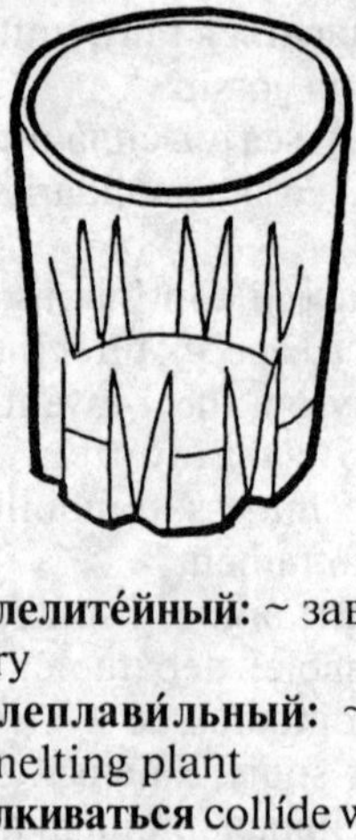

сталелите́йный: ~ заво́д steel fóundry

сталеплави́льный: ~ заво́д stéelsmelting plant

ста́лкиваться collíde with, run ínto; *перен.* come acróss

сталь steel; ~**нóй** steel

Стамбýл Istanbúl

стамéска chísel

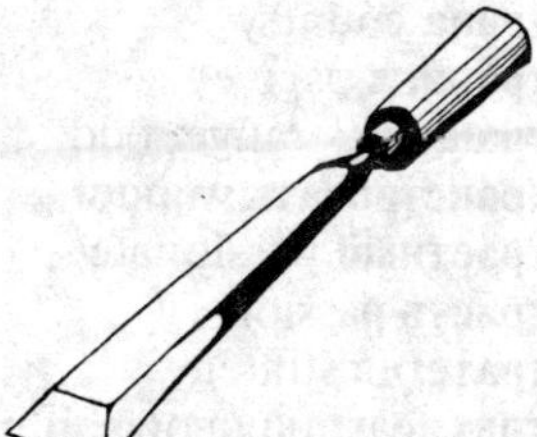

стан I *(фигура)* fígure

стан II *тех.* mill

стандáрт stándard

станови́ться 1) *(занимать место)* stand; станови́сь! *воен.* fall in! 2) *(делаться)* becóme, get

стáнция státion; телефóнная ~ télephone exchánge

стар||áние éffort; díligence *(усердие);* ~**áтельный** díligent, páinstaking; ~**áться** try

стари́к old man

стáрость old age

старýха old wóman

стáрший 1) *(по годам)* ólder; óldest, éldest 2) *(по положению)* sénior

стáрый old

стати́ст *театр.* éxtra

стáтуя státue

стать *см.* станови́ться

статья́ árticle

стáя flock *(птиц);* shoal *(рыб);* pack *(собак, волков)*

ствол 1) *(дерева)* trunk 2) *(оружия)* bárrel

стéбель stem

стекáть flow down, trickle down; ~**ся** *(о людях)* gáther

стекл||ó glass; ~**я́нный** glass

стели́ть spread; ~ постéль make a bed

стенá wall

стеногрáмма shórthand récord

стéпень degrée

степь steppe

стерéть *см.* стирáть I

стерéчь guard, watch

стéржень pívot

стесня́ть embárrass; ~**ся** feel embárrassed, be (feel) shy

стечéние: ~ обстоя́тельств coíncidence

стиль style

сти́мул stímulus, incéntive

стипéндия schólarship

стирáльн||ый: ~ порошóк wáshing pówder, detérgent; ~ая маши́на wáshing mashíne

стирáть I wipe off

стирáть II *(бельё)* wash

сти́рка *(белья)* wáshing

стихи́ póetry, póems

стихи́йный eleméntal; spontáneous *(самопроизвольный)*

стихи́||я élement ◊ быть в своéй ~и be in one’s élement

стихотворéние póem

сто húndred

стог stack

стóи||мость cost; *эк.* válue; ~**ть** 1) cost 2) *(заслуживать)* desérve, be wórthy (of)

сто́йкий firm, stéady

Стокго́льм Stóckholm

стол 1) table 2) *(питание)* board

столб píllar

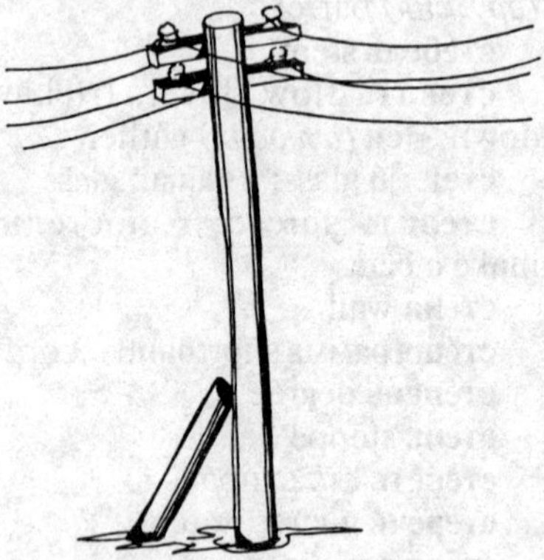

столбе́ц cólumn

столе́тие céntury

столи́ца cápital

столкнове́ние collísion

столкну́ться *см.* ста́лкиваться

столо́вая 1) *(в квартире)* díning room 2) *(общественная)* cantéen

сто́лько so mány, so much; ~ ско́лько as much as

столя́р jóiner

стон moan, groan; **~а́ть** moan, groan

сто́рож wátchman; **~и́ть** guard; watch óver; keep watch (over)

сторон||а́ 1) side 2) *(в споре)* párty 3) *(местность)* place ◊ с друго́й ~ы́ on the other hand

сторо́нник adhérent, suppórter; ádvocate

стоя́ть 1) stand 2) *(находиться)* be

страд||а́ние súffering; **~а́ть** súffer

стра́жа guard, watch

страна́ cóuntry

стра́ница page

стра́нный strange, odd

стра́нствовать wánder

стра́стный pássionate

страсть pássion

страте́гия strátegy

страх fear; на свой ~ и риск at one's risk

страхов||а́ние insúrance; социа́льное ~ sócial insúrance; **~а́ть** insúre; **~о́й** insúrance

стра́шный térrible, dréadful

стрела́ árrow

стре́лка 1) needle *(компаса)*; hand *(часов)* 2) *ж.-д.* ráilway point; switch

стрело́к shot; márksman

стрельба́ shóoting

стреля́ть shoot

стрем||и́ться (к) strive (for); long for *(страстно желать)*; **~ле́ние** téndency; aspirátion

стри́женый short *(о волосах)*; shorn *(об овцах)*

стри́жка 1) *(волос)* háircut 2) *(овец)* shéaring

стричь 1) cut 2) *(овец)* shear; **~ся** have one's hair cut

стро́г||ий strict *(требовательный)*; sevére *(суровый)*; **~ость** stríctness; sevérity

стро||е́ние 1) *(постройка)* búilding, constrúction 2) *(структура)* strúcture; **~и́тель** búilder; **~и́тельный** búilding; **~и́тельство** constrúction

стро́ить build, constrúct

строй 1) *полит.* sýstem 2) *воен.* órder

стро́йка búilding, constrúction

стро́йный 1) slénder, slim 2) *(о пении)* harmónious

строка́, стро́чка line

структу́ра strúcture

струна́ string

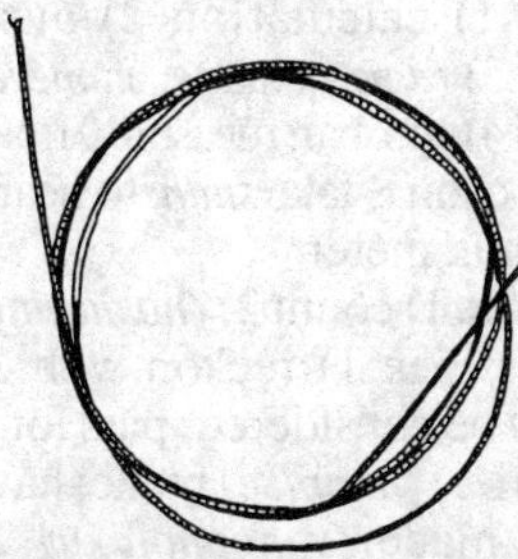

стру́нный stringed

стру́сить get scáred

струя́ stream, jet; cúrrent *(воздуха)*

стря́пать cook

студе́нт stúdent

сту́дия stúdio

стук knock; tap *(тихий)*; **~нуть** *см.* стуча́ть

стул chair

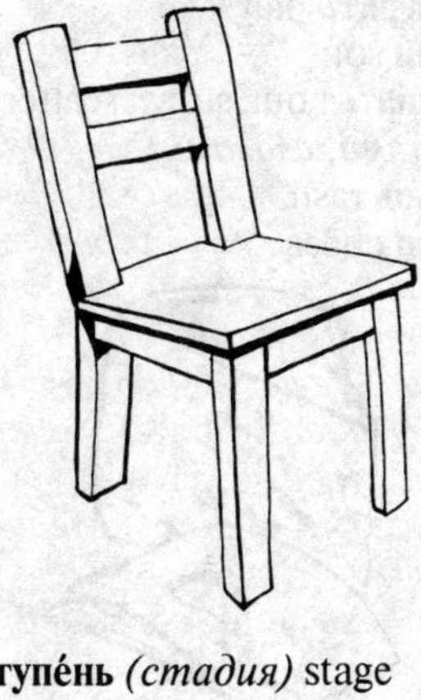

ступе́нь *(стадия)* stage

ступе́нька step

ступня́ foot

стуча́ть knock; bang *(по столу)*; **~ся** knock; ~ся в дверь knock at the door

стыд shame; **~и́ться** be ashámed

стя́гивать, стяну́ть 1) draw together; tie up *(верёвкой)* 2) *(войска)* gather

суббо́та Sáturday

субтро́пики the subtrópics

суд 1) court (of law, of jústice) 2) *(процесс)* tríal

суда́к pike-perch

Суда́н the Sudán

суди́ть judge; *юр.* try; **~ся** be tried (for)

су́дно ship, véssel

су́доро||га cramps *(мн. ч.)*; **~жный** convúlsive

судо||строе́ние shípbuilding; **~хо́дный** návigable; **~хо́дство** navigátion

судьба́ fate, déstiny

судья́ judge

суеве́рие superstítion

сует||а́ fuss; **~ли́вый** fússy, réstless

сужде́ние júdgement; opínion *(мнение)*

сук branch

сукно́ cloth

сумасше́дший 1. *прил.* mad **2.** *сущ.* mádman

сумато́ха bustle

су́мерки twílight *(ед. ч.)*
суме́ть be able (to), succéed in
су́мка bag; (hánd)bag *(дамская)*
су́мма sum
су́мр||ак dusk; **~ачный** glóomy
сунду́к trunk, chest
суп soup
супру́г húsband
супру́га wife
сургу́ч séaling wax
суро́вый sevére, austére, stern; rígorous *(о климате)*
суста́в joint
су́тки day (and night); twénty four hours
суть éssence; ~ де́ла main point
суфлёр prómpter
су́ффикс *грам.* súffix
суха́рь crácker; rusk *(сладкий)*
сухо́й dry; curt *(об ответе, отказе)*
су́ша (dry) land
суш||ёный dried; **~и́ть** dry
су́шка drýing
суще́ственный esséntial
существи́тельное *грам.* noun
существ||о́ 1) béing, créature 2) *(сущность)* éssence, gist; по ~у́ as a mátter of fact
существов||а́ние exístence; **~а́ть** exist
су́щность éssence
сфе́ра sphere
схвати́ть, схва́тывать seize, grasp, catch
схе́ма scheme
сходи́ть 1) descénd, go down; get off *(слезать)* 2) *(о коже, краске и т. п.)* come off 3) *(за кого-л.)* pass as; **~ся** 1) meet 2) *(собираться)* gáther
схо́дство líkeness, resémblance

сце́н||а 1) *театр.* stage 2) *(явление)* scene 3) *(скандал)* scene; устро́ить ~у make a scene
счастли́вый háppy; fortunate, lúcky *(удачный)*
сча́стье 1) háppiness 2) *(удача)* luck
счёт 1) calculátion 2) *бухг.* accóunt 3) *(в ресторане, за телефон)* bill 4) *муз.* bar, méasure ◊ приня́ть на свой ~ take *smth.* to heart
счётчик méter
счита́ть 1) count 2) *(полагать)* consíder; **~ся** 1) réckon with 2) *(слыть)* be consídered, pass for
сшить 1) *(платье)* make; have a dress made *(у портнихи)* 2) *(вместе)* sew togéther
съеда́ть eat, eat up
съезд cóngress
съезжа́ться assémble, gáther
съёмка súrvey; shóoting *(фильма)*
съестн||о́й: ~ы́е припа́сы fóod supplies
съесть *см.* съеда́ть
съе́хаться *см.* съезжа́ться
сыгра́ть play
сын son
сы́пать pour, strew; scátter *(остротами, словами)*
сыпь rash
сыр cheese

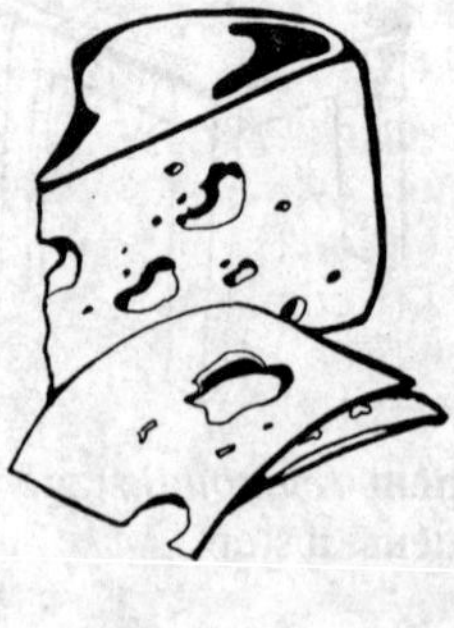

сыро́й 1) *(влажный)* damp 2) *(неварёный, необработанный)* raw

сы́рость dámpness

сырьё raw matérial

сы́т||ный nóurishing; fílling; ~ обе́д héarty meal; **~ость** satíety; **~ый** full, sátisfied; он сыт he has had enóugh

сы́щик detéctive

сюда́ here

сюже́т 1) súbject, tópic 2) *(романа)* plot

сюрпри́з surpríse

Т

та that

таба́к tobácco

табли́ца table; ~ умноже́ния multiplicátion table

табу́н drove (of hórses)

табуре́тка stool

таджи́к Tadjík

Таджикиста́н Tadjikistán

таджи́кский Tadjík

таз I básin; pan *(для варенья)*

таз II *анат.* pélvis

таи́нственный mystérious

Тайва́нь Taiwán

тайко́м sécretly

та́йн||а sécret; mýstery; **~о** sécretly, in sécret; **~ый** sécret

так so; like that; ~ как as, since

та́кже álso; too; éither *(в отрицат. предложениях)*

так||о́й such; ~и́м о́бразом thus; thérefore

та́кса fixed price

такси́ taxi

такт I tact

такт II *муз.* time *(ритм);* в ~ in time

та́кт||ика táctics; **~и́ческий** táctic(al)

такти́чный táctful

тала́нт tálent, gift; **~ливо** fínely *(прекрасно);* **~ливый** tálented, gífted

та́лия waist

Та́ллин Tállin

тало́н cóupon

там thére

тамо́ж||енный cústom(s); **~ня** cústoms

та́нец dánce

Танза́ния Tanzánia

танк tank

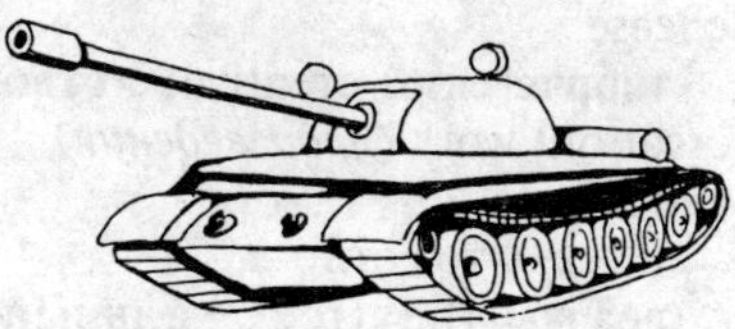

та́нкер tánker

танцева́ть dance

та́почки slíppers *(домашние);* gym shoes *(спортивные)*

тарака́н cóckroach

таре́лка plate

тари́ф táriff

таска́ть 1) cárry; pull, drag 2) *разг. (воровать)* steal

та́чка whéelbarrow

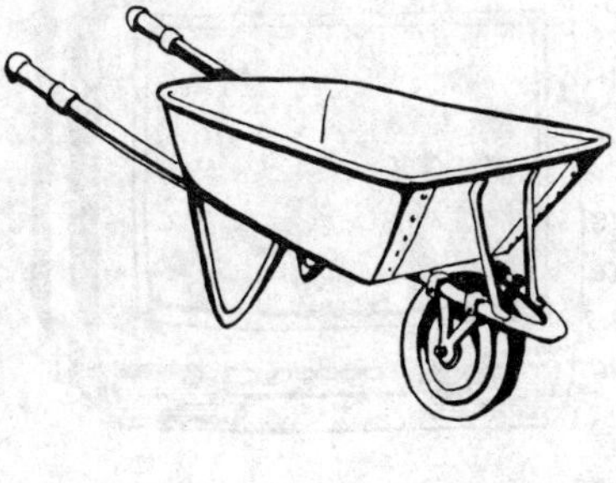

Ташке́нт Tashként

тащи́ть *см.* таска́ть 1)

та́ять 1) melt; thaw *(о льде, снеге)* 2) *(чахнуть)* waste awáy

Тбили́си Tbilísi

тверди́ть reíterate, say óver and óver agáin

твёрд||о fírmly; ~**ость** solídity, hárdness; *перен.* fírmness; ~**ый** hard; *перен.* firm

твой your, yours

твори́тельный: ~ паде́ж the instruméntal

твори́ть creáte

творо́г curd cheese; cóttage cheese

тво́рче||ский creátive; ~**ство** creátion; work *(произведения)*

те those

т. е. *см.* то́ есть

теа́тр théatre; ~**а́льный** theátrical, theatre

тебе́ you

тебя́ you

Тегера́н Teh(e)rán

тёзка námesake

текст text; words *(мн. ч.) (к музыке)*

тексти́ль téxtile; ~**ный** téxtile

теку́щий cúrrent

телеви́||дение televísion, TV; ~**зор** televísion set, TV set

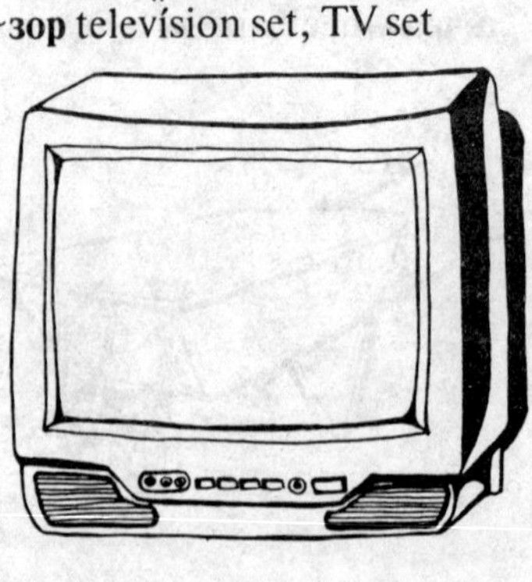

теле́га cart

телегра́мма télegram

телегра́ф télegraph; ~**и́ровать** télegraph, wire; cable *(по кабелю);* ~**и́ст** telégraphist; ~**ный** télegraph; ~ный бланк télegraph form

телезри́тель viéwer

телёнок calf

телеско́п télescope

теле́сный córporal

телесту́дия televísion stúdio

телефо́н télephone

телефо́н-автома́т 1) públic télephone 2) *(будка)* públic cáll box

телефони́стка télephone óperator

телефо́нн||ый télephone; ~ая кни́га télephone diréctory

те́ло bódy

телосложе́ние build, frame

Тель-Ави́в Tel-Avív

теля́тина veal

тем I *(тв. п. от* тот) by this, with this; ~ вре́менем méanwhile

тем II *(дат. п. от* те) them

тем III 1. *союз* the; чем..., ~... the... the...; чем бо́льше, ~ лу́чше the more the bétter **2.** *употр. как нареч. в сочетаниях:* ~ лу́чше so much the bétter; ~ ху́же so much the worse; ~ бо́лее (что) espécially (as); ~ не ме́нее neverthelέss

те́ма 1) súbject, tópic 2) *муз.* theme

тембр tímbre

Те́мза the Thámes

темн||е́ть get (grow) dark; ~**ота́** dárk(ness)

тёмн||ый 1) dark 2) *(неясный)* obscúre; vague 3) *(подозритель-*

ный) suspícious; dúbious; ~ая ли́чность suspícious pérson; ~ое де́ло dúbious affáir

темп pace; témpo

темпера́мент témperament

температу́ра témperature

тенденцио́зный bías(s)ed

тенде́нция téndency *(склонность)*

те́ннис ténnis

тень shade *(место);* shádow *(чья-л.)*

теоре́тик theoretícian

теорети́ческий theorétical

тео́рия théory

тепе́рь now, at présent

тепло́ warmth; **~во́й** thérmal; **~та́** heat; *перен.* warmth

теплохо́д mótor ship

тёплый warm

тере́ть rub; grate *(измельчать)*

терза́ть *(мучить)* tormént

те́рмин term

термо́метр thermómeter

терни́стый thórny

терп||ели́вый pátient; **~е́ние** pátience

терпе́ть endúre, bear; tólerate *(допускать)*

терпи́м||ость tólerance; **~ый** tólerant (tówards)

терра́са térrace; verándah; porch *(амер.)*

территориа́льный territórial

террито́рия térritory

терро́р térror

террори́ст térrorist

теря́ть lose; waste *(напрасно тратить)*

тесёмка tape; braid *(отделка)*

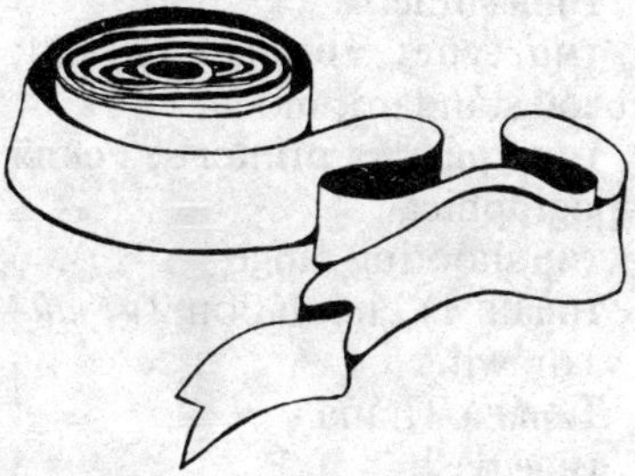

теснот||а́ nárrowness; crush *(давка);* в ~е́, да не в оби́де *погов.* ≅ the more the mérrier

те́сный 1) cramped *(о помещении)*; tight; nárrow *(о проходе, улице)* 2) *(близкий)* close, íntimate

те́сто dough

тесть fáther-in-law

тётка aunt

тетра́дь éxercise book *(школьная)*

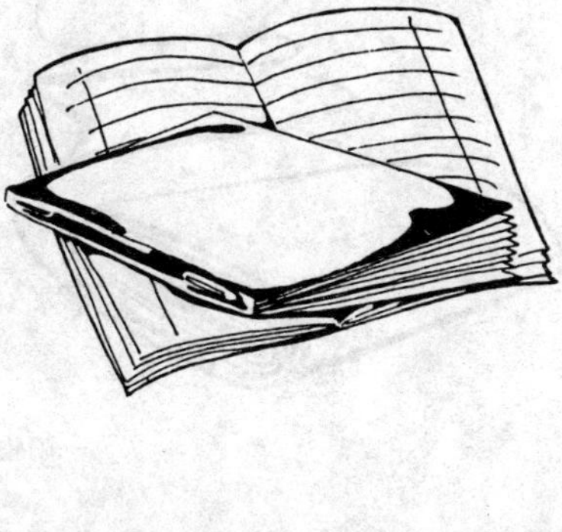

те́хн||ик techníсian; **~ика** technólogy; techníques *(приёмы);* **~и́ческий** téchnical

тече́ние 1) *(о времени)* course 2) *(ток, струя)* cúrrent, stream 3) *(направление)* trend, téndency

течь 1) flow; run 2) *(протекать)* leak

тёща móther-in-law

тигр tíger

ти́на slime

тип type; **~и́чный** týpical; **~ово́й** stándard, módel

типогра́ф||ия prínter's; **~ский** typográphical

тир shóoting range

тира́ж 1) circulátion 2) *(займа)* dráwing

Тира́на Tirána

тире́ dash

тиски́ vice *(ед. ч.); перен.* grip

ти́тул title

тиф týphus

ти́хий quíet, calm; low *(о голосе)*

Ти́хий океа́н the Pacífic Óсеan

ти́ше! sílence!; sh!

тишина́ calm, quiet; sílence

ткань 1) fábric, cloth 2) *биол.* tíssue

ткать weave

тлеть 1) *(гнить)* rot, decáy 2) *(гореть)* smóulder

то I that

то II *союз* then, ótherwise; то... то... now... now...

тобо́ю (by, with) you

това́р wares, goods *(мн. ч.)*

това́рищ cómrade *(по партии)*; mate, féllow

това́рищество *(объединение)* cómpany

това́рный: ~ по́езд goods train; freight train *(амер.)*

тогда́ 1. *нареч.* then **2.** *союз:* ~ как whereás, while

то́ есть that is

тожде́ственный idéntical

то́ждество idéntity

то́же álso, too; я ~ so do I; nor do I; он лю́бит му́зыку. — Я ~ he loves músic. — So do I; он не ку́рит. — Я ~ he doesn't smoke. — Néither do I

ток *эл.* cúrrent

то́карь túrner

То́кио Tókyo

толк 1) *(смысл)* sense 2) *(польза)* use, good

толк||а́ть, ~ну́ть push

толкова́ть intérpret

толкотня́ crush

толо́чь pound

толп||а́ crowd; **~и́ться** crowd

толсте́ть grow stout (fat)

то́лстый 1) thick 2) *(о человеке)* fat, stout

толчо́к push; trémor *(при землетрясении); перен.* push

толщина́ 1) thíckness 2) *(человека)* córpulence

то́лько ónly; ~ что just

том vólume

томи́ться lánguish, pine

тон tone

то́нкий 1) *(о фигуре)* slénder, slim 2) *(утончённый)* délicate, subtle 3) *(о слухе и т. п.)* keen

то́нна ton

тонне́ль *см.* туннéль

тону́ть drown; sink *(о предмете)*

то́пать stamp

топи́ть I *(печи)* heat

топи́ть II *(жиры, воск)* melt

топи́ть III *(утопить)* drown; sink *(судно)*

то́пливо fuel

то́поль póplar

топо́р axe

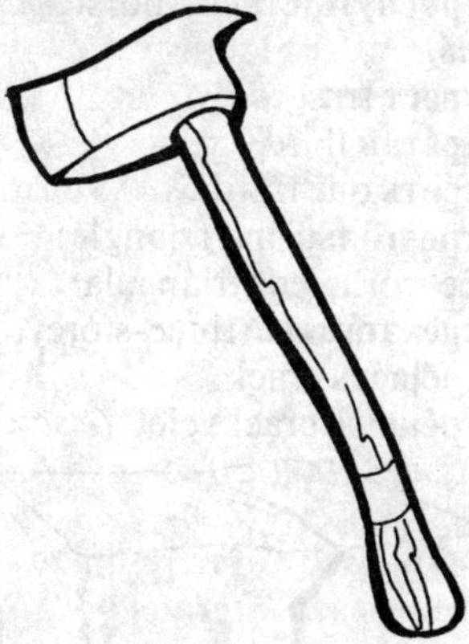

то́пот stamp

топта́ть trample (on)

торг||ова́ть trade; deal in; **~о́вец** mérchant, trádesman; **~о́вля** trade; cómmerce; **~о́вый** tráding, commércial

торже́ственный sólemn

торжество́ tríumph; *(праздник)* celebrátion

то́рмоз brake; **~и́ть** put the brake on; *перен.* hínder, hámper

торопи́ть húrry, hásten; **~ся** be in a húrry

торпе́да torpédo

торт cake

торф peat

торча́ть stick out *(наружу)*; stick up *(вверх)*

тоск||а́ mélancholy *(грусть)*; bóredom *(скука)*; ~ по lónging (for); **~ли́вый** mélancholy *(грустный)*; dull, bóring *(скучный)*; **~ова́ть** pine (for), be sick at heart; ~ова́ть по ком-л. long for smb

то́стер tóaster

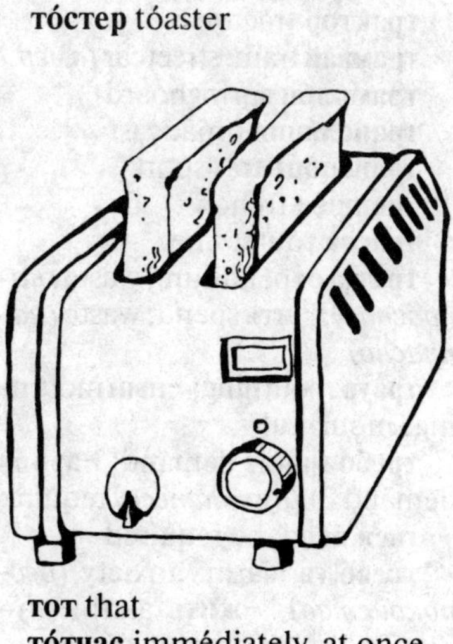

тот that

то́тчас immédiately, at once

точи́ть shárpen

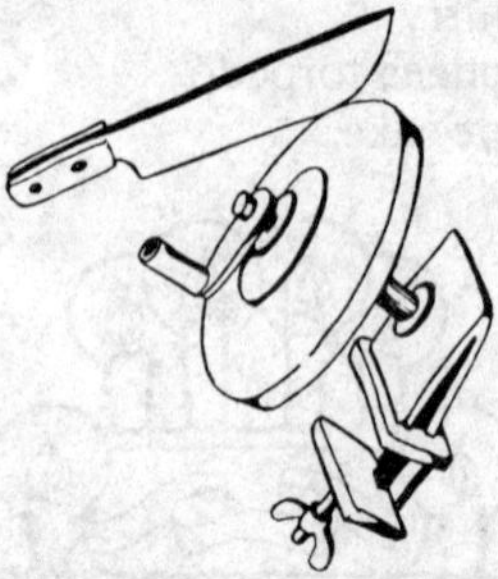

то́чка 1) point 2) *(знак)* dot 3) *(знак препинания)* full stop ◊ ~ зре́ния point of view

то́чн||о exáctly; **~ость** áccuracy; precísion; **~ый** exáct

точь-в-точь *разг.* exáctly, precísely

тошн||и́ть feel sick; меня́ ~и́т I feel sick; **~ота́** síckness, náusea

трава́ grass

трави́ть *(преследовать)* pérsecute

траге́дия trágedy

тра́ктор tráctor

трамва́й tram; stréetcar *(амер.)*

трампли́н spríngboard

трансля́ция bróadcast

тра́нспорт tránsport

транше́я trench

тра́сса route, line

тра́т||а expénditure; waste *(напрасная)*; **~ить** spend; waste *(напрасно)*

тра́ур móurning; **~ный** mourning; mournful

тре́бов||ание demánd; **~ать** 1) demánd 2) *(нуждаться)* requíre; **~аться** need, be requíred

трево́||га alárm; anxíety *(беспокойство)*; **~жить** alárm *(пугать)*; distúrb, trouble *(беспокоить)*; **~жный** unéasy; alárming, distúrbing

тре́зв||ость 1) sobríety 2) *(разумность)* sóberness; **~ый** sóber

тре́ние fríction

тренирова́ть train; **~ся** be in tráining

трениро́вка tráining

тре́пет trémor, trémbling; **~а́ть** tremble

треск crash, crack

треска́ cod

тре́снуть crack, burst *(лопнуть)*

трест trust

тре́тий third

треть one third

треуго́льн||ик tríangle; **~ый** thrée-córnered, triángular

трёхэта́жный thrée-stórey(ed)

треща́ть crack

тре́щина crack; cleft *(в земле)*

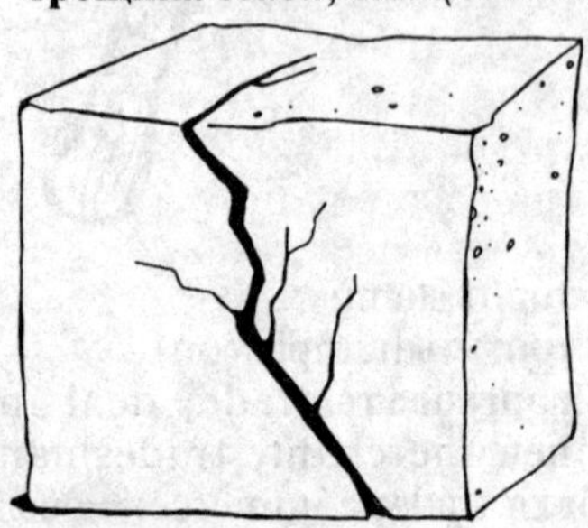

три three

трибу́на tríbune

тридца́тый thírtieth

три́дцать thírty

три́жды three times

трико́ léotard

трина́дца||тый thirtéenth; **~ть** thírteen

три́ста three húndred

триу́мф tríumph

тро́гательный tóuching

тро́гать touch; *перен.* move, touch

тро́гаться start, move; ~в путь set out

тро́е three

тройно́й triple

тро́нуть *см.* тро́гать; **~ся** *см.* тро́гаться

тропи́нка path

тростни́к reed; са́харный ~ súgar cane

тротуа́р pávement; sídewalk *(амер.)*

трофе́й tróphy

труба́ 1) pipe, tube 2) chímney *(дымовая)* 3) *муз.* trúmpet

тру́бка pipe

трубочи́ст chímney sweep

труд lábour, work; **~и́ться** work; toil

тру́дный dífficult

трудово́й wórking

трудоспосо́бный áble-bódied; fit for work

трудоустро́йство plácement

труп corpse

тру́ппа cómpany

трус cóward

тру́сики pánties, knickers

тру́сить be afráid (of), be shy (of)

трусли́вый cówardly

тру́сость cówardice

трущо́ба slum

трюк trick

трюм *мор.* hold

тря́пка rag

тря́ска sháking, jólting

тряс||ти́ shake; jolt *(в машине);* **~ти́сь** shake; shíver

туале́т 1) (*уборная*) tóilet 2) (*одежда*) óutfit

туберкулёз tuberculósis

ту́го 1) tight(ly) 2) *(с трудом)* with dífficulty

туда́ there

тузе́м||ец nátive; **~ный** nátive, indígenous

ту́ловище trunk, body; tórso

тулу́п shéepskin coat

тума́н mist, fog

тунне́ль túnnel

тупи́к blind alley ◊ поста́вить в ~ embárrass, disconcért; nónplus; стать в ~ be stúmped, be nónplússed

тупо́й 1) *(о ноже и т. п.)* blunt; ~ у́гол obtúse angle 2) *(о человеке)* stúpid, dull

турби́на túrbine

туре́цкий Túrkish

тури́зм tóurism

тури́ст tóurist

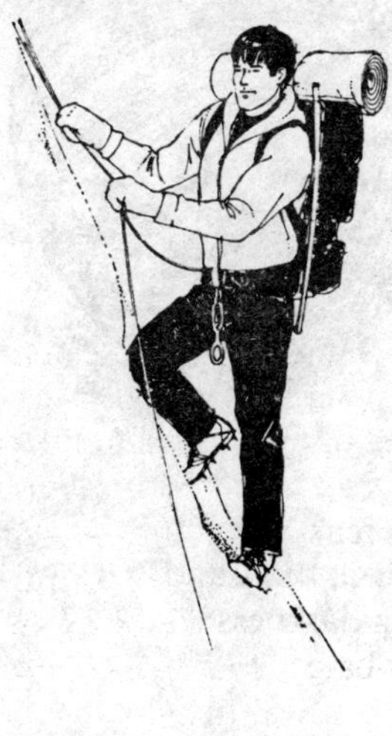

туркме́н Turkmén

Туркме́ния Turkménia

туркме́нский Turkmén

турни́р tóurnament

ту́рок Turk

Ту́рция Túrkey

ту́склый dim, dull

тут here; кто ~? who is here?

ту́ф||ля shoe; дома́шние ~ли slíppers

ту́х||лый rótten, bad; **~нуть** go bad

ту́ча cloud

тушёный braised

туши́ть put out, extínguish; switch off *(электричество);* turn off *(газ)*

тща́тельный cáreful, thórough

тщеду́шный feeble

тщесла́в||ие vánity; **~ный** vain

тще́тно in vain

ты you

ты́ква púmpkin

тыл rear

ты́сяча thóusand

тьма dárkness

тюк bale

тюре́мн||ый príson; **~ое** заключе́ние imprísonment

тюрьма́ príson

тюфя́к máttress

тя́гостный páinful, distréssing

тяжело́: с ним ~ рабо́тать he is not véry éasy to work with; мне ~ его́ ви́деть it grieves me to see him; е́сли вам не бу́дет ~ if it isn't too much trouble (for you)

тяжёлый 1) héavy 2) *(мучительный)* sad, páinful 3) *(трудный)* hard; dífficult *(тж. о человеке, характере)*

тя́жесть weight; búrden *(бремя)*

тя́жкий grave, sérious; páinful *(мучительный)*

тяну́ть pull, draw; **~ся** 1) stretch 2) *(длиться)* last

Тянь-Ша́нь Tien Shan

У

у 1) *(около, возле)* at, by, near 2) *(при, вместе)* with; at *smb.'s* place *(в доме)* 3): у меня́ *(есть)* I have ◊ у вла́сти in pówer; у нас в стране́ in our cóuntry

убега́ть run awáy, make off

убеди́||тельный convíncing; **~ть(ся)** *см.* убежда́ть(ся)

убежа́ть *см.* убега́ть

убежд||а́ть persuáde, convínce; **~а́ться** be convínced; **~е́ние** convíction, belíef

убе́жище réfuge; shélter *(укрытие)*

убива́ть kill; múrder

уби́й||ство múrder; assassinátion *(предательское);* **~ца** múrderer; assássin *(наёмный)*

убира́ть 1) take awáy *(прочь);* put awáy *(прятать)* 2) *(комнату)* tídy; décorate *(украшать)* 3) *(урожай)* hárvest, bring in

уби́ть *см.* убива́ть

убо́рка 1) *с.-х.* hárvesting 2) (*помещения*) cléaning

убо́рная 1) lávatory, tóilet 2) *театр.* dréssing-room

убо́рочн||ый: ~ая кампа́ния hárvest campáign

убо́рщица chárwoman; cléaner

убра́ть *см.* убира́ть

убыва́ть decréase; subsíde *(о воде)*

убы́т||ок loss; возмести́ть ~ки pay dámages

убы́ть *см.* убыва́ть

уваж||а́емый respécted; dear *(в письме);* **~а́ть** respéct; **~е́ние** respéct

уве́дом||ить *см.* уведомля́ть; **~ле́ние** informátion; nótice; **~ля́ть** infórm; nótify

увезти́ *см.* увози́ть

увеличе́ние íncrease; rise *(повышение);* exténsion *(расширение)*

увели́чивать 1) incréase; raise *(повышать);* enlárge *(расширять)* 2) *(увеличительным стеклом)* mágnify; **~ся** incréase; rise *(повышаться);* enlárge *(расширяться)*

увели́чить(ся) *см.* увели́чивать(ся)

уве́ренн||ость cónfidence; в по́лной ~ости in the firm belíef; **~ый** cónfident *(в себе);* cértain, sure *(в чём-л.)*

уве́р||ить, ~я́ть assúre; make belíeve (that)

увести́ *см.* уводи́ть

увида́ть, уви́деть see

увлека́тельный entertáining

увлека́ться be keen on

увлече́ние 1) pássion; craze *(мода)* 2) *(пыл)* enthúsiasm

увле́чься *см.* увлека́ться

уводи́ть lead awáy, take awáy

увози́ть take awáy

уво́лить *см.* увольня́ть

увольн||е́ние dismíssal, dischárge; **~я́ть** dismíss, dischárge

увы́! alás!

увяда́||ние wíthering; **~ть** fade, wíther, droop

увяза́ть, увя́зывать 1) tie up 2) *(согласовать)* coórdinate

увя́нуть *см.* увяда́ть

угада́ть, уга́дывать guess

уга́р cárbon-mónoxide póisoning

угаса́ть, уга́снуть die awáy

углекислотá carbónic ácid

углекóп (cóal-)míner, cóllier

углерóд cárbon

углуби́ть(ся) *см.* углубля́ть(ся)

углубл||éние hóllow; **~ённый** deep, profóund; **~я́ть** déepen; **~я́ться** go deep ínto

угнет||áть oppréss; *перен.* depréss; **~éние** oppréssion; *перен.* depréssion; **~ённый** oppréssed; *перен.* depréssed; ~ённые нарóды oppréssed people

уговáривать try to persuáde; **~ся** arránge; agrée

уговóр agreement; **~и́ть** persuade; **~и́ться** *см.* уговáривать(ся); **~ы** persuásion *(ед. ч.)*

угоди́ть *см.* угождáть

угóдно: как вам ~ just as you like; что вам ~? what can I do for you?; что ~ ánything; куда ~ ánywhere

угождáть please

ýгол 1) córner 2) *мат.* angle

уголóвник críminal

уголóвный críminal

уголóк córner; nook

ýголь *(каменный)* coal; **~ный** coal(-)

уго||сти́ть, ~щáть give; treat (to); **~щéние** food (and drink)

угрожá||ть thréaten; **~ющий** thréatening

угрóза threat, ménace

угрызéния: ~ сóвести remórse *(ед. ч.)*

угрю́мый súllen, moróse, glóomy

удавáться 1) be a succéss 2) *безл.:* ему удалóсь he succéeded (in); he mánaged (to)

удал||и́ть, ~я́ть remóve

удáр blow, *перен. тж.* shock

ударéние áccent, stress

удáр||ить, ~я́ть strike; deal a blow; **~иться** hit (agáinst)

удáться *см.* удавáться

удáч||а succéss; good luck; **~ный** succéssful

удвáивать, удвóить double

удéл lot, déstiny

удел||и́ть, ~я́ть spare, give

удержáть(ся) *см.* удéрживать(ся)

удéрживать 1) *(кого-л.)* hold back 2) *(подавлять)* suppréss 3) *(деньги)* dedúct; **~ся** 1) *(на ногах)* keep one's feet 2) *(от чего-л.)* refráin from

удиви́тельный wónderful, extraórdinary, astónishing

удиви́ть(ся) *см.* удивля́ть(ся)

удивлéние astónishment, surpríse

удивля́ть astónish, surpríse; **~ся** be astónished, be surprísed

удилá bit *(ед. ч.);* закуси́ть ~ take the bit betwéen one's teeth

удирáть run awáy

уди́ть fish

удлин||и́ть, ~я́ть léngthen; prolóng *(о времени)*

удо́бный cómfortable; convénient *(подходящий)*

удобре́ние manúre; fértilizer (*минеральное*)

удо́бр||ить, ~я́ть manúre, fértilize

удо́бств||о convénience, cómfort; ~**а** convéniences

удовлетвор||е́ние satisfáction; **~и́тельный** satisfáctory; **~и́ть(ся)** *см.* удовлетворя́ть(ся); **~я́ть** sátisfy; **~я́ться** be sátisfied; be contént with

удово́льстви||е pléasure; с ~ем with pléasure

удостовере́ние certíficate

удостове́р||ить, ~я́ть cértify; vérify; ~ по́дпись wítness a sígnature

у́дочка físhing rod

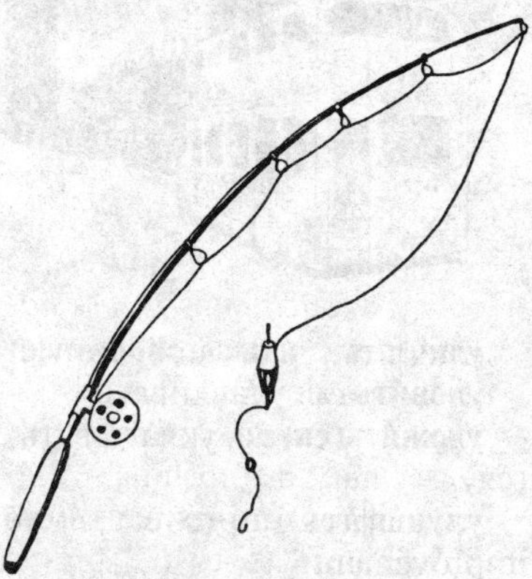

удра́ть *см.* удира́ть

удруча́ть depréss

уду́шливый súffocating

уедин||е́ние sólitude, seclúsion; **~ённый** sólitary; lónely *(одинокий)*

уезжа́ть, уе́хать go awáy, leave

уж *зоол.* gráss snake

у́жас hórror; térror *(страх);* како́й ~! how áwful!

ужа́сный térrible; áwful *(разг.)*

уже́ alréady; *часто не переводится:* вы ~ обе́дали? have you had lunch?

у́жин súpper; **~ать** have súpper

узако́н||ивать, ~ить légalize

узбе́к Uzbék

Узбекиста́н Uzbekistán

узбе́кский Uzbék

узда́ bridle

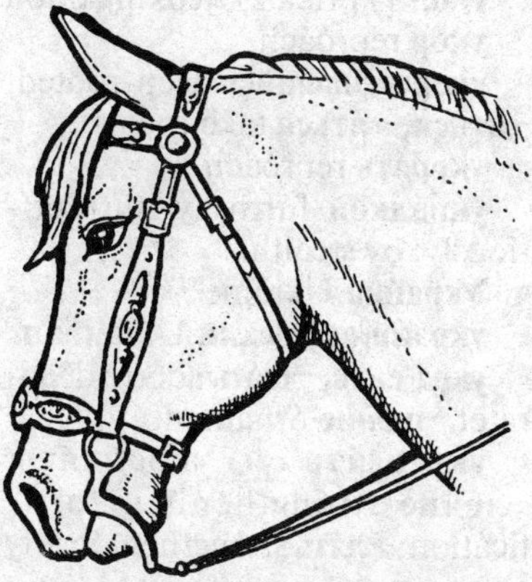

у́зел 1) knot 2) *(свёрток)* bundle

у́зкий nárrow; tight *(об одежде)*

узн||ава́ть, ~а́ть 1) *(получать сведения)* hear, learn; find out *(выяснять)* 2) *(признавать)* know, récognize

узо́р desígn, páttern

уйти́ *см.* уходи́ть

ука́з decrée, édict

указа́ние indicátion; instrúctions *(мн. ч.)*

указа́тель 1) índex; guide 2) *тех.* índicator

указа́ть, ука́зывать point out, índicate, show

укла́дывать 1) lay; ~ в посте́ль put *smb.* to bed 2) *(вещи)* pack (up); ~**ся** 1) *(упаковываться)* pack (up) 2) *(в определённые пределы)* confine onesélf (to), keep (withín)

укло́н inclinátion; *перен.* deviátion; ~**и́ться** *см.* уклоня́ться; ~**чивый** evásive; ~**я́ться** déviate *(в сторону);* avóid, eváde *(избегать)*

уко́л 1) prick 2) *мед.* injéction

уко́р repróach

укорен||и́вшийся déep-róoted; ~**и́ться,** ~**я́ться** take root

укоря́ть repróach

укра́дкой fúrtively, surreptítiously; by stealth

Украи́на Ukráine

украи́н||ец, ~**ский** Ukráinian

укра́||сить, ~**ша́ть** adórn; décorate; ~**ше́ние** órnament

укреп||и́ть *см.* укрепля́ть; ~**ле́ние** stréngthening; fortificátion; ~**ля́ть** stréngthen; fórtify *(тж. воен.)*

укро́п dill, fénnel

укрыва́ть, укры́ть 1) concéal *(скрывать);* shélter *(защищать)* 2) *(укутывать)* cóver

у́ксус vínegar

уку́с bite; ~**и́ть** bite

ула́вливать catch

ула́||дить, ~**живать** settle, arránge

Ула́н-Ба́тор Ulhán Bátor

у́лей béehive, hive

уле||та́ть, ~**те́ть** fly (awáy); самолёт ~те́л на се́вер the áirplane went north; бума́жка ~те́ла со стола́ the páper was blown off the table

ули́ка évidence; clue

у́лиц||а street; на ~е out (of doors), outsíde

улич||а́ть, ~**и́ть** catch, convíct

улови́ть *см.* ула́вливать

уложи́ть(ся) *см.* укла́дывать(ся)

улучш||а́ть impróve; ~**е́ние** impróvement

улу́чшить *см.* улучша́ть

улыба́ться smile

улы́б||ка smile; ~**ну́ться** *см.* улыба́ться

ум mind; íntellect

уме́||лый skílful, cómpetent; ~**ние** skill, abílity

уменьш||áть decréase, dimínish; redúce; **~éние** décrease

умéренный móderate; *(о климате, характере)* témperate

умерéть *см.* умирáть

умéстный appróриate; tímely *(своевременный)*

умéть can; be able to; know how (to)

умирáть die

умнож||áть 1) incréase 2) *мат.* múltiply; **~éние** multiplicátion

умнóжить *см.* умножáть

ýмный cléver, intélligent

умолять implóre, entréat

умори́||ть kill; ~ гóлодом starve *smb.* to death; он ~л меня́ сó смеху своим рассказом his story was so fúnny I néarly died of láughing

ýмственный intelléctual, méntal

умыв||áльник wáshstand; **~áние** wáshing

умывáть wash; **~ся** wash (onesélf)

ýмысел desígn, inténtion

умы́ть(ся) *см.* умывáть(ся)

умы́шленный delíberate, inténtional

унести́ *см.* уноси́ть

универмáг (универсáльный магази́н) depártment store

универсáльный univérsal

университéт univérsity

униж||áть humíliate; **~éние** humiliátion

унизи́тельный humíliating

уникáльный excéptional

уничтожáть, ~óжить destróy; wipe out *(противника)*

уноси́ть cárry awáy, take awáy

уныв́ать lose heart, be cast down

уны́лый glóomy; dréary; in low spírits *(о человеке)*

упáдок declíne, decáy

упáдочный décadent

упаковáть *см.* упакóвывать

упакóв||ка pácking; **~ывать** pack up

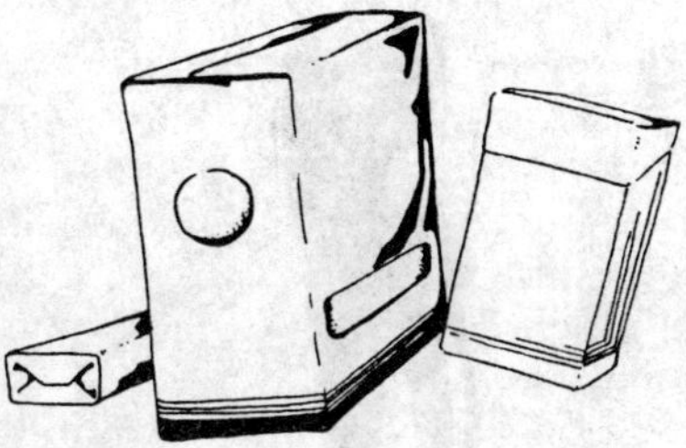

упáсть fall

уплá||та páyment; **~ти́ть, ~чивать** pay

уполномóч||енный an áuthorized pérson; **~ить** áuthorize

упом||инáть, ~януть méntion

упóр||ный persístent *(настойчивый)*; **~ство** persístence; **~ствовать** persíst (in)

употреб||и́тельный órdinary, cómmon; in géneral use; **~и́ть** *см.* употребля́ть; **~лéние** use; **~ля́ть** use

управлéние 1) *(руководство)* mánagement; góvernment *(страной)* 2) *(учреждение)* administrátion, board

управля́ть 1) *(руководить)* mánage, contról; góvern *(страной)* 2) *тех.* óperate; drive *(автомобилем)*; steer *(рулём)*

управля́ющий mánager

упражн||éние éxercise; práctice; **~я́ться** práctise

упраздня́ть abólish; annúl

упрёк repróach

упрек||áть, ~нýть repróach

упро||сти́ть, ~щáть símplify

упрýг||ий elástic, spríngy; **~ость** elastícity

ýпряжь hárness

упря́м||ство óbstinacy; **~ый** óbstinate

упус||кáть, ~ти́ть let escápe *(выпускать);* miss *(прозевать);* ~ти́ть и́з виду forgét; lose sight (of)

упущéние omíssion; neglécт *(халатность)*

ура́! hurráh!

уравнéние *мат.* equátion

урáвнивать, уравня́ть make équal

ураґáн húrricane

Урáл Ural

ýрна urn

ýровень lével

урóд mónster; **~ливый** defórmed; úgly; **~ство** defórmity; úgliness

урожáй yield, hárvest; **~ность** productívity

урожéнец nátive

урóк lésson

урóн lósses *(мн. ч.)*

урони́ть drop, let fall

усади́ть *см.* усáживать

усáживать seat; **~ся** take a seat, sit down

усвáивать, усвóить assímilate; digést *(пищу);* learn, máster *(овладевать)*

усéрд||ие zeal; **~ный** zéalous

ýсики *(насекомого)* anténnae

усилéние reinfórcement; intensificátion

уси́ленный inténsive

уси́ливать inténsify; stréngthen

уси́лие éffort

уси́лить *см.* уси́ливать

ускольз||áть, ~нýть slip (out of, awáy)

ускóр||ить, ~я́ть speed up, accélerate

услáвливаться agrée upón; arránge

услóв||ие condítion; **~иться** *см.* услáвливаться; **~ный** 1) condítional 2) *(принятый)* convéntional

услý||га sérvice; **~жливый** oblíging

услыхáть, услы́шать hear

усмех||áться, ~нýться sneer

усмéшка irónical smile

усмир||и́ть, ~я́ть pácify; suppréss; put down

усмотре́ни||е: на ~, по ~ю at one's discrétion

усну́ть fall asléep

усоверше́нствовать impróve, perféct

успева́ть, успе́ть 1) have time; be in time 2) *(в науках)* make prógress

успе́х succéss

успе́шный succéssful

успок||а́ивать, ~о́ить calm, soothe

уста́в chárter; státutes *(мн. ч.); воен.* regulátions *(мн. ч.)*

устава́ть be tired

уста́л||ость fatígue, wéariness; **~ый** tired, wéary

устан||а́вливать, ~ови́ть 1) *(налаживать)* estáblish 2) *тех.* mount; **~о́вка** 1) diréctions *(мн. ч.);* дать ~о́вку recomménd a course of áction 2) *тех.* móunting

устаре́лый out of date, óbsolete

уста́ть *см.* устава́ть

у́стный óral

усто́йчивый stéady; stable

устоя́ть *(против)* resíst, withstánd

устра́ива||ть arránge; órganize; ~ет ли э́то вас? does that suit you?

устран||е́ние remóval; **~и́ть, ~я́ть** remóve; elíminate *(уничтожить)*

устро́ить *см.* устра́ивать

устро́йство arrángement; organizátion

уступ||а́ть, ~и́ть yield; give in

усту́пка concéssion

у́стье mouth, éstuary

усы́ moustáche *(ед. ч.);* whískers *(у животных)*

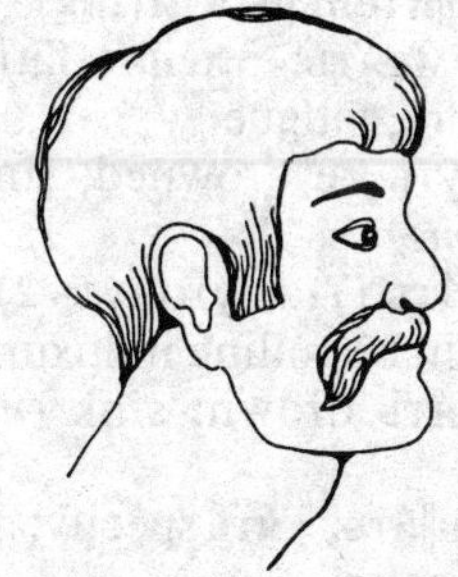

усынов||и́ть, ~ля́ть adópt

усып||и́ть, ~ля́ть lull to sleep; put to sleep

утверди́тельный affírmative

утвер||ди́ть, ~жда́ть 1) affírm, maintáin 2) *юр.* rátify, confírm; **~жде́ние** 1) affirmátion; státement 2) *юр.* ratificátion; confirmátion

утека́ть flow awáy

утёс rock, cliff

утеш||а́ть cómfort, consóle; **~е́ние** cómfort, consolátion

уте́шить *см.* утеша́ть

утиха́ть, ути́хнуть quíet down, calm *(успокаиваться);* abáte, subsíde *(о буре, боли);* cease *(о шуме)*

у́тка duck

утол||и́ть, ~я́ть assuáge; slake *(жажду);* sátisfy *(голод)*

утом||и́тельный tíring; **~и́ть** *см.* утомля́ть; **~ле́ние** fatígue; **~ля́ть** tire, fatígue

утону́ть be drowned; sink *(о предмете)*

утопа́ть 1) *см.* утону́ть 2): ~ в ро́скоши be rólling in lúxury

утопи́ть drown; sink *(предмет)*

уточн||и́ть, ~я́ть spécify; make *smth.* precíse

утра́та loss

у́тро mórning; **~м** in the mórning

утю́г íron

уха́живать 1) *(за больным)* nurse, look áfter 2) *(за женщиной)* court, make love (to)

ухвати́ться catch hold (of); *перен.* catch at

ухитр||и́ться, ~я́ться mánage

у́хо ear

ухо́д I depárture

ухо́д II *(забота)* care; núrsing *(за больным)*

уходи́ть go awáy, leave, depárt; retíre *(со службы)*

ухудш||а́ть make *smth.* worse; **~а́ться** detériorate; **~е́ние** change for the worse

уху́дшить(ся) *см.* ухудша́ть(ся)

уцеле́ть survíve

уценённый *(о товарах)* redúced

уча́ствовать partícipate (in); take part (in)

уча́ст||ие 1) participátion 2) *(сочувствие)* sýmpathy, ínterest; **~ник** partícipant; mémber *(член)*

уча́сток 1) *(земли)* plot 2) *(административный)* dístrict

у́часть fate

уча́щийся púpil, schóolboy *(школьник)*

учёба stúdies *(мн. ч.)*

уче́бн||ик téxtbook, mánual; **~ый** school(-); ~ый год schóolyear

уче́ние 1) téachings *(мн. ч.),* dóctrine *(философское и т. п.)* 2) *(учёба)* stúdies *(мн. ч.)*

учени́к púpil; discíple *(последователь)*

учёность léarning

учёный **1.** *прил.* léarned; **2.** *сущ.* schólar; scíentist

учéсть *см.* учи́тывать

учёт considerátion; registrátion *(воинский, медицинский)*

учи́лище school, college

учи́тель téacher

учи́тывать take ínto accóunt

учи́ть 1) *(кого-л.)* teach 2) *(изучать)* learn; stúdy; **~ся** learn; stúdy

учре||ди́ть, ~жда́ть estáblish; found; **~ждéние** institútion; estáblishment

уши́б ínjury; bruise; **~а́ться, ~и́ться** hurt (oneséelf)

ущéлье ravíne, gorge

ущéрб dámage

ую́тный cósy, cómfortable

уясн||и́ть, ~я́ть understánd

Ф

фа́бр||ика fáctory; mill, plant; **~и́чный** fáctory; ~и́чная ма́рка trademark

фа́за phase

файл file

факт fact; **~и́чески** práctically, áctually; in fact *(в сущности)*; **~и́ческий** áctual, real

факультéт fáculty

фальсифици́ровать fálsify

фальши́вый false; forged *(подделанный)*

фами́лия fámily name, súrname

фамилья́рный únceremónious, óverly-famíliar

фанéра plýwood

фанта́зия 1) imaginátion 2) *(причуда)* whim, fáncy

фантасти́ческий fantástic

фа́ра *(автомобиля, паровоза)* héadlight

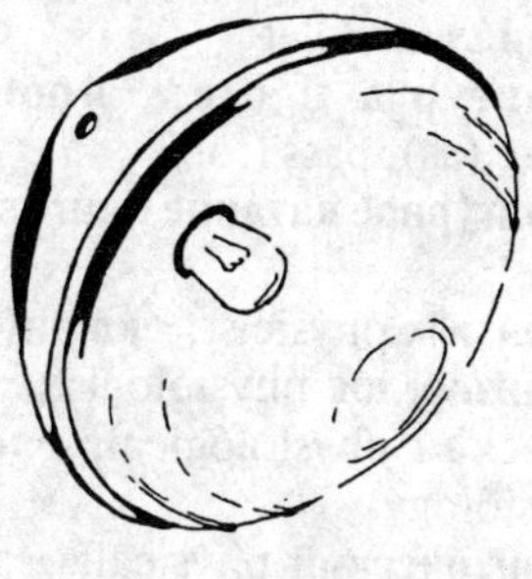

фармацéвт pharmacéutist

фа́ртук ápron

фарфóр chína, pórcelain

фарш stúffing

фасóль háricot (beans)

фасóн style; cut *(покрой)*

фаш||и́зм fáscism; **~и́ст** fáscist

феврáль Fébruary

федерати́вный féderative

федерáция federátion

фейервéрк fírework

фельетóн satírical árticle

фен háirdryer

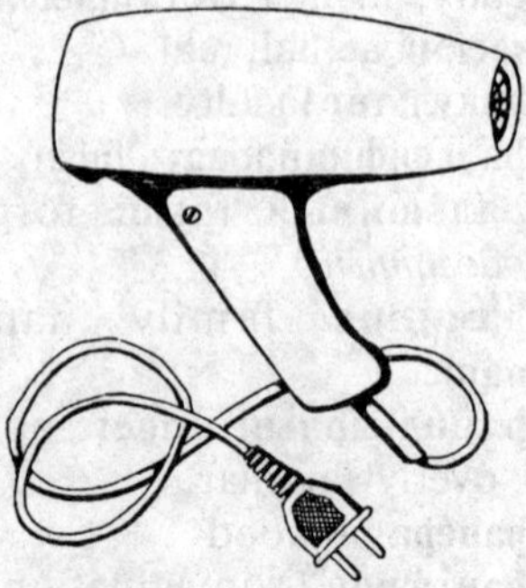

феодали́зм féudalism

фе́рм||а farm; ~**ер** fármer

фе́тровый felt

фехтова́ние féncing

фехтова́ть fence

фиа́лка víolet

фигу́р||а fígure; ~**и́ровать** fígure (as), pass (for)

фигу́рное ката́ние fígure skáting

фи́зи||к phýsicist; ~**ка** phýsics

физио́||лог physiólogist; ~**логи́ческий** physiológical; ~**ло́гия** physiólogy

физи́ческий phýsical; ~ труд mánual lábour

физкульту́р||а phýsical cúlture; ~**ник** áthlete, gýmnast

фикти́вный fictítious

филиа́л branch

фи́лин éagle owl

фило́||лог philólogist; ~**логи́ческий** philológical; ~**ло́гия** philólogy

фило́||соф philósopher; ~**со́фия** philósophy; ~**со́фский** philosóphical

фильм film

фильтр fílter

фина́л finále; fínal *(спорт.)*

фина́нсовый fináncial

финансы fináнces

фи́ник date

фи́ниш *спорт.* fínish

Финля́ндия Fínland

финн Finn

фи́нский Fínnish

Фи́нский зали́в Gulf of Fínland

фиоле́товый víolet

фи́рма firm, cómpany

фити́ль wick

флаг flag; подня́ть ~ hoist a flag

флако́н (scent) bottle

фланг flank

фле́йта flute

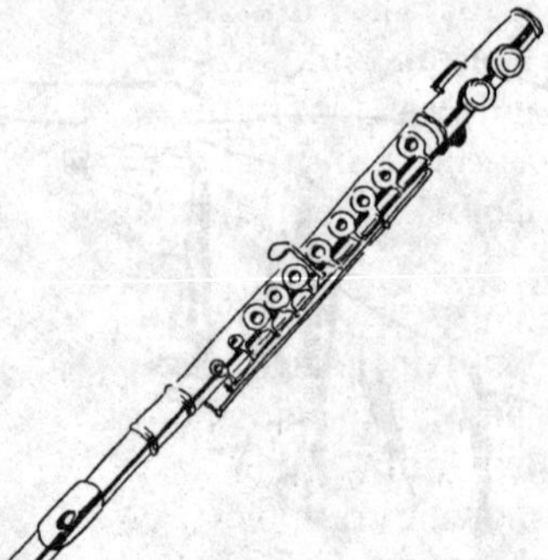

фли́гель wing

флот fleet; вое́нно-морско́й ~ Návy; возду́шный ~ air force; морско́й ~ maríne; торго́вый ~ mércantile maríne

флюс swóllen cheek

фля́га, фля́жка flask

фойе́ fóyer, lóbby

фо́кус I *мед., физ.* focus

фо́кус II *(трюк)* trick

фон báckground

фона́рь lántern; карма́нный электри́ческий ~ eléctric torch

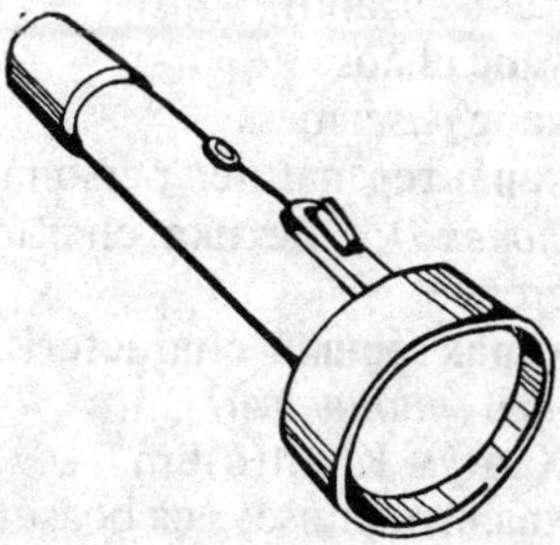

фонд fund

фоне́тика phonétics

фонта́н fóuntain

фо́рма 1) shape, form 2) *(одежда)* úniform

форма́льн||ость formálity; **~ый** fórmal

форма́т size

формирова́ть form

формули́р||овать fórmulate; **~о́вка** fórmula

форпо́ст óutpost

форси́ровать speed up; force

фортепиа́но piáno

фо́рточка hinged wíndowpane for ventilátion

фо́сфор phósphorus

фо́то phóto; **~аппара́т** cámera

фото́||граф photógrapher; **~графи́ровать** (take a) phótograph; **~гра́фия** 1) phótograph; phóto 2) *(снимок)* photó(graphy) 3) *(учреждение)* photógrapher's

фра́за phrase, séntence

фрак tail coat

фра́кция fráction

франт dándy

Фра́нция France

француз Frénchman; **~ский** French

фронт front; **~ови́к** frónt line sóldier; véteran (*ветеран*)

фрукт fruit; **~о́вый** fruit; ~о́вый сад órchard

фтор fluoríne

фуже́р wíneglass

фунда́мент foundátion; **~а́льный** fundaméntal

фунду́к 1) (*дерево, кустарник*) hazel; filbert 2) (*орехи*) hazelnut(s)

функциони́ровать fúnction

фу́нкция fúnction

фунт pound

фура́ж fódder

фура́жка sérvice cap

фурго́н van

фут foot

футбо́л fóotball; sóccer; **~и́ст** fóotballer; **~ка** T-shirt, tee-shirt

футля́р case
фуфа́йка jérsey, swéater

X

Хаба́ровск Khabárovsk
ха́кер hácker
хала́т dréssing gown *(домашний);* báthrobe *(купальный);* óverall *(рабочий);* súrgical coat *(врача)*

хала́тн||ость négligence; **~ый** cáreless, négligent
хами́ть be rude
ханжа́ hýpocrite, prig
Ханóй Hanói
ха́ос cháos
хаóс *разг.* mess
хара́ктер náture; personálity *(человека);* **~и́стика** cháracter réference
характе́рный characterístic; týpical *(типичный)*
Харту́м Khart(ó)um
хвали́ть praise; **~ся** boast (of)
хва́ст||ать, ~аться boast (of); brag; **~овствó** bóasting; **~у́н** bóaster, show-off
хвата́ть I *(схватывать)* seize; catch hold (of), grasp
хвата́ть II *безл. (быть достаточным)* suffíce; be enóugh; хва́тит! that will do!; enóugh!
хвати́ть *см.* хвата́ть II
хвóйный coníferous
хвора́ть be ill
хвост tail

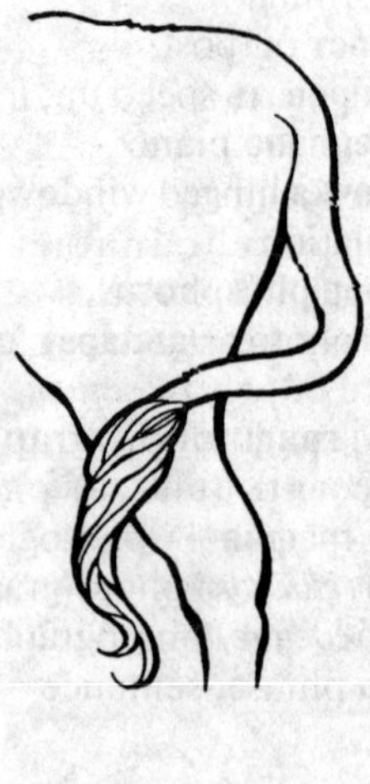

хвóя needles *(мн. ч.)*

Хéльсинки Hélsinki

хи́жина hut, cabin

хи́лый síckly; púny

хи́м||ик chémist; **~и́ческий** chémical

хи́мия chémistry

химчи́стка 1) drý-cleaning 2) *(мастерская)* drý-cleaner's

хи́на cinchóna, quiníne

хи́ппи híppie

Хироси́ма Hiróshima

хиру́рг súrgeon; **~и́ческий** súrgical; **~и́я** súrgery

хит *муз.* hit

хи́тр||ость cúnning; **~ый** cúnning, sly; ártful *(коварный)*

хи́щник beast of prey *(о звере)*; bird of prey *(о птице)*

хладнокрóв||ие compósure, présence of mind; **~ный** cool, compósed

хлеб 1) bread 2) *(зерно)* corn, grain

хлебопечéние bread báking

хлев cówshed; *перен.* pigsty

хлóп||ать, ~нуть bang, slam *(каким-л. предметом);* clap, slap, tap *(рукой);* flap *(крыльями)*

хлóпок cótton

хлопотать 1) bustle; fuss 2) *(о ком-л., о чём-л.)* intercéde (for)

хлопчатобумáжный cótton

хлóпья *(снега)* flakes

хлы́нуть gush out

хлыст whip

хмелéть get drunk

хмель *бот.* hops

хму́рить: ~ брóви knit one's brows; **~ся** frown

хму́рый glóomy, súllen; dull *(о погоде)*

хны́кать whímper

хóбот trunk

ход 1) *(движение)* mótion, speed; course *(дела, событии)* 2) *(проход)* pássage; éntrance, éntry *(вход)* 3) *шахм.* move

ходи́ть go; walk *(пешком);* ~ в чём-л. *(в какой-л. одежде)* go abóut (in), wear

ходьб||á wálking; в 10 мину́тах ~ы́ от стáнции ten mínutes walk from the státion

хозя́ин máster; boss; ówner, propríetor *(владелец);* host *(по отношению к гостям)*

хозя́й||ничать be in charge; be the boss; **~ство** ecónomy; домáшнее ~ство hóuse-keeping; крестья́нское ~ство farm

холéра chólera

холм hill; **~и́стый** hílly

хóлод cold; **~á** cold wéather *(ед. ч.)*

холоди́льник refrígerator, fridge

холодно 1. *безл.* it is cold; **2.** *нареч.* cóldly

холóдный cold

холост||óй únmárried; ~ заря́д blank cártridge; **~я́к** báchelor

холст cánvas

хор chórus

Хорва́тия Croátia

хорони́ть búry

хорóшенький prétty

хороше́ть becóme more attráctive

хорóший good

хорошó well; quite well *(о здоровье);* ~! all right!, véry well! *(ладно)*

хот||е́ть want; я ~е́л бы I would like

хоть, хотя́ (al)thóugh; ~ бы if ónly

хóхот láughter; burst of láughter; **~а́ть** laugh; roar with láughter

хра́бр||ость cóurage; **~ый** brave, courágeous

храм temple

хран||е́ние stórage *(товара)*; ка́мера ~е́ния left-lúggage óffice; chéck-room (*амер.*); **~и́ть** keep

храпе́ть snore

хребе́т 1) *(спинной)* spine 2) *(горный)* móuntain range

хрен hórseradish

хрип wheeze, whéezing

хрипе́ть be hoarse

хри́п||лый hoarse; **~ота́** hóarseness

христиа́нство Christiánity

Христóс Christ

хром||а́ть limp; **~óй 1.** *прил.* lame **2.** *сущ.* lame man

хрóника chrónicle; cúrrent events; néwsreel *(кино)*

хрони́ческий chrónic

хронологи́ческий chronológical

хру́пкий frail, frágile; brittle *(ломкий)*

хруст crunch; crackle

хруста́ль, ~ный cút glass, crýstal

хрусте́ть, хру́стнуть crunch

хрю́кать grunt

хрящ cártilage

худе́ть grow thin; lose weight

ху́д||о bádly; ◊ нет ~а без добра ≅ évery cloud has a sílver líning

худóжественн||ый artístic; ~ая литерату́ра fíction

худóжник ártist

худóй I thin, lean

худóй II *(плохой)* bad; на ~ коне́ц if the worst comes to the worst

худоща́вый thin

ху́дший worse; the worst

хуже worse

хулига́н hóoligan, rúffian

ху́тор fárm(stead)

Ц

ца́пля héron

цара́п||ать scratch; **~ина** scratch; **~нуть** *см.* цара́пать

цари́ть reign

ца́рский tsárist

ца́рство kíngdom; **~вать** reign, rule

царь tsar

цвести́ flówer, blóssom

цвет *(окраска)* cólour; cólor (*амер.*)

цвете́ние *бот.* blóssoming

цветно́й cóloured; ~ фильм cólour film

цвето́к flówer; blóssom *(на кустах, деревьях)*

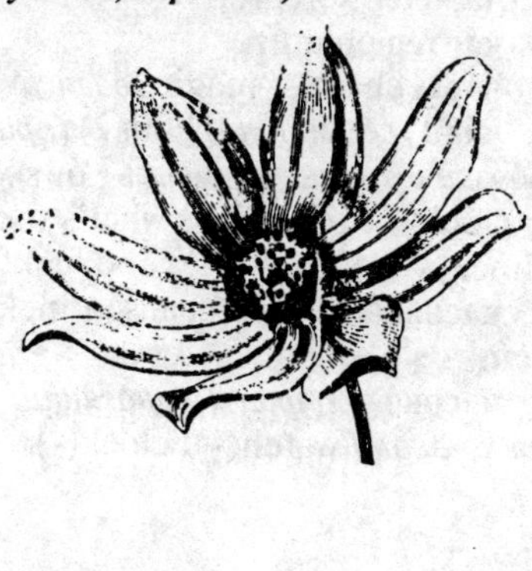

цвето́чный: ~ магази́н flórist's

цвету́щий blóssoming; *перен.* flóurishing

Цейло́н Ceylón

целе́бный medícinal; héalthy

целе||сообра́зный advísable, expédient; **~устремлённый** detérmined, púrposeful

целико́м whólly, entírely, complétely

целин||а́ vírgin soil, fállow; **~ный**: ~ные зе́мли vírgin land *(ед. ч.)*

це́лить, ~ся aim (at)

целлофа́н céllophane

целова́ть kiss *smb.*; **~ся** kiss

це́л||ое the whole; **~ость:** в ~ости intáct; **~ый** 1) whole; ~ый день all day 2) *(нетронутый)* intáct, safe

цель 1) aim; goal, óbject 2) *(мишень)* tárget

цеме́нт cemént

цена́ price; cost

ценз qualificátion; requírement

цензу́ра cénsorship

цени́тель judge

цени́ть válue, appréciate; éstimate *(оценивать)*

це́нн||ость válue; **~ый** váluable; ~ое письмо́ régistered létter with státement of válue

це́нтнер céntner *(100 kg)*

центр céntre; cénter (*амер.*)

централиз||а́ция centralizátion; **~ова́ть** céntralize

центра́льный céntral

це́пкий tenácious

цепля́ться cling to; catch on *(зацепиться)*

цепо́чка chain

цепь chain

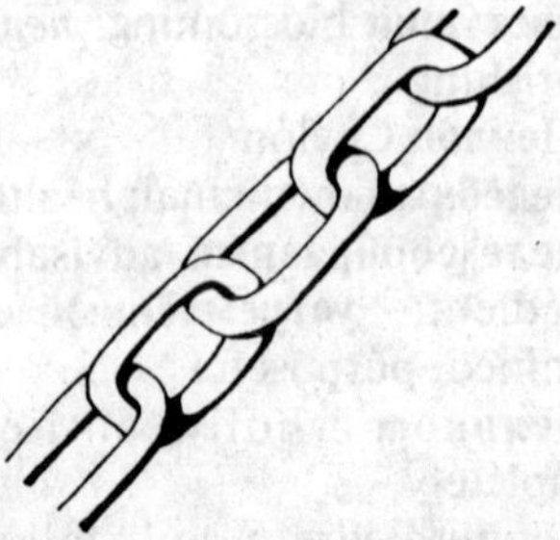

церемо́н||иться stand (up)ón céremony; **~ия** céremony; **~ный** ceremónious

це́рковь church

цех shop; **~ово́й** shop(-)

цивилиза́ция civilizátion

циге́йка béaver lamb

цикл cycle

цикло́н cýclone

цили́ндр 1) *тех.* cýlindre 2) *(шляпа)* top hat

цинга́ scúrvy

цини́зм cýnicism

цини́чный cýnical

цинк zinc

цирк círcus

ци́ркуль cómpasses *(мн. ч.)*

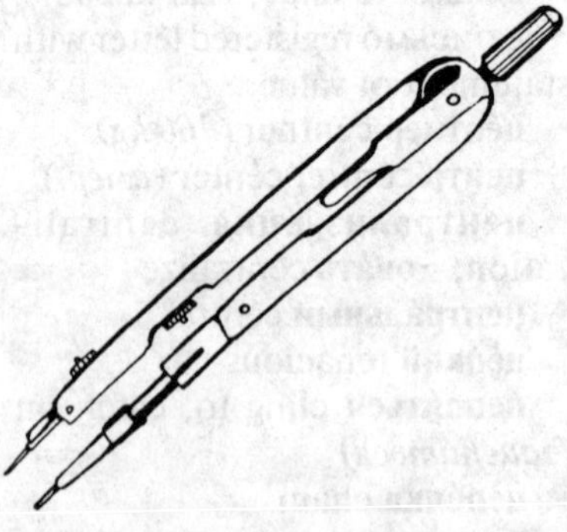

цит||а́та quotátion; **~и́ровать** quote, cite

циферубла́т díal; face *(у часов)*

ци́фра fígure

цифров||о́й dígital; **~о́е теле-ви́дение** dígital televísion

цука́т cándied fruit

цыга́н, ~ский Gípsy

цыплёнок chícken; chick, poult

цы́почк||и: на ~ ах on típtoe

Ч

чад fumes *(мн. ч.) (угар);* быть как в ~у́ be dazed

чай tea

ча́йка (séa)gull

ча́йник *(для заварки чая)* téapot; *(для кипячения)* kettle

чан vat, tub

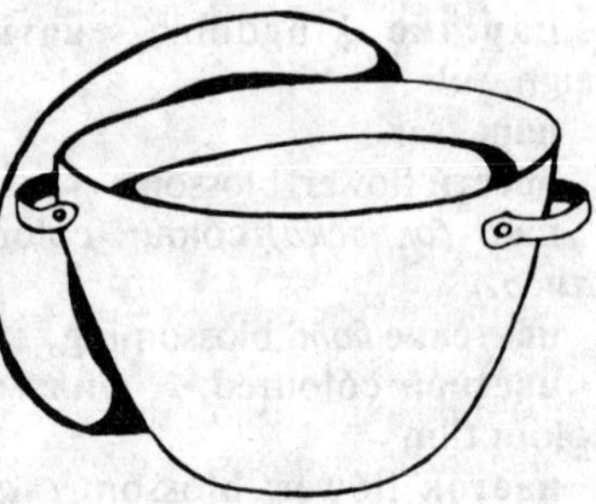

чароде́й sórcerer

ча́ртер charter

ча́ры charms; mágic *(ед. ч.)*

час 1) *(60 минут)* hour 2) *(при обознач. времени);* шесть ~о́в six o'clóck; кото́рый ~? what's the time?; ◊ в до́брый ~! good luck!

часово́й I *сущ. воен.* séntinel; séntry

часово́й II *прил. (относящий-ся к часам)* watch(-), clock(-)

часовщи́к wátchmaker

части́ца párticle

части́чно pártly, in part

ча́стнос||ть: в ~ти in partícular

ча́стн||ый 1) prívate; ~ая со́бственность prívate próperty 2); ~ слу́чай isoláted case; an excéption *(исключение)*

ча́ст||о óften; **~ый** fréquent

часть part; share *(доля);* бо́льшей ~ю móstly, for the most part

часы́ clock; watch *(карманные, ручные)*

ча́х||лый síckly; wíthered *(о растительности);* **~нуть** fade awáy; wíther *(о растениях)*

чахо́тка consúmption

ча́шка cup

ча́ща thícket

ча́ще more óften; ~ всего́ móstly

ча́яние expectátion, hope

чва́нство pompósity, concéit

чего́ what

чей whose

чек 1) cheque; check *(амер.)* 2) *(в магазине)* recéipt

чека́нить mint, coin

челове́||к pérson, man; húman béing; он хоро́ший ~ he is a good man; она́ плохо́й ~ she is a bad wóman; он не тако́й ~ he's not such a pérson; **~ческий** húman; **~чество** humánity; mankínd

че́люсть jaw

чем I *(тв. п. от* что I) what

чем II *союз* than

чемода́н súitcase, bag

чемпио́н chámpion; ~ по ша́хматам chess chámpion

чемпиона́т chámpionship

чему́ (to) what

чепуха́ nónsense

черв||ь, ~я́к worm

черда́к áttic, loft

чередова́ться álternate, interchánge

че́рез 1) acróss; óver; through *(сквозь);* ~ окно́ through the wíndow 2) *(о времени)* in; ~ два часа́ in two hours

черёмуха bírd cherry

че́реп skull

черепа́ха tórtoise; turtle *(морская)*

черепи́ца tile

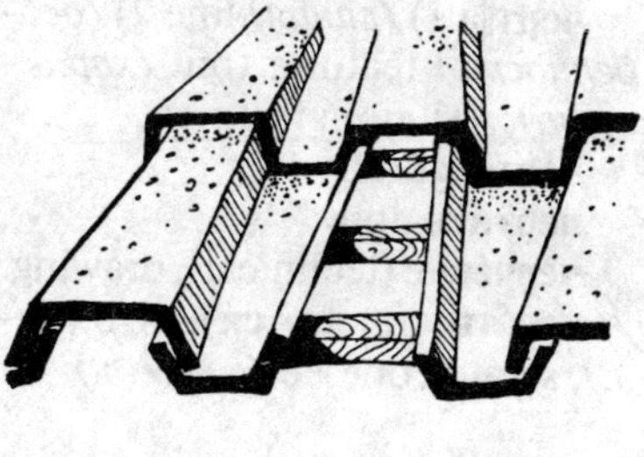

чересчу́р far too, much too; э́то уж ~ that's too much

чере́шня 1) chérry 2) *(дерево)* chérry-tree

черне́ть 1) *(вдали)* show black; loom 2) turn black, blácken

черни́ка bílberry

черни́||ла ink; **~льница** ínk-stand, ínkwell

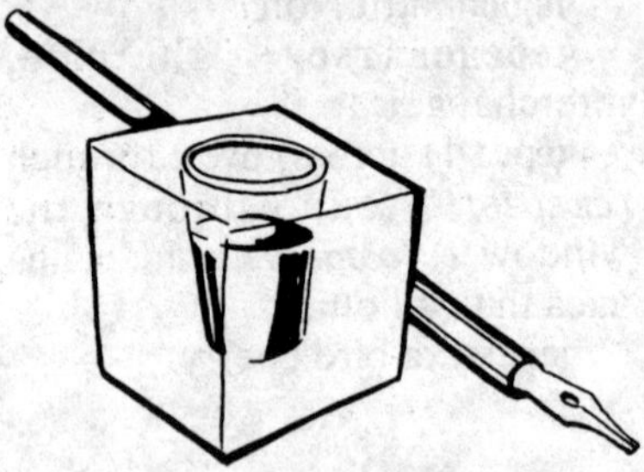

чернови́к rough cópy; draft

Чёрное мо́ре Black Sea

чернозём black earth

чернорабо́чий únskílled wórker

чернослив *собир.* prunes *(мн. ч.)*

чернота́ bláckness

чёрный black; ~ хлеб black (brown) bread

че́рпать ladle

черстве́ть get stale

чёрствый stale; *перен.* cállous, hard

чёрт dévil

черт||а́ 1) *(линия)* line 2) *(особенность)* féature; trait *(характера);* ~ы́ лица́ féatures

чертёж draft

черти́ть draw

черче́ние (technical), dráwing.

чеса́ть scratch; **~ся** itch *(о чём-л.);* scratch oneself *(о ком-л.)*

чесно́к gárlic

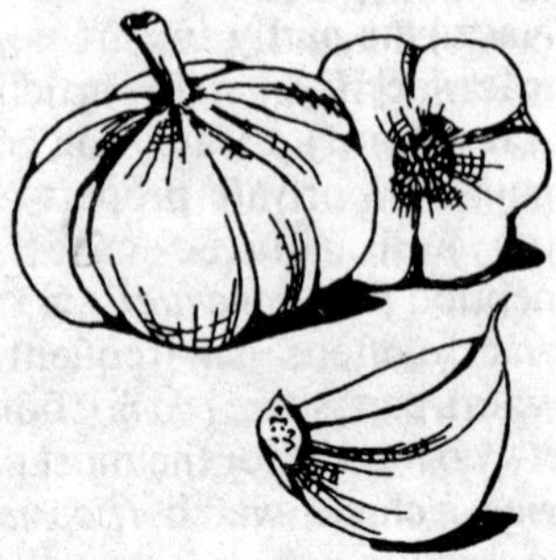

че́ствов||ание celebrátion; **~ать** célebrate

че́стн||ость hónesty; **~ый** hónest; ~ое сло́во word of hónour; hónest to God

често||люби́вый ambítious; **~лю́бие** ambítion

честь hónour

четве́рг Thúrsday

четвере́ньк||и: на ~ах on all fours

че́тверо four

четвероно́гое quádruped

четвёртый fourth

че́тверть quárter

чёткий clear, precíse; légible *(о почерке)*

чётный éven

четы́р||е four; **~еста** four húndred; **~надцатый** fóurtéenth; **~надцать** fóurtéen

чех Czech

Че́хия Czéchia

чехо́л case; cóver *(для мебели и т. п.)*

че́шский Czech

чешуя́ scales *(мн. ч.)*

Чика́го Chicágo

Чи́ли Chíle
чин rank, grade
чини́ть I mend, repáir
чини́ть II *(причинять)* cause
чино́вник official
чи́сленность númber
числи́тельное *грам.* númeral
число́ 1) númber 2) *(дата)* date
чи́стить 1) clean; brush *(щёткой)* 2) *(овощи, фрукты)* peel
чистокро́вный thóroughbred
чистопло́тный clean
чистосерде́чный sincére, frank, cándid
чистота́ cléanliness, néatness; *перен.* púrity
чи́ст||ый 1) clean 2) *(без примеси)* pure *(тж. перен.)*; ~ая при́быль clear prófit, net prófit
чита́ль||ный зал, ~ня réading room
чита́тель réader

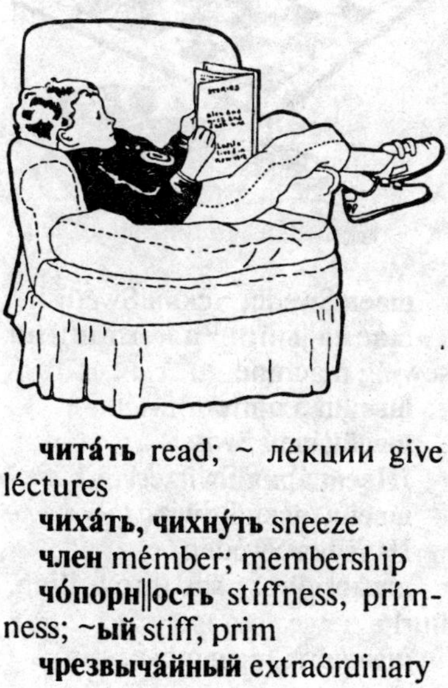

чита́ть read; ~ ле́кции give léctures
чиха́ть, чихну́ть sneeze
член mémber; membership
чо́порн||ость stíffness, prímness; **~ый** stiff, prim
чрезвыча́йный extraórdinary
чрезме́рный excéssive
чте́ние réading
чтец réader
чтить hónour, respéct
что I *мест.* what; ~ э́то тако́е? what's that?
что II *союз* that; я так рад, ~ вы пришли́ I'm so glad (that) you came
что III *нареч.* *(почему)* why; ~ он молчи́т? why is he sílent?
что́бы in órder to
что́-либо, что́-нибудь sómething; ánything *(при вопросе)*
что-то 1. *мест.* sómething; **2.** *нареч.* sómehow
чувстви́тельн||ость sénsitiveness; **~ый** sénsitive; sentiméntal; percéptible *(заметный)*
чу́вство sense; feeling *(ощущение)*; **~вать** feel
чугу́н cast íron
чуда́к eccéntric
чуде́сный wónderful, márvellous
чудно́й strange, queer
чу́дный márvellous
чу́до míracle
чудо́вище mónster
чужда́ться avóid, keep awáy (from)
чу́ждый álien (to)
чуж||о́й 1) *(принадлежащий другим)* sómebody else's; ~и́е де́ньги óther people's móney 2) *(посторонний)* strange
Чуко́тское мо́ре the Chukótsk Sea
чуло́к stócking
чума́ plague
чу́тк||ий sénsitive; keen *(о слухе)*; délicate, táctful *(деликатный)*; **~ость** délicacy, tact

чу́точку just a bit
чу́ть scárcely; ~ ли не álmost, all but
чутьё scent *(у животных)*; intuítion *(у людей)*
чу́чело 1) stuffed (ánimal) *(животного);* stuffed (bird) *(птицы)* 2) *(пугало)* scárecrow
чу́ять smell; scent
чьё, **чья** whose

Ш

шабло́н páttern; gauge; sténcil *(для рисунка)*
шаг step; ~**и́** fóotsteps; ~**а́ть** stride, pace
ша́гом slówly, at a slow pace, at wálking pace
ша́йба puck
ша́йка gang
шала́ш hut

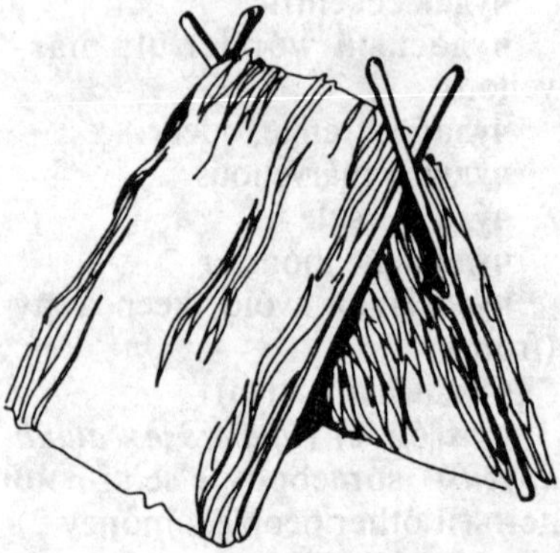

шали́ть *(о детях)* be mís-chievous; romp *(резвиться)*
ша́л||ость míschief; ~**у́н** míschievous boy
шаль shawl
шанс chance; имéть все ~ы на успéх stand to win
шанта́ж bláckmail
ша́пка cap
шар sphere *(геом)*; ball; воз-ду́шный ~ballóon
шарж caricatúre
шарикоподши́пник *тех.* báll bearing
шарлата́н chárlatan, quack
шарф scarf, múffler
шата́ться 1) *(о гвозде, зубе)* get loose 2) *(качаться)* reel, stágger: 3) *разг. (слоняться)* loaf abóut
шатёр tent
ша́ткий unstéady; sháky
шахмати́ст chess pláyer
ша́хматы chess *(ед. ч.)*
ша́хт||а mine; pit; ~**ёр** míner
ша́шки *(игра)* draughts; check-ers *(амер.)*

швед Swede; ~**ский** Swedish
шве́йн||ый: ~ая маши́на séwing machíne
швейца́р pórter
швейца́рец Swiss
Швейца́рия Swítzerland
швейца́рский Swiss
Шве́ция Swéden
швыр||ну́ть, ~я́ть throw, fling, hurl
шевели́ть, ~ся move, stir

шевельну́ть(ся) *см.* шевели́ть(ся)

шеде́вр másterpiece

ше́лест rustle

шелесте́ть rustle

шёлк, ~овый silk

шелуха́ husk; péel(ings) *(мн. ч.) (картофельная)*

шепеля́вить lisp

шепну́ть *см.* шепта́ть

шёпот whisper; **~ом** in a whísper, únder one's breath

шепта́ть, ~ся whísper

шере́нга rank

шерохова́тый rough

шерст||ь wool; **~яно́й** wóollen

терша́вый rough

шест pole

ше́ствие procéssion

шестна́дца||тый síxtéenth; **~ть** sixtéen

шесто́й sixth

шесть six

шестьдеся́т síxty

шестьсо́т six húndred

шеф chief; **~ство** pátronage

шея neck

шика́рный smart, stýlish

ши́ло awl

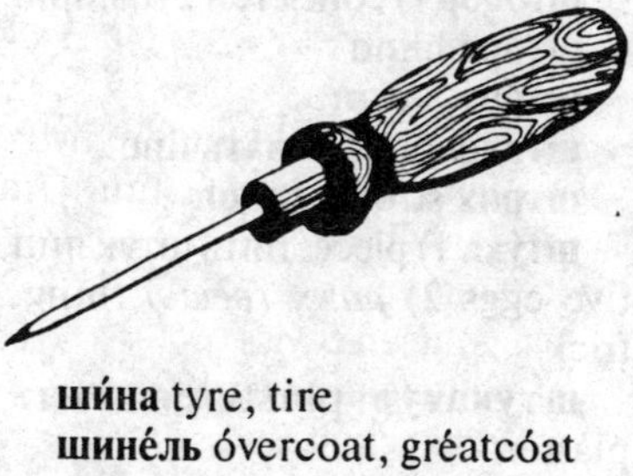

ши́на tyre, tire

шине́ль óvercoat, gréatcóat

шип thorn

шипе́||ние híss(ing); **~ть** hiss

шипо́вник wild rose; rosehip *(плод)*

ширина́, width, breadth

ши́рма screen

шир||о́кий broad; wide; **~око́** wide, wídely

широкоэкра́нный wide screen

широта́ 1) breadth 2) *геогр.* látitude

шить sew

шитьё séwing, néedlework

шифр cípher; code

ши́шка 1) lump; bump *(от ушиба)* 2) *бот.* cone

шкала́ scale

шкаф cúpboard; платяно́й ~ wárdrobe; кни́жный ~ bóokcase; несгора́емый ~ safe

шко́ла school

шко́льн||ик schóolboy; **~ый** school(-)

шку́ра hide, skin

шлагба́ум bárrier

шлак slag

шланг hose

шлейф train

шлем hélmet

шлифова́ть pólish

шлюз lock, sluice

шлю́пка boat
шля́па hat
шнур cord; flex
шнуро́к lace
шов seam
шовини́зм cháuvinism, jíngoism
шокола́д, ~ный chócolate

шо́рох rustle
шо́рты shorts
шоссе́ híghway
шотла́ндец Scótsman
Шотла́ндия Scótland
шотла́ндский Scóttish
шофёр dríver
шпа́га sword
шпага́т string
шпа́ла sléeper
шпарга́лка crib
шпи́лька háirpin

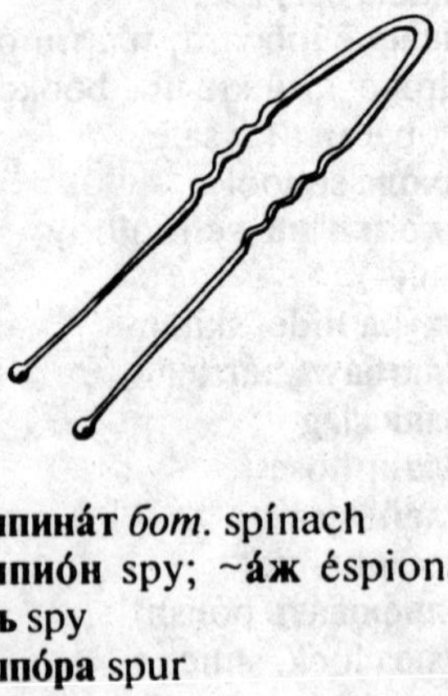

шпина́т *бот.* spínach
шпио́н spy; **~а́ж** éspionage; **~ить** spy
шпо́ра spur
шприц sýringe

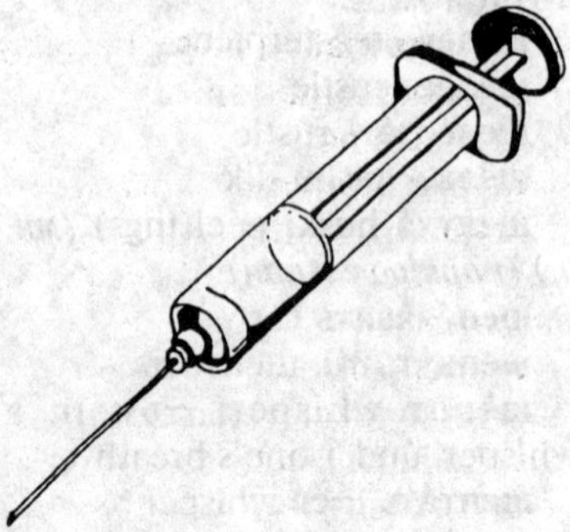

шрам scar
шрифт type, print
штаб staff, héadquarters; Генера́льный ~ General Staff
штамп stamp
штаны́ tróusers
штат I state
штат II *(служащие)* staff, personnél
ште́псель switch, plug
штиль *мор.* calm
штифт *тех.* (jóint-)pin, sprig
што́п||ать darn; **~ка** 1) dárning 2) *(нитки)* dárning; cótton; dárning thread
што́пор 1) córkscrew 2) *ав.* spin
што́ра blind
шторм storm
штраф fine; **~ова́ть** fine
штрих stroke, touch
шту́ка 1) piece; пять штук яиц five eggs 2) *разг. (вещь)* thing, trick
штукату́р plásterer; **~ить** pláster
штурм attáck, storm
шту́рман *мор., ав.* návigator
штурмова́ть storm, assáult
штык báyonet

шýба fur coat
шум noise
шумéть make a noise; be nóisy
шумúха sensátion, stir
шýмный nóisy
шýрин bróther-in-law
шуршáть rustle
шут fool, clown; jéster *(придворный)*
шутúть joke
шýт||ка joke; ~**лúвый** húmorous; ~**очный** facétious, cómic
шутя́ éasily
шушýкаться whisper

Щ

щавéль sórrel

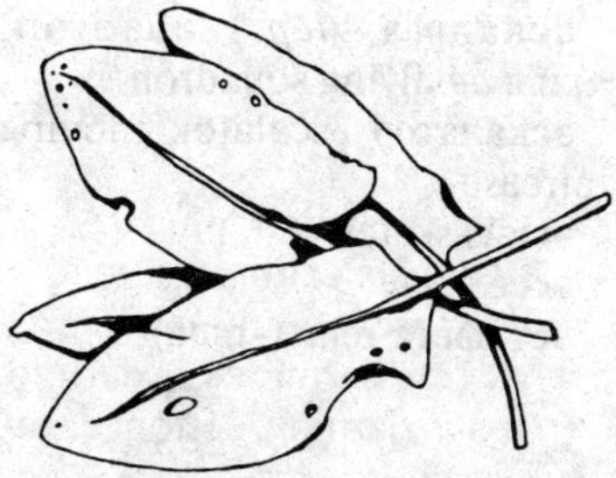

щадúть spare
щéбень crushed stone; road métal
щебетáть twítter
щеголя́ть dress up; *(чем-л.)* show off
щéдр||ость generósity; ~**ый** génerous; ópen-hánded
щекá cheek
щекотáть tickle
щёлк||ать, ~нуть click; crack
щелочнóй álkaline
щелчóк fíllip
щель crack; split
щенóк púppy

щепетúльный scrúpulous
щéпка chip
щетúна bristle
щётка brush; зубнáя ~ tóothbrush
щи cábbage soup
щúколотка ankle
щип||áть 1) pinch 2) *(траву)* nibble, crop, browse; ~**нýть** *см.* щипáть 1)
щипцы́ 1) tongs; nútcrackers *(для орехов)* 2) *тех.* píncers
щит 1) shield 2) *эл.* swítchboard
щýка pike
щýпальце féeler, téntacle
щýпать feel; touch; ~ пульс feel the pulse
щýрить: ~ глазá screw up one's eyes; ~**ся** blink

Э

эваку||áция evacuátion; ~**úровать** evácuate
эволю́ция evolútion
эго||úзм sélfishness, égoism; ~**úст** égoist; ~**истúчный** sélfish
эй! hey!
эквáтор equátor
экзáмен exam(ination); ~**овáть** exámine
экземпля́р cópy; spécimen *(образец)*

экипа́ж 1) véhicle; cárriage 2) *(команда)* crew

эколо́гия ecólogy

эконо́мика económics

экономи́ст ecónomist

эконо́м||ить save; **~ия** ecónomy; **~ный** económical; thrífty

экра́н screen

экску́рсия excúrsion, trip; párty *(группа)*

экскурсово́д guide

экспа́нсия expánsion

экспеди́ция expedítion

эксперимéнт expériment

экспéрт éxpert

эксплуат||а́ция exploitátion; **~и́ровать** explóit

экспона́т exhíbit

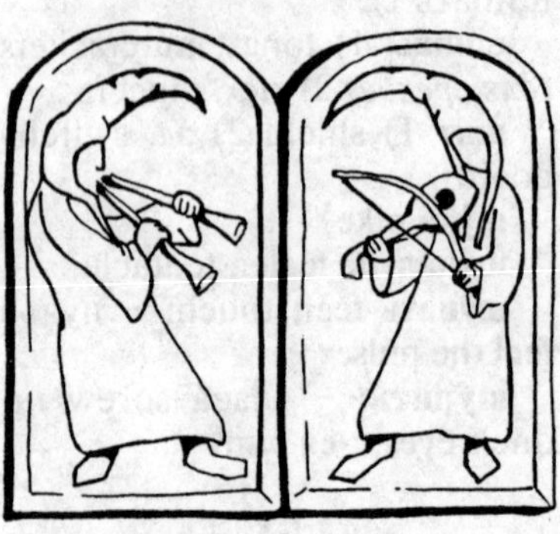

э́кспорт éxport; **~и́ровать** expórt; **~ный** éxport, for éxport

экспрéсс *ж.-д.* expréss (train)

экстрасéнс psýchic

э́кстренный spécial; ~ вы́пуск spécial edítion

эласти́чный elástic

элега́нтный élegant

электри́ческий eléctric(al); **~и́чество** electrícity; **~и́чка** eléctric train

электроста́нция pówer station

электротéхник electrícian

элемéнт élement; **~а́рный** eleméntary

эли́та elíte

эма́ль enámel

эмигра́||нт émigrant; émigré *(политический)*; **~ция** emigrátion

эмоциона́льный emótional

энерги́чный energétic

энéргия énergy

энтузиа́зм enthúsiasm

энциклопéдия encyclopáedia

эпидéмия epidémic

эпизо́д épisode

эпило́г épilogue

эпо́ха époch

э́ра éra

эруди́ция erudítion

эска́др||а *мор.* squádron; **~и́лья** *ав.* flýing squádron

эскала́тор éscalator, móving stáircase

эски́з sketch

эссé éssay

эстафéта reláy(-race)

эстéт áesthete; **~ика** aesthétics; **~и́ческий** aesthétic

эсто́нец Estónian

Эсто́ния Estónia

эстра́д||а 1) stage, plátform 2) *(вид искусства)* varíety; **~ный:** ~ный концéрт varíety show

э́та this, that

эта́ж floor, stórey; пе́рвый ~ ground floor; второ́й ~ first floor

эало́н stándard

эта́п stage

э́ти these, those

э́тика éthics

этике́тка lábel

этни́ческий éthnic

э́то this, that

э́тот this, that

этю́д 1) *лит., иск.* stúdy; sketch 2) *муз.* stúdy, étude

эфио́п Ethiópian

Эфио́пия Ethiópia

эфи́р éther

эффе́кт efféct; **~и́вность** éfficacy; **~и́вный** efféctive; **~ный** impréssive

э́хо écho

эшафо́т scáffold

эшело́н échelon

Ю

юбиле́й júbilee; **~ный** júbilee

ю́бка skirt

ювели́р jéweller; **~ный:** ~ный магази́н jéweller's

юг south

ю́го-восто́к sóuth-éast

ю́го-за́пад sóuth-wést

южа́нин sóutherner

Ю́жно-Африка́нская Респу́блика Repúblic of South África

ю́жный south, sóuthern

ю́мор húmour; **~исти́ческий** húmorous, cómic

юнио́р júnior

ю́ность youth

ю́нош||а youth, lad; **~еский** yóuth(ful); **~ество** youth, young people

ю́ный young, yóuthful

юриди́ческий jurídical; légal

юри́ст láwyer

ю́ркий brisk, nimble

юсти́ция jústice

юти́ться húddle togéther

Я

я *мест.* I

я́бло||ко apple; глазно́е ~ éyeball; **~ня** ápple tree; **~чный** apple(-)

яви́ться *см.* явля́ться

я́вка appéarance; présence

явл||е́ние 1) phenómenon; appéarance (*событие*) 2) *театр.* scene; **~я́ться** 1) appéar 2) *(быть кем-л.)* be

я́вный évident, óbvious; ~ вздор dównright (sheer) nónsense

ягнёнок lamb

я́года bérry

яд póison; **~ови́тый** póisonous; vénomous *(тж. перен.)*

ядро́ 1) kérnel 2) *физ.* núcleus

я́зва *мед.* úlcer

язви́тельный cáustic, bíting

язы́к 1) tongue 2) *(речь)* lánguage

языкозна́ние linguístics

язы́чник págan

яи́чница ómelet(te); scrambled eggs *(мн. ч.) (болтунья);* fried eggs *(мн. ч.) (глазунья)*

яйцо́ egg

я́кобы as if, as though

я́корь ánchor

Ялта Yálta

я́ма pit; hóllow *(впадина)*

я́мочка *(на щеке)* dimple

янва́рь Jánuary

янта́рь ámber

япо́нец Japanése

Япо́ния Japán

Япо́нское мо́ре Sea of Japán

япо́нский Japanése

я́ркий bright

ярлы́к lábel

я́рмарка fair; кни́жная ~ book fair

ярмо́ yoke

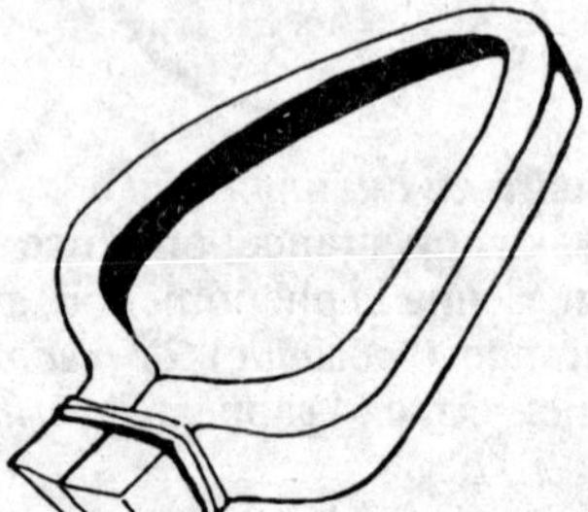

яров||о́й spring; ~ы́е хлеба́ spring corn *(ед. ч.)*

я́рос||тный fúrious; **~ть** rage, fúry

я́рус *театр.* circle; tier

я́сли 1) *(детские)* crèche; day núrsery 2) *(для скота)* trough

я́сн||о clearly; **~ый** clear; distínct

я́стреб hawk

я́хта yacht

яче́йка cell

ячме́нь I *(растение)* bárley

ячме́нь II *(на глазу)* sty

я́шма jásper

я́щерица lízard

я́щик 1) box; почто́вый ~ létter box; máilbox (*амер.*); му́сорный ~ dustbin; gárbage can (*амер.*) 2) *(выдвижной)* dráwer

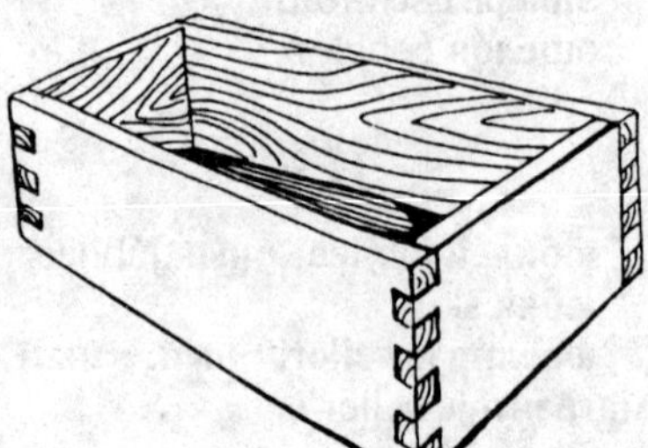

ГРАММАТИЧЕСКИЙ СПРАВОЧНИК

Транскрипционные знаки

Гласные

iː — долгий **и**

ɪ — краткий, очень открытый **и**

e — **е** в словах «шесть», «эти»

æ — более открытый, чем э

ɑː — долгий, задний **а**, похожий на **а** в слове «палка»

ɔ — краткий, очень открытый **о**

ɔː — долгий, глубокий **о**

u — краткий **у** со слабым округлением губ

uː — долгий **у** без сильного выдвижения губ

ʌ — краткий **а**, но менее глубокий

ə — неясный безударный звук, близкий к ʌ

ɜː — долгий гласный, напоминающий **ё**

Двугласные

eɪ — **эй**	ɔɪ — **ой**
əu — **оу**	ɪə — **иа**
aɪ — **ай**	eə — **эа**
au — **ау**	uə — **уа**

Ударение в двугласных падает на первый элемент.

Согласные

p — **п**

b — **б**

m — **м**

w — звук, близкий к **у**, но не образующий слога

f — **ф**

v — **в**

θ (без голоса), ð (с голосом). Для того чтобы получить эти два щелевых звука — один без голоса, а другой с голосом, — следует образовать щель между передним краем языка и верхними зубами.

s — **с**

z — **з**

t — **т**, произнесённый не у зубов, а у десен (альвеол)

d — **д** -»-

n — **н** -»-

l — **л** -»-

r — нераскатистый, невибрирующий, очень краткий слабый **р** (кончик языка, немного завернутый назад, находится против той части твердого нёба, где производится звук **ж**)

ʃ — мягкий **ш**

ʒ — мягкий **ж**

tʃ — **ч**

dʒ — очень слитный мягкий **дж** (иными словами —**ч**, произнесенный звонко, с голосом)

k — **к**

g — **г**

ŋ — задненёбный **н** (т.е. **н**, произнесённый не кончиком языка, а задней частью его спинки)

h — простой выдох

j — слабый **й**

ПРАВИЛА ЧТЕНИЯ

Четыре типа чтения английских гласных букв в ударных слогах

Буквы / Тип чтения	a [eɪ]	o [əu]	e [i:]	i [aɪ]	y [waɪ]	u [ju:]
I	[eɪ] name	[əu] note	[i:] be	[aɪ] fine	[aɪ] my	[ju:] tune
II	[æ] flat	[ɔ] not	[e] pen	[ɪ] sit	[ɪ] myth	[ʌ] cup
III	[ɑ:] large	[ɔ:] fork	[ɜ:] term	[ɜ:] firm	[ɜ:] Byrd	[ɜ:] fur
IV	[eə] Mary	[ɔ:] more	[ɪə] here	[aɪə] fire	[aɪə] tyre	[juə] during

Чтение ударных сочетаний гласных букв

Буквосочетания	Чтение	Примеры	Буквосочетания	Чтение	Примеры
ai, ay	[eɪ]	Spain, day	oo	[u:]	too
ea, ee	[i:]	sea, meet	ou, ow	[au]	out, brown
ew	[ju:]	new	ai+r	[eə]	chair
oi, oy	[ɔɪ]	point, boy	ee+r	[ɪə]	engineer
oo+k	[u]	book	ou+r	[auə]	our
			oo+r	[ɔ:]	door

Согласные буквы, имеющие два чтения

Буквы	Позиция	Чтение	Примеры
c [si:]	а) Перед **e, i, y** б) Перед **a, o, u**, всеми согласными и в конце слов	[s] [k]	cent, pencil, icy, cap, come, cup, black
g [dʒi:]	а) Перед **e, i, y** б) Перед **a, o, u,** всеми согласными и в конце слов	[dʒ] [g]	page, gin, gypsy good, green, big
s [es]	а) В начале слова, перед глухими согласными и в конце слова после глухих согласных б) Между гласными, в конце слов после гласных и звонких согласных	[s] [z]	sit, student, lists please, ties, pens
x [eks]	а) Перед согласными и в конце слов б) Перед ударной гласной	[ks] [gz]	text, six, exam

Чтение сочетаний согласных букв

Буквы	Позиция	Чтение	Примеры
sh	Любая	[ʃ]	she
ch	Любая	[tʃ]	chess
tch	После кратких гласных	[tʃ]	match
ck	После кратких гласных	[k]	black
th	а) В начале знаменательных слов и в конце слова б) В начале местоимений, служебных слов и между гласными	[θ] [ð]	thick, myth this, bathe

Чтение сочетаний согласных букв *(продолжение)*

Буквы	Позиция	Чтение	Примеры
wh	а) В начале слова перед всеми гласными, кроме **o** б) Перед буквой **o**	[w] [h]	what who
qu	Перед гласными	[kw]	questions
ng	В конце слова	[ŋ]	long
nk	Любая	[ŋk]	thank
wr	В начале слова перед гласными	[r]	write

Чтение сочетаний гласных с согласными

Буквы	Позиция	Чтение	Примеры
al	а) Перед **k** в ударном слоге б) Перед остальными согласными в ударном слоге	[ɔ:] [ɔ:l]	chalk wall, also
wor	Перед согласными в ударном слоге	[wɜ:]	work, word
wa	а) Перед конечными согласными (кроме **r**) или сочетанием согласных б) Перед **r**	[wɔ] [wɔ:]	want warm
igh	Любая	[aɪ]	light

АРТИКЛЬ (THE ARTICLE)

В английском языке имеются неопределенный **a (an)** и определенный (**the**) артикли.

Неопределенный артикль употребляется с исчисляемым существительным в единственном числе. Он имеет две формы:

a — употребляется перед существительным, начинающимся с согласного звука или имеющим перед собой определение, начинающееся с согласного звука: a table — стол, a blue pen — синяя ручка;

an — употребляется перед существительным, начинающимся с гласного звука или имеющим перед собой определение, начинающееся с гласного звука: an author — автор, an old man — старик.

Неопределенный артикль служит для указания принадлежности предмета к определенной группе однородных предметов: a pen — означает какую-либо ручку вообще и не определяет местоположение, размер и т.д. ручки.

Определенный артикль **the** употребляется для выделения данного предмета, лица или явления из ряда ему подобных: Give me the pen. Дайте мне именно эту ручку (которая лежит на столе, например).

Неопределенный артикль употребляется:

а) С существительным — именным членом составного сказуемого:

Peter is a boy. Петр — мальчик.

б) С существительным — подлежащим после оборота there is (there was, there will be):

There is a beautiful park near our house. Рядом с нашим домом чудесный парк.

в) С дополнением после глагола have:

I have a cat. У меня есть кошка.

Определенный артикль употребляется
с неисчисляемыми существительными:

— Определенный артикль обычно употребляется, когда перед существительным стоит:

а) порядковое числительное:

He was for the first time in London.

Он был в Лондоне впервые.

б) прилагательное в превосходной степени:

She is the best friend of mine.

Она моя лучшая подруга.

в) одно из прилагательных: following, last, next, same:

Read the following text.

Прочитайте следующий текст.

Исключение: В сочетаниях типа: next week (на будущей неделе), next winter (следующей зимой), last year (в прошедшем году) и т.д. артикль не употребляется.

She was there last summer.

Она была там прошлым летом.

— Определенный артикль употребляется, когда за существительным следует определение.

Show me the telegram which was received yesterday.

Покажите мне телеграмму, которая была получена вчера.

— Определенный артикль употребляется, когда из ситуации видно, какое лицо или действие имеется в виду.

Put your book on the table.

Положите вашу книгу на стол.

— Определенный артикль употребляется с существительными, обозначающими единственные в своем роде предметы.

The Moon is millions of kilometres from the Sun.

Луна находится на расстоянии миллионов километров от Солнца.

— Определенный артикль употребляется с исчисляемым существительным в единственном числе, не выделяя предмет из ряда ему подобных, а обозначая весь класс однородных предметов.

Give me a list of the pupils.

Дайте мне список учеников.

Отсутствие артиклей
перед исчисляемыми существительными

Артикли не употребляются с исчисляемыми существительными:

а) Если существительное является обращением:

Boys, go home! Мальчики, домой!

б) Перед словами Father, Mother в высказываниях членов семьи:

John, hasn't Father gone yet? Джон, папа уже ушел?

в) Перед названием дней недели, месяцев и времен года:
May is a spring month. Май — весенний месяц.

г) Перед существительными breakfast, dinner, lunch, supper:
We have breakfast at eight.
Мы завтракаем в восемь часов.

Употребление артиклей с неисчисляемыми существительными

Неисчисляемые существительные употребляются обычно без артиклей.

I like theatre. Я люблю театр.

Если они уточняются конкретной ситуацией, то употребляются с определенным артиклем.

Give me the coffee, please.

Дайте мне кофе, пожалуйста.

Артикли с именами собственными

Как правило, имена собственные употребляются без артиклей. Определенный артикль употребляется в следующих случаях:

а) С названием морей, океанов, рек, пустынь и т.п.
Moscow stands on the Moscow River.
Москва стоит на Москве-реке.

б) С названием стран света:
He lives in the East. Он живет на Востоке.

в) С фамилиями во множественном числе для обозначения семьи в целом.
Last year the Petrovs went to Paris.
В прошлом году Петровы ездили в Париж.

ИМЯ СУЩЕСТВИТЕЛЬНОЕ (THE NOUN)

В английском языке существительные обозначают предметы и вещества (a table — стол, a glass — стакан), живых существ (a cat — кошка, a girl — девочка), отвлеченные понятия и явления (snow — снег, lesson — урок).

В английском языке отличие существительных от русского языка в том, что:

а) Обычно перед существительными ставится особая частица — артикли **a, an, the**:
I am a girl. Я девочка.
Open the window, please.
Откройте окно, пожалуйста.

б) Только одушевленные существительные имеют два падежа: общий (a boy, boys) и притяжательный (boy's, boys').
What is the boy's name? Как имя мальчика?
Where are the boys' balls? Где мячи мальчиков?

в) Соответствуют прилагательным в русском языке, если употребляются в качестве беспредложного определения к другим существительным:
You must listen to your class teacher.
Вы должны слушать классного руководителя;

Образование существительных

Существительное + суффикс:
-ist -ship
pianist пианист friendship дружба
biologist биолог leadership руководство

Прилагательное + суффикс:
-dom -hood -ness
freedom свобода brotherhood братство kindness доброта
wisdom мудрость childhood детство happiness счастье

Глагол + суффикс:
-age -ance -ence -ment -er -or -ion -ure
marriage женитьба assistance помощь development развитие teacher учитель(ница) dictation диктант pleasure удовольствие
passage путь, проход difference различие movement движение actor актер operation работа pressure давление

Множественное число имен существительных в основном образуется путем прибавления окончания **-s:**
a pencil — карандаш pencils — карандаши

Если исходное существительное оканчивается на **-ch, -x, -sh, -ss, -o,** то во множественном числе оно имеет окончание **-es**:
a glass — стакан glasses — стаканы

Если существительное оканчивается на **-f, -fe,** то во множественном числе оно меняет **-f, -fe** на **-v** и принимает окончание **-es**:

a knife — нож knives — ножи

Если существительное оканчивается на **-y** с предшествующей согласной, то во множественном числе оно меняет **y** на **i** и принимает окончание **-es**:

a factory — завод factories — заводы

Существительные-исключения принимают множественное число путем изменения корневой гласной, не затрагивая окончание:

a man — мужчина men — мужчины

Также имеются существительные, употребляемые только в единственном числе:

snow — снег money — деньги

Падежи имен существительных

В английском языке у существительных имеется только два падежа: общий падеж, не имеющий специальных окончаний, и притяжательный падеж, имеющий окончание **'s** (апостроф+s):

a teacher учитель (общий падеж)

the teacher's table

стол учителя (притяжательный падеж)

Общий падеж (Common Case)

а) Существительное в общем падеже без предлога, стоящее перед сказуемым, является подлежащим и в русском языке соответствует существительному в именительном падеже.

Peter is a student. Петр — студент.

б) Существительное в общем падеже без предлога, стоящее после сказуемого, является обычно прямым дополнением и чаще всего в русском языке соответствует существительному в винительном падеже (без предлога).

Close the window, please!

Закройте окно, пожалуйста!

в) Существительное в общем падеже без предлога, стоящее после сказуемого, может быть также косвенным дополнением, соответствующим в русском языке существительному в дательном падеже (вопросы: *кому? чему?)*. Это бывает тогда, когда за этим существительным следует другое существительное (с определением или без него), которое в этом случае является прямым дополнением.

Give the girl a pen. Дайте девочке ручку.

(the girl — косвенное дополнение, a pen — прямое дополнение). Если косвенное дополнение стоит после прямого дополнения, то в этом случае перед косвенным дополнением употребляется предлог **to**. Например:

Give this pencil to the boy.

Дайте этот карандаш мальчику.

г) Существительное в общем падеже без предлога в английском языке может выполнять функцию определения другого существительного, стоящего за ним. В этом случае существительное-определение на русский язык переводится прилагательным или существительным в родительном падеже.

bus stop — остановка автобуса или автобусная остановка.

д) Существительное в общем падеже с предлогом **of** выполняет функцию определения предшествующего существительного и выражает принадлежность. На русский язык оно переводится существительным в родительном падеже.

The walls of the house are white.

Стены дома — белые.

е) Существительное в общем падеже с предлогом **by** или **with** употребляется как предложное дополнение, обозначая действующее лицо, действующую силу или предмет, которым производят действие, и в русском языке соответствует существительному в творительном падеже, отвечая на вопросы: *кем? чем?*

I write with a pen. Я пишу ручкой.

The trolleybus is driven by electricity.

Троллейбус приводится в действие электричеством.

ж) Существительные в общем падеже употребляются также и с другими предлогами и выражают отношения между предметами, которые обычно в русском языке передаются падежами с предлогами. Например:

Tell me about this film.

Расскажи мне об этом фильме.

Притяжательный падеж (Possessive Case)

Существительное в притяжательном падеже является определением следующего за ним существительного и отвечает на вопросы *чей? чья? чьё? чьи?*

Притяжательный падеж образуется прибавлением к существительному в общем падеже **'s** (апостроф+s), причем существительное в притяжательном падеже ставится перед определяемым существительным, которое употребляется без артикля.

Tanya's sister is a pupil.

Сестра Тани — ученица.

Когда двое или более лиц обладают одним и тем же предметом, окончание притяжательного падежа ('s) употребляется только с последним существительным.

Misha and Ann's flat is bad.

Квартира у Миши и Ани плохая.

Существительные во множественном числе образуют форму притяжательного падежа следующим образом:

К существительному, не имеющему во множественном числе окончания **-s**, в притяжательном падеже прибавляется 's.

These children's father is an actor.

Отец этих детей актер.

К существительному, имеющему во множественном числе окончание **-s**, в притяжательном падеже прибавляется только (') — апостроф. Определяемое существительное употребляется также без артикля.

The students' tests are good.

Контрольные работы студентов хорошие.

В притяжательном падеже употребляются обычно только существительные, обозначающие одушевленные предметы. Принадлежность для неодушевленных предметов выражается существительным в общем падеже с предлогом **of**.

ПРИЛАГАТЕЛЬНОЕ (THE ADJECTIVE)

Прилагательные обозначают признаки, качества или свойства предметов и по своему значению делятся на качественные и относительные.

Качественные прилагательные имеют степени сравнения.

Для образования степеней сравнения от одно- и двусложных прилагательных необходимо прибавить суффиксы: **-er** в сравнительной степени, **-est** в превосходной степени.

small (положительная степень), smaller (сравнительная степень), smallest (превосходная степень) маленький, меньше, самый маленький.

Превосходная степень прилагательных требует употребления определенного артикля the.

Образование прилагательных

Существительное + суффикс:

-al	*-ful*	*-less*	*-ous*	*-y*
central	wonderful	careless	dangerous	frosty
центральный	удивительный	небрежный	опасный	морозный

Глагол + суффикс:

-able	*-ant*	*-ent*	*-ive*
changeable	resistant	different	active
изменчивый	прочный	другой	активный

Правила образования простых форм сравнительной и превосходной степени:

а) В прилагательных, оканчивающихся на одну согласную с предшествующим кратким звуком, при образовании степеней сравнения конечная согласная удваивается:

wet — wetter — wettest

мокрый — более мокрый — самый мокрый.

б) В прилагательных, оканчивающихся на **-у** с предшествующей согласной, в сравнительной и превосходной степени буква **у** изменяется на **i**:

busy — busier — busiest

занятый — более занятый — самый занятый.

в) В прилагательных, оканчивающихся на «немую» букву **е**, в сравнительной и превосходной степенях она опускается:

brave — braver — bravest

храбрый — более храбрый — самый храбрый.

Исключения: существуют прилагательные, образующие степени сравнения от других корней

good — better — best

хороший — лучше — самый лучший.

Степени сравнения прилагательных, состоящих более чем из двух слогов, образуются постановкой перед ними слов **more** (в сравнительной степени) и **most** (в превосходной степени):

Положительная степень	difficult (трудный)
Сравнительная степень	more difficult (более трудный)
Превосходная степень	most difficult (самый трудный)

Относительные прилагательные обозначают признаки и качества предметов через отношение к другим предметам: blond hair — белокурые волосы.

Часто в значении относительных прилагательных выступают существительные-определители: a silver knife — серебряный нож.

ЧИСЛИТЕЛЬНЫЕ (NUMERALS)

Числительные в английском языке делятся на количественные (Cardinal Numerals) и порядковые (Ordinal Numerals).

Количественные числительные обозначают число предметов и отвечают на вопрос:

How many? (Сколько?)

He has two friends.

У него есть два друга.

Порядковые числительные обозначают порядок при счете и отвечают на вопрос:

Which? (Который по порядку?)

The first step is the most difficult.

Первый шаг самый трудный.

Образование порядковых и количественных числительных

а) С помощью добавления суффикса **-teen** к простым числительным образуются числительные от 13 (thirteen) до 19 (nineteen):

four + teen = fourteen.

б) С помощью суффикса **-ty** образуются десятки от 20 (twenty) до 90 (ninety):

fif + ty = fifty.

в) В составных числительных единицы присоединяются к десяткам и пишутся через дефис, между десятками и сотнями стоит союз **and**:

thirty-five, two hundred and seventy-six.

г) Перед числительными **hundred**, **thousand**, **million** ставится неопределенный артикль **a** или числительное **one**: a hundred, one million.

д) Порядковые числительные, кроме **first**, **second**, **third**, образуются от количественных числительных путем добавления суффиксов **-th** или **-eth**.

При этом суффикс **-eth** прибавляется к числительным на **-ty**, причем **y** заменяется на **i**:

sixty-sixtieth.

В остальных случаях прибавляется суффикс **-th**:

eight — eighth.

Для образования составных порядковых числительных надо заменить последнее количественное числительное соответствующим порядковым:

thirty-three — thirty-third, sixty-six — sixty-sixth.

Общая таблица числительных

Количественные (Cardinal Numerals)	Порядковые (Ordinal Numerals)
1 one	the first
2 two	the second
3 three	the third
4 four	the fourth
5 five	the fifth
6 six	the sixth
7 seven	the seventh
8 eight	the eighth
9 nine	the ninth
10 ten	the tenth
11 eleven	the eleventh
12 twelve	the twelfth
13 thirteen	the thirteenth
14 fourteen	the fourteenth
15 fifteen	the fifteenth
16 sixteen	the sixteenth
17 seventeen	the seventeenth
18 eighteen	the eighteenth
19 nineteen	the nineteenth
20 twenty	the twentieth
21 twenty-one	the twenty-first
30 thirty	the thirtieth
40 forty	the fortieth
50 fifty	the fiftieth
60 sixty	the sixtieth
70 seventy	the seventieth
80 eighty	the eightieth
90 ninety	the ninetieth
100 one hundred	the hundredth
101 one hundred and one	the one hundred first
110 one hundred and ten	the one hundred tenth
1.000 one thousand	the thousandth
1.000.000 one million	the millionth

НАРЕЧИЯ (ADVERBS)

Наречия бывают:

а) Простые: **well** — хорошо, **much** — много.

б) Производные: **partly** — частично, **quickly** быстро.

в) Составные: **sometimes** — иногда, **somewhere** — где-нибудь, **anywhere** — где-нибудь (вопросительные и отрицательные предложения), **nowhere** — нигде, **since then** — с тех пор, **so far** — до сих пор, пока.

г) Совпадающие по форме:

— с **прилагательными: fast** — быстро (-ый), **hard** упорно (-ый), **late** — поздно (-ий)

He is working **fast**.

Он работает **быстро**.

— с **предлогами: after** — после того как, **before** — раньше, **since** — с тех пор

I haven't seen him since.

Я его не видел **с тех пор**.

— с **союзами: since** — с тех пор, **when** — когда, **where** — где, **but** — лишь

I haven't seen him since he went there.

Я не видел его **с тех пор, как** он уехал туда.

Степени сравнения наречий образуются точно так же, как и у прилагательных.

Превосходная степень требует употребления определенного артикля the.

Односложные:

early (рано) — earl**ier** (раньше) — earl**iest** (раньше всего);

fast (быстро) — fast**er** (быстрее) — fast**est** (быстрее всего);

late (поздно) — lat**er** (позднее) — lat**est** (позднее всего).

Многосложные, образованные от прилагательных:

slowly (медленно) — **more** slowly (медленнее) — **most** slowly (медленнее всего);

beautifully (красиво) — **more** beautifully (красивее) — **most** beautifully (красивее всего).

Исключения из этих правил:

badly (плохо) — **worse** (хуже) — **worst** (хуже всего);

far (далеко) — **farther**, further (дальше) — **farthest**, furthest (дальше всего);

little (мало) — **less** (меньше) — **least** (меньше всего);
much (много) — **more** (больше) — **most** (больше всего);
well (хорошо) — **better** (лучше) — **best** (лучше всего).

Наречия употребляются в предложениях в качестве **обстоятельства** (служат определителем **глагола, прилагательного, наречия).**

He is *working* **fast**.

Он *работает* **быстро.**

He speaks English **very** *well.*

Он **очень** *хорошо* говорит по-английски.

Служат **вопросительными словами.**

Where do you learn? Где вы учитесь?

Вводят **придаточные** предложения:

— определительные

Here is the house **where** *he lives.*

Вот дом, где *он живет.*

— подлежащие

How *I should do it* is not known. Неизвестно, **как** *я должен это делать.*

— сказуемые

The question is how *I should do it.*

Вопрос заключается в том, **как** *я должен это делать.*

— дополнительные

I don't know **how** *I should do it.*

Я не знаю, **как** *я должен это делать.*

ПРЕДЛОГИ (PREPOSITIONS)

Предлог **of** соответствует родительному падежу русского языка:

He took part in the sitting of the commission.

Он принял участие в заседании комиссии.

Предлог **to** выполняет функцию дательного падежа при выражении отношения глагола к дополнению:

I sent a letter to my mother yesterday.

Я вчера отослал письмо моей матери.

Предлог **to** также служит для выражения направления движения в сторону какого-нибудь лица или предмета.

He came to me at 7 o'clock.

Он пришел ко мне в семь часов.

Предлог **about** соответствует предложному падежу:

She told about her childhood.

Она рассказала о своем детстве.

Предлоги **by, with** соответствуют творительному падежу. При этом **by** служит для обозначения одушевленного предмета, а **with** — орудия действия.

The fire was put out by the firemen.

Пожар был потушен пожарными.

Основные значения некоторых предлогов:

about — о, об; около; вокруг, кругом

above — над, выше; больше, чем

across — поперек, через; по ту сторону

after — после (по времени); за (в смысле места); потом

against — против (чего-либо, кого-либо)

among — между, среди

along — вдоль, по

at — у, возле, в; в (со значением времени)

before — до (со значением времени); перед (для обозначения места)

behind — позади, за

below — под, ниже

beside — рядом с, около

between — между

beyond — по ту сторону, за

by — к (к какому-то сроку); у, возле; мимо

during — в течение, во время

except — за исключением

for — для, за

from — от, с

in — в (значение места); в (значение времени)

of — из, в

on — на (значение места); по, после; о, об

over — над; сверх; через

around — вокруг, кругом

through — через; из-за

till — до, вплоть до

towards — к, по направлению к

under — под (чем-то)

up — вверх по

with — с

МЕСТОИМЕНИЕ (THE PRONOUN)

В английском языке все местоимения делятся на 9 групп. Здесь мы рассмотрели только основные группы местоимений.

Личные местоимения (Personal Pronouns)

	Единственное число	Множественное число
1-е лицо 2-е лицо 3-е лицо	I — я you — ты he — он she — она it — он, она, оно (если речь идет о неодушевленных предметах и животных)	we — мы you — вы they — они

Необходимо помнить, что: а) местоимение **I** всегда пишется с заглавной буквы;

б) местоимение **you** 2-го лица единственного и множественного числа переводится как «вы» либо «ты» в зависимости от смысла;

в) личные местоимения имеют именительный и объектный падеж, причем в последнем случае личное местоимение переводится косвенным падежом.

Именительный падеж	Объектный падеж
I you he she it we you they	me you him her it us you them

Притяжательные местоимения (Possessive Pronouns)

Каждое личное местоимение имеет соответствующее притяжательное местоимение, выражающее принадлежность. Притяжательные местоимения имеют две формы: 1-я форма определяет существительное; 2-я форма заменяет существительное.

Притяжательные местоимения 1-й формы

	Единственное число	Множественное число
1-е лицо	my — мой	our — наш
2-е лицо	your — твой	your — ваш
3-е лицо	his — его her — ее its — его, ее (для неодушевленных предметов)	their — их

Притяжательные местоимения 2-й формы

	Единственное число	Множественное число
1-е лицо	mine	ours
2-е лицо	yours	yours
3-е лицо	his hers its	theirs

Функция притяжательного местоимения 1-й формы в предложении — определение к существительному.

Her mother is too young.

Ее мать слишком молода.

Функция притяжательного местоимения 2-й формы в предложении — замена существительных в функции подлежащего, части составного сказуемого и дополнения.

This book is mine.

Это моя книга.

Возвратные и усилительные местоимения (Reflexive and Emphatic Pronouns)

Для образования возвратных местоимений надо прибавить окончания **-self** к личным или притяжательным местоимениям единственного числа или окончания **-selves** к личным или притяжательным местоимениям множественного числа.

Этим местоимениям в русском языке соответствует частица -ся (-сь) в возвратных глаголах и местоимение себя, себе.

	Единственное число	Множественное число
1-е лицо	myself	ourselves
2-е лицо	yourself	yourselves
3-е лицо	himelf herself itself	themselves

He defended himself bravely.
Он храбро защищался.

Неопределенные местоимения many, much, (a) few, (a) little

Эти местоимения служат для выражения неопределенного количества, но употребляются в разных случаях.

Местоимения **many, few, a few** определяют или заменяют исчисляемые существительные во множественном числе и отвечают на вопрос:

How many? (Сколько?)
She has few girlfriends.
У нее очень мало подружек.

Местоимения **much, little, a little** определяют или заменяют неисчисляемые существительные, имеющие только единственное число. Они отвечают на вопрос: How much? (Сколько?)

I have very little time.
У меня слишком мало времени.

ГЛАГОЛ (THE VERB)

Глагол *to be*

В настоящем времени (Present Indefinite) глагол **to be** имеет следующие формы.

Утвердительная форма	Вопросительная форма	Отрицательная форма
I am	Am I?	I am not
He (she, it) is	Is (she, it) he?	He (she, it) is not
We are	Are we?	We are not
You are	Are you?	You are not
They are	Are they?	They are not

Глагол **to be** может употребляться в качестве смыслового глагола, глагола-связки в составном именном сказуемом и в качестве вспомогательного глагола.

а) В роли смыслового глагола **to be** на русский язык не переводится, ему соответствует «быть», «находиться»:

He is at Institute. Он в институте.

б) В роли глагола-связки в составе именного сказуемого **to be** соответствует в русском языке глаголам «быть», «являться», «состоять». В настоящем времени связка обычно на русский язык не переводится:

She is a woman. Она женщина.

в) В роли вспомогательного глагола **to be** используется для образования всех времен группы Continuous и страдательного залога. В этом случае действие выражается смысловыми глаголами, а **to be** не имеет самостоятельного значения:

The article was written last winter.

Эта статья была написана прошлой зимой.

Глагол to be — Past Simple

to be — I, he, she, it **was**
You, we, they **were**
He **was** at work.
He **was not** at work.
Was he at work?

Глагол to be — Future Simple

to be — I, we **shall be**
He, she, it, you, they **will be**
She **will be** at school.
She **will not be** at school.
Will she **be** at school?

Вспомогательный глагол *to have*

Perfect — to have spoken

Вспомогательной глагол **to have** образует вопрос и отрицание с помощью своей вопросительной и отрицательной формы. Построение вопросительных и отрицательных предложений, содержащих смысловой глагол **to have,** требует включения в состав предложений вспомогательного глагола **to do**.

Has he bought the notebook? Does he have a cat?

He hasn't bought it yet. He doesn't have a (any) cat.

Правильные и неправильные глаголы
(Regular and Irregular Verbs)

По способу образования форм прошедшего времени группы Indefinite и причастия II глаголы делятся на две группы — правильные и неправильные:

believe — believed — believed

(правильный глагол)

drink — drank — drunk (неправильный глагол)

Прошедшее время группы Indefinite
(The Past Indefinite Tense)

Утвердительная форма прошедшего времени группы Indefinite правильных глаголов образуется путем прибавления окончания **-ed** к основе глагола.

Окончание **-ed** произносится:

а) после звонких согласных, кроме [d], и гласных звуков — как звук [d]:

to open — opened [əupnd]

открывать — открыл

б) после глухих согласных звуков, кроме [t], — как звук [t]:

to work — worked [wз:kt]

работать — работал

в) после звуков [d] и [t] как [ɪd]:

to last — lasted [lɑ:stɪd]

продолжаться — продолжался

При образовании прошедшего времени группы Indefinite соблюдаются следующие правила орфографии:

а) если глагол оканчивается на немую букву **-е**, то при прибавлении окончания **-ed**, она выпадает:
to move — moved
двигаться — двигался

б) глаголы, основа которых оканчивается на **-у** с предшествующей согласной, меняют **у** на **i:**
to study — studied
учиться — учился
Если перед **у** стоит гласная, то **у** сохраняется, например:
to play — played
играть — играл

в) глаголы, оканчивающиеся на согласную с предшествующим кратким гласным звуком, удваивают конечную согласную:
to stop — stopped
останавливаться — остановился

Неправильные глаголы образуют форму прошедшего времени группы Indefinite и форму причастия II не прибавлением окончания **-ed** к основе глагола, а другими способами, например:
to go — went [went] — gone [gɔn]

Вопросительная форма глаголов образуется при помощи вспомогательного глагола **to do** в прошедшем времени — **did** и инфинитива смыслового глагола без частицы **to**, причем вспомогательный глагол ставится перед подлежащим:
Did they work?
Работали ли они?

Отрицательная форма образуется при помощи вспомогательного глагола **to do** в прошедшем времени (**did**), отрицательной частицы **not** и инфинитива смыслового глагола без частицы **to**, причем частица **not** ставится после вспомогательного глагола:
He **did not** speak.
Он не говорил.

В разговорной речи часто употребляется сокращенная отрицательная форма **didn't**.

Прошедшее время группы Indefinite служит для выражения действия, которое совершалось или совершилось в прошлом. Оно употребляется в повествовании для констатации какого-либо факта и для изложения последовательных событий. Переводится на русский язык прошедшим временем глагола как совершенного, так и несовершенного вида, в зависимости от смысла предложения.

В диалогах в предложениях с глаголом в этом времени часто употребляются следующие обстоятельства времени: **yesterday** *вчера*, **the day before yesterday** *позавчера*, **last week** *на прошлой неделе*, **last month** *в прошлом месяце*, **last year** *в прошлом году*, **last night** *вчера вечером*, **last time** *в прошлый раз*, **last** *в последний раз*, **two days (three years) ago** *два дня (три года) тому назад*, **in 1995** *в 1995 году* и т.д.

Времена английского глагола
(English Verb's Tenses)

Простое неопределенное (Simple) — обычное, регулярное, повторяющееся действие или одноразовое действие, происходящее в:

а) прошлом (без связи с конкретным моментом)

б) настоящее время, не соотнесенное с моментом речи

в) будущем (без связи с конкретным моментом совершения действия)

Продолженное длительное (Continuous) — действие еще не закончено, оно продолжается, длится в:

а) определенный момент в прошлом

б) настоящий момент речи

в) определенный момент в будущем

Совершенное (Perfect) — действие совершается, заканчивается к:

а) определенному моменту в прошлом

б) настоящему моменту речи

в) определенному моменту в будущем

Совершенное продолженное (Perfect Continuous) — длительное действие, начавшееся в прошлом и все еще продолжающееся в:

а) определенный момент в прошлом

б) настоящий момент речи

в) форма будущего времени употребляется довольно редко, в основном в книжно-письменной речи.

Образование времен на примере глаголов **to work** и **to do:**

	Past	Present	Future
Simple	worked, did	work, works, do, does	shall work, will do
Progressive	was, were working	am, is, are working	shall, will be working
Perfect Simple	had worked	has, have worked	shall, will have worked
Perfect Continuous	had been working	has, have been working	shall, will have been working

Времена группы Indefinite (Неопределенные времена)

Времена группы Indefinite [ɪn'defɪnɪt] указывают на обычное действие, которое происходит, происходило или будет происходить в настоящем (Present Indefinite), прошедшем (Past Indefinite) или будущем (Future Indefinite).

Настоящее неопределенное время (The Present Indefinite Tense)

Present Indefinite (Настоящее неопределенное время) указывает на обычное действие, которое происходит вообще и соответствует в русском языке настоящему времени глагола.

Образование форм Present Indefinite

Утвердительная форма	Вопросительная форма	Отрицательная форма
I, You } take — Я беру, Ты берешь	Do {I, you} take?	I, You {do not take
He, She, It } takes — {Он, Она, Оно} берет	Does {he, she, it} take?	He, She, It {does not take
We, You, They } take — Мы берем, Вы берете, Они берут	Do {we, you, they} take?	We, You, They {do not take

Как видно из таблицы, Present Indefinite образуется следующим образом:

Утвердительная форма

Смысловой глагол в инфинитиве без частицы **to** ставится после подлежащего. В 3-м лице единственного числа (he, she, it) к глаголу прибавляется окончание **-s**, которое после глухих согласных произносится [s], а в остальных случаях — [z].

to take *брать* — he takes *он берет*

to open *открывать* — she opens *она открывает*

Если глагол в инфинитиве оканчивается на **ss, sh, ch, tch, x, o,** то в 3-м лице единственного числа прибавляется окончание **-es**, которое после шипящих произносится [ɪz], а после **o** — [z].

to go ходить, идти, ехать — he goes он ходит.

Если глагол оканчивается на букву **y**, перед которой стоит согласная, то буква **y** заменяется буквой **i** и добавляется окончание **-es**.

to study учиться — she studies *она учится*

Вопросительная форма

Вопросительная форма Present Indefinite образуется при помощи вспомогательных глаголов **do** для всех лиц и чисел, кроме

3-го лица единственного числа, и **does** только для 3-го лица единственного числа — he, she, it.

Здесь глагол **do (does)** является вспомогательным (так как он собственного значения не имеет и служит для образования сложной формы). Он ставится перед подлежащим. Основной (смысловой) глагол употребляется в инфинитиве без частицы **to** во всех лицах и числах.

Do *you* **speak** English?
Вы говорите по-английски?

Вопросы, начинающиеся с вопросительного слова; с глаголом-сказуемым в Present Indefinite строятся так же, как и с глаголом-сказуемым во временах Continuous, т.е. порядок слов такой: 1) вопросительное слово, 2) вспомогательный глагол (**do** или **does**), 3) подлежащее, 4) основной глагол в инфинитиве без частицы **to**, а далее — остальные члены предложения.

When do you go for a walk?
Когда вы идете на прогулку?

Отрицательная форма

Отрицательная форма образуется следующим образом: на первое место ставится подлежащее, на 2-е — вспомогательный глагол **do** или **does** в зависимости от лица и числа подлежащего, на 3-е место — отрицание **not** и на 4-е — основной глагол в инфинитиве без частицы **to**.

I do not speak English.
Я не говорю по-английски.

Глагол **to do** имеет также самостоятельное значение *делать, сделать*. Вопросительная и отрицательная формы глагола **to do** *делать* образуются по общему правилу, т.е. при помощи вспомогательного глагола **to do**. В этом случае глагол **to do** выступает дважды: как вспомогательный и как смысловой.

Do you **do** it every day?
Ты делаешь это каждый день?
Краткий ответ: Yes, I do. No, I do not (don't).
Yes, he does. No he does not (doesn't).

Прошедшее неопределенное время
(The Past Indefinite Tense)

Past Indefinite (Прошедшее неопределенное время) употребляется для обозначения действия, которое однократно произошло или происходило повторно в прошлом и никак не связано с настоящим.

Прошлое или подразумевается, или обозначается обстоятельствами времени (датами, словами **yesterday** (*вчера*), **ago** (*тому назад*), **then** (*тогда*), **last week** (*на прошлой неделе*), **last year** (*в прошлом году*) и т.д.).

По способу образования прошедшего времени глаголы делятся на правильные (regular) и неправильные (irregular).

Форма Past Indefinite является второй основной формой английского глагола.

Правильные глаголы образуют формы Past Indefinite следующим образом:

Утвердительная форма	Вопросительная форма	Отрицательная форма
I You He She It } played We You They	Did { I you he she it we you they } play?	I You He She } did It } not play We You They
Я (ты и т.д.) играл.	Играл ли я (ты и т.д.)?	Я (ты и т.д.) не играл.

Утвердительная форма

К основе глагола (т.е. к инфинитиву без частицы **to**) во всех лицах и числах прибавляется суффикс **-ed**, который произносится:

а) [d] — после звонких согласных и гласных:

stay — stay**ed** [steɪd].

б) [t] — после глухих согласных (кроме t) и шипящих:

help — help**ed** [helpt], wash — wash**ed** [wɔʃt].

в) [ɪd] — после **d, t**:

want — want**ed** ['wɔntɪd].

При прибавлении суффикса **-ed** соблюдаются следующие правила написания:

— к глаголам, оканчивающимся на **-e**, прибавляется только **-d**:

live — lived [lɪvd];

— конечная согласная односложных глаголов удваивается, если корневой гласный — краткий:

beg — begged [begd];

— конечная буква **y**, если ей предшествует согласная, заменяется буквой **i**, и затем прибавляется суффикс **-ed**:

stud**y** — stud**ied** [stʌdɪd].

Вопросительная и отрицательная формы

Вопросительная форма образуется при помощи вспомогательного глагола **did**, который ставится перед подлежащим, за ним следует подлежащее, а за подлежащим — основной глагол в инфинитиве без частицы to:

Did he read yesterday? Он вчера читал?

Отрицательная форма образуется при помощи вспомогательного глагола **did** с отрицанием **not**, которые ставятся после подлежащего, за которым следует основной глагол в инфинитиве без частицы **to**:

He **did not** read yesterday. Вчера он не читал.

Неправильные глаголы образуют утвердительную форму Past Indefinite по-разному: либо путем изменения корневой гласной, либо путем изменения конечной согласной, либо вовсе без изменения формы основы. Эти формы нужно заучивать наизусть:

go — went (*ходил, пошел*)

know — knew (*знал*)

read — read (*читал, прочитал*)
see — saw (*видел*)
Вопросительная и отрицательная формы Past Indefinite неправильных глаголов образуются так же, как и у правильных глаголов.

Did you **see** him yesterday?
Вы видели его вчера?
No, I **did not see** him yesterday.
Нет, я не видел его вчера.

Будущее неопределенное время
(The Future Indefinite Tense)

Future Indefinite (Будущее неопределенное время) образуется из вспомогательного глагола **shall** (для 1-го лица единственного и множественного числа) и **will** (для 2-го и 3-го лиц единственного и множественного числа) и инфинитива основного глагола без частицы **to.**

Таблица форм Future Indefinite на примере глагола *to make* — *делать*

Утвердительная форма	Вопросительная форма	Отрицательная форма
I (we) shall make	Shall I (we) make?	I (we) shall not make
You He She It They } will make	Will { you he she it they } make?	You He She It They } will not make

Сокращенные формы:
shan't [ʃɑ:nt] = shall not
won't [wəunt] = will not

Глагол в будущем неопределенном времени обозначает будущее действие, которое может быть однократным или повторяющимся.

Future Indefinite употребляется часто с такими словами, как: **tomorrow** (*завтра*); **the day after tomorrow** (*послезавтра*); **next week** (*на следующей неделе*); **next month** (*в следующем месяце*); **next year** (*в будущем году*).

I **shall read** this book tomorrow.

Я буду читать эту книгу завтра.

He **will go** to Kiev next week.

Он поедет в Киев на следующей неделе.

I **shan't (=shall not)** go there.

Я не пойду туда.

Времена группы Continuous (Продолженные времена):

Present Continuous, Past Continuous, Future Continuous. Причастие I (Participle I)

Времена группы Continuous образуются при помощи вспомогательного глагола **to be** в настоящем (Present Indefinite), прошедшем (Past Indefinite) или будущем (Future Indefinite) неопределенном времени и причастия I (Participle I) смыслового глагола:

to be + Participle I

Причастие I образуется из инфинитива глагола без частицы **to** путем прибавления к нему суффикса **-ing**. Например, причастие I от глагола to read будет read**ing**, от глагола to work — work**ing** и т.д.

Present Continuous (Настоящее продолженное время) употребляется:

а) Для обозначения действия, которое совершается в момент речи, т.е. в данный момент, в настоящее время.

What **are** you **doing?** Что ты делаешь?

I **am writing** a letter.

Я пишу письмо (сейчас, в данный момент).

б) Для обозначения действия, которое совершается постоянно в настоящий период времени, который может быть более или менее длительным.

This month we **are reading** “War and Peace” by Tolstoy.

В этом месяце мы читаем «Войну и мир» Толстого.

Утвердительная форма	Вопросительная форма	Отрицательная форма
I am working. Я работаю.	Am I working? Работаю ли я?	I am not working. Я не работаю.
You are working. Ты работаешь.	Are you working? Работаешь ли ты?	You are not working. Вы не работаете.
He She } is working. It Он (она, оно) работает.	Is { he she it } working? Работает ли он (она, оно)?	He She } is not working. It Он (она, оно) не работает.
We are working. Мы работаем.	Are we working? Работаем ли мы?	We are not working. Мы не работаем.
You are working. Вы работаете.	Are you working? Работаете ли Вы?	You are not working. Вы не работаете.
They are working. Они работают.	Are they working? Работают ли они?	They are not working. Они не работают.

в) Для обозначения действия в будущем, когда выражается намерение совершить действие или когда речь идет о заранее намеченном действии (в русском языке в этом значении употребляется глагол в настоящем времени).

They **are going** to Paris tomorrow.

Завтра они едут в Париж.

Некоторые глаголы не употребляются во временах Continuous. Это глаголы: **to be** (*быть*), **to see** (*видеть*), **to hear** (*слышать*), **to understand** (*понимать*), **to like** (*нравиться*), **to love** (*любить*) и ряд других глаголов, выражающих чувства и восприятие.

Орфографические правила образования причастия I

а) Если смысловой глагол в инфинитиве имеет окончание **-e**, то при образовании причастия I буква **e** опускается и прибавляется суффикс **-ing**.

make — mak**ing**.

б) Если смысловой глагол в инфинитиве оканчивается на закрытый слог с кратким ударным гласным + одна согласная, то для сохранения чтения гласной по закрытому типу слога при образовании причастия I конечная согласная удваивается, а затем прибавляется суффикс **-ing**.

sit — si**tt**ing

Причастие I в английском языке может употребляться самостоятельно в качестве определения или обстоятельства и переводится тогда действительным причастием или деепричастием.

The boy reading a book is her son.
Мальчик, читающий книгу, ее сын.
Reading the book the boy is smiling.
Читая книгу, мальчик улыбается.

Прошедшее продолженное время
(The Past Continuous Tense)

Утвердительная форма	Вопросительная форма	Отрицательная форма
I (he, she, it) was working.	Was I (he, she, it) working?	I (he, she, it) was not working.
Я (он, она, оно) работал (-а, -о).	Работал ли я (он и т.д.)?	Я (он и т.д.) не работал.
We (you, they) were working.	Were we (you, they) working?	We (you, they) were not working.
Мы (вы, они) работали.	Работали ли мы (вы, они)?	Мы (вы, они) не работали.

Past Continuous употребляется для обозначения незаконченного действия, которое совершалось в какой-то указанный момент или период времени в прошлом. Может быть точно указан час или часы (отрезок времени). Отрезок времени может обозначаться также выражением: **all day long** (*весь день*); **all day yesterday** (*вчера весь день*); **the whole morning** (*все утро*) и т.п.

From 8 till 9 we **were studying** English.

С 8 до 9 мы занимались английским языком.

На русский язык глагол в Past Continuous всегда переводится глаголом прошедшего времени несовершенного вида.

Будущее продолженное время
(The Future Continious Tense)

Утвердительная форма	Вопросительная форма	Отрицательная форма
I (we) shall be working.	Shall I (we) be working?	I (we) shall not be working.
Я (мы) буду (будем) работать.	Буду ли (будем ли) я (мы) работать?	Я (мы) не буду (не будем) работать.
You (he, she, it, they) will be working.	Will you (he, she, it, they) be working?	You (he, she, it, they) will not be working.
Вы (он, она, оно, они) будете (будет, будут) работать.	Будете ли (будет ли, будут ли) вы (он, она, оно, они) работать?	Вы (он, она, оно, они) не будете (не будет, не будут) работать.

Future Continuous употребляется для выражения незаконченного действия, которое будет совершаться в какой-то момент или отрезок времени в будущем.

Момент совершения действий, относящихся к будущему времени, может быть обозначен точным указанием времени. Например:

At five o'clock I **shall be studying** English.

В 5 часов я буду заниматься английским языком.

Глагол в форме Future Continuous переводится на русский язык глаголом в будущем времени несовершенного вида.

Глагол **to go** в Present Continuous или Past Continuous, если за ним следует инфинитив другого глагола, служит для выражения действия, которое намечается или было намечено по плану. В этом случае глагол **to go** лишается своего лексического значения *ехать, идти*.

I am going to study French this year.

Я собираюсь заниматься французским языком в этом году.

Времена группы Perfect (Совершенные времена)

Кроме времен группы Indefinite и Continuous, в английском языке есть времена группы Perfect ['pз:fıkt].

Слово perfect означает «совершенный».

Для образования времен группы Perfect используется вспомогательный глагол **to have** в настоящем, прошедшем или будущем неопределенном времени, а основной глагол употребляется в 3-й форме (Participle II):

to have + Participle II смыслового глагола

Глагол **to have** здесь не имеет самостоятельного значения, а служит только для образования сложной временной формы Perfect.

Настоящее совершенное время
(The Present Perfect Tense)

have (has) + Participle II смыслового глагола

Утвердительная форма	Вопросительная форма	Отрицательная форма
I, You } have written	Have { I, you } written?	I, You } have not written
He, She, It } has written	Has he (she, it) written?	He, She, It } has not written
We, You, They } have written	Have we (you, they) written?	We, You, They } have not written

Сокращенные формы:
I've [aɪv] written = I have written
she hasn't [hæznt] written = she has not written

Present Perfect употребляется:

а) Для выражения совершенного действия, которое совершилось или непосредственно перед моментом речи, или в более отдаленном прошлом. При этом говорящего интересует не время совершения действия, а результат этого действия, имеющийся в данный момент.

Если говорящего интересует не результат действия, а факт совершения действия в прошлом, без какой-либо результативной связи с моментом речи, то употребляется Past Indefinite. Например:

I have lost my book. (Present Perfect)
Я **потерял** книгу.
I **lost** my pen **yesterday**. (Past Indefinite)
Я **потерял** ручку *вчера*.

На русский язык глагол в Present Perfect переводится обычно глаголом в прошедшем времени совершенного вида.

б) Для выражения действия, которое началось ранее и продолжается в настоящий момент. В таком случае обычно бывает указан период действия с помощью предлога **for** (*в течение*) или с помощью слова **since** (*с тех пор как*). В таких предложениях глагол в Present Perfect может переводиться на русский язык глаголом в настоящем времени.

I **have lived** here *for five years*.
Я живу здесь пять лет (*в течение пяти лет*).

в) Present Perfect употребляется обычно с такими обстоятельствами времени, как **today** (*сегодня*), **this week** (*на этой неделе*), **this month** (*в этом месяце*), **this year** (*в этом году*), **this morning** (*сегодня утром*) и т.п., а также с наречиями неопределенного времени: **already** (*уже*), **never** (*никогда*), **ever** (*когда-либо*), **just** (*только что*) и т.д.

Have you **seen** him **today**?
Вы *видели* его *сегодня?*

Прошедшее совершенное время
(The Past Perfect Tense)

had + Participle II смысловoго глагола

Утвердительная форма	Вопросительная форма	Отрицательная форма
I You He She It We You They } had written	Had { I you he she it we you they } written?	I You He She It We You They } had not written

Сокращенные формы:

I'd [aɪd] written = I had written

he hadn't ['hædnt] written = he had not written

Past Perfect употребляется для выражения законченного действия, которое совершилось до определенного момента в прошлом или ранее другого действия в прошлом, обозначаемого глаголом в Past Indefinite. Например:

He **had come** *by 3 o'clock* yesterday.

Он **пришел** вчера *к трем часам*.

Для выражения двух или более последовательно происходивших действий в прошлом, когда нет необходимости подчеркивать, какое из них произошло раньше, употребляется Past Indefinite. Например:

I **came** home, **opened** the window and **switched on** the TV set.

Я **пришел** домой, **открыл** окно и **включил** телевизор.

Глагол в Past Perfect всегда переводится глаголом в прошедшем времени.

Будущее совершенное время
(The Future Perfect Tense)

shall (will) have + Participle II смыслового глагола

Утвердительная форма	Вопросительная форма	Отрицательная форма
I shall have written.	Shall I have written?	I shall not have written.
You (he, she, it) will have written.	Will you (he, she, it) have written?	You (he, she, it) will not have written.
We shall have written.	Shall we have written?	We shall not have written.
You (they) will have written.	Will you (they) have written?	You (they) will not have written.

Сокращенные формы:
I'll have written = I shall have written
we shan't [ʃɑ:nt] have written = we shall not have written
they won't [wəunt] have written = they will not have written

Future Perfect употребляется для выражения будущего действия, которое совершится до определенного момента в будущем, который может быть обозначен:

а) такими словами, как **by five o'clock** (*к 5 часам*), **by this time** (*к этому времени*) и т.д.

I **shall have done** this work *by Thursday.*

Я сделаю эту работу *к четвергу.*

б) другим будущим действием, для обозначения которого в придаточных предложениях времени и условия употребляется глагол в Present Indefinite, которое переводится глаголом в будущем времени.

When he *comes* they **will have translated** this text.

Когда он *придет*, они уже **переведут** этот текст.

Употребление времени группы Perfect Passive Voice

Глаголы в страдательном залоге времен группы Perfect употребляются так же, как и глаголы в действительном залоге времен группы Perfect. Но глагол в действительном залоге выражает действие, которое совершает само действующее лицо или предмет, а глагол в страдательном залоге указывает, что лицо или предмет испытывает действие со стороны другого лица или предмета. Лицо, совершающее действие, может быть и не указано.

The work **had been completed** by the 4-th of January.

Работа **была закончена** к четвертому января.

Страдательный залог (The Passive Voice)

В английском языке глаголы имеют два залога: действительный (the Active Voice) и страдательный (the Passive Voice). Глагол в действительном залоге показывает, что действие выполняется, совершается лицом или предметом, обозначенным подлежащим. Глагол в страдательном залоге показывает, что лицо или предмет, обозначенный подлежащим, испытывает воздействие или находится в определенном состоянии в результате какого-то воздействия.

Страдательный залог образуется с помощью вспомогательного глагола **to be** и формы причастия II смыслового глагола.

to be + Participle II

Форма причастия II никогда не изменяется, а показателем лица, числа и времени является вспомогательный глагол **to be**.

Формы глагола ***to give*** *в страдательном залоге времен группы Indefinite*

1-е лицо ед. числа настоящего времени **am**	given
3-е лицо ед. числа настоящего времени **is**	given
3-е лицо мн. числа настоящего времени **are**	given
3-е лицо ед. числа прошедшего времени **was**	given
3-е лицо мн. числа прошедшего времени **were**	given
1-е лицо будущего времени **shall be**	given
другие лица будущего времени **will be**	given

Вопросительная форма страдательного залога образуется постановкой первого вспомогательного глагола перед подлежащим:

Am I	**given...?**	Мне дают...?
Is he		Ему дают...?
Are we		Нам дают...?
Was she		Ей давали...?
Were they		Им давали...?
Shall I be		Мне дадут...?
Will it **be**		Ему (ребёнку) дадут...?

Отрицательная форма страдательного залога образуется при помощи отрицательной частицы **not**, которая ставится после первого вспомогательного глагола:

I am	**not given**	Мне не дают...
He **is**		Ему не дают...
We **are**		Нам не дают...
She **was**		Ей не дали...
They **were**		Им не дали...
I shall	**not be given**	Мне не дадут...
It **will**		Ему (ребёнку) нс дадут...

Глаголы в английском языке делятся на объектные, принимающие любое дополнение (прямое, косвенное или предложное), и необъектные, после которых ни косвенное, ни прямое, ни предложное дополнение не употребляются:

I saw **her** yesterday. (прямое дополнение) I've sent a **message** to my sister. (прямое дополнение) Have you talked **to her** about it? (предложное дополнение)	объектные глаголы	Я видел её вчера. Я послал записку своей сестре. Вы говорили с ней об этом?
Come tomorrow. I'll **go** to the museum at once and carry this object.	необъектные глаголы	Приходите завтра. Я сейчас же пойду в музей и отнесу этот предмет.

Употребление страдательного залога

а) Страдательный залог в предложении употребляется, когда говорящий или не знает, кто совершает действие, или не придает этому значения. Однако, если возникает необходимость назвать лицо или предмет, который совершает действие, то употребляется оборот с предлогом **by**:

This story **was written by A. Tolstoy**.

Этот рассказ был написан А. Толстым.

Английскому предложению в действительном залоге с прямым и косвенным дополнением He gave **me a pencil** могут соответствовать два предложения в страдательном залоге:

The pencil was given (to) me.

Карандаш был дан мне.

I was given a pencil. Мне дали карандаш.

б) В английском языке в страдательном залоге употребляются также глаголы, требующие после себя предлога (употребляющиеся с предложными дополнениями). Предлог сохраняется в этом случае после глагола и уточняет лексическое значение глагола:

They **were** much **talked about**.

О них много говорили.

в) В английском языке глагол в настоящем времени группы Indefinite страдательного залога может выражать как сам процесс действия (процесс воздействия), так и состояние, наступившее в результате этого воздействия. Сама форма глагола не выражает этих различий.

Tables **are** usually **made** of wood.

Столы обычно *делаются* из дерева. (действие)

This table **has been made** of steel.

Этот стол *сделали* из стали. (действие)

г) Времена группы Perfect страдательного залога образуются при помощи вспомогательного глагола **to be** в настоящем, прошедшем и будущем времени группы Perfect и причастия II смыслового глагола.

I have been asked four difficult questions today, so I must do something about it.

Мне задали сегодня четыре трудных вопроса, и я должен что-то предпринять (, чтобы найти на них ответы).

Времена группы Perfect страдательного залога употребляются в тех же случаях, что и действительного залога.

Прошедшее и будущее время группы Perfect страдательного залога употребляется достаточно редко, настоящее время группы Perfect часто употребляется с глаголами **to ask, to send, to tell** и др.

He'**s been told** to read more.

Ему сказали, чтобы он больше читал.

д) Инфинитив страдательного залога образуется из инфинитива глагола **to be** и причастия II смыслового глагола, например: **to be shown** *быть показанным, показываться*.

Инфинитив страдательного залога можно образовать от любого объектного глагола:

to give — to be given

Инфинитив глагола в страдательном залоге употребляется в тех же случаях, что и инфинитив действительного залога (после глаголов **to want, to like**, после модальных глаголов **can, must** (без частицы **to**) в функции обстоятельства цели и т.д.).

This must **be done** at once.

Это надо сделать немедленно.

He will have **to be asked** about it tomorrow.

Его придется спросить об этом завтра.

Правило согласования времен
(The Sequence of Tenses)

В сложноподчиненном предложении с придаточным дополнительным предложением существует определенное правило последовательности времен.

Правило согласования действует тогда, когда в главном предложении глагол стоит в Past Indefinite или Past Continuous. В этом случае в придаточном дополнительном предложении следует употреблять:

а) Для выражения одновременности действия время Past Indefinite или Past Continuous.

She **said** that Peter **took** Russian lessons. Она сказала, что Питер берет уроки русского языка.

б) Для выражения действия, предшествующего действию главного предложения — Past Perfect

I **thought** that you **had seen** this play. Я думала, что вы смотрели эту пьесу.

в) Для выражения будущего действия употребляется время Future in the Past.

He **said to** me that she **would go** to London for her vacation.

Он сказал мне, что на каникулах она поедет в Лондон.

Повелительное наклонение
(Imperative Mood)

Повелительное наклонение выражает приказание, просьбу, обращенную либо к собеседнику, либо к третьему лицу, и имеет две формы: утвердительную и отрицательную.

Утвердительная форма повелительного наклонения образуется из инфинитива смыслового глагола без частицы **to**. Повелительное предложение начинается со сказуемого, так как подлежащее обычно не упоминается.

Take her notebook. Возьми ее тетрадь.

Отрицательная форма повелительного наклонения образуется при помощи:

а) вспомогательного глагола **do**, который ставится на первое место;

б) отрицания **not**, которое ставится после вспомогательного глагола **do**;

в) смыслового глагола в инфинитиве без частицы **to**, который ставится после отрицания.

Do not take her pen. Не бери ее ручку. От глагола **to be** повелительное наклонение образуется так же, как и от других глаголов.

Утвердительная форма: глагол **to be** без частицы **to**.

Be in time! Будьте вовремя!

Отрицательная форма: вспомогательный глагол **do**, отрицание **not** и глагол **to be** без частицы **to**.

Don't be late! Не опоздайте!

Приказания произносятся нисходящим тоном.

ТИПЫ ВОПРОСОВ

She went to Moscow last week.

Разделительный выражает предположение: «не так ли?», «не правда ли?»	She went to Moscow last week, didn't she?
Вопрос к подлежащему уточняет, кто (что), выполняет действие	Who went to Moscow last week?
Общий задается ко всему предложению и предполагает ответ «да» или «нет»	Did she go to Moscow last week?
Альтернативный предлагает выбор из двух или нескольких вариантов	Did she go to Moscow or to St. Petersburg last week?
Специальный задается с помощью вопросительных слов для выяснения чего-то конкретного	When did she go to Moscow?

Вопросительные слова

who	кто	Who are you?
whose	чей	Whose pen is this?
where	где, куда	Where is my brother?
what	что, какой	What is she doing?
which	который из	Which film do you prefer?
what kind of	какой	What kind of book is it?
what colour	какого цвета	What colour is the dress?
when	когда	When did she take it?
why	почему	Why are you crying?
how	как	How will you read it?
how long	как долго	How long are you going to stay here?
how many	сколько	How many exams have
how much		you passed this month?
how often	как часто	How often do you play football?

Таблица неправильных глаголов

Infinitive	Past Indefinite	Past Participle (Participle II)
arise (возникать)	arose	arisen
awake (будить)	awoke, awaked	awoke, awaked
be (быть)	was	been
bear (рождать)	bore	born
bear (носить, выносить)	bore	borne
beat (бить)	beat	beaten
become (становиться)	became	become
begin (начинать)	began	begun
bend (гнуть, сгибать)	bent	bent
bind (связывать)	bound	bound
bite (кусать)	bit	bitten
bleed (истекать кровью)	bled	bled
blow (дуть)	blew	blown
break (ломать)	broke	broken
breed (выводить, разводить)	bred	bred
bring (приносить)	brought	brought
broadcast (передавать по радио)	broadcast broadcasted	broadcast broadcasted
build (строить)	built	built
burn (гореть)	burnt	burnt
burst (разрывать)	burst	burst
buy (покупать)	bought	bought
cast (бросать)	cast	cast
catch (ловить)	caught	caught
choose (выбирать)	chose	chosen
cling (прилипать)	clung	clung
come (приходить)	came	come
cost (стоить)	cost	cost
creep (ползать)	crept	crept
cut (резать)	cut	cut
deal (торговать)	dealt	dealt
dig (копать)	dug	dug
do (делать)	did	done
draw (рисовать)	drew	drawn
dream (мечтать)	dreamt dreamed	dreamt dreamed
drink (пить)	drank	drunk
drive (ехать)	drove	driven

Infinitive	Past Indefinite	Past Participle (Participle II)
dwell (обитать)	dwelt	dwelt
eat (есть)	ate	eaten
fall (падать)	fell	fallen
feed (кормить)	fed	fed
feel (чувствовать)	felt	felt
fight (сражаться)	fought	fought
find (находить)	found	found
flee (бежать, спасаться бегством)	fled	fled
fling (кидать)	flung	flung
fly (летать)	flew	flown
forbid (запрещать)	forbade	forbidden
forget (забывать)	forgot	forgotten
forgive (прощать)	forgave	forgiven
freeze (замерзать)	froze	frozen
get (получать)	got	got
give (давать)	gave	given
go (идти)	went	gone
grind (точить)	ground	ground
grow (расти)	grew	grown
hang (висеть)	hung	hung
have (иметь)	had	had
hear (слышать)	heard	heard
hide (прятать)	hid	hid, hidden
hit (ударять)	hit	hit
hold (держать)	held	held
hurt (удариться)	hurt	hurt
keep (хранить)	kept	kept
kneel (становиться на колени)	knelt	knelt
know (знать)	knew	known
lay (класть)	laid	laid
lead (вести)	led	led
lean (прислоняться)	leant leaned	leant leaned
leap (прыгать)	leapt, leaped	leapt, leaped
learn (учиться)	learnt, learned	learnt, learned

Infinitive	Past Indefinite	Past Participle (Participle II)
leave (оставлять)	left	left
lend (давать взаймы)	lent	lent
let (позволять)	let	let
lie (лежать)	lay	lain
light (освещать)	lit, lighted	lit, lighted
lose (терять)	lost	lost
make (делать)	made	made
mean (значить)	meant	meant
meet (встречать)	met	met
pay (платить)	paid	paid
put (класть)	put	put
read (читать)	read	read
ride (ездить верхом)	rode	ridden
ring (звонить)	rang	rung
rise (подниматься)	rose	risen
run (бежать)	ran	run
saw (пилить)	sawed	sawn
say (говорить)	said	said
see (видеть)	saw	seen
seek (искать)	sought	sought
sell (продавать)	sold	sold
send (посылать)	sent	sent
set (помещать)	set	set
shake (трясти)	shook	shaken
shave (брить)	shaved	shaven
shed (проливать)	shed	shed
shine (сиять)	shone	shone
shoot (стрелять)	shot	shot
show (показывать)	showed	shown
shrink (сморщиваться)	shrank	shrunk
shut (закрывать)	shut	shut
sing (петь)	sang	sung
sink (погружаться)	sank	sunk
sit (сидеть)	sat	sat
sleep (спать)	slept	slept
slide (скользить)	slid	slid
smell (пахнуть)	smelt, smelled	smelt, smelled

Infinitive	Past Indefinite	Past Participle (Participle II)
sow (сеять)	sowed	sown
speak (говорить)	spoke	spoken
speed (спешить)	sped	sped
spell (произносить по буквам)	spelt, spelled	spelt, spelled
spend (тратить)	spent	spent
spill (проливать)	spilt, spilled	spilt, spilled
spin (прясть)	span	spun
spit (плевать)	spat	spat
split (раскалывать)	split	split
spoil (портить)	spoilt, spoiled	spoilt, spoiled
spread (распространять)	spread	spread
spring (прыгать)	sprang	sprung
stand (стоять)	stood	stood
steal (красть)	stole	stolen
stick (приклеивать)	stuck	stuck
sting (жалить)	stung	stung
strike (ударять)	struck	struck
strive (стремиться)	strove	striven
swear (браниться)	swore	sworn
sweep (мести)	swept	swept
swell (пухнуть)	swelled	swollen
swim (плавать)	swam	swum
swing (качаться)	swung	swung
take (брать)	took	taken
teach (обучать)	taught	taught
tear (рвать)	tore	torn
tell (рассказывать)	told	told
think (думать)	thought	thought
throw (бросать)	threw	thrown
tread (ступать)	trod	trodden
understand (понимать)	understood	understood
wake (будить)	woke, waked	woken, waked
wear (носить)	wore	worn
weep (плакать)	wept	wept
win (выигрывать)	won	won
wind (заводить)	wound	wound
write (писать)	wrote	written